U0136181

隨園詩話箋注

(清)袁枚 著

李洪程 箋注

蘭臺出版社

　　李洪程，1938年5月生。河南省衛輝市人。1961年河南大學中文系畢業。中國作家協會會員。

　　1957年10月在天津《新港》詩專號上發表處女作《放歌太行山水間》組詩，收入作家出版社1957年《詩選》。

　　1975年在人民文學出版社出版《鬥天圖》（二人合著）。

　　1993年在百花文藝出版社出版詩集《人生樂天圖》（獨著）。

　　1997年在當代中國出版社出版《成仿吾傳》（二人合著）。

　　2004年在時代文藝出版社出版散文集《方塘一鑒》（獨著）。

　　2007年在上海古籍出版社出版《唐詩三百首今用鑒賞辭典》（三人合著）。

序

詩壇一座重鎮，文苑一代宗師——袁枚。袁枚，生於清康熙五十五年(1716)，卒於清嘉慶二年(1797)。字子才，號存齋，後改為簡齋。因居住南京小倉山隨園，晚年自號倉山居士、隨園老人、倉山叟，世稱隨園先生。浙江錢塘縣人。乾隆四年進士，選為庶吉士入翰林，任職三年，因考滿文不及格，由翰林外放。先後任江蘇溧水縣、江浦縣、沭陽縣、江寧縣知縣，歷任共六年。乾隆十四年，袁枚三十四歲，辭官歸居倉山，除再起不及一年外，直到終老隨園。

袁枚身歷康熙、雍正、乾隆、嘉慶四朝，一生處於清朝的全盛時期。絕意仕進，讀書著作。鍾愛自然，尋幽探勝。詩文娛遣，宴飲唱和。寬懷厚道，風流曠達。崇尚自由，重視情欲，通性愛色。多才多藝，學識淵博。以其文學家、思想家的卓越丰采，特別是詩人本色的傑出才華，造就一個身兼華夏正統與異端的清代江南才子。

袁枚著作大致有：《小倉山房文集》、《小倉山房詩集》、《小倉山房外集》、《小倉山房尺牘》、《袁太史稿》、《隨園隨筆》、《新齊諧》(即《子不語》)、《隨園詩話》等。

《隨園詩話》是袁枚七十歲以後的一部重要著作，從帝王將相、詩壇名家、命婦閨秀，到布衣寒士、僧尼道士、村童歌

姬，「摭拾傳聞」，「先有話而後有詩」，詩與話融合為一，
「愛詩如愛色」，共錄大約一千七百多位詩人的事蹟與詩作，在
清代詩壇上形成一道耀眼的風景。流傳之廣，達於海外；影響之
巨，一至於今。時代回音，不絕如縷。自宋以來，為數約三百餘
種詩話，就其知名度和影響來說，無出其右。當時及此後的歷代
詩文名家多對其有所研讀評論，甚至還曾經常常置放於毛澤東的
案頭，也展現在魯迅、郭沫若、臺靜農、錢鍾書的筆下。

　　這部詩話是袁枚詩學觀念系統的集中體現，是袁枚性靈說
的結晶。他主張自出機杼，自寫胸襟，詩本真情，詩重個性，詩
中有我，詩是真我性情的自然靈動，詩是赤子之心發出的天籟之
音，極力宣導神韻風趣與才情、實感與想像融合為一片靈機。在
當時以經學論詩的時代氛圍中，袁枚獨標性靈的美學旗幟，「道
人所不敢道，行人所不敢行」，確有振聾發聵的巨大效用。性靈
是袁枚詩觀的核心，但他的詩觀境界極寬，他提倡詩作自適己
意，富有個性，而又避免了一家一格之偏狹。他反對以格律論
詩、反對詩以載道之說、反對詩分唐宋之論、反對以考據典故作
詩，而又愛書如命，博覽群籍，喜愛用典巧妙入化，典從胸臆中
出，喜愛聲韻的修飾，力求和諧自然。這部詩話立言淺切，淡語
疏詞，有不假雕飾、天機自然之趣，平易近人，引人入勝。此詩
話一出，傳播廣遠，詩人日漸增多。尤其是對於婦女教育、婦女
文學的發展，有不可替代的先導之功。這片隨園成了袁枚留給我
們的一座可以不斷開拓的詩學園圃。

　　這部詩話當然也有缺陷，因「窬濫毋遺」，帶來內容的蕪

雜，因晚年多憑記憶，而使徵引談論有不少舛誤之處，因偏於愛
色而產生煽情作用，因迷信而宣揚詩讖，以致被視為邪門外道。
特別是對詩之社會功能、美刺作用有所淡化，盛世尚可，頹世則
不合時宜，不近人情。歷來讚譽者有之，詆毀者有之，讚譽與詆
毀並兼者也有之，先讚譽而後詆毀者猶有之。但在乾嘉時期性靈
派詩人成員多多，有清一代，對袁枚推重和讚譽者，在學界占大
多數。畢竟這部詩話語妙當時，而傳於後世久遠。可謂粗服亂
頭，不掩國色。當然，這不等於說我們贊成粗服亂頭，我們認為
雖不掩國色，也有損於國色。做學問的粗枝大葉不值得提倡，自
矜其才而疏忽大意更無須讚美。但是，對已經遠去的古人也無法
改變其原有狀態了。我們只好取其精華，棄其糟粕。

　　引起我箋注這部詩話的動機，產生於上世紀末見到幾種新
版譯本之後，其譯文謬誤頗多，幾不忍讀。加上我早就喜愛此
書，在大學時代就購讀了民國版本。因而抱定意圖，不惜投入數
年時間，對全書加以必要的箋注。以續修四庫全書影印上海圖書
館藏清嘉慶十四年刊本為底本，參校了人民文學出版社1960年顧
學頡校點版本、勤裕堂交著易堂印光緒十八年刻本、鳳凰出版社
2000年王英志校點版本、大達圖書供應社《新式標點正續隨園詩
話》等。箋注詩人出處事蹟，清代者詳，前代者略；箋注典故，
生僻者詳，常見者略；箋注字詞，難懂者詳，易解者略。單說用
典，袁枚雖然不加提倡，而所選之詩頗多用典，多數用典不傷性
靈，甚至還有助於表達性靈。從不同的角度來分，有史典、今
典、人典、物典、文典、詩典、生典、熟典，今天如不加注解，

很難說能讀懂全詩。這裏箋注時對作者筆下多種失誤及校點者疏忽之處，一一加以注明和訂正。如：漢代朱福的一次經歷被誤認為李通事蹟，見卷一‧一注(5)。蘇軾的〈吉祥寺賞牡丹〉被誤認為及第詩，見卷二‧一二注(9)。清人吳燨文之子吳鑒南被誤認為吳尊萊子，見卷二‧一三注(1)。誤認戴亨詩不傳，而其《慶芝堂詩集》今存數處大圖書館，見卷三‧二七注(5)。誤認清查慎行詩句「廉豈沽名具，卑宜近物情」為唐人詩句，見卷三‧六六注(5)。誤認朱豹章妻月鹿侍史張季琬為黃莘田夫人，見卷四‧四九注(1)。唐施肩吾「貧女如花鏡不知」誤為宋人詩句，見卷七‧七注(4)。譚默齋之「譚」誤為「檀」，見卷七‧六四注(1)。劉禹錫詩句「莫道桑榆晚，餘霞尚滿天」誤為白居易詩句，見卷一〇‧八注(3)。詞牌名誤，《浣溪沙》應為《減字木蘭花》，見卷一四‧九四注(1)。組詞誤，「胡蟲奇妲」應為「奇蟲胡妲」，見卷一五‧一六注(3)。引杜甫詩句，二句合一，非原文，見補遺卷九‧六三注(3)。「美人梳洗時」四語應為唐杜光庭或鄭遨詩，誤為宋陳師道詩，見補遺卷一〇‧九注(7)。等等。大約發現明明暗暗的疏誤有數百處之多。而限於資料的困乏和筆者的水準，尚有不少未詳處和疑難點，待求專家和廣大讀者賜教，肯定其中有些詩人再也無從得知其生平事蹟，只好留作缺憾。

　　袁枚在詩話中說：「美人之光，可以養目；詩人之詩，可以養心。」但願《隨園詩話》這部奇書，今天能為我們更好地養目養心。

目 錄

上 冊

中 冊

下　冊

箋注說明

箋注所用《隨園詩話》底本，主要為續修四庫全書影印上海圖書館藏清嘉慶十四年刊隨園藏版，著重參考人民文學出版社1960年顧學頡校點本，民國二十三年大達圖書供應社排印朱太忙標點本，江蘇古籍出版社1993年排印袁枚全集本，臺灣新文豐出版公司1997年叢書集成三編所收光緒十八年勤裕堂交著易堂印本，1925年上海掃葉山房石印雷瑨箋注本。箋注文字中如果涉及到以上版本，則依次簡稱為「嘉慶本」、「人民文學本」、「民國本」、「江蘇古籍本」、「光緒本」、「掃葉山房本」。此外，偶爾涉及伍氏《批本隨園詩話》，簡稱「批本」。嘉慶本補遺卷八結於「其長子也」，後缺數行文字。補遺卷九結於「皆酷是處州光景」，後缺多條文字。此兩處以人民文學本、光緒本補。

箋注動機，主要產生於喜愛此書，上大學時即購得此書的民國舊版。後來，凡有出版，儘量收藏。箋注動機，還產生於在閱讀過程中發現原書的許多舛誤，多家出版社的白話翻譯更是差錯累累，笑話百出。不辨不足以曉明文義，不注何見得讀通此書。於是抱著一種細研古籍的心情，對此書下起可算是笨拙的功夫。其箋注意圖，主要在於儘量疏通詩文典故，注明詩人生平，校正

原書所述史實、人物及新版本文字、標點等各種失誤。從正式入手到收筆，數易其稿，已歷七、八年之久。

所見人名及詞語前後多有重複，特別是人名更多，一般在書中最先見者予以箋注，後見者注為「見某某處」，即注明卷數、章節次序號、注文編碼，凡是《隨園詩話》前十六卷，注文中則省去「隨園詩話」四字，而《隨園詩話補遺》十卷，則只取「補遺」二字。如「見卷一‧一一注(1)」、「見補遺卷一‧一一注(1)」。個別重複詞條，前後都加注者，是因為內容的著重點有所不同。也有極個別的箋注，先為虛注，後為實注。因為前文只提到一個名字，而後文的某卷某節則為實際評介。

鑑於重複所見的人名較多，也曾想編個詩人小傳附於書後，但考慮到不少詩人是秀才詩人或民間無名詩人，幾乎是此書獨家評介，想瞭解其零星蹤跡必須查閱此書原文，即使其他詩人想查閱時仍免不了前後翻檢爬梳之勞。故採取以上隨文箋注的方法。

箋注人物簡歷，一般清代以前名人簡略，近人較詳，有必要時標明其出處，著重標明的來源主要是方志和有關文集之類。

箋注過程困難重重。可參考的前人研究成果不多，有的也很難讀到，至於理論上闡發、內容上綜述的成果倒不少，對箋注也無多少用處。我盡可能參考的前人成果是郭沫若的《讀隨園詩話札記》和錢鍾書的《談藝錄》。至於僅有的掃葉山房箋注本，我在完稿時才見到，又特意對照了一遍，認為該書失注較多，有的箋注與我不謀而合，有的存在差異，也有個別的補了我的欠缺。

說到伍氏批註本，我參考極少，覺得分量輕，批語多率意為之，往往溢出題外。更難的是給人物作注，難在名不見經傳者。一般來說，舉人以上的人物，方志上還略可查到，秀才則連個名字也很少能上地方誌，布衣更寥若晨星。然而，評介小人物的詩句與言行，包括民女村姑，雖常常片言隻語，卻是隨園的一種可貴之處，我都儘量從方志和筆記中鉤沉，直到無望時才不得不罷手。即此，餘未詳者，尚且為數不少。這是不能不引為遺憾的。我想大概再尋根究底，有的也只能如此付之闕如了。

隨園詩話箋注

上冊

一

　　古英雄未遇時，都無大志，非止鄧禹希文學(1)，馬武望督郵也(2)。晉文公有妻有馬(3)，不肯去齊。光武貧時(4)，與李通訟逋租於嚴尤(5)。尤奇而目之。光武歸謂李通曰：「嚴公寧目君耶？」窺其意，以得嚴君一盼為榮。韓蘄王為小卒時(6)，相士言其日後封王。韓大怒，以為侮己，奮拳毆之。都是一般見解。鄂西林相公〈辛丑元日〉云(7)：「攬鏡人將老，開門草未生。」〈詠懷〉云：「看來四十猶如此，便到百年已可知。」皆作郎中時詩也。玩其詞，若不料此後之出將入相者。及其為七省經略(8)，〈在金中丞席上〉云：「問心都是酬恩客，屈指誰為濟世才？」〈登甲秀樓〉絕句云(9)：「炊煙卓午散輕絲，十萬人家飯熟時。問訊何年招濟火(10)？斜陽滿樹武鄉祠(11)。」居然以武侯自命，皆與未得志時氣象迥異。張桐城相公則自翰林至作首相(12)，詩皆一格。最清妙者：「柳陰春水曲，花外暮山多。」「葉底花開人不見，一雙蝴蝶已先知。」「臨水種花知有意，一枝化作兩枝看。」〈扈蹕〉云(13)：「誰憐七十龍鍾叟，騎馬踏冰星滿天。」〈和皇上風箏〉云：「九霄日近增華色，四野風多仗寶繩。」押「繩」字韻，寄託遙深。

【箋注】

(1)鄧禹：東漢南陽新野人，字仲華。年十三能誦詩，篤于經書。歷官大司徒、右將軍，封高密侯，拜太傅。

(2) 馬武：東漢南陽湖陽人，字子張。也是東漢功臣之一，被封為侯。一次，光武帝宴飲群臣，問臣下早年的志向，鄧禹說：「臣少嘗學問，可郡文學博士。」馬武說：「臣以武勇，可守尉督盜賊。」（詳見《後漢書》卷二十二）督郵：官名，漢置，郡的重要屬吏，督送郵書外，還代表太守督察縣鄉、宣達教令，兼司獄訟捕亡。

(3) 晉文公：春秋時晉國國君，名重耳。驪姬之亂，重耳出奔，在外十九年。「齊桓公厚禮，而以宗女妻之，有馬二十乘，重耳安之。……留齊凡五歲。重耳愛齊女，毋去心。」（《史記》卷三十九）

(4) 光武：即漢光武帝劉秀，字文叔。南陽蔡陽人。漢高祖九世孫。王莽末起兵。建武元年稱帝，定都洛陽，統一全國。加強中央集權。在位三十三年。

(5) 李通：東漢南陽宛人。初仕王莽，後與劉秀定計舉兵。光武即位，為衛尉、大司農，位至大司空。逋（bū）：拖欠。嚴尤：王莽時人，為大司馬。免官。後降劉聖，亦為大司馬。《後漢書‧光武帝紀》說：「初，光武為舂陵侯家訟逋租于尤，尤見而奇之。」《東觀漢記》說：「時宛人朱福亦為舅訟租于尤，尤止車，獨與上（劉秀）語，不視福，上歸戲福曰：『嚴公寧視卿耶？』」——此處袁枚將朱福誤為李通。朱福，原名朱祜（一作祐，為避安帝諱），字仲先。後漢南陽宛人。從劉秀起兵為護軍，隨征河北。光武即位，拜建義大將軍，封鬲侯。

(6) 韓蘄（qí）王：即韓世忠，字良臣。宋延安人。著名抗金將領，卒後追封蘄王。《宋史》說：「早年鷙勇絕人，能騎生馬駒，家貧無產業，嗜酒尚氣，不可繩檢。日者言當作三公，世忠怒其侮己，毆之。」

(7) 鄂西林：鄂爾泰（1677－1745），姓西林覺羅氏，字毅庵，號西林。清滿洲鑲藍旗人。曾為軍機大臣，兼理侍衛內大臣。工為詩而不以詩自鳴。所作長於詠物，時有

感慨。詩集有《西林遺稿》。卒諡文端。袁枚寫有〈武英殿大學士太傅文端公鄂爾泰行略〉。

(8) 經略：明及清初有重要軍事任務時特設經略，職位在總督之上。

(9) 甲秀樓：明萬曆建，在今貴陽市南明塘，天啟後改稱來鳳閣，清代屢有修建。

(10) 濟火：三國蜀牂牁人，為牂牁帥，善撫其眾，諸葛亮南征，濟火通道積糧以迎，被命為先鋒，助亮平西南各部，擒孟獲。

(11) 武鄉祠：諸葛亮受封武鄉侯，這裏指武鄉侯的祠堂。

(12) 張桐城：即張廷玉（1672－1755），字衡臣，號硯齋。安徽桐城人。康熙三十九年進士。官至禮部尚書、保和殿大學士兼管吏部。前後任官五十年，為三朝元老。為明史館總裁。詩文以應制、謝恩、酬酢之類居多。有《澄懷園全集》、《大禮記注》、《皇清文穎》等。卒諡文和。

(13) 扈蹕：隨侍帝王車駕或出行至某處。

二

楊誠齋曰(1)：「從來天分低拙之人，好談格調，而不解風趣。何也？格調是空架子，有腔口易描；風趣專寫性靈，非天才不辦。」余深愛其言。須知有性情，便有格律；格律不在性情外。《三百篇》半是勞人思婦率意言情之事；誰為之格？誰為之律？而今之談格調者，能出其範圍否？況皋、禹之歌(2)，不同乎《三百篇》；《國風》之格，不同乎《雅》、

《頌》：格豈有一定哉？許渾云(3)：「吟詩好似成仙骨，骨裏無詩莫浪吟。」詩在骨不在格也。

【箋注】

(1) 楊誠齋：楊萬里，字廷秀，號誠齋。宋吉州吉水人。高宗紹興二十四年進士。官太常博士、太子侍讀、秘書監、江東轉運副使。工詩，自成誠齋體。有「誠齋集」。此處所引楊萬里語查無出處，不明何據。

(2) 皋：即皋陶，傳說中遠古時人，舜命作掌刑之官，以正直稱。《尚書‧益稷》中載其歌曰：「元首明哉！股肱良哉！庶事康哉！」「元首叢脞哉！股肱惰哉！萬事墮哉！」禹：或作夏禹、大禹，夏代開國國君。《藝文類聚》引《呂氏春秋》曰：「禹年三十未娶，行塗山，恐時暮失嗣，辭曰：『吾之娶，必有應也。』乃有白狐九尾而造于禹。禹曰：『白者，吾服也；九尾者，其證也。』於是塗山人歌曰：『綏綏白狐，九尾龐龐，成于家室，我都攸昌！』於是娶塗山之女。」

(3) 許渾：字用晦，一作仲晦。唐潤州丹陽人，祖籍安陸。文宗太和六年進士。官監察御史、虞部員外郎、睦郢二州刺史。後退居村舍。工律詩，為晚唐名家。有《丁卯集》。查《全唐詩》許渾無此二語，不知何出。許有一首〈學仙〉：「商嶺采芝尋四老，紫陽收術訪三茅。欲求不死長生訣，骨裡無仙不肯教。」

三

　　前明門戶之習(1)，不止朝廷也，於詩亦然。當其盛時，高楊張徐(2)，各自成家，毫無門戶。一傳而為七子(3)；再傳而為鍾、譚，為公安(4)；又再傳而為

虞山(5)：率皆攻排詆呵，自樹一幟，殊可笑也。凡人各有得力處，各有乖謬處，總要平心靜氣，存其是而去其非。試思七子、鍾、譚，若無當日之盛名，則虞山選《列朝詩》時，方將搜索於荒村寂寞之鄉，得半句片言以傳其人矣。敵必當王，射先中馬：皆好名者之累也！

【箋注】

(1) 門戶：此處指派別。

(2) 高楊張徐：指明高啟（季迪）、楊基（孟載）、張羽（來儀）、徐賁（幼文）四位詩人。

(3) 七子：此指明七子。明弘治、正德間，詩人李夢陽、何景明、徐禎卿、邊貢、康海、王九思、王廷相，于詩于文，倡論相同，主張復古：號為前七子。嘉靖年間，李攀龍、王世貞、謝榛、宗臣、梁有譽、徐中行、吳國倫七人，言文必秦漢，詩必盛唐：稱為後七子。前後七子文學主張大致相同，以復古為革新，尊情反理。

(4) 鍾譚：鍾惺、譚元春。同為湖北竟陵（今天門市）人。以二人為首，領起明代後期一支文學流派竟陵派，反對擬古，主張矯七子之弊，倡以清真，但卻變為『幽深孤峭』。公安：也是明代後期的一支文學流派，以袁宏道、袁宗道、袁中道為首，因三袁是公安（在今湖北）人而得名。他們反對前後七子的擬古風氣，主張文學「獨抒性靈，不拘格套」。

(5) 虞山：錢謙益（1582-1664），字受之，一字牧齋。江南常熟虞山（今屬江蘇）人。明萬曆三十八年進士。官至禮部尚書。降清後，任禮部右侍郎。明末清初的文壇領袖。有《初學集》、《有學集》、《投筆集》等。

四

　　于耐圃相公構疏香閣(1)，種菜數畦，題一聯云：「今日正宜知此味；當年曾自咬其根。」鄂西林相公亦有菜圃對聯云(2)：「此味易知，但須綠野秋來種；對他有愧，只恐蒼生面色多。」兩人都用真西山語(3)；而胸襟氣象，卻迥不侔。

【箋注】

(1) 于耐圃：于敏中(1714-1780)，字叔子，號耐圃。江蘇金壇人。乾隆二年進士第一，授修撰。累遷戶部侍郎兼軍機大臣，官至文華殿大學士兼戶部尚書。曾任《四庫全書》館正總裁。卒謚文襄。有《臨清紀略》。

(2) 鄂西林：即鄂爾泰。見本卷一注(7)。

(3) 真西山：真德秀，字景元、景希，號西山。宋建寧府浦城人。慶元五年進士。官至戶部尚書、資政殿大學士。有《真文忠公集》。《鶴林玉露》甲編卷二：「真西山論菜云：『百姓不可一日有此色，士大夫不可一日不知此味。』」—— 按：早于真西山的黃庭堅《別集·題徐熙畫菜》有云：「不可使士大夫不知此味，不可使天下之民有此色。」

五

　　落第詩，唐人極多。本朝程魚門云(1)：「也應有淚流知已，只覺無顏對俗人。」陳梅岑云(2)：「得原有命他休問，壯不如人後可知。」家香亭云(3)：「共說文章原有價，若論僥倖豈無人？」又云：「愁

看童僕淒涼色，怕讀親朋慰藉書。」王菊莊云(4)：
「親朋共悵登程日，鄉里先傳下第名。」皆可與唐人
頡頏。然讀姚武功云(5)：「須鑿燕然山上石，登科記
裏是閑名。」則爽然若失矣。讀唐青臣云(6)：「不第
遠歸來，妻子色不喜。黃犬恰有情，當門臥搖尾。」
則吃吃笑不休矣。其他如：「不辭更寫公卿卷，恰是
難修骨肉書。(7)」「失意雅不愜，見花如見仇。路逢
白面郎，醉簪花滿頭。(8)」「枉坐公車行萬里，譬如
閑看華山來。(9)」「鄉連南渡思菰米，淚滴東風避杏
花。(10)」俱妙。

【箋注】

(1) 程魚門：程晉芳（1718-1784），字魚門，號蕺園。江南歙
　　縣人，遷徙江都。乾隆二十八年南巡，召試第一，賜中
　　書舍人，三十六年成進士。歷官吏部文選司主事、翰林
　　院編修。有《蕺園詩集》、《勉行齋文集》等。

(2) 陳梅岑：陳熙，字梅岑。清浙江秀州人。官河南南河同
　　知。有《騰笑軒詩鈔》。

(3) 香亭：袁樹，字豆村，號香亭。浙江錢塘人。袁枚堂
　　弟。乾隆二十八年進士。此處所引詩句出自他的〈下
　　第〉詩。（《袁枚全集・紅豆村人詩稿》78頁）

(4) 王菊莊：王金英，字淡人，號菊莊、秋士。江蘇江寧
　　人。乾隆二十七年舉人。以教諭主講河北永平書院。有
　　《冷香山館詩鈔》。

(5) 姚武功：即姚合。唐陝州峽石（今河南陝縣南）人。一說
　　吳興人。憲宗元和十一年進士。授武功主簿，官至秘書
　　少監，世稱「姚武功」，其詩派也稱「武功體」。

(6) 唐青臣：未詳。所引詩見潘圖《末秋到家》。文字稍有
　　出入。見《全唐詩》卷770。潘圖，唐袁州宜春（今屬江

西）人。登進士第，具體年代不詳。

(7)「不辭」二語：唐・杜荀鶴〈下第投所知〉詩句。

(8)「失意」四語：唐・崔道融〈春題二首〉中語。字有不同。

(9)「枉坐」二語：唐・平曾〈謁華州李相不遇〉詩句。前一句不同。

(10)「鄉連」二語：唐・鄭谷〈同志顧雲下第出京偶有寄勉〉詩句。

六

余作詩，雅不喜疊韻、和韻及用古人韻(1)。以為詩寫性情，惟吾所適。一韻中有千百字，憑吾所選；尚有用定後不愜意而別改者(2)；何以得一二韻約束為之？既約束，則不得不湊拍(3)；既湊拍，安得有性情哉？《莊子》曰：「忘足，履之適也。(4)」余亦曰：「忘韻，詩之適也。」

【箋注】

(1)疊韻：一是指用同樣的韻腳寫多首詩；二是指兩字韻母相同為疊韻。這裏是指第一種。和韻：依照原詩體式韻腳唱和，謂之和韻。或全依原唱韻字及其順序，或只用原唱韻字而不依其順序，或用韻僅與原唱同韻部即可。用古人韻：用古人原詩的韻，但不一定按原詩韻腳的次序。或者說用周、秦、漢的語音即古韻為韻。

(2)愜（qie）意：滿意。

(3)湊拍：湊合，拼湊。

(4)「忘足」句：引自《莊子・達生》。適：適宜。

七

常州趙仁叔有一聯云（1）：「蝶來風有致，人去月無聊。」仁叔一生，只傳此二句。某〈擬古〉云：「莫作江上舟，莫作江上月。舟載人別離，月照人離別。」其人一生，所傳亦只此四句。金聖歎好批小說（2），人多薄之；然其〈宿野廟〉一絕云：「眾響漸已寂，蟲於佛面飛。半窗關夜雨，四壁掛僧衣。」殊清絕。孔東堂演《桃花扇》曲本（3）；有詩集若干，佳句云：「船衝宿鷺排檣起，燈引秋蚊入帳飛。」其他首未能稱是。

【箋注】

（1）趙仁叔：此誤，所引應為趙闇叔句。其詩也並非只傳此二語。據史震林《西青散記》卷一，全詩為「香嫋夢微消，春寒著細腰。蝶來風有致，人去月無聊。」又據史震林《華陽散稿》卷下〈程靜齋小傳〉，謂程喜吟闇叔此聯。趙闇叔，號棲鸞。毗陵姬山（今屬江蘇省常州市）人。幼年失父母，家貧。終生布衣。與史震林同生活於清乾嘉時期。詩多存於《西青散記》。

（2）金聖歎：金人瑞（1608-1661），字聖歎。清江南吳縣人。清代頗有影響的文學批評家。有《沉吟樓詩選》。

（3）孔東堂：孔尚任（1648-1718），字聘之，一字季重，號東塘，別號岸堂。清山東曲阜人。代表作是著名傳奇《桃花扇》，詩文有《湖海集》、《石門山集》、《長留集》等。

八

　　嵩亭上人〈題活埋庵〉云(1)：「誰把庵名號『活埋』？令人千古費疑猜。我今豈是輕生者，只為從前死過來。」周道士鶴雛有句云(2)：「大道得從心死後，此身誤在我生前。」兩詩於禪理俱有所得。

【箋注】

(1) 嵩亭上人：未詳。活埋庵：王船山自撰楹聯：「六經責我開新面，七尺從天乞活埋。」嵩亭和尚效法王船山把自己的僧庵稱為「活埋庵」，他憤世嫉俗，為反抗清廷而出家。

(2) 周鶴雛：周鳴仙，字鶴雛。清上元人。道士。

九

　　乾隆丙辰，余二十一歲，起居叔父于廣西(1)。撫軍金震方先生一見有國士之目(2)，特疏薦博學宏詞(3)，首敘年齒，再誇文學；並云：「臣朝夕觀其為人，性情恬淡，舉止安詳。國家應運生才，必為大成之器。」一時司道爭來探問(4)。公每見屬吏，談公事外，必及余之某詩某句，津津道之，並及其容止動作。余在屏後聞之竊喜。探公見客，必隨而竊聽焉。呈七排一首，有句云：「萬里闕前修薦表(5)，百官座上嘆文章。」蓋實事也。公有詩集數卷，歿後無從編輯，僅記其〈答幕友祝壽〉云：「浮生虛逐黃雲度，高士群歌《白雪》來(6)。」〈題八桂堂〉云：「盡日

天香生畫戟，有時鶴舞到匡床(7)。」想見撫粵九年，
政簡刑清光景。

【箋注】

(1) 起居：問安，探望。叔父：袁鴻，字健磐。清錢塘人。
游幕客居廣西三十餘年。時在金撫軍幕中。有《鐵如意
齋集》。

(2) 金震方：金鉷，字震方，一字德山。清漢軍鑲白旗
人，山東登州籍。監生。善兵法，歷任廣昌知縣、太
原知府、粵西按察使、巡撫，補刑部侍郎。雍正五年
卒。(《小倉山房文集》卷三)。國士：國家傑出人才。

(3) 博學宏詞：科舉名目的一種。曾因避乾隆諱「弘」字而
改為博學鴻詞科。也稱博學鴻儒。

(4) 司道：隸屬于巡撫的專設機構。此指其中官員。

(5) 闕前：宮廷或京都前。薦表：推舉人才的文表。

(6) 黃雲：《史記》卷一〈五帝本紀〉：《索隱》：「蓋黃
帝黃雲之瑞，故曰『合符應於釜山』也。」《集解》：
「應劭曰：『黃帝受命，有雲瑞，故以雲紀事也。春官
為青雲，夏官為縉雲，秋官為白雲，冬官為黑雲，中官
為黃雲。』」「張晏曰：『黃帝有景雲之應，因以名師
與官。』」後以黃雲為祥瑞之氣。白雪：古琴曲名。後
指高雅歌曲及詩詞。

(7) 畫戟：古兵器名。因有彩飾，故稱。常作為儀飾之用。
匡床：安適方正的床。單人坐具，又叫「獨坐座」。
《商君書‧畫策》：「所謂明者，無所不見，則群臣不
敢為奸，百姓不敢為非。是以人主處匡床之上，聽絲竹
之聲，而天下治。」便是指的這種代表着某種權威的坐
具。

一〇

　　己未朝考題是《賦得「因風想玉珂」(1)》。余欲刻畫「想」字，有句云：「聲疑來禁院，人似隔天河。」諸總裁以為語涉不莊，將置之孫山(2)。大司寇尹公與諸公力爭曰(3)：「此人肯用心思，必年少有才者；尚未解應制體裁耳(4)。此庶吉士之所以需教習也(5)。倘進呈時，上有駁問，我當獨奏。」群議始息。余之得與館選，受尹公知，從此始。未幾，上命公教習庶吉士。余獻詩云：「琴纔已成焦尾斷(6)，風高重轉落花紅。」

【箋注】

(1) 因風想玉珂：杜甫《春宿左省》中詩句。玉珂：馬絡頭上的玉製裝飾物。

(2) 孫山：宋范公偁《過庭錄》：「吳人孫山，滑稽才子也。赴舉他郡，鄉人托以子偕往。鄉人子失意，山綴榜末。先歸，鄉人問其子得失。山曰：『解名盡處是孫山，賢郎更在孫山外。』」後來稱考試不中為名落孫山。

(3) 大司寇：清時對刑部尚書的別稱。尹公：尹繼善(1696-1771)，姓章佳士，字元長，號望山。滿洲鑲黃旗人。雍正元年進士。官至文華殿大學士兼軍機大臣。卒贈太保，謚文端。有《尹文端公詩集》。

(4) 應制：封建時代臣僚奉皇帝之命寫作詩文。唐以後應制詩大都為五言六韻或八韻的排律。內容多為歌功頌德，少數也陳述一些對皇帝的期望。

(5) 庶吉士：清代翰林院設庶常館，欽點新進士之優於文學書法者入館學習，稱為翰林院庶吉士，也叫做庶常，學

成後主事各部，或作編修，或選為知縣。

(6)琴爨（cuàn）：《後漢書‧蔡邕傳》：「吳人有燒桐以爨者，邕聞火烈之聲，知其良木，因請而裁為琴，果有美音，而其尾猶焦，故時人名曰『焦尾琴』焉。」

尹文端公總督江南(1)，年才三十，人呼「小尹」。海甯詩人楊守知(2)，字次也，康熙庚辰進士。以道員挂誤(3)，候補南河，年七十矣。尹知為老名士，所以獎慰之者甚厚。楊喜，自指其鬚，歎曰：「蒙公盛意，惜守知老矣！『夕陽無限好，只是近黃昏(4)。』」公應聲曰：「不然；君獨不聞『天意憐幽草，人間重晚晴』乎(5)？」楊駭然，出語人曰：「不謂小尹少年科甲，竟能吐屬風流。」

尹文端公好和韻，尤好疊韻，每與人角勝，多多益善。庚辰十月，為勾當公事，與嘉興錢香樹尚書相遇蘇州(6)，和詩至十餘次。一時材官儽從(7)，為送兩家詩，至於馬疲人倦。尚書還嘉禾，而尹公又追寄一首，挑之於吳江。尚書覆札云：「歲事匆匆，實不能再和矣。願公遍告同人，說香樹老子，戰敗於吳江道上。何如？」適枚過蘇，見此札，遂獻七律一章，第五六云：「秋容老圃無衰色，詩律吳江有敗兵。」公喜，從此又與枚疊和不休。押「兵」字，有「消寒須用美人兵」，「莫向床頭笑曳兵」之句：蓋探枚方娶妾故也。其好諧謔如此。己卯八月，枚江北穫稻

歸，飲於公所。酒畢，與諸公子夜談。公從後堂札示云：「山人在外初回(8)，家姬必多相憶。盍早歸乎？」余題札後云：「夜深手札出深閨，勸我新歸應早回。自笑公門懶桃李，五更結子要風催。」除夕，公賜食物。枚以詩謝，末首云：「知公得韻便傳箋，倚馬才高不讓先。今日教公輸一着，新詩和到是明年。」公見之，大笑。

【箋注】

(1) 尹文端：尹繼善。見本卷一〇注(3)。

(2) 楊守知（1669-1730）：字次也，號致軒，別號晚研、稼亭、意園。浙江海寧人。康熙三十九年進士。官平涼知府，降中河通判。浙西四才子之一。詠物詩工，有佳句。著《致軒集》。

(3) 挂誤：受牽連而被處分。

(4) 「夕陽」二語：唐·李商隱〈樂游原〉詩中句。

(5) 「天意」二語：李商隱〈晚晴〉中句。

(6) 錢香樹：錢陳群（1686-1774），字主敬，號香樹、集齋、修亭、柘南居士。浙江嘉興人。康熙六十年進士。授翰林院編修，官至刑部右侍郎。卒諡文端。有《香樹齋集》。

(7) 材官：武卒或供差遣的低級武職。傔（qiàn）從：侍從；僕役。

(8) 山人：古代學者士人的雅號。此指袁枚。

一二

託冢宰庸(1)，字師健，作江甯方伯時(2)，潘明府涵(3)，極言公風雅，強余入謁。果一見如平生懽。讀其〈送人赴陝〉詩云：「潞河冰合悲風生(4)，欲曙不曙鳥飛鳴。寒山歷歷路不盡，班馬蕭蕭君獨行。公孫閣下正延士(5)，博望關西方用兵(6)。此去知君未即返，月明空有相思情。」音節可愛。遂獻公二律，前四句云：「七十神仙海鶴姿，六年人悔見公遲。學窮宋理談偏妙，詩合唐音自不知。」次日，公過訪隨園，坐定，忽正色曰：「吾欲借君一貴重之物，未知肯否？」余愕然，問何物？公笑出袖中和韻詩，第二句仍是「六年人悔見公遲」七字耳。彼此囅然(7)。兩人詩都遺失。余只記押「心」字韻。尹相國和云：「若非元老憐才意，爭動閑雲出岫心(8)？」

【箋注】

(1) 託庸：字師健，號瞻園，姓富蔡氏。清滿洲鑲黃旗人。官至吏部尚書。有《瞻園詩鈔》。冢宰：明清時亦作為吏部尚書的別稱。

(2) 江寧：今江蘇南京市。方伯：唐代以後地方官的泛稱。

(3) 潘涵：字宇情。清錢塘國學生。纂修《一統志》，議敘州判。後任六合縣知縣，以循吏稱。卒年五十九。明府：唐以後多專用以稱縣令。

(4) 潞河：即今北京市通縣以下白河。

(5) 公孫：公孫弘（前200－前121），字季，一字次卿。西漢菑川薛人。以賢良徵為博士，曾出使匈奴。由布衣官至丞相，封平津侯。起客館，開東閣，以延賢人。延士：

招攬士人、才子。

(6) 博望：張騫，西漢漢中成固人。以校尉從衛青出擊匈
奴，拜博望侯。後以中郎將出使烏孫，通好西域。官至
大行。

(7) 囅（chǎn）然：笑貌。

(8) 出岫：出山。比喻出仕。

一三

　　以昌黎之崛強，宜鄙俳體矣(1)；而〈滕王閣序〉
曰(2)：「得附三王之末(3)，有榮耀焉。」以杜少陵
之博大(4)，宜薄初唐矣；而詩曰：「王楊盧駱當時
體(5)，不廢江河萬古流。」以黃山谷之奧峭，宜薄西
崑矣(6)；而詩云：「元之如砥柱，大年若霜鶻(7)。
王楊立本朝，與世作郛郭(8)。」今人未窺韓柳門戶，
而先掃六朝(9)；未得李杜皮毛，而已輕溫李(10)：何
蚍蜉之多也(11)！

【箋注】

(1) 昌黎：韓愈（768-824），字退之。唐河南河陽（今河南孟
縣）人。郡望昌黎，世稱韓昌黎。德宗貞元八年進士。
官四門博士、監察御史、國子博士、中書舍人、刑部侍
郎、京兆尹等。卒諡文，世又稱韓文公。有《昌黎先生
集》。俳體：也稱俳諧體，指俳諧詼諧的詩文體。這裏
所指其實應是駢體，這種文體以雙句為主，講究對仗的
工整和聲律的鏗鏘。

(2) 滕王閣：在江西南昌市沿江路贛江邊。唐顯慶四年，太
宗之弟滕王李元嬰都督洪州時營建。上元二年重修時，

王勃過此作〈滕王閣序〉。

(3)三王：指唐朝王勃、王緒、王仲舒。滕王閣是王勃作序、王緒作賦、王仲舒作修閣記。韓愈〈新修滕王閣記〉中說：「竊喜載名其上，詞列三王之次，有榮耀焉。」袁枚所引稍有出入。

(4)杜少陵：杜甫（712-770），字子美，自稱杜陵布衣，又稱少陵野老。唐河南鞏縣人。祖籍襄陽。曾官工部員外郎，世稱杜工部。後人又稱其為詩聖。有《杜工部集》。

(5)王楊盧駱：唐初四傑王勃、楊炯、盧照鄰、駱賓王。所引詩句見杜甫〈戲為六絕句〉其二。

(6)黃山谷：黃庭堅（1045-1105），字魯直，號涪翁、山谷道人。宋洪州分寧人。英宗治平四年進士。曾知宣州、鄂州、太平州。為蘇門四學士之一。崇杜甫詩，開創江西詩派。有《豫章黃先生文集》。此所引詩句見〈次韻楊明叔見餞十首〉之一。西崑：西崑體，北宋初的一個重要詩派。代表人物為楊億、錢惟演、劉筠等館閣詩人。楊億將當時宮廷侍臣、翰林學士等在祕閣唱和的詩作編為《西崑酬唱集》。西崑原指西方崑崙群玉之山，相傳為古帝王藏書之地。該派師法唐·李商隱，詩風華麗典雅，對仗工整，好用典故，為典型臺閣體。

(7)元之：王禹偁，字元之。宋濟州鉅野人。太平興國八年進士。歷官左司諫、禮部員外郎、知制誥。多次貶任地方官。以剛直敢言稱。詩風清麗平易，在北宋詩壇頗有影響。有《小畜集》、《五代史闕文》。砥柱，喻其剛直堅定。大年：宋·楊億，字大年。福建建甌人。淳化進士。累官知制誥、翰林學士兼史館修撰。曾與劉筠、錢惟演相唱和，編成《西崑酬唱集》，號西崑體。有《武夷新集》。霜鵠：白鶴。鵠，通鶴；一作鶚。鶚好峙立，稱鶚立。喻楊億立朝耿介正直。

(8)郭郭：外城，引申為保障。此言楊億能維護正義，抵禦

奸邪。

(9)韓柳：指唐・韓愈、柳宗元。六朝：三國孫吳、東晉和南朝的宋、齊、梁、陳，相繼建都建康（吳名建業，今南京市），史稱為六朝。包括了淮河秦嶺以南的廣大南方地區。六朝文風偏於綺靡。

(10)李杜：李白、杜甫。溫李：指唐・溫庭筠、李商隱。

(11)蜉蝣：比喻淺薄狂妄的人或文辭。

一四

　　「懷仁輔義天下悅，阿諛順旨要領絕。」子陵語也(1)。「崇山幽都何可偶，黃鉞一下無處所。」光武語也(2)。兩人同學，故言語相同，皆七古中硬句(3)。

【箋注】

(1)「懷仁」句：見《後漢書・逸民列傳》，意為「心懷仁義，主持正義，天下人都高興；奉迎拍馬，只知順承旨意不違拗，政綱全斷絕。」子陵：即嚴光，字子陵。漢會稽餘姚（今屬浙江）人，少與光武帝劉秀同遊學，劉秀稱帝，變姓名逃遁。身披羊裘，釣於澤中，被發現，請到京都。與劉秀同臥，足加帝腹。封官不就，復歸隱于富春山，終身不仕。

(2)「崇山」句：見《後漢書・馮勤傳》，是光武帝劉秀賜給侯霸璽書上的兩句話。意為「曾經流放過驩兜和共工的崇山幽都怎麼可以再去，要知道黃鉞一落下去人就會沒有居留的地方。」崇山：相傳舜放驩兜之處。《書・舜典》：「流共工於幽州，放驩兜於崇山。」在今廣西

凌雲縣和西林縣一帶。舊說在湖南大庸縣西南。幽都：
北方之地，陰氣所聚，故曰幽都。約在雁門以北。流放
共工的地方。黃鉞：象徵帝王權力的用黃金裝飾的長柄
斧子。天子儀仗，亦用以征伐。光武：劉秀。見本卷一
注(4)。

(3)七古：七言古體詩的省稱。硬句：剛勁的語句。

一五

　　古無類書，無志書，又無字彙(1)，故〈三都〉、
〈兩京〉賦(2)，言木則若干，言鳥則若干，必待搜輯
群書，廣採風土，然後成文。果能才藻富豔，便傾動
一時。洛陽所以紙貴者，直是家置一本，當類書、郡
志讀耳。故成之亦須十年、五年。今類書、字彙，無
所不備；使左思生於今日，必不作此種賦(3)。即作
之，不過翻摘故紙，一二日可成。而抄誦之者，亦無
有也。今人作詩賦，而好用雜事僻韻，以多為貴者，
誤矣！

【箋注】

(1)類書：輯錄各門類或某一門類的資料，並依內容或字、
　　韻分門別類編排供尋檢、徵引的工具書。志書：記事之
　　書。後指記載地方的疆域沿革、典章、山川、古跡、人
　　物、物產、風俗的書。

(2)三都兩京賦：西晉・左思作〈蜀都賦〉、〈吳都賦〉、
　　〈魏都賦〉，合稱為〈三都賦〉。東漢・張衡作〈東京
　　賦〉、〈西京賦〉，合稱為〈二京賦〉。

(3)左思：字太沖。西晉・齊臨淄（今屬山東）人。博學，兼
　　善陰陽之術。代表作是〈三都賦〉與〈詠史詩八首〉。
　　作〈三都賦〉構思十年，賦成，貴盛之家競相傳寫，洛
　　陽為之紙貴。有《左太沖集》輯本。

一六

　　「樂府」二字，是官監之名(1)，見霍光、張放
兩傳(2)。其〈君馬黃〉、〈臨高臺〉等樂章(3)，
久矣失傳。蓋因樂府傳寫，大字為辭，細字為聲，聲
詞合寫，易至舛誤。是以曹魏改〈將進酒〉為〈平關
中〉，〈上之回〉為〈克官渡〉(4)，共十二曲，並不
襲漢。晉人改〈思悲翁〉為〈宣受命〉，〈朱鷺〉為
〈靈之祥〉(5)，共十二曲，亦不襲魏。唐太白、長吉
知之(6)，故仍其本名，而自作己詩。少陵、張、王、
元、白知之(7)，故自作己詩，而創為新樂府。元稹序
杜詩，言之甚詳。鄭樵亦言(8)：「今之樂府，崔豹以
義說名，吳兢以事解目(9)，與詩之失傳一也。〈將進
酒〉，而李餘乃序烈女(10)；〈出門行〉，而劉猛不
言別離(11)；〈秋胡行〉，而武帝云『晨上散關山，
此道當何難』(12)：皆與題無涉。」今人猶貿貿然抱
《樂府解題》為秘本(13)，而字摹句仿之，如畫鬼
魅，鑿空無據；且必置之卷首，以撐門面。猶之自標
門閥，稱乃祖乃宗絕大官銜，而不知其與己無干也。

【箋注】

(1) 樂府：古代主管音樂的官署，起於漢代。亦指樂府官署所採製的詩歌。後將可以入樂的詩歌以及仿樂府古題的作品統稱為樂府。《漢書・禮樂志》：「至武帝定郊祀之禮，祠太一於甘泉，就乾位也；祭后土于汾陰，澤中方丘也。乃立樂府，采詩夜誦，有趙、代、秦、楚之謳。」

(2) 霍光：字子孟。西漢河東平陽（今山西臨汾西南）人。武帝時，為奉車都尉。後為大司馬大將軍。昭帝年幼即位，受武帝遺詔輔政，封博陸侯。前後秉政達二十年。《漢書》有傳。張放：西漢京兆杜陵（今陝西西安東南）人。《漢書》有傳。

(3) 君馬黃：漢樂府《鐃歌》篇名，為其十八曲之十。臨高臺：漢樂府《鐃歌》篇名，為其十八曲之十六。

(4) 將進酒：漢樂府《鐃歌》十八曲之九。平關中：《晉書・樂志》曰：「改漢〈將進酒〉為〈平關中〉，言曹公征馬超，定關中也。」上之回：漢樂府《鐃歌》十八曲之四。克官渡：《晉書・樂志》曰：「改漢〈上之回〉為〈克官渡〉，言曹公與袁紹戰，破之於官渡也。」

(5) 思悲翁：漢樂府《鐃歌》十八曲之二。宣受命：《樂府詩集》：「古〈思悲翁行〉。《古今樂錄》曰：『〈宣受命〉，言宣皇帝禦諸葛亮，養威重，運神兵，亮震怖而死。』」朱鷺：漢樂府《鐃歌》十八曲之一。靈之祥：《樂府詩集》：「古〈朱鷺行〉。《古今樂錄》曰：『〈靈之祥〉言宣皇帝之佐魏，猶虞舜之事堯也。既有石瑞之徵，又能用武以誅孟度之逆命也。』」

(6) 太白：李白，字太白，號青蓮居士。唐隴西成紀人，生於安西都護府所屬碎葉城。曾遷居蜀綿州昌隆縣青蓮鄉，亦曾寓居山東。擊劍任俠，喜漫遊。經推薦，詔供奉翰林。又遭讒毀，離長安。因入永王李璘幕府，獲罪

流放夜郎，中途遇赦東還。不久病卒。天才英特，一生吟詠，成就中國一大詩人。長吉：即李賀，字長吉。郡望隴西（今屬甘肅），福昌（今河南宜陽）昌谷人。以錦囊得句著稱。辭尚奇詭，所得皆警邁。其詩歌多幻想意象，構思奇特，具有濃烈的感情色彩，語言多瑰美奇峭，有「昌谷體」之稱。善作樂府詞，稱「李長吉體」。有《昌谷集》。《全唐詩》編其詩為五卷。

(7)少陵張王元白：即杜甫、張籍、王建、元稹、白居易。均長於新樂府。

(8)鄭樵：字漁仲，號溪西遺民。南宋興化軍莆田（今屬福建）人。不應科舉，居夾漈山下，力學三十年，學者稱夾漈先生。著述甚豐，以《通志》為最著。按：袁枚此處所引並非原句。

(9)崔豹：字正熊。西晉燕國人。撰有《古今注》。吳兢：唐汴州浚儀（今河南開封）人。歷武周、中宗、玄宗朝。官衛尉少卿，兼修文館學士，累遷太子左庶子。所著《貞觀政要》、《樂府古題要解》、《開元升平源》今傳於世。

(10)李餘：唐成都人。長慶三年進士。《全唐詩》錄其詩二首。

(11)劉猛：唐彭城（今江蘇徐州）人。元和十二年客居梁州。《全唐詩》錄其詩三首。按：劉李古樂府詩已佚。

(12)秋胡行：樂府篇名，屬《相和歌辭·清調曲》，詩的本事是《西京雜記》、《列女傳》所載魯人秋胡與妻子的故事。古辭已亡，現存曹操、曹丕等人的同題擬作，內容與本事無關。武帝：此指魏武帝曹操。其〈秋胡行〉載于郭茂倩《樂府詩集》卷三六。

(13)樂府解題：郭茂倩《樂府詩集》卷一六所引《樂府解題》題吳兢之名。鄭樵《通志》卷六四藝文錄：《樂府古題要解一卷》（吳兢）、《樂府解題一卷》、《樂府題

解十卷》（劉次莊）。《四庫全書總目》認為後人把《樂府古題要解》和《樂府解題》二書混為一談，吳兢所著已佚，此書為元人偽造。《中國詩學大辭典》（浙江教育出版社1999年8月版）認為「今本究竟是否吳兢之作，雖可闕疑，但其內容，必出於唐人之手，決非後人偽造。」又說「此書乃針對後世文士撰寫樂府，襲用古題而用意不同于古人，因此作為『解題』，使後學者能得以取正」，「但就此書撰寫動機看，顯然代表了一種保守觀點。」

一七

左氏(1)：「鄭伯享趙孟於垂隴(2)。七子賦詩，伯有賦〈鶉奔〉(3)。趙孟斥之曰：『床笫之言不踰閾，非使人之所聞也(4)。』」然則其他之賦〈野有蔓草〉、〈有女同車〉及〈蘀兮〉者(5)，其非淫奔之詩，明矣。

【箋注】

(1) 左氏：春秋戰國之際左丘明。傳為魯國史官。據《春秋》紀年集各國史料撰《左氏春秋》，即《左傳》。此處所引並非原文。參看《左傳·襄公二十七年》。

(2) 鄭伯：春秋時鄭國國君鄭莊公。享：設宴款待。趙孟：即趙武，亦稱趙文子，春秋時晉國人。趙朔之子。晉景公時，屠岸賈誅滅趙氏，朔妻莊姬（晉景公之姊）遺腹生趙武，賴程嬰和公孫杵臼之救得免死。後被立為趙氏後嗣。晉悼公立，任為卿。晉平公十年，執國政。卒諡文。垂隴：在今鄭州市稍西而北二十餘里，即滎陽縣東北。

(3)七子：亦稱七穆。指春秋鄭子展、子西、子產、伯有、
　　子太叔、子石、伯石，皆為掌握鄭國政權的世卿。鶉
　　奔：指《詩經・鄘風・鶉之賁賁》，今本作〈鶉之奔
　　奔〉。據《毛詩序》說，此詩為刺衛宣姜淫亂而作。

(4)床第（zǐ）：床和墊在床上的竹席，此指閨房之內，枕
　　席之間。閾（yù）：門檻。使人：奉命出使的人。趙孟
　　自指。

(5)〈野有蔓草〉：《詩經・鄭風》中篇名。〈有女同
　　車〉、〈搴兮〉：也都是《詩經・鄭風》中的篇目。
　　《左傳》中七子並沒有賦此二詩，朱熹《詩集傳》中認
　　為此二詩是淫邪之作，袁枚在這裏顯然對朱熹的看法予
　　以否定。

一八

　　「庚」字古音同「岡」，故字法「康」從
「庚」，漢以前無讀「羹」者。「慶」字古音同
「羌」(1)，漢以前無讀「磬」者(2)。「令」字古音
同「連」，入「先」、「仙」韻，轉去聲作「戀」，
漢以前無讀「靈」者。

【箋注】

(1)羌：音（qiāng）。

(2)磬：音（qìng）。

一九

《文選》詩，有五韻七韻者(1)。李德裕所謂「意盡而止，成篇不拘於隻偶」也(2)。

【箋注】

(1)《文選》：南朝梁·蕭統所編詩文總集。五韻七韻：指一首詩中有五個或七個韻步。

(2)李德裕：字文饒。唐真定贊皇（今屬河北）人。歷任翰林學士、浙西觀察使、西川節度使、兵部尚書、左僕射，在文宗和武宗朝兩度為相。主政期間，與牛僧孺、李宗閔為首的牛派之爭後被稱為「牛李黨爭」。位極臺輔，讀書不輟。與詩人劉禹錫、元稹、李商隱、溫庭筠、杜牧均有交往。一生著述甚富。隻偶：單雙，單數和雙數。李德裕的詩文集《李衛公會昌一品集》外集卷三〈文章論〉說：「古人辭高者蓋以言妙而工，適情不取於音韻，意盡而止，成篇不拘於隻偶，故篇無定曲，辭寡累句。」

二〇

陸放翁(1)：「燒灰除菜蝗。」「蝗」字作仄聲。徐騎省(2)：「莫折紅芳樹，但知盡意看。」「但」字作平聲。李山甫〈赴舉別所知〉詩(3)：「黃祖不憐鸚鵡客，志公偏賞麒麟兒(4)。」「麒」字作仄聲。王建〈贈李僕射〉詩(5)：「每日城南空挑戰。」「挑」字作仄聲。〈贈田侍中〉：「綠窗紅燈酒。」「燈」字作仄聲。皆本白香山之以「司」為「四」(6)，

「琵」為「別」(7)，「凝脂」為「佞」(8)，「紅橋三百九十橋」，「十」字讀「諶」也(9)。韓愈〈岳陽樓〉詩(10)：「宇宙隘而妨。」「妨」作「訪」音。〈東都〉詩：「新輩只朝評。」「評」作「病」音。元稹〈東南行百韻〉詩(11)：「徵俸封魚租。」「封」音「俸」。〈病臥〉詩：「一生長苦節，三省詎行怪。」「怪」音「乖」。〈嶺南〉詩：「聯遊虧片玉，洞照失明鑒。」「鑒」音「間」。〈夜池〉詩：「高屋無人風張幔。」「張」音「丈」。「苦思正旦酹白雪，閑觀風色動青旐。」「正旦」讀作「真丹」。又白居易〈和令狐相公〉詩：「仁風扇道路，陰雨膏閭閻。」「扇」平聲，「膏」去聲。李商隱〈石城〉詩(12)：「簟冰將飄枕，簾烘不隱鉤。」自注：「『冰』去聲。」陸龜蒙〈包山〉詩(13)：「海客施明珠，湘蕤料淨食。」自注：「『料』平聲。」朱竹垞〈山塘紀事〉詩(14)：「殷勤短主簿，端笏立阼階。」「阼」音「徂」。杜少陵用「中興」、「中酒」、「王氣」、「貞觀」等字，忽平忽仄，隨其所便。大抵「相如」之「相」，「燈檠」之「檠」，「親迎」之「迎」，「親家」之「親」，「寧馨」之「馨」，「蒲桃」之「蒲」，「鄼侯」之「鄼」，「馬援」之「援」，「別離」之「離」，「急難」之「難」，「上應」之「應」，「判捨」之「判」，「量移」之「量」，「處分」之「分」，「范蠡」之「蠡」，「禰衡」之「禰」，「伍員」之「員」，皆平仄兩用。

【箋注】

(1) 陸放翁：陸游（1125-1210）：字務觀，號放翁。南宋越州
山陰人。賜進士出身。任樞密院編修、夔州通判、四川
制置使司參議、禮部郎中等職，以寶謨閣待制致仕。有
《劍南詩稿》、《渭南文集》、《南唐書》、《老學庵
筆記》。此處所引為〈杜門〉中第三句。

(2) 徐騎省：即徐鉉，字鼎臣。五代宋初文學家。原籍會
稽，其父遷居廣陵（今江蘇揚州），遂為廣陵人。初仕
吳，後仕南唐。官至散騎常侍，世稱徐騎省。南唐亡，
隨李煜歸宋。有《騎省集》。所引句出〈離歌辭〉。
但，讀tán。

(3) 李山甫：晚唐詩人。《全唐詩》編其詩為一卷。

(4) 黃祖：東漢末人。獻帝時為江夏太守。一次大宴賓客，
有人獻鸚鵡，讓禰衡作賦，衡揮筆而就，文不加點。
後黃祖卻因衡言不遜，把他殺了。志公：《陳書‧徐陵
傳》載：徐陵母臧氏嘗夢五色雲化為鳳，集左肩上，已
而誕徐陵。時寶誌上人有道，摩其頂曰：「天上石麒麟
也。」誌公，即寶誌上人。後以麒麟兒喻指聰慧子弟。

(5) 王建：字仲初。唐關輔（今陝西）人，郡望潁川（今河南
許昌）。有詩名，尤長樂府、宮詞，與張籍並稱，世稱
「張王」。

(6) 白香山：白居易，字樂天，晚號香山居士。唐華州下邽
人，祖籍太原。德宗貞元十六年進士。歷任翰林學士、
左拾遺、東宮贊善大夫以及中書舍人、秘書監、刑部侍
郎。曾貶江州司馬，外任杭州刺史、蘇州刺史。分司東
都後，遂居洛陽。以刑部尚書致仕。宣導新樂府運動。
詩文與元稹齊名。有《白氏長慶集》。《容齋隨筆》：
「白樂天詩好以司字作入聲讀，如云『四十著緋軍司
馬，男兒官職未蹉跎』、『一為州司馬，三見歲重陽』
是也。」

(7) 琵：《容齋隨筆》：（白居易）「以琵字作入聲讀。如云『四弦不似琵琶聲，亂瀉真珠細撼鈴』、『忽聞水上琵琶聲』是也。」

(8) 凝：《升庵詩話》：「《詩》：『膚如凝脂。』凝音佞。……白樂天詩：『落絮無風凝不飛。』又：『舞繁紅袖凝，歌切翠眉愁。』……今多作平音，失之音律，亦不協也。」

(9) 十：《老學庵筆記》：「白傅詩曰：『綠浪東西南北路，紅欄三百九十橋。』宋文安公宮詞曰：『三十六所春宮館，一一香風送管弦。』……則詩家亦以十為諶矣。」諶：音chén。

(10) 韓愈：見本卷一三注(1)。

(11) 元稹：字微之。唐河南(今河南洛陽)人。元和初對策舉制科第一。官至同中書門下平章事。詩與白居易齊名。

(12) 李商隱：字義山，號玉谿生。唐懷州河內(今河南沁陽)人。弱冠，以文謁令狐楚，楚奇其才，令與諸子遊，並親授駢體章奏法。工詩文，文采瑰麗，喜用典故，句意多隱晦迷離，富高情遠致。

(13) 陸龜蒙：字魯望，號江湖散人、天隨子、甫里先生。唐長洲(今蘇州)人。詩文賦並擅，與皮日休齊名，世稱「皮陸」。

(14) 朱竹垞：朱彝尊(1629-1709)，字錫鬯，號竹垞。清浙江秀水(今嘉興)人。康熙十八年應博學鴻詞科。有《日下舊聞》、《經義考》、《曝書亭集》、《騰笑集》等。

二一

宋人〈雪〉詩:「待伴不嫌鴛瓦冷,羞明常怯玉鈎斜(1)。」已新矣。鄭所南〈雪〉詩(2):「拇戰素手白相敵,酒潮上臉紅不鮮(3)。」更新。蕭德藻〈梅花〉詩(4):「湘妃危立凍蛟背,海月冷掛珊瑚枝(5)。」已新矣。徐巢友〈梅〉詩(6):「過牆新水滴眠鶴,壓屋冷雲眠定僧(7)。」更新。

【箋注】

(1)「待伴」二語:宋・王琪句。待伴:即待泮。謂冰雪未融化。鴛瓦:鴛鴦瓦。成對的瓦。屋瓦一俯一仰,因稱。玉鈎:喻新月。

(2)鄭所南:鄭思肖,字所南,號憶翁。宋末元初福州連江人。初以太學上舍應博學鴻詞科,會元兵南下,叩闕上書,不報。宋亡,隱居吳下。有詩集《心史》。此處所引為《前雪歌》中詩句。

(3)「拇戰」二語:其中含有一個「白戰」典故,指作「禁體詩」時禁用某些較常用的字。宋歐陽修為潁州太守時,曾與客會飲,作詠雪詩,禁用玉、月、梨、梅、練、絮、白、舞、鵝、鶴、銀等字。後蘇軾繼作太守,一日適逢下雪,也邀客作詠雪的禁體詩。「白戰」本義為徒手作戰,在這裏成了比喻。

(4)蕭德藻:字東夫,號千巖老人。宋福州閩清人。高宗紹興二十一年進士。工詩,極為楊萬里所稱。此處所引見〈古梅二絕〉。

(5)湘妃:舜二妃娥皇、女英。相傳二妃沒于湘水,遂為湘水之神。此喻梅花。

(6)徐巢友:徐穎,字渭友,後改巢友,號玄洲。明浙江海

鹽人。諸生。以註誤，逃於僧，自楚入茅山為道士。《檇李詩繫》卷十九收其詩。

(7)定僧：坐禪入定的和尚。

二二

　　《三餘編》言（1）：「詩家使事，不可太泥（2）。」白傅〈長恨歌〉（3）：「峨嵋山下少人行。」明皇幸蜀，不過峨嵋。謝宣城詩（4）：「澄江淨如練。」宣城去江百餘里，縣治左右無江。相如〈上林賦〉（5）：「八川分流。」長安無八川。嚴冬友曰（6）：「西漢時，長安原有八川，謂：涇、渭、灞、滻、灃、滈、潦、潏也；至宋時則無矣。」

【箋注】

(1)三餘編：宋・黃彥平著《三餘集》。

(2)使事：引用典故。泥：拘執，不變通。

(3)白傅：指白居易，白晚年曾官太子少傅，故稱。

(4)謝宣城：即謝朓，字玄（元）暉。南朝齊陳郡陽夏（今河南太康）人。官豫章王太尉行參軍、東海太守、宣城太守。長五言詩，為「永明體」代表。與晉宋之際著名山水詩人謝靈運同宗，因而人稱「小謝」，謝靈運為「大謝」。有《謝宣城集》。此處所引為〈晚登三山望京邑〉中名句。

(5)相如：司馬相如，字長卿。西漢蜀郡成都人。于臨邛遇新寡家居之卓文君，攜以同奔成都。漢武帝召為郎，後官中郎將，通西南夷有功，拜孝文園令。工辭賦。〈上林賦〉是其名作之一。

(6)嚴冬友：嚴長明（1731-1787），字冬友（東有），一字用
晦，號道甫。江蘇江寧（今南京）人。乾隆二十七年舉
人。歷官侍讀。有《歸求草堂詩集》、《秋山紀行集》
等。

二三

　　人稱才大者，如萬里黃河，與泥沙俱下。余以
為：此龘才(1)，非大才也。大才如海水接天，波濤浴
日，所見皆金銀宮闕，奇花異草；安得有泥沙污人眼
界耶？或曰：「詩有大家，有名家。大家不嫌龐雜，
名家必選字酌句。」余道：作者自命當作名家，而使
後人置我于大家之中；不可自命為大家，而轉使後人
屏我于名家之外。常規蔣心餘太史云(2)：「君切莫老
手頹唐，才人膽大也。」心餘以為然。

【箋注】

(1)龘才：粗疏而少才學的人。

(2)蔣心餘：蔣士銓（1725-1785），字心餘，一字笤生，號
新龘、苹龘、藏園。江西鉛山人。乾隆二十二年進士。
改庶吉士。與袁枚、趙翼以詩齊名，並稱乾隆三大家。
有《忠雅堂全集》。因曾充任武英殿纂修官，供職國史
館，被稱為太史。太史為清翰林的別稱。

二四

凡神廟匾對，難其用成語而有味。或造倉頡廟(1)，求匾。侯明經嘉繡(2)，提筆書「始制文字」四字。人人叫絕。或求戲臺對聯。姚念茲集唐句云(3)：「此曲祇應天上有，斯人莫道世間無(4)。」又，張文敏公戲臺集宋句云(5)：「古往今來只如此，淡妝濃抹總相宜(6)。」蘇州戲館集曲句云：「把往事，今朝重提起；破工夫，明日早些來。」俱妙。或題諸葛廟，用「丞相祠堂」四字，亦雅切。

【箋注】

(1) 倉頡：傳說中遠古時人，為古代整理文字之代表人物。《史記》據《世本》以為是黃帝時的史官。《荀子・解蔽》：「好書者眾矣，而倉頡獨傳者壹也。」漢・許慎《說文解字・序》：「黃帝之史官倉頡，見鳥獸蹄迒之跡，知分理之可相別異也，初造書契。」《千字文》說：「龍師火帝，鳥官人皇。始制文字，乃服衣裳。」倉頡廟，全國有數十座。一座位于陝西省渭南市白水縣城東北之史官村正北二里許。河南濮陽市南樂縣、福建長汀、山東泰安、浙江杭州等地也有倉頡廟。

(2) 侯嘉繡：字元經，號夷門子。清浙江天台人。乾隆中江寧縣丞。清廉有聲。年五十二卒。

(3) 姚念茲：原名世鍊，字念茲，一作念慈。後名姚汝金，字改之。清歸安（今浙江湖州）人。雍正副貢。薦充三禮館纂修官，授長沙縣丞。有《孤笑集》、《五臺山遊草》等。

(4) 「此曲」句：出自杜甫〈贈花卿〉。「斯人」句：出處待考。元・釋善住〈漫興四首〉中有詩句「夢裏生涯萬

事殊，覺來莫道世間無。」

(5) 張文敏：張照(1691-1745)，字得天，號涇南。清江南
　　婁縣(今上海市松江)人。康熙四十八年進士。官至刑部
　　尚書。敏于學，富文藻，尤工書法。有《古香亭集》、
　　《天瓶齋詩鈔》、《九九大慶》等。卒諡文敏。

(6)「古往」句：此處有誤，實是杜牧〈九日齊山登高〉中
　　名句。「淡妝」句：出自蘇軾〈飲湖上初晴後雨〉。

二五

　　余不喜黃山谷詩(1)，而古人所見有相同者。魏泰
譏山谷(2)：「得機羽而失鵾鵬，專拾取古人所吐棄
不屑用之字，而矜矜然自炫其奇，抑末也。」王弇州
曰(3)：「以山谷詩為瘦硬，有類驢夫腳跟，惡僧藜
杖。」東坡云(4)：「讀山谷詩，如食蝤蛑(5)，恐發
風動氣。」郭功甫云(6)：「山谷作詩，必費如許氣
力，為是甚底？」林艾軒云(7)：「蘇詩如丈夫見客，
大踏步便出去。黃詩如女子見人，先有許多粧裹作
相。此蘇、黃兩公之優劣也。」余嘗比山谷詩，如果
中之百合，蔬中之刀豆也：畢竟味少。

【箋注】

(1) 黃山谷：黃庭堅。見本卷一三注(6)。黃詩講究修辭造
　　句，強調「無一字無來處」。

(2) 魏泰：字道輔。宋襄陽人。工文章，有《臨漢隱居
　　集》、《東軒筆錄》。

(3) 王弇州：王世貞(1526－1590)，字元美，自號鳳洲，又

號弇州山人。明蘇州府太倉人。嘉靖二十六年進士。官刑部主事。後累官刑部尚書，移疾歸。好古詩文，以復古號召一世。有《弇山堂別集》、《弇州山人四部稿》等。

(4) 東坡：蘇軾，字子瞻，一字和仲，號東坡居士。宋眉州眉山人。仁宗嘉祐二年進士。歷仁宗、神宗、哲宗、徽宗等朝。任中書舍人、翰林學士兼侍讀。以龍圖閣學士知杭州。以端明殿翰林侍讀兩學士出知定州。曾貶黃州、惠州、瓊州。病逝常州。諡文忠。為著名散文家、詩人、詞人，工書善畫。有《東坡七集》、《東坡志林》、《東坡樂府》等。

(5) 蝤蛑（jiūmóu）：一種海蟹，也叫梭子蟹。

(6) 郭功甫：郭祥正，字功父。宋太平州當塗（今屬安徽）人。少有詩名。熙寧中以殿中丞致仕，後隱于當塗青山。有《青山集》。

(7) 林艾軒：林光朝，字謙之，號艾軒。宋光化軍莆田（今屬福建）人。孝宗龍興元年進士。有《艾軒集》。其《讀韓柳蘇黃集》中說：「蘇黃之別，猶丈夫女子之應接。丈夫見賓客，信步出將去，如女子則非塗澤不可。」

二六

徐凝〈詠瀑布〉云(1)：「萬古常疑白練飛，一條界破青山色。」的是佳語。而東坡以為惡詩(2)，嫌其未超脫也。然東坡〈海棠〉詩云：「朱唇得酒暈生臉，翠袖捲紗紅映肉。」似比徐詩更惡矣。人震蘇公之名，不敢掉罄(3)。此應劭所謂「隨聲者多，審音者少」也(4)。

【箋注】

(1) 徐凝：唐睦州人。工詩，憲宗元和中即有詩名，方干曾
　　從之學詩。穆宗長慶中，赴杭州取解，大得刺史白居易
　　賞識。後嘗至京洛，竟無所成。

(2) 惡詩：蘇東坡云：「飛流濺沫知多少，不為徐凝洗惡
　　詩。」

(3) 掉罄：爭論。

(4) 應劭：字仲遠，一作仲瑗。東漢末汝南南頓（今河南
　　項城）人。有《漢官儀》、《風俗通義》、《漢書集
　　解》。審音：謂識別清議之聲、輿論之聲。

二七

　　某孝廉有句云(1)：「立誓乾坤不受恩。」蓋自矜
風骨也。余不以為然，寄書規之，云：「人在世間，
如何能不受人恩？古人如陶靖節之高(2)，而以乞一頓
食，至於冥報相貽。杜少陵以稷、契自許(3)，而感孫
宰存卹(4)，至於願結弟昆。范文正公是何等人(5)，
而以晏公一薦故，終生執門生之禮。蓋太上貴德，其
次務施報(6)，聖人之所不諱也。」若商寶意太史之詩
則不然(7)，曰：「名心未了難遺世，晚景無多怕受
恩。」蔣苕生太史之詩亦不然(8)，曰：「不是微禽敢
辭惠，只愁無處覓金環(9)。」此皆不立身分，而身分
彌高。

【箋注】

(1)孝廉：明清兩代舉人的別稱。

(2)陶靖節：陶淵明(365-427)，一名潛，字元亮。世稱靖節先生。東晉潯陽柴桑人。他曾寫有一首〈乞食詩〉：「饑來驅我去，不知竟何之。行行至斯里，叩門拙言辭。……感子漂母惠，愧我非韓才。銜戢知何謝，冥報以相貽。」

(3)稷契：唐堯與虞舜時代的兩個賢臣。杜甫曾在〈自京赴奉先縣詠懷五百字〉中詠道：「許身一何愚，竊比稷與契。」

(4)孫宰：杜甫的友人。至德元載五月潼關失守，杜甫攜家從陝北白水縣逃難北走鄜州，路經彭衙同家窪，得孫宰熱情相待。杜甫曾在〈彭衙行〉中詠嘆：「故人有孫宰，高義薄層雲。……誓將與夫子，永結為弟昆。」

(5)范文正：范仲淹(989-1052)，字希文。宋蘇州吳縣人。真宗大中祥符八年進士。晏殊薦為秘閣校理。官終戶部侍郎，知青州。卒諡文正。工詩文，晚年所作〈岳陽樓記〉為世所傳誦。

(6)「太上」二語：見《禮記・曲禮上》。意思是上古時代人們崇尚德，以德為貴，只講究施惠而不求報答，後來則講究施惠也講究報答。

(7)商寶意：商盤(1701-1767)，字寶意，號蒼雨。浙江會稽(今紹興)人。雍正八年進士。授編修，歷官雲南元江知府。工詩，善談笑，風流儒雅。有《質園詩集》。

(8)蔣苕生：蔣士銓。見本卷二三注(2)。

(9)微禽：微小的禽鳥。金環：指信物。古代有黃雀銜環報恩的傳說，事見南朝梁・吳均《續齊諧記》，後用為報恩的典故。

二八

山陰胡天游稚威(1)，以曠代才，受知于大宗伯任香谷先生(2)。其待之之厚，不亞于令狐相公之待玉谿生也(3)。館於其家。八月五日，宗伯指庭前蒲萄曰：「彼實垂垂矣。若能以『儕』『淮』險韻，刻劃其狀，當令某伶進酒為懽。」稚威刻燭二寸，成四十韻。其警句云：「一樹微藏曉，添幽得小齋。拏藤高屋起，縛架碧霄排。翻水層篩網，行天爪擲釵(4)。枚驚千釘錯，結古百繩偕(5)。見擬通身膽，環雕出目蛙(6)。巧懸漚泡住，危累彈丸佳(7)。多覺欺鄰棗，貧猶敵庾鮭(8)。粉粘雲母膩，光逼水晶揩。軟謝金刀切，津宜貝齒濳。人窺雨餘館，涼破日斜階。寒別關門遠，肥憐壞性乖(9)。豈知根入塞，不比橘踰淮(10)。」一時傳誦。後乾隆辛卯冬日，嚴冬友侍讀在沈學士雲椒席上(11)，偶談及稚威以險韻詠蒲萄事。沈因指席間橄欖，命其門人陳梅岑云(12)：「汝能以十三『覃』韻賦此乎？」陳即席成二十韻。警句云：「青子當秋熟，評芳自嶺南。嘉名忠可喻，真意諫同參(13)。種類炎方別，林園壯月探(14)。陰還連野屋，高欲逼層嵐。摘去梯難架，收來杖易擔。求溫憑箬裹，致遠藉筒函(15)。買或論千百，嘗應只二三。顰眉今莫訝，苦口舊曾諳。細共檳榔嚼，香逾荳蔻含。討尋偏耐久，風格在回甘。核試花生爆，仁挑粟綴簪。幸登君子席，佳話並傳柑(16)。」余亦在席上命門人楊蓉裳仿之(17)，詠錢云：「魚伯飛來後，平添利海波(18)。斫銅耶水曲，鑄幣歷山

阿(19)。輕影翻鯨甲，花紋皺鳳羅。五銖工剪鑿，四柱細摩挲(20)。輪郭分烏瀩，文章備隸蚪(21)。好從床腳繞，誰向夢中磨(22)？蕭庫懸標牓，吳宮衛甲戈(23)。營中贖才士，帳下買青娥。藏處同牛吼，行來倩馬馱(24)。無緣休慕『孔』，有癖定歸和(25)。積窖千緡朽，當筵一擲多(26)。裁皮嗤大業，剪葉記闍婆(27)。只我偏窮薄，終年歎轗軻(28)。逐貧空有賦，得寶不成歌(29)。壁立已如此，囊空將奈何！畫叉三十塊，掛壁羨東坡(30)。」陳、楊二君，年未弱冠。

【箋注】

(1) 胡天游(1696-1758)：榜姓方，一名騤，字稚威，一字雲持。浙江山陰(今紹興)人。乾隆元年舉鴻博，因病未終場。工駢文，詩亦雄健有奇氣，性耿介，公卿欲招使一見，不可得。後客死山西。有《石笥山房集》。

(2) 大宗伯：禮部尚書的別稱。任香谷：任蘭枝(1677-1746)，字香谷，號南樓，一號隨齋。江蘇溧陽人。康熙五十二年進士。歷官內閣學士、兵部吏部侍郎、禮部尚書。平生愛才若渴，門下士以文學著名者有胡天游等。有《南樓詩文集》。

(3) 令狐相公：令狐楚。字殼士，自號白雲孺子。唐宜州華原人。唐元和年間曾為右拾遺，任中書侍郎、同中書門下平章事。穆宗時進門下侍郎。敬宗時召為尚書右僕射。卒于山南西道節度使。有《漆區集》。玉谿生：李商隱。見本卷二○注(12)。

(4) 翻水：喻綠葉如水波翻湧。爪擲釵：喻新抽出的嫩條如手擲出的玉釵。

(5) 「枚驚」句：喻才結出的小葡萄如千萬個釘子的上端交錯令人驚奇。「結古」句：喻葡萄的觸鬚如古代結繩記

事一樣有序地纏繞在葡萄架上。

(6)「見擬」句：見，通「現」；擬，擬議，打算。喻葡萄的果實逐漸長大像要顯示出通身是膽，因為其形其色都像膽一樣。「環雕」句：喻透亮的果實如環雕青蛙鼓出的眼睛。

(7)漚泡：喻水靈靈的果實如水泡。彈丸：喻果實累累狀。

(8)庾鮭（xié）：南齊·庾杲之為尚書駕部郎，飯食常用的是三種韭類的菜，任昉戲之曰：「誰謂庾郎貧？食鮭常有二十七種。」三九二十七，音諧三韭。後來，便以庾鮭喻貧苦生活。鮭，古代魚類菜肴的總稱。

(9)「寒別」聯：《博物志》曰：張騫使西域還，得葡萄。《漢書·西域傳上·大宛國》：「漢使采葡萄、目宿種歸。」壤性乖：指土壤的性質特異。

(10)橘踰淮：《周禮·冬官考工記》：「橘踰淮而為枳……此地氣然也。」

(11)嚴冬友：嚴長明。見本卷二二注（6）。沈雲椒：沈初（1735－1799），字景初，號萃巖，又號雲椒。浙江平湖人。乾隆二十八年進士。歷任禮兵吏部侍郎、左都御史、軍機大臣、兵吏戶部尚書。詩以清雋勝，工四六，擅古文，以文學受知兩朝。有《蘭韻堂集》。

(12)陳梅岑：陳熙。見本卷五注（2）。

(13)「嘉名」聯：《南方草木狀》說橄欖「味雅苦澀，咀之芬馥」。民諺云：「一顆青果兩頭尖，皮又脆來味又鮮。開頭吃起有點苦，慢慢方知回味甜。」此處便以橄欖的這種特性比「忠誠」、「諫言」。

(14)炎方：南方，橄欖產於南方數省，種類有別。壯月：八月。

(15)箬（ruò）：可供包物、編織等用的箬竹葉片。

(16)「佳話」句：《桯史》載：「戎州有蔡次律者，家於近郊，山谷嘗過之。延以飲，有小軒極華潔，檻外植餘甘子數株，因乞名焉，題之曰『味諫』。後王子予以橄欖遺山谷，有詩曰：『方懷味諫軒中果，忽見金盤橄欖來。想共餘甘有瓜葛，苦中真味晚方回。』時蓋徽祖始登極，國論稍還，是以有此句云。」

(17)楊蓉裳(1753-1815)：楊芳燦，字才叔，號蓉裳。江蘇金匱(今無錫)人。乾隆四十二年拔貢生。廷試得知縣。官至戶部員外郎。有《直率齋稿》、《芙蓉山館詩稿》、《羅襦記》等。

(18)魚伯：《太平御覽》引《淮南萬畢術》：「青蚨還錢：青蚨一名魚，或曰蒲，以其子母各等，置甕中，埋東行陰垣下，三日後開之，即相從。以母血塗八十一錢，亦以子血塗八十一錢，以其錢更互市，置子用母，置母用子，錢皆自還。」唐段成式《酉陽雜俎續集・支動》：「青蚨似蟬……一名魚伯。」

(19)耶水：即若耶溪，在浙江省紹興市南。《越絕書》卷十一〈外傳記寶劍〉：「赤堇之山破而出錫，若耶之溪涸而出銅……」歷山：被稱為歷山的有多處。晉城歷山，在山西省沁水、翼城、垣曲和陽城四縣交界地域，又名舜王坪。傳說因舜王曾在此躬耕而得名。濟南歷山，又名舜山、舜耕山，今俗呼千佛山。以史籍考之，此地之命名為最早。《管子・山權數第七十五》：「湯七年旱，禹五年水，民之無饘賣子者。湯以莊山之金鑄幣，而贖民之無饘賣子者；禹以歷山之金鑄幣，而贖民之無饘賣子者。」

(20)五銖：五銖錢，漢武帝元狩五年始鑄，重五銖，上篆「五銖」二字，後用以指錢。四柱：《南史・梁敬帝紀》：「己卯，鑄四柱錢，一當二十。齊遣使通和。壬辰，改四柱錢，一當十。」

(21)輪郭：指錢的內外邊緣，外圓為輪，內方為郭。文章：

《舊唐書》曰：「初，開元錢之文，給事中歐陽詢制詞及書，時稱其工，其字含八分及隸體，其詞先上後下次左後右讀之，自上及左回環讀之其義亦通，流俗謂之開通元寶錢。」　蚪，指蝌蚪書、蝌斗篆文。

(22) 床腳繞：《世說新語》規箴第十：「王夷甫雅尚玄遠，常嫉其婦貪濁，口未嘗言『錢』字。婦欲試之，令婢以錢繞床，不得行。夷甫晨起，見錢閡行，呼婢曰：『舉卻阿堵物！』」夢中磨：《三國志》卷二十九：（魏文）帝復問曰：「吾夢摩錢文，欲令滅而更愈明，此何謂耶？」（周）宣悵然不對。帝重問之，宣對曰：「此自陛下家事，雖意欲爾而太后不聽，是以文欲滅而明耳。」

(23) 「蕭庫」句：《南史・梁臨川靖惠王宏傳》：「巨集（蕭巨集）性愛錢，百萬一聚，黃榜標之，千萬一庫，懸一紫標，如此三十餘間，計錢三億餘萬。」「吳宮」句：《吳越春秋》：「闔閭既寶莫耶，復命于國中作金鈎（一種兵器），令曰：『能為善鈎者，賞之百金（金，貨幣單位）。』吳作鈎者甚眾，而有人貪王之重賞也，殺其二子，以血釁（xìn）金，遂成二鈎，獻於闔閭，詣宮中而求賞。」

(24) 牛吼：《白孔六帖》：「五代袁正辭積錢盈室，室中常有聲如牛，人以為妖，勸其散積以穰之，正辭曰：『吾聞物之有聲，求其同類耳，宜益以錢，聲必止。』」

(25) 孔：方孔圓錢謂之孔方兄。和：晉朝西平人和嶠貪財，人謂之有錢癖。

(26) 「積窖」句：《史記》：「漢興七十餘年之間，國家無事……都鄙廩庾皆滿，而庫府餘貨財，京師之錢累巨萬，貫朽而不可校。」「當筵」句：王世貞《宛委餘編》曰：「何曾食日萬錢，子劭日二萬錢，任愷一食萬錢，和嶠日三萬錢，高陽王元雍一食數萬錢，杜岐公憕日五食一食萬錢，李衛公德裕至一杯羹二萬錢，韋侍郎陟至廚中棄遺直萬錢，元丞相載用食物椀器至三千

事。」

(27)「裁皮」句：《隋書‧食貨志》：「大業已後，王綱弛
　　紊，巨姦大猾，遂多私鑄，錢轉薄惡……或翦鐵鍱，裁
　　皮糊紙以為錢，相雜用之。」後因以「裁皮」指粗製濫
　　造的錢幣。「剪葉」句：《宋史‧列傳‧闍婆國傳》：
　　「闍婆國在南海中……剪銀葉為錢博易，官以粟一斛二
　　斗博金一錢。」

(28)轗軻（kǎnkě）：道路坑窪不平，也比喻不得志。

(29)逐貧：漢揚雄有〈逐貧賦〉。

(30)「畫叉」二語：《蘇軾文集‧答秦太虛七首》：「初到
　　黃，廩入既絕，人口不少，私甚憂之。但痛自節儉，
　　日用不得過百五十，每月朔便取四千五百錢，斷為三十
　　塊，掛屋樑上，平旦用畫叉挑取一塊，即藏去叉，仍以
　　大竹筒別貯，用不盡者，以待賓客。此賈耘老法也。」
　　此處以東坡自喻。

二九

　　方望溪刪改八家文(1)，屈悔翁改杜詩(2)，人以
為妄。余以為八家、少陵復生，必有低首俯心而遵其
改者，必有反覆辨論而不遵其改者。要之，抉摘於字
句間，雖六經頗有可議處；固無勞二公之舍其田而芸
人之田也(3)。

【箋注】

(1)方望溪：方苞(1668-1749)，字鳳九，號靈皋，晚號望
　　溪。安徽桐城人。康熙四十五年進士。累官翰林院侍講
　　學士、內閣學士兼禮部侍郎。落職後辭歸。所為古文，

以法度為主。人奉為桐城派之初祖。著作多種。有《方
望溪全集》、《抗希堂全集》。八家：指唐宋八大家。

(2) 屈悔翁：屈復（1668-1739之後），字見心，號金粟，晚
號悔翁。陝西蒲城人。乾隆元年舉博學鴻詞，不就。
有《楚辭新注》、《杜工部詩評》、《玉谿生詩意》、
《弱水集》等。

(3) 芸：同耘，耕耘。

三〇

余甲戌春，往揚州，過宏濟寺(1)，見題壁云：
「隨着鐘聲入梵宮(2)，憑誰一喝耳雙聾？槃櫨不解無
言旨，孤負拈花一笑中(3)。」「山水爭留文字緣，
腳跟猶帶九州煙。現身莫問三生事，我到人間廿四
年。」末無姓名，但著「苕生」二字。余錄其詩，歸
訪年餘。熊滌齋先生告以苕生姓蔣，名士銓，江西才
子也(4)。且為通其意。苕生乃寄余詩云：「鴻爪春泥
跡偶存，三生文字繫精魂。神交豈但同傾蓋，知己從
來勝感恩。」已而入丁丑翰林，假歸，僑寓金陵，與
余交好。壬申春，余過良鄉(5)，見旅店題詩云：「滿
地榆錢莫療貧，垂楊難繫轉蓬身。離懷未飲常如醉，
客邸無花不算春。欲語性情思骨肉，偶談山水悔風
塵。謀生消盡輪蹄鐵，輸于成都賣卜人(6)。」末亦無
姓名，但書「篁村」二字。余和其詩，有「好疊花箋
抄稿去，天涯沿路訪斯人」之句。隔十三年，勞宗發
觀察來江南(7)，云渠宰良鄉時，見店壁有此二詩，為
館欽差故，主人將圬去；心甚愛之，抄詩請于制府方

敏慤公(8)。方亦欣賞,諭令勿圬。然彼此不知篁村何
許人。壬辰,在梁瑤峰方伯署中(9),晤篁村。方知姓
陶,名元藻,會稽諸生也(10)。以此語告陶。陶感三
人之知己,而傷方、勞二公之已亡,重賦云:「匹馬
曾從燕薊趨,橋霜店月已模糊。人如曠世星難聚,詩
有同聲德未孤。自笑長吟忘歲月,翻勞相訪遍江湖。
秦淮河上敦槃會(11),應識今吾即故吾。」「三間老
屋夕陽村,底事高軒過此門?飛蓋翠搖新蘸墨,華鐙
紅照舊題痕。不教畫墁傭奴易(12),便勝紗籠佛殿
尊(13)。惆悵憐才青眼客(14),幾番剪紙為招魂。」

【箋注】

(1) 宏濟寺:在今南京燕子磯。《熙朝新語》卷十載:「江
　　甯燕子磯宏濟寺僧默默,于乾隆辛未年恭迎聖駕。」

(2) 梵宮:佛寺。

(3) 秒欏(suōluó):佛教謂釋迦牟尼佛八十歲時於拘尸那
　　拉城外秒欏雙樹林圓寂。我國寺廟中多以七葉樹代替。
　　拈花一笑:《五燈會元・七佛・釋迦牟尼佛》:「世尊
　　在靈山會上,拈花示眾,是時眾皆默然,唯迦葉尊者破
　　顏微笑。」後泛指佛教禪宗以心傳心、心心相印。

(4) 熊滌齋:熊本,字藝成,號滌齋。為熊蔚懷仲子。原籍
　　江西南昌,後隨父移居金陵,有別業名「小西湖」。康
　　熙四十五年進士。散館授編修。以事論死赦。曾為陳古
　　漁《古漁詩概》作序。蔣士銓:見本卷二三注(2)。

(5) 良鄉:西漢置良鄉縣,治所在今北京市房山縣東南。
　　五代唐移治今北京市西南良鄉鎮。袁枚〈和良鄉題壁
　　詩〉:「天涯鴻爪認前因,壁上題詩馬上身。我為浮名
　　來日下,君緣何事走風塵?黃鸝語妙非求友,《白雪》
　　聲高易感春。手疊花箋書稿去,江湖沿路訪斯人。」

(6) 成都賣卜人：漢人嚴君平在成都以卜筮為生，得錢可自足，即閉簾讀書，著書十餘萬言。後用以比喻隱居自給自足的生活。

(7) 勞宗發：浙江錢塘縣人。乾隆十年進士。官蘇松太道。觀察：為州以上的長官。清代作為對道員的尊稱。

(8) 方敏愨（què）：方觀承（1698-1768），字遐穀，號問亭，又號宜田。安徽桐城人。雍正十一年，由監生加中書銜，官至直隸總督，加太子少保。工詩及書。卒諡恪敏，一作敏愨。有《東閣剩稿》、《宜田匯稿》、《問亭集》等。

(9) 梁瑤峰：梁國治（1723-1786），字階平，號瑤峰，又號豐山。浙江會稽人。乾隆十三年進士。授修撰。官至東閣大學士兼戶部尚書。《四庫全書》館副總裁。有《敬思堂詩集》。

(10) 陶元藻：字龍溪，號篁村。清浙江會稽人。貢生。曾客揚州，後歸居杭州西湖。其詩清新秀逸，晚歲懷人感事之作，益蕭瑟蒼涼。有《泊鷗山房集》、《全浙詩話》、《鳬亭詩話》等。

(11) 敦槃：指玉敦和珠槃。古代天子和諸侯盟會所用的禮器。敦以盛食，槃以盛血，皆用木制，珠玉為飾。後以敦槃指賓主聚會或使節交往。

(12) 畫墁：謂在新粉刷的牆壁上亂畫，比喻勞而無用。語出《孟子·滕文公章句下》：「有人於此毀瓦畫墁，其志將以求食也，則子食之乎？」傭奴：傭人，受雇用的人，僕役。

(13) 紗籠：碧紗籠。唐太原人王播少孤貧，曾寄寓揚州僧寺，隨僧齋餐。寺僧厭忌，故于飯後鳴鐘。後王播出鎮是邦，暇訪舊游，向所題句盡以碧紗籠其上。播繼以題詩曰：「二十年來塵撲面，如今始得碧紗籠。」（詳見《唐摭言》）後用作詩文出眾的贊詞。

(14) 青眼客：喻指意氣相投的好友。

三一

本朝王次回《疑雨集》(1)，香奩絕調(2)；惜其只成此一家數耳。沈歸愚尚書選國朝詩(3)，擯而不錄，何所見之狹也！嘗作書難之云：「〈關雎〉為〈國風〉之首，即言男女之情。孔子刪詩，亦存〈鄭〉、〈衛〉。公何獨不選次回詩？」沈亦無以答也。唐‧李飛譏元白詩「纖豔不逞，為名教罪人」(4)。卒之千載而下，知有元白，不知有李飛。或云，飛此言見於杜牧集中(5)。牧祖佑(6)，年老不致仕，香山有詩譏之：故牧假飛語以詆之耳。

【箋注】

(1) 王次回：王彥泓，字次回。明鎮江府金壇人。歲貢生。官華亭縣訓導。喜作豔體小詩。有《泥蓮集》、《疑雲集》、《疑雨集》。

(2) 香奩：香奩體又稱豔體，指晚唐詩人韓偓《香奩集》所代表及後之仿效者所表現的一種詩風。主要寫宮廷貴族和一般士大夫男女之情及閨閣生活，風格綺靡。

(3) 沈歸愚：沈德潛(1673-1769)，字確士，號歸愚。江蘇長洲(今蘇州)人。乾隆四年成進士。改庶吉士。官至禮部侍郎，加尚書銜，卒贈太子太師，諡文慤。論詩尚格調，崇盛唐，以和平敦厚為宗，蔚為流派，稱一代泰斗。

(4) 李飛：李戡(kān)，字定臣，原名飛。唐宗室子弟。元白：元稹和白居易。

(5) 杜牧：字牧之。唐京兆萬年(今陝西西安)人。杜佑孫。唐文宗太和二年進士。官司勳員外郎、考功郎中、知制誥、中書舍人。工詩，世稱小杜，以別于杜甫。後得

病，自為墓誌。其《樊川文集》卷六〈唐故平盧軍節度巡官隴西李府君墓誌銘〉記戡之言曰：「嘗痛自元和已來，有元白詩者，纖豔不逞。非莊士雅人，多為其所破壞。流于民間，疏於屏壁。子父女母，交口教授。淫言媟語，冬寒夏熱，入人肌骨，不可除去。吾無位，不得用法以治之。」

(6)杜佑：字君卿。唐京兆萬年(今陝西省西安市)人。曾任德宗、順宗、憲宗三朝的宰相。封岐國公，以太子太保致仕。著名的歷史文獻學家。著《通典》。所謂譏杜佑詩指白居易〈秦中吟十首〉中〈不致仕〉一詩。

三二

　　余戲刻一私印，用唐人「錢塘蘇小是鄉親」之句(1)。某尚書過金陵，索余詩冊。余一時率意用之。尚書大加訶責。余初猶遜謝，既而責之不休，余正色曰：「公以為此印不倫耶？在今日觀，自然公官一品，蘇小賤矣。誠恐百年以後，人但知有蘇小，不復知有公也。」一座囅然(2)。

【箋注】

(1)蘇小：南朝齊著名歌妓蘇小小，家住錢塘(杭州)。樂府有《蘇小小歌》。「錢塘蘇小是鄉親」，為唐・韓翃〈送王少府歸杭州〉中句。

(2)囅(chǎn)然：笑貌。

三三

　　高文良公夫人，名琬，字季玉(1)，蔡將軍毓榮
之女，尚書斑之妹也(2)。其母國色，相傳為吳宮舊
人(3)。夫人生而明豔，嫻雅能詩。公巡撫蘇州，與
總督某不合，屢為所傾；而公卓然孤立。詠〈白燕〉
第五句云：「有色何曾相假借。」沉思未對。適夫人
至，代握筆曰：「不群仍恐太分明。」蓋規之也。夫
人博極群書，兼通政治。文良公之奏疏文檄等作，每
與商定。詩集不傳。記其〈詠九華峰寺〉云(4)：「蘿
壁松門一徑深，題名猶記舊鋪金(5)。苔生塵鼎無香
火，經蝕僧廚有蠹蟬(6)。赤手屠鯨千載事，白頭歸佛
一生心。征南部曲今誰是？剩有枯禪守故林。」此為
其父平吳逆後，獲咎歸空門而作也(7)。

【箋注】

(1) 高文良：高其倬(1676-1738)，字章之，號芙沼。清漢軍
　　鑲黃(一作白)旗人。康熙三十三年進士。歷官雲貴、浙
　　閩、兩江總督，至工部尚書，後調戶部。卒諡文良。少
　　以詩名，稱一代作手。有《味和堂詩集》。蔡琬(1695-
　　1755)：字季玉。清遼陽人。素工詩，擲地有聲。有
　　《蘊真軒詩鈔》。

(2) 蔡毓榮(1633-1699)：字仁庵。清漢軍正白旗人。康熙
　　十八年授綏遠將軍，總統綠旗兵，進破昆明，旋調任
　　雲貴總督。因納吳三桂孫女為妾，戍黑龍江，旋赦還。
　　蔡斑：字若璞，號禹功。康熙三十六年進士。任四川巡
　　撫、左都御史、吏部尚書、直隸總督、奉天府尹。有
　　《守素堂集》。

(3) 吳：指吳三桂(1612-1678)，字長伯。明末清初高郵人，

遼東籍。出身武舉,任甯遠總兵。引清兵入關,破李自成,受清封為平西王。後在雲貴舉兵叛清,於衡州稱帝不及半年即死。

(4) 九華峰寺:九華山,中國佛教四大名山之一,在安徽青陽縣西南二十公里處。唐至德初建寺,建中初德宗賜名化城寺,為九華山第一座寺廟。

(5) 鋪金:鋪翠銷金,謂用金玉裝飾。

(6) 蠹蟫(dùyín):衣魚,也叫蠹魚,一種蛀書籍、衣物的小蟲。

(7) 空門:指佛教。

三四

宋蓉塘《詩話》譏白太傅在杭州(1),憶妓詩多於憶民詩。此苛論也,亦腐論也。〈關雎〉一篇,文王輾轉反側,何以不憶王季、太王(2),而憶淑女耶?孔子 于陳、蔡,何以不思魯君,而思及門耶(3)?

【箋注】

(1) 宋蓉塘:宋燦,號蓉塘,又號匡廬居士。清長洲(江蘇蘇州)人。嘗居廬山,其別業有懷白樓、玉液山房、翠微山館等。(據尹光華〈唐寅《野亭靄瑞圖》考〉)白太傅:白居易。

(2) 王季:名季歷。商末人。周太王古公亶父幼子,文王父。武王時追封為王季。太王:即周太王古公亶父,周族領袖,周文王姬昌的祖父。武王時追尊太王。

(3) 戹(è):同「厄」,受困。陳蔡:春秋時兩個國名。魯君:魯國國君。門:門派,學生。事見《史記‧孔子世家》、《孟子‧盡心下》。

三五

　　詩人陳製錦(1)，字組雲，居南門外，與報恩寺塔相近(2)。樊明徵秀才贈詩云(3)：「南郊風物是誰真？不在山巔與水濱。仰首陸離低首誦，長干一塔一詩人(4)。」陳嫌不佳。余曰：「渠用意極妙，惜未醒耳。若改『仰首欲攀低首拜』，則精神全出；僅易三字耳。」陳為雀躍。樊博學好古，尤精篆隸之學。余所得兩漢金石文字，皆所贈也。卒後，余挽聯云：「地下又添高士伴；生前原當古人看。」

【箋注】

(1)陳製錦：字組雲，一字楚筠，號又韓。清江蘇上元(今南京)人。諸生。工詩。

(2)報恩寺塔：全名為大報恩寺琉璃寶塔，是明代初年至清代前期南京最具特色的標誌性建築，被稱為天下第一塔。此塔位於南京中華門外、雨花路東側。

(3)樊明徵：字聖模，一字軹亭。清江蘇句容人。僑居金陵。有《大易發揮》、《軹亭詩集》、《軹亭文集》、《花嶼軒四六》等。

(4)陸離：光彩絢麗貌。長干：是南京古代著名的地名，遺址在今內秦淮河以南至雨花臺以北。長干里屢屢被文人學士所歌詠，不僅由於它是古越城所在，又是繁華的商業區，而且還由於它是南京佛教中心。

三六

靖逆侯張勇(1)，字非熊，國初定鼎，即仗劍出關，求見英王(2)，王大奇之。提督甘肅，知吳三桂將反(3)，命子雲翼間道入都，首發其奸。聖祖親解御袍賜之(4)。功成後，謚襄壯。相傳其封公夢夏侯惇而生侯(5)。薨後葬墳，掘地得夏候碑碣，亦一奇也！性好吟詩，《過崆峒》云(6)：「蚩尤戰後久消兵，此處猶存訪道名(7)。萬里山河塵不起，松風常帶鳳鸞聲。」

【箋注】

(1)張勇(1616-1684)：字非熊。明末清初陝西洋縣人，一作咸寧人。明副將，降清後屢擢至甘肅總兵，遷雲南提督。康熙初，還鎮甘肅。因軍功封一等侯，加太子太師。謚襄壯。

(2)英王：英親王阿濟格，清太祖第十二子，與明兵屢戰有功，封和碩英親王。

(3)吳三桂：見本卷三三·注(3)。

(4)聖祖：愛新覺羅玄燁，康熙。

(5)封公：封翁，封建時代因子孫顯貴而受封典的人。夏侯惇(dūn)：字元讓。三國魏沛國譙人。東漢末從曹操征伐，魏文帝立，拜大將軍。

(6)崆峒：山名，在今甘肅平涼市西。相傳是黃帝問道于廣成子之地。一說黃帝問道于廣成子之山，在今河南臨汝縣西南。

(7)蚩尤：傳說上古黃帝時東方九黎部族首領，好兵喜亂。帝興師征之，戰于涿鹿。遂戮蚩尤。一說，黃帝得蚩尤而明于天道。又說黃帝欲合天下為一家，祭山得金，蚩尤用以製兵器，助黃帝兼併諸侯。訪道：詢問治理國家的辦法。

三七

　　人謀事久而不得，則意思轉淡。何士顥秀才〈感懷〉云(1)：「身非無用貧偏暇，事到難圖念轉平。」真悟後語也。其他如：「貧猶買笑為身累，老尚多情或壽徵(2)。」「書因補讀隨時展，詩為留刪盡數抄(3)。」皆不愧風人之旨(4)。歿後，余聞信，飛遣人到其家，搜取詩稿，得三百餘首。為付梓行世，板藏隨園。

【箋注】

(1)何士顥(1726-1787)：又名士容，字南園。清江蘇江寧人。諸生。袁枚輯其詩編為《南園詩集》二卷。〈感懷〉：一作〈除夕〉。

(2)「貧猶」聯：為〈偶題〉第二聯，字稍有出入。壽徵：長壽的徵兆。

(3)「書因」聯：詩題為〈漫興〉。

(4)風人：詩人。

三八

　　余宰沭陽時(1)，淮安諸生呂文光(2)，館于沭之吳姓家。其弟子某赴童子試，呂為代倩文字(3)，被余偵獲；愛其能文，不加之罪；且延為西席(4)，以姨妻之。和余〈春草〉云：「綿力漫言承露薄，靈根自信濟人多。」又云：「托根何必蓬萊上(5)？得氣均沾雨露中。」余笑曰：「此縣令詩，不能作翰林者(6)。」

已而果中辛未進士。出知滑縣。

【箋注】

(1)沭陽：治所即今江蘇沭陽縣。宰：治理。此指做知縣。

(2)呂文光：江南山陽（即淮安）人。乾隆十六年進士。二十四年任滑縣知縣。遷直隸同知，署香河令。

(3)代倩：謂科舉考試時請人代筆作弊。

(4)西席：古人席次尚右，右為賓師之位，居西而面東。此為尊稱幕友。

(5)蓬萊：蓬萊宮，唐宮名。此代指清宮。

(6)翰林：翰林院，翰林學士供職之外朝官署。

三九

江西魏允迪(1)，字懋堂，豪邁不 ，官中書侍讀。以撫軍公子，而家資散盡，因之失官。詠〈山中積雪〉云：「寂寞山涯更水濱，漫天匝地白如銀(2)。前村報道溪橋斷，可喜難來索債人。」「干霄篔竹翠盈眸(3)，雪壓風欺撲地愁。莫訝此君無勁節，一經淪落也低頭。」又，〈出門〉云：「憑着牽衣兒女送，只揮雙淚不回頭。」讀之，令人神傷。與余同召試友也(4)。

【箋注】

(1)魏允迪：字功夏，號懋堂。江西廣昌人。雍正元年舉人。乾隆初舉鴻博，未遇。官內閣侍讀，遷御史。能詩，長於考證。有《誦芬堂草》。

(2) 匝地：遍地。

(3) 干霄：高入雲霄。

(4) 召試：皇帝召來面試。為封建時代選拔官吏的一種特殊
　　方式。

四〇

　　蘇州舁山轎者最狡獪(1)，游冶少年多與錢(2)，
則遇彼姝之車(3)，故意相撞，或小停頓。商寶意先生
有詩云(4)：「直得輿夫爭道立，翻因小住飽看花。」
虎丘山坡五十餘級，婦女坐轎下山，心怯其墜，往往
倒抬而行。鮑步江〈竹枝〉云(5)：「妾自倒行郎自
看，省郎一步一回頭。」

【箋注】

(1) 舁（yú）：扛，抬。狡獪：詭詐。

(2) 遊冶：出遊尋樂。

(3) 彼姝：那美女。

(4) 商寶意：商盤。見本卷二七注(7)。

(5) 鮑步江：鮑皋(1708-1765)，字步江，號海門。清江蘇丹
　　徒人。工詩善畫，尤以詩賦名。有《海門集》、《京口
　　文獻錄》、《筆耕錄》等。

四一

　　李義山〈詠柳〉云(1)：「堤遠意相隨。」真寫柳之魂魄。與唐人「山遠始為容」、「江奔地欲隨」之句(2)，皆是嘔心鏤骨而成。粗才每輕輕讀過。吳竹橋太史亦有句云(3)：「人影水中隨。」

【箋注】

(1) 李義山：唐‧李商隱。見本卷二○注(12)。〈贈柳〉：
　　「橋回行欲斷，堤遠意相隨。」

(2) 「山遠」句：未詳。「江奔」句：唐‧吳融〈松江晚
　　泊〉中語。

(3) 吳竹橋：吳蔚光(1743-1803)，字執虛，號竹橋。江蘇常
　　熟人。乾隆四十五年進士。有《素修堂文集》、《小湖
　　田樂府》、《執虛詞抄》、《閒居詩話》等。

四二

　　陸魯望過張承吉丹陽故居(1)，言：「祐善題目佳境，言不可刊置別處，此為才子之最也。」余深愛此言。自古文章所以流傳至今者，皆即情即景，如化工肖物(2)，著手成春(3)，故能取不盡而用不竭。不然，一切語古人都已說盡；何以唐、宋、元、明，才子輩出，能各自成家而光景常新耶？即如一客之招，一夕之宴，開口便有一定分寸，貼切此人、此事，絲毫不容假借(4)，方是題目佳境。若今日所詠，明日亦可詠之；此人可贈，他人亦可贈之：便是空腔虛套，

陳腐不堪矣。尹文端公在制府署中(5)，冬日招秦、蔣兩太史及余飲酒(6)，曰：「今日席上，皆翰林，同衙門，各賦一詩。」蔣詩先成，首句云：「卓午人停問字車(7)。」公笑曰：「此教官請客詩也。」秦懼不肯落筆。余亦知難而退。公不許。乃呈一律云：「小集平泉夜舉觴(8)，春風座上不知霜。偶然元老開東閣，難得群仙共玉堂(9)。」公大喜曰：「開口已包括全題。白傅誇劉禹錫〈金陵懷古〉詩，『前四句已探驪珠(10)』，此之謂矣！」

【箋注】

(1)陸魯望：唐・陸龜蒙。見本卷二〇注(13)。張承吉：張祐，名或誤作祐，字承吉。唐清河（今屬河北）人，一說南陽（今河南鄧縣）人。寓居姑蘇。苦心為詩，早享盛名，宮詞及五律均有名篇。

(2)化工肖物：自然刻畫事物。

(3)著手成春：語出唐司空圖《二十四詩品・自然》。謂詩歌格調自然清新，亦指技藝精湛。

(4)假借：假託，假冒。

(5)尹文端：尹繼善。見本卷一〇注(3)。

(6)秦：秦大士(1715-1777)，字魯一，號潤泉，晚號秋田老人。江蘇江寧人。乾隆十七年進士（狀元）。官至侍講學士。精於論文，擅書畫。蔣：蔣士銓。見本卷二三注(2)。

(7)問字：漢・揚雄多識古文奇字，人常載酒肴來遊學問字。

(8)平泉：唐宰相李德裕別墅平泉莊。此喻指尹府。

(9)東閣：明清兩代大學士殿閣之一。玉堂：指翰林院。

《袁枚全集》第一冊卷一有此詩,題為〈臘月五日相公招同秦學士大士、蔣編修士銓小集西園,各賦四詩〉,此處所引為前四句。

(10)白傅:白居易。見本卷二○注(6)。劉禹錫:字夢得。洛陽人。德宗貞元進士。又登博學宏辭科。官監察御史,因參與王叔文政治革新,貶朗州司馬,遷連州刺史。後裴度薦為太子賓客、檢校禮部尚書,世稱劉賓客。工詩,與白居易唱和,並稱「劉白」。驪珠:寶珠。傳說出自驪龍頷下。用《莊子・列禦寇》典。後喻詩文得題之神髓者為探驪得珠。此處所引見《全唐詩話》卷三。

四三

余每作詠古、詠物詩,必將此題之書籍,無所不搜;及詩之成也,仍不用一典(1)。常言:人有典而不用,猶之有權勢而不逞也。

【箋注】

(1)典:典故。詩文等作品中引用古代故事和有來歷出處的詞語,為用典。

四四

熊掌、豹胎,食之至珍貴者也;生吞活剝,不如一蔬一筍矣。牡丹、芍藥,花之至富麗者也;剪綵為之(1),不如野蓼山葵矣。味欲其鮮,趣欲其真,人必知此,而後可與論詩。

【箋注】

(1)剪綵：剪裁花紙或彩綢，製成蟲魚花草之類的裝飾品。

四五

　　襄勤伯鄂公容安(1)，好吟詩，如有宿悟(2)。〈竹林寺〉云(3)：「初地相逢人似舊，前身安見我非僧？」〈悼亡〉云：「傷心最是懷中女，錯認長眠作暫眠。」

　　《記》曰(4)：「學然後知不足。」可見知足者，皆不學之人，無怪其夜郎自大也。鄂公〈題甘露寺〉云(5)：「到此已窮千里目，誰知才上一層樓。」方子雲〈偶成〉云(6)：「目中自謂空千古，海外誰知有九州？」

【箋注】

(1)鄂容安：姓西林覺羅氏，字休如，號虛亭。鄂爾泰之子。滿洲鑲藍旗人。雍正十一年進士。襲三等襄勤伯爵。累官兩江總督，加太子少傅。諡剛烈。有《鄂虛亭詩草》。

(2)宿悟：靈思妙悟。

(3)竹林寺：全國各地多處都有竹林寺，此或指承德東南白馬川之敵樓山竹林寺，或指江蘇鎮江（京口）磨笄山竹林寺。待考。

(4)記：指《禮記‧學記》。

(5)甘露寺：一在江蘇省北固山後峰上。相傳建于三國東吳甘露元年。後，屢毀屢建。多景樓是甘露寺風景最佳

處。另一在安徽省九華山北半山腰,為九華山第一景。此處所指,應為前者。

(6)方子雲:方正澍,一名正添,字子雲,號玉溪。清安徽歙縣人。寓居南京。國子生。工為詩詞,與陳製錦、蔣士銓、高文照、李葂等交遊,忘情仕進,樂志衡門。有《子雲詩集》、《花韻軒詞》。

四六

　　昔人言白香山詩,無一句不自在;故其為人和平樂易(1)。王荊公詩無一句自在;故其為人拗強乖張(2)。愚謂荊公古文,直逼昌黎,宋人不敢望其肩項(3);若論詩,則終身在門外。尤可笑者,改杜少陵「天闕象緯逼」為「天閱象緯逼」;改王摩詰「山中一夜雨」為「一半雨」(4),改「把君詩過日」為「過目」,「關山同一照」為「同一點」:皆是點金成鐵手段。大抵宋人好矜博雅,又好穿鑿:故此種剜肉生瘡之說,不一而足。杜詩:「天子呼來不上船。」此指明皇白龍池召李白而言船,舟也。《明道雜記》以為(5):「船,衣領也。蜀人以衣領為船。謂李白不整衣而見天子也。」青蓮雖狂,不應若是之妄。東坡〈赤壁賦〉:「而吾與子之所共適。」適,閒適也。羅氏《拾遺》以為(6):「當是『食』字。」引佛書以睡為食。則與上文文義平險不倫。東坡雖佞佛,必不自亂其例。杜詩:「王母晝下雲旗翻。」此王母,西王母也。《清波雜誌》以「王母」為鳥名(7)。則與雲旗杳無干涉。王勃〈滕王閣序〉(8):「落霞與

孤鶩齊飛。」此落霞，雲霞也。與孤鶩不類而類，故
見妍妙。吳獬《事始》以落霞為飛蛾（9）。則蟲鳥並
飛，味同嚼蠟。杜牧〈阿房宮賦〉（10）：「未雲何
龍。」用《易經》「雲從龍」也。《是齋日記》以
為用《左氏》「龍見而雩」（11）。宮中，非雩祭地
也。《文選》詩：「掛席拾海月。」妙在「海月」之
不可拾也。注《選》者，必以「海月」為蚌蝓之類；
則作此詩者，不過一摸蚌翁耳。少陵詩：「無風雲出
塞，不夜月臨關。」其妙處在無風而雲，不夜而月故
也。注杜者，以「不夜」、「無風」為地名；則何地
無雲，何地無月，何必此二處才有風、月耶？「三峽
星河影動搖」，即景語也。注杜者，必引《天官書》
「星動為用兵之象」（12）。未必太平時，星光不動
也？宋子京手抄杜詩（13），改「握節漢臣歸」為「禿
節」。「禿」字不如「握」字之有神也。劉禹錫〈濊
西〉詩（14）：「春水縠紋生。」明是春水方生之義。
而晏元獻以「生」為生熟之生（15）。豈織綺縠者，定
用生絲，不用熟絲耶？東坡〈雪〉詩，用「銀海」、
「玉樓」，不過言雪色之白，以銀玉字樣襯托之，亦
詩家常事。注蘇者，必以為道家肩目之稱（16）。則
當下雪時，專飛道士家，不到別人家耶？《明道雜
誌》云：「坡詩：『客行萬里半天下，僧臥一庵初白
頭。』黃元以為『白』字不可對『天』字（17），遂
妄改為『日』字。對則工矣，其如『初日頭』三字文
理不通？」袁瓘〈秋日〉詩（18）：「芳草不復綠，
王孫今又歸。」此「王孫」，公子王孫之稱也。宋人
云：「王孫，蟋蟀也。」引《詩緯》云（19）：「楚

人名蟋蟀為王孫。」又以為「猿」，引柳子厚「憎王孫」為證(20)。博則博矣，意味索然。《冷齋夜話》云(21)：「太白詩：『昔作夫容花，今為斷腸草。』本陶宏景《仙方注》『斷腸草一名夫容』故也(22)。乃知詩人無一字閒話。」方密之笑曰(23)：「太白冤哉！草不妨同名，詩人何心作藥師父耶？」凡此種種，其病皆始于鄭康成(24)。康成注《毛詩》「美目清兮」(25)：「目上為明，目下為清。」然則「美目盼兮」(26)，「盼」又是何物？注「亦既覯止」(27)，為男女交媾之媾。注「五日為期」(28)，為「姜年未五十，必與五日之御。五日不御，故思其夫。」注「胡然而天，胡然而帝」(29)，便是「靈威仰，赤熛怒」(30)。注「言從之邁」(31)，言「將自殺以從之」。其迂謬已作俑矣！堯之時，老人擊壤。壤，土也。周處《風土記》則曰(32)：「壤，以木為之，長三尺四寸。」引皇甫元晏十七歲與從姑子擊壤于路為證(33)。不知堯之時，安得有木壤？果有之，又何得歷夏、商、周而不一見於詠樂耶？要知周處《風土記》，亦宋人偽作。

【箋注】

(1) 白香山：唐白居易。見本卷二〇注(6)。樂易：快樂平易。

(2) 王荊公：王安石，字介甫，小字獾郎，號半山。宋撫州臨川（今江西撫州）人。仁宗慶曆二年進士。官淮南判官、舒州通判、常州知州、江甯知府、翰林學士兼侍講。熙寧間拜參知政事、同中書門下平章事。力主變法，力謀富國強兵。後兩度罷相。元豐三年，封荊國

公，世稱荆公。提倡新學，詩文雄健峭拔，為唐宋八大家之一。有《臨川集》、《詩義鉤沉》等。

(3) 昌黎：唐韓愈。見本卷一三注(1)。

(4) 王摩詰：王維，字摩詰。唐河東人。祖籍太原祁縣。玄宗開元進士擢第。官至尚書右丞，世稱王右丞。以詩名盛於開元、天寶間，多詠山水田園，與孟浩然並稱王孟。奉佛，晚年長齋，居藍田別墅，所為詩號《輞川集》。有《王右丞集》、《畫學秘訣》。

(5) 明道雜記：宋・張耒《明道雜誌》。

(6) 羅氏拾遺：宋・羅璧撰。

(7) 清波雜誌：宋・周煇撰。

(8) 王勃：字子安。唐絳州龍門人。高宗麟德初對策高第。官虢州參軍。善屬文，詞情英邁。途經南昌，撰〈滕王閣序〉，為世所稱。渡海墮水而卒。有詩名，與楊炯、盧照鄰、駱賓王合稱初唐四傑。

(9) 吳獬：字清臣，號省齋。宋漳州龍溪人。兩領鄉舉，又領漕舉。退為學者師。有《省齋集》、《事始》。

(10) 杜牧：見本卷三一注(5)。阿房宮：始築于秦始皇三十五年，在今陝西西安市西南阿房村、古城村與胸家莊一帶。

(11) 是齋日記：毛奇齡撰《尚書廣聽錄》卷一說：「嘗見徐仲山傳《是齋日記》。」據此，《是齋日記》作者是徐咸清，字仲山。浙東上虞人。國子生。康熙十八年舉鴻博，罷歸。少時有文名。精字學。有《資治文字》百卷。毛奇齡稱為古今巨觀。雩（yú）：古代為祈雨而舉行的祭祀。

(12) 天官書：史官記錄天文氣象的書。《史記》卷二十七為〈天官書〉。

(13) 宋子京：宋祁，字子京。宋安州安陸人，徙開封雍丘。

仁宗天聖二年進士。官至工部尚書，翰林學士承旨。卒
諡景文。有《宋景文集》。

(14) 劉禹錫：見本卷四二注(10)。

(15) 晏元獻：晏殊，字同叔。宋撫州臨川人。以神童召試，
賜同進士出身。曾任宰相兼樞密使。文章贍麗，尤工詩
詞。卒賜元獻。有文集及《珠玉詞》。

(16) 肩目之稱：東坡在黃州日作雪詩云：「凍合玉樓寒起
粟，光搖銀海眩生花。」人不知其使事也。後移汝海過
金陵，見王荊公論詩及此云：「道家以兩肩為玉樓，以
目為銀海。是使此事否？」坡笑之，退謂葉致遠曰：
「學荊公者，豈有此博學哉？」（見宋・趙德麟《侯鯖
錄》卷一）

(17) 黃元：字元之。明將樂人。為閩中十才子之一。官泉州
訓導。

(18) 袁瓘：唐襄州襄陽人。開元十四年，官左拾遺。能詩，
與孟浩然、儲光羲友善。

(19) 詩緯：緯書是古代方士假託孔子，用詭秘語言解釋經義
的著作。隋朝焚禁讖書，詩緯逐漸散佚失傳，只在少數
古書中留有殘文剩義，清人輯三家遺說，間有采及，至
陳喬樅始輯成專書《詩緯集證》四卷。

(20) 柳子厚：柳宗元，字子厚。唐河東解人。貞元九年進
士，十四年登宏詞科。與王叔文友善，參與革新。官禮
部員外郎、永州司馬、柳州刺史。人稱柳柳州。與韓愈
並稱韓柳，共倡古文運動。又工詩。有《柳河東集》。

(21) 冷齋夜話：宋・釋惠洪撰。

(22) 陶宏景：陶弘景，字通明，晚號華陽真逸。南朝梁丹陽
秣陵（今江蘇鎮江附近）人。讀書萬卷，博通曆算、地
理、醫藥等。曾任諸王侍讀。主張儒佛道合流。歷南朝
宋、齊、梁三朝。後隱居句容曲山。梁武帝每遇大事，
前往諮問。時人稱「山中宰相」。卒諡貞白先生。有

《本草經集注》等。

(23)方密之：方以智（1611-1671），字密之，號鹿起。明末清初江南桐城人。有《通雅》、《物理小識》、《東西均》、《浮山集》等。

(24)鄭康成：鄭玄，字康成。東漢北海高密人。曾任農官，性恬靜，不願做官，後教授于長學山長學書院。為我國經學創始人。有《毛詩箋》，注《三禮》、《周易》、《尚書》、《論語》等。

(25)美目清兮：《詩經‧齊風‧猗嗟》中的詩句，意為「美麗的眼睛多清純呀」。

(26)美目盼兮：《詩經‧衛風‧碩人》中的詩句，意為「美麗的秋波一轉啊」或「美麗的眼波閃動啊」。

(27)亦既覯止：《詩經‧召南‧草蟲》中的詩句，意謂「也許遇合了他」或「如果依偎著他」。

(28)五日為期：《詩經‧小雅‧采綠》中的詩句，意謂「五月之日是約期」或「約期相會是五月之日」。

(29)胡然而天，胡然而帝：《詩經‧鄘風‧君子偕老》中的詩句，意謂「仿佛塵世降天仙，恍如帝女到人間」。

(30)靈威仰：即青帝，東方之神，春神。赤熛怒：南方之神，司夏天，變稱「赤帝」。

(31)言從之邁：《詩經‧小雅‧都人士》中的詩句，意謂「我願跟着他們同跑」。

(32)周處：字子隱。西晉義興陽羨（今江蘇宜興縣南）人。相傳少時橫行鄉里，後發憤改過，射南山虎、斬長橋蛟，為民除害。官東觀左丞、御史中丞。後戰死，諡孝侯。

(33)皇甫元晏：皇甫謐，字士安，小時名靜，晚年自號玄晏先生（此處因避諱稱「元晏」）。西晉安定朝那（今甘肅靈臺縣朝那鎮）人。手不釋卷，以著述為務。武帝賜書一車。他編撰了我國第一部針灸學的專著《針灸甲乙

經》，并有《歷代帝王世紀》、《高士傳》、《逸士傳》、《列女傳》、《元晏先生集》等書。

四七

本朝有某孝廉獻吳逆詩云(1)：「力窮楚覆求秦救，心死韓亡受漢封(2)。」聖祖愛其巧於用典，遣人訪之，其人逃。余以為此仿宋汪彥章為張邦昌〈雪罪表〉也(3)。其詞云：「孔子從佛肸之召，卒為尊周(4)；紀信乘漢王之車，將以誑楚(5)。」可謂善於文過者(6)。

【箋注】

(1) 吳逆：指吳三桂。見本卷三三注(3)。

(2)「力窮」句：出處見《左傳》定公四年：「初，伍員與申包胥友。其亡也，謂申包胥曰：『我必復楚國。』申包胥曰：『勉之！子能復之，我必能興之。』及昭王在隨，申包胥如秦乞師……秦哀公為之賦〈無衣〉。九頓首而坐。秦師乃出。」「心死」句：張良，其祖與父先後為韓相，韓被秦滅亡，募力士於博浪沙狙擊秦始皇未中。後佐劉邦定天下。封留侯。

(3) 汪彥章：汪藻，字彥章。德興(今屬江西)人。崇寧二年進士。北宋末、南宋初文學家。張邦昌：宋永靜軍東光人。舉進士。累官大司成、禮部侍郎。金兵犯汴京，與康王質于金，割地請和，為河北路割地使。上書者攻其通敵，黜為中太一宮使，罷割地議。靖康初京師陷，被金人冊立為帝。僭號「大楚」。高宗即位，特與免貸，責授昭化軍節度使，潭州安置。以其僭立時穢亂宮廷，賜死。

(4) 佛肸（xī）：春秋時魯國人，為中牟大夫，據中牟叛，
　　使人招孔子。《論語‧陽貨》：「佛肸召，子欲往。子
　　路曰：『昔者由也聞諸夫子曰：「親於其身為不善者，
　　君子不入也。」佛肸以中牟畔，子之往也如之何？』子
　　曰：『然，有是言也。不曰堅乎？磨而不磷；不曰白
　　乎？涅而不緇。吾豈匏瓜也哉？焉能繫而不食！』」

(5) 紀信：西漢人，楚漢戰爭中，事漢王劉邦為將軍。項羽
　　圍困滎陽，漢王危急。信偽裝漢王出東門降楚，使漢王
　　從西門遁出。項羽怒，燒殺之。《史記‧項羽本紀》：
　　漢將紀信說漢王曰：「事已急矣，請為王誑楚為王，王
　　可以間出。」於是漢王夜出女子滎陽東門被甲二千人，
　　楚兵四面擊之。紀信乘黃屋車，傅左纛，曰：「城中
　　食盡，漢王降。」楚軍皆呼萬歲。漢王亦與數十騎從城
　　西門出，走成皋。項王見紀信，問：「漢王安在？」信
　　曰：「漢王已出矣。」項王燒殺紀信。

(6) 文過：掩飾過錯。

四八

　　有妓〈與人贈別〉云：「臨岐幾點相思淚，滴向
秋階發海棠。」情語也。而莊葓服太史贈妓云(1)：
「憑君莫拭相思淚，留着明朝更送人。」說破，轉覺
嚼蠟。佟法海〈弔琵琶亭〉云(2)：「司馬青衫何必
濕，留將淚眼哭蒼生。」一般殺風景語。

【箋注】

(1) 莊葓服：莊令輿（1662-1740），字葓服（一作菔），號阮
　　尊。江蘇武進人。康熙四十五年成進士。授翰林院編
　　修。曾典浙江鄉試。有《雙松晚翠樓詩》。

(2)佟法海：字淵若。遼陽（今遼寧省遼陽縣）人。康熙
　　三十三年進士。官至兵部侍郎。有《悔翁集》。琵琶
　　亭：在江西省九江市西，長江東南岸。唐·白居易任江
　　州司馬時，送客溢浦口，夜聞鄰舟琵琶聲，作〈琵琶
　　行〉，後人因以名亭。

四九

　　有人哭一顯者云(1)：「堂深人不知何病，身貴醫
爭試一方(2)。」說盡貴人患病情狀。

【箋注】

(1)顯者：高貴顯赫人士。

(2)方：指藥方，醫生治病所開的方劑。此為宋·劉克莊
　　〈哭梁運管俔〉詩句：「堂深外不知何病，醫雜人爭試
　　一方。」

五〇

　　吾鄉陳星齋先生〈題畫〉云(1)：「秋似美人無
礙瘦，山如好友不嫌多。」江陰翁徵士朗夫〈尚湖晚
步〉云(2)：「友如作畫須求淡，山似論文不喜平。」
二語同一風調。

【箋注】

(1)陳星齋：陳兆崙(1700-1771)，字星齋，號句山。浙江錢
　　塘（今杭州）人。雍正八年進士。有《紫竹山房文集》、

《紫竹山房詩集》。

(2) 翁朗夫：翁照(1677-1755)，初名玉行，字朗夫，號霽堂，又號子靜。江蘇江陰人。諸生。乾隆元年舉博學鴻詞，未與試。十四年，再以經學薦，不遇。工詩，受學于毛奇齡、朱彝尊。詩以詠蓑衣「風雨一身秋」句享譽。有《賜書堂集》。徵士：指不接受朝廷徵聘的隱士。

五一

本朝開國時，江陰城最後降。有女子為兵卒所得，紿之曰(1)：「吾渴甚，幸取飲，可乎？」兵憐而許之。遂赴江死。時城中積屍滿岸，穢不可聞。女子嚙指血題詩云：「寄語路人休掩鼻，活人不及死人香。」

【箋注】

(1) 紿 (dài)：誆騙，迷惑。

五二

同徵友萬柘坡光泰(1)，精于五七古。程魚門讀之(2)，五體投地。近體學宋人，有晦澀之病。陳古漁專工近體，宗七子(3)；故聞魚門贊萬詩，大相抵牾。余為作跋，釋兩家之憾，且摘柘坡近體之佳者，以曉古漁。其〈題開元寺〉云：「古樹鳥巢密，疏寮

客到稀。」「鈴空隨瓦墜，碑斷入牆填。」〈方鏡〉
云：「自笑相逢同枘鑿，封侯誰有面如田(4)？」〈金
鰲玉蝀橋〉云(5)：「曉來濃翠東西映，也算蛾眉對仗
班。」陳乃折服。

【箋注】

(1) 同徵友：指被舉薦應試而名字一同列入徵士錄中的人。
萬柘坡：萬光泰(1712-1750)，字晴初、循初，號柘
坡。浙江秀水人。乾隆元年舉人。博學工詩文。有《轉
注緒言》、《柘坡居士集》等。

(2) 程魚門：程晉芳。見本卷五注(1)。

(3) 陳古漁：陳毅，字直方，號古漁。清江蘇江甯人，居古
長干里。監生。工書法，性兀傲，不諧於俗。詩與同縣
何士顒齊名。有《古漁詩概》。七子：明七子。見本卷
三注(3)。

(4) 枘鑿：榫頭與卯眼。枘圓鑿方或枘方鑿圓，難相容合。
《楚辭·九辯》：「圓枘而方鑿兮，吾固知其鉏鋙而
難入。」《史記·孟子荀卿列傳》：「持方枘欲入圓
鑿，其能入乎？」面如田：《南史》卷四十六《李安人
傳》：「明帝大會新亭樓，勞諸軍主。挏蒱官賭，安人
五擲皆盧。帝大驚，目安人曰：『卿面方如田，封侯相
也。』」宋·呂本中〈柳州開元寺夜雨〉：「面如田字
非吾相，莫羨班超封列侯。」宋·戴復古〈送趙安仁之
官上虞二首〉：「表表魁吾相，面如田字方。」

(5) 金鰲玉蝀橋：在北京北海。水雲榭北，有白石長橋，東
西樹坊楔二，東曰玉蝀，西曰金鰲。

五三

　　余長姑嫁慈溪姚氏（1）。姚母能詩，出外為女傅（2）。康熙間，某相國以千金聘往教女公子（3）。到府，住花園中，極珠簾玉屏之麗。出拜兩姝（4），容態絕世。與之語，皆吳音；年十六七，學琴、學詩頗聰穎。夜伴女傅眠，方知待年之女，尚未侍寢于相公也。忽一夕，二女從內出，面微紅。問之。曰：「堂上夫人賜飲。」隨解衣寢，未二鼓，從帳內躍出，搶地呼天，語呶呶不可辨，顛仆片時，七竅流血而死。蓋夫人賜酒時，業已酖之矣（5）！姚母踉蹌棄資裝（6），即夜逃歸。常告人云：「二女，年長者尤可惜。」有〈自嘲〉一聯云：「量淺酒痕先上面，興高琴曲不和絃。」

【箋注】

（1）慈溪：縣名。治所在今浙江寧波市西北慈城鎮。

（2）女傅：女師傅。

（3）某相國：指明珠，即納蘭太傅，納喇氏，字端範。清滿洲正黃旗人。官至武英殿大學士。相國，漢初及漢初以前為百官之長。後為宰相的尊稱。明清稱大學士。

（4）姝：美女。

（5）酖（zhèn）：以毒酒殺人。

（6）資裝：出行所帶的錢物，即行李。

五四

　　詠物已難，而和前人之韻則更難。近惟陳其年之和王新城〈秋柳〉(1)，奇麗川方伯之和高青邱〈梅花〉(2)，能不襲舊語，而自出新裁。陳云：「盡日郵亭挽客衣，風流放誕是耶非(3)？將軍營裏年光晚，京兆街前信息稀(4)。愁黛忍令秋水見？柔條任與夜烏飛。舞腰女伴如相憶，為報飄零願已違。」「鵝黃搓就便相憐，記得金城幾樹煙(5)。未到阿那先麗穎(6)，任為拋擲也纏綿。由來春好惟三月，待得花開又一年。此日秋山太迢遞，株株搖落畫樓邊。」又云：「似爾陌頭還拂地，有人樓上怕開箱(7)。」俱妙。方伯云：「枝頭何處認輕痕，霜亦精神雪亦溫。一徑曉風尋舊夢，半林寒月失孤村。吟情欲鏤冰為句，離恨難招玉作魂。寄語溪橋橋上客，莫從香裏誤柴門。」「點額誰教入漢宮(8)，凍雲合處路難通。朧朧照去月疑落，瓣瓣擎來雪又空。無夢不隨流水去，有香只在此山中。松間竹外誰知己，地老天荒玉一叢。」又云：「珊珊仙骨誰能近，字與林家恐未真(9)。」「隴首祇今春意薄(10)，山中自昔故人稀。」其高淡之懷，梅花有知，當呼知己。

【箋注】

(1) 陳其年：陳維崧(1625-1682)，字其年，號迦陵。江蘇宜興人。康熙中舉鴻博，授檢討，與修明史。有《陳迦陵文集》、《湖海樓詩集》等。王新城：王士禎(1634-1711)，字子真，號阮亭，晚號漁洋山人。新城(今山東桓台)人。身後避世宗諱，改「禛」為「禎」。順治十五

年進士。官至刑部尚書。倡神韻之說，領袖詩壇近五十年。有《帶經堂集》、《漁洋山人菁華錄》、《漁洋詩話》、《池北偶談》、《居易錄》、《香祖筆記》等。

(2) 奇麗川：奇豐額，字麗川。滿洲正白旗人。乾隆三十四年進士。歷官刑部河南司郎中、江蘇布政使、江蘇巡撫，嘉慶元年任葉爾羌辦事大臣。方伯：即布政使。高青邱：高啟，字季迪，號槎軒。明蘇州府長洲人。曾隱居吳淞青丘，自號青丘子。洪武初，授翰林院國史編修官，後擢戶部右侍郎，辭歸故里。因作〈上梁文〉，被疑連坐腰斬。工詩，為元明間一大家。有《高太史大全集》。

(3) 「盡日」句：用古人折柳送別典故。風流：齊‧劉悛之為益州刺史，獻蜀柳數株，枝條甚長，狀如絲縷。武帝植之於太昌靈和殿前，嘗喜玩之曰「此楊柳風流可愛，好似張緒當年」。

(4) 將軍營：用漢‧周亞夫屯軍陝西細柳營治軍嚴明的典故。「京兆」句：漢‧張敞為京兆尹，走馬章台街，街有柳。終唐世曰「章台柳」。故杜甫詩有「京兆空柳色，尚書無履聲」句。

(5) 「金城」句：晉‧桓溫自江陵北伐，行經金城，見少為瑯琊時所種柳皆已十圍，慨然曰：「木猶如此，人何以堪？」攀枝執條，泫然流涕。

(6) 阿那：柔美貌。麗䔄（lùsù）：同「籠籔」，下垂貌。

(7) 怕開箱：箱，即柳箱。宋代王陶《談淵》：「太原王仁裕家遠祖母約二百餘歲，形質渺小，長約三四尺許，兩眼白晴皆碧，飲啖至少，夜多不睡。每月餘，忽不見，數日復至，亦不知其往來之跡。床頭有柳箱，可尺餘，封鎖甚密，人未嘗得見其中物。嘗戒諸孫曰：『如我出，慎勿開此箱，開即我不歸也。』諸孫中有一無賴者，一日，恃酒而歸，祖母不在，徑詣床頭取封鎖柳箱，開之，其中有一小鐵篦子，餘無他物。自此，祖母

竟不回矣。」

(8)「點額」句：《太平御覽》引《宋書》曰：武帝女壽陽公主臥含章簷下，梅花落公主額上成五出花，拂之不去，皇后留之，自後有梅花妝。

(9)林家：林逋，字君復，號和靖。宋杭州錢塘人。少孤力學，刻志不仕，結廬西湖孤山……不娶無子，所居多植梅畜鶴，泛舟湖中，客至，則放鶴致之，因謂梅妻鶴子。

(10)隴首：《風雅翼》：「秦州有大隴山，亦曰隴首，其阪九曲。」《詩經·秦風》：「終南何有？有條有梅。」歷來認為隴首與梅有關。晉·陸凱寄梅花與范曄，詩云：「折梅逢驛使，寄與隴頭人。江南無所有，聊贈一枝春。」梅又與友情有關，與人的高潔品格有關。宋·楊萬里〈回新知通州葛寺丞啟〉：「布帆無恙，尚記江頭楓葉之秋；尺素相思，忽得隴首梅花之信。」

五五

　　康熙間，于清端公總督江南，舉其族弟襄勤公來守江寧(1)。二人俱名成龍，不以為嫌；且俱以清節卓行，名震海內，洵聖朝佳話也。襄勤巡撫京畿，不避權貴，故演戲者有《紅門寺誅姦僧》一節。事雖附會，非無因也。其孫紫亭先生，名宗瑛者(2)，甲戌翰林，人品高逸，善畫工詩。余戊申游虞山(3)，紫亭之子靜夫明府適宰昭文(4)，以《來鶴堂詩》見示。如〈題畫〉云：「寒聲兩岸蟲，秋懷千頃荻。雨斷月初明，孤篷猶滴瀝。」〈游馬氏園〉云：「隔樹未知處，緣溪已到門。」〈折杏花贈某〉云：「燈紅人影

搖芳樹，手動花陰落滿身。」〈歸車〉云：「急雨驚
風翻碧沼，歸雲學水亦東流。」皆超超元箸(5)，不食
人間煙火。靜夫云清端、襄勤二公，亦有詩集；他日
檢出，為余寄來。

【箋注】

(1) 于清端公：于成龍(1617-1684)，字北溟，號于山。山
西永寧人。康熙時官至兩江總督。為官清廉，康熙稱為
「天下第一清官」。卒諡清端。襄勤公：于成龍(1638-
1700)，字振甲，號如山。清漢軍鑲紅旗人。康熙初自
蔭生授樂亭知縣。歷官江甯知府、安徽按察使、直隸巡
撫，官至河道總督。曾疏浚渾河，並修堤防。卒諡襄
勤。

(2) 于宗瑛：號紫亭。漢軍鑲紅旗人。乾隆十九年進士。散
館授檢討，改監察御史。性簡淡，工詩，善畫山水。有
《來鶴堂集》。

(3) 戊申：乾隆五十三年。虞山：在今江蘇常熟市西北，一
名海隅山、海巫山。

(4) 于靜夫：于鼇圖(1750-1811)，字伯麟，號滄來、靜夫、
靜無。于宗瑛子。隸漢軍鑲紅旗人。乾隆三十五年舉
人。任金山、昭文、常熟等五縣知縣，太倉、徐州、
蘇州知府，淮揚道、江蘇按察使等職。輯《來鶴堂詩
鈔》，撰《習靜軒詩文集》。昭文：縣名，當時與常熟
同城而治，即今江蘇常熟市。

(5) 超超元箸：即超超玄箸，謂言辭高妙，不同凡俗，超然
出塵。亦可省作超超。

五六

　　李尚書雍熙學道（1），散遣歌姬。王西樵責以詩云（2）：「聽歌曾入忘憂界，不應忽縛枯禪戒。未是香山與病緣，何妨樊子同春在（3）。安石攜妓自不凡，處仲開閣終無賴（4）。誰為公畫此策者，狂奴恨不鞭其背！」阮亭亦云（5）：「萬種心情消未盡，忍辭駱馬遣楊枝（6）？」余惜秦少游未聞此言（7）。

【箋注】

(1) 李雍熙（1602-1668）：字淦秋。明末清初山東長山人。少習儒，以孝友稱，晚年好佛。學道：學習道行。指學仙或學佛。

(2) 王西樵：王士祿（1626-1673），字子底，號西樵山人。山東新城人。順治九年進士。官吏部考工員外郎。以故下獄半年，後得昭雪。與弟士祜、士禎均有詩名，號為三王。作品沖和淡泊，學孟浩然。有《表微堂詩刻》、《十笏草堂詩選》等。

(3) 香山：白居易。晚年學佛。樊子：樊素，白居易家的歌妓。

(4) 安石：謝安，字安石。東晉陳郡陽夏人，少有重名，善行書。早年寓居會稽，放情丘壑，每遊必攜妓自隨。年四十餘始出仕，淝水之戰時任征討大都督，又進都督揚、江、荊等十五州軍事。為晉朝屢建軍功，官至尚書僕射。死後諡文靖，贈太傅，世稱謝太傅。處仲：王敦，字處仲。東晉琅邪臨沂（今山東費縣東）人。尚晉武帝襄陽公主。官揚州刺史，鎮壓杜弢起事，進征東大將軍。既得志，舉兵反晉，攻入建康，自為丞相。開閣：漢公孫弘為宰相，「起客館，開東閣以延賢人，與參謀議。」此指王敦自為丞相。到石崇家飲酒，美女行酒，

王敦偏不喝，使石崇連斬三個美人。

(5)阮亭：王士禎。見本卷五四注(1)。

(6)駱馬：白鬃黑馬。白居易晚年病風，欲放還歌妓樊素，
　　賣去多年所騎駱馬，馬留戀而長嘶，素慘然而泣下，
　　白居易「且命回勒反袂」，於是作〈不能忘情吟〉。楊
　　枝：樊素善歌《楊枝》，人多以曲名名之。

(7)秦少游：秦觀，字少游，又字太虛，號淮海居士。宋揚
　　州高郵人。神宗八年進士。官太學博士、杭州通判。工
　　詞，屬婉約派。為蘇門四學士之一。有《淮海集》。秦
　　觀少時曾愛與歌妓交往，「謾贏得、青樓薄幸名存」。

五七

　　江西某太守將伐古樹，有客題詩於樹云：「遙知
此去棟梁材，無復清陰覆綠苔。只恐月明秋夜冷，誤
他千歲鶴歸來(1)。」太守讀之，愴然有感(2)，乃停
斧不伐。

【箋注】

(1)鶴歸：傳說漢遼東人丁令威，學道於靈虛山，後成仙化
　　鶴歸來，落城門華表柱上。時有少年，舉弓欲射之，鶴
　　乃飛，徘徊空中而言曰：「有鳥有鳥丁令威，去家千年
　　今始歸。城郭如故人民非，何不學仙塚累累。」

(2)愴然：悲傷貌。

五八

南宋宮嬪墓在越中者甚多(1)：鸕湖之濱，獅山之側(2)，塋址可識者，二十四處，俗傳「廿四堆」是也。山陰邵薑畦先生詩云(3)：「鸕湖湖水瑩如鏡，照出興亡事可哀。『二十四堆』春草綠，錢塘風雨翠華來(4)。」綽有深情。先生尤長五言，《詠濟南趵突泉》云：「倒翻廬阜瀑，長湧浙江潮(5)。」一時諸名士，為之擱筆。又有句云：「溪澄花影耦，山靜屐聲孤。」

【箋注】

(1) 越中：指會稽，即今浙江紹興。春秋時越國都城所在地。

(2) 鸕（xì）湖：據《浙江通志》載，在紹興府城西離渚有鸕石湖，湖因立在這裏的唐康得言墓碑有石鸕而得名。獅山：據《紹興地方文獻考錄》，紹興附近有獅山。

(3) 邵薑畦：邵廷鎬，字鄰豐，號薑畦。清浙江山陰（今紹興）人。善繪山水。有《薑畦詩集》。

(4) 翠華：天子儀仗中以翠羽為飾的旗幟或車蓋。

(5) 廬阜：廬山。浙江潮：指錢塘江潮。

五九

江南黃梅時節(1)，潮濕可厭。徐金粟云(2)：「不待雨來先地濕，並無雲處亦天低。」

【箋注】

(1)黃梅時節：指江南五月梅子成熟的時節。此時多雨，稱梅雨。

(2)徐金粟：未詳。本書卷四・三○說他少年能詩。約為杭州人。

六○

　　丁巳前輩沈雲蜚先生館選後(1)，乞假歸娶，逾年入都，以習國書故，僦屋鄰余(2)，欲彼此宣究。未半年，以瘵疾亡(3)。余入奠，見紙墨叢殘，家僮殯殮，為之泣下。哭以四絕句，五十年來，全不省記。忽內子誦之琅琅(4)，乃追錄之，以存其人。詩云：「仙山樓閣本茫茫，容易青年到玉堂(5)。底事曇花才一現，已蒙上帝遣巫陽(6)。」「明知病體頹唐甚，何事間關萬里來？想是神仙厭鄉土，特教玉骨葬蓬萊。」「幾度蓬門歇小車，揮毫同習上清書(7)。而今難字從誰問？旅櫬灰停一寸餘(8)！」「半年湯藥滯天涯，腰瘦何人報沈家？少婦昨宵家信到，催君迎看帝城花！」

【箋注】

(1)沈雲蜚：字梧瞻。浙江烏程縣人。雍正十三年舉人。選庶吉士。乾隆二年進士。（據羅愫、杭世駿修清乾隆十一年《烏程縣誌》與上海古籍出版社《明清進士題名碑錄索引》）館選：被選任館職，即擔任修撰、編校等工作的官職。

(2)僦（jiù）屋：租賃房屋。

(3)瘵（zhài）疾：指肺結核病。

(4)內子：妻子。

(5)玉堂：此指翰林院。

(6)巫陽：傳說中的女巫，能招魂。

(7)上清書：指滿文。

(8)旅櫬（chèn）：客死者的靈柩。

六一

錢塘洪昉思昇（1），相國黃文僖公機之女孫婿也（2）。人但知其《長生》曲本，與《牡丹亭》並傳，而不知其詩才在湯若士之上（3）。〈曉行〉云：「咿喔晨雞鳴，僕夫駕輪鞅（4）。四野絕無人，但聞征鐸響（5）。」〈夜泊〉云：「竹篾隨潮落（6），蒲帆逐月飛。維舟已深夜（7），還上釣魚磯。」性落拓不羈。晚年渡江，老僕墜水，先生醉矣，提燈救之，遂與俱死。〈送高江村宮詹入都〉五排一百韻，沈鬱頓挫，逼真少陵（8）。

先生為王貞女作〈金鐶曲〉云（9）：「王家有女字秀文，少小綽約蘭蕙芬。項郎名族學《詩》、《禮》，金鐶為聘結婚姻。十餘年來人事變，富兒那必歸貧賤。一朝別字豪貴家，三日悲啼淚如霰（10）。手摘金鐶自吞食，將死未死救不得。柔腸九曲斷還續，臥地祇存微氣息。詎料國工賜靈藥，吐出金鐶定魂魄。至性由來動彼蒼，一夜銀河駕烏鵲（11）。嗟

哉此女貞且賢！項郎對之悲復憐。朝來笑倚鏡臺立，代繫金鐶雲鬢邊。」其事、其詩，俱足千古。篇終結句，餘韻悠然。

【箋注】

(1) 洪昇(1645-1704)：字昉思。清浙江錢塘人。以詞曲著名，有《長生殿》、《四嬋娟》等，另有《稗畦集》。

(2) 黃機(1612-1686)：明末清初浙江錢塘人。順治四年進士。累遷為禮部侍郎。康熙間進尚書，官至文華殿大學士。卒諡文僖。

(3) 湯若士：湯顯祖(1550-1616)，號海若、若士。明撫州府臨川人。有《牡丹亭》、《邯鄲記》等。

(4) 輪鞅：車輪和馬脖套。泛指車馬。

(5) 征鐸：遠行車馬所掛的鈴。

(6) 竹箧：竹片編的船。

(7) 維舟：繫船停泊。

(8) 少陵：唐·杜甫。

(9) 王貞女：王秀文。清嘉定人。少孤。與同邑項準約為婚姻。後，項氏家日落，秀文母悔其前言，以女他適。(見尤侗《西堂雜俎二集》卷六〈王貞女傳略〉)金鐶：金製的環。作信物，亦作飾品。

(10) 別字：另嫁。字，舊時稱女子許配、嫁人。霰（xiàn）：雪珠。

(11) 彼蒼：代稱天。烏鵲：喜鵲。此以銀河架鵲橋指結成婚姻。

六二

蘇州徐文靖公，明季殉難（1）。二子昭文、貫時（2），俱守父志，不仕。尤西堂為貫時作傳（3），言其「少時美好，自稱『三十六帝外臣』。」〈過平原有見〉云：「玉面珠璫坐錦車，蟠雲作髻兩分梳（4）。春風解下貂回脖，露出蛐蟥雪不如（5）。」「曲水池頭倚玉闌，祓除初起曉妝寒（6）。新來傳得江南樣，也是梳頭學牡丹。」摩寫燕、趙佳人，風流可想。貫時先生名柯。其孫龍飲，精賞鑒，與余交好。

【箋注】

（1）徐文靖公：徐汧（1597-1645），字九一，號勿齋。明蘇州府長洲人。崇禎元年成進士。授檢討。遷右庶子，充日講官。十四年因奉便道還里。福王立，召為少詹事，被人疏攻，移疾歸。南京失守，蘇常二州陷落，投虎丘新塘橋下死。諡文靖（一作文清）。明季：明末。

（2）昭文：徐枋（1622-1694），字昭法（昭文，不知何據），號俟齋，晚號秦餘山人。明末清初江南長洲（今蘇州）人。崇禎十五年舉人。入清不仕。有《居易堂集》。貫時：徐柯（1627-1700），字貫時，別號東海一老。清江蘇吳縣（今蘇州）人。諸生。工書畫，善詩文。明亡後，杜門不出。有《一老庵文鈔》、《一老庵遺稿》。其所自稱，典出李白語「素受寶訣，為三十六帝之外臣」。外臣：方外之臣。

（3）尤西堂：尤侗（1618-1704），字同人，又字展成，號亦園、西堂等，晚號艮齋。江蘇長洲（今蘇州）人。康熙十八年舉博學鴻辭科，授檢討，與修《明史》，三年後辭歸。上賜御書「鶴棲堂」額，遷侍講。詩詞古文均有聲于時。有《西堂雜俎》、《鶴棲堂文集》及傳奇《鈞

天樂》、雜劇《吊琵琶》等。

(4) 玉面：美好的容貌。珠璫：綴珠的耳飾。蟠雲：即盤雲。指髮髻。

(5) 貂回脖：貂皮毛圍脖。蝤蠐：天牛的幼蟲，色白體長，古人多以蝤蠐比喻美女的頸項。

(6) 祓（fú）除：指除災去邪洗濯沐浴。

六三

洪昉思〈詠燕女〉云(1)：「燕姬生小習原野，春草茸茸獵城下(2)。身輕不許健兒扶，捉鞭自上桃花馬。」胡稚威亦詠此題(3)，中四句云：「蝤蠐明處緣裁領，荑手攕時為攬妝(4)。雲髻半籠花壓額，巾羅斜掛水成行。」

【箋注】

(1) 洪昉思：洪昇。見本卷六一注(1)。燕女：燕地女子。燕，今河北省北部和遼寧省西端一帶。

(2) 茸茸（róng）：柔細濃密貌。

(3) 胡稚威：胡天游。見本卷二八注(1)。

(4) 蝤蠐：天牛幼蟲，比喻美女的頸項。荑（yí）：草木初生時的嫩芽，借指女子柔細的手。攕（jiān）：在這裏是指揩拭的意思。

六四

梅定九先生以算法、易理，受知聖祖(1)。人但知其樸學(2)，而不知詩故風雅。其〈網藤坑夜雨〉云：「萬壑連為瀑，千峰撼欲平。虛堂漁艇似(3)，短燭月華明。」〈答周崑來〉云(4)：「墨妙時看珍共璧，心期今見托雙魚(5)。」周故奇士，舞刀奪槊，豪氣逼人。畫龍一幅，人以千金相購。識戴雪村學士于未濟時(6)，以女妻之。

【箋注】

(1) 梅定九：梅文鼎(1633－1721)，字定九，號勿庵。清安徽宣城人。幼時喜觀天象，既長，精研曆算之學，著天算之書八十餘種。經史諸子亦博搜博覽，詩文頗有文采。有《續學堂詩文鈔》。康熙四十四年，被推薦見康熙帝，談曆象算法，極受讚賞。聖祖，即康熙。

(2) 樸學：指清代學者繼承漢儒學風而治經的考據訓詁之學。

(3) 虛堂：高大的廳堂。

(4) 周崑來：周璕，字崑來，號嵩山。清江蘇江寧人。工畫人物花卉龍馬，畫龍尤佳，曾懸所畫龍于黃鶴樓，標價百金。

(5) 雙魚：指書信。

(6) 戴雪村：戴瀚，字巨川、鎮東，號雪村。清江蘇上元人。雍正元年進士。官至侍讀學士。工詩畫，善畫馬，兼工篆籀。晚年愛梅畫梅。有《探梅集》、《雪村編年詩剩》。未濟：沒有成就。

六五

　　余翰林歸娶，長安贈行詩甚多(1)，記其佳者。鄒
太和學士云(2)：「菊黃楓紫小春天，送爾南歸是錦
旋(3)。才子掃眉宜赤管，洞房停燭有金蓮(4)。歸鞍
尚帶同文課，時余方習清書。吟篋新添卻扇篇(5)。此日
和鳴誰不羨，鳳凰山下着神仙。」張南華宮詹云(6)：
「豔雪飛新句，紅絲繫夙緣。人間留玉杵(7)，天上
撤金蓮。官柳縈袍綠，宮花壓帽鮮。君恩許歸娶，仍
鞚曲江鞭(8)。」「遙識催妝日，金花豔擘箋(9)。
湖山留粉黛，毫墨亂雲煙。兩美應空越，雙飛仔入
燕(10)。綠窗眉畫早，銀燭看朝天。」沈椒園御史
云(11)：「金閨才子愛袁絲，年少承恩出玉墀(12)。
丹詔命趨雙鶴髮，繡幃交護兩瓊枝(13)。笙歌院落時
衣錦，梅柳江村曉畫眉。仔看還朝成《博議》(14)，
文章報國正相期。」蔣御史和寧(15)，時作諸生，
云：「金蓮銀燭數行低，照見鴛鴦兩兩棲。風動流
蘇侵夜漏，應疑鈴索海棠西。」魏允迪中翰(16)，
以余文捷，戲云：「爭傳才子擅文詞，頃刻千言不搆
思。若使畫眉須緩款，那容橫掃筆尖兒？」大司空裘
叔度(17)，時為庶常，云：「袁郎走馬出京華，折得
東風上苑花。一路香塵南國近，苧蘿村是阿儂家。」
「畫壁旗亭句浪傳，藍橋歸去會神仙(18)。從今厭看
閑花草，新種湖頭並蒂蓮。」蓋調余狃許郎也(19)。
又云：「玉鏡臺前一笑時，石螺親為畫雙眉。烏絲競
豔催粧句，只恐流傳惱雪兒(20)。」「雙綰同心帶
一條，華燈椽燭好良宵。錦衾宛轉留春住，莫忘鳴珂

趁早朝(21)。」毘陵相國程聘三(22)，時作庶常，詩云：「金燈花下沸笙歌，寶帳流香散綺羅。此日黃姑逢織女，漫言『人似隔天河』。」蓋戲用余朝考句也(23)。

　　座主蔣文恪公(24)，時為學士，詩云：「群仙豔羨送天涯，重疊詩箋壓小車。馬上玉郎春應醉，滿身香雪落梅花。」「我聞堂上兩親居，畫荻含丸廿載餘(25)。此日江南花燭好，承歡同上紫泥書(26)。」

【箋注】

(1)翰林：指在翰林院任庶吉士。長安：通稱京城。

(2)鄒太和：鄒升恒，字泰和。江蘇無錫人。康熙五十七年進士。官至侍講學士。有《惜柳軒詩》。

(3)錦旋：猶言衣錦榮歸。

(4)赤管：紅色的畫筆。金蓮：金飾蓮花形燈炬。用以形容天子對臣子的特殊禮遇。

(5)同文課：指語言文字的學習，此處指學習滿文。卻扇：古代成親時新娘以扇遮面，行交拜禮後，即將扇子丟棄，稱為「卻扇」。多用以比喻成婚。

(6)張南華：張鵬翀(1688-1745)，字天扉，號南華。嘉定（治今上海市嘉定區）人。雍正五年進士。官至詹事。詩才敏捷，工畫，尤善山水。有《南華山房集》。

(7)玉杵：唐長慶年間，秀才裴航于藍橋驛機緣巧遇雲英，其容姿絕世，航乃重價求得玉杵臼為聘，娶英為妻，最後航夫婦俱入玉峰洞中，食丹仙化，成為神仙眷侶。

(8)軃（duǒ）：下垂的樣子。曲江：此指錢塘江。指袁枚的家鄉。

(9) 催妝：舊俗新婦出嫁，必多次催促，始梳妝啟行。擘（bò）箋：裁紙。

(10) 越：代稱袁枚家鄉。因屬古越地。燕：燕地。代稱北京。催袁枚婚後早回。

(11) 沈椒園：沈廷芳（1702-1772），字椒園、畹叔。浙江仁和人。乾隆元年，由監生召試鴻博，授庶吉士，散館授編修。遷山東道監察御史，官至山東按察使。少從方苞學古文，從查慎行學詩。亦究心經學。有《十三經注疏正字》、《隱拙齋集》、《理學淵源》等。

(12) 金閨：指金馬門。亦代指朝廷。袁絲：袁盎，字絲。西漢楚人。文帝時為郎中。以數直諫，名重朝廷。此處代指袁枚。玉墀（chí）：宮殿前的石階。亦借指朝廷。

(13) 鶴髮：老人。瓊枝：喻新郎新娘。

(14) 博議：宋·呂祖謙著《東萊左氏博議》。這裏指此類著作。博議，謂全面詳盡地討論或評議。

(15) 蔣和寧：字用庵、用安、耕叔，號榕庵、耦漁。江蘇武進人。乾隆十七年進士。由庶吉士授編修，擢御史。

(16) 魏允迪：見本卷三九注(1)。

(17) 裘叔度：裘曰修，字叔度，號漫士、諾皋等。江西新建人。乾隆四年進士。改庶吉士，授編修。官至工部尚書，加太子少傅。卒賜文達。著有《裘文達文集》。

(18) 畫壁旗亭：繪有圖畫的牆壁和街市酒樓。浪傳：隨意傳佈。藍橋：在今陝西藍田縣東南藍溪上。相傳唐代裴航落第，經藍橋驛，在此遇仙女雲英，求得玉杵白搗藥，兩人結為仙侶。後以藍橋比喻為戀人結為美好姻緣的途徑。

(19) 許郎：參見《世說新語》三國魏高陽名士許允娶妻之事。許允曾任吏部郎。此處以許郎好色開玩笑。

(20) 雪兒：宋·孫光憲《北夢瑣言》逸文卷二：「雪兒者，

李密之愛姬，能歌舞，每見賓僚文章有奇麗入意者，即付雪兒叶音律以歌之。」後代指歌女。

(21) 鳴珂：顯貴者所乘的馬以玉為飾，行則作響。

(22) 程聘三：程景伊，字聘三，號雲塘。江蘇武進人。乾隆四年進士。改庶吉士，散館授編修。遷侍讀。歷官文淵閣大學士兼吏部尚書。卒諡文恭。有《雲塘書屋詩稿》、《文稿》、《代言存草》。

(23) 朝考句：見本卷一〇。

(24) 蔣文恪：蔣溥（1708-1761），字質甫，一作實甫，號恒軒。蔣廷錫之子。江蘇常熟人。雍正八年進士。歷官湖南巡撫，協辦大學士兼禮部尚書和吏部尚書，乾隆間仕至東閣大學士兼領戶部。善畫。卒諡文恪。有《恒軒詩鈔》。

(25) 畫荻：宋・歐陽修四歲而孤，家貧，母鄭氏以荻管畫地寫字，教其讀書。此讚美袁枚母教。含丸：司馬光撰《家範》第三卷：「天平節度使柳仲郢，母韓氏，常粉苦參黃連，和以熊膽，以授諸子，每夜讀書，使噙之，以止睡。」

(26) 紫泥書：古人以泥封書信，泥上蓋印。皇帝詔書則用紫泥。

六六

余以翰林，改官江南，一時送行詩甚多。其佳者如：劉文定公綸(1)，時官編修，詩云：「弱水神仙少定居，詞頭草罷領除書(2)。蔣山南去秦淮路，好雨翛翛梅熟初(3)。」「三載頭銜共冷官，幾人鄉夢出長安。君行若過吾廬外，五月江深草閣寒。」「定子當

筵唱石城，離堂燭跋不勝情（4）。芰荷香動三千里，誰
共編詩記水程？」宗伯齊公召南（5），時為侍講，詩
云：「尊前言別重踟躇，一向推袁話豈虛？才子何妨
為外吏，名山況可讀奇書。攜將佳偶花能笑，吟得新
詩錦不如。轉眼蒲帆催北上，未容風物戀鱸魚（6）。」
「官河柳色雨餘新，故里風光更絕倫。書畫一船煙外
月，湖山十里鏡中人。浣衣香裹芙蓉露，評史清澆
竹葉春。回首同時趨直客（7），蓬萊猶是在紅塵。」
莊參政有恭（8），時為修撰，詩云：「廬陵事業起夷
陵（9），眼界原從閱歷增。況有文章堪潤色，不妨風骨
露崚嶒。廉分杯水余同況，明徹晶籠爾獨能（10）。儒
吏風流政多暇，新詩好與寄吳綾。」副憲中甫（11），
時為孝廉，詩云：「鵷行驚失鳳池春，百里初除墨綬
新（12）。簿領竟須煩史筆，朝廷原自重詞臣（13）。交
情未免憐今別，公論尤應惜此人。終是讀書能有用，
他時端不負斯民。」「鶴書到日廣求賢（14），殿上揮
毫各少年。遭遇未嘗非盛事，滯留或恐是前緣。公卿
譽滿君猶出，僕婢詩成我自憐（15）。可憶僧窗風雨
夜？燈花只為一人妍。戊午、榜發前一日，與張少儀諸人同
飲，喜燈有花，惟君獲雋。」「平臺縹緲見煙巒，客至能令
眼界寬。談笑每欣多舊雨（16），杯盤常愧累貧官。由
來氣類關偏切（17），此後風流繼必難。說與能詩姚秘
監（18），豪情略為洗儒酸。戲南青。」「臨期草草話難
窮，高柳涼飄弄袖風。客裏驚心多聚散，酒邊分手又
西東。對衙山色濃於染，繞郭溪光淡若空。此景江南
曾不少，有人時在夢魂中。」其時長安諸公，以笏山

四首為獨絕(19)。少宗伯劉公星煒(20)，時為諸生，仿昌谷體作七古一篇(21)，云：「壬之年，癸之月，一鯨驅雲雲不行，走上江南木蘭檝(22)。」詩長，不能備錄。

【箋注】

(1) 劉文定：劉綸(1711-1773)。江蘇武進人。乾隆元年以廩生舉鴻博，授編修。官至文淵閣大學士，兼工部尚書。工詩古文。卒諡文定。

(2) 弱水：河川名。神話傳說中稱險惡難渡的河海。詞頭：朝廷命詞臣撰擬詔敕時的摘由或提要。除書：拜官授職的文書。

(3) 蔣山：即鍾山，在南京市東北。翛翛（xiāo）：象聲詞。

(4) 定子：杜牧〈隋苑〉：「紅霞一抹廣陵春，定子當筵睡臉新。」《樊川外集》原注：「定子，牛相小青。」據此知為牛僧孺侍婢。這裏泛指歌女。離堂燭跋：餞別之堂的蠟燭燃盡。

(5) 宗伯：指禮部之職。齊召南(1703-1768)：字次風，號瓊台，晚號息園。浙江天台人。幼稱神童。雍正七年副貢。乾隆元年舉鴻博，授檢討。再大考一等一名，授內閣學士。累官禮部侍郎。因一篇文字坐罪削職。精地理之學。有《水道提綱》、《一統志》、《寶綸堂詩文集》、《賜硯堂詩文集》等。

(6) 戀鱸魚：南朝宋·劉義慶《世說新語·識鑒》：「張季鷹（張翰）辟齊王東曹掾，在洛見秋風起，因思吳中蓴菜羹、鱸魚膾。」後以「憶蓴鱸」喻思鄉或歸隱之念。

(7) 趨直：上朝，值班。

(8) 莊有恭(1713-1767)：字容可，號滋圃、滋甫。廣東番

禺（今廣州）人。乾隆四年廷試第一，授修撰。歷任江蘇、浙江、福建等省巡撫，刑部尚書，官至協辦大學士。書法圓勁，片楮隻字，爭相珍藏。

(9)「廬陵」句：歐陽修，吉州廬陵人，早年著文為范仲淹辯解，被貶為夷陵令。一生事業從此困境中開始。這裏以喻袁枚。

(10)晶籠：即水晶燈籠，比喻對事情瞭解透澈。《宋史》卷三八二〈孫道夫傳〉：「移知蜀州，盜不敢入境。……遇事明瞭，人目為水晶燈籠。」

(11)申甫(1706-1778)：字及甫，號笏山。江蘇揚州人，原籍浙江西安。乾隆元年薦舉博學鴻詞，六年成舉人。授中書舍人。官至都察院左副都御史。工詩，有《笏山詩集》。詩專寫性靈，與袁枚相友善。

(12)鵷行：指朝官的行列。鳳池：指禁苑中的池沼，唐詩多借指中書省所在地。南朝齊・謝朓〈直中書省〉詩：「茲言翔鳳池，鳴珮多清響。」唐・劉知幾《史通・史官建置》：「暨皇家之建國也，乃別置史館，通籍禁門，西京則與鸞渚為鄰，東都則與鳳池相接。」唐・李嶠為〈王方慶讓鳳閣侍郎表〉：「下神畿而入仙禁，未變葭灰。自鸞渚而游鳳池，僅彫葟葉。」鸞渚即借指為門下省。唐代史館鄰近中書或門下省，史官地位崇高，入館者多為一時之選，宰相領銜修史。此指翰林院編修事。百里：借指縣令。墨綬：結在印鈕上的黑色絲帶。為縣官及其職權的象徵。

(13)簿領：官府記事的簿冊或文書。詞臣：文學侍從之臣。此指翰林。

(14)鶴書：書體名。也叫鶴頭書。用於招賢納士的詔書。亦借指徵聘的詔書。

(15)僕婢詩：唐・孫光憲《北夢瑣言》卷十：唐咸通中進士李昌符，有詩名久不登第，常歲卷軸怠於裝修，因出一奇，乃作婢僕詩五十首，於公卿間行之……諸篇皆中婢

僕之諱。浹旬，京城盛傳。是年登第。

(16) 舊雨：舊友。

(17) 氣類：意氣相投者。

(18) 姚秘監：姚範(1702-1771)，字南青，号薑塢。安徽桐城人。乾隆七年進士。官翰林院編修，充三禮館纂修。文章沈邃幽古，學術長於考訂。有《援鶉堂詩集》、《援鶉堂文集》等。秘監，官名，典司圖籍。

(19) 笏山：即申甫。見前注(11)。獨絕：獨自超絕。

(20) 劉星煒(1718-1772)：字映榆，號圃三。江蘇武進人。乾隆十三年進士。授編修。官至工部侍郎。有《思補堂集》。

(21) 昌谷體：唐·李賀詩有「昌谷體」之稱。見本卷一六注(6)。

(22) 木蘭檝（jí）：原指用木蘭樹造的船。後為船的美稱。

一

　　丁巳，余流落長安，寓刑部郎中王公諱琬者家(1)。同寓人常熟孝廉趙貴璞(2)，字再白，傾蓋相知(3)，西林相公門下士也(4)，欲薦余見西林，有尼之者(5)，因而中止。未幾，王公出守興化。余儽然無歸(6)。趙以寒士而留余仍住王公舊屋，供其饔飧，彼此倡和。趙詩才清警，〈過仙霞嶺〉云：「萬竹掃天青欲雨，一峰受月白成霜。」其曾祖某，生天啟間，〈題天聖閣〉云：「天在閣中看世亂，民從地上作人難。」

【箋注】

(1)丁巳：乾隆二年。長安：都城的通稱。王琬：一作王畹，字滋田，號復齋。清江蘇句容縣人。由貢生銓授雲南府同知。官至刑部安徽司郎中。（光緒甲辰刊《續纂句容縣誌》卷九）

(2)趙貴璞：趙森（1707-1756），初名貴璞，字再白。昭文（治所在常熟）人。雍正十三年舉人。乾隆九年授內閣中書。有《蔚子詩集》、《大隱集》、《俟秋吟稿》等。（柯愈春《清人詩文集總目提要》）

(3)傾蓋：車上的傘蓋靠在一起。借指初次相逢或訂交。

(4)西林：鄂爾泰。見卷一·一注(7)。

(5)尼：阻止。

(6)儽（léi）然：頹喪貌。

二

丙子九月，余患暑瘧。早飲呂醫藥，至日昳(1)，
忽嘔逆，頭眩不止。家慈抱余起坐(2)，覺血氣自胸膈
起，性命在呼吸間。忽有同徵友趙藜村來訪(3)。家
人以疾辭。曰：「我解醫理。」乃延入，診脈看方，
笑曰：「容易。」命速買石膏，加他藥投之。余甫飲
一勺，如以千鈞之石，將腸胃壓下，血氣全消。未半
盂，沉沉睡去，顙上微汗，朦朧中聞家慈喑曰(4)：
「豈非仙丹乎？」睡須臾醒，君猶在坐，問：「思西
瓜否？」曰：「想甚。」即命買瓜，曰：「憑君儘
量，我去矣。」食片許，如醍醐灌頂(5)，頭目為輕。
晚便食粥。次日來，曰：「君所患者，陽明經瘧也。
呂醫誤為太陽經，以升麻、羌活二味升提之，將君妄
血逆流而上，惟白虎湯可治。然亦危矣！」未幾，君
歸。余送行詩云：「活我自知緣有舊，離君轉恐病難
消。」先生亦見贈云：「同試明光人有幾？一時公幹
鬢先斑(6)。」

藜村《雞鳴埭訪友》云(7)：「佳辰結良覿，言采
北山杜(8)。雞鳴古埭存，登臨渾漫與。蕭梁此化城，
貽為初地祖(9)。六龍行幸過，金碧現如許。欲辨六朝
蹤，風亂塔鈴語。江南山色佳，玄武湖澄澈。豁開几
盎間，秀出庭木末。延陵敦夙尚(10)，藉以紓蘊結。
山能使人澹，湖能使人闊。聊共發嘯吟，無為慕禪
悅。」趙名寧靜，江西南豐人。

【箋注】

(1) 日昳（dié）：太陽偏西或日落。

(2) 家慈：對人稱自己的母親。

(3) 同徵友：同時應徵科舉者。趙藜村：趙寧靜，字方白，號藜村。江西南豐人。乾隆元年薦舉博學鴻詞，不遇。復薦充三禮館纂修。為人俶儻敏爽。工於詩。擅長醫治暑證。有《詩經解義》、《行篋偶存詩卷》。

(4) 喈（jiè）：讚歎，歎息。

(5) 醍醐（tíhú）灌頂：醍醐，從酥酪中提製出的油。用它灌人之頂，佛教喻以智慧灌輸於人，使人徹悟。這裏喻清涼舒適。

(6) 明光：漢明光殿名的省稱，後泛指宮殿。公幹：三國魏劉楨字公幹，有文才。此代指袁枚。

(7) 雞鳴埭：在南京市北玄武湖畔。

(8) 良覿（dí）：歡聚。杜：香草名。杜衡，又名杜若。

(9) 蕭梁：即南朝梁。因梁朝皇室姓蕭，故史稱蕭梁。梁武帝在雞鳴埭興建同泰寺，與宮城相對，使這裏成為佛教勝地。

(10) 延陵：指春秋時吳公子季札。《禮記·檀弓下》：「延陵季子，吳之習於禮者也。」

三

少陵云：「多師是我師(1)。」非止可師之人而師之也。村童牧豎(2)，一言一笑，皆吾之師，善取之皆成佳句。隨園擔糞者，十月中，在梅樹下喜報云：

「有一身花矣!」余因有句云:「月映竹成千『个』字,霜高梅孕一身花。」余二月出門,有野僧送行,曰:「可惜園中梅花盛開,公帶不去!」余因有句云:「只憐香雪梅千樹,不得隨身帶上船。」

【箋注】

(1)「多師」句:取自杜甫〈戲為六絕句〉,原文是:「別裁偽體親風雅,轉益多師是汝師。」

(2)牧豎:指放牧人。

四

凡古人已亡之作(1),後人補之,卒不能佳,由無性情故也。束皙補〈由庚〉(2),元次山補〈咸英〉、〈九淵〉(3),皮日休補《九夏》(4),裴光庭補〈新宮〉、〈茅鴟〉(5),其詞雖在,後人讀之者寡矣。

【箋注】

(1)亡:遺失。

(2)束皙:字廣微。西晉陽平元城人。博學多聞。官至尚書郎。有《五經通論》、《發蒙記》等。〈由庚〉:《詩·小雅》逸篇名。

(3)元次山:元結,字次山。唐河南魯山人。詩質樸自然,文章戞戞自異,變排偶綺靡之習。編有七人詩《篋中集》。〈咸英〉:堯樂〈咸池〉與帝嚳樂〈六英〉的並稱。〈九淵〉:黃帝之子少昊時樂名。其辭早失傳。

(4) 皮日休：字逸少，號鹿門子、醉吟先生。唐襄陽人。與陸龜蒙交遊唱和，人稱皮陸。後為黃巢所得，下落不明。有《皮子文藪》、《松陵集》。《九夏》：周代九種樂歌的總稱。

(5) 裴光庭：唐絳州聞喜(今屬山西)人。官至侍中兼吏部尚書，加弘文館學士、光祿大夫。〈新宮〉：《詩經·小雅》逸篇名。〈茅鴟〉：《左傳·襄公二十八年》：「穆子不說，使工為之誦〈茅鴟〉。」杜預注：「工，樂師。〈茅鴟〉，逸詩，刺不敬。」

五

　　唐人詠〈柳〉云：「長條亂拂春波動，不許佳人照影看(1)。」宋人詠〈柳〉云：「愛把長條惱公子，惹他頭上海棠花(2)。」

【箋注】

(1) 「長條」聯：徐鉉詩，題為〈柳枝辭〉。徐鉉，見卷一·二〇注(2)。

(2) 「愛把」聯：成彥雄詩，《萬首唐人絕句》題為〈柳枝辭〉，《尊前集》題為《楊柳枝》。成彥雄，字文幹，南唐進士。《全唐詩》存詩一卷，續補一首。

六

張燕公稱閻朝隱詩，炫裝倩服，不免為風雅罪人(1)。王荊公因之作〈字說〉云(2)：「詩者，寺言也。寺為九卿所居，非禮法之言不入，故曰『思無邪』。」近有某太史恪守其說，動云「詩可以觀人品」。余戲誦一聯云：「『哀箏兩行雁，約指一勾銀(3)。』當是何人之作？」太史意薄之曰：「不過冬郎、溫、李耳(4)！」余笑曰：「此宋四朝元老文潞公詩也(5)。」太史大駭。余再誦李文正公昉〈贈妓〉詩曰(6)：「便牽魂夢從今日，再睹嬋娟是幾時？」一往情深，言由衷發，而文正公為開國名臣。夫亦何傷於人品乎？《孝經·含神霧》云(7)：「詩者，持也。持其性情，使不暴去也(8)。」其立意比荊公差勝。

【箋注】

(1)張燕公：張說，字道濟，一字說之。唐河南洛陽人，祖籍河東(今山西永濟)。官至中書令，封燕國公。唐玄宗開元間三秉大政(為右丞相)，掌文學之任三十年。長於文辭，與許國公蘇頲並稱「燕許大手筆」。為李林甫所擠，罷相。卒諡文貞。有《張燕公集》。閻朝隱：字友倩。唐趙州欒城人。性滑稽，喜佞，屬辭奇詭，為武則天所賞。累官著作郎，先天中為秘書少監。坐事貶通州別駕卒。炫裝倩服：華麗的裝束。

(2)王荊公：王安石。見卷一·四六注(2)。

(3)「哀箏」聯：宋·文彥博〈見山樓〉詩。

(4)冬郎：韓偓，字致堯，小字冬郎。唐末京兆萬年(今陝西西安)人。官翰林學士承旨、中書舍人。兩遭貶謫，後

避禍閩中。詩多寫艷情，稱「香奩體」，而時有忠憤氣
骨之作。溫李：溫庭筠和李商隱。溫庭筠，本名岐，字
飛卿。唐太原祁人。數舉進士不第。曾任國子助教。工
詩詞小賦，與李商隱齊名。因才思敏捷，作賦押官韻，
凡八叉手而八韻成，時人稱為「溫八叉」。其詩辭藻華
麗，其詞風格濃艷。李商隱，見卷一・二八注(3)。

(5) 文潞公：文彥博，字寬夫。宋汾州介休人。嘉祐三年，
出判河南等地，封潞國公。歷仕四朝，任將相五十年。
有《潞公集》。

(6) 李文正：李昉。宋深洲饒陽人。仕漢周歸宋，三入翰
林，太宗朝拜平章事。卒諡文正。奉勅撰《太平御
覽》、《文苑英華》、《太平廣記》等。

(7) 孝經：應為《詩緯》。唐・成伯璵《毛詩指說》：
「《詩・含神霧》云：『詩者，持也。在於敦厚之
教，自持其心。』」宋・王應麟《玉海》卷三十八：
「《詩緯・含神霧》云：『詩者，持也。然則詩有三
訓。』」

(8) 暴去：指淫、傷、亂、怨，過度而不中節，即不合乎禮
義法度。唐・陸龜蒙《自遣詩三十首》序說：「且詩
者，持也。謂持其情性，使不暴去。」

七

　　劉昭禹曰(1)：「五律一首，如四十賢人，其中着
一屠沽兒不得(2)。」余教少年學詩者，當從五律入
手：上可以攀古風，下可以接七律。

【箋注】

(1) 劉昭禹：字休明。五代時婺州人。少師林寬為詩，刻苦
不憚風雨。仕楚‧馬殷父子，起家湖南縣令，歷容管節
度推官、天策府學士，官終嚴州刺史。善詩，而好折節
下賢。

(2) 屠沽兒：以屠牲沽酒為業者。亦用為對出身微賤者的蔑
稱。此處喻不倫不類者。

八

孔子與子夏論詩曰(1)：「窺其門，未入其室，安
見其奧藏之所在乎？前高岸，後深谷，泠泠然不見其
裏(2)，所謂深微者也。」此數言，即是嚴滄浪「羚羊
掛角」、「香象渡河」之先聲(3)。

【箋注】

(1) 子夏：即卜商，字子夏。春秋末衛國人，一說晉國溫
人。孔子弟子，以文學見稱。為魯國莒父宰。孔子死
後，講學於西河。相傳作《詩序》。此節見《韓詩外
傳》卷二。「深微」當作「精微」。《孔叢子‧論書》
篇記此事作言「書」，非言「詩」。

(2) 泠泠然：清涼貌。此處所引非原文。參讀《韓詩外
傳》。

(3) 嚴滄浪：嚴羽，字儀卿，一字丹丘，號滄浪逋客。宋
邵武人。精于論詩，推崇盛唐，反對宋詩散文化、議
論化。創以禪喻詩之說，強調妙悟與興趣。有《滄浪
集》、《滄浪詩話》。羚羊掛角：相傳羚羊夜宿，將角
掛在樹上，使獵者無蹤可覓。禪師以此描繪禪的特點是

無跡可尋，也不是語言所能描繪的。嚴羽以此形容絕去雕鑿、無跡可求、含蓄蘊藉的藝術效果，更多用來喻詩的意境超脫，有無相生，清新雋永，餘味無窮。香象渡河：《優婆塞戒經·三種菩提品》：「如恒河水，三獸俱渡，兔、馬、香象。兔不至底，浮水而過。馬或至底，或不至底。象則盡底。」 本喻佛法的廣大精深，此以喻詩文的透徹精美。

九

盧雅雨〈塞外接家書〉云(1)：「料來狼狽原應爾(2)，便說平安那當真。」何南園〈都中寄家書〉云(3)：「每因疾病愁家遠，強說平安下筆難。」

【箋注】

(1) 盧雅雨：盧見曾(1690-1768)，字抱孫，自號雅雨山人。山東德州人。康熙六十年進士。官兩淮鹽運使。工詩，後轉治經學。有《雅雨堂集》、《出塞集》等。

(2) 爾：如此，這樣。

(3) 何南園：何士顒。見卷一·三七注(1)。都中：京城。

一〇

《宋稗類抄》第一卷〈遭際類〉云：「陳了翁之父尚書，與潘良貴義榮之父交好(1)。潘一日謂陳曰：『吾二人官職、年齒，種種相似，恨有一事不如

公。』陳問之。潘曰：『公有三子，我乃無之。』陳曰：『吾有妾，已生子矣，可以奉借。他日生子，當即見還。』既而遣至，即了翁之母也。未幾，生良貴。後其母遂往來兩家。一母生二名儒，前所未有。」此事太通脫(2)，今人所斷不為，而宋之賢者為之，且傳為佳話。高南阜太守題詩曰(3)：「贈妾生兒古人有，兒生還妾古人無。宋賢豁達竟如此，寄語人間小丈夫！」杭州馮山公先生以春秋盧蒲嫳為齊之忠臣(4)，云：「替莊公報仇，要滅崔氏，非慶封不可(5)；欲輸心慶封，非易內不可。五倫中，君、父最大，夫、妻為小。盧顧大倫，故不顧小倫也。」其言甚創，人多怪之。余按東漢〈獨行傳〉：犍為任永避王莽之亂(6)，偽病青盲，妻淫于前，佯為不見。似山公之言，未嘗無證。

【箋注】

(1) 陳了翁：陳瓘，字瑩中，號了翁。宋南劍州沙縣人。神宗元豐二年登進士甲科。有《了翁易說》、《尊堯集》。潘良貴：初名京，字義榮，一字子賤，號默成。宋婺州金華人。累官中書舍人。以徽猷閣待制奉祠。還里，十年不出。有《默成文集》。

(2) 通脫：放達不拘小節。

(3) 高南阜：高鳳翰(1683-1743)，字西園，號南村，晚號南阜山人。清山東膠州人。雍正初，以諸生薦得官，官歙縣縣丞、績溪知縣。性豪邁不羈，精藝術，工詩，尤嗜硯。有《硯史》、《南阜集》。

(4) 馮山公：馮景(1652-1715)，字山公。清浙江錢塘人。康熙間被薦鴻博，辭不就。工詩文，志在經世，又通經

術。有《解春集》、《樊中集》等。盧蒲嫳：春秋時齊
大夫，慶封之屬臣。

(5)慶封：春秋時齊國人，靈公時為大夫。與崔杼謀殺莊
公，立景公。任左相。景公二年又滅崔氏，乃專國政。

(6)犍為：漢武帝開夜郎，置犍為郡，因山立名。初治鱉
縣，後徙治僰道。東漢徙治武陽。任永：東漢犍為人。
好學博古。公孫述累徵，待以高位，永托目疾不赴。及
述誅，乃曰：「世適平，目即清。」光武聞而旌之。

一一

　　唐翰林學士最榮，入值，許借飛龍廄馬(1)。白
香山〈贈錢翰林〉詩曰：「分班皆命婦，對苑即儲
皇(2)。」蓋最親宮禁也。是以韋綬，學士也，而覆以
蜀襭之袍(3)；韓偓，學士也，而暗藏金蓮之燭(4)。
《十國春秋》載：「後蜀王建待翰林過優，人尤
之(5)。建曰：『我昔值禁軍，見唐天子待翰林之厚，
雖朋友不如也。我不過萬分之一耳。』」

【箋注】

(1)入值：謂官員入宮值班供職。飛龍廄：唐代御廄名。

(2)「分班」聯：《全唐詩》題為〈渭村退居寄禮部崔侍郎
翰林錢舍人詩一百韻〉，句為「分庭皆命婦，對院即
儲皇」。分庭，分處庭中，以禮節相見。命婦，古代有
封號的婦女，享有各種儀節上的待遇。皇帝妃嬪為內命
婦，卿、士大夫的母和妻為外命婦。儲皇，即皇太子。

(3)韋綬：唐京兆人，擢明經第。德宗時，歷遷左補闕、翰

林學士。帝嘗至其院，韋妃從，會綬方寢，學士鄭絪欲馳告之，帝不許，時大寒，以妃蜀襉袍覆之而去。

(4) 韓渥：見本卷六注(4)。宋‧鄭文寶《南唐近事》載：「公(渥)為學士日，常視草金鑾內殿，深夜方還翰苑，當時皆宮妓秉燭炬以送，公悉藏之。」此為一說，指的是「龍鳳燭」。另可見《新唐書‧令狐綯傳》：「(綯)為翰林承旨，夜對禁中，燭盡，帝以乘輿、金蓮華燭送還院，吏望見，以為天子來，及綯至，皆驚。」

(5) 王建：販私鹽起家，官至永平軍節度使。唐昭宗天復三年被封為蜀王，後梁滅唐，建自立為蜀帝，史稱前蜀。在位十六年。尤：驚異，奇怪。

一二

　　古稱狀元，不必殿試第一名。唐鄭谷登第後(1)，〈宿平康里〉詩曰：「好是五更殘酒醒，耳邊聞喚狀元聲。」按：谷登趙昌翰榜，名次第八，非第一也。周必大有〈回姚狀元穎啟〉、〈回第二人葉狀元適啟〉(2)。當時新進士，皆得稱狀元。惟南漢狀元不可作(3)。《十國春秋》載：「劉龑定例，作狀元者，必先受宮刑(4)。」羅履先《南漢宮詞》云(5)：「莫怪宮人誇對食，尚衣多半狀元郎(6)。」古稱探花，不必第三名。《天中記》：「唐進士杏園初會，使少俊二人探花遊園，若他人先折名花，則二人被罰。」《蔡寬夫詩話》云：「故事，進士朝集，擇年少者為探花使。」是探花者，年少進士之職，非必第三名也。進士帽上多插花。太宗曰：「寇準少年(7)，正

插花飲酒時。」溫公性嚴重(8)，不肯插花。或曰：
「君恩也。」乃插一枝。大概以年少者為貴。某〈及
第〉詩曰(9)：「人老簪花不自羞，花應羞上老人頭。
醉歸扶杖人多笑，十里珠簾半下鈎。」或又曰：「平
康過盡無人問，留得宮花醒後看(10)。」皆傷老之
詞。熙甯間，余中請禁探花(11)，以為傷風化，遂停
此例。後中以贓敗，人咸鄙之。王弇洲曰(12)：「禁
探花之說，譬如新婦入門，不許妝飾，便教績麻、造
飯。理非不是也，而事太早矣。」余按李燾《長編》
載(13)：「陳若拙中進士第三名(14)，以貌陋，人稱
瞎榜。」蓋宋以第三名為榜眼，亦探花不必第三名之
證。

【箋注】

(1) 鄭谷：字守愚。唐末袁州宜春(今屬江西)人。僖宗光啟
　　三年擢進士第。曾任都官郎中，世稱「鄭都官」。嘗賦
　　鷓鴣警絕，人稱「鄭鷓鴣」。

(2) 周必大：字子充。南宋吉州廬陵(今江西吉安)人。高宗
　　紹興二十一年進士。淳熙十四年拜右丞相，進左丞相。
　　後封益國公。以少傅致仕。卒諡文忠。工文詞，有《玉
　　堂類稿》、《平園集》等。

(3) 南漢：五代時十國之一。唐天祐元年劉隱為清海軍(今廣
　　州)節度使。乾亨元年，其弟劉龑稱帝，建國號大越。次
　　年，改國號漢，都廣州，史稱南漢。

(4) 劉龑(yǎn)：初名巖，改名龑，又改龑。五代時南漢創
　　立者。任閹人，好酷刑，務奢侈。宮刑：閹割生殖器的
　　刑罰。

(5) 羅履先：羅天尺，字履先。廣東順德人。乾隆間舉人。幼時工詩，聲譽斐然。為「惠門八子」之一。

(6) 對食：指宮女之間或宮女與閹人之間相戀。尚衣：官名。掌管帝王服飾之職。

(7) 寇準：字平仲。宋華州下邽（今陝西渭南）人。太平興國五年進士。真宗朝，累官同中書門下平章事、尚書右僕射、集賢殿大學士，封萊國公。有《寇忠愍公詩集》。

(8) 溫公：司馬光，字君實。宋陝州夏縣人。仁宗寶元元年進士。官至門下侍郎、右僕射，主持朝政。在相位八月卒，贈太師、溫國公，諡文正。編撰《通志》，後神宗改書名為《資治通鑒》。

(9) 〈及第〉詩：此為蘇東坡詩，並非及第時作，題應為〈吉祥寺賞牡丹〉。

(10) 「平康」二語：宋初特奏狀元徐遹詩。遹，閩人，博學尚氣，累舉不第，久困場屋。崇寧二年，為特奏名魁時已老矣，瓊林宴罷，過平康里，同年所簪花多為群倡所求，惟遹至所寓花乃獨存。因戲題一絕云云。平康，唐代長安里名，亦稱平康坊，是妓女聚居之所。

(11) 熙寧：宋神宗趙頊年號。西元1068-1077年。余中：字行老。宋常州宜興人。神宗熙寧六年進士第一。元豐二年為太常丞，以收太學生賄賂貶秩。

(12) 王弇州：王世貞。見卷一‧二五注(3)。

(13) 李燾：字仁甫，一字子真，號巽巖。眉州丹稜人。宋高宗紹興八年進士。歷官州縣及朝廷史職多年。後以敷文閣學士致仕。卒諡文簡。有《續資治通鑒長編》，用力垂四十年。

(14) 陳若拙：宋幽州盧龍人。太平興國五年進士。

一三

　　商寶意有甥吳鑒南潢，為詩人尊萊之子(1)，亦能詩。嚴海珊贈云(2)：「何無忌酷似其舅，嚴挺之乃有此兒(3)。」真巧對也。鑒南以主事從溫將軍征金川，大軍潰於木果，中炮墜溪死。未死時，知不免，寫詩兩冊，以一冊付其妻叔周某逃歸，以一冊自置懷中。今秋帆先生所刻者(4)，周帶回之一冊也。與程魚門交好(5)。程誦其〈陶然亭〉云(6)：「偶著芒鞋策策行，到來心跡喜雙清。短蘆一片低如屋，空翠千層遠入城。野曠每留殘照久，地高先覺早涼生。老僧解得登臨意，勸聽殘蟬曳樹聲。」〈贈人〉云：「波雖無恨終歸海，人到忘情卻省才。」與乃舅寶意「人因福薄才生慧，天與才多恰費心」之句相似。

【箋注】

(1) 商寶意：商盤。見卷一・二七注(7)。吳鑒南：吳潢(1727-1773)，字方甸，號鑒南。浙江山陰人。乾隆二十五年進士。有《黃琢山房集》。吳尊萊：字象超，號橡村。浙江會稽(今紹興)人。有《橡村詩鈔》。此處有誤：吳潢應為吳燨文子。燨文，字樸存，一字樸庭。會稽諸生。有《樸庭詩稿》。

(2) 嚴海珊：嚴遂成，字崧瞻，號海珊。烏程(今浙江吳興)人。雍正二年進士。官雄州知州，在官盡職，有政績。有《海珊詩鈔》等。

(3) 何無忌：東晉東海郯人。官至鎮南將軍。桓玄謀反，舅父為桓玄所害，無忌與劉裕密謀舉兵，擊走玄軍。封安成郡開國公。人稱酷似其舅劉牢之。嚴挺之：名浚，以

字行。唐華州華陰（今陝西華陰縣東南）人。中宗神龍
元年進士。官至尚書左丞，為李林甫所排擠。其子即嚴
武，字季鷹。歷任諫議大夫、給事中、劍南節度使、御
史大夫、吏部侍郎、成都尹。

(4) 秋帆：畢沅 (1730-1797)，字汀蘅，號秋帆、弇山、靈巖
山人。鎮洋（今江蘇太倉縣）人。乾隆二十五年庚辰科狀
元。官至湖廣總督。禮賢下士，著述數十種，有《山海
經校注》、《靈巖山人詩集》。

(5) 程魚門：程晉芳。見卷一·五注(1)。

(6) 陶然亭：在今北京市西南郊頤和園中。

一四

　　近今風氣，有不可解者：士人略知寫字，便究心
于《說文》、《凡將》(1)，而束歐、褚、鍾、王於高
閣(2)；略知作文，便致力於康成、穎達(3)，而不識
歐、蘇、韓、柳為何人(4)。間有習字作詩者，詩必讀
蘇，字必學米(5)，侈然自足，而不知考究詩與字之源
流。皆因鄭、馬之學多糟粕(6)，省費精神；蘇、米之
筆多放縱，可免拘束故也。

【箋注】

(1)《說文》：《說文解字》，漢·許慎著。《凡將》：字
書，漢·司馬相如著。

(2) 歐褚鍾王：即唐書法家歐陽詢、褚遂良，晉書法家鍾
繇、王羲之。

(3) 康成：即鄭玄。見卷一・四六注(24)。穎達：孔穎達，
　　字沖達，一作仲達。唐冀州衡水(今屬河北)人。隋末進
　　士。入唐，官至國子祭酒。曾奉唐太宗命，主編《五經
　　正義》。

(4) 歐蘇韓柳：即文學家宋・歐陽修、蘇軾，唐・韓愈、柳
　　宗元。

(5) 蘇：指宋・蘇軾。米：宋朝書法家米芾。

(6) 鄭馬：漢今古文經學大師馬融和鄭玄的並稱。糟粕：酒
　　渣。喻指事物的粗劣無用的部分。

一五

　　改詩難於作詩，何也？作詩，興會所至，容易成
篇；改詩，則興會已過，大局已定，有一二字於心不
安，千力萬氣，求易不得，竟有隔一兩月，於無意中
得之者。劉彥和所謂「富於萬篇，窘於一字」(1)，真
甘苦之言。荀子曰(2)：「人有失針者，尋之不得，
忽而得之，非目加明也，眸而得之也。」所謂「眸」
者，偶睨及之也。唐人句云：「盡日覓不得，有時還
自來(3)。」即「眸而得之」之謂也。

【箋注】

(1) 劉彥和：劉勰，字彥和。南朝梁文學理論批評家。所撰
　　《文心雕龍》為我國古代文學理論批評巨著。

(2) 荀子：名況，尊稱「荀卿」。戰國末趙國(今山西安澤)
　　人。曾任楚蘭陵(今山東蒼水縣蘭陵鎮)令，死後亦葬於
　　此。其學術源於儒而博采眾家之長。著有《荀子》。

(3)「盡日」二語：《唐僧弘秀集》卷六貫休詩〈詠吟〉：
「經天緯地物，動必計天才。盡日覓不得，有時還自
來。眞風含素髮，秋色入靈臺。吟向霜蟾下，終須神鬼
哀。」

一六

　　香亭弟出守廣東(1)，余賦詩送行云：「君恩深
處忘途遠，家運隆時惜我衰。」一時和者甚多。惟押
「衰」字頗難。胡書巢妹夫和云(2)：「江南政績新遺
愛，海外文章舊起衰。」余作書深美之。胡答書云：
「為押『衰』字頗費心，今果見許，足徵兄之能知此
中甘苦也。」書巢尤長五古，〈途中望二華〉云(3)：
「連山如洪濤，一瀉不得住。散作平岡低，萬壑此爭
赴。奔騰勢未已，倔強有餘怒。數里漸逶迤，坡陀相
錯互。草木何繁滋，容畜欽美度。落日下翠微，蒼
蒼群峰暮。白雲幻奇形，屢顧有時誤。」〈大散關〉
云(4)：「蜀門自此通，谷口望若合。日月互蔽虧，陰
陽隱開闔。微徑臨深溪，馬蹄畏虛踏。泉流亂石中，
砰砢肆擊磕(5)。時節已初春，氣候如殘臘。黃葉間青
條，風吹鳴颯颯。時見采樵人，行歌互相答。」〈朝
天峽〉云(6)：「旬月走雲棧，登頓勞下上。輿中困掀
簸，厭聞馬蹄響。今晨改水涉，失喜聽雙槳。羌舟小
如葉，羌水平如掌。健疑青鶻飛，疾類枋榆搶。灘轉
峽角來，雙崿麦千丈。石裂怒欲落，畏壓不敢仰。洞
陰中慘慄，白日迷惝恍。其深蟠蛟龍，其毒聚蛇蟒。

側目望天關，閣道更渺茫。行人偶失足，一墜詎可
想！」〈寄香亭〉云：「攜手天水橋，送我北新關。
君歸我夜泊，咫尺不能攀。何況萬餘里，遠隔千重
山。子來既無期，我行猶未還。至今夢寐中，橋下聞
潺潺。流水無已時，思君如連環。森森九種竹，燦燦
十樣箋。六六雙鯉鱗(7)，泠泠三峽泉。險易雖有殊，
窮達何與焉？自惜結隆愛，金石貫貞堅。與子同一
心，豈與時俗遷！寓書奈不達，在遠情空延。子即能
我諒，我衷胡由宣？相思如萱草，憂忿何時捐！」書
巢受業於嘉禾布衣張庚(8)，而詩之超拔，青出於藍。
因書巢全集未梓，為代存數章。

【箋注】

(1) 香亭：袁樹。見卷一‧五注(3)。

(2) 胡書巢：胡德琳，字碧腴，一字畫東，號書巢。廣西臨
　　桂人，原籍休寧。乾隆十七年進士。做官三起三落。官
　　至東昌府知府。袁枚大堂姐袁傑（杰）的丈夫。有《碧
　　腴齋詩存》。

(3) 二華：指太華、少華二山。

(4) 大散關：關名。在陝西寶雞西南的大散嶺上。

(5) 砰磅：象聲詞。形容聲音宏大。

(6) 朝天峽：在今四川廣元市北。為嘉陵江河谷。古代秦蜀
　　間的咽喉要道。

(7) 六六：鯉魚的別稱。《埤雅‧釋魚》「鯉三十六鱗，具
　　六六之數」。

(8) 張庚：原名燾，字浦三、浦山，號瓜田逸史。浙江秀
　　水（今嘉興）人。乾隆元年，以布衣舉博學鴻詞。性嗜畫

及詩,研究經史及唐宋大家歷時十年。著有《強恕齋詩文集》、《瓜田詞》、《畫徵錄》、《五經臆》、《罔極草》等。

一七

尹文端公論詩最細(1),有「差半個字」之說。如唐人:「夜琴知欲雨,晚簟覺新秋(2)。」「新秋」二字,現成語也。「欲雨」二字,以「欲」字起「雨」字,非現成語也,差半個字矣。以此類推,名流多犯此病。必云「晚簟恰宜秋」,「宜」字方對「欲」字。

【箋注】

(1)尹文端:尹繼善。見卷一·一○注(3)。

(2)「夜琴」聯:溫庭筠《初秋寄友人》詩句。

一八

詩無言外之意,便同嚼蠟。杭州俞蒼石秀才〈觀繩伎〉云(1):「一線騰身險復安,往來不厭幾回看。笑他着腳寬平者,行路如何尚說難?」又:「雲開晚霽終殊旦,菊吐秋芳已負春。」皆有意義可思。嚴冬友壯年不仕(2),〈韋曲看桃花〉云:「憑君眼力知多少,看到紅雲盡處無?」

【箋注】

(1)俞蒼石：俞葆寅，字蒼石。清浙江仁和人。有《可儀堂詩偶存》，袁枚撰序。

(2)嚴冬友：嚴長明。見卷一‧二二注(6)。

一九

痘神之說，不見經傳。蘇州名醫薛生白曰(1)：「西漢以前，無童子出痘之說。自馬伏波征交阯(2)，軍人帶此病歸，號曰『虜瘡』，不名痘也。」語見《醫統》。余考史書，凡載人形體者，妍媸各備，無載人面麻者。惟《文苑英華》載(3)：「潁川陳黯，年十三，袖詩見清源牧(4)。其首篇〈詠河陽花〉，時痘痂新落，牧戲曰：『汝藻才而花面，何不詠之？』陳應聲曰：『玳瑁應難比，斑犀點更嘉(5)。天憐未端正，滿面與妝花。』」似此為痘痂見歌詠之始。

【箋注】

(1)薛生白：薛雪(1681-1770)，字生白，號一瓢。清江蘇吳縣人。攻詩，工畫，尤精於醫。有《醫經原旨》、《一瓢詩話》等。

(2)馬伏波：馬援，字文淵。東漢扶風茂陵(今陝西興平)人。建武十七年拜伏波將軍，率軍征交阯，平之。封新息侯。部將染瘴疫，死者十有四、五。交阯：阯，一作阯，或作址。初泛指五嶺以南地區，後專指越南中部、北部。

(3) 文苑英華：文學類書。宋・李昉、徐鉉等人共同編纂。
全書一千卷，上繼《文選》，起自蕭梁，下訖晚唐五
代，選錄作家兩千餘人，作品近兩萬篇。

(4) 陳黯：字希孺。唐潁川郡人。今存詩一首。清源：縣
名。治所即今山西清徐縣。牧：《尚書・虞書・舜典》
有「覲四岳群牧」、「咨十有二牧」句；漢成帝改州刺
史置州牧之官，領一州民政、軍政、監察之大權於一
身。後多以此喻指地方首長。

(5) 玳瑁：指用玳瑁甲殼製成的裝飾品。斑犀：雌犀牛角，
因其角斑白分明，故名。

二○

　　唐人有「南宮歌管北宮愁」之句，蓋賦體也(1)。
不如方子雲〈晚坐〉云(2)：「西下夕陽東上月，一般
花影有寒溫。」以比興體出之(3)，更妙。

【箋注】

(1)「南宮」句：出自唐・裴交泰〈長門怨〉詩。賦體：指
直陳其事的詩歌表現方式。

(2) 方子雲：方正澍。見卷一・四五注(6)。

(3) 比興體：指以物比物、以物起興的表現方式。此處所
引，題為〈小亭獨坐〉。寫眼前景而意不在此景，可以
使人聯想到許多事物。含蓄而富有哲思。

二一

安徽方伯奇麗川(1)，席間誦和親王〈風箏〉詩云(2)：「風高欲上不得上，風緊求低不得低。」方伯〈詠梅〉云：「淡影是雲還是夢，暗香宜雨亦宜煙。」風調相似。

【箋注】

(1)奇麗川：奇豐額。見卷一・五四注(2)。

(2)和親王：弘晝(1711-1772)，雍正第五子，封和碩恭親王。為人驕縱不法。卒謚恭。有《稽古齋全集》。

二二

康熙間，曹練亭為江甯織造(1)。每出，擁八騶，必攜書一本，觀玩不輟。人問：「公何好學？」曰：「非也。我非地方官，而百姓見我必起立，我心不安，故藉此遮目耳。」素與江甯太守陳鵬年不相中(2)。及陳獲罪，乃密疏薦陳。人以此重之。其子雪芹撰《紅樓夢》一部，備記風月繁華之盛。明我齋讀而羨之(3)。當時紅樓中有某校書尤豔(4)，我齋題云：「病容憔悴勝桃花，午汗潮回熱轉加。猶恐意中人看出，強言今日較差些。」「威儀棣棣若山河，應把風流奪綺羅(5)。不似小家拘束態，笑時偏少默時多。」

【箋注】

(1) 曹練亭：曹寅（1658-1712），字子清，號棟亭。清滿洲正白旗人。督理江寧織造，後兼巡視兩淮鹽政，累官至通政使。有《棟亭詩鈔》等。

(2) 陳鵬年（1662-1723）：字北溟，號滄州。湖南湘潭人。康熙三十年進士。累擢江寧知府，以清廉著稱。為總督阿山誣劾下獄，江寧人痛哭罷市。官至河道總督、兵部侍郎。諡恪勤。詩為餘事，多應酬之作。有《歷仕政略》、《滄洲詩集》、《道榮堂文集》。

(3) 明我齋：明義，富蔡氏，號我齋。清滿洲鑲黃旗人。都統傅清子。官至參領，任上駟院侍衛。有《綠煙瑣窗集》，內有《題紅樓夢》詩二十首。

(4) 校書：對妓女的雅稱。

(5) 棣棣：雍容閒雅貌。奪綺羅：即改用「奪錦」典故。《新唐書‧文藝傳中‧宋之問》：「武后游洛南龍門，詔從臣賦詩，左史東方虬詩先成，后賜錦袍，之問俄頃獻，后覽之嗟賞，更奪袍以賜。」後因稱競賽中獲勝為「奪袍」。

按：此則文字的可信程度多有質疑，此曹練亭是否為曹棟亭，此曹雪芹是否為《紅樓夢》的作者，均有爭議。

二三

　　青陽秀才陳蔚，字豹章，能文，愛客，受業隨園(1)。〈江行雜詠〉云：「日沉遠樹青，煙起遙山失。何處艤孤舟(2)，一燈古渡出。昨發螃蟹磯，今泊針魚嘴。秋風一夜生，吟冷半江水。」隨其兄芳郁庭

遠行云(3)：「江梅開遍雨霏霏，同駐郵亭整客衣。今日反嗟人似雁，一行齊向異鄉飛。」郁庭有〈草堂雜詠〉云：「處士應門惟使鶴(4)，高人去榻更無賓。」「小橋時有雲遮斷，不使遊人過水西。」兄弟俱耽吟詠，人以雙丁、二陸比之(5)。

　　莆田有吳荔娘者，庖人之女也(6)。性愛潔而能詩。豹章聘為旁妻。未二年，卒。豹章為寫其《蘭坡剩稿》。有〈春日偶成〉云：「曈曈曉日映窗疏，荏苒韶光一枕餘。深巷賣花新雨後，開門插柳嫩寒初。鶯兒有語遷喬木，燕子多情覓舊廬。那用踏青郊外去，芊芊草色上階除。」又：「深院不知春色早，忽驚牆外賣花聲。」

【箋注】

(1) 陳蔚：字豹章，號金霞、梅緣。安徽青陽人。廩貢生。舉孝廉方正，不就。乾隆三十八年朱筠聘其校書。撰《梅緣詩鈔》，《續修四庫全書提要》著錄。

(2) 艤（yǐ）：划船靠岸。

(3) 郁庭：陳芳，字郁庭。安徽青陽人。乾隆間諸生。有《華溪草堂集》，輯入《陳氏聯珠集》。其詩「寫景如畫，而理趣亦見」。（據《光緒青陽縣誌》、北京古籍出版社《清人詩文集總目提要》）

(4) 處士：本指有才德而隱居不仕的人，後亦泛指未做過官的士人。應門：照應門戶。指守候和應接叩門的人。

(5) 雙丁：指三國魏・丁儀、丁廙兄弟，均以文學著稱。二陸：指晉・陸機、陸雲兄弟，二人並有俊才。

(6) 吳荔娘：字絳卿。清福建莆田人。能詩，多得唐宋名家

風致。其《蘭陵剩稿》附於陳蔚《梅緣詩鈔》後。庖
人：廚師。

二四

向讀金陵孫秀才韶詠〈小孤山〉云(1)：「江心突
兀聳孤巒，飄渺還疑月裏看。絕似凌雲一支筆，夜深
橫插水精盤。」後過此山，方知此句之妙。

【箋注】

(1)孫韶(1752-1811)：字九成，一字水成，號蓮水居士。清
江蘇上元人。諸生。有《春雨樓詩略》。小孤山：亦名
小姑山。在安徽宿縣城東南長江中，一峰獨立，為別於
鄱陽湖中的大孤山，故名小孤山。南與彭郎磯相對，俗
有「小姑嫁彭郎」之說。

二五

河南撫軍畢秋帆先生簉室周月尊，字漪香，長
洲人也(1)。酷嗜文墨，禮賢下士。詠〈水仙〉云：
「影疑浮夜月，香不隔簾櫳。」〈偶成〉云：「家如
夜月圓時少，人似秋雲散處多。」夫人還吳門，先生
〈七夕寄詩〉云：「汴水吳山同悵望，今宵兩地拜雙
星(2)。」

【箋注】

(1)畢秋帆：畢沅。見本卷一三注(4)。簉（zào）室：妾的
　　別稱。周月尊：生平如上。餘未詳。《晚晴簃詩匯》收
　　詩數首。

(2)汴水：即今河南滎陽市西南索河。亦指汴渠、汴河。吳
　　山：在今江蘇吳縣西南堯峰山東。雙星：牽牛、織女二
　　星。

二六

　　泗州選貢毛俟園藻(1)，辛卯秋赴金陵鄉試，主試
為彭芸楣侍郎(2)。其友羅孝廉恕，彭門下士也(3)，
寓書索觀近藝，戲為〈催妝〉俳語(4)。毛答以詩云：
「月影空濛柳影疏，秦淮水漲石城隅。小姑獨處無郎
慣，爭似羅敷自有夫(5)？」榜揭，毛獲雋(6)。羅往
賀，入門狂叫曰：「今日小姑亦嫁彭郎矣(7)！」一時
傳為佳話。

【箋注】

(1)毛俟園：毛藻，字俟園。安徽泗州人。乾隆三十六年舉
　　人。上元縣教諭。有《客山堂文集》。

(2)彭芸楣：彭元瑞(1731-1803)，字掌仍，號芸楣。江西
　　南昌人。乾隆二十二年進士。官至工部尚書、協辦大學
　　士。與紀昀齊名。

(3)羅恕：號畫村。泗州盱眙人。乾隆三十年舉人。門下
　　士：此指主考官門下的科舉考試及第者。

(4)寓書：寄信。催妝：舊俗，成婚前夕，賀者賦詩以催新婦梳妝。俳語：戲笑嘲謔的言辭。

(5)羅敷：古代美女名。漢樂府〈陌上桑〉有「羅敷自有夫」句。此處用來與已成為主考官門下士的羅恕開玩笑。

(6)獲雋：指科舉考試得中。

(7)小姑、彭郎：本為山名。見本卷二四注(1)。蘇東坡〈李思訓畫「長江絕島圖」〉：「舟中賈客莫漫狂，小姑前年嫁彭郎。」這裏因主試姓彭，故開此玩笑。

二七

　　古人官貴行舡多伐鼓(1)，少陵詩曰：「打鼓發舡誰氏郎(2)？」白香山詩曰：「兩岸紅燈數聲鼓，使君樓艓下巴東(3)。」皆伐鼓之證也。今人開舡鳴鉦(4)，未知起於何時。

【箋注】

(1)舡（xiāng）：船。今亦讀作「chuán」。伐：敲擊。

(2)「打鼓」句：見杜甫《十二月一日三首》。「誰氏」應為「何郡」。

(3)「兩岸」二語：見白居易《《入峽次巴東》。「岸」為「片」，「燈」為「旌」，「下」為「上」。樓艓（dié）：一種輕便的快艇。

(4)鳴鉦：敲擊鉦、鐃或鑼。

二八

　　劉曾燈下誦《文選》(1)，倦而就寢，夢一古衣冠人告之曰：「魏、晉之文，文中之詩也；宋、元之詩，詩中之文也。」既醒，述其言于余。余曰：「此余夙論如此。」

【箋注】

(1)劉曾：字啟昆，號悔庵。清上元（今南京）人。劉夢芳子。能詩。有《習靜山房集》。

二九

　　余畫《隨園雅集圖》，三十年來，當代名流題者滿矣，惟少閨秀一門。慕漪香夫人之才(1)，知在吳門，修札索題，自覺冒昧。乃寄未五日，而夫人亦書來，命題《採芝小照》。千里外，不謀而合，業已奇矣！余臨《採芝圖》副本，到蘇州，告知夫人，而夫人亦將《雅集圖》臨本見示，彼此大笑。乃作詩以告秋帆先生曰：「白髮朱顏路幾重？英雄所見竟相同。不圖劉尹衰頹日，得見夫人林下風(2)。」

【箋注】

(1)漪香：周月尊。畢秋帆的夫人。見本卷二五。

(2)劉尹：即劉惔，字真長。東晉沛國相人。累遷丹陽尹，人稱劉尹。為官清正，有知人之明。與王羲之友善。好老莊，放任自適。林下風：稱頌婦女閒雅飄逸的風采。

三〇

　　王夢樓太守(1)，精於音律。家中歌姬輕雲、寶雲，皆余所取名也。有柔卿者，兼工吟詠。成嘯厓公子贈以詩云(2)：「侍兒原是紀離容，紅豆拈來意轉慵(3)。時方示疾。一曲未終人不見，可堪江上對青峰(4)？」柔卿和云：「生小原無落雁容，秋風偶覺病身慵。掛帆公子金陵去，望斷青青江上峰！」

【箋注】

(1)王夢樓：王文治(1730-1802)，字禹卿，號夢樓。江蘇丹徒人。乾隆二十五年一甲三名進士。官翰林院侍讀，出為雲南臨安知府，罷歸。工書法，詩亦自成風格。有《夢樓詩集》。

(2)成嘯厓：成延福，號嘯厓。江甯織造成善之子。與袁枚有交遊、唱和。

(3)紀離容：《漢武內傳》：「上元夫人即命女侍紀離容……出六甲、左右靈飛、致神之方十二事，當以授劉徹。」唐·李商隱：「檢與神方教駐景，收將鳳紙寫相思。」漢武帝欲求神方延年益壽，仙女去後卻又寫起相思之情來，依然貪戀女色。紅豆：紅豆樹、海紅豆及相思子等植物種子的統稱。此處象徵相思。

(4)「一曲」二語：用唐·錢起《省試湘靈鼓瑟》「曲終人不見，江上數峰青」典。

三一

　　杭州孫令宜觀察（1），余世交也。女公子雲鳳（2），幼聰穎，八歲讀書，客出對云：「關關雎鳩。」即應聲曰：「噰噰鳴雁（3）。」觀察大奇之。和余《留別杭州》詩四首，錄其二云：「撲簾飛絮一春終，太史歸來去又匆。把菊昔為三徑客，盟鷗今作五湖翁（4）。囊中有句皆成錦，閨裏聞名未識公。遙憶花間揮手別，片帆天外掛長風。」「未曾折柳倍留連，縱得重來又隔年。遠水夕陽青雀舫（5），新蒲春雨白鷗天。三千歌管歸花縣（6），十二因緣屬散仙（7）。安得講筵為弟子，名山隨處執吟鞭！」

【箋注】

（1）孫令宜：孫嘉樂，字令儀（宜），號春巖。浙江仁和人。乾隆二十六年進士。歷任雲南按察使、四川按察使、禮部員外郎。後罷官歸里，在杭州有寶石山莊。袁枚與其祖父在鄉試時相識。故有世交之誼。

（2）孫雲鳳（1764-1814），字碧梧。清仁和（今浙江杭州）人。孫嘉樂長女。袁枚女弟子。通音律，能畫花卉。有《湘筠館詞》、《玉簫樓詩集》、《湘蜀館遺稿》。

（3）噰噰：群鳥和鳴聲。《詩經·邶風·匏有苦葉》：「雝雝鳴雁，旭日始旦。」

（4）三徑：漢·蔣詡辭官不仕，隱于杜陵，閉門不出，舍中竹下三徑，只有羊仲與求仲出入。典出東漢·趙岐《三輔決錄》卷一。後以三徑比喻隱士居處。陶淵明〈歸去來辭〉：「三徑就荒，松菊猶存。」五湖：春秋末越國大夫范蠡，輔佐越王勾踐，滅亡吳國，功成身退，乘輕

舟以隱於五湖。見《國語・越語下》。後因以「五湖」
指隱遁之所。此處三徑客、五湖翁皆稱袁枚。

(5) 青雀舫：古代江東華貴人家船頭常畫有一種水鳥青雀，
名為青雀舫。後泛指遊船。

(6) 花縣：晉・潘岳任河陽（今河南省孟縣西）縣令，於一縣
遍種桃李，傳為美談。北周・庾信〈枯樹賦〉：「若非
金谷滿園樹，即是河陽一縣花。」後以此作為縣治的美
稱。此處讚頌袁枚早年為縣令時的政績。

(7) 十二因緣：亦稱十二緣起，為釋迦牟尼所傳基本教義之
一。是以十二個彼此成為條件或因果聯繫的環節，對有
情生命體的生死業報輪迴原因和過程，以及如何才能脫
離，所作的系統說明，可說是佛教的人生觀。散仙：比
喻放曠不羈、自由閒散的人。此處用來讚頌袁枚笑對生
死的豁達人生。

三二

　　羊后答劉曜語，輕薄司馬家兒，再醮之婦，媚其
後夫(1)。所謂閨房之內，更有甚於畫眉者。床笫之
言不逾閾(2)，史官何以知之？楊妃洗兒事，新、舊
《唐書》皆不載，而溫公《通鑒》乃采《天寶遺事》
以入之。豈不知此種小說，乃委巷讕言，所載張嘉貞
選婿，得郭元振(3)，年代大訛，何足為典要，乃據以
污唐家宮闈耶(4)？余詠〈玉環〉云：「《唐書》新、
舊分明在，那有金錢洗祿兒(5)？」蓋雪其冤也。第李
義山〈西郊百韻〉詩(6)，有「皇子棄不乳，椒房抱羌
渾」之句(7)。天中進士鄭嵎〈津陽門〉詩(8)，亦有

「祿兒此日侍御側」、「繡羽褓衣日員贔」之句(9)。豈當時天下人怨毒楊氏，故有此不根之語耶？至於楊妃縊死佛堂，《唐書》、《通鑑》俱無異詞，獨劉禹錫〈馬嵬〉詩云(10)：「貴人飲金屑，倏忽舜英暮(11)。」似貴妃之死，乃飲金屑，非雉經矣(12)。傳聞異詞，往往如是。

【箋注】

(1) 羊后：晉惠帝司馬衷的皇后，名獻容。南城人。晉太安元年立為皇后。洛陽之陷，遂沒於曜。曜僭偽位，立為皇后。因問之曰：「吾何如司馬家兒？」羊后曰：「陛下開基之聖主，彼亡國之暗夫，何可並言？」（見《十六國春秋》）劉曜：十六國時前趙國君。匈奴族。劉淵侄。劉淵建漢，他歷任要職。後改漢為趙。司馬家兒：指晉惠帝。醮（jiào）：女子再嫁。

(2) 床笫（zǐ）：指床鋪枕席之間。閾（yù）：門檻。

(3) 張嘉貞：唐蒲州猗氏人。武則天時，官監察御史、中書舍人。玄宗時，官中書令、工部尚書。郭元振：郭震，字元振，以字顯。唐魏州貴鄉（今河北大名）人。十八歲舉進士。授通泉尉。後任涼州都督、隴右諸軍州大使時，開墾田地，興修水利。封代國公。官至御史大夫、天下行軍大元帥。公務之暇，手不釋卷，詩不乏佳作。《古劍篇》為初唐七古名篇。此所謂選婿，見《開元天寶遺事•卷一•牽紅絲娶婦》。

(4) 闃（kǔn）：深宮闈閨。

(5) 金錢洗祿兒：《資治通鑑》卷二一六載：「召祿山入禁中，貴妃以錦繡為大襁褓，裹祿山，使宮人以彩輿舁之。上聞後宮喧笑，問其故，左右以貴妃三日洗祿兒對。上自往觀之，喜，賜貴妃洗兒金銀錢，復厚賜祿

山，盡歡而罷。」袁枚不信有這種事。安祿山，唐營州柳城胡人。本姓康，少孤，隨母嫁突厥安延偃，遂姓安。巧黠多智，為互市郎。幽州節度使張守珪異之，拔為偏將。入朝，為唐玄宗寵信，官至尚書左僕射。天寶十四載冬于范陽起兵叛亂，攻陷洛陽、長安。自稱雄武皇帝，國號燕。後為其子慶緒所殺。

(6)第：但是。李義山：李商隱。見卷一・二〇注(12)。詩題為〈行次西郊作一百韻〉。

(7)乳：撫養。史載玄宗與武惠妃欲廢太子李瑛。椒房：后妃的宮殿用椒和泥塗壁。此指楊貴妃。羌渾：胡兒。指安祿山。

(8)鄭嵎：字賓光，一作賓先。大中五年（851）登進士第。事見《唐才子傳》。

(9)屓贔（xìbì）：強有力貌。這裏指安祿山日益驕橫。

(10)劉禹錫：見卷一・四二注(10)。

(11)舜英：木槿花。《詩・鄭風・有女同車》：「有女同行，顏如舜英。」

(12)雉經：上吊縊死。

三三

唐人詩話：「李山甫貌美(1)。晨起方理髮，雲鬟委地，膚理玉映。友某自外相訪，驚不敢進。俄而山甫出，友謝曰：『頃者誤入君內。』山甫曰：『理髮者，即我也。』相與一笑。」余弟子劉霞裳有仲容之姣(2)，每遊山必載與俱。趙雲松調之云(3)：「白頭

人共泛清波，忽覺沿堤屬目多。此老不知看衛玠，誤誇看殺一東坡(4)。」

【箋注】

(1) 李山甫：唐人。僖宗咸通中累舉進士不第。後流寓河朔間，曾入幕為從事。落魄不羈，憎俗尚豪。詩文激切，多感時懷古之作。

(2) 劉霞裳：劉志鵬，字霞裳。清江蘇江寧人。諸生。姿容絕世，望之如處女。仲容之姣：《晉書》卷三十三〈列傳第三〉：「石苞，字仲容，渤海南皮人也。雅曠有智局，容儀偉麗，不修小節。故時人為之語曰：『石仲容，姣無雙。』」

(3) 趙雲松：趙翼（1729-1814），字雲松，號甌北。陽湖（今江蘇常州）人。乾隆二十六年進士。官至貴西道。工詩，尤長於史。與同鄉學者號為「毗陵七子」。詩與袁枚、蔣士銓齊名，稱「乾隆三大家」（「江右三大家」）。有《甌北詩集》、《甌北詩話》、《廿二史札記》等。

(4) 衛玠：字叔寶。西晉河東安邑（今山西夏縣西北）人。才華出眾，好言玄理。英俊爽朗，風姿照人，出遊時，常傾城觀看。東坡：蘇軾。代指袁枚。

三四

「忍凍不禁先自去，釣竿常被別人牽(1)。」宋人句也。默禪上人一聯云(2)：「水藻半浮苔半濕，浣紗人去不多時(3)。」俱眼前語，而餘韻悠然。

【箋注】

(1)「忍凍」聯：出自五代後蜀花蕊夫人〈宮詞〉。夫人姓徐，一說姓費。青城（今四川灌縣）人。幼能文，尤長於宮詞，得幸蜀主孟昶，賜號花蕊夫人。蜀亡入宋，心未忘蜀。

(2)默禪上人：未詳。

(3)「水藻」聯：出自金·劉瞻〈所見〉，全詩為：「傾欹石片插漣漪，上有蕭蕭楊柳枝。藻荇半浮苔半濕，浣紗人去不多時。」劉瞻，字巖老。金亳州人。天德三年南榜登科，大定初召為史館編修。自號攖甯居士。有集行於世。《中州集》、《御選宋金元明四朝詩·御選金詩》、《宋元詩會》和《堯山堂外紀》皆作劉瞻詩。《履園叢話》作祥上人詩。

三五

余過袁江，蒙河督李香林尚書將所坐舡親送渡河(1)。席間讀尚書詩，〈野行〉云：「香聞春酒熟茅店，紅惜秋花開野塘。」〈宿永平〉云：「樹樹鳥相語，山山水上看。」皆佳句也。又見贈二律，已梓入集中矣。其尊人湛亭尚書(2)，先督南河。〈遙灣夜泊〉云：「風雪荊山道，春帆滯水涯。幾聲深夜犬，知近野人家。」〈赴南河〉云：「過潁應知因搏致，徹桑須及未陰時(3)。」用《孟子》語，而治河之道，思過半矣。

【箋注】

(1) 袁江：亦名秀江、袁水。源出今江西萍鄉市羅霄山，東流至樟樹市西南入贛江。李香林：李奉翰，字蒓林、香林。清漢軍正藍旗人。初捐貲授縣丞。歷官江南道總督、河東河道總督、兩江總督兼領南河事。封騎都尉世職。

(2) 尊人：此指父親。湛亭：李宏，字湛亭，一字濟夫。清隸漢軍正藍旗，奉天人。歷江南河庫道，疏濬河道百數十處。官至河東河道總督。有《戢思堂詩鈔》。

(3) 過顙：《孟子·告子上》：「今夫水，搏而躍之，可使過顙；激而行之，可使在山。」。顙（sǎng），頭部。另一說是河床中的大石。孟子以水為喻，指出為不善是逆性而行，往上流並非水性，而是搏擊使然。徹桑：語出《詩經·豳風·鴟鴞》，《孟子·公孫丑》引用說「詩云：迨天之未陰雨，徹彼桑土，綢繆牖戶。」此三句係模擬小鳥口吻，大意說，趁著天氣還沒有下連綿陰雨，趕快去啄剝桑樹根來修補好住房（鳥巢）的窗子和門戶。後脫化為「未雨綢繆」。

三六

錢文端公少時(1)，鄉試落第，其科主試者趙侍郎也，別號長眉(2)。公觀演《小尼姑下山》，戲題云：「三寸黃冠綰碧絲，裝成十六女沙彌。無情最是長眉佛，訴盡春愁總不知。」毛西河選閨秀詩(3)，獨遺山陰女子王端淑(4)。王獻詩云：「王嬙未必無顏色，爭奈毛君筆下何(5)？」一藏其名，一切其姓。

【箋注】

(1)錢文端：錢陳群。見卷一‧一一注(6)。

(2)趙長眉：如上。餘未詳。

(3)毛西河：毛奇齡(1623-1713)，字大可，一字齊于，別號河右，又號西河等。浙江蕭山人。康熙十八年舉博學鴻儒，授檢討。有《瀨中集》、《當樓集》、《西河合集》。

(4)王端淑：字玉映，號映然子，又號青蕪子。浙江山陰(今紹興)人。順治前後在世。王思任(季重)女，諸生丁肇聖妻。好讀史，工詩賦，兼作古文。能對客揮毫，兼繪花草，有疏落蒼秀之致。著《玉映堂集》、《吟紅集》，編有《名媛文緯》、《名媛詩緯》、《歷代帝王后妃考》、《古今年號名》、《史愚》。

(5)王嬙：字昭君。西漢南郡秭歸(今屬湖北)人。元帝時以良家子選入宮中。匈奴呼韓邪單于入朝求親，遂入塞。卒葬匈奴，世稱青塚。相傳昭君不肯賄賂畫工毛延壽，入宮數歲，不得見帝，遂自請嫁於匈奴。元帝方知其美。此處以毛延壽戲指毛西河。

三七

尹似村有句云(1)：「自與情人和淚別，至今愁看雨中花。」蔣廷鏐有句云(2)：「自從環珮無消息，簷馬丁東不忍聽(3)。」

【箋注】

(1)尹似村：名慶蘭，字似村。清滿洲鑲黃旗人。尹繼善第六子。諸生。自號「殿試秀才」，不就官職。賦詩

種竹,以林泉終。與袁枚數十年往來。有《絢春園詩鈔》。另參見《隨園詩話補遺》卷四·八。

(2)蔣廷鎔:未詳。

(3)環佩:古人所繫的佩玉。後多指女子所佩的玉飾。簷馬:掛在屋簷下的風鈴。風吹作響。

三八

阮亭先生(1),自是一代名家。惜譽之者既過其實,而毀之者亦損其真。須知先生才本清雅,氣少排奡(2),為王、孟、韋、柳則有餘,為李、杜、韓、蘇則不足也(3)。余學遺山論詩一絕云(4):「清才未合長依傍,雅調如何可詆娸(5)?我奉漁洋如貌執(6),不相菲薄不相師。」

【箋注】

(1)阮亭:王士禎。見卷一·五四注(1)。

(2)排奡(ào):剛勁有力,豪宕。

(3)王孟韋柳:指唐王維、孟浩然、韋應物、柳宗元。均工山水田園詩,詩風清雅淡遠。李杜韓蘇:指李白、杜甫、韓愈、蘇軾。

(4)遺山:元好問,字裕之,號遺山。金忻州秀容(今山西忻縣)人。宣宗興定五年進士。官至行尚書省左司員外郎。金亡,不仕。以著作為己任。輯《中州集》,著《遺山集》。有《論詩三十首》。

(5)詆娸(dǐqī):詆謗醜化。

(6)漁洋:即阮亭。貌執:以禮貌接待。即奉為貌執之士。

三九

本朝古文之有方望溪(1)，猶詩之有阮亭，俱為一代正宗，而才力自薄。近人尊之者，詩文必弱；詆之者，詩文必粗。所謂佞佛者愚，辟佛者迂(2)。

【箋注】

(1) 方望溪：方苞。見卷一·二九注(1)。

(2) 佞（nìng）：沉迷於、迷戀。辟（bì）：排除、排斥。
　　迂（yū）：拘泥保守，迂腐，不合時宜。

四〇

鄭夾漈笑韓昌黎《琴操》諸曲為《兔園冊子》(1)，薄之太過。然〈羑里操〉一篇，末二句云：「臣罪當誅，天王聖明。」深求聖人，轉失之偽。按《大雅》：「文王曰咨，咨汝殷商！汝炰烋於中國，斂怨以為德(2)。」文王並不以紂為聖明也。昌黎豈不讀《大雅》耶？東坡言孔子不稱湯、武(3)。按《革卦·繫詞》：「湯、武革命，順乎天而應乎人。」《繫詞》，孔子所作也。東坡豈不讀《易經》耶？劉後村為吳恕齋作《詩序》云(4)：「近世貴理學而賤詩賦，間有篇章，不過押韻之語錄、講章耳。」余謂此風，至今猶存。雖不入理障(5)，而但貪序事、毫無音節者，皆非詩之正宗。韓、蘇兩大家，往往不免。故余〈自訟〉云：「落筆不經意，動乃成蘇、韓。」

【箋注】

(1) 鄭夾漈：宋鄭樵。見卷一・一六注(8)。韓昌黎：唐韓愈。見卷一・一三注(1)。兔園冊子：唐杜嗣先奉蔣王李惲之命編《兔園策府》。借漢梁孝王「兔園」以名書。纂古今事分為四十八門，仿應科目策，自設問對，引經史為訓注，皆對偶駢儷之語。後世遂將通俗淺顯之書統稱為「兔園冊子」。

(2)「文王」四句：出自《大雅・蕩》。意為：文王開口長歎，歎一聲你殷商紂王！你咆哮於天下，竟把好惡當作忠良。咨，感歎聲。汝，你。烋烋（pāoxiāo），同咆哮。

(3) 湯武：指商湯、周武王。商朝、周朝的建立者。

(4) 劉後村：劉克莊。字潛夫，號後村居士。宋興化軍莆田人。淳祐六年賜同進士出身。官真州錄事參軍、潮州通判、工部尚書兼侍講，以煥章閣學士致仕。詩學晚唐，為江湖派詩重要代表。有《後村先生大全集》。吳恕齋：宋廬山人。官至兵部侍郎。

(5) 理障：佛家語。佛教認為邪見能障礙真知見，故曰理障。在古代詩評中，理障即指以概念化的義理障蔽了情思的表達交流。

四一

　　為人不可不辨者：柔之與弱也，剛之與暴也，儉之與嗇也，厚之與昏也(1)，明之與刻也(2)，自重之與自大也，自謙之與自賤也，似是而非。作詩不可不辨者：淡之與枯也(3)，新之與纖也(4)，樸之與拙

也，健之與粗也，華之與浮也，清之與薄也(5)，厚重之與笨滯也，縱橫之與雜亂也，亦似是而非。差之毫釐，失之千里。

【箋注】

(1)厚：厚道、厚誠等。昏：昏瞶、糊塗等。

(2)明：精明、精細等。刻：刻薄、刻板等。

(3)淡：素淡、恬淡、疏淡之類。枯：枯燥、枯率之類。

(4)新：新穎、新奇、新巧、清新之類。纖：纖巧、纖詭、纖豔之類。

(5)清：清純、清朗、清淡之類。薄：淡薄、淺薄之類。

四二

明季以來，宋學太盛(1)。於是近今之士，競尊漢儒之學，排擊宋儒，幾乎南北皆是矣。豪健者尤爭先焉。不知宋儒鑿空，漢儒尤鑿空也。康成臆說，如用麒麟皮作鼓郊天之類(2)，不一而足。其時孔北海、虞仲翔早駁正之(3)。孟子守先王之道(4)，以待後之學者，尚且周室班爵祿之制，其詳不可得而聞。又曰：「盡信書，不如無書。」況後人哉？善乎楊用修之詩曰(5)：「三代後無真理學，六經中有偽文章(6)。」

【箋注】

(1)宋學：主要指宋儒理學，同漢學相對。漢學專重訓詁，

宋學以義理為主，亦稱理學。即以周敦頤、程頤、朱熹為代表的理學。

(2) 康成：鄭玄。見卷一・四六注(23)。郊天：古代一種信仰習俗。即祭祀天地日月四望山川。

(3) 孔北海：孔融，字文舉。魯國（今山東曲阜）人。孔子二十世孫。漢末文學家、「建安七子」之一。獻帝時曾任北海（今山東壽光）相，時稱孔北海。虞仲翔：虞翻，字仲翔。三國吳會稽餘姚（今屬浙江）人。任騎都尉。後徙交州，講學不倦。訓注《老子》、《論語》、《國語》，尤精于《易》，著《易注》。

(4) 孟子：孟軻，字子輿。戰國時鄒人。少喪父，母三遷其居，使近學宮習禮知學。嘗至齊、宋、滕、魏等國遊說。主張行仁政，倡良知、良能說。為孔子儒家學說繼承者。後被稱為亞聖。有《孟子》。

(5) 楊用修：楊慎，字用修，號升庵。明四川新都人。正德六年進士第一。翰林學士。遣戍雲南永昌衛。卒於戍所。著述之富，明世推為第一。詩文獨立於當時風氣之外。有《升庵全集》。

(6) 三代：夏、商、周三朝。六經：指《詩》、《書》、《禮》、《樂》、《易》、《春秋》六種典籍。

四三

　　後之人未有不學古人而能為詩者也。然而善學者，得魚忘筌(1)；不善學者，刻舟求劍。

【箋注】

(1) 筌：捕魚器。引申指工具、手段。

四四

韓侂胄伐金而敗（1），與張魏公之伐金而敗（2），
一也。後人責韓不責張，以韓得罪朱子故耳（3）。然金
人葬其首，諡曰忠繆，以其忠於為國，繆於謀身也。
錢辛楣少詹過安陽吊之曰（4）：「匆匆函首議和親，
昭雪何心及老秦（5）。一局殘棋偏汝著，千秋公論是
誰伸？橫挑強敵誠非計，欲報先仇豈為身？一樣北
征師挫衄，符離未戮首謀人（6）。」少詹又吊姚廣孝
云（7）：「空登北郭詩人社，難上西山老佛墳（8）。」

【箋注】

(1) 韓侂（tuó）胄：字節夫。南宋相州安陽（今河南安陽）
人。甯宗時以外戚執政十三年，曾排斥宰相趙汝愚，貶
逐朱熹、彭龜年等大臣。嘉泰年間，見金王朝已衰，力
主乘機收復中原。後又削去秦檜王爵。開禧二年，請甯
宗下詔北伐，兵敗求和，金人不肯，再次用兵。次年被
殺於宮內玉津園。

(2) 張魏公：張浚。南宋漢州綿竹（今屬四川）人。徽宗時進
士。北宋末，親歷靖康之恥。後曾任宰相，起用岳飛。
秦檜當政時，反對與金和議。重被起用後，封魏國公。
孝宗時北伐攻金，兵敗去職。

(3) 朱子：朱熹，字元晦，一字仲晦，號晦庵、遁翁，別稱
紫陽、雲谷老人。宋徽州婺源（今屬江西）人。晚年徙居
建陽考亭。南宋高宗紹興十八年進士。任同安主簿。歷
仕四朝，而在朝不滿四十日。落職後，主持白鹿洞、嶽
麓書院，講學五十餘年。其學派被稱為閩學，或考亭學
派、程朱學派。發展程顥、程頤學說，集宋代理學之大
成。死後追諡文。有《四書章句集注》、《詩集傳》、

《楚辭集注》、《周易本義》、《通鑑綱目》、《朱子語類》等。

(4) 錢辛楣：錢大昕(1728-1804)，字曉徵，一字辛楣，號竹汀。江蘇嘉定(今屬上海)人。乾隆十九年進士。授編修，歷充鄉會試考官，提督廣東學政，官至少詹事。精于史學、經學兼通曆算、金石諸學，尤長於校勘。詩詞被推為「吳中七子」之一家。有《潛研堂文集》、《十駕齋養新錄》、《二十二史考異》等。

(5) 函首：用匣子裝盛人頭。指將韓侂冑頭顱獻給金人。老秦：指秦檜。

(6) 挫衄(niu)：挫敗。衄，出血。符離：即張浚北伐時宋軍敗北之地，今屬安徽。

(7) 姚廣孝：姚道衍，字斯道。明初長洲(今江蘇吳縣)人。原出家為僧，後輔佐朱棣起兵，錄功第一，拜太子少師，恢復原姓，賜名廣孝。病故後，永樂皇帝賜葬北京房山崇各莊長樂寺村東，建姚廣孝墓塔，塔前有永樂帝親撰碑文的神道碑。錢辛楣此詠題為〈姚少師祠〉，並自注少師自贊畫像云：「這個禿廝，忒無仁聞。名垂千古，不直半文。」

(8) 北郭詩社：元末明初，以高啟為中心，結社於蘇州北郭。姚為北郭十友之一。有《逃虛子詩集》。

四五

　　唐僧大雅《半截碑》(1)，頌吳大將軍李夫人曰：「圓儀替月，潤臉呈花(2)。」邯鄲淳作《孝女曹娥碑》曰(3)：「令色孔儀，巧笑倩兮(4)。」頌其德，及其貌，皆涉輕佻，與題不稱。然大旨是仿〈碩人〉

一章(5)。迂儒讀之，必起物議(6)。

【箋注】

(1)半截碑：即吳文碑，或稱鎮國大將軍吳文碑，唐刻石。俗稱《興福帖》、《興福寺半截碑》。僧大雅集晉王羲之行書。開元九年十月立，明萬曆間出土于陝西西安南城壕中，今存西安碑林。

(2)圓儀：喻道德規範、風度儀表。

(3)邯鄲淳：一名竺，字子叔。潁川（今河南禹縣）人。東漢桓帝元嘉元年，曾在席上操筆而成《孝女曹娥碑》，被當時的大文學家蔡邕稱為「絕妙好辭」。獻帝初平年間，客居荊州。後歸曹操，以博學多才而深受器重，成為曹植文學侍從。曹丕即位，任博士給事中。有《文集》、《花經》、《笑林》。曹娥：東漢浙江會稽上虞人。父曹盱不幸在舜江上祭祀潮神時落水而死，曹娥聞知後，晝夜沿江號哭，十七天後便投江尋父。孝行感動鄉里，立廟紀念，改舜江為曹娥江。

(4)令色孔儀：儀表容止美麗和悅。倩（qiàn）：美好。

(5)碩人：見《詩經·衛風》。

(6)物議：批評的輿論。

四六

方敏愨公三妹能詩(1)，自畫牡丹，題云：「菊瘦蘭貧植謝家(2)，愧無春色繪年華。剩來井底胭脂水(3)，學畫人間富貴花。」公詠〈清涼山桃花〉云：「傾將一井胭脂水，和就六朝金粉香(4)。」似襲乃妹

詩，而風趣轉遜。

　　敏慤公未遇時，祖、父俱以罪戍塞外。公南北奔走，備極流離。清涼寺僧號中州者(5)，知為偉人，時周恤之。公贈詩云：「須知世上逃名易，只有城中乞食難。」後官制府，為中州弟子麗雅重建清涼寺，殿宇煥然。余過而有感，亦題詩云：「細讀紗籠數首詩(6)，尚書回首憶前期。英雄第一心開事，揮手千金報德時。」蘇州薛皆三進士有句云(7)：「人生只有修行好，天下無如吃飯難。」意與方公相似。

【箋注】

(1) 方敏慤（què）：方觀承。見卷一・三〇注(8)。

(2) 謝家：指閨房。兼以晉代才女謝道韞自許。

(3) 胭脂水：即胭脂井裏的水。胭脂井，南朝陳景陽宮的景陽井。曾代表了六朝的奢麗。此處泛指調和紅顏料的泉水。

(4) 六朝：見卷一・一三注(9)。

(5) 清涼寺：應指在今南京市城內清涼山上的清涼寺。

(6) 紗籠：謂以紗蒙覆貴人、名士壁上題詠的手跡，表示崇敬。見卷一・三〇注(13)。

(7) 薛皆三：薛起鳳（1734-1774），字皆三（一作皆山）、家三，號香聞居士。江蘇長洲人。乾隆二十五年進士。少孤，家貧而好急人困。有《香聞遺集》。

四七

虞山王次山先生峻風骨嚴峭，館蔣文肅公家(1)，晚不戒於酒，肆口嫚罵。蔣家人群欲毆之。文肅呵禁。次日，待之如初。先生不自安，辭去。余己未會試，出文恪公門下(2)，聞此說而疑之。後讀先生〈哭文肅公〉詩云：「回首卻傷門下士，少時無賴吐車茵(3)。」方知此事信有，愈徵文肅之賢，而先生之不諱過也。先生少所許可，獨譽枚不絕於口。以故，枚雖報罷鴻詞科，而名聲稍起公卿間。惜無所樹立，以酬先生之知。而先生自劾罷都御史彭茶陵(4)，直聲震天下。後竟臥病不起，悲夫！

博陵尹元孚先生(5)，少孤貧，以母教成名。督學江南，好教人讀《小學》，宗程、朱(6)。余時宰江寧，意趣不合。一日，先生驪唱三山街(7)，為某大將軍家奴所窘，詐稱某王遣來，太守不敢詰，予收縛置獄。先生以此見重。適高相國斌有事來江寧(8)，先生面稱枚云：「才如子建，政如子產(9)。」亡何，先生薨。予感知己之恩，將賦挽詩，見次山先生四章，不能再出其右，遂擱筆焉。其警句云：「母教成三徙(10)，君恩厚兩朝。」又曰：「士幸方知向，天何遽奪公！」

從古文人得功於母教者多，歐、蘇其尤著者也。次山題錢修亭《夜紡授經圖》曰(11)：「辛勤篝火夜燈明，繞膝書聲和紡聲。手執女工聽句讀，須知慈母是先生。」

【箋注】

(1) 王次山：王峻(1694-1751)，字次山，號艮齋。江蘇常熟人。雍正二年進士。授編修。官御史，有直聲。以母憂去官，歸田後，教授十餘年，主講安定、雲龍、紫陽書院，以古學提倡後進。長於史學，尤精地理。有《水經廣注》、《漢書正誤》、《艮齋詩文集》等。蔣文肅：蔣廷錫(1668-1732)，字揚孫，號酉君、南沙、西谷。江蘇常熟人。康熙四十二年進士。歷官至內閣學士、戶部尚書兼兵部尚書、文華殿大學士加太子太傅。卒諡文肅。能詩，工寫生，以畫名世。有《青桐集》、《秋風集》、《片雲集》等。

(2) 文恪公：蔣溥。見卷一·六五注(24)。

(3) 車茵：車上的草墊。《漢書·丙吉傳》：「丙吉馭吏嗜酒，數逋蕩，嘗從吉出，醉嘔丞相車上。西曹主吏白，欲斥之，吉曰：『以醉飽之失去士，使此人將復何所容？西曹第忍之，此不過汙丞相車茵耳。』」

(4) 彭茶陵：彭維新，字石原(西源)，號餘山。湖南茶陵人。康熙四十五年進士。授編修，官至協辦大學士、兵部侍郎、左都御史。有《墨香閣集》。

(5) 尹元孚：尹會一(1691-1748)，字元孚，號健餘。清直隸博野人。雍正二年進士。授主事，官至吏部侍郎。家居設義倉、義田、義學，推崇顏元之學，而仍宗主程朱。有《君鑒》、《臣鑒》、《士鑒》、《健餘文集》、《健餘詩草》。

(6) 程朱：指首創宋代理學的北宋二程(程顥、程頤)和集大成者南宋朱熹，前後兩個學派基本一致，合稱為「程朱理學」。

(7) 騶唱：騶人(駕御車馬的侍從)引馬開道的傳呼。

(8) 高斌(1682-1755)：字石文，號東軒，高佳氏。滿洲鑲黃

旗人，乾隆皇帝慧賢皇妃之父。雍正間累官江甯織造、河道總督。乾隆間歷直隸和兩江總督、吏部尚書、文淵閣大學士。為河道總督二十餘年，治河功不可沒。卒諡文定。

(9)子建：曹植，字子建。三國魏沛國譙人。曹操第三子。受其兄曹丕猜忌，曾七步成詩。後封陳王。每冀試用，終不能得。鬱鬱而終。諡思。世稱陳思王。文才富豔，善詩工文，與曹操、曹丕合稱三曹。有《曹子建集》。宋無名氏《釋常談》：「謝靈運嘗曰：『天下才有一石，曹子建獨占八斗，我得一斗，天下共分一斗。』」
子產：姓公孫，名僑，字子產。春秋時鄭國人。官至鄭國的執政大臣上卿，史稱良相。為政寬猛相濟，不毀鄉校，實行改革，鄭國以治。

(10)三徙：用孟母三遷典。

(11)錢修亭：錢陳群。見卷一·一一注(6)。

四八

尹元孚先生任兩淮鹺務時，布衣鮑皋以詩受知(1)。今有《海門集》行世，皆先生為之提倡。鮑〈奉陪先生泛海口〉詩云：「蓬萊清切逢仙侶，蛟鼉威稜避顯官(2)。」其相得如此。因憶明大學士劉健好理學，惡人作詩(3)，曰：「汝輩作詩，便造到李、杜地位，不過一酒徒耳。」嘻！《記》云：「不能詩，於禮繆(4)。」孔子教人學詩，在《論語》中，至於十一見；而劉公乃為此言，不如尹公遠矣！

【箋注】

(1)鹺（cuó）：鹽。鮑皋(1708-1765)：字步江，號海門。江蘇丹徒人。國子生。乾隆三年舉博學鴻詞，託病不就。善畫，詩尤有名。有《海門集》、《京口文獻錄》、《筆耕錄》。

(2)威稜：威力，威勢。

(3)劉健：字希賢，號晦庵。明河南洛陽人。治理學。天順四年進士。官至禮部尚書兼文淵閣大學士、太子太傅，曾代為首輔。卒賜文靖。惡：厭惡。

(4)繆：通「謬」，錯誤。

四九

隨園有對聯云：「此地有崇山峻嶺茂林修竹；是能讀三墳五典八索九邱(1)。」故是李侍郎因培所贈(2)，懸之二十餘年。忽一日，岳大將軍鍾琪之子參將名　者來謁(3)。入門先問此聯有否，現懸何處。予指示之。端睇良久，曰：「此後書舍，可有蔚藍天否(4)？」予問：「何以知之？」曰：「余在四川時，夢先大人引游一園，有此聯額。且曰：『將我交此園主人。』　驚醒，遍訪川中，無人知者。今來補官江寧，有人談及，故來相訪。」因出將軍行狀二十餘頁，稽首求傳。予讀之，雜亂舛錯，為編纂七日方成。而岳又調往金川，不復再見矣。今年夏間，偶抄選鮑海門詩二十餘首(5)，其子之鍾適渡江來(6)。余告以選詩之事。問：「尊人有餘集否？」鮑不覺

泣下，曰：「異哉！余今而知夢之有靈也！吾渡江前三日，夢與先人遊隨園，先人與公同修船，以紙補其窗櫺。醒而不解。今思之：夫船者，傳也；紙者，詩之所附以傳者也。今公抄選先人之詩，豈不暗相 合耶？」甚矣！鬼神之好名也(7)！

【箋注】

(1)「此地」聯：上聯出自王羲之《蘭亭序》，下聯出自《左傳》（所列皆古書名）。

(2)李因培(1717-1767)：字其才，號鶴峰。雲南晉寧人。乾隆十年進士。歷官戶、禮、兵、刑四部侍郎，湖北、湖南、福建巡撫。屢坐罪被貶。博學能文，工詩善畫，清介威重。有《鶴峰詩鈔》。

(3)岳鍾琪(1686-1754)：字東美，號容齋。清四川成都人。康熙五十年由捐納同知改武職，官川陝總督、甯遠大將軍、太子少保、兵部尚書，封威信公。卒諡襄勤。有《薑園》、《蠻吟》等。岳濬：乾隆十八年舉人。選知縣，世襲一等輕車都尉，歷任安徽六安、四川遂甯等營參將，署協副將。

(4)蔚藍天：室名，隨園中一處名勝。拓鏡屏南有精廬曰「蔚藍天」，窗皆嵌全藍色玻璃。有詩曰：「客來笑且驚，都成盧杞面。」即指此室。

(5)鮑海門：鮑皋。見本卷四八注(1)。

(6)鮑之鍾(1740-1802)：字論山，號雅堂。江蘇丹徒人。乾隆三十四年進士。任四庫全書館編校，官至戶部郎中。居官以風骨聞，詩有家法。有《論山詩稿》、《山海經韻語》。

(7)好名：看重聲名。

五○

　　詩貴翻案：神仙，美稱也；而昔人曰：「丈夫生命薄，不幸作神仙。」楊花，飄蕩物也；而昔人云：「我比楊花更飄蕩，楊花只有一春忙(1)。」長沙，遠地也；而昔人云：「昨夜與君思賈誼，長沙猶在洞庭南(2)。」龍門，高境也；而昔人云：「好去長江千萬里，莫教辛苦上龍門(3)。」白雲，閑物也；而昔人云：「白雲朝出天際去，若比老僧猶未閑(4)。」「修到梅花」，指人也；而方子雲見贈云(5)：「梅花也有修來福，著個神仙作主人。」皆所謂更進一層也。

【箋注】

(1)「我比」聯：宋・石柔（敏若）〈柳花〉。一作金・高士談〈楊花〉。

(2)「昨夜」二語：唐・張祐〈贈李修源〉詩，一作溫飛卿〈赴方城〉。賈誼：西漢河南洛陽人。以文才出名，年二十餘，召為博士，遷太中大夫。數上疏，言時弊，因遭讒被貶為長沙王太傅，遷梁懷王太傅。世稱賈太傅，又稱賈長沙，亦稱賈生。所著〈過秦論〉、〈吊屈原賦〉等為西漢鴻文。以懷才不遇，憂鬱而死。有《新書》、《賈長沙集》。

(3)「好去」聯：唐・竇鞏〈放魚〉詩句。「莫教」作「不須」。

(4)「白雲」聯：唐・陸龜蒙〈山中僧〉。

(5)方子雲：方正澍。見卷一・四五注(6)。

五一

　　苕溪女子姚益鱗，嫁嚴林溪(1)，以夭亡。〈送姊之洚溪〉云：「姊妹花窗下，相依兩意同。拈針五夜火，拜月一襟風。忽逐分飛雁，都為斷梗蓬。擬將苕水闊(2)，送盡別離衷。」〈閏七夕〉云：「微雲依約接銀河，一月佳期兩度過。倘把重逢歡較昔，翻教添得別愁多。」

【箋注】

(1)姚益鱗：字竹筠，號繡巖。清浙江烏程人。嚴林溪兆蓀妻。有《吟香樓遺草》。

(2)苕水：即苕溪，浙江境內河流，一源于安吉，一源于臨安，至湖州合流，注入太湖。

五二

　　沈學子有女弟子徐瑛玉(1)，字若冰，崑山人，嫁孔氏。能詩，早亡。與王蘭泉夫人許雲清(2)，及吾鄉方宜焀之女芷齋(3)，唱和甚多。〈和學子送春〉云：「春光心事兩蹉跎，愁見飛花檻外過。漫說窮愁詩便好，算來詩不敵愁多。」〈病起〉云：「重開鸞鏡施膏沐，卷上珠簾怯曉風。病起不知秋幾許，飛來黃葉滿庭中。」〈七夕〉云：「銀漢橫斜玉漏催，穿針瓜果釘粧臺(4)。一宵要話經年別，那得工夫送巧來？」

【箋注】

(1)沈學子：沈大成（1700-1771），字學子，號沃田。江蘇
華亭（今上海松江）人。康熙時諸生。以詩、古文、辭
賦知名江左。通經史百家之書及天文、樂律等。校訂書
籍頗富。晚年到揚州。有《學福齋詩文集》、《近遊詩
鈔》。徐瑛玉：一作徐映玉（1728-1762），字若冰，號
南樓。清浙江錢塘人。孔青崖妻。有《南樓吟稿》。

(2)王蘭泉：王昶（1724-1806），字德甫，號蘭泉、述庵。
清江蘇青浦人。乾隆十九年進士。官至刑部右侍郎。
參與纂修《大清一統志》、《續三通》等書。喜詩詞、
古文，著有《春融堂集》，輯有《明詞綜》、《湖海詩
傳》等，撰《金石萃編》。許雲清：許玉晨，字雲清。
清江蘇華亭人。有《琴畫樓詞》。

(3)方芷齋：方芳佩（1728-1808），字芷齋，號鳳池、懷蓼。
清浙江錢塘人。宜照女，中丞汪新妻。工詩文。有《在
璞堂吟稿》行世。

(4)飣：堆放食品於器。

五三

顧東山有女(1)，美而不嫁，好服壞色衣，持念
珠，作六時梵語。其母哂之(2)，曰：「汝故是優婆夷
耶(3)？」女微哂而已(4)。行年三十，操修益堅。父
母知其志，為築即是庵處之，因號即是庵主人。許太
夫人題其庵云(5)：「上界遭淪謫，人言蕚綠華(6)。
十年貞不字(7)，一室語無嘩。遣興惟吟絮(8)，逢春
欲避花。結庵殊可羨，萱草傍蘭芽(9)。」

【箋注】

(1)顧東山：未詳。

(2)哂（shěn）：譏笑。

(3)優婆夷：梵文的音譯，亦譯「優婆斯」、「鄔婆斯迦」，意譯「近善女」、「信女」、「清信女」、「清淨女」。佛教稱謂，指接受五戒的在家女居士，亦通稱一切在家的佛教女信徒。

(4)微哂：微笑。

(5)許太夫人：徐德音，字淑則。清浙江錢塘人。漕運總督清獻公徐旭齡女，江都中書許迎年妻，開封同知許佩璜母。善詩，詩止於乾隆十七年。有《漾靜軒詩鈔》。太夫人，此為尊稱官吏之母。

(6)萼綠華：傳說中晉時女仙，九嶷山中得道女子羅郁，號萼綠華。（見宋·曾慥編《類說》卷三十三錄《真誥》及《太平廣記》卷五十七錄《真誥》）

(7)不字：不嫁。

(8)吟絮：同詠絮。南朝宋·劉義慶《世說新語·言語》：「謝太傅寒雪日內集，與兒女講論文義。俄而雪驟，公欣然曰：『白雪紛紛何所似？』兄子胡兒曰：『撒鹽空中差可擬。』兄女（謝道韞）曰：『未若柳絮因風起。』」其叔父謝安大為讚賞。後以「詠絮」為稱揚女子能詩善文之典。

(9)萱草：借指母親。蘭芽：此處指女兒。韓愈：「瑤環瑜珥，蘭茁其芽。」稱其家兒也。元好問〈德華小女詩〉：「好個通家女兄弟，海棠紅點紫蘭芽。」

五四

　　嘉善曹六圃廷棟，少宰蓼懷之孫(1)，隱居不仕。自號慈山居士，自為壽藏(2)，不下樓者二十年，著作甚富。余愛其晚年佳句，如：「廢書只覺心無著，少飲從教睡亦清。」「病教揖讓虛文減，老覺婆娑古意多。」「詩真豈在分唐宋，語妙何曾露刻雕？」余稱其詩，專主性情。慈山寄札謝云：「老人生平苦心，被君一語道破。」屢招余往，而竟不遂其願。卒已八十五矣。

【箋注】

(1)曹六圃：曹廷棟(1699-1785)，字楷人，號六圃，又號慈山。清浙江嘉善人。諸生。不求仕進，閉門著書。有《易準》、《婚禮通考》、《逸語》、《產鶴亭詩集》等。蓼懷：曹鑒倫，字彞士，號蓼懷、忝齋。浙江嘉善人。康熙十八年進士。少宰：清時吏部侍郎的俗稱。

(2)壽藏：生時所建的墓壙。

五五

　　余性不飲酒，又不喜唱曲，自慚窶人子(1)，故音律一途，幼而失學。偶讀桐城張文和公〈元夕寄弟藥齋〉詩云(2)：「亦知令節休虛度，其奈疏慵本性何？天與人間清淨福，不能飲酒厭聞歌。」公為大學士文端公之子(3)，一生富貴，而獨缺東山絲竹之

好(4)，何耶？豈金星不入命之故耶？余親家徐題客，健庵司寇孫也(5)，五歲能拍板歌。見外祖京江張相國(6)，相國愛之，抱置膝上。乳母在旁誇曰：「官官雖幼，竟能歌曲。」相國怫然曰：「真耶？」曰：「真也！」相國推而擲之，曰：「若果然，兒沒出息矣！」兩相國性情相似。後徐竟坎壈，為人司音樂，以諸生終。〈自嘲〉云：「文章聲價由來賤，風月因緣到處新。」此語，題客親為余言。

【箋注】

(1) 窶(jiù)人子：貧家子弟。

(2) 張文和：張廷玉。見卷一・一注(12)。

(3) 文端公：張英(1637-1708)，字敦復，號樂圃。安徽桐城人。康熙六年進士。由編修累官文華殿大學士，兼禮部尚書。歷任《國史》、《一統志》、《淵鑒類函》、《平定朔漠方略》總裁官。為官敬慎，卒賜文端。有《周易衷論》、《篤素堂文集》。

(4) 東山絲竹：東晉・謝安閒居會稽東山，家有聲樂，馳名一時。後泛指音樂愛好。

(5) 徐題客：徐柱臣，字題客，號雅宜、艮岑。清江蘇崑山人。晚年寓居揚州。諸生。工詩詞，精書法。有《艮岑樂府》、《春雨樓集》、《雅宜山樵稿》。徐健庵：徐乾學(1631-1694)，字原一，號健庵。江蘇崑山人。康熙九年進士。歷官至刑部尚書。後解官南歸。在家鄉因其親屬、門客倚勢凌人，屢被控告，受奪職處分。有《通志堂經解》、《讀禮通考》、《傳是樓書目》、《憺園集》等。

(6) 張相國：張玉書(1642-1711)，字素存。江蘇鎮江府丹

徒縣人。順治十八年進士。官至文華殿大學士兼戶部尚書。為太平宰相二十年，對治理黃河、運河提出不少建議。工古文辭，為一代大手筆。卒諡文貞。

五六

吾鄉孝廉王介眉，名延年(1)，少嘗夢至一室，秘帖古器，盎然橫陳。榻坐一叟，短身白鬚，見客不起，亦不言。又有一人，頎而黑，揖介眉而言曰：「余漢之陳壽也(2)，作《三國志》，黜劉帝魏，實出無心；不料後人以為口實。」指榻上人曰：「賴彥威先生以《漢晉春秋》正之(3)。汝乃先生之後身，聞方撰《歷代編年紀事》，夙根在此(4)，須勉而成之。」言訖，手授一卷書，俾題六絕句而寤。寤後僅記二句曰：「慚無《漢晉春秋》筆，敢道前身是彥威？」後介眉年八十餘，進呈所撰《編年紀事》，賜翰林侍讀。

【箋注】

(1)王介眉：王延年，字介眉。浙江錢塘(今杭州)人。雍正舉人。乾隆初，舉鴻博。歷官國子監學正、司業、翰林院侍講。熟悉史學，增補《通鑑紀事本末》。

(2)陳壽：字承祚。西晉安漢(今四川南充北)人。在蜀漢為觀閣令史。入晉後，歷任著作郎、治書侍御史。晉滅吳後，著《三國志》。另撰《古國志》、《益部耆舊傳》，編有《蜀相諸葛亮集》等書。

(3) 彥威：習鑿齒，字彥威。東晉襄陽（今湖北襄樊）人。少有志氣，博學洽聞，以文筆著稱。東晉荊州刺史桓溫召為從事，後遷別駕。因違溫旨意，降為戶曹參軍。桓溫謀稱帝，鑿齒著《漢晉春秋》，推蜀為正統，而貶曹魏為篡逆，用以諷溫。另有《襄陽耆舊傳》、《逸人高士傳》、《習鑿齒集》等。

(4) 夙根：前生的靈根。

五七

　　同年儲梅夫宗丞(1)，能養生，七十而有嬰兒之色。乾隆庚辰，奉使祭告嶽瀆(2)，宿搜敦郵旅店。是夕，燈花散彩，倏忽變現，噴煙高二三尺。有風霧迴旋。急呼家童觀之，共為詫異，相戒勿動。夢群仙五六人，招至一所，上書「赤雲岡」三字，呼儲為雲麾使者。諸仙列坐聯句，有稱海上神翁者首唱，曰：「蓮炬今宵獻瑞芝。」次至五松丈人，續曰：「群仙佳會飄吟髭。」又次，至東方青童，曰：「春風欲換楊柳枝。」旁一女仙曰：「此雲麾〈過淩河〉句也，汝何故竊之？」相與一笑，忽燈花如爆竹聲，驚而醒。

【箋注】

(1) 儲梅夫：儲麟趾，字梅夫，一字履醇。清江南荊溪（今屬江蘇宜興）人。乾隆四年進士。官至宗人府宗丞。居諫官肯直言，有聲名。晚年習靜，修養生之法。有《雙樹軒集》。

(2) 嶽瀆：五嶽四瀆的省稱。儒教百神，也泛指天下所有的
山川之神。五嶽是東嶽泰山、西嶽華山、南嶽衡山、北
嶽恒山、中嶽嵩山。四瀆是長江、黃河、淮河、濟水。

按：袁枚《子不語》卷十五〈儲梅夫府丞是雲麾使者〉，與
此處所記大同小異。文中所寫人物皆道教中仙人。

五八

蔣苕生太史序玉亭女史之詩曰(1)：「〈離〉象文
明(2)，而備位乎中；女子之有文章，蓋自天定之。
玉亭名慎容，姓胡，山陰人，嫁馮氏。所天非解此
者(3)，遂一旦焚棄之。然其韻語，已流播人間，有
《紅鶴山莊詩》行世。其女兄弟采齊、景素，亦皆能
詩，俱不得志。玉亭尤鬱鬱，未四旬，歿矣！」其
〈病中〉云：「惚惚魂無定，飄飄若夢中。扶行驚地
軟，倚臥覺頭空。放眼皆疑霧，聞聲似起風。那堪窗
下雨，寂寞一燈紅。」〈窺采齊曉妝〉云：「徘徊明
鏡漫凝神，個裏伊誰解效顰(4)？一樹梨花一溪月，
隔窗防有斷魂人。」〈女郎詞〉云：「相呼同伴到簾
幃，偷看新來客是誰。又恐被人先瞥見，卻從紈扇隙
中窺。」〈殘梅〉云：「纔發疏林便褪妝，冰姿空對
月昏黃。東風只顧吹零雨，那惜枝頭有暗香？」采
齊，名慎儀(5)。〈早起〉云：「一番花信五更風，
那管春宵夢未終。起傍芳叢頻檢點，夜來曾否損深
紅？」〈夜眠〉云：「銀蟾朗徹有餘光(6)，靜坐庭軒
寄興長。地僻不知更漏永，瞥驚花影過東牆。」〈贈

苕生〉云：「沽酒每聞捐玉佩，濟人時復典宮袍。」
殊貼切苕生之為人。余問苕生：「玉亭貌可稱其才
否？」苕生乃誦其《菩薩蠻》一闋云：「人言我瘦形
同鶴，朝朝攬鏡渾難覺。但見指尖長，羅衣褪粉香。

　若能吟有異，不管腰身細。清減肯如梅，凋零亦
是魁。」可想見風調，使人之意也消。

　《紅鶴山莊詩》，乃王菊莊孝廉為之刊行(7)。
玉亭作詞謝云：「多謝詩人，深蒙才士，不憎戚末堪
因倚(8)。吳頭楚尾一相逢(9)，白雲紅鶴傳千里。

　南浦悲吟，西窗閑技，居然卷附秋香裏。寸心從
此莫言愁，人間已有人知己。」其女思慧，嫁劉侍郎
秉恬(10)，亦才女也，〈過嶺〉云：「半嶺梅花成故
舊，兩肩書本是行裝。」

【箋注】

(1) 蔣苕生：蔣士銓。見卷一·二三注(2)。玉亭：胡慎容，
字玉亭，號臥雲、紅餘。直隸大興（今北京大興）人，原
籍山陰。山陰諸生馮炬妻。大約生活在乾隆二十一年前
後。性簡靜嫻雅，精工篆隸法和剪貼藝術。有《紅鶴山
莊詩鈔》。詩人胡天游之妹。胞姊慎淑（景素）、從姊慎
儀（采齊）俱能詩。

(2) 離：《周易》卦名，南方之卦，卦象代表著光明。

(3) 所天：舊稱所依靠的人。此指丈夫。

(4) 個裏：此中，其中。效顰：西施有心病而愛皺眉，鄰里
醜女也摹仿皺眉。此處指誰能理解是真有憂愁、還是效
顰呢？

(5) 胡慎儀：字采齊，號石蘭。清直隸大興人。駱炬妻。從

小敏慧，跟祖父宦游嶺南，見識廣泛，喜作詩。有《石
蘭詩鈔》。

（6）銀蟾：古代傳說月宮中有蟾蜍，故以此代指明淨的月
亮。

（7）王菊莊：見卷一·五注（4）。

（8）戚末：雜物、小東西。自喻其詩作。

（9）吳頭楚尾：今安徽安慶與江西北部九江、南康一帶，春
秋時期屬吳之西境，楚之東境，素有「吳頭楚尾」之
稱。

（10）思慧：馮思慧，字睿之。清浙江秀水縣人。馮烜、
胡慎容女。劉秉恬繼室。工詩。有《繡餘吟》。劉秉
恬（1735-1800）：字德引，號竹軒。山西洪洞人。乾隆
二十一年舉人。官福建道監察御史、吏部侍郎、雲南總
督、兵部侍郎、倉場侍郎。有《竹軒詩稿》。

五九

　　孔萇谷扶乩（1），有女仙，自稱袁茞君（2），名
沅，年十五，入蜀王昶宮中（3），給事花蕊夫人（4）。
未進御（5），而唐兵下蜀，茞君匿民間，被人搜得，將
獻之大帥，行次劍閣（6），投水死，年才十八。今石壁
間有垂紅珊瑚樹者，即其藁葬所也（7）。菊莊為題詩
云：「劍閣崔巍萬古存，西川宮殿總成塵。可憐殉國
磨笄者，不是昭陽寵倖身（8）！」

【箋注】

(1)孔荭谷：孔繼涵(1739-1784)，字體生、誦孟，號荭谷。
山東曲阜人。孔子六十九世孫。乾隆三十六年進士。官
戶部主事，充《日下舊聞》纂修官。善天文、字義、
曆算。有《春秋氏族譜》、《紅榈書屋集》等。扶乩
（jī）：舊時一種祈神顯靈的迷信活動。其法由二人共
執一丁字形木架，下端置沙盤上，作法請神降臨附身，
于沙上畫出字跡以顯示吉凶。因傳說神降臨時乘鸞，故
亦稱「扶鸞」。

(2)袁苞（zhǐ）君：如上。餘未詳。

(3)蜀王昶：孟昶，別名仁贊，字保元。五代時後蜀國君。
在位三十年。曾用年號明德、廣政。宋乾德三年宋兵入
成都，國亡降宋。至開封，被封為秦國公，七日即卒。
追封為楚王，諡號恭孝。

(4)花蕊夫人：見本卷三四注(1)。

(5)進御：指為君王所御幸。

(6)劍閣：即今四川劍閣縣東北劍門關。地勢險要，為古代
戍守要地。

(7)薰（gǎo）葬：草草埋葬。

(8)摩笄（jī）：此為用典，語出《史記·趙世家》。春秋
晉趙襄子殺代王，併代地。趙襄子姐為代王妻，聞代王
死，摩笄自殺。昭陽：漢宮殿名。後泛指后妃所住的宮
殿。

蘇州楊文叔先生(1)，掌教吾鄉敷文書院，以實學

教人。余年十九,即及門焉。後宰江甯,而先生掌教
鍾山,又復追隨絳帳(2)。近聞其家式微(3),詩稿遺
失,僅傳〈孝陵〉二首(4),云:「鼎湖龍去上升天,
弓劍埋藏四百年(5)。金碗玉魚無恙在,不須清淚滴銅
仙(6)。」「豎儒瞻拜舊山陵,落日平蕪百感生。欲奏
通天臺下表,只憐才謝沈初明(7)。」先生名繩武,康
熙癸巳翰林,維斗先生孫也(8)。

【箋注】

(1) 楊文叔:楊繩武,字文叔,號訥庵。江蘇吳縣人。康熙
　　五十二年進士。官翰林院編修。丁憂歸,不復出。曾掌
　　教浙江敷文書院、江蘇鍾山書院。袁枚曾從受學。通經
　　術,能詩文。有《古柏軒集》、《訥庵詩存》、《入蜀
　　記》、《文章鼻祖》、《論文四則》等。

(2) 絳帳:典出《後漢書・馬融傳》:「馬融字季長,扶風
　　茂陵人也。」「常坐高堂,施絳紗帳,前授生徒,後列
　　女樂,弟子以次相傳,鮮有入其室者。」後因以「扶風
　　帳」、「絳帳」稱美師長、講席、學舍。

(3) 式微:衰落,衰微。

(4) 孝陵:即明孝陵,是朱元璋與馬皇后的合葬陵墓,位於
　　江蘇省南京紫金山南麓獨龍阜珠峰下。

(5) 鼎湖:上古傳說,黃帝鑄鼎於荊山下,鼎成,有龍垂胡
　　髯下迎黃帝上天,羣臣後宮從者七十餘人。後因名其處
　　為鼎湖。舊時用為帝王逝去之典,亦用以稱帝王陵墓。
　　杜甫〈驪山〉:「鼎湖龍去遠,銀海雁飛深。」

(6) 銅仙:用漢武帝時所作以手掌舉盤承露的仙人典。唐・
　　李賀〈金銅仙人辭漢歌序〉:「魏明帝青龍元年八月,
　　詔宮官牽車西取漢孝武捧露盤仙人,欲立置前殿。宮官

既拆盤，仙人臨載，乃潸然淚下。」

(7)通天臺：漢武帝好神仙，元封二年作甘泉宮通天臺，臺高五十丈，去長安二百里，以候天神。上有承露盤，銅仙人掌玉杯承雲表之露。沈初明：沈炯，字禮明、初明。吳興武康（今浙江德清）人。南朝梁陳之際文學家。曾撰〈經通天臺奏漢武帝表〉。

(8)維斗：楊廷樞（1595-1647），字維斗。明末長洲（今江蘇蘇州）人。崇禎舉人。復社要員。南京、蘇、常相繼失守，被清兵害於蘆墟泗洲寺。有《古柏軒集》。

六一

　　江甯方伯永公之子明新(1)，字竹岩，性耽風雅。其弟亮，字鐵崖(2)，亦聰穎。在江甯時，與余交好，選勝徵歌，時時不絕。後永公內用。竹岩留別詩云：「春風幾度坐瓊筵，玉屑霏霏細雨天。盛會忽然成往事，別情無那到尊前(3)。掛帆江上三秋雨，寫恨銀燈五色箋。此後夢魂來不易，琴聲重聽是何年？」鐵崖云：「雁唳空天氣沉寥，驪歌未唱已魂消(4)。兩年師弟情何重，一別關山路正遙。海上瑤琴驚忽斷，岩前叢桂悵難招。離懷此際憑誰說，只可長亭折柳條！」其師嚴翼祖孝廉(5)，亦留別四首，末云：「子雲筆札君卿舌(6)，到處聽人說感恩。」鐵崖〈游河房〉云：「水深不覺漁舟過，櫓動先看月影搖。」

【箋注】

(1) 永公：姚永泰，字石庵。正白旗漢軍人。雍正三年，以筆帖式保舉知縣。曾任江寧布政使兼織造龍江關稅務，後以老入都補盛京佐領，又授泰陵總管內務府大臣。明新：姓姚，字竹岩、春岩。漢軍（一作滿洲）旗人。乾隆三十三年舉人。官泰州伍佑場大使。工詩畫。

(2) 鐵崖：明亮，字鐵崖。漢軍（一作滿洲）旗人。

(3) 無那：無奈。

(4) 沇（xuè）寥：空曠無雲，天高氣清的樣子。驪歌：是「驪駒之歌」的簡稱。〈驪駒〉是逸詩的篇名，內容是表達離別之意的。後以「驪歌」代告別之歌或者書寫別情的詩文。

(5) 嚴翼祖：未詳。

(6) 子雲：谷永，本名並，字子雲。西漢京兆長安人。官太常丞、光祿大夫給事中、大司農等。博學經書，工筆札，善奏記之文。君卿：樓護，字君卿。西漢末人。為人短小精辯，議論常依名節。二人同為五侯上客。《漢書‧樓護傳》云：「長安號曰『谷子雲筆札，樓君卿唇舌』，言其見信用也。」

六二

　　詠物詩無寄託，便是兒童猜謎。讀史詩無新義，便成《廿一史彈詞》（1）；雖著議論，無雋永之味，又似史贊一派（2）：俱非詩也。余最愛常州劉大猷〈岳墓〉云（3）：「地下若逢于少保，南朝天子竟生還（4）。」羅兩峰詠〈始皇〉云（5）：「焚書早種阿

房火，收鐵還留博浪椎(6)。」周欽來詠〈始皇〉
云(7)：「蓬萊覓得長生藥，眼見諸侯盡入關。」松
江徐氏女詠〈岳墓〉云(8)：「青山有幸埋忠骨，白
鐵無辜鑄佞臣(9)。」皆妙。尤雋者，嚴海珊詠〈張
魏公〉云(10)：「傳中功過如何序？為有南軒下筆
難(11)。」冷峭蘊藉，恐朱子在九原，亦當乾笑。

海珊自負詠古為第一，余讀之果然。〈三垂岡〉
云(12)：「英雄立馬起沙陀，奈此朱梁跋扈何(13)？
赤手難扶唐社稷(14)，連城猶擁晉山河。風雲帳下奇
兒在(15)，鼓角燈前老淚多。蕭瑟三垂岡下路，至今
人唱〈百年歌〉(16)。」

【箋注】

(1)廿一史彈詞：明代楊慎作，作者以正史為本，用淺近文
言編寫唱詞，十字一句，體例與今天的唱詞相近。

(2)史贊：常附於古代史書篇末，藉以總結全篇，臧否人
物，體例多為四言韻語。

(3)劉大猷：字克敬。明江西南昌黃臺人。諸生。少孤。事
母至孝。工古文詞。明季避兵新吳，尋卒。所著詩文燬
於兵，人多惜之。

(4)于少保：于謙，字廷益，號節庵。明浙江錢塘人。永樂
十九年進士。官至兵部尚書，加少保。力保京師，抗議
南遷。英宗復辟後，因被誣謀逆，冤沉東市。萬曆時諡
忠肅。有《于忠肅集》。此詩發出奇想：要是岳飛在地
下與于謙相遇，戮力同心，說不定還能救回被金軍俘虜
的「南朝天子」即徽、欽二帝。

(5)羅兩峰：羅聘(1733-1799)，字遯夫，號兩峰(一作雨
峰)、衣雲。清安徽歙縣人，久居揚州。為揚州八怪之

一。工詩，精畫，詩韶婉，不為畫掩。有《香葉草堂詩鈔》。乾隆四十六年，到南京賣畫，寄居普濟寺，和袁枚往還甚密，曾為袁枚畫像。

(6) 阿房（páng）火：阿房，秦朝的宮名，言殿之四阿皆為房，因以為名。故址在今陝西長安縣西北，秦惠王時開始修築，秦始皇擴建而成。秦亡，被項羽一火焚毀。博浪椎（chuī）：博浪沙，在今河南原陽縣東南。韓國被秦滅後，韓相後裔張良求客刺秦王，得力士，為鐵椎重百二十斤，秦始皇東游，良與客狙擊于博浪沙中，誤中副車。

(7) 周欽來：周準（1777-1858），字欽來，號虛室、迂村。清江蘇長洲人。諸生。能詩，尤善絕句。有《迂村文鈔》、《虛室吟》等。

(8) 徐氏女：未詳。

(9) 「青山」聯：指杭州岳飛墓和墓前鐵鑄的秦檜等四人跪像。

(10) 嚴海珊：嚴遂成。見本卷一三注(2)。張魏公：張浚。見本卷四四注(2)。

(11) 南軒：張栻（1133-1180），字敬夫、樂齋，號南軒。南宋廣漢（今四川梓潼）人，徙居衡陽。宰相張浚子。以蔭補官。官至吏部侍郎。與朱熹、呂祖謙齊名，時稱「東南三賢」。學者稱南軒先生。有《南軒易說》、《南軒集》等。朱熹在《宋故右朝議大夫充徽猷閣待制贈少傅劉公神道碑》裏，曾多次提到友人張栻的父親張浚，褒獎有加，對他在軍事上的失誤略有貶意。所以說「下筆難」。

(12) 三垂岡：又名三垂山，在今山西潞城縣西、屯留縣東南。西晉永嘉中王廣、韓柔敗劉聰將喬乘於此。五代梁開平二年，晉王李存勗率軍救援潞州，敗梁軍於此。

(13)英雄：指唐李克用。沙陀人。黃巢起義，李克用率沙陀
　　軍助唐鎮壓，攻入長安，封晉王。沙陀：西突厥的別
　　部，居新疆天山北路。朱梁：後梁太祖朱溫。

(14)社稷：國家，此句說李克用無法阻止後梁廢唐自立。

(15)奇兒：指李克用子李存勖。李克用曾在三垂岡置酒誇
　　子，後來李存勖果然在此又擊潰梁軍，最終建立後唐。

(16)百年歌：李克用在三垂岡飲酒時曾令伶人奏〈百年
　　歌〉。此乃唐俗曲，敘人自幼至老境遇。

六三

　　桐城張葯齋宗伯(1)，三任江南學政，獎擢名流，
詩尤清婉。〈題三妹澄碧樓〉云：「小軒近對碧波
澄，隔著疏楊喚欲應。最好淡雲微月夜，半簾相望讀
書燈。」〈寄女〉云：「香虀洗手調晨膳，書案分燈
補舊襦(2)。」〈喜若需歸里〉云：「一匹絹堪憐宦
況，五車書足豔歸裝。」余以翰林改官，公向其兄文
和公作元相語曰(3)：「韓愈可惜！」

【箋注】

(1)張葯齋：張廷璐，字寶臣，號藥（葯）齋。安徽桐城
　　人。康熙五十七年殿試一甲二名進士。授編修，官至禮
　　部右、左侍郎。工詩，多按陳規為詩。有《詠花軒制
　　義》、《詠花軒詩集》。

(2)舊襦（rú）：穿舊的短上衣。

(3)文和公：張廷玉。見卷一・一注(12)。元相：指元稹。
　　見卷一・二〇注(11)。《新唐書・韓愈傳》：鎮州亂，

殺田弘正而立王廷湊，詔愈宣撫。既行，眾皆危之。元
稹言：「韓愈可惜。」穆宗亦悔，詔愈度事從宜，無必
入。

六四

　　崔念陵進士〈鄱陽道中〉云(1)：「斑鳩呼雨兩三
處(2)，毛竹編籬四五家。流水聲中行半日，薰風不動
晚禾花。」〈折柳〉云：「陌頭楊柳正垂絲，泣雨含
風送別離。今日兒心正飄蕩，折枝休折帶花枝。」崔
有如此才，而以微罪褫職(3)，漂泊江寧僧舍。當事者
欲逐回籍，予力為護持，久之乃行。

【箋注】

(1) 崔念陵：崔謨，字煥遠，號念陵、灌園。江西九江湖口
　　人。乾隆七年進士。有《方渠詩鈔》。

(2) 斑鳩：亦作班鳩，一種留鳥。相傳斑鳩鳴則雨。

(3) 褫（chǐ）職：奪去職務。

六五

　　年家子任進士大椿，詩學選體(1)，獨〈了義寺〉
一首，脫盡齊、梁金粉(2)。詞曰：「過塢指歸林，到
寺停雙楫。風吹煙穗斜，入戶氣騷屑(3)。境僻罕來
蹤，日落見殘雪。不識此何人，隔竹聞僧說。」又有

句云：「抱琴看月去，吹鬢愛風來。」

【箋注】

(1) 年家子：科舉時代，凡某科同年登榜的人彼此互稱同年或年家，同輩稱年兄，長輩稱年伯，而對同年的後輩則稱年家子。任大椿(1738-1789)：字幼植，又字子田。江蘇興化人。乾隆三十四年進士。官禮部主事、監察御史，充《四庫全書》纂修官。有《字林考逸》、《小學鈎沉》、《子田詩集》等。選體：指南朝梁‧蕭統《文選》所選詩文的體式風格以及後世仿效這種體式風格的作品。總體上所謂「事出於沉思，義歸乎翰藻」，極講究辭藻華麗、聲律和諧。

(2) 齊梁：南北朝時期偏安於南方的兩個王朝。由於政治腐敗，國勢不振，統治時間都很短。金粉：喻指繁華綺麗的生活。亦喻指詩風詞藻浮豔，而內容空泛。

(3) 騷屑：悽清愁苦。

六六

壬申冬，陽羨詩人汪溥，落魄金陵(1)。余小有周濟，蒙贈詩云：「邂逅得蒙青眼顧，此生今已屬明公(2)。」還家後，寄其弟玉珩〈圖山草堂詩〉來(3)，有「屋角響松濤，晴日長疑雨」之句。又〈柳絮〉云：「明知繡閣多春思，故傍簾前款款飛。」

【箋注】

(1) 汪溥：字澤周，號玉田。清江蘇宜興人。諸生。有《玉田山房詩鈔》。落魄：窮困失意。

(2)明公：古代對有名位者之尊稱。又為官名之代稱。

(3)汪玉珩：字玉珍，號夷畦、朱梅軒。清江蘇宜興人。諸
　　生。有《朱梅軒文鈔》、《朱梅舫詩話》。

六七

　　竹筠女子早卒(1)，自焚詩稿，僅傳其〈宮詞〉
云：「中官宣詔按新箏(2)，玉指輕彈別恨聲。恰被東
風吹散去，君王乍聽未分明。」高東井題云(3)：「叢
殘私字疊鴛鴦(4)，零亂殘脂盡斷腸。賴是六丁收不
盡(5)，一編擎出返魂香。」

【箋注】

(1)竹筠：姚益鱗。見本卷五一注(1)。

(2)中官：宦官，太監。

(3)高東井：高文照(1737-1775)，字潤中，號東井。浙江武
　　康(今德清縣)人。乾隆三十九年舉人。一生遊蕩，縱情
　　山水，倜儻不羈。晚年客死都門。有《闇清山房集》、
　　《東井詩選》。

(4)私字：《論語‧為政》：「退而省其私，亦足以發。」
　　這裏即是「退而省其私」的「私」字，所謂私者，他人
　　所不知而自己獨知者。此為竹筠女子焚燒詩稿而發。

(5)六丁：民間所敬之神。即丁卯、丁巳、丁未、丁酉、丁
　　亥、丁丑六位陰神，即女神。

六八

同年邵叔巖太史《玉芝堂四六》一編（1），直逼齊、梁，詩亦高雅。掌教常州，余泊舟相訪。別後寄七律四章，有句云：「興來不覺風吹帽，坐久方知露濕衣。」〈北歸〉云：「終朝濟水隨船尾，盡日淮山在眼中（2）。」

【箋注】

(1) 邵叔巖：邵齊燾（1718-1769），字荀慈，號叔宀(mián)、叔宧。江蘇昭文（今江蘇常熟）人。乾隆三年舉人。七年進士。選庶吉士，授編修。居詞館十年，後罷歸，主講於常州龍城書院。與汪中、洪亮吉並稱「駢文三大家」。有《玉芝堂詩文集》。四六：駢文的一體。因以四字六字為對偶，故名。駢文以四六對偶者，形成于南朝，盛行于唐宋。

(2) 濟水：一作沛水。古為四瀆之一。包括黃河南、北兩部分：河北部分今仍名濟水，源出河南濟源王屋山；河南部分原係黃河所分支派，其分流處在今河南滎陽縣北。淮山：又名第一山、慈氏山。在今江蘇盱眙縣城內。

六九

曹學士洛禋言（1）：少時過市，買《椒山集》歸（2）。夜閱之，倦，掩卷臥，聞叩門聲，啟視，則同學遲友山也（3）。攜手登臺聯句云：「冉冉乘風一望迷，」遲「中天煙雨夕陽低。來時衣服多成雪，」曹

「去後皮毛盡屬泥。但見白雲侵月冷，」^遲「微聞黃鳥隔花啼。行行不是人間象，手挽蛟龍作杖藜。」^曹吟罷，友山別去。學士歸語其妻，妻不答；呼僕，僕不應。復坐北窗，取《椒山集》，掀數頁，回顧，則身臥竹床上。大驚，始知夢也。少頃，友山訃至。

【箋注】

(1) 曹洛禋：曹麟書，字洛禋。安徽當塗人。雍正八年以保舉引見，授國子監助教。乾隆元年召試博學鴻詞，官侍讀學士。有《漁山堂詩文集》、《秋蟲語》、《萍寓草》、《天放集》。

(2) 椒山集：明朝楊繼盛的詩文集。

(3) 遲友山：未詳。

按：袁枚《子不語》卷十七亦載此則，有不同處。

七〇

　　周少司空青原未遇時(1)，夢人召至一處，金字榜云：「九天元女之府」(2)。周入拜，見元女霞帔珠冠，南面坐，以手平扶之，曰：「無他相屬，因小女有像，求先生詩。」出一卷，漢、魏名人筆墨俱在，淮南王劉安隸書最工(3)，自曹子建以下，稍近鍾、王風格(4)。周題五律四首。元女喜，命女出拜。神光照耀，周不敢仰視。女曰：「周先生富貴中人，何以身帶暗疾？我為君除之，作潤筆資。」解裙帶，授藥一

丸。周幼時誤吞鐵針，著腸胃間，時作隱痛。服後霍然。醒來，詩不能記，惟記一聯云：「冰雪消無質，星辰繫滿頭。」

【箋注】

(1) 周青原：亦作周清原，字雅樨，一字浣初，初號且樸，又號蝶園。江蘇武進人。康熙十八年舉博學鴻詞科，官至工部侍郎。有《雁宕山遊記》、《蓉湖集》。司空：清時工部侍郎的別稱。

(2) 九天元（玄）女：傳說中的天上神女，曾授黃帝兵法，以制服蚩尤。為道教所奉之神。

(3) 劉安：沛郡豐（今江蘇沛縣東）人。西漢宗室。高祖孫。襲父爵為淮南王。善為文辭，才思敏捷。武帝時，暗整武備，舉兵未成，旋自殺。曾招致賓客方術之士作《鴻烈》，即《淮南子》。

(4) 曹子建：曹植。見本卷四七注(9)。曹植有自書《豐樂碑》墨蹟，半真半隸。鍾王：三國魏書法家鍾繇和晉書法家王羲之的並稱。

七一

　　尤琛者(1)，長沙人，少年韶秀，過湘溪野廟，見塑紫姑神甚美(2)，題壁云：「藐姑仙子落煙沙，冰作闌干玉作車(3)。若畏夜深風露冷，槿籬茅舍是郎家。」夜有叩門者。啟之，曰：「紫姑神也。讀郎詩，故來相就。」手一物與尤曰：「此名紫絲囊。吾朝玉帝時，織女所賜。佩之，能助人文思。」生自佩

後，即登科出宰(4)。女助其為政，有神明之稱。余按尤詩頗蘊藉，無怪神女之相從也。其始末甚長，載《新齊諧》中。

【箋注】

(1)尤琛：清湖南長沙人。歷官成都知縣。餘未詳。

(2)紫姑神：《異苑》：「世有紫姑神，古來相傳云是人家妾，為大婦所嫉，每以穢事相次役，正月十五日感激而死。故世人以其日作其形，夜於廁間或豬欄邊迎之。」按民間傳說，這應該是勞動婦女的神。

(3)藐姑仙子：《莊子》：「藐姑射之山，有神人居焉，肌膚若冰雪，綽約若處子。」此指紫姑神。闌干：欄杆。

(4)出宰：由京城外放出任知縣。

按：袁枚《子不語》卷十〈紫姑神〉一文記述較詳。

七二

先祖旦釜公有詩一冊(1)，皆蠅頭草書。予幼時曾手錄之。一行為吏，屢移眷屬，竟爾遺失。僅記其〈詠雪〉云：「忽然捲幔如逢月，可惜開窗不見山。」〈途中遇雪〉云：「四望平林飛鳥絕，一肩行李店房疏。」〈鞏縣幕中五十自壽·沁園春〉二闋，云：「自壽三杯，仰天稽首(2)，屈指徘徊。嘆一經糟粕，掛名入泮(3)；八場傀儡(4)，逐隊登臺。漸漸消磨，人生老矣，富貴功名安在哉！休傷感，且搜尋禿管，別作生涯。　偏書事屬吾儕，權混跡藩籬學

賣呆(5)。任紆青拖紫(6)，名齊北斗；論黃數白，富比長淮(7)。與我無干，事皆前定，何苦攢眉不放開？與君約，在醉鄉深處，不飲休來。」又云：「自壽三杯，從今客邸，追數年華。憶金燈縱飲，呼盧喝雉(8)；雕鞍馳射，問柳尋花。此興非遙，廿年前事，倏忽皤然老缺牙。憂來處，把唾壺敲缺，羯鼓頻摑(9)。　　幾年浪跡天涯，若個是狂夫不憶家。看零丁弟妹，睜睜望我；嬌柔兒女，悄悄呼爺。恨不乘風，飄然歸去，可奈關河道路賒(10)！黃昏後，問有誰伴我，數點寒鴉。」先祖慈溪籍，前明槐眉侍御之孫(11)。槐眉與其父茂英方伯(12)，有《竹江詩集》行世。

【箋注】

(1)旦釜公：袁枚的祖父袁錡，字旦釜。清初在世。作幕府。有詩一冊。

(2)稽首：古時一種跪拜禮，叩頭至地，是九拜中最恭敬者。

(3)入泮：《禮記·王制》：「大學在郊，天子曰辟雍，諸侯曰泮宮。」《詩經·魯頌·泮水》頌魯僖公能修泮宮之詩也。後以喻指地方郡縣之學宮為「泮宮」，童生初入學為生員則稱為「入泮」。

(4)傀儡：比喻科舉考試不能自主、受人操縱。

(5)傭書：受雇為人抄書。亦泛指為人做筆札工作。吾儕（chái）：我輩，我們。藩籬：籬笆、柵欄。此喻局限範圍。

(6)紆青拖紫：身上佩帶青、紫色的印綬。比喻地位顯貴。

(7) 論黃數白：惡意攻訐，誹謗批評；或云點數黃金白銀。
　　此處當作後者解。長淮：指淮河。此為比喻坐擁豪富的
　　意思。

(8) 呼盧喝雉：形容賭博時的呼聲，亦指賭博。

(9) 唾壺：小口闊腹的盛痰器皿。晉代王敦酒後往往歌詠魏
　　武帝詩歌，並以如意敲打唾壺以和節拍，造成唾壺邊
　　緣碎缺。羯鼓：樂器名。源自西域，狀似小鼓，兩面蒙
　　皮，均可擊打。

(10) 賒：遠。

(11) 槐眉：袁枚的五代祖，曾為崇禎朝侍御史。

(12) 茂英：袁枚的六代祖。明萬曆十四年進士。官至布政
　　　使，尊稱方伯。

七三

　　叔父健磐公遊西粵三十餘年(1)，卒時，香亭弟年
才十歲(2)，以故詩多散失。余歸其喪，搜篋中(3)，
僅存見寄五律云：「獨向空庭立，詩思入沭陽(4)。才
先施簡邑，俸可養高堂(5)。汝豈池中物(6)？吾愁鬢
上霜。何時一尊酒，相對話滄桑？」「吾生最飄泊，
淚跡滿征衣。紫陌春猶在，青年事已非。水寬魚未
活，樹密鳥難依。朽骨埋何處？秋原瘴雨飛。」

【箋注】

(1) 袁健磐：袁鴻。見卷一‧九注(1)

(2) 香亭：袁樹。見卷一‧五注(3)。

(3) 簏（lù）：竹編的盛器。

(4) 沭陽：治所即今江蘇沭陽縣。袁枚曾為此地知縣。

(5) 簡邑：選任地方官。高堂：指父母。

(6) 池中物：比喻蟄居無為的人。《三國志・吳志・周瑜傳》：「劉備以梟雄之姿，而有關羽、張飛熊虎之將……恐蛟龍得雲雨，終非池中物也。」

七四

　　尹似村〈小園〉絕句云(1)：「春草自來芟不盡(2)，與花無礙不妨多。」深得司馬溫公所云「草非礙足不芟」包容氣象(3)。

【箋注】

(1) 尹似村：見本卷三七注(1)。

(2) 芟（shān）：刈除。

(3) 司馬溫公：司馬光。見本卷一二注(8)。

七五

　　揚州郭元釪，字于宮，江左十五子之一也(1)。秋闈文卷(2)，偶誤一字，乃挖小孔，補綴書之。收卷官勘以違例，不許入場。于宮作〈挖孔〉詩云：「吾道真成一喟然，仰高未已忽鑽堅(3)。甲午首題：〈仰之彌高〉。似餐脈望三枚字，未補媧皇五色天(4)。眼底金

鎞昏待刮，年來玉楮刻將穿(5)。海山伴侶飛騰盡，慚愧偏為有漏仙(6)。」「一缾虆成抵海寬，功名贏得齒牙寒。世情畢竟吹毛易，筆力須知透背難。混沌畫眉良可已，虛空著楔本無端(7)。些些紕繆無多子(8)，勞動諸君反覆看。」又：「誰知百步穿楊手，如此誇張洞札工。」「身世自憐還自笑，此生相誤只毛錐(9)。」真不愧才人吐屬。

【箋注】

(1) 郭元釪（1674-1722）：字于宮，號雙村。清江蘇江都人。出身鹽商家庭，廣有資產。康熙南巡，以諸生兩次獻詩，皆蒙嘉獎。取入纂修館，與修《佩文韻府》。官中書舍人，改授知縣。有《一鶴庵詩集》、《牛鳴雙村集》。江左十五子：宋犖為蘇州巡撫時，甄別境內能文之士王式丹等十五人，各選詩一卷刻之。名為《江左十五子詩選》。這個由清初詩壇向清中葉詩壇過渡的詩歌群體由此得名。

(2) 秋闈：明清兩代鄉試例在八月舉行，故稱秋闈。闈，原義宮中之門，因科舉試院內分許多小房間，門戶眾多，即稱考場為闈。

(3) 鑽堅：越是深加鑽研，越覺得艱深難通。兼指挖孔。

(4) 脈望：神話傳說中蠹魚所化成的東西。唐·段成式《酉陽雜俎續集》卷二「支諾皋」：「據仙經曰：蠹魚三食神仙字，則化為此物，名曰脈望。」媧皇：即女媧氏。傳說煉五色石補天。此處暗寓難補「仰之彌高」之天。

(5) 金鎞（bī）：古代用來治療眼疾的手術用具。以金鎞刮其眼膜。玉楮（chǔ）：玉琢的楮葉。意謂雖然工巧，但不實用。

(6)有漏：佛教語。指世間一切有煩惱的事物。范成大〈題醉道士圖〉：「朝來兀兀三杯後，且作人間有漏仙。」洪咨夔〈會心〉：「不是非心佛，還疑有漏仙。」

(7)混沌：古代傳說中央之帝混沌，又稱渾沌，生無七竅，日鑿一竅，七日鑿成而死。《南史·江夏王蕭鋒傳》：「鋒聞歎曰：『江祏遂復為混沌畫眉，欲益反弊耳。』」著楔：加木塞。喻故意加害於人。

(8)紕繆：指差錯。無多子：不多、很少。

(9)毛錐：即毛筆。

七六

　　余在王孟亭太守處(1)，翻閱舊簏，得劉大山先生手書詩冊(2)。賀其祖樓村修撰移居云(3)：「官如蠶受繭絲纏，鬱鬱惟將邸舍遷。傢具無多移校易，街坊太遠住堪憐。月逢廟市剛三日，俸算詞林已六年。閉戶忍饑都不患，只愁囊乏買書錢。」「碧山堂裏老尚書，二十年前此卜廬。任昉交遊今在否？羊曇涕淚痛何如(4)！頹廊有甓奔饑鼠(5)，廢圃無牆種野蔬。此日君居最相近，教余一到一躊躕。」大山名巖，江浦人，人但知其工作時文，而不知詩才清妙乃爾。所云碧山堂尚書者，即東海徐健庵司寇(6)，領袖名場者也(7)。查浦先生亦有詩云(8)：「分明萬壑歸東海，不到朝宗轉自疑(9)。」可謂善於推尊者矣。

【箋注】

(1) 王孟亭：王箴興(1693-1758)，字敬倚，號孟亭。江南寶應（今屬江蘇）人。康熙五十一年進士。歷官河南陳州知州、衛輝知府，多惠政。後應袁枚邀，寓南京。有《孟亭編年詩》。

(2) 劉大山：劉巖，原名枝桂，字大山，號無垢。江蘇江浦人。康熙四十二年進士。官編修。以戴名世《南山集》案牽連，隸籍旗下。工詩文，持論有道學氣。有《大山詩集》、《拙修齋稿》等。

(3) 王樓村：王式丹(1645-1718)，字方若，號方石、樓村。江蘇寶應人。康熙四十二年進士。官翰林院編修，時已暮年。江左十五子之一。有《樓村詩集》。

(4) 任昉：字彥昇。南朝梁樂安博昌人。歷宋齊梁三朝。官至司徒右長史。曾與蕭衍等同為竟陵王蕭子良西邸八友。以文才見知，時與沈約詩並稱「任筆沈詩」。羊曇：東晉太山人。謝安甥。安卒，輟樂彌年行不由西州路。嘗大醉，不覺至州門，悲感不已。誦曹植詩：「生存華屋處，零落歸山丘。」慟哭而去。

(5) 甓（pì）：磚。

(6) 徐健庵：徐乾學。見本卷五五注(5)。

(7) 名場：名流會聚之所。

(8) 查浦：查嗣瑮(1653-1734)，字德尹，號查浦。浙江海寧人。康熙三十九年進士。官至翰林院侍講。因其弟文字獄謫戍陝西，死於戍所。有《查浦詩鈔》、《查浦輯聞》等。

(9) 朝宗：指朝見帝王，以小水流注大水為喻。

七七

蕪湖范兆龍(1)，字荔江，館江甯宰陸蘭村署中(2)，時以詩見示，歸後身亡。記其〈雨宿韓家廟〉一首云：「陰雲蔽空白日冥，疾風滿路驅雷霆。幸接招提投一宿，空廊寂寂飛鼯鼬(3)。齋廚無人煙火熄，佛前幾卷堆殘經。燃燈枯坐雙耳冷，側聽萬斛松濤傾。簷溜須臾聲漸止(4)，門外潺湲猶未已。開軒月露浩盈階，仰看天光淨如洗。」

【箋注】

(1)范兆龍：字仰山，號荔裳。清安徽蕪湖人。以選貢秉鐸蒙城。後應郡司馬高瀛洲聘，教授其署。

(2)陸蘭村：陸允鎮。甘肅靈州人。乾隆二十二年進士。曾任寶應知縣、江甯知縣、衛輝知府。

(3)招提：佛教寺院的代稱。鼯鼬：鼯，飛鼠；鼬，黃鼠狼。此處並舉，應視為指能飛的鼠類。

(4)簷溜：指簷溝流水。

七八

上虞陳少亭愛童二樹五言(1)，為《摘句圖》，仿阮亭之摘施愚山也(2)。余尤喜其「早煙山際重，春霧水邊多」、「看花蜂立帽，問水鷺隨人」、「晴流鳴斷塹，山影臥空田」數聯。

【箋注】

(1) 陳少亭：未詳。童二樹：童鈺（1721-1782），字璞巖、二如，號二樹。清山陰（今浙江紹興）人。少棄舉業，專攻詩古文。性豪俠，客大梁最久。卒于邗江。有《竹嘯集》、《抱影廬詩鈔》、《二樹山人集》等。

(2) 阮亭：王士禎。見卷一·五四注(1)。施愚山：施閏章（1618-1683），字尚白，號愚山、蠖齋。安徽宣城人。順治六年進士。康熙時舉博學鴻詞。任刑部主事、湖西道參議。官至侍讀。詩與宋琬齊名，號「南施北宋」。有《學餘堂詩文集》、《矩齋雜記》、《蠖齋詩話》等。

一

余嘗語人云：「才欲其大，志欲其小。才大，則任事有餘；志小，則願無不足。孔北海志大才疏，終於被難(1)。邴曼容為官不肯過六百石，沒齒晏然(2)。」童二樹詩云(3)：「所欲不求大，得歡常有餘。」真見道之言。

【箋注】

(1) 孔北海：孔融。見卷二·四二注(3)。孔融曾推薦禰衡給曹操，禰衡大罵曹操，曹操遷怒孔融。後因直諫曹操不可輕伐漢室宗親劉備，終為曹操所殺。他被難的主要原因在於軍政見解與曹不同。《文心雕龍·招策》中批評他「文教麗而罕於理，乃治體乖也」，認為他違背了政治法度。

(2) 邴曼容：邴丹，字曼容。西漢琅琊人。《漢書·兩龔傳》稱他「養志自修，為官不肯過六百石，輒自免去。」六百石，指俸祿。沒齒：終身，一輩子。晏然：安寧。

(3) 童二樹：童鈺。見卷二·七八注(1)。

二

夫用兵，危事也，而趙括易言之(1)，此其所以敗也。夫詩，難事也，而豁達李老易言之(2)，此其所以陋也。唐子西云(3)：「詩初成時，未見可訾處(4)，姑置之，明日取讀，則瑕疵百出，乃反復改正之。

隔數日取閱，疵累又出，又改正之。如此數四，方敢
示人。」此數言，可謂知其難而深造之者也。然有天
機一到，斷不可改者。余《續詩品》有云：「知一重
非，進一重境；亦有生金，一鑄而定。」

【箋注】

(1) 趙括：戰國時趙將。空談其父兵法，留下一個「紙上談
　　兵」的典故。趙國中秦反間計，用趙括代廉頗為將，兵
　　敗長平，趙軍四十萬被俘坑死。

(2) 豁達李老：宋慶曆中，京師有民自號豁達李老，每好
　　吟詩，而詞多鄙俚。（見吳處厚《青箱雜記》、江少虞
　　《皇朝事實類苑》）

(3) 唐子西：唐庚，字子西。宋眉州丹稜（今屬四川）人。哲
　　宗紹聖間進士。官博士。除提舉京畿常平。後貶惠州。
　　有《眉山集》。

(4) 訾（zǐ）：指責。

三

　　《西河詩話》載：曹能始先生〈得家信〉詩(1)：
「驟驚函半損，幸露語平安。」以為佳句。一客謂：
「『露』字不如『賸』字之當。大抵『平安』註函
外，損餘曰『賸』；若內露，不必巧值此字矣(2)。」
人以為敏。余獨謂不然。「賸」字與「半」字不相叫
應，函不過半損，則剩者正多，不止「平安」二字。
「幸露語平安」，正是偶然觸露，所以羈旅之情，為

之驚喜耳。若曰「不必巧值」，則又何以知其必不巧值耶？

【箋注】

(1) 西河詩話：毛奇齡著。毛奇齡，見卷二・三六注(3)。
曹能始：曹學佺(1573-1646)，字能始，號石倉。明福建侯官人。萬曆二十三年進士。授戶部主事，累遷至廣西右參議。後家居二十年，潛心著書。南明時，破家起義，官至禮部尚書。清兵破閩，入山自縊死。

(2) 值：碰上，對着。

四

盧雅雨先生與蔣蘿村副憲(1)，同謫塞外。蔣年老，慮不得歸。盧戲作文生祭之。文甚譎詭。尹文端公一日謂余曰(2)：「汝見盧《出塞集》乎？」曰：「見矣。」曰：「汝最愛何詩？」余未答。公曰：「汝且勿言，我猜必是〈生祭蔣蘿村〉文。」余不覺大笑，而首肯者再：喜師弟之印可也。其詞曰：「先生之壽，七十有七。先生之壯，如其壯日。先生曠達，不諱其恤(3)。先生有教，乃載之筆。先生書來，示我云云。昔同轉運，與君為寅(4)。今同謫戍，與君為鄰。我欲生祭，乞君一言。僕謝不敏(5)，非甘懶惰。詛老咒生，無乃不可！既而思之，公非欺我。辱公之教，奈何弗果！爰卜吉日，乃駕黃驪。羔羊炰炙，酪酥淋漓。乾餱窖酒，載攜載隨。造盧展笑，大

放厥詞(6)。昔公早達，久食天祿。遭際堯廷，而登憲副。有其志之，非僕所錄。僕識公晚，蓋始投荒。過公信宿，示我周行(7)。何以圖報，祝壽而康。今年聞公，報三周歲。憶公語我：軍臺有制；諸弛形徒，考績為例；瓜代為常(8)，喜而不寐。何期命宮，磨蠍流連(9)！帝聞臣罪，未聞臣年。草霜風燭，能否再延？有死之心，無生之氣。僕忝同群，敢忘敦慰(10)。言之違心，聽之無味。破涕用奇(11)，於是乎祭。世之祭者，羅鼎列牲。豈無醑奠，誰進一觥？豈無呼告，誰應一聲？禱爾曰誄(12)，莫若及生。我聞設臺，防厄魯特(13)。雪山為窟，師老難克。鬼能為厲，殊便殺賊。生不如人，死當報國。我聞西域，佛教常新。恒河沙數，皆不壞身。此去天竺，無間關津。一靈不昧，便入法門。我聞閻羅，即包孝肅(14)。其家廬州，僕曾為牧。牧不負神，神應電矚。為問年來，神頗憶不？我聞冥司，分隸城隍(15)。我輩頭銜，頗與相當。定容抗禮，謙尊而光。豈如井底，妄肆蛙張？我聞此地，李陵所竄(16)。苗裔及唐，猶通祖貫。遊子河梁(17)，妙絕詞翰。地下相逢，定非冰炭。我聞歸化，葬古昭君(18)。青塚表表，血食為神。乃心漢闕，同鄉是親。死如卜宅，請傍佳人。凡諸幻想，謂死有覺；有覺而死，不改其樂。若本無知，何嫌沙漠？滄桑以來，誰非委壑？公曰信哉，君言慨慷。君浮我白(19)，我奉君觴。飲既盡興，食亦充腸。飲食醉飽，是為尚饗。」

【箋注】

(1) 盧雅雨：盧見曾。見卷二・九注(1)。蔣蘿村：蔣國祥，
字蘿村。順天寶坻人，隸漢軍鑲藍旗。浙江布政使蔣毓
英子。監生。康熙五十五年任黃州府知府，雍正十二年
任長蘆都轉鹽運使司鹽運使。副憲：清代都察院副長官
左副都御史的別稱。

(2) 尹文端：尹繼善。見卷一・一○注(3)。

(3) 恤：憂慮。

(4) 寅：同僚。

(5) 不敏：謙詞。猶不才。

(6) 廬：指簡陋居室。大放厥詞：謂寫出大量優美的辭章。

(7) 信宿：連宿兩夜。周行：至善之道。

(8) 瓜代：指官吏任職期滿由他人接替。

(9) 命宮：星命術士以本人生時加太陽宮，順數遇卯為命
宮。磨蠍：星宿名。「磨蠍宮」的省稱。舊時迷信星象
者，謂生平行事常遭挫折者為遭逢磨蠍。

(10) 忝 (tiǎn)：謙詞。敦慰：慰勉。

(11) 用奇：指軍事上運用出人意料的策略。此處作比喻。

(12) 誄：指祈禱文。

(13) 厄魯特：清代對西部蒙古的稱呼。

(14) 包孝肅：包拯，字希仁。宋盧州合肥人。仁宗天聖五年
進士。官御史中丞、三司使、樞密副使。卒諡孝肅。斷
訟正直，有「閻羅包老」之稱。

(15) 冥司：陰間的長官；或借指陰間。城隍：原指城壕。此
指城池的守護神城隍爺，城隍之前身為水庸神，信仰源
流可追溯至西周，自漢代以降，城隍信仰日益興盛，許
多已死的功臣或英雄豪傑被人民尊奉為城隍，城隍亦漸

成為掌理陰陽，司理人間善惡與死後亡靈審判的神祇，宋代將城隍祭祀列入國家祀典，明太祖朱元璋更是下詔，按行政區劃授予各地城隍以四級爵位，清代更規定地方官上任須至城隍前致祭，方能上任。

(16)李陵：西漢隴西成紀人。李廣孫。曾率部數敗匈奴，矢盡力竭而降。漢武帝滅其家族。居匈奴二十餘年，病死。

(17)「遊子」句：漢・李陵《與蘇武》詩之三：「攜手上河梁，遊子暮何之？」代指蘇李五言贈答詩。

(18)昭君：王嬙。見卷二・三六注(5)。

(19)浮白：指對酒暢飲。

五

　　松江曹黃門先生陸夫人(1)，自號秀林山人。歸先生時，年才十七；奩具旁，皆文史也。尤愛《楚詞》，針黹暇(2)，必朗誦之。侍婢私語曰：「夫人所誦，與在家時何異？」先生因贈詩云：「幽意閒情不自知，碧窗吟遍楚人詞。添香侍女聽來慣，笑說書聲似舊時。」因戒夫人曰：「卿愛屈子詞，此生不當得意。」已而果亡。先生為梓其《梯山閣遺稿》。〈冬日病起〉云：「病裏生涯百事賒，一弦一柱譜《平沙》(3)。彈來卻怪人偷聽，閑倚欄杆看雪花。」〈寄外〉云：「煙水迢迢泛木蘭(4)，寒風殘雪怯衣單。客裘自著江邊雨，莫作臨行淚點看。」余聞方問亭宮保(5)，少時亦愛《離騷》。自懺云：「愛讀《離騷》

便不祥。」其後功名顯赫。然則黃門先生之言，亦未必盡然與？先生諱一士，官御史。

【箋注】

(1) 曹黃門：曹一士（1678-1736），字諤廷，號濟寰。江南青浦（上海）人。雍正八年進士。官工科給事中。工詩文，有《四焉齋詩集》。黃門，指在宮禁門內任事者。掌管侍從皇帝、傳達詔命等事。陸夫人：陸鳳池，字秀林，室號梯仙閣。青浦人。閩縣知縣陸祖彬女，上海曹一士妻。有《梯仙閣集》。

(2) 針黹（zhǐ）：做針線活。

(3) 賒：遲緩。平沙：古琴曲。即《落雁平沙》、《平沙落雁》。

(4) 木蘭：指船。

(5) 方問亭：方觀承。見卷一‧三〇注(8)。宮保：職官名。清代太子的老師之一。

六

　　人或問余以本朝詩誰為第一，余轉問其人：《三百篇》以何首為第一？其人不能答。余曉之曰：詩如天生花卉，春蘭秋菊，各有一時之秀，不容人為軒輊(1)。音律風趣，能動人心目者，即為佳詩；無所為第一、第二也。有因其一時偶至而論者，如「不愁明月盡，自有夜珠來」一首，宋居沈上(2)。「文章舊價留鸞掖，桃李新陰在鯉庭(3)　」一首，楊汝士壓倒

元、白是也(4)。有總其全局而論者，如唐以李、杜、
韓、白為大家，宋以歐、蘇、陸、范為大家是也(5)。
若必專舉一人，以覆蓋一朝，則牡丹為花王，蘭亦為
王者之香。人於草木，不能評誰為第一，而況詩乎？

【箋注】

(1)軒輊：褒貶抑揚。

(2)宋居沈上：宋之問〈奉和晦日幸昆明池應制〉結句為：
「不愁明月盡，自有夜珠來。」沈佺期〈奉和晦日幸昆
明池應制〉結句為：「微臣凋朽質，羞覩豫章材。」對
此同時同題所作二詩歷來有評曰：二詩工力悉敵，惜沈
詩末句詞氣已竭。（宋·計敏夫《唐詩紀事》卷三）

(3)鸞掖：宮庭。指曾作為中書舍人的楊於陵、楊嗣復父子
昔日在宮庭中的文章聲價。桃李：喻新科進士。鯉庭：
孔子之子孔鯉受父訓處。《論語·季氏》：「鯉趨而過
庭。」此指楊於陵父子新昌里第。

(4)楊汝士：字慕巢。唐虢州弘農（今河南靈寶）人。元和四
年進士及第，又登博學鴻詞科。累辟使府，官至刑部尚
書。此處所引詩句出自〈宴楊僕射新昌里第〉一詩。
《唐摭言》卷三：「寶曆年中，楊嗣復相公具慶下繼放
兩榜。時先僕射（楊嗣復父楊於陵）自東洛入覲，嗣復率
生徒迎於潼關。既而大宴於新昌里第。僕射與所執坐於
正寢，公領諸生翼坐於兩序。時元、白俱在，皆賦詩于
席上，唯刑部楊汝士侍郎詩後成，元、白覽之失色。」

(5)李杜韓白：李白、杜甫、韓愈、白居易。歐蘇陸范：歐
陽修、蘇軾、陸游、范成大。

七

王陽明先生云（1）：「人之詩文，先取真意；譬如童子垂髫肅揖，自有佳致。若帶假面傴僂，而裝鬚髯，便令人生憎。」顧寧人與某書云（2）：「足下詩文非不佳，奈下筆時，胸中總有一杜一韓放不過去，此詩文之所以不至也。」

【箋注】

（1）王陽明：王守仁，字伯安。餘姚（今屬浙江）人。明弘治十二年進士。嘗築室於紹興會稽山陽明洞側，學者稱陽明先生。官至南京兵部尚書。創「致良知」說，集陸九淵以來心學之大成，世稱其學為「王學」。卒諡文成。有《王文成公全書》。

（2）顧寧人：顧炎武（1613-1682），初名絳，字寧人。崑山（今屬江蘇）人。明諸生。入清不仕。居亭林鎮，學者稱亭林先生。學問淵博，開清代樸學風氣。有《日知錄》、《天下郡國利病書》、《亭林文集》等。

八

王夢樓侍講云（1）：「詩稱家數，猶之官稱衙門也（2）。衙門自以總督為大，典史為小。然以總督衙門之擔水夫，比典史衙門之典史，則亦寧為典史，而不為擔水夫。何也？典史雖小，尚屬朝廷命官；擔水夫衙門雖尊，與他無涉。今之學杜、韓不成，而矜矜然自以為大家者，不過總督衙門之擔水夫耳。」葉

橫山先生云（3）：「好摹仿古人者，竊之似，則優孟衣冠（4）；竊之不似，則畫虎類狗（5）。與其假人餘焰（6），妄自稱尊，孰若甘作偏裨（7），自領一隊？」

【箋注】

（1）王夢樓：王文治。見卷二·三〇注（1）。

（2）家數：流派風格。衙門：官吏辦事機關。

（3）葉橫山：葉燮（1627-1703），字星期，號己畦。江蘇吳江人。一說浙江嘉善人。康熙九年進士。官寶應知縣，後落職。晚居吳縣之橫山，時稱橫山先生。工詩，主張情、事、理三者具備，以杜、韓、蘇三家為宗。有《己畦詩文集》、《原詩》等。

（4）竊：謂非其有而取之。優孟衣冠：春秋時楚藝人優孟，滑稽多智，擅長諷諫。楚相孫叔敖死後，其子窮困無依，優孟著敖衣冠，仿其神態見楚莊王。莊王大驚，優孟乃趁機諷諫，使孫叔敖之子得到封地，保有富貴。後用以指登場演戲或假扮古人、模仿他人。

（5）畫虎類狗：喻仿效失真，反而弄得不倫不類。

（6）假人：憑藉於人。

（7）偏裨：偏將，副將。

九

東坡近體詩（1），少蘊釀烹煉之功，故言盡而意亦止，絕無弦外之音，味外之味。阮亭以為非其所長（2），後人不可為法，此言是也。然毛西河詆之太過（3）。或引「春江水暖鴨先知」，以為是坡詩近體

之佳者。西河云：「春江水暖，定該鴨知，鵝不知耶？」此言則太鶻突矣（4）。若持此論詩，則《三百篇》句句不是：在河之洲者（5），斑鳩、鳲鳩皆可在也，何必「雎鳩」耶？止丘隅者（6），黑鳥、白鳥皆可止也，何必「黃鳥」耶？

【箋注】

（1）東坡：蘇軾。見卷一・二五注（4）。

（2）阮亭：王士禎。見卷一・五四注（1）。

（3）毛西河：毛奇齡。見卷二・三六注（3）。

（4）鶻（hú）突：混亂、不清楚。

（5）在河之洲：《詩經・關雎》：「關關雎鳩，在河之洲。」

（6）止丘隅：《詩經・綿蠻》：「綿蠻黃鳥，止於丘隅。」

富貴詩有絕妙者。如唐人：「偷得微吟斜倚柱，滿衣花露聽宮鶯（1）。」宋人：「一院有花春晝永，八荒無事詔書稀（2）。」「燭花漸暗人初睡，金鴨無煙卻有香（3）。」「人散秋千閑掛月，露零蝴蝶冷眠花（4）。」「四壁宮花春宴罷，滿床牙笏早朝回（5）。」元人：「宮娥不識中書令，問是誰家美少年（6）。」「袖中籠得朝天筆，晝日歸來又畫眉（7）。」本朝商寶意云（8）：「簾外濃雲天似墨，九

華燈下不知寒。」「那能更記春明夢(9)，壓鬢濃香侍宴歸。」湯西崖少宰云(10)：「樓臺鶯蝶春喧早，歌舞江山月墜遲。」張得天司寇云(11)：「願得紅羅千萬匹，漫天匝地繡鴛鴦。」皆絕妙也。誰謂「歡娛之言難工」耶？

【箋注】

(1)「偷得」聯：唐・鄭谷〈早入諫院二首〉第二首詩句。

(2)「一院」聯：宋・李昉〈禁林春直〉詩句。

(3)「燭花」聯：宋・秦觀〈和王直方夜坐〉詩句。《王直方詩話》有評。

(4)「人散」聯：宋・張頌詩句。（《宋詩紀事》）

(5)「四壁」聯：《四庫全書・浙江通志》載：「《西園雜記》：楊守陳為學士，弟守址，從弟守隅、守隨，子茂元、茂仁，皆相繼登進士。同官於京。好事者作春聯以侈之，云：半壁宮花春宴罷，滿床牙笏早朝回。」楊守陳，明詩文家。

(6)「宮娥」聯：元・薩都拉《宮詞》中句。

(7)「袖中」聯：清・葉方藹〈張編修素存新婚戲贈三絕句〉：「袖中好帶朝天筆，晝日歸時便畫眉。」按：《四庫全書・讀書齋偶存稿》作清葉方藹詩。《牧齋有學集・燈屏詞十二首（贈龔大中丞）》又作錢謙益詩，詩句為：「袖中籠得朝天筆，盡日歸來便畫眉。」

(8)商寶意：商盤。見卷一・二七注(7)。

(9)春明：指京都。

(10)湯西崖：湯右曾(1656-1722)，字西崖。仁和（今浙江杭州）人。康熙二十七年進士。由編修累官吏部侍郎，兼掌院學士。詩才出眾，與朱彝尊並為浙派首領。工畫，

長於山水，高超灑落。書法工行楷。有《懷清堂集》。
(11)張得天：張照。見卷一‧二四注(5)。

一一

　　貧士詩有極妙者。如陳古漁(1)：「雨昏陋巷燈無焰，風過貧家壁有聲。」「偶聞詩累吟懷減，偏到荒年飯量加。」楊思立(2)：「家貧留客干妻惱(3)，身病閒遊惹母愁。」朱草衣(4)：「床燒夜每借僧榻，糧盡妻常寄母家。」徐蘭圃(5)：「可憐最是牽衣女，哭說鄰家午飯香。」皆貧語也。常州趙某云：「太窮常恐人防賊，久病都疑犬亦仙。」「短氣莫書賒酒券，索逋先長扣門聲(6)。」俱太窮，令人欲笑。

【箋注】

(1)陳古漁：陳毅。見卷一‧五二注(3)。

(2)楊思立：字近仁、卓溪，號橫望山人。清江蘇江寧人。

(3)干：招惹。

(4)朱草衣：朱卉(1678-1757)，字菱江，號草衣山人。清安徽休寧人，僑居蕪湖，入贅江寧，遂家南京。以教書糊口，晚年依女度日，死葬清涼山。袁枚為題「清詩人朱草衣之墓」。有《草衣山人集》四卷。

(5)徐蘭圃：徐善遷，字楚畹，號蘭圃。清浙江海寧人。嘉慶十五年舉人。曾以星平遊食數十年。後官天台訓導。有《楚畹詩餘》一卷。

(6)索逋：催討欠債。長（zhàng）：多。民國本作「畏」。

一二

楊花詩最佳者，前輩如查他山云(1)：「春如短夢初離影，人在東風正倚闌。」黃石牧云(2)：「不宜雨裏宜風裏，未見開時見落時。」嚴遂成云(3)：「每到月明成大隱，轉因雲熱得佯狂。」薛生白云(4)：「飄泊無端疑『白也』，輕盈真欲類『虞兮』(5)。」王菊莊云(6)：「不知日暮飛猶急，似愛天晴舞欲狂。」虞東皋云(7)：「飄來玉屑緣何軟？看到梅花尚覺肥。」意各不同，皆妙境也。近有人以此命題，燕以均云(8)：「小院無端點綠苔，問他來處費疑猜。春原不是一家物，花竟偏能離樹開。質潔未堪污道路，身輕容易上樓臺。隨風似怕兒童捉，才撲闌干又卻回。」蔡元春云(9)：「沾裳似為衣添絮，撲帽應憐鬢有霜。」「似我辭家同過客，憐君一去便無歸。」李葵云(10)：「偶經墮地時還起，直到為萍恨始休。」楊芳燦云(11)：「掠水燕迷千點雪，窺窗人隔一重紗。」「願他化作青萍子，傍著鴛鴦過一生。」方正澍云(12)：「春盡不堪垂老別，風停亦解步虛行。」錢履青云(13)：「風便有時來硯北(14)，月明無影度牆東。」

【箋注】

(1) 查他山：查慎行（1650－1728），初名嗣璉，字夏重，號查田、他山，晚年號初白老人。浙江海寧人。康熙四十二年以舉人特賜進士出身，授編修。後歸里。詩宗宋人，風格清新。為朱彝尊後東南詩壇領袖。有《他山

詩鈔》、《敬業堂集》、《蘇詩補注》、《經史正訛》
等。

(2)黃石牧：黃之雋(1668-1748)，字若木，改石牧，號唐
堂。安徽休甯人，徙居華亭。康熙六十年進士。官編
修，曾提督福建學政。坐事罷官。性喜藏書，工詩文，
著述甚富。有《唐堂集》、《香屑集》等。

(3)嚴遂成：見卷二·一三注(2)。

(4)薛生白：薛雪。見卷二·一九注(1)。

(5)白也：杜甫〈春日憶李白〉：「白也詩無敵，飄然思不
群。」此處竟把楊花同李白的白及命運聯繫起來。虞
兮：項羽〈垓下歌〉：「虞兮虞兮奈若何。」竟把楊花
當作舞姿輕盈、命運悲慘的虞姬。

(6)王菊莊：見卷一·五注(4)。

(7)虞東臬：虞景興，字東臬。江蘇金壇人。康熙五十一年
進士。官浙江上虞知縣、江蘇吳縣教諭。工詩書畫，有
三絕之譽。

(8)燕以均：字山南。清江蘇江寧人。諸生。

(9)蔡元春：字芷衫。清江蘇江寧人。諸生。有《在山堂
集》。

(10)李莢：字芬宇，號瘦人。清江蘇上元人。有《瘦人詩詞
集》。

(11)楊芳燦：見卷一·二八注(17)。

(12)方正澍：見卷一·四五注(6)。

(13)錢履青：未詳。

(14)硯北：謂几案面南，人坐硯北。指從事著作。

一三

　　嚴海珊詠〈桃花〉云(1)：「怪他去後花如許，記得來時路也無？」暗中用典(2)，真乃絕世聰明。

【箋注】

(1)嚴海珊：嚴遂成。見卷二・一三注(2)。

(2)暗中用典：此處是指暗用陶淵明〈桃花源記〉中典。「太守即遣人隨其往，尋向所志，遂迷，不復得路。」

一四

　　最愛周櫟園之論詩曰(1)：「詩以言我之情也，故我欲為則為之，我不欲為則不為。原未嘗有人勉強之，督責之，而使之必為詩也。是以《三百篇》稱心而言，不著姓名，無意於詩之傳，並無意於後人傳我之詩。嘻！此其所以為至與！今之人，欲借此以見博學，競聲名，則誤矣！」

【箋注】

(1)周櫟園：周亮工(1612-1672)，字元亮，號櫟園。河南祥符(今河南開封)人。居江甯(今江蘇南京)。明崇禎十三年進士。授監察御史。降清後任戶部右侍郎。曾被劾下獄。能詩善文。有《賴古堂集》、《因樹屋書影》等。

一五

英夢堂相公（1），詩才清絕。作裡河同知，與余遊揚州僧寺云：「蕭寺廊回水一層（2），闌干閑處有人憑。書生自笑酸寒甚，不看春燈看佛燈。」後三十年，金陵弟子龔元超有一首云（3）：「煙蘿暗處石稜嶒（4），翠竹玲瓏月作燈。聽是誰家吹玉笛，畫欄清冷夜深憑。」何其風韻之相似也！

【箋注】

(1) 英夢堂：英廉（1714-1783），字計六，號夢堂，本姓馮。漢軍鑲黃旗人。雍正十年舉人。由筆帖式授內務府主事。累官內務府大臣、戶部侍郎，特授漢大學士。卒謚文肅。有《夢堂詩稿》。

(2) 蕭寺：唐·李肇《唐國史補》卷中：「梁武帝（蕭衍）造寺，令蕭子雲飛白大書『蕭』字，至今一『蕭』字存焉。」後因稱佛寺為蕭寺。

(3) 龔元超：字旭開，一字郎仙。清江蘇江寧人。國學生。

(4) 稜嶒（léngcéng）：形容亂石突兀、重疊。

一六

合肥進士田實發（1），庚戌會試，夢其母浴小兒於盆，意頗惡之。過黃河，資盡，不能雇車，意闌珊欲返。有驢夫苦勸前行。問夫：「何姓？」曰：「姓孟。」因憶夢中：兒者，子也；盆者，皿也：或者此

行其有益乎？果以是科獲售(2)。詠〈曉鐘〉云：「雨雲魂夢初驚後，名利心思未動前。」又：「鳥立樹梢徐墜果，風來簷隙自翻書。」頗近放翁小品(3)。詠〈花下鴛鴦〉云：「翠幄紅幬夢未闌(4)，頻傾香露不知寒。除非花上蜂兒落，才肯抬頭仔細看。」

【箋注】

(1) 田實發：字玉禾，號梅瑛。安徽合肥人。雍正八年進士。授知縣，改徐州府教授。有《玉禾山人集》。

(2) 獲售：猶得志。特指科舉考試得中。

(3) 放翁：陸游。見卷一・二〇注(1)。

(4) 幄（wò）、幬（chóu）：帷帳。

一七

　　余嘗謂：詩人者，不失其赤子之心者也。沈石田〈落花〉詩云(1)：「浩劫信於今日盡，癡心疑有別家開。」盧仝云(2)：「昨夜醉酒歸，仆倒竟三五。摩挲青莓苔，莫嗔驚著汝。」宋人仿之，云：「池昨平添水三尺，失卻擔衣平正石。今朝水退石依然，老夫一夜空相憶(3)。」又曰：「老僧只恐雲飛去，日午先教掩寺門(4)。」近人陳楚南〈題《背面美人圖》〉云(5)：「美人背倚玉闌干，惆悵花容一見難。幾度喚他他不轉，癡心欲掉畫圖看。」妙在皆孩子語也。

【箋注】

(1) 沈石田：沈周(1427-1509)，字啟南，號石田、白石翁。明長洲(今江蘇蘇州)人。善畫山水，博取宋、元之長，融會變化，自成風格。兼工書法，亦能詩文。有《石田集》、《江南春詞》、《石田詩鈔》、《石田雜記》等。

(2) 盧仝：自號玉川子。唐濟源人，祖籍范陽(今北京)。隱居少室山，後居洛陽，不求仕途，得韓愈厚遇。甘露之變，遇害。詩風奇特，多有憤世嫉俗之作。有《玉川子集》。此處所引，《全唐詩》題為〈村醉〉。文字有出入。

(3)「池昨」四句：宋人葛天民詩〈絕句〉。文字有不同。

(4)「老僧」聯：宋僧吳門人惟茂詩〈住天台山〉。文字有出入。《容齋隨筆》為：「四面峯巒翠入雲，一溪流水漱山根。老僧只恐山移去，日午先教掩寺門。」而南宋‧俞桂《漁溪詩稿》卷二〈虎邱〉云：「寺僧未晚山門閉，不放閒雲一片飛。」此處誤合二詩詞意為一。

(5) 陳楚南：陳浦，字楚南，號藥堂。清安徽休寧人。布衣。游南京、杭州等地，足跡半海內。有《蟬吟集》、《藥堂詩鈔》。存詩一千首有餘。

按：詩心在一定程度上為童心。癡心即真心。在常人看來是虛語，其實為真趣。把青莓苔當作人、由擣衣石而及擣衣人、怕雲飛去而掩寺門，皆為癡情癡語。

一八

詩有認假為真而妙者。唐人〈宿華山〉云：「危欄倚遍都無寐，猶恐星河墜入樓(1)。」宋人〈詠梅花

帳〉云：「呼童細掃瀟湘簟，猶恐殘花落枕旁(2)。」
有認真為假而妙者。宋人〈雪中觀妓〉云：「恰似春
風三月半，楊花飛處牡丹開(3)。」元人〈美人梳頭〉
云：「紅雪忽生池上影，烏雲半捲鏡中天(4)。」

【箋注】

(1)「危欄」聯：唐・吳融詩〈秋夕樓居〉。

(2)「呼童」聯：未詳何人詩。

(3)「恰似」聯：宋・曹組母王氏〈樓上望妓行雪中〉，一
　　作元・薩都拉〈雪中妃子圖〉。

(4)「紅雪」聯：元・楊維楨詩〈金盆沐髮〉：「翠雨亂跳
　　花底月，黑雲半捲鏡中天。」

一九

　　黃梨洲先生云(1)：「詩人萃天地之清氣，以月
露、風雲、花鳥為其性情。月露、風雲、花鳥之在天
地間，俄頃滅沒；惟詩人能結之於不散。」先生不以
詩見長，而言之有味。

【箋注】

(1)黃梨洲：黃宗羲(1610-1695)，字太沖，號南雷、梨洲先
　　生。明末清初浙江餘姚人。通百家，精史學。有《明儒
　　學案》、《明夷待訪錄》、《宋元學案》等。

江州進士崔念陵室許宜媖(1)，七歲〈玩月〉云：「一種月團團，照愁復照歡。歡愁兩不著，清影上闌干。」其父嘆曰：「是兒清貴，惜福薄耳！」宜媖不得于姑，自縊死。其〈春懷〉云：「無窮事業了裙釵，不律閒拈小遣懷。按曲填詞調玉笛，摘詩編譜入牙牌(2)。淒涼夜雨謀生拙，零落春風信命乖。門外艷陽知幾許，兼花雜柳鳥喈喈。」〈寄外〉云：「花缸對月相憐夜，恐是前身隔世人。」進士已早知其不祥，解環後，顏色如生。進士哭之云：「雙鬟雙綰嬌模樣，翻悔從前領略疏。」崔需次京師，又聘女鸞媖為妾。崔故貧士，歸來省親，媖之養父強售之於某千戶，媖不從，詭呼千戶為爺，而訴以原定崔郎之故。千戶義之，不奪其志，仍以歸崔。媖生時，母夢鳳集於庭。崔贈云：「柳如舊皺眉，花比新啼頰。挑燈風雨窗，往事從頭說。」

　　崔有《灌園餘事》一集，載宜媖事甚詳。陳淑蘭女子閱之(3)，賦詩責崔云：「可惜江州進士家，灌園難護一枝花。若能才子情如海，爭得佳人一念差？」「自說從前領略疏，阿誰牽繞好工夫？宜媖此後心宜淡，莫再人間挽鹿車(4)。」嗚呼！淑蘭吟此詩後十餘年，亦縊死，可哀也！然宜媖死于怨姑，淑蘭死於殉夫：有泰山、鴻毛之別矣。

【箋注】

(1) 崔念陵：崔謨。見卷二‧六四注(1)。許宜媖：許權，字宜瑛（一作媖）。清江西德化縣（今九江市）人。工刺繡。能詩善畫。有《閨中小草》、《問花樓詩集》。

(2) 牙牌：一種競技遊藝。用牙骨或竹木做成。此指把詩詞刻在牙牌上行令。

(3) 陳淑蘭：字蕙卿，號化鳳。清江寧（今南京）人。嫁秀才鄧英堂。工詩善畫。隨園女弟子之一。有《化鳳軒詩稿》。其夫英堂無故自沈于水，淑蘭殉夫自縊。

(4) 挽鹿車：鹿車，古代一種小車。《後漢書‧鮑宣妻傳》：「妻乃悉歸侍御服飾，更著短布裳，與宣共挽鹿車歸鄉里。」後用共挽鹿車喻夫婦同心，安於清貧。

二一

　　常甯歐永孝序江賓谷之詩曰(1)：「《三百篇》，《頌》不如《雅》，《雅》不如《風》。何也？《雅》、《頌》，人籟也，地籟也(2)，多后王、君公、大夫修飾之詞。至十五《國風》，則皆勞人、思婦、靜女、狡童矢口而成者也(3)。《尚書》曰：『詩言志。』《史記》曰：『詩以達意。』若《國風》者，真可謂之言志而能達矣。」賓谷自序其詩曰：「予非存予之詩也；譬之面然，予雖不能如城北徐公之面美(4)，然予寧無面乎？何必作闚觀焉(5)？」

【箋注】

(1)歐永孝：此誤。應為段永孝，字之原，號小蝶。清湖南常寧人。為世通儒。詩文光怪陸離，而不詭於正教。授弟子以解悟為主，出其門者卓然成家。廣陵江編修德量其親受業者。著有《學庸講旨》。(《同治常寧志》卷八第十五頁、《松泉詩集・段序》)江賓谷：江昱(1706-1775)，字賓谷，一字松泉。江蘇揚州人。乾隆時廩生。藏書萬卷。袁枚稱他「經癡」。有《尚書私學》、《瀟湘聽雨錄》、《清泉志》、《松泉詩集》、《梅鶴詞》等。

(2)人籟：指人力精工製作的作品。地籟：原指風吹大地的孔穴而發出的聲響。此處喻指人力修飾還比較自然的作品。

(3)狡童：姣美的少年。矢口：隨口。

(4)城北徐公：徐公，相傳為戰國時齊國的美男子。齊鄒忌一表人才，但自覺不如城北的徐公美，而他的妻妾朋友都說他美，他悟出一個道理，以此諷諫齊王，齊國因而大治。後遂以「城北徐公」為美男子的代稱。

(5)闚(kuī)觀：從狹縫中看。謂所見狹小。

二二

　　吾鄉吳修撰鴻(1)，督學湖南。壬午科，湖南主試者為嘉定錢公辛楣、陝西王公偉人(2)。諸生出闈後(3)，各以闈卷呈吳。吳所最賞者，為丁牲、丁正心、張德安、石鴻翥、陳聖清五人(4)，曰：「此五卷不售(5)，吾此後不復論文矣。」榜發日，吳招客

共飲，使人走探。俄而抄榜來，自第六名至末，只陳
聖清一人。吳旁皇莫釋(6)。未幾，五魁報至，則四
生已各冠其經(7)，如聯珠然。吳大喜過望。一時省
下傳為佳話。先是，陳太常兆崙在都中(8)，以書賀
吳云：「今科楚南得人必盛。」蓋預知吳、錢、王三
公之能知文，能拔士也。吳首唱一詩，云：「天鼓喧
傳昨夜聲，大宮小徵盡含鳴(9)。當頭玉筍排班出，
入眼珠光照乘明(10)。喜極轉添知己淚，望深還慰樹
人情。文昌此日欣連曜(11)，誰向西風訴不平？」一
時和者三十餘人。後甲辰三月，余游匡廬，遇丁君宰
星子(12)，為雇夫役，作主人，相與序述前事，彼此
慨然。且曰：「正心管領廬山七年，來游者先生一人
耳。」

【箋注】

(1) 吳鴻：字頡雲，號雲巖。浙江仁和人。乾隆十六年狀元
及第。授修撰。歷官侍講及湖南、廣東學政。有《吳雲
巖稿》。

(2) 錢辛楣：錢大昕。見卷二・四四注(4)。王偉人：王傑，
字偉人，一字惺園。陝西韓城人。乾隆二十六年進士。
授翰林院修撰，官至東閣大學士，總理禮部。四充鄉試
考官，三充會試考官，四任學政。工書善文。有《葆淳
閣賦頌》、《賡揚集》、《芸閣賦詩》、《惺園易說》
等。

(3) 出闈：出考場。科考時代稱考場為闈。

(4) 丁蛀：字鹿友。湖南清泉人。乾隆二十七年鄉試解元。
任福建平和知縣。有《清沙吟草》一卷，輯入《衡望
堂叢書初稿》。丁正心：湖南清泉人。乾隆二十七年鄉

試亞元。任江西星子知縣。張德安：字幼敦。華容人。乾隆四十三年進士。任福建浦城知縣。潛心積學，其文有奇氣。後勷理伯兄儀考河工之役，分勞積瘁，卒於工次。年四十九。著《居易堂詩》。石鴻翯：清湘潭人。舉人。官刑部郎中。陳聖清：清常寧人。舉人。官漢陽教授。

(5)不售：指考試不中。

(6)旁皇：因內心不安而徘徊不定貌。

(7)五魁：科舉鄉試中的前五名。分五經取士，每經第一名為經魁。

(8)陳兆崙：見卷一‧五〇注(1)。太常：為專掌祭祀禮樂之官。

(9)大宮小徵（zhi）：宮徵，五音中的二音。代指中國五聲音階及一切音樂。

(10)玉筍：典出《新唐書‧李宗閔傳》，典貢舉，所取多知名之士，世謂之「玉筍」。喻才士眾多，如筍林立。照乘：照乘珠，光亮能照明車輛的寶珠。

(11)文昌：文曲星，相傳文曲星主文才，喻有文才的人士。

(12)星子：即今江西星子縣。

二三

錢香樹先生為侍讀時出都(1)，泊濟寧，立船頭為霜所滑，失足入水，家人救以篙，得不死。笑謂賓客曰：「吾聞墜水死者，必有鬼物憑之。倘昨夜遇李太白，便把臂去矣！」明日過李白樓(2)，題云：「昨夜未曾逢李白，今朝乘興一登樓。樓中人已騎鯨去(3)，

樓影當空占上游。」

【箋注】

(1)錢香樹：錢陳群。見卷一‧一一注(6)。

(2)李白樓：指今山東濟寧市舊城上的太白樓。傳說李白過
　　采石磯（在安徽境內），因醉入水捉月而死。故移用此
　　典。

(3)騎鯨：杜甫〈送孔巢父〉詩：「若逢李白騎鯨魚，道甫
　　問訊今何如？」（宋‧劉克莊《後村詩話》卷一）貫休
　　〈觀李翰林真二首〉：「宜哉杜工部，不錯道騎鯨。」

二四

　　予在轉運盧雅雨席上(1)，見有上詩者，盧不喜。
余為解曰：「此應酬詩，故不能佳。」盧曰：「君誤
矣！古大家韓、杜、歐、蘇集中(2)，強半應酬詩也。
誰謂應酬詩不能工耶？」予深然其說。後見粵西學使
許竹人先生自序其〈越吟〉云(3)：「詩家以不登應
酬作為高。余曰：不然。《三百篇》行役之外，贈答
半焉。逮自河梁(4)，洎李、杜、王、孟(5)，無集
無之。己實不工，體於何有？萬里之外，交生情，情
生文；存其文，思其事，見其人，又可棄乎？今而可
棄，昔可無贈；毋寧以不工規我！」

【箋注】

(1)盧雅雨：盧見曾。見卷二‧九注(1)。

(2) 韓杜歐蘇：韓愈、杜甫、歐陽修、蘇軾。

(3) 許竹人：許道基，初名開基，字勖宗，號竹人、霍齋。
　　浙江海寧人。雍正八年進士。官戶部郎中、廣西學政。
　　有《明志軒詩文集》、《許氏四吟》。

(4) 河梁：河上橋梁。古人借指送別之地。李陵〈與蘇武〉
　　詩之三：「攜手上河梁，遊子暮何之。」此處代指漢朝
　　李陵與蘇武的泣別贈答詩。洎（jì）：及，到。

(5) 李杜王孟：李白、杜甫、王維、孟浩然。

二五

　　比來閨秀能詩者，以許太夫人為第一(1)。其長嗣
佩璜，與余同徵鴻博(2)。讀太夫人〈綠淨軒自壽〉
云：「自分青裙終老婦，濫叨紫綍拜鄉君(3)。」〈元
旦〉云：「剩有濕薪同爆竹，也將紅紙寫宜春(4)。」
〈喜雨〉云：「懲期休割乖龍耳，破塊粗安野老
心(5)。不獨清涼宜翠簟，可知點滴盡黃金。」皆佳句
也。夫人為徐清獻公季女(6)，名德音，字淑則。王
太倉相公揆出清獻之門(7)，其視學浙江也，遣人告
墓。夫人有句云：「魚菽薦羹惟弱女，松楸酹酒屬門
人。」

【箋注】

(1) 許太夫人：徐德音。見卷二‧五三注(5)。

(2) 許佩璜：「佩」一作「珮」，字渭符，號雙渠。江蘇江
　　都人。乾隆元年舉博學鴻詞，官衛輝同知。有《抱山
　　吟》。

(3) 紫綍（fú）：帝王詔書。鄉君：婦人封號名。《舊唐
書·職官志二》：「勳官四品有封，母妻為鄉君。其
母邑號，皆加太字，各視其夫、子之品。」清代惟入八
分鎮國公、輔國公女格格及貝勒側室所生女為鄉君。

(4) 宜春：舊俗在立春日用來祝賀新春，上有宜春二字的帖
子。

(5) 愆（qiān）期：誤期。乖龍：傳說中的孽龍，苦於行
雨，多方竄匿。破塊：謂雨水沾溉農田。

(6) 徐清獻：徐旭齡，字元文，號敬庵。浙江錢塘人。順治
十二年進士。官刑部主事、禮部郎中、湖廣道御史、漕
運總督。卒諡清獻。

(7) 王太倉：王掞（1645-1728），字藻如、藻儒，號顒恭。江
蘇太倉人。康熙九年進士。授編修。官至文淵閣大學士
兼禮部尚書。康熙六十年致仕。

二六

　　尹望山制府在途中寄鄂夫人詩云(1)：「正因被冷
想裝綿，又接音書短榻前。暖閣遙思春雪冷，長途更
犯曉冰堅。不言家事知予苦，頻寄征衣賴汝賢。依舊
疏狂應笑否？偷閒時復聳吟肩(2)。」夫人為鄂文端公
之從女(3)，賢淑能詩。常侍尹、鄂兩公小飲。鄂公老
矣，向尹公云：「閣務殷繁，何日得抽身是好？」夫
人正色曰：「女聞聖人云『事君能致其身(4)』，其次
則明哲保身(5)，未聞有抽身之說。」公為莞然。

【箋注】

(1) 尹望山：尹繼善。見卷一・一〇注(3)。

(2) 吟肩：詩人的肩膀。因吟詩時聳動肩膀，故云。

(3) 鄂文端：鄂爾泰。見卷一・一注(7)。

(4)「事君」句：《論語》中子夏語。意謂：服侍君主，能有獻身精神。

(5) 明哲保身：此指明智的人不參與可能給自己帶來危險的事。

二七

遼東三老者：戴亨，字遂堂(1)；陳景元，字石閭(2)；馬大鈽，字雷溪(3)。三人皆布衣不仕，詩宗漢、魏，字學二王，不與人世交接，來往者李鐵君一人而已(4)。戴詩不傳(5)。陳有〈崇兆寺〉詩云：「世外招提境(6)，浮生寄一時。鈴聲吟殿角，澗影落松枝。鳥語留歸念，山僧笑索詩。東方明月上，若遇此心期。」馬〈聞西師振旅寄甯遠大將軍〉云：「雪飄組練歸榆海，花滿弓刀入玉關(7)。」〈偶成〉云：「晒藥偶然來竹外，修琴不復到人間。」石閭弟景鐘，字橘洲(8)，有〈夜闌曲〉云：「春夜頻傾金叵羅，胡姬按板對筵歌。低徊笑語牽紅袖，如此風光可奈何！」明七子論詩，蔽于古而不知今，有拘墟皮傅之見(9)。遼東三老，亦復似之。鐵君作《尚史》，專搜三代以上事，而竟不知本朝有馬驌之《繹

史》(10)，亦囿於聞見之一端。然近今士人，先攻時文，通籍後始學為詩(11)，大概從宋、元入手，俗所稱「半路上出家」是也。源流不清，又不若三家之力爭上乘矣。

鐵君名鍇，父為總督，而能隱居不仕，自稱鷹青山人，有《蟭螟齋集》行世。錄其〈梅花〉云：「眾木正如夢，一枝方自春。遂令江水上，真見獨醒人。」〈詠月〉云：「清絕自成照，何曾掛樹生？有時通夜白，一片得秋明。遠水若相接，浮雲或並行。年年圓便缺，誰悟善持盈？」

【箋注】

(1) 戴亨(1690-1758)：字通乾，號遂堂。瀋陽人，原籍浙江錢塘。乾隆六十年進士。官山東齊河知縣。罷官後，漂泊江湖。詩宗杜甫，上溯漢魏。有《慶芝堂詩集》。

(2) 陳景元：字子文，號石閭。清奉天海城（今遼寧海城）人，隸漢軍鑲紅旗。恥言名利，以布衣終老其生。善書畫，兼工詩，詩作擬孟郊、賈島。有《石閭詩稿》。

(3) 馬大缽：馬長海(1678-1744)，姓納喇，字彙川，號清癡，別號馬山人、馬大缽。清滿洲鑲白旗人。鎮安將軍馬期之子，予蔭不就，補官逃辭，以布衣終生。博古多識，愛好金石書畫。其詩仿古而不膠固，論詩以性情為主。有《雷溪草堂詩》。

(4) 李鐵君：李鍇(1686-1755)，字鐵君，一字眉山，號鷹青。漢軍正黃旗籍，遼東鐵嶺人。朝鮮族。生於四川。湖廣總督輝祖子，大學士索額圖之婿。博學，工詩，輕視榮利。康熙四十四年始遊天下。六十年偕妻歸隱盤山。有《簡史》、《睫巢詩文集》、《春秋通義》、

《含中集》等。

(5)戴詩不傳：此說不確。其詩集今存復旦大學圖書館、南京圖書館。且引《春望》一首：「天涯登眺淚，滴滴墮清筎。雪泊峰頭樹，春遲塞上花。滯途歸雁少，望越暮雲賒。心境同莊舄，哀吟為喪家。」

(6)招提：梵語。其義為「四方」。亦為寺院的別稱。

(7)榆海：今洱海古稱葉榆海。玉關：即玉門關。在今甘肅敦煌縣西北，古代是通西域的要道。

(8)陳景鐘：多作陳景中，字橘洲。清遼東海城（今遼寧海城）人。力學好古，以能詩稱。

(9)明七子：見卷一‧三注(3)。拘墟：比喻孤處一隅，見聞狹隘。語本《莊子‧秋水》：「井黿（wā）不可語於海者，拘於虛也。」皮傅：見解膚淺，牽強附會。

(10)馬驌(1621-1673)：榜名馬繡，字宛斯、聰卿。山東鄒平人。順治十六年成進士。康熙間，官淮安（今屬江蘇）推官，改靈璧（今屬安徽）知縣。勤奮一生，著書滿家。亦能詩。《繹史》成書於康熙九年。

(11)時文：八股文的別名。通籍：進士初及第。

按：遼東三老：一作李鐵君、陳石閭、戴通乾，無馬長海。參見《慶芝堂詩集》序和跋。馬長海是「遼東四詩人」之一。

二八

康熙初，吳兆騫漢槎謫戍甯古塔(1)。其友顧貞觀華峰館於納蘭太傅家(2)，寄吳《金縷曲》云：「季子平安否？……諒絕塞、苦寒難受。廿載包胥曾一諾，

盼烏頭馬角終相救。置此札,兄懷袖。」「詞賦從今
須少作,留取心魂相守。……歸日急翻行戍稿,把空
名料理傳身後。言不盡,觀頓首。」太傅之子成容若
見之(3),泣曰:「河梁生別之詩,山陽死友之傳,得
此而三(4)。此事三千六百日中,我當以身任之。」華
峰曰:「人壽幾何?公子乃以十載為期耶?」太傅聞
之,竟為道地(5),而漢槎生入玉門關矣。顧生名忠
者(6),詠其事云:「金蘭倘使無良友,關塞終當老
健兒。」一說:華峰之救吳季子也,太傅方宴客,手
巨觥,謂曰:「若飲滿,為救漢槎。」華峰素不飲,
至是一吸而盡。太傅笑曰:「余直戲耳!即不飲,余
豈遂不救漢槎耶?雖然,何其壯也!」嗚呼!公子能
文,良朋愛友,太傅憐才,真一時佳話。余常謂:漢
槎之《秋笳集》,與陳臥子之《黃門集》(7),俱能原
本七子,而自出精神者。

【箋注】

(1) 吳兆騫(1631-1684):字漢槎,號季子。清江南吳江(今
　　屬江蘇)人。順治十四年舉人。以科場案遣戍甯古塔(今
　　黑龍江甯安)二十餘年。得友人顧貞觀為之求援於納蘭性
　　德、徐乾學,經性德之父明珠活動,於康熙二十年被允
　　納資贖回。詩作才華富麗,風格端莊。有《秋笳集》八
　　卷。

(2) 顧貞觀:初名華文,字華峰,號梁汾。清江南無錫(今屬
　　江蘇)人。康熙十一年舉人。官內閣中書。性豪爽,重友
　　誼。文兼眾體,能詩,尤工詞。著有《纑堂集》、《積
　　書巖集》、《彈指詞》等。納蘭太傅:明珠。見卷一·
　　五三注(3)。

(3) 成容若：納蘭性德(1655-1685)，原名成德，字容若，號楞伽山人。滿洲正黃旗人。太傅明珠長子。康熙十二年舉人，十五年進士。官至一等侍衛。文武兼備，善為詩詞。有《通志堂集》、《淥水亭雜識》、《側帽詞》、《飲水詞》等。

(4) 河梁：見本卷二四注(4)。指漢‧李陵與蘇武泣別贈詩。山陽：在今河南焦作市東南。竹林七賢之一向秀曾寫悼念亡友嵇康的〈思舊賦〉，為抒寫友情的絕唱。

(5) 道地：打招呼，為之開通道路，使有安全之地。

(6) 顧忠：字友京，號秋圃。清江蘇無錫人。諸生。遊歷楚蜀齊越間，晚年寂處。有《秋圃詩鈔》。

(7) 陳臥子(1608-1647)：陳子龍，字臥子，號大樽。明末松江華亭(今上海市松江)人。崇禎進士。抗清被捕，投水而死。善詩賦古文，尤精駢體。文學主張承後七子傳統。有《陳忠裕公全集》。

二九

阮亭《池北偶談》笑元、白作詩(1)，未窺盛唐門戶。此論甚謬。桑弢父譏之云(2)：「大辨才從覺悟餘，香山居士老文殊。漁洋老眼披金屑，失卻光明大寶珠。」余按：元、白在唐朝所以能獨豎一幟者，正為其不襲盛唐窠臼也。阮亭之意，必欲其描頭畫角若明七子，而後謂之窺盛唐乎？要知唐之李、杜、韓、白，俱非阮亭所喜，因其名太高，未便詆毀，於少陵亦時有微詞，況元、白乎？阮亭主修飾，不主性情。觀其到一處必有詩，詩中必用典，可以想見其喜怒哀

樂之不真矣。或問：「宋荔裳有『絕代消魂王阮亭』
之說(3)，其果然否？」余應之曰：「阮亭先生非女
郎，立言當使人敬，使人感且興，不必使人消魂也。
然即以消魂論，阮亭之色，亦並非天仙化人，使人心
驚者也。不過一良家女，五官端正，吐屬清雅；又能
加宮中之膏沐，熏海外之名香，傾動一時，原不為
過。其修詞琢句，大概捃摭於大曆十子(4)，宋、元
名家，取彼碎金，成我風格，恰不沾沾于盛唐，蹈七
子習氣，在本朝自當算一家數。奈歸愚、子遜奉若斗
山(5)，璵沙、心餘棄若芻狗(6)：余以為皆過也。」

【箋注】

(1) 阮亭：王士禎。見卷一・五四注(1)。

(2) 桑弢父：桑調元(1695-1771)，字伊佐，號弢甫(弢父)。
　　浙江錢塘人。雍正十一年進士。官工部主事。引疾歸。
　　歷主書院講席。有《弢甫詩集》、《弢甫文集》、《弢
　　甫五嶽詩集》。

(3) 宋荔裳：宋琬(1614-1674)，字玉叔，號荔裳。山東萊陽
　　人。順治四年進士。歷官戶部郎中、隴右道僉事、浙江
　　按察使、四川按察使等。詩文俱工，有《安雅堂集》、
　　《二鄉亭詞》、《祭皋陶》等。

(4) 捃摭(jùnzhí)：採集。大曆十子：指唐大曆初在京中
　　奔走權門、活躍於權貴華宴上並博得聲名的一批詩人。
　　有李端、盧綸、吉中孚、韓翃、錢起、司空曙、苗發、
　　崔峒，耿湋、夏侯審。

(5) 歸愚：沈德潛。見卷一・三一注(3)。子遜：許廷
　　鑅(1676-1759)，字子遜，號竹素。江蘇長洲人。康熙
　　五十九年舉人。授福建武平知縣。晚年掌鼇峰、暨陽諸

書院，與沈德潛往來。詩學李白，以俊逸著稱。有《竹素園詩鈔》八卷。斗山：北斗和泰山。比喻德高望重或成就卓越為人們所敬仰的人。

(6) 璵沙：錢琦(1709-1790)，字相人，號璵沙。浙江仁和人。乾隆二年進士。授編修，官至福建布政使。有《澄碧齋詩鈔》。心餘：蔣士銓。見卷一·二三注(2)。芻狗：古代祭祀時用草紮成的狗。後因用以喻微賤無用的事物或言論。

三○

杭州周汾(1)，字蓉衣，詠〈春柳〉云：「西湖送我離家早，北道看人得第多。」不脫不粘，得古人未有。惜客死於清江(2)。

【箋注】

(1) 周汾：字蓉衣，號秋雪。清浙江仁和人。

(2) 清江：即今貴州東南之劍河縣。

三一

壬寅余過天台，齊侍郎召南亡久矣(1)。其昆季延余小飲(2)，捧侍郎全集，高尺許，乞作序。盡半日之暇，為之翻擷，見其鴻富，美不勝收。僅記其〈詠漢武〉七律一首，後四句云：「親承文景昇平業，開闢唐虞未有天(3)。到底英雄晚能悔，輪臺一詔是神

仙(4)。」其兄周南、弟世南，俱以甲科作廣文(5)，
龐眉白髮，年八十餘。

【箋注】

(1)齊召南：見卷一・六六注(5)。

(2)昆季：兄弟，長者為昆，幼者為季。

(3)文景：西漢的文帝與景帝。兩帝相繼，社會比較安定富
　　裕，史稱「文景之治」。唐虞：唐堯、虞舜二帝。堯
　　舜時代，皆行禪讓，帝位傳賢不傳子，自古以來，稱為
　　「太平盛世」。

(4)輪臺一詔：輪臺，古地名。漢西域之地。本為輪臺國，
　　被李廣利所滅。漢武帝為牽制匈奴，在此屯田。唐置
　　縣，並置府。即今新疆省輪臺縣。漢武帝悔輪臺之失而
　　下詔書罷兵，為宗社之幸。

(5)齊周南：字首風，號河洲。浙江天台人。乾隆六年舉
　　人。官慈溪教諭。著《春秋三傳質疑》、《瑞竹堂
　　稿》、《東野吟》。齊世南：字英風，號蒜圃、哦松。
　　浙江天台人。乾隆二十六年進士。官寧波府教授。有
　　《玉芝堂詩文稿》。(見民國《台州府志》)甲科：明清
　　通稱進士。廣文：明、清時對教授、教官的別稱。

三二

　　陶篁村置屋孤山(1)。余月夜訪之，憐其孤寂，勸
置燕玉(2)，為暖老計。篁村以為然，購一小鬟。梁山
舟侍講調以詩云(3)：「病來久不見陶潛，隔著重城似
隔天。昨夜中庭看星象，小星正在少微邊。」「見說

榕江泛櫓枝，已成陰後未涼時。一根椰栗無人管，分
付樵青好護持(4)。」「不比朝雲侍老坡，也如天女伴
維摩(5)。對門有個林和靖(6)，冷抱梅花奈爾何？」
「好將班管畫眉雙(7)，莫染星星鬢上霜。比似詩人張
子野，鶯花還有廿年狂(8)。」山舟又有句云：「畢竟
人間勝天上，不然劉阮不歸來(9)。」余適從天台山
歸，誦此，為之一笑。

【箋注】

(1) 陶篁村：陶元藻。見卷一・三〇注(10)。

(2) 燕玉：原指燕趙婦女如玉之美。後泛稱美女。古詩曰：
「燕趙多佳人，美者顏如玉。」杜甫〈獨坐〉詩：「暖
老思燕玉，充饑憶楚萍。」

(3) 梁山舟：梁同書(1723-1815)，字元穎，晚號山舟。浙江
錢塘人。乾隆十二年舉人，十七年特賜進士。授編修，
累遷侍講。以憂歸，不復仕。能詩，工書法。有《頻羅
庵遺集》、《集杜》、《直語補正》等。

(4) 椰栗：一種樹木，代稱拐杖。樵青：唐肅宗嘗賜張志和
奴婢各一，志和配為夫妻，名夫為樵僮，妻為樵青。後
因以指女婢。

(5) 朝雲：宋・蘇軾的愛妾。維摩：維摩詰。佛經故事，當
維摩詰和諸菩薩弟子議論佛法時，出現天女散花。

(6) 林和靖：宋・林逋。見卷一・五四注(9)。

(7) 班管：指毛筆。

(8) 張子野：北宋詞人張先。據蘇軾詩，張子野年八十五尚
聞買妾。鶯花：借指春日景色。此處喻人。

(9) 劉阮：東漢・劉晨和阮肇的並稱。相傳二人到浙江天台

山采藥迷路，在桃花樹下為二仙女所邀，留半年始歸。
後用作遊仙或男女幽會的典故。

三三

　　余寓西湖漱石居，有徽州汪明府見訪(1)，名喬
年，字繡林，年八十矣。適余外出，未獲相見。蒙其
題壁云：「無人不識元才子，今我來尋李謫仙(2)。底
事閑雲無處捉？教儂空蕩釣魚船。」

【箋注】

(1)汪明府：汪喬年，字修齡，號繡林。清安徽壽州人。少
　　孤，應科舉無成。後入貲為郎，旋以忤上官罷歸。能
　　詩，工草書，善畫山水，尤長白描人物。享年甚高。有
　　《碧玉壺天題畫詩》、《繡園詩話》、《金臺紀行》、
　　《梨花樓詩》。明府，縣令的別稱。

(2)元才子：唐‧元稹。李謫仙：李白。以此二人代指袁
　　枚。

三四

　　詩如言也，口齒不清，拉雜萬語，愈多愈厭。口
齒清矣，又須言之有味，聽之可愛，方妙。若村婦絮
談，武夫作鬧，無名貴氣(1)，又何藉乎(2)？其言有
小涉風趣，而嚅嚅然若人病危(3)，不能多語者，實由
才薄。

【箋注】

(1)名貴氣：指名士顯貴的高雅氣韻。

(2)何藉：有什麼風流蘊藉。

(3)嚅嚅（rú）然：有話想說又不敢說，吞吞吐吐的樣子。

三五

　　詩不可不改，不可多改。不改則心浮，多改則機窒。要像初搨〈黃庭〉(1)，剛到恰好處。孔子曰：「中庸不可能也(2)。」此境最難。予最愛方扶南〈滕王閣〉詩云(3)：「閣外青山閣下江，閣中無主自開窗。春風欲搨滕王帖，蝴蝶入簾飛一雙。」嘆為絕調。後見其子某云：「翁晚年嫌為少作，刪去矣。」予大驚，卒不解其故。桐城吳某告予云：「扶南三改〈周瑜墓〉詩，而愈改愈謬。」其少作云：「大帝君臣同骨肉，小喬夫婿是英雄(4)。」可稱工矣。中年改云：「大帝誓師江水綠，小喬卸甲晚妝紅。」已覺牽強。晚年又改云：「小喬妝罷胭脂濕，大帝謀成翡翠通。」真乃不成文理！豈非朱子所謂「三則私意起而反惑」哉(5)？扶南與方敏恪公為族兄(6)。敏恪寄信，苦勸其勿改少作，而扶南不從。方知存幾句好詩，亦須福分。

【箋注】

(1)初搨〈黃庭〉：黃庭，指黃庭經帖，曾為學寫小楷字的

範本。相傳有「初寫黃庭，恰到好處」之語，後來演變為歇後語，意即恰到好處。

(2)中庸：儒家的政治、哲學思想。主張待人、處事不偏不倚，無過無不及。中庸的境界是很不容易達到的。

(3)方扶南：方世舉(1675-1759)，字扶南，號息翁。安徽桐城人。乾隆元年薦舉博學鴻詞，不就。天性高曠，以詩鳴世。著有《雜庸軒讀書雜錄》、《春及堂集》、《蘭叢詩話》、《世說考義》等。滕王閣：在今江西南昌市章江門外，下臨贛江。唐太宗李世民之弟滕王李元嬰都督洪州時所建。

(4)大帝：三國吳主孫權諡「大皇帝」，省稱「大帝」。小喬：歷史名媛。東漢末，隨父避亂，定居於廬江皖縣(今潛山縣)。嫁周瑜為妻。

(5)朱子：朱熹。見卷二・四四注(3)。

(6)方敏恪：方觀承。見卷一・三〇注(8)。

三六

詩雖奇偉，而不能揉磨入細，未免粗才。詩雖幽俊，而不能展拓開張，終窘邊幅。有作用人，放之則彌六合，收之則斂方寸(1)，巨刃摩天，金針刺繡，一以貫之者也。諸葛躬耕草廬，忽然統師六出(2)；蘄王中興首將，竟能跨驢西湖(3)：聖人用行舍藏，可伸可屈，於詩亦可一貫。書家北海如象，不及右軍如龍(4)。亦此意耳。余嘗規蔣心餘云(5)：「子氣壓九州矣；然能大而不能小，能放而不能斂，能剛而不能

柔。」心餘折服曰：「吾今日始得真師。」其虛心如此。

【箋注】

(1) 作用：作為，用心。六合：天地四方。方寸：指心。

(2) 六出：指諸葛亮統兵六出祁山。

(3) 蘄王：宋·韓世忠。見卷一·一注(6)。韓世忠晚年因反對秦檜誤國被奪去要職，解除兵權，杜門謝客，跨驢攜酒，從一二小童漫遊西湖。

(4) 北海：李邕，字泰和。唐江都(今江蘇揚州)人。玄宗時任戶部郎中、北海太守。世稱李北海。性豪侈，不拘細行。工文善書，尤長以行楷寫碑。右軍：王羲之，字逸少。琅邪臨沂縣(今山東省臨沂市)人。官至右軍將軍、會稽內史，故人稱「王右軍」、「王內史」。東晉傑出書法藝術家。他承續鍾繇、張芝，變革古法，創立今體，並把今體書法推向文人書美的極致，被後世尊為一代「書聖」。此處所引出自明·董其昌語。

(5) 蔣心餘：蔣士銓。見卷一·二三注(2)。

三七

夢中得詩，醒時尚記，及曉，往往忘之。似村公子有句云(1)：「夢中得句多忘卻，推醒姬人代記詩。」予謂此詩固佳，此姬人尤佳。魯星村亦云(2)：「客裏每先頑僕起，夢中常惜好詩忘。」

【箋注】

(1) 似村：慶蘭。見卷二・三七注(1)。

(2) 魯星村：魯璵，字七衡，號星村。安徽懷寧人。乾隆
　　五十一年恩貢。歷任無為州學正，改徽州府學教授。工
　　書畫。有《魯星村詩鈔》。

三八

　　徐雨峰中丞士林(1)，巡撫蘇州。人以為繼湯文正
公之後(2)，一人而已。母喪去官，有詔奪情(3)，不
起。其方正如此。然其詩極綿麗(4)。官中書時有句
云：「歸來惹得山妻問，侍女熏香近有無？」

【箋注】

(1) 徐雨峰：徐士林，字式儒，號雨峰，一作雨峰。山東文
　　登人。康熙五十二年進士。歷官刑部郎中、安慶府知
　　府、江蘇按察使、河南布政使，以江蘇巡撫乞養終。善
　　治獄，多決疑案。有《蟫餘集》。

(2) 湯文正：湯斌(1627-1687)，字孔伯，號潛庵。清河南
　　睢州人。孫奇逢弟子。順治九年進士，授國史院檢討。
　　康熙間舉博學鴻詞，授翰林院侍講。歷內閣學士、江
　　甯巡撫。官至工部尚書。治理學。卒諡文正。有《洛學
　　編》、《湯子遺書》、《潛庵語錄》等。

(3) 奪情：謂減少居喪期間的哀痛之情。

(4) 綿麗：猶靡麗。多形容詞藻華美。

三九

金陵僧葯根（1），工楷法，住揚州某庵。商人洪姓者，欲買其庵旁隙地起花園。葯根意不欲，乃投以詩云：「自笑蝸廬傍寺開，鄰園樹木迥崔巍。儂家院小難栽樹，但有青青一片苔。」洪知其意，乃不果買。葯根〈泊瓜渚〉云（2）：「星光全在水，漁火欲浮天。」〈喜晴〉云：「雨收亦似痊沉病（3），日出渾如見故人。」

【箋注】

(1) 葯根：湛性，字葯根，俗姓徐。清江蘇丹徒人。幼棄家為僧，晚年主青蓮禪院。有文字雅好，與名流賢士游。能詩，善書法。生活於清乾隆年間。

(2) 瓜渚：即瓜洲。在今江蘇揚州市南。本長江中沙洲，唐中葉後與北岸陸地相連。

(3) 痊：病癒。沉病：重病。

四〇

賢者多情，每離所官之地，動致留連。韓魏公離黃州（1），依依不捨。尹太保四督江南（2），三十餘年。乙酉入相，正值重九之時，先別棲霞，再辭蜀阜（3），淒然泣下。公不能捨江南，猶江南之人亦不能捨公也。余送至清江浦（4），每晚必見。及渡黃河，公猶教以明晨作別。臨期，余乍盥面，而公遣家人

來，云：「公已上馬行矣！」蓋恐面別之難為情耳。後從京師寄詩云：「歌到離亭聲斷續，人分淮浦影東西(5)。」又曰：「三年只覺流光速，一別方知見面難。」

【箋注】

(1) 韓魏公：韓琦，字稚圭。宋相州安陽（今屬河南）人。少時曾寄居黃州發憤讀書，留下詩篇。宋天聖中進士。歷官同中書門下平章事。封魏國公。

(2) 尹太保：尹繼善。見卷一・一〇注(3)。

(3) 棲霞：江蘇江寧有攝山，其麓有棲霞寺，後以寺名名山。此代指江寧。蜀阜：指今江蘇揚州西北蜀岡山。蜀岡在詩文中也稱蜀阜。此代指揚州。

(4) 清江浦：即今江蘇清江市。為水陸交通要道。

(5) 淮浦：舊名清江浦。

四一

古之忠臣、孝子，皆情為之也。胡忠簡公劾秦檜(1)，流竄海南，臨歸時，戀戀于黎倩(2)。此與蘇子卿娶胡婦相類(3)。蓋一意孤行之士，細行不矜。孔子所謂「觀過知仁」(4)，正此類也。乃朱子譏之云：「十年浮海一身輕，歸對黎渦恰有情(5)。世上無如人欲險，幾人到此誤平生？」高守村和云(6)：「批鱗一疏死生輕，萬死投荒尚有情(7)。不學遁翁捧菁草，甘心箝口自偷生(8)。」

【箋注】

(1) 胡忠簡：胡銓，字邦衡，號澹庵。宋吉州盧陵（今江西吉安）人。高宗建炎二年進士，後授樞密院編修官。紹興八年，力闢和議，乞斬秦檜，遭迫害，貶監廣州鹽倉，又除名，編官新州。孝宗時復官資政殿學士。能詩詞，善文。有《澹庵集》。卒賜忠簡。

(2) 黎倩：胡銓被貶十年浮海時的歌妓。

(3) 蘇子卿：蘇武，字子卿。西漢名臣。杜陵（今陝西西安東南）人。出使匈奴，單于脅降，迫使他到北海（今貝加爾湖）牧羊，居匈奴十九年，及歸，鬚髮盡白。在虜中，曾與胡婦生子。

(4) 觀過知仁：語出《論語・里仁》。意謂察看一個人所犯過錯的性質就可以瞭解他的為人。

(5) 朱子：朱熹。見卷二・四四注（3）。黎渦：羅大經《鶴林玉露》：「胡澹庵十年貶海外，北歸，飲于湘潭胡氏園，題詩曰：『君恩許歸此一醉，旁有黎頰生微渦。』謂侍妓黎倩也。」

(6) 高守村：高為阜，字上則，號守村。江西鉛山人。雍正四年舉人。歷官平彝知縣、劍州知州、姚安知府。有《高守村詩稿》。袁枚《小倉山房文集》卷六有《高守村先生傳》。

(7) 批鱗：鱗指龍喉下倒生的鱗片。傳說批龍頸下逆鱗必被咬死。批逆鱗引申為直言諍諫。投荒：貶謫、流放至荒遠之地。

(8) 遯翁：即朱熹。蓍草：一種野草。孔林裏生長蓍草，據說把它放在古書上面，它能很自然地把書頁吸起來。俗信蓍草長壽，知凶吉，用它可以卜筮。此處「捧蓍草」，是尊奉儒家禮教的意思。箝口：閉口。不言或不敢言。

四二

閨秀能文，終竟出於大家。張侯家高太夫人著
《紅雪軒稿》(1)，七古排律至數十首，盛矣哉！其
本朝之曹大家乎(2)？夫宗仁襲封靖逆侯(3)，家資
百萬，以好客喜施，不二十年，費盡而薨。夫人暗埋
三十萬金於後園，交其兒謙，始能襲職：其識力如
此。夫人名景芳，父琦，為浙閩總督。作女兒時，年
十五，〈晨妝〉云：「妝閣開清曉，晨光上畫欄。未
曾梳寶髻，不敢問親安。妥貼加釵鳳，低徊插佩蘭。
隔簾呼侍婢，背後與重看。」又〈示謙兒〉云：「高
捧名花求插髻，遍尋佳果勸嘗新(4)。」

【箋注】

(1) 高太夫人：高景芳，字遠芬。清漢軍正紅旗人。浙閩總
    督高琦之女，一等侯江甯張宗仁之妻。誥封侯夫人。康
    熙五十八年刊印其《紅雪軒詩文集》六卷。

(2) 曹大家：班昭，一名姬，字惠班（一作惠姬）。博學通
    史，史學家班固之妹，著名才女。嫁于扶風曹世叔，世
    叔早卒。漢和帝詔昭就東觀藏書處續作《漢書》。號稱
    「大家」，家，讀gū。後世嘗以「曹大家」喻為女才
    子，或女史家。

(3) 宗仁：張宗仁。清江蘇江寧人。祖籍陝西咸寧。張雲翼
    子。康熙四十九年襲爵。

(4) 嘗新：風俗。品嘗應時的新鮮果品之類。

四三

余不喜佛法，而獨取「因緣」二字，以為足補聖經賢傳之缺。身在名場五十餘年，或未識面而相憎，或未識面而相慕：皆有緣、無緣故也。己亥，省墓杭州。王夢樓太守來云(1)：「商丘陳藥洲觀察(2)，願見甚切。」予不解何故。晤後，方知其尊人諱履中者(3)，曾在尹制府署中讀余詩而愛之，事已三十餘年。其夫人李氏見余名紙，詫曰：「是子才耶？吾先君門下士也。」蓋夫人為存存先生之女(4)。先生名惺，宰錢塘時枚年十二，應童子試，受知入泮(5)。因有兩重世好，歡宴月餘。別後，觀察見懷云：「早從仙佛參真諦，且向漁樵伴此身。」又曰：「猶記何郎年少日，新詩賞共沈尚書(6)。」

【箋注】

(1)王夢樓：王文治。見卷二・三○注(1)。

(2)陳藥洲：陳淮，字望之，號藥洲。河南商丘人。乾隆拔貢。歷任湖北布政使，貴州、江西巡撫。書畫鑒賞名家。

(3)陳履中：字執夫。商丘人。清康熙五十一年舉人。曾任工部員外郎、廣西道御史。有《四書臆解》、《神州山水志》、《樂府津梁》、《雁橋詩鈔》等。

(4)存存：李惺，字存存，號紫耸。永城（今河南永城市）人。康熙六十年辛丑科進士。官浙江餘姚、錢塘知縣，玉環同知、溫州知府、紹興知府，貴州糧驛道。平生嗜學，以古文名世。（《光緒永城縣誌》）

(5)入泮：即入學。

(6)何郎：何遜，字仲言。南朝梁東海郯人。歷官諸王參
　　軍、記室，兼尚書水部郎。遜八歲能詩，青年時即以文
　　學著稱。沈約愛其文，嘗謂遜曰：「吾每讀卿詩，一日
　　三復，猶不能已。」此處喻袁枚。沈尚書：沈約，字休
　　文。南朝梁吳興武康（今浙江湖州南）人。曾于南朝齊明
　　帝蕭鸞朝任五兵尚書，入梁以後，遷至尚書令，人稱沈
　　尚書。諡號隱侯。博通群籍，善屬文，擅詩賦，與謝朓
　　等創「永明體」詩。提出「聲韻八病」之說。後人輯有
　　《沈隱侯集》。此處代指陳履中。

四四

　　汪度齡先生中狀元時(1)，年已四十餘。面麻身
長，腰腹十圍。買妾京師，有小家女陸氏，粗通文
墨，觀彈詞曲本，以為狀元皆美少年，欣然願嫁。結
婚之夕，於燭下見先生年貌，大失所望。業已鬱鬱
矣。是夕，諸同年嬲飲巨杯(2)，先生量宏興豪，沉醉
上床，不顧新人，和衣酣寢，已而嘔吐，將新製枕衾
盡污腥穢。陸女恚甚(3)，未五更，雉經而亡(4)。或
嘲之曰：「國色太嬌難作婿，狀元雖好卻非郎。」

【箋注】

(1)汪度齡：汪應銓(1753-1823)，字杜林，號度齡。江蘇
　　常熟人。清康熙五十七年狀元。官至左春坊贊善。因鋒
　　芒太露，得罪權貴，謝職歸里。主講鍾山書院。博覽群
　　書，詩文俱佳。有《閒綠齋文稿》、《容安齋詩集》。

(2)嫋（niǎo）飲：糾纏而飲。

(3)恚（huì）：怨恨。

(4)雉（zhì）經：用繩索自勒其頸而死。

四五

　　商寶意詩集刻成(1)，有人摘其疵累，余為悵然。仲小海曰(2)：「但願人生一世，留得幾行筆墨，被人指摘，便是有大福分人。不然，草亡木卒，誰則知之？而誰議之？」余謂此言沉痛，深得聖人疾沒世無名之意。然古來曹蜍、李志(3)，又轉以庸庸而得存其名，豈非不幸中之幸耶？寶意先生有句云：「明知愛惜終須割，但得流傳不在多。」

【箋注】

(1)商寶意：商盤。見卷一・二七注(7)。

(2)仲小海：仲蘊檠，字燭亭，號小海。浙江錢塘人。乾隆二十年貢生。

(3)曹蜍：曹茂之，字永世，小字蜍。晉彭城（今江蘇徐州）人。仕至尚書郎。李志：字溫祖。晉江夏鍾武人。仕至員外常侍、南康相。《世說新語・品藻》：庾道季云：「廉頗、藺相如雖千載上死人，懍懍恒如有生氣；曹蜍、李志雖見在，厭厭如九泉下人。」黃庭堅〈書右軍帖後〉：「曹蜍李志輩，書字政與右軍父子爭衡，然不足傳也。所謂敗璧片紙皆傳數百歲，特存乎其人耳。」

四六

黃允修云（1）：「無詩轉為讀書忙。」方子雲云（2）：「學荒翻得性靈詩。」劉霞裳云（3）：「讀書久覺詩思澀。」余謂此數言，非真讀書、真能詩者不能道。

【箋注】

（1）黃允修：黃之紀，字星巖、允修。江蘇上元人。監生。乾隆二十二年受雇給袁枚抄書，四十九年游西安等地。有《編綠堂詩文鈔》。

（2）方子雲：方正澍。見卷一·四五注（6）。

（3）劉霞裳：見卷二·三三注（2）。

四七

諺云：「死棋腹中有仙著。」此言最有理。余平生得此益，不一而足；要之，能從人而不徇人（1），方妙。樂取於人以為善，聖人也；無稽之言勿聽，亦聖人也。作史三長：才、學、識，缺一不可。余謂詩亦如之，而識最為先；非識，則才與學俱誤用矣。北朝徐遵明指其心曰（2）：「吾今而知真師之所在。」其識之謂歟？

【箋注】

（1）徇人：一味順從於人。

(2)徐遵明：字子判。北魏華陰（今屬陝西）人。幼孤，好
　　學，博通諸經。講學二十餘年，門生眾多。有《春秋義
　　章》。所引指心事，出《魏書·儒林傳》。

四八

　　汪舟次先生作周櫟園詩序曰(1)：「《賴古堂集》
欲小試神通，加以氣格，未必不可以怖作者；但添
出一分氣格，定減去一分性情，於方寸中，終不愉
快。」

【箋注】

(1)汪舟次：汪楫（1626-1689），字舟次，號悔齋。江蘇儀徵
　　籍，安徽休寧人。僑居揚州。康熙十八年舉鴻博，授翰
　　林院檢討。官至福建布政使。工詩，兼工書法。有《悔
　　齋集》、《山聞正續集》。周櫟園：周亮工。見本卷
　　一四注(1)。

四九

　　淡蓮洲明府稱蕪湖胡漱泉秀才(1)，有「日影度花
輕」五字，得五言妙境。江君旭東亦賞沙斗初「花氣
半湖陰」五字(2)，所見與蓮洲同。

【箋注】

(1)淡蓮洲：淡如水，字蓮洲，號霞山。陝西大荔人。乾隆

三年舉人。官蒙城、蕪湖知縣,亳州知州。正直慈祥,性嗜學,於縣署中葺半學齋,公暇輒易冠履,研窮歌嘯其中。在任五年,擢亳州牧。辭疾歸。(嘉慶丁卯重修《蕪湖縣誌》卷十)胡漱泉:胡淳,字漱泉。安徽蕪湖人。有《一房山詩集》。參見《隨園詩話補遺》卷一•四〇。

(2) 江旭東:江昉(1727-1793),字旭東,號橙里,又號硯農。清江蘇江都人,安徽歙縣籍。嗜書畫,喜交遊,工詩,尤善詞曲。有《練溪漁唱》、《晴綺軒集》。沙斗初:沙維杓,字斗初。清江蘇吳縣人。初隱于商,往來江西湖北間。乾隆間與張岡同居蘇州城西下津橋,自號「兩布衣」。時作悲歌,如酒豪劍客。有《耕道堂集》、《白岸詩集》。

五〇

　　詩境最寬,有學士大夫讀破萬卷,窮老盡氣,而不能得其閫奧者(1)。有婦人女子、村氓淺學,偶有一二句,雖李、杜復生,必為低首者。此詩之所以為大也。作詩者必知此二義,而後能求詩於書中,得詩於書外。

【箋注】

(1) 閫(kuěn)奧:深邃的內室。比喻學問或事理的精微深奧所在。

五一

陶悔軒方伯任衡陽時(1)，署中小池為署外居民所買。先生贖歸，置軒其上。朱玉階督學贈句云(2)：「官廨買歸三徑內，夜窗補惜寸陰餘(3)。」一詠其事，一切其姓。石君文成為序云(4)：「先失楚弓，旋歸趙璧(5)。汶陽田反，合浦珠還(6)。支公之鶴可高飛，子產之魚真得所(7)。鯤鵬待化，行看君去朝天；臺榭長存，知是誰來作主？」

【箋注】

(1) 陶悔軒：陶易，字經初，號悔軒。山東文登人。乾隆十七年恩科順天舉人。任安化、益陽、衡陽知縣，陞平定知州、淮安知府、江寧布政使。以經術為吏治。官署清肅，案牘無留。在江寧時常與袁枚為詩相唱和。本書卷五、六錄其詩。

(2) 朱玉階：朱佩蓮，字玉階，號東江、藕塘。浙江海鹽人。乾隆七年進士。官翰林院侍講。有《東江詩鈔》。

(3) 三徑：見卷二・三一注(4)。晉陶淵明〈歸去來辭〉：「三徑就荒，松菊猶存。」寸陰：晉陶侃常語人曰：大禹聖者，乃惜寸陰。至於眾人，當惜分陰。

(4) 石文成：字聞琢，號曉堂。清安徽桐城人。以監生考選湖南長沙縣丞，後任衡陽縣令。有《曉堂集》。

(5) 楚弓：《孔子家語・好生》：「楚王失弓，楚人得之，又何求之？」後「楚人弓」常用為典，多比喻失而復得之物，表示對得失的達觀態度。趙璧：用「完璧歸趙」典。比喻將原物完好無損地歸還原主。

(6) 汶陽田：春秋時期魯國屬地。在今山東省泰安市西南一

帶。地近齊國，數為齊所侵奪。後歸魯。合浦：古郡
名。漢置，郡治在今廣西壯族自治區合浦縣東北，縣東
南有珍珠城，以產珍珠著名。宰守貪采，珠遂漸徙於郡
界。還珠于民後，百姓皆返其業。後以「合浦珠還」比
喻人去復歸或物歸舊主。

(7) 支公：支遁，字道林，世稱林公、支公。東晉僧，河東
林慮人，或曰陳留人。曾與王羲之、謝安等遊。擅草
隸，好作詩，善談玄理。有輯本《支遁集》。支公好
鶴，剪其翅羽，「鶴軒翥不復能飛，乃反顧翅，垂頭視
之，如有懊悔意。」後來「令養其翮成，置使飛去。」
此處用來比喻物性復得自由。子產：春秋時代鄭國賢大
夫公孫僑。見卷二‧四七注(9)。子產愛惜物命，向來
不以魚享其口腹，而是養在池中，得其所哉。

五二

　　癸酉春，余在王孟亭太守處(1)，見建德布衣徐鳳
木席間吟一絕云(2)：「自笑不如原上草，春風吹到也
開花。」〈除夕在外〉云：「閱歷深知客路難，非關
白首戀江干。歲除一息爭千古，莫作尋常旅夜看。」
武進莊念農初宰建德(3)，即往相訪，贈詩云：「玉峰
花影揚簾旌，罨戶閑雲靜不扃。未必山城無綺皓(4)，
斯人即是少微星。」「粗官未敢師嚴武(5)，泥飲無由
續舊題。劇喜少陵居杜曲，得閒還過浣花溪。」鳳木
得詩喜，刻之集中。後莊歿十餘年，詩多散失，其子
宸選搜尋不可得(6)，予於鳳木集中抄此與之。嗚呼！
使無鳳木代為之存，則人琴俱亡矣；豈非愛才之報

乎？

【箋注】

(1) 王孟亭：王箴輿。見卷二・七六注(1)。

(2) 徐鳳木：徐紫芝，字鳳木，號玉巢。清安徽建德人。一說浙江建德人。有《玉巢詩草》。

(3) 莊念農：莊經畬(1711-1765)，字井五，號念農。江蘇武進人。乾隆二年進士。授安徽建德知縣，升泗州知州，擢宣州知府。與袁枚任江甯知縣時結識。有《澹乙齋詩草》、《硯農遺稿》。

(4) 綺皓：秦末，有東園公、角里先生（角，一作用）、綺里季、夏黃公四人，年高望重，鬚眉皓白。為避秦亂隱居商山，稱為「商山四皓」。這裏以綺皓代指四皓，與下句的「少微星」，皆喻布衣徐鳳木。

(5) 嚴武：字季鷹。唐華州華陰（今屬陝西）人。初為拾遺，後擢諫議大夫，給事中。安史之亂後，曾兩次任劍南節度使。與杜甫為友。善詩，但作品多佚。此處莊念農以嚴、杜之交將自己和徐鳳木之交相聯繫。

(6) 莊宸選：莊念農子。餘未詳。

五三

蔣用庵侍御罷官後(1)，與姚雲岫觀察同修《南巡盛典》(2)。〈過隨園詠菊〉云：「名花自向閑中老，浮世原宜淡處看。」後姚為廣西巡撫，寄信來猶吟及之。

【箋注】

(1)蔣用庵：蔣和甯，字用安，號蓉龕。江蘇陽和人。乾隆
　　十七年進士。由庶吉士授編修，擢御史。曾主貴州鄉
　　試。有《蔣和甯詩文集》。

(2)姚雲岫：姚成烈，號雲岫、依迦叟。浙江錢塘人。乾隆
　　十年進士。授吏部主事，遷員外郎。曾官廣西巡撫、湖
　　北巡撫。

五四

　　余年二十三，館今相國稽公家，教其幼子承
謙(1)。今四十三年矣。承謙官侍讀，行走上書房，
假滿赴都，過隨園，贈云：「萬事由來夙有緣，七
齡問字記當年(2)。讀書好處心先覺，立雪深時道已
傳(3)。每盼鳳巢阿閣上，果摩麟頂絳帷前(4)。德門
善慶知無限，佇見驪珠顆顆圓(5)。」余附書相國云：
「當日七齡公子，為問字之佳兒；此時白髮詞臣，作
青宮之師傅(6)。能無對之欣然，思之黯然也乎？」

【箋注】

(1)稽承謙：字受之，號晴軒。江蘇無錫人。乾隆二十六年
　　進士。選翰林庶吉士。終侍讀。有《一枝集》、《直盧
　　集》、《使輶集》、《蕉雨集》。其父為稽曾筠，康熙
　　四十五年進士。大學士兼吏部尚書。

(2)問字：漢・揚雄精於小學，多識古文奇字，故從學問字
　　者甚多。後來稱從人受業或請教為「問字」。

(3)立雪：用程門立雪典故。

(4)鳳巢阿閣：古代傳說，黃帝在位時，有鳳凰巢于阿閣。後指在朝為官。阿閣，四面有棟、有簷霤的樓閣，此指朝廷。「果摩」句：摩頂，撫摩頭頂，以示喜愛，並精心培育。麟，麟兒，小孩兒。絳維，同絳帳，代指老師。見卷二‧六〇注(2)。全句意為：果然有了今天的成就，是由於自己幼時受到老師的精心培育。

(5)驪珠：傳說出自驪龍頷下的寶珠。《莊子‧列禦寇》：「夫千金之珠，必在九重之淵，而驪龍頷下。」後用來比喻人才、學問。

(6)青宮：古代太子居住在東宮，東方屬木，木色為青，東宮也稱「青宮」。

五五

　　千古善言詩者，莫如虞舜(1)。教夔典樂曰(2)：「詩言志。」言詩之必本乎性情也。曰：「歌永言。」言歌之不離乎本旨也。曰：「聲依永。」言聲韻之貴悠長也。曰：「律和聲。」言音之貴均調也。知是四者，於詩之道盡之矣。

【箋注】

(1)虞舜：上古五帝之一。傳說中的一位聖帝賢君。姓姚，名重華，是黃帝的七世孫，原先被封在虞，故又稱虞舜。此處所引四語出《尚書‧虞書‧舜典》。

(2)夔：相傳舜時的樂官。

五六

　　每見熱中人銳進不已(1)，身家交瘁，未嘗不隆隆而升，一旦化去，若烘開花，精神已竭，次年必萎。嘗詠〈唐花〉云(2)：「百花開落雖天定，倘不烘開落或遲。」又見媚長官者，損下益上，徒招怨尤，而於己毫無享受。〈戲詠箸〉云(3)：「笑君攫取忙，送入他人口。一世酸鹹中，能知味也否？」

【箋注】

(1) 熱中人：指熱衷於俗情世務的人。

(2) 唐花：元人周密《齊東野語》記載，以人工暖室催花早開，宋時名堂花，後曰唐花。一說應為煻字，是烘焙的意思。《日下舊聞考》：「其法自漢即有之。」此處以唐花喻熱中人，別有新意。

(3) 箸（zhù）：筷子。

五七

　　己未翰林五十人。蔣君麟昌，年才十九，大京兆晴厓公諱炳之長子也(1)；目空一世，嘗言：「同館中，吾服叔度、子才耳(2)。歸愚先生雖耆年重望(3)，意不屬也。」和皇上〈消夏〉詩，援筆立就，賜葛二匹。旁觀者疑君正籋青雲(4)，而竟一病以卒。余〈別後寄懷〉云：「干將莫邪虞缺折，我有數言贈李邕(5)。」乃成讖語。詩有奇氣，詠〈七夕〉云：

「一報人間簫鼓喧，羊燈無焰秋雲碧(6)。」〈中元〉詩云：「兩岸紅沙多旋舞，驚風不定到三更。」劉相國綸序其詩曰(7)：「十八載夜爇太白，知臣則但問王公(8)；廿七年晝見緋衣，召汝而重呼阿㜷(9)。阿翁投杖，誰當荷此析薪(10)；稚子牽衣，未得預其元帥(11)。」蓋靜存亡時，大父猶存，子尚幼故也。同年金質夫哭之云(12)：「漸看豪氣籠人上，不料英年似夢中。」余哭之云：「一榜少年今剩我，九原才子又添君。」

【箋注】

(1) 蔣麟昌：字靜存。江蘇陽湖人。乾隆四年進士。改庶吉士，授編修。年僅二十有二卒。有《菱溪遺草》一卷。其父蔣炳，字曉滄，一字晴崖。官內閣中書、廣東道御史、順天府尹、河南巡撫、甘肅布政使，官終倉場侍郎。大京兆：指京都地區的行政長官。

(2) 叔度：裴日修。見卷一・六五注(17)。子才：即袁枚。

(3) 歸愚：沈德潛。見卷一・三一注(3)。耆年：古人以六十歲為「耆」（qí），喻指年高。

(4) 籋（niè）：通「躡」。踐，踏。《漢書・禮樂志》：「籋浮雲，晻上馳。」

(5) 干將莫邪：春秋時吳人，夫婦善鑄劍。鑄有二劍，鋒利無比。劍名陽曰干將，陰曰莫邪。此處以劍喻人，劍雖鋒利，卻易折損。李邕：見本卷三六注(4)。代稱蔣麟昌。

(6) 羊燈：古人以羊為吉祥物，故做成羊形的燈。

(7) 劉綸（1711-1773）：字眘涵，號繩庵。江蘇武進人。乾隆元年以廩生舉鴻博，授編修。官至文淵閣大學士，兼工

部尚書。卒諡文定。工詩古文。有《繩庵內外集》。

(8) 夜熻太白：太白星落，熬盡長宵。形容十八年苦讀生活。熻（jiān）：熄滅，消失。

(9) 晝見緋衣：李商隱〈李賀小傳〉：長吉將死時，忽晝見一緋衣人，云當召長吉。笑曰：「帝成白玉樓，立召君為記，天上差樂，不苦也。」少之，長吉氣絕。（詳見中華書局影印《全唐文》卷七百八十，第八一四九頁）。阿嬭（nǎi）：母親。

(10) 荷此析薪：荷，承繼，擔任。析薪，劈柴，喻事業。誰能繼承先人的事業。

(11) 預其元艸：指授給完備的啟蒙教育。元艸（同草），臨帖。

(12) 金質夫：金文淳，字質夫，號金門。浙江仁和人。乾隆四年與袁枚同榜進士。改庶吉士。官至直隸順德知府。曾兩次受到朝庭貶謫。有《經濟齋詩集》、《穿珠集》、《蛾子錄》、《讀史卮言》。

五八

　　某侍郎督學江蘇，羅致知名之士(1)。所選五古最佳，七古則不拘何題，動輒千言，引典填書，如塗塗附(2)，杳不知其命意之所在。程魚門閱之(3)，掀髯笑曰：「欲嚇人耶？此揚子雲所謂『鴻文無範也』(4)，吾不受其嚇矣！」

【箋注】

(1) 某侍郎：據《批本隨園詩話》為朱石君。朱珪（1731-

1806），字石君，一字南崖，晚號盤陀老人。順天大
興（今屬北京市）人。乾隆十三年進士。歷任安徽巡撫、
兩廣總督等，官至體仁閣大學士。有《知足齋集》。羅
致：用網捕捉鳥類。後多喻招致人才。

(2)如塗塗附：出自《詩經・小雅・角弓》：「毋教猱升
木，如塗塗附。」塗，泥。塗附，再以泥附著之。意為
毫無必要，白費功夫。

(3)程魚門：程晉芳。見卷一・五注(1)。

(4)揚子雲：揚雄，字子雲。西漢蜀郡成都人。博覽群書，
長於辭賦。游京師，以文見召，奏〈甘泉〉、〈河
東〉、〈羽獵〉、〈長楊〉等賦。任給事黃門郎。著有
《太玄》、《法言》、《方言》。

五九

　　乾隆辛未，予在吳門(1)。五月十四日，薛一瓢招
宴水南園(2)。座中葉定湖長楊、虞東皋景星、許竹
素廷鑠、李客山果、汪山樵俊、俞賦拙來求(3)，皆
科目耆英，最少者亦過花甲；惟余才三十六歲，得遇
此會。是夕大雨，未到者沈歸愚宗伯、謝淞洲徵士而
已(4)。葉年八十五，詩云：「瀟瀟風雨滿池塘，白
髮清尊掃葉莊(5)。不有忘形到爾汝，那能舉座盡文
章？軒窗遠度雲峰影，几席平分水竹光。最是葵榴好
時節，醉吟相賞晝方長。」虞八十有二，句云：「入
座古風堪遠俗，到門新雨欲催詩。」俞六十有九，句
云：「社開今栗里，樹老古南園(6)。」次月，一瓢再

招同人相會，則余歸白下，竹素還太倉，客山死矣。
主人之孫壽魚賦云(7)：「照眼芙蕖半開落，滿堂名士
各西東。」

【箋注】

(1) 吳門：蘇州，別名吳門。

(2) 薛一瓢：薛雪。見卷二‧一九注(1)。

(3) 葉長揚：字爾祥，一字定湖。江蘇吳縣人。康熙五十七
　　年進士。授編修。乾隆元年薦博學鴻詞。虞景星：一
　　作虞景興。見本卷一二注(7)。許廷鑅：見本卷二九
　　注(5)。李果：字實夫，一字碩夫，號客山、在亭。江
　　蘇長洲(今蘇州)人。布衣。曾力辭薦舉博學鴻詞。有
　　《詠歸亭詩鈔》、《在亭叢稿》。汪俊：字籲三，號山
　　樵。清江蘇長洲人。康熙五十二年任醴泉知縣。俞來
　　求：字賦拙。江蘇太倉人。雍正元年進士。庶吉士。

(4) 沈歸愚：沈德潛。見卷一‧三一注(3)。謝淞洲：字滄
　　湄，號林村。清江蘇長洲人。布衣。曾以畫供奉內廷。
　　徵士：舊時對受朝廷徵聘而不曾受職的名士之稱謂。

(5) 掃葉莊：薛一瓢別號掃葉山人，著有《掃葉莊詩稿》。

(6) 粟里：在今江西九江馬回嶺。晉陶淵明隱居處。這裏喻
　　薛一瓢居處。古南園：南園，在蘇州子城西南，吳越錢
　　氏元璙所創。故稱為「古南園」。

(7) 薛壽魚：薛雪之孫。後來在給他祖父寫的墓誌銘中表現
　　出重理學輕醫學的觀點，受到袁枚的嚴厲批評。

昇平日久，海內殷富，商人士大夫慕古人顧阿瑛、徐良夫之風(1)，蓄積書史，廣開壇坫(2)。揚州有馬氏秋玉之玲瓏山館(3)，天津有查氏心穀之水西莊(4)，杭州有趙氏公千之小山堂(5)，吳氏尺鳧之瓶花齋(6)：名流宴詠，殆無虛日。許玨瓚刺史贈查云(7)：「庇人孫北海，置驛鄭南陽(8)。」其豪可想。此外，公卿當事，則有唐公英之在九江(9)，鄂公敏之在西湖(10)，皆以宏獎為己任。不四十年，風流頓盡。唐公號蝸寄老人，司九江關，懸紙墨筆硯於琵琶亭，客過有題詩者，命關吏開列姓名以進。公讀其詩，分高下，以酬贈之。建白太傅祠，肖己像於旁。甲辰冬，余過九江，則太傅祠改作戲臺，唐公像亦不見。

【箋注】

(1) 顧阿瑛：顧瑛，別名德輝，又名阿瑛，字仲瑛。崑山人。元末豪富。築別業於茜涇西，曰玉山佳處，四方名士咸主其家，園池亭榭之盛，圖史之富，暨餼館聲伎，並冠絕一時。卓然以詩畫隱。詩出入王孟間。有《玉山璞稿》。徐良夫：徐達佐，字良夫，號耕漁子、松雲道人。元末明初蘇州人。元末隱居鄧尉山中，在吳郡西南光福里下崦湖畔築耕漁軒。入明，任建寧府學訓導。有《金蘭集》、《耕漁集》。

(2) 壇坫（diàn）：指文人集會之所。

(3) 馬秋玉：馬曰琯（1688-1755），字秋玉，號嶰谷。清徽州祁門縣人，後定居揚州。以古書、朋友、山水為癖。建

有街南書屋、揚州別墅小玲瓏山館、七峰草堂，招待四方文朋畫友。人稱七峰居士。有《沙河逸老集》。

(4) 查心穀：查為仁（1693-1749），字心穀，號蓮坡居士。宛平（今北京豐台區）人。康熙舉人。因被誣得罪下獄，八年始釋。發憤讀書，居天津水西莊，築板屋稱花影庵，藏書萬卷，往來名士甚多。有《蔗塘未定稿》、《蓮坡詩話》、《絕妙好詞箋》（與厲鶚合著）。

(5) 趙公千：趙昱（1689-1747），字功千，號谷林。清仁和（今杭州）人。家有小山堂，在所築春草園內，其藏書富甲東南。其詩似中晚唐人，清醇無凡語，與杭世駿、厲鶚、全祖望等相唱和。有《愛日堂集》。

(6) 吳尺鳧：吳焯（1676-1733），字尺鳧（一作赤鳧），號繡谷，又號蟬花居士。安徽籍杭州人。為清初著名學者、文獻大家。繡谷亭、瓶花齋藏書之名，稱於天下。有《藥園詩稿》、《陸渚鴻飛集》。

(7) 許珮璜：一作許佩璜。見本卷二五注(2)。

(8) 孫北海：孫承澤（1594-1676），字耳海，一字北海，號退谷。明末清初山東益都人，先世於明永樂中遷京師。明崇禎四年進士。由明入清，歷官兵、吏兩部侍郎。年六十，引疾歸，家居二十餘年而卒。其藏書處為退谷，有研山齋、萬卷樓、玉鳧堂，在西山有歲寒堂、黌山亭。鄭南陽：鄭莊。漢初陳縣（今河南淮陽）人。孝景帝時，任太子舍人，每逢休假日，他都要備置馬匹，邀請拜謝賓朋。後世用「鄭驛」、「鄭莊好客」，指主人熱情接待賓客。杜甫詩：「山陽無俗物，鄭驛正留賓。」此處許詩以孫北海、鄭南陽比查心穀。

(9) 唐英：字雋公，一字叔子，號蝸寄居士，人稱古柏先生。清奉天（今遼寧瀋陽）人，隸漢軍正白旗。乾隆間授內務府員外郎兼佐領，歷官九江和廣州海關監督。工書畫詩文。有詩文集《陶人心語》、《可姬傳》，戲曲

十七種合稱《古柏堂傳奇》。

(10)鄂(aò)敏：敕改名鄂樂舜，字鈍夫，號筠亭。清滿
洲鑲藍旗人。保和殿大學士鄂爾泰的侄兒。做杭州太
守時，修禊西湖，名流畢集，各有歌行。（參見本書卷
七・八○）

六一

馬氏玲瓏山館，一時名士如厲太鴻、陳授衣、汪
玉樞、閔蓮峰諸人(1)，爭為詩會，分詠一題，裒然成
集(2)。陳〈田家樂〉云：「兒童下學鬧比鄰，拋墮池
塘日幾巡。折得松梢當旗纛，又來呵殿學官人(3)。」
閔云：「黃葉溪頭村路長，挫針負局客郎當(4)。草花
插鬢倚籬望，知是誰家新嫁娘？」秋玉云：「兩兩車
乘轂觫輕(5)，田家最要一冬晴。秋田曬罷村醪熟，
翻愛糟床滴雨聲。」汪〈養蠶〉云：「小姑畏人房闥
潛，採桑那惜春蔥纖(6)。半夜沙沙食葉急，聽作雨
聲愁雨濕。」陳云：「蠶娘養蠶如養兒，性知畏寒饑
有時。籬根賣炭聞蕩槳，屋後鄰園桑剪響。」皆可誦
也。餘題甚多，不及備載。至今未三十年，諸詩人零
落殆盡；而商人亦無能知風雅者。蓮峰年八十三歲，
然尚存(7)；聞其饑寒垂斃矣！

【箋注】

(1)厲太鴻：厲鶚(1692-1752)，字太鴻，一字雄飛，號樊
榭。浙江錢塘(今杭州)人。康熙五十九年舉人。館小

玲瓏山館數年，多見宋人集，因撰《宋詩紀事》。詩詞皆工，為浙派名家。有《樊榭山房集》等。陳授衣：陳章，字授衣，號絨齋。浙江錢塘人。布衣，乾隆初舉鴻博不就。工詩，善楷書，僑居揚州，客小玲瓏山館，為一時名士領袖。有《孟晉齋詩集》。汪玉樞：字辰垣，號恬齋。清安徽歙縣人。早歲能詩，曾結詩社。有《恬齋遺詩》。閔蓮峰：閔華，字玉井，號廉風，一號蓮峰。清江蘇江都人。折節讀書，終布衣之行。工詩，擅長七言，詩骨清秀有神。有《澄秋閣詩集》。

(2) 裒（póu）然：聚集貌。

(3) 呵殿：古代官員出行，前後都有隨從喝道，在前面的稱「呵」，在後面的稱「殿」。

(4) 負局：背負磨鏡箱，亦指磨鏡。客郎當：指貨郎。

(5) 觳觫（húsù）：借指牛。

(6) 房闥：閨房。春蔥：女子手指。

(7) 儽（léi）然：頹喪貌。

六二

金陵女徐氏，適桐城張某，夫久客不歸，寄詩云：「殘漏已催明月盡，五更如度五重關。」又有魯月霞者(1)，嫁徽邑程生而寡，有〈掃花〉詩云：「觸我朱欄三日恨，費他青帝一春功(2)。」陳淑蘭讀兩詩而慕之(3)，題其集云：「吟來恍入班昭座(4)，恨我遲生二十年。」

【箋注】

(1)魯月霞：未詳。

(2)青帝：為古人所祭的天神之一，是東方之神，也是司春之神。後亦指春季。

(3)陳淑蘭：隨園女弟子之一。見本卷二〇注(3)。

(4)班昭：東漢才女，為史學家、教育家。見本卷四二注(2)。

六三

　　本朝詩家，序事學古樂府《孔雀東南飛》而絕妙者，如陳元孝之《王將軍歌》(1)，許衡紫之《伍節女歌》(2)，馬墨麟之《戴烈婦歌》(3)，胡稚威之《孝女李三行》(4)，皆古藻淋漓。惜篇頁繁重，不能盡錄。

【箋注】

(1)陳元孝：陳恭尹(1631-1700)，字元孝，初號半峰，晚號獨漉子。明末清初順德(今屬廣東)人。其詩隱寓家國之痛，多有歌頌抗清志士之作。與屈大均、梁佩蘭並稱「嶺南三家」。有《獨漉堂集》。

(2)許衡紫：許燦，字恒之、衡紫，號晦堂。清浙江嘉興人。諸生。有《晦堂詩鈔》、《梅里詩輯》。

(3)馬墨麟：馬維翰(1693-1740)，字默臨，號墨麟、侶仙。浙江海鹽人。康熙六十年進士。任吏部員外郎、陝西道監察御史、工科給事中，官至江南常鎮道參議。有《墨麟詩集》、《墨麟古文》、《舊雨集》。

(4) 胡稚威：胡天游。見卷一‧二八注(1)。

六四

　　乾隆初，杭州詩酒之會最盛。名士杭、厲之外(1)，則有朱鹿田樟、吳鷗亭城、汪抱樸臺、金江聲志章、張鷺洲湄、施竹田安、周穆門京(2)，每到西湖堤上，捨裳聯襼(3)，若屏風然。有明中、讓山兩詩僧留宿古寺(4)，詩成傳抄，紙價為貴。〈南屏坐雨〉，朱云：「一角山昏秋欲晚，滿窗葉戰雨來初。」張云：「荷聲冷帶跳珠雨，鐸語遙飛潑墨山。」汪云：「雲氣半遮山下塔，秋光早入水邊村。」施云：「濃雲擁樹湖先暝，涼雨到窗山欲應。」讓山句如：「多情無過鳥，到處似留人。」「室敞許雲住，竹深無暑通。」「樹聲滿壑秋初到，山影一池泉洗青。」明中句如：「燒煙隔岸水猶靜，初日到窗山自移。」皆可愛也。四十年來，儒、釋兩門，一齊寂滅，竟無繼起者。

【箋注】

(1) 杭厲：杭，指杭世駿(1696-1772)，字大宗，號董浦。浙江仁和人。雍正二年舉人。乾隆元年應試博學鴻詞，授翰林院編修。晚年主廣東越秀、揚州安定書院。有《道古堂集》。袁枚推其中《嶺南集》為生平極盛之作。厲，指厲鶚。見本卷六一注(1)。

(2) 朱樟：字亦純，號鹿田，又號慕樵，晚號灌畦叟。浙江

錢塘（今杭州）人。康熙三十八年舉人。擢部郎，出守澤州。少從毛西河遊，頗為所賞。征車所至，載書以行。歸田後，徜徉湖山之勝，年八十卒。有《觀樹堂集》。吳城：字敦復，號甌亭。浙江錢塘人。吳焯長子。監生。清朝戲曲作家。家有繡谷亭、瓶花齋，朱藤開花季節，必邀詩友聚會。有《甌亭小稿》、《雲蠶齋詩話》、《武林耆舊續集》，與厲鶚合著雜劇《迎鑾新曲二種》。汪臺：字抱樸。浙江仁和人。廩生。乾隆元年薦舉鴻博。詩得其婦翁湯右曾之法，絕句特工。家城北有復園五景，集名人觴詠其中。金志章：初名士奇，字繪卣，號江聲。浙江錢塘人。雍正元年舉人。由內閣中書遷侍讀，出為直隸口北道。好遊覽，尤工詩。有《江聲草堂詩集》。張湄：字鷺洲，號南漪，又號柳漁。浙江錢塘人。雍正十一年進士。官至兵科給事中。工詩，有《瀛壖百詠》、《柳漁詩鈔》等。施安：字石友，號竹田、南湖老漁。清浙江錢塘人。善隸書，好交遊。有《舊雨齋詩》八卷。周京（1677-1749）：字西穆、少穆，號穆門，晚號東雙橋居士。浙江錢塘人。廩貢生。考授州同知。乾隆間舉博學鴻詞，稱疾不就試。工書，負詩名。有《無悔齋集》。

(3) 掎（jǐ）裳聯襼（yì）：牽裙連袖，形容人多。

(4) 明中：桐鄉（今屬浙江）施氏子，字大恒，號烎（yín）虛。七歲祝髮于秀水楞嚴寺，讀儒釋書。乾隆中主西湖天竺、慈諸道場。工詩，尤精篆刻，與厲鶚、杭世駿等結吟社。有《烎虛遺集》。讓山：篆玉，字讓山，號嶺雲。萬氏子。清浙江仁和人。年十七始出家為僧。工詩善琴，又精書法。有《話墮初集二集三集》。

六五

　　山陰吳修齡有句云(1)：「雁將秋色去，帆帶好山移。」人因呼之曰「吳好山」。好山〈晚晴〉云：「江皋收宿雨，征雁捲簾聞。野戍空千里，高秋無片雲。海明天落日，風響馬歸群。賦罷衫巾岸，應書白練裙。」與胡稚威交好(2)，兩序皆胡所作。胡和其〈寒夜〉一聯云：「凍苦星辰白，霜明鼓角乾。」真乃不愧孟郊(3)。

【箋注】

(1) 吳修齡：字予延，號好山。清浙江山陰人。有《好山集》、《橡村詩鈔》。

(2) 胡稚威：胡天游。見卷一・二八注(1)。

(3) 孟郊：字東野。唐湖州武康（今浙江德清）人。貞元年間進士。官溧陽尉。性狷介，與韓愈交誼甚密。一生困頓，其詩多寒苦之音。與賈島齊名。所謂「郊寒島瘦」。

六六

　　或云：「詩無理語。」予謂不然。《大雅》：「於緝熙敬止」(1)、「不聞亦式，不諫亦入」(2)，何嘗非理語，何等古妙！《文選》：「寡欲罕所缺(3)」，「理來情無存(4)」。唐人：「廉豈活名具，高宜近物情(5)。」陳後山〈訓子〉云(6)：

「勉汝言須記，逢人善即師(7)。」文文山〈詠懷〉
云(8)：「疏因隨事直，忠故有時愚(9)。」又，宋
人：「獨有玉堂人不寐，六箴將曉獻宸旒(10)。」亦
皆理語，何嘗非詩家上乘？至乃「月窟」、「天根」
等語(11)，便令人聞而生厭矣。

【箋注】

(1) 於緝熙敬止：意謂（文王）行事光明正大，嚴肅謹慎。見
《詩經・大雅・文王》。

(2) 「不聞」二語：意謂（文王）辦事適度，從善如流。

(3) 「寡欲」句：謝靈運《鄰里相送方山詩一首》：「積痾
謝生慮，寡欲罕所闕。」

(4) 「理來」句：謝靈運〈石門新營所住四面高山迴溪石瀨
茂林修竹詩〉：「感往慮有復，理來情無存。」

(5) 「廉豈」聯：此處有誤。應為清・查慎行詩，〈兒建新
任束鹿縣令將挈諸孫赴署先寄詩二首〉其二：「廉豈沽
名具，卑宜近物情。」（見《敬業堂詩集》）

(6) 陳後山：陳師道，字履常、無己，號後山居士。宋徐州
彭城人。任太學博士、潁州教授、秘書省正字。為人
高介有節，安貧樂道。多苦吟之作，為江西詩派有代表
性詩人。有《後山集》、《後山談叢》、《後山詩話》
等。

(7) 「勉汝」聯：此處有誤。唐・杜荀鶴〈送舍弟〉：「勉
汝言須記，聞人善即師。」非宋人陳後山詩。

(8) 文文山：文天祥，字履善，一字宋瑞，號文山。宋吉州
盧陵（今江西吉安）人。理宗寶祐四年進士第一。官至右
丞相。抗元被俘，從容就義。

(9)「疏囷」聯：一題作〈己卯十月一日至燕越五日罹狴犴有感而賦〉，此為第十三首。

(10)玉堂：北宋太宗淳化年間，賜翰林「玉堂之署」四字，後遂用玉堂代稱翰林院。六箴：六項勸戒之言，具體內容所指不一。宸旒（liú）：帝王所戴的冠帽。借指皇帝。

(11)月窟：古以月的歸宿處在西方，因借指極西之地。天根：一種星相術語。邵堯夫《擊壤集》卷十六〈觀物吟〉、又卷十七〈月窟吟〉用其語。袁枚討厭以這類抽象玄秘的詞語入詩。

六七

詩家有不說理而真乃說理者。如唐人詠〈棋〉云：「人心無算處，國手有輸時(1)。」詠〈帆〉云：「恰認己身住，翻疑彼岸移(2)。」宋人：「君王若看貌，甘在眾妃中(3)。」「禪心終不動，仍捧舊花歸(4)。」〈雪〉詩：「何由更得齊民暖，恨不偏於宿麥深(5)。」〈雲〉詩：「無限旱苗枯欲盡，悠悠閑處作奇峰(6)。」許魯齋〈即景〉云(7)：「黑雲莽莽路昏昏，底事登車尚出門？直待前途風雨惡，蒼茫何處覓煙村？」無名氏云：「一點緇塵涴素衣(8)，瘢瘢駁駁使人疑。縱教洗遍千江水，爭似當初未涴時？」

【箋注】

(1)「人心」聯：唐・裴說詩。

(2)「恰認」聯：唐・盧綸詩。

(3)「君王」二語：宋人，誤。應為唐・盧綸〈天長地久
詞〉詩。

(4)「禪心」二語：宋人，誤。應為唐僧皎然〈答李季蘭〉
詩：「禪心竟不起，還捧舊花歸。」

(5)「何由」二句：語出宋人韓維〈奉和君俞佳雪二首〉：
「緣何更得閭閻暖，恨不偏於壟麥深。」（見北京大學出
版社《全宋詩》卷四二五5223頁）

(6)「無限」二句：唐人來鵠詩。

(7)許魯齋：許衡，字仲平，號魯齋。元河內（今河南沁陽）
人。官至集賢大學士。有《魯齋遺書》。《元詩選》上
有許衡一首《風雨圖》，與這一首詩互有異同：「南山
已見霧昏昏，便合潛身不出門。直到半途風雨橫，倉惶
何處覓前村。」似不如此處文字。

(8)緇（zī）塵：黑色灰塵。常喻世俗污垢。涴（wò）：污
染。

六八

蘇州黃子雲(1)，號野鴻，布衣能詩。有某中丞欲
見之，黃不可，題一聯云：「空谷衣冠非易覿(2)，野
人門巷不輕開。」〈郊外〉云：「村角鳥呼紅杏雨，
陌頭人拜白楊煙(3)。」〈上王虛舟先生〉云(4)：
「兩晉而還誰翰墨，九州之內獨聲名。」皆佳句也。
子雲於城外構一草屋，客至，則具雞黍，夜留榻焉。
父子終夜讀書。客歎其好學。曰：「非也。我父子只
有一被，撤以供客，夜無以為寢，故且讀書耳。」

【箋注】

(1) 黃子雲（1691-1754）：字士龍，號野鴻。清崑山（今屬江蘇）人。少時曾泛海至琉球，中年後隱居靈巖山，築室長吟閣。布衣一生，所好惟詩。死後由僧雪舟安葬。有《野鴻詩稿》、《長吟閣詩集》、詩話《野鴻詩的》。

(2) 覯（gò）：遇見。

(3) 「陌頭」句：清明時節，人們上墳，祭拜在陌頭的一片白楊煙霧中。

(4) 王虛舟：王澍（1668-1739），字若霖，號虛舟。江蘇金壇人，後徙無錫。康熙五十一年進士。以善書法，特命充《五經》篆文館總裁官。雍正間官至吏部員外郎。治經學、理學。有《大學困學錄》、《白鹿洞規條目》、《淳化秘閣考正》等。

六九

　　己卯鄉試，丹陽貢生于震(1)，負詩一冊，踵門求見，年五十餘矣。曰：「苦吟半生，無一知己；今所望者惟先生，故以詩呈教。如先生亦無所取，則震將投江死矣。」余駭且笑，急讀之。是學前明七子者，於唐人形貌，頗能描摹，因稱許數言。其人大喜而去。黃星岩戲吟云(2)：「虧公寬著看詩眼，救得狂人蹈海心。」

【箋注】

(1) 于震：應為於震（1721-1774），字亦川，一作一川，號秋水。江蘇丹陽人。諸武生。乾隆三十年南巡，召試二

等。工詩古文，雅好騎射，性情豪邁，負才任俠，坎坷終身。有《太阿秋水集》、《亦川詩鈔》。（見光緒十一年刊《重修丹陽縣志》卷二十〈文苑〉）

(2)黃星岩：黃之紀。見本卷四六注(1)。

七〇

劉春池賦〈白牡丹〉云(1)：「神仙隊裏風流易，富貴場中本色難。」陳紫瀾宮詹浩賦〈白桃花〉云(2)：「後庭歌罷醒初醒，前度人來鬢已華(3)。」蔣用庵御史亦賦〈白桃〉云(4)：「亡息國因紅粉累，避秦人是白衣尊(5)。」皆妙。

【箋注】

(1)劉春池：劉夢芳，字春池。清江蘇上元人。金陵織造府計吏。有《秋水堂詩鈔》。

(2)陳紫瀾：陳浩，字紫瀾。順天昌平人。雍正二年進士。授編修，官至少詹事。書法東坡，上參魏晉諸家。詩品在白居易、劉禹錫之間。晚主講開封宛南書院。有《生香書屋稿》。

(3)後庭歌：南朝陳後主製曲《玉樹後庭花》，因陳後主喜好聲色終於亡國，便成為亡國之音。醒，酒醉後神志不清。此處以此典詠白桃花。前度人：用劉禹錫詩典故：「種桃道士歸何處？前度劉郎今又來。」鬢已華，切白桃花之詠。

(4)蔣用庵：蔣和寧。見卷一·六五注(15)。

(5)「亡息」句：《左傳·莊公十四年》載：蔡哀侯由於在

莘地戰敗被俘，在楚文王面前讚美息嬀，楚王親往息
國，設宴招待息侯而加以襲擊，於是滅了息國，把息嬀
帶到楚國。湖北黃陂縣東三十里有桃花夫人廟，即息夫
人廟。王維〈息嬀怨〉云：「看花滿眼淚，不共楚王
言。」杜牧〈題桃花夫人廟〉詩云：「細腰宮裏露桃
新，脈脈無言度幾春。」「避秦」句：避秦，晉‧陶潛
〈桃花源記〉故事中的隱居者，自稱他們的祖先為「避
秦時亂」才來隱居。後因用作詠隱者的典故。白衣，古
代未入仕者穿白衣，且因以白衣喻指沒有官職的人。陶
潛嗜酒，某年重陽無酒，恰有刺史王弘派白衣送酒。

七一

　　山陰胡西垞素行詭激(1)，落魄揚州，屢謁盧轉運
不得見(2)，乃除夕投詩云：「莽莽乾坤歲又闌，蕭
蕭白髮老江干(3)。布金地暖廻春易，列戟門高再拜
難(4)。庾信生涯最蕭瑟，孟郊詩骨劇清寒(5)。自憐
七字香無力，封上梅花閣下看。」雅雨先生見之，即
呼驂往拜，饋朱提數笏(6)。

【箋注】

(1) 胡西垞：胡裘鐸，號西垞。清山陰人。官中書舍人。游
　　如皋，與仲之琮善。精算法，工詩。有《一室嘯歌》、
　　《胡舍人詩稿》。（清嘉慶十三年《如皋縣誌》）

(2) 盧轉運：盧見曾。見卷二‧九注(1)。轉運，官名。

(3) 江干：江邊。

(4) 布金：《賢愚經》載：須達欲請佛祖，唯太子祇陀園宜
　　起精舍，太子說：「汝若能以黃金布地，令無空者，便

當相與。」須達布金欲滿，略欠少地。太子念言：「佛
必大德，能使斯人，輕寶如是。」乃令止，勿出金，二
人共立精舍。後以「布金之地」稱佛寺。列戟：戟是一
種進攻型長兵器，在居室或門前儀衛中陳列兵器，以顯
示王公貴人的身份等級。

(5) 庾信：字子山。北周南陽新野（今屬河南）人。官驃騎大
　　將軍、開府儀同三司，世稱庾開府。北周末，因病去
　　職，卒于隋初。其詩為梁之冠絕，啟唐之先鞭。有《庾
　　子山集》。杜甫詩曰「庾信生平最蕭瑟」。孟郊：見本
　　卷六五注(3)。

(6) 朱提：古縣名。以產銀著名，故作「銀」的別稱。笏：
　　二十四兩銀子或五十兩銀子為一笏。

七二

　　盧招人觀虹橋芍藥(1)，諸名士集二十餘人，獨布
衣金司農詩先成(2)，云：「看花都是白頭人，愛惜風
光愛惜身。到此百杯須滿飲，果然四月有餘春。枝頭
紅影初離雨，扇底狂香欲拂塵。知道使君詩第一，明
珠清玉比精神(3)。」盧大喜，一座為之擱筆。

【箋注】

(1) 盧：即前一則詩話之盧轉運。虹橋：指揚州虹橋觀。

(2) 金司農：金農（1687-1764），原名司農，字壽門，號冬
　　心、金牛、古泉等。清浙江杭州人。善畫工詩。舉鴻
　　博不就。為揚州八怪之一。有《論畫詩鈔》、《冬心隨
　　筆》、《冬心雜著》、《冬心畫梅題記》等。

(3) 明珠清玉：比喻人的氣質秀異、品行高潔。

七三

詩家閨秀多，青衣少(1)。高明府繼允有蘇州薛筠郎(2)，貌美藝嫻，賦〈秋月〉云：「風韻亂傳杵，雲華輕入河(3)。」〈旅思〉云：「如何野店聞鐘夜，猶是寒山寺裏聲(4)。」〈曉行〉云：「並馬忽驚人在後，貪看山色又回頭。」皆有風調。筠郎隨主人入都，卒於保陽。高刻其遺稿，屬余題句。余書三絕，有云：「絕好齊梁詩弟子，不教來事沈尚書(5)。」

【箋注】

(1)閨秀：指大戶人家的女兒。青衣：指穿青衣的婢女、侍僮。

(2)高繼允：字澗南。四川梁山人。雍正十三年舉人。乾隆二十四年任山西太谷知縣。纂修《太谷縣誌》。薛筠郎：如上。餘未詳。

(3)杵：傳說月宮中搗藥之杵。河：銀河。

(4)寒山寺：在今江蘇省蘇州市西楓橋鎮。相傳唐詩僧寒山子曾居於此，故名。唐‧張繼〈楓橋夜泊〉詩：「姑蘇城外寒山寺，夜半鐘聲到客船。」

(5)「絕好」句：指其詩綺麗如南朝齊梁詩，故稱。沈尚書：即南朝沈約。見本卷四三注(6)。此處代稱高繼允。

七四

　　沈歸愚選《明詩別裁》（1），有劉永錫〈行路難〉一首，云（2）：「雲漫漫兮白日寒，天荊地棘行路難。」批云：「只此數字，抵人千百。」予不覺大笑。「風蕭蕭兮白日寒（3）」，是《國策》語。「行路難」三字是題目。此人所作，只「天荊地棘」四字而已，以此為佳，全無意義。須知《三百篇》如「采采芣苢，薄言采之」之類（4），均非後人所當效法。聖人存之，采南國之風，尊文王之化；非如後人選讀本，教人摹仿也。今人附會聖經，極力讚歎。章艤齋戲仿云（5）：「點點蠟燭，薄言點之。點點蠟燭，薄言剪之。」注云：「剪，剪去其煤也。」聞者絕倒。余嘗疑孔子刪詩之說，本屬附會。今不見於《三百篇》中，而見於他書者，如《左氏》之「翹翹車乘，招我以弓（6）」，「雖有姬姜，無棄憔悴（7）」；《表記》之「昔吾有先正，其言明且清（8）」；古詩之「雨無其極，傷我稼穡」之類（9）：皆無愧於《三百篇》，而何以全刪？要知聖人述而不作。《三百篇》者，魯國方策舊存之詩，聖人正之，使《雅》、《頌》各得其所而已，非刪之也。後儒王魯齋欲刪《國風》淫詞五十章（10），陳少南欲刪《魯頌》（11），何迂妄乃爾！

【箋注】

（1）沈歸愚：沈德潛。見卷一·三一注（3）。

（2）劉永錫（1599-1654）：字欽爾，號臏庵。明末清初直隸魏縣（今屬河北邯鄲市）人。明崇禎九年舉人。官江南長洲

儒學教諭。南明亡，率妻子隱居相城，以死相拒清廷強
仕，窮餓而終。詩集未傳。陳允衡《愛琴館詩慰》有選
詩。

(3)「風蕭蕭」句：《戰國策》中荊軻所詠，後三字原為
「易水寒」。

(4)「采采」二句：見《詩經‧國風‧周南‧芣苢》。

(5)章餦齋：名袁梓，字餦齋。浙江錢塘人。諸生。袁枚表
弟。

(6)「翹翹」二句：見《左傳‧莊公二十二年》所引。

(7)「雖有」二句：見《左傳‧成公九年》所引。

(8)「昔吾」二語：《禮記‧緇衣》引詩。

(9)「雨無」二語：劉元世《元城語錄》曰：嘗記少年讀
《韓詩》，有〈雨無極〉篇，序云「正大夫刺幽王
也」，首云「雨無其極，傷我稼穡」。而毛詩此篇無此
二句。

(10)王魯齋：王柏，字會之，號魯齋。婺州金華（今屬浙江）
人。南宋經學家。朱熹的三傳弟子。工詩善畫，著述
甚富。有《魯齋集》、《讀易記》、《書疑》、《詩
疑》、《研幾圖》。據四庫全書《詩集傳名物鈔》提
要，王魯齋刪國風三十二篇。

(11)陳少南：陳鵬飛，字少南。宋溫州永嘉人。高宗紹興
十二年進士。授鄞縣主簿。歷官太學博士、崇政典說
書，除禮部員外郎。以忤秦檜，謫居惠州。有《管見
集》、《羅浮集》等。《朱子語類》說：「陳少南要廢
《魯頌》，忒煞輕率，他作序卻引『思無邪』之說，若
廢了《魯頌》，卻沒這一句。」

七五

宋人好附會名重之人，稱韓文杜詩，無一字沒來歷。不知此二人之所以獨絕千古者，轉妙在沒來歷。元微之稱少陵云(1)：「憐渠直道當時事，不著心源傍古人(2)。」昌黎云：「惟古於詞必己出，降而不能乃剽賊(3)。」今就二人所用之典，證二人生平所讀之書，頗不為多，班班可考，亦從不自注此句出何書，用何典。昌黎尤好生造字句，正難其自我作古，吐詞為經。他人學之，便覺不妥耳。

【箋注】

(1) 元微之：元稹。見卷一·二〇注(11)。

(2) 「憐渠」二語：元稹〈酬孝甫見贈十首（各酬本意，次用舊韻）〉中詩句。心源：心性。佛教視心為萬法之源，故稱。此語意為：不執著於主觀故意依傍古人。

(3) 昌黎：唐·韓愈。見卷一·一三注(1)。「惟古」二語：出自韓愈〈南陽樊紹述墓誌銘〉。

七六

女寵雖自古為患，而地道無成(1)，其過終在男子。使太宗不死，武氏何能為禍？李白云：「若教管仲身常在，宮內何妨更六人(2)！」楊誠齋云：「但願君王誅宰嚭，不愁宮裏有西施(3)。」唐人詠〈明皇〉云：「姚宋不亡妃子在，胡塵那得到中華(4)？」

〈僖宗幸蜀〉詩云：「地下阿瞞應有語，這回休更怨楊妃(5)。」范同叔云：「吳國若教丞相在，越王空送美人來(6)。」此數首，皆為美人開脫。余〈詠陳宮〉云：「若教褒姐逢君子，都是〈周南〉傳裏人(7)。」亦此意也。唐人又有句云：「吳王事事都顛倒，未必西施勝六宮(8)。」尤妙。

【箋注】

(1) 地道：《周易‧坤卦‧文言》曰：「地道也，妻道也，臣道也，地道無成而代有終也。」意謂：卑應於尊，下順於上。地道不倡成法，代天行道必有結果。

(2) 「若教」二語：非李白詩，應為宋人李覯《齊世家》：「莫以荒淫便責君，大都危亂為無臣。若教管仲身長在，何患夫人更六人。」管仲：即管夷吾、管敬仲，字仲。春秋初期潁上(今屬安徽)人。齊桓公時為相，實行改革，治國有方，從此齊國大振，成為春秋時第一個強國。更六人：《春秋左傳‧僖公十七年》：「齊侯之夫人三：王姬，徐嬴，蔡姬，皆無子。齊侯好內，多內寵，內嬖如夫人者六人。」

(3) 楊誠齋：楊萬里。見卷一‧二注(1)。「但願」二語：應為王安石〈宰嚭〉詩：「謀臣本自繫安危，賤妾何能作禍基。但願君王誅宰嚭，不愁宮裏有西施。」宰嚭(pǐ)：即太宰嚭，伯嚭，也叫帛喜、白喜，字子餘。春秋時吳國大臣。因善逢迎，深得吳王寵信。吳破越後，越王勾踐請和，吳王夫差同意，吳大夫伍子胥極力勸阻，越國以金錢美女收買太宰嚭，潛殺伍子胥。

(4) 「姚宋」二語：應為宋人張齊賢〈華清宮〉詩：「當時不是不窮奢，民樂昇平少欸嗟。姚宋未亡妃子在，塵埃那得到中華。」姚宋，指唐‧姚崇、宋璟。玄宗開元年

間，相繼為相。舊史以開元之治二人之力為多，因以並稱。

(5) 僖宗：唐末少帝李儇，在位十五年，昏庸無能，飽經戰亂、遷徙，在黃巢起義時，他曾逃亡于成都，在蜀四年。世稱「逃難皇帝」。「地下」二語：唐・羅隱〈帝幸蜀〉詩云：「馬嵬山色翠依依，又見鑾輿幸蜀歸。泉下阿瞞應有語，這回休更怨楊妃。」一作唐・狄歸昌〈題馬嵬驛〉詩。阿瞞，唐玄宗自稱阿瞞。

(6) 范同叔：未詳。丞相：指伍子胥。

(7)「若教」二語：袁枚《小倉山房詩集》卷二題為〈張麗華〉：「結綺樓邊花怨春，清溪柵上月傷神。可憐褒妲逢君子，都是〈周南〉傳裏人。」褒妲：即周幽王的皇后褒姒和殷紂王的妃子妲己。〈周南〉：即《詩經・國風》中篇章。

(8)「吳王」二語：唐・陸龜蒙《吳宮懷古》：「香徑長洲盡棘叢，奢雲艷雨秖悲風。吳王事事須亡國，未必西施勝六宮。」

七七

余雅不喜四皓事(1)，著論非之；且疑是子長好奇附會(2)，非真有其人也。後讀杜牧「四皓安劉是滅劉」、錢辛楣先生「安呂非安劉」二詩(3)，可謂先得我心。顧祿伯亦有詩誚之云(4)：「垂老與人家國事，幾聞巢許出山來(5)？」

【箋注】

(1) 四皓：即商山四皓。見本卷五二注(4)。

（2）子長：司馬遷，字子長。西漢左馮翊夏陽人。任太史令、中書令。發憤著書，寫成《太史公書》（即《史記》），一改《春秋》編年史體例，成為我國第一部紀傳體通史。《史記》中記有四皓。

（3）「四皓」句：杜牧〈題商山四皓廟〉詩語。秦時四皓隱于商山，修道潔己，非義不動；漢時呂后用張良計謀，迎出四皓，劉邦遂取消廢太子之議，朝野遂安。杜牧認為太子懦弱，日後釀成呂后專權之禍。錢辛楣：錢大昕。見卷二・四四注（4）。

（4）顧祿伯：顧詒祿，字祿百，號花橋、璦堂等。清江蘇長洲人。貢生。工詩文，為沈德潛高弟。有《吹萬閣集》、《璦堂文述》、《璦堂詩話》等。

（5）巢許：即巢父、許由，二人為傳說中唐堯時代的隱士。

七八

　　己酉夏間，鼇靜夫明府與張荷塘過訪隨園（1），蒙見贈云：「太史藏書地，因山得一園。西風吹蠟屐（2），涼雨叩蓬門。霜重楓將老，秋酣菊已繁。十年荒舊學，詩律待深論。」此詩雖成，逾年不寄。直至鼇公調任金山，余過松江，舟中相晤，方出以相示。予問：「何不早寄？」曰：「荷塘道：不佳。」余笑曰：「此詩通首清老，一氣卷舒，不求工於字句間。古大家往往有之，頗可存也。想荷塘引《春秋》之義（3），必欲責備賢者，誘出君驚人之句耶？」彼此囅然。鼇第三句是「西風吹倦客」。荷塘道：「『倦』字對不過『蓬』字。」為改作「西風蠟山屐」。余

道：「『蠟』字又與『風』字不相聯貫，不如改『西風吹蠟屐』，益覺清老也。」

【箋注】

(1) 鰲圖：于鰲圖。見卷一・五五注(4)。張荷塘：張五典，字敘百，號荷塘。陝西涇陽人。乾隆二十五年舉人。官江蘇上元縣令。有《荷塘詩集》。

(2) 蠟屐：典出《世說新語》阮孚以蠟塗屐。屐：一種木底鞋。以蠟塗屐，使之潤滑。後以「蠟屐」借指遊歷；也可用以形容寄情於某種癖好之中，悠然自得。

(3) 春秋之義：《春秋》，魯國史書。相傳為孔子所修。經學家認為它每用一字，必寓褒貶，即曲折而意含褒貶。《左傳・成公十四年》：「《春秋》之稱，微而顯，志而晦，婉而成章，盡而不汙，懲惡而勸善，非聖人誰能修之。」

七九

奇麗川方伯(1)，篤友誼而愛風雅。辛亥清明後三日，寄札云：「有惠山侯生，名光第，字枕漁者(2)，常攜之同至黔中。詩多清妙，而身亡後，散失無存，向其家搜得古今體一卷，特岊函寄上(3)。倘得採錄入《詩話》中，則鮑生附以不朽(4)，而余亦有以報故人也。」余讀之，頗近中唐風格，為錄其〈送友之河南〉云：「親老難為別，家貧耐遠行。東風吹客夢，落日已孤征。盡此一樽酒，相將無限情。梁園春正好，莫聽鷓鴣聲(5)。」〈山塘竹枝詞〉云：「當壚

十五鬢堆鴉(6)，稱體單衫淺碧紗。玉盞勸郎拼醉飲，更無花好似儂家。」「陂塘春水碧於油，樹樹垂楊隱畫樓。樓上玉人春睡足，一簾紅日正梳頭。」其他佳句，五言如：「蟬吟出高樹，山色落孤篷。」「隔水犬爭吠，斷橋僧獨歸。」七言如〈吊李白〉云：「千載比肩惟杜甫，一生低首只宣城(7)。」〈落花〉云：「丁寧落向春波去，不許東西兩處流。」

【箋注】

(1) 奇麗川：奇豐額。見卷一・五四注(2)。

(2) 侯光第：字枕魚。清江蘇無錫布衣。山水學黃公望。著百花詩百首，吳斧仙序而行之。有《蘭圃詩稿》、《醉紅詞》。

(3) 耑（zhuān）函：專函。書信常用語。謂特地寫信。

(4) 鯫生：小人。鯫（zōu）：雜小魚。比喻淺薄無知的人，古代男性書生常用作自謙之詞。

(5) 梁園：西漢景帝時，景帝的弟弟梁孝王劉武在開封東南(故址在今河南省商丘東)所建的花園賓館，亦稱為梁苑、兔園。鷓鴣：形似雌雉，頭如鶉，胸前有白圓點，如珍珠。背毛有紫赤浪紋。足黃褐色。古人諧其鳴聲為「行不得也哥哥」，詩文中常用以表示思念故鄉。

(6) 堆鴉：形容女子髮黑而美。

(7) 宣城：故城在今安徽宣城縣東。此處代稱南北朝時南齊著名詩人謝朓，他曾任宣城太守。李白有《秋登宣城謝朓北樓》。見卷一・二二注(4)。

一

凡作詩者，各有身分，亦各有心胸。畢秋帆中丞家潊香夫人有〈青門柳枝詞〉云(1)：「留得六宮眉黛好，高樓付與曉妝人。」是閨閣語。中丞和云：「莫向離亭爭折取，濃陰留覆往來人。」是大臣語。嚴冬友侍讀和云(2)：「五里東風三里雪，一齊排著等離人。」是詞客語(3)。夫人又有句云：「天涯半是傷春客，飄泊煩他青眼看。」亦有慈雲護物之意(4)。張少儀觀察和云(5)：「不須看到婆娑日，已覺傷心似漢南(6)。」則的是名場耆舊語矣(7)。

【箋注】

(1)畢秋帆：畢阮。見卷二・一三注(4)。潊香：即周月尊。見卷二・二五。

(2)嚴冬友：嚴長明。見卷一・二二注(6)。

(3)詞客：指以詩文名世的人。

(4)慈雲護物：佛教用語。比喻慈心如雲般的廣大，庇蔭著一切眾生。

(5)張少儀：張鳳孫(1706-1783)，字少儀。清江南華亭（今上海松江）人。雍正十年副貢生，乾隆元年舉博學鴻詞，十六年舉經學。先任貴州貴定知縣，後歷官雲南糧儲道，改刑部郎中。詩詞秀麗，淩鑠一時。有《寶田詩鈔》、《金沙廠記》等。觀察：清代對道員的尊稱。

(6)漢南：漢水以南。北周・庾信〈枯樹賦〉：「桓大司馬聞而歎曰：『昔年移柳，依依漢南；今看搖落，悽愴江潭。樹猶如此，人何以堪！』」。

(7)名場耆舊：科場上出了名的年高而有才德的人。

二

惲南田壽平之父遜庵(1)，遭國變，父子相失，壽平賣杭州富商某為奴。其故人諦暉和尚在靈隱坐方丈(2)，苦無救策。會二月十九日觀音生辰，天竺燒香者，過靈隱寺必拜方丈。諦暉道行高，貴官男女來膜拜者，以萬數，從無答禮。富商夫人從蒼頭婢僕數十人(3)，來拜諦暉。諦暉探知頎而纖者，惲氏兒也，矍然起，跪兒前，膜拜不止，曰：「罪過！罪過！」夫人驚問故。曰：「此地藏王菩薩也。托生人間，訪人善惡。夫人奴畜之，無禮已甚；聞又鞭撲之，從此罪孽深重，奈何！」夫人惶急，歸告某商。次早，某商來，長跪不起，求開一線佛門之路。諦暉曰：「非特公有罪，僧亦有罪。地藏王來寺，而僧不知迎，僧罪大矣！請以香花清水，供養地藏王入寺，緩緩為公夫婦懺悔，並為僧自己懺悔。」某商大喜，佈施百萬，以兒付諦暉。諦暉教之讀書、學畫，一時聲名大起。壽平佳句，如：「蟬移無定響，星過有餘光。」「送迎人自老，新舊歲無痕。」「只為花陰貪坐久，不須歸去更熏衣。」皆清絕也。〈十四夜望月〉云：「平開圖畫含千嶺，盡掃星河占一天。」真乃自喻其筆墨之高矣。其時，石揆僧與諦暉齊名(4)。石揆有弟子沈近思(5)，後官總憲。人問諦暉：「孰優？」曰：「近思講理學，不出周、程、張、朱範圍(6)；壽平作畫，能脫文、沈、唐、仇窠臼(7)：似惲優矣。」

【箋注】

(1) 惲壽平(1633-1690)：初名格，字壽平，後以字行，改字正叔，號南田。明末清初江南武進人。明遺民，終生不仕。善書畫，常州畫派開派人物，工詩，人稱「三絕」。有《甌香館集》。遜庵：惲日初，字仲升，號遜庵。明末清初江南武進人。崇禎六年副貢。長久留居京師，後歸隱浙江天台山。有《遜庵詩文集》、《見則堂四書講義語錄》、《野乘》。

(2) 諦暉：慧輅(1627-1725)，字諦暉。吳興(浙江湖州)沈氏。自幼出家。遊學杭州靈隱。歷住興福、妙濟等寺，學侶雲集。後住靈隱，康熙南巡，數召見之，賜寺雲林。

(3) 蒼頭：此指奴僕。《漢書‧鮑宣傳》：「使奴從賓客漿酒霍肉，蒼頭盧兒皆用致富。」顏師古注引孟康曰：「漢名奴為蒼頭，非純黑，以別於良人也。」

(4) 石揆：明萬曆時孝廉，後為靈隱寺長老垂三十年。

(5) 沈近思(1671-1728)：字位山。浙江錢塘(今杭州)人。康熙三十九年進士。歷官河南臨穎知縣、太僕寺卿兼吏部文選司郎中、左都御史。重視治水興教。卒諡端恪。有《天鑒堂文集》等。

(6) 周程張朱：即宋理學家周敦頤、二程(程顥、程頤)、張載、朱熹。周開其端，二程和張載為奠基者，朱為集大成者。

(7) 文沈唐仇：即明代文徵明、沈周、唐寅、仇英，均工繪畫，稱明四家，又稱吳門四大家。

三

詩用經書成語，有對仗極妙者。前輩盧玉岩云(1)：「頭既責余余責頭，腹亦負公公負腹(2)。」近人吳文溥云(3)：「人非磨墨墨磨人，我自注經經注我(4)。」姚念慈云(5)：「野無青草霜飛後，菊有黃花雁到初(6)。」汪韓門云(7)：「白鳧化後成衰老，黃雀飛來謝少年(8)。」胡稚威云(9)：「春水綠波芳草色，雜花生樹亂鶯飛(10)。」朱鹿田〈得子〉云(11)：「我求壯艾三年藥，汝似王瓜五月生(12)。」皆用經書、樂府成語也。余戲集樂府云：「背畫天圖，子星歷歷；東升日影，雞黃團團(13)。」

【箋注】

(1) 盧玉岩：盧存心(1690-1758)，字敬甫，號玉巖。浙江錢塘人。恩貢生，乾隆間舉鴻博，未中。工詩。有《白雲詩文集》。

(2)「頭既」二語：《世說新語》載：頭責秦子羽云：「子曾不如太原溫顒，潁川荀宇，范陽張華，士卿劉許，義陽鄒湛，河南鄭詡。此數子者，或謇吃無宮商，或厐陋希言語，或淹伊多姿態，或謹嘩少智諝，或口如含膠飴，或頭如巾齏杵。而猶以文采可觀，意思詳序，攀龍附鳳，並登天府。」宋·吳坰《五總志》：「古諺云：『大將軍食飽，捫腹而嘆曰：「我不負汝！」左右曰：「將軍固不負此腹，此腹負將軍，未嘗出少智慮也。」』」宋·方岳《滿庭芳·擘蟹》：「停杯問：余其負腹，是腹負余耶？」

(3)吳文溥（約1774-1844）：字博如，號澹川。浙江嘉興人。
乾隆二十三年貢生。平生好遊歷，西入關中，南遊臺
海。精韜略，工詩。詩或沉鬱蒼涼，或氣體高華，或樸
質新切，亦有關注民生疾苦的篇什。一生沉於幕僚，閱
歷頗多。有《南野草堂筆記》、《所見錄》、《師貞備
覽》、《南野堂詩集》等。

(4)「人非」二語：蘇東坡〈和舒教授觀所藏墨〉詩中有
「非人磨墨墨磨人」語。陸九淵有「六經注我我注六
經」說。

(5)姚念慈：一作姚念茲。見卷一・二四注(3)。

(6)「野無」聯：《左傳・僖公二十六年》中有「室如懸
罄，野無青草」語。《禮記・月令》有「季秋之月……
鞠有黃華」語。

(7)汪韓門：汪師韓（1707-1780)），字抒懷，號韓門，又號
上湖、坦橋。錢塘（今浙江杭州）人。雍正十一年進士。
選庶吉士，散館授翰林編修。曾任湖南學政。後主講蓮
池書院。遊畿輔，終歸鄉里。傾慕韓愈，自居為韓門弟
子。有《韓門綴學》、《談詩錄》、《詩學纂聞》、
《詩四家故訓》、《上湖紀歲詩編》、《上湖分類文
編》、《春星堂詩集》等。

(8)「白鼂」聯：《北史》齊童謠云「中興寺內白鼂翁」。
杜甫〈白鼂行〉：「黃鵠高於五尺童，化為白鼂似老
翁。」《南齊書》載：顧歡六七歲時，家貧，父使驅田
中雀，歡作〈黃雀賦〉而歸，雀食過半，父怒，欲撻
之，見賦乃止。袁山松《後漢書》曰：陳弇學尚書，躬
自耕種，常有黃雀飛來，隨弇翔翔。

(9)胡稚威：胡天游。見卷一・二八注(1)。

(10)「春水」二語：江淹〈別賦〉：「春草碧色，春水綠
波。送君南浦，傷如之何？」丘遲〈與陳伯之書〉：「
暮春三月，江南草長，雜花生樹，羣鶯亂飛。」

(11)朱鹿田：朱樟。見卷三・六四注(2)。

(12)「我求」聯：《孟子・離婁上》：「今之欲王者，猶七年之病求三年之艾也。」《禮記・月令》：「孟夏王瓜生」。

(13)「背畫」四語：《吳聲歌曲・讀曲歌》：「畫背作天圖，子將負星曆。」〈西烏夜飛〉：「日從東方出，團團雞子黃。」

四

　　題古蹟能翻陳出新最妙。河南邯鄲壁上或題云(1)：「四十年中公與侯，雖然是夢也風流。我今落魄邯鄲道，要替先生借枕頭。」嚴子陵釣臺或題云(2)：「一著羊裘便有心，虛名傳誦到如今。當時若著蓑衣去，煙水茫茫何處尋？」凡事不能無弊，學詩亦然。學漢、魏《文選》者，其弊常流於假；學李、杜、韓、蘇者(3)，其弊常失於粗；學王、孟、韋、柳者(4)，其弊常流於弱；學元、白、放翁者(5)，其弊常失於淺；學溫、李、冬郎者(6)，其弊常失於纖。人能吸諸家之精華，而吐其糟粕，則諸弊盡捐。大概杜、韓以學力勝，學之，刻鵠不成，猶類鶩也(7)。太白、東坡以天分勝，學之，畫虎不成，反類狗也。佛云：「學我者死。」無佛之聰明而學佛，自然死矣。

【箋注】

(1)邯鄲：唐・沈既濟《枕中記》載：盧生在邯鄲客店中遇

道士呂翁，用其所授瓷枕，睡夢中歷數十年富貴榮華。及醒，店主炊黃粱未熟。後因以「邯鄲夢」喻虛幻之事。此反其義。

(2) 嚴子陵：嚴光。見卷一‧一四注(1)。

(3) 李杜韓蘇：指李白、杜甫、韓愈、蘇軾。

(4) 王孟韋柳：指王維、孟浩然、韋應物、柳宗元。

(5) 元白放翁：指元稹、白居易、陸游(放翁)。

(6) 溫李冬郎：指溫庭筠、李商隱、韓偓(小字冬郎)。

(7) 鵠：體形似雁而較大，在水中能迅速劃行，姿態優雅，能高飛，且鳴聲洪亮。俗稱為天鵝。鶩：鳥類中的游禽類。俗稱為野鴨。

五

昔人稱謝太傅「功高百辟，心在一丘(1)」。范希文經略西邊，猶戀戀於曩日之圭峰月下(2)，與友人書，時時及之。秋帆尚書巡撫陝西，有〈小方壺憶梅〉詩(3)，節其大概云：「仙人家住梅花村，寒香萬頃塞我門。門巷寂寂嵌空谷，冷豔繁枝環破屋。塵緣未了出山去，回頭別花花不語。北走燕雲西入秦，問梅精舍知何處？歲云暮矣風雪驟，驛使音稀斷隴首。天涯人遠乍黃昏，料得花還如我瘦。松林翠羽最相思，夢繞南枝更北枝。花神曩日盟言在，重訂還山在幾時？香落琴弦彈一曲，爾音千里同金玉。花如不諒余精誠，請問鄧尉山樵徐友竹(4)。」徐名堅，蘇州木瀆人，能詩工畫，余舊交也。張文敏公〈題橫

山西廬〉云(5)：「壺中長日靜中緣，我亦曾經四小年(6)。不及蒼髯牆外叟，梅花看到菊花天。」與畢公同有「心在一丘」之想。

【箋注】

(1) 謝太傅：謝安。見卷一・五六注(4)。百辟：諸侯。一丘：即一丘一壑。語本《漢書》卷一○○敘傳上：「漁釣於一壑，則萬物不奸其志；棲遲於一丘，則天下不易其樂。」一丘一壑指隱居者所居住的地方。後亦用以比喻歸隱在野，縱情山水。

(2) 范希文：范仲淹，字希文。蘇州吳縣人。北宋大中祥符八年進士。出身孤寒，志操高潔，以天下為己任。歷任龍圖閣直學士、陝西經略安撫招討副使、參知政事（副宰相）。卒諡文正。有《范文正公集》。圭峰：在江西弋陽縣南部，地處三清山、龍虎山和武夷山之間，山上有塊奇石，形似圭板朝笏，故名。三十六峰十八大景，有「天然盆景」美稱。范文正〈鄠郊友人王君墓表〉云：「今茲方面，賓客滿坐，鐘鼓在廷，白髮憂邊，對酒鮮樂。豈如圭峰月下，倚高松，聽長笛，忘天下萬物之際乎？」

(3) 秋帆：畢沅。見卷二・一三注(4)。小方壺：小方壺齋，當時蘇北淮安棋盤街王肇慶家書房名。

(4) 徐友竹：徐堅(1712-1798)，字孝先，號友竹，晚號澡雪老人、鄧尉山樵。清江蘇吳縣人。貢生。工畫篆刻，知名公卿間。有《緪園詩鈔》、《友竹詩鈔》。

(5) 張文敏：張照。見卷一・二四注(5)。

(6) 壺中長日：成語有「壺中日月長」。《後漢書》載：汝南人費長房，曾為市掾。市中有老翁賣藥，懸一壺於肆頭，及市罷，輒跳入壺中。費異之，因往再拜奉酒脯。

翁乃與俱入壺中，只見玉堂嚴麗，酒肴豐盛，共飲畢而出。後以「壺中日月」或「壺中天地」代稱超塵脫俗的生活境界。小年：農曆十二月二十三為小年，民間習俗這天送灶王爺上天，向人間降吉祥。

六

尹文端公年七十七而薨(1)。薨時，滿榻紛披，皆詩草也。病革(2)，聞皇上有駕臨之信，才略收拾。前一月，命諸公子作送春詩。西席解吉庵賦云(3)：「也知住已經三月，其奈逢須隔一年。遺愛只留庭樹好，餘暉空托架花鮮。」公甚賞之，動筆加圈。歿後，方知皆讖(4)。公第四公子樹齋為尚書，應第三句(5)。又一聯云：「千紅萬紫費安排，底事功成駕便回？」亦暗藏騎箕之意(6)，皆無心偶觸云。

【箋注】

(1)尹文端：尹繼善。見卷一·一〇注(3)。薨(hōng)：周代稱諸侯死叫薨，唐以後稱大臣死亦為薨。

(2)病革：病危急。

(3)西席：舊時對家塾教師或幕友的敬稱。解吉庵：未詳。

(4)讖（chèn）：舊時迷信預測災異吉凶的言論或徵兆。

(5)樹齋：慶桂(1735-1816)，字樹齋。姓章佳氏，尹繼善四公子。滿洲鑲黃旗人。乾隆時以蔭生授戶部員外郎充軍機章京。嘉慶間官至文淵閣大學士兼軍機大臣加太保。諡文恪。

(6)騎箕：騎箕尾的省稱。箕、尾皆二十八星宿的星名。相
　　傳武丁的宰相傅說死後升天，跨身於二星之上。《莊
　　子・大宗師》：「傅說得之，以相武丁，奄有天下，
　　乘東維，騎箕尾，而比於列星。」後以此比喻人死後升
　　天，常用作挽辭。

七

　　副憲趙學齋先生提倡後學(1)，愛才如命。掌教萬
松書院，識拔英俊少年，一時遂有《北史》張雕武之
謗(2)。不數年，所識拔者，雲蒸霞起，如：吳雲岩、
葉登南輩(3)，皆作狀元詞翰，浮言始息。有項春臺秀
才早卒(4)，先生哭之云：「文章靈氣歸何處？師弟情
緣結再生。」余在京師，〈送王卿華歸里〉云(5)：
「風懷似我能憐我，客路逢君又別君。」先生讀之，
謂卿華曰：「此種才人，當鑄黃金事之(6)。」先生諱
大鯨。

【箋注】

(1)趙學齋：趙大鯨(1682-1749)，字橫山，號學齋、古藤。
　　浙江仁和（今杭州）人。雍正二年進士。選翰林院庶吉
　　士，散館授編修。歷官侍讀學士、少詹事、太僕寺卿、
　　大理寺卿、左副都御史。曾提督江西、直隸學政，主雲
　　南、湖南、河南三省鄉試。歸後主講萬松書院。工詩善
　　書。有《使滇集》、《歸觀集》、《古藤書屋集》。副
　　憲，左副都御史的別稱。

(2)張雕武：北齊中山北平（今河北滿城北）人。通《五
　　經》、《春秋三傳》。興辦儒學，廣收門徒。歷官平原

太守、通直散騎常侍、涇州刺史，後入授經書，加國子祭酒，假儀同三司，待詔文林館。兼修國史，旋升侍中。為人所誣陷，被殺。

(3) 吳雲岩：吳鴻。見卷三・二二注 (1)。葉登南：葉藩，字登南，號古渠、皋亭。浙江仁和人。乾隆十六年成進士。改庶吉士，散館補江西建昌知縣。累擢廣西思恩知府。去官後以授徒為生，屢為吳楚間書院院長。有《金山詩草》。

(4) 項春臺：未詳。

(5) 王卿華：王復旦，字卿華。仁和（杭州）人。乾隆元年舉人。後會試不第，縊死京都。

(6) 鑄黃金：《吳越春秋》：「范蠡既去……越王乃使良工鑄金，象范蠡之形，置之坐側。」後以「鑄金」或「鑄黃金」表示敬重人才。

八

蔣南莊守潁州(1)，有句云：「人原是俗非因吏，仕豈能優且讀書。」謙而蘊藉。〈過瀧喉〉云：「亂石磨舟泉有骨，雙橈撥霧水生塵。」與徐鳳木布衣「水淺擱舟沙怒語，山彎轉舵月回眸」相似(2)。蔣名熊昌，常州人。

【箋注】

(1) 蔣南莊：蔣熊昌，字澄川，號南莊。江蘇陽湖人。乾隆二十八年進士。三十七年入直，官至安徽潁州府知府。

(2) 徐鳳木：徐紫芝。見卷三・五二注 (2)。

九

　　湯潛庵巡撫江蘇(1)，〈出郭〉云：「按部雨餘香
稻熟，課農花發曉雲輕(2)。」人言公理學名儒，何詩
之清婉也？余記座師孫文定公亦有詠〈梅〉云(3)：
「天地心從數點見，河山春借一枝回。」詩不腐，而
言外俱含道氣。

【箋注】

(1) 湯潛庵：湯斌(1627-1687)，字孔伯，號荊峴，晚號潛
　　庵。河南睢州（今睢縣）人。順治九年進士。因父憂辭
　　官，從孫奇逢學。康熙十八年，應博學鴻詞科。歷官至
　　內閣學士，出為江寧巡撫，入為禮部尚書、工部尚書。
　　理學有素，詩文可觀。有《洛學編》、《湯子遺書》。

(2) 按部：巡按、御史稽察地方官吏。課農：即勸諭農民不
　　誤農時，精心耕耘，勤勉務農，發展生產。

(3) 座師：科場稱謂。明清時，進士、舉人稱本科總裁官
　　或主考為「座師」，亦稱為「座主」。孫文定：孫嘉
　　淦(1682-1752)，字錫公，號懿齋。山西興縣人。康熙
　　五十二年進士。官至吏部尚書、協辦大學士。歷事三
　　朝，直諫有聲，屢躓屢起，成一代重臣。但晚年圓滑奉
　　迎，畏首畏尾。卒諡文定。有《孫文定全集》。

一〇

　　朱子立中丞(1)，高顴長髯，多權謀，人稱「雙料
曹操」，與西林相公共事雲南(2)，彼此抵牾。朱有句
云：「畏暑鋪長簟，思風去短屏。」頗閒雅，不類其

為人。康熙間，施漕帥諱世綸者(3)，亦剛不可犯。有句云：「愛山移舫對，隔水問花多。」與中丞同調。朱名綱。

【箋注】

(1)朱子立：朱綱，字子驄，號忝齋。清山東高唐人。貢生。捐納授兵部主事。官至福建巡撫。卒贈兵部尚書，諡勤恪。詩學王士禎。有《蒼雪山房稿》。按：雍正五年十月至六年三月曾任雲南巡撫，當時鄂爾泰為雲貴廣西三省總督。查為仁《蓮坡詩話》：「朱子常中丞綱詩最佳而不多見。有句云：『畏暑鋪長簟，思風去短屏。』『去』字極自然。」與此所指當為同一人。

(2)西林相公：鄂爾泰。見卷一‧一注(7)。

(3)施漕帥：施世綸(1659-1722)，字文賢，一字文白，號潯江。清漢軍鑲黃旗人。歷官泰州知州，揚州、江甯、蘇州知府，順天府尹，所至有聲。後授漕運總督，故稱漕帥。為小說《施公案》中施公的原型。有《南堂集》。

一一

己未冬，余乞假歸娶，路過揚州，轉運使徐梅麓先生止而觴之(1)。席無雜賓，汪度齡應銓、唐赤子建中(2)，皆翰林前輩。余科最晚，年最少，終席敬慎威儀，不敢發一語。但見壁上有赤子先生〈端午竹枝〉云：「無端鐃鼓出空舟，賺得珠簾盡上鉤。小玉低言嬌女避，郎君倚扇在船頭。」

【箋注】

(1)徐梅麓：徐大枚，字惟吉，號梅麓。漢軍正藍旗人。康
　　熙五十七年進士。任太原府同知、盧州知府、蘇州知
　　府，官至兩淮都轉鹽運使。（朱汝珍《詞林輯略》）

(2)汪應銓：見卷三・四四注(1)。唐建中：字赤子、作人。
　　天門（今屬湖北）人。康熙五十二年進士。選庶吉士。清
　　高自負，好讀書。歷遊浙東名山大川。有《周義毛詩義
　　疏》、《國語國策糾正》等。

一二

　　湖南張少廷尉名璨(1)，字豈石，紫髯偉貌，議論
風生，能赤手捕盜。與魯觀察亮儕，俱權奇自喜(2)。
題所居云：「南軒北牖又東扉，取次園林待我歸。當
路莫栽荊棘草，他年免掛子孫衣。」言可風世。又
〈戲題〉云：「書畫琴棋詩酒花，當年件件不離他。
而今七事都更變，柴米油鹽醬醋茶。」殊解頤也(3)。
又謂人云：「見鬼莫怕，但與之打。」人問：「打敗
奈何？」曰：「我打敗，才同他一樣。」

【箋注】

(1)張璨：字豈石，號湘門。湖南湘潭人。康熙四十七年舉
　　人。任無錫知縣。有治行，善決獄，旋內任大理寺少
　　卿（少廷尉）。降職歸卒。工古文辭及書法。因〈戲題〉
　　詩，人稱「張打油」。只此處所舉二首，也可不朽。

(2)魯亮儕：魯之裕，字亮儕，號偉堂。湖北麻城人。康熙
　　五十九年舉人。歷官直隸清河道、湖北安襄鄖道，署布

政使。在官多政績。一生富於著述。有《經史提綱》、《式罄堂文集》等。權奇：權謀奇策，奇特詭異，詭而不失，謂之權奇。

(3)解頤：指笑得下巴脫落。形容人開懷而笑。

一三

馮古浦在西林相公席上詠〈牡丹〉云(1)：「詩到清平能動主(2)，花雖富貴不驕人。」西林喜，贈遺甚厚。此詩若在他人席上作，便覺無謂。

【箋注】

(1)馮古浦：馮枳，字古浦，一字燮宣，號橺堂。清江蘇婁縣人。布衣工詩。為鄂爾泰賞識。有《一棕居詩稿》。西林相公：鄂爾泰。見卷一・一注(7)。

(2)清平：指李白賦〈清平調〉三章，得唐玄宗賞識事。事詳《全唐詩》卷164。

一四

丙辰，余在都中，受知於張鷺洲先生(1)。先生作御史，立朝侃侃，頗著風績。有《柳漁集》行世，余購得，被人攫去，時為惱悶。甲午歲，余泊舟丹陽，旁有小舟相並，時天暑，彼此窗開。余艙中詩稿堆積几上。鄰舟一女子，容貌莊姝，每伺余出艙，便注目

偷視，若領解者。余心疑之。問其家人，乃先生女，嫁汪文端公從子某(2)。因招汪入艙話舊。問先生詩，不能記。入問夫人，夫人乃誦其〈巡臺灣作〉云：「少寒多暖不霜天，木葉長青花久妍。真個四時皆是夏，荷花度臘菊迎年。」

【箋注】

(1) 張鷺洲：張湄。見卷三‧六四注(2)。乾隆六年由詞垣改御史巡臺。在臺留下不少詩作。此處所選巡臺灣詩一首，寫出了真切生動的氣候特色，清新可誦。

(2) 汪文端：汪由敦（1692-1758），字師茗，號謹堂，又號松泉居士。清浙江錢塘（今杭州）人，原籍安徽休寧。雍正二年進士。乾隆初入值上書房，歷官兵部侍郎、吏部尚書、協辦大學士。贈太子太師，諡文端。善書法，能詩。有《松泉詩文集》。

一五

　　宛平黃崑圃先生，康熙辛未詞林予告後(1)，在長安主持風雅。人有一技一長，必為揄揚，無須識面。李方伯渭來江南(2)，余往衙參。一見，便云：「崑圃先生交好耶？」余曰：「未也。」方伯云：「我出都時，黃公以足下再三托我。」方知先生憐才，有古人風。〈庚午重赴鹿鳴〉詩曰(3)：「蕊榜新開敞盛筵(4)，漫勞車馬問衰年。雀羅門巷群相訝，鶴髮重聯桂籍仙(5)。」〈辛未重赴瓊林〉詩曰(6)：「天鼓

聲喧曉漏餘，春風吹雨灑庭除。婆娑老眼看新榜，仿佛青雲接敝廬。」「鶴返故巢無宿侶，花開仙洞見新枝(7)。輶軒南國追疇昔，風雨橋山愴夢思(8)。」先生巡撫浙江，追感兩朝恩遇，故詩中及之。

【箋注】

(1) 黃崑圃：黃叔琳，字崑圃。大興(今屬北京)人。康熙三十年進士。累官詹事，加侍郎銜。康雍乾三朝均以文學政事受知。又稱黃北平先生。有《文心雕龍輯注》、《詩經統說》、《夏小正傳注》、《硯北雜錄》等。詞林：翰林或翰林院的別稱。予告：有功官員准予休假或退休，稱予告。有時亦將棄官歸里自稱為予告。

(2) 李渭：字荪涯。直隸高邑(今屬河北)人。康熙六十年進士。歷官內閣中書、刑部主事，湖南岳州、河南彰德、四川嘉定知府，山東鹽運使、按察使，安徽、山東布政使。

(3) 重赴鹿鳴：清制，舉人於鄉試考中後滿六十周年，重逢原科(同一干支之年)開考，經奏准，與新科舉人同赴鹿鳴筵宴，稱為「重赴鹿鳴」，亦稱重預鹿鳴。

(4) 蕊榜：傳說中道教學道升仙，列名蕊宮。後指科舉考試中揭曉名第的榜示為「蕊榜」。

(5) 桂籍仙：桂籍，科舉登第人員的名籍。人們稱試官為桂籍仙。

(6) 重赴瓊林：清制，進士於考中後滿六十周年，重逢原科(同一干支之年)開考，由禮部奏准，與新科進士同赴恩榮宴(通稱瓊林宴)。

(7) 仙洞：新科進士衣錦繡，稱為瓊林錦繡仙，新進士居住之所故稱仙洞。

(8)軺（yóu）軒：輕車，周秦時天子派使臣采風問俗，即
　　乘此車。後遂以軺軒代稱天子使臣。橋山：史載，黃帝
　　崩，葬橋山，一說在陝西黃陵縣城北一華里處；一說在
　　河北涿鹿城東南四十里的溫泉屯村南。清雍正十一年，
　　陝西黃陵設立橋山書院，乾隆十二年重修。

一六

　　姜白石云(1)：「人所易言，我寡言之；人所難
言，我易言之：詩便不俗。」

【箋注】

(1)姜白石：姜夔，字堯章，號白石道人。宋饒州鄱陽（今
　　江西波陽）人。寓居浙江武康。科舉未第，遂以布衣
　　終身。卒於杭州。詞風以清空騷雅著稱。有《白石詩
　　集》、《詩說》、《白石道人歌曲》等。

一七

　　古人詩有全篇用平聲者，天隨子〈夏日〉詩四十
字皆平聲(1)。有全篇用仄聲者，梅聖俞〈酌酒與婦
飲〉一篇皆仄聲(2)。有通首不用韻者，古《採蓮曲》
是也(3)。有平仄各押韻者，唐末章碣以八句詩平仄
各有一韻是也(4)。詩家變體，宋魏菊莊《詩人玉
屑》(5)，言之最詳。

【箋注】

(1) 天隨子：陸龜蒙。見卷一‧二○注(13)。〈夏日閒居作四聲詩寄襲美〉：「荒池菰蒲深，閒階莓苔平。江邊松篁多，人家簾櫳清。為書淩遺編，調弦誇新聲。求歡雖殊途，探幽聊怡情。」全詩皆為平聲字。

(2) 梅聖俞：梅堯臣，字聖俞，世稱宛陵先生。宋宣州宣城人。賜進士出身。累尚書都官員外郎。詩風樸素，對宋詩革新曾起重要作用。有《宛陵集》。〈舟中夜與家人飲〉：「月出斷岸口，影照別舸背。且獨與婦飲，頗勝俗客對。月漸上我席，暝色亦稍退。豈必在秉燭，此景已可愛。」全詩皆為仄聲字。

(3) 採蓮曲：指《江南曲‧江南可採蓮》。

(4) 章碣：唐末桐廬（今屬浙江）人，後遷居錢塘。唐僖宗乾符年間進士及第。詩擅七律，多憤激之音。他自創七律「變體」，即在七律中出句押仄韻，對句押平韻，即單句與雙句各自押韻，但平仄韻母相同，一度風行。如〈變體詩〉：「東南路盡吳江畔，正是窮愁暮雨天。鷗鷺不嫌斜雨岸，波濤欺得逆風船。偶逢島寺停帆看，深羨魚翁下釣眠。今古若論英達算，鴟夷高興固無邊。」

(5) 魏菊莊：魏慶之，字醇甫，號菊莊。南宋建安（今屬福建）人。其《詩人玉屑》在詩話中影響甚廣。

一八

稅關巡攔書吏(1)，如捕役緝賊，虎視眈眈，但一見書冊，興便索然。姚雲上作七古(2)，前四句云：「劬勞王事前旌驅，咿唔星夜關山逾(3)。筍束牛腰橐負載(4)，關吏疾呼書書書！」此輩聲口宛然，讀之欲

笑。南豐謝鳴篁有句云(5)：「近海風濤壯，當關僕隸
尊(6)。」或和云：「客久囊雖破，船裝書便尊。」

【箋注】

(1)稅關巡攔書吏：官府派往關卡口岸掌管稅務案牘和巡查
　　的吏員。

(2)姚雲上：未詳。

(3)「劬（qú）勞」句：為帝王事業不辭勞苦地作為前驅奔
　　走。咿唔：讀書聲。

(4)橐（tuó）：盛物的袋子。

(5)謝鳴篁：字筠初。清江西南豐人。後家吳江。以友愛
　　稱。與兄鳴盛唱和吳下，吳人有二謝之目。著《蒼笈詩
　　文稿》、《川扇記》。（見同治十年刊《南豐縣誌》）

(6)僕隸：傭人。此指官府雇用的稅關巡攔書吏。

一九

　　鄭所南《井中心史》(1)，雖用鐵匣浸水中，然
年歷二百，紙墨斷無不壞之理。所載元世祖剖割文天
祥(2)，食其心肺，又好食孕婦腹中小兒，語太荒悖，
殊不足信。惟四言詩一首殊妙，曰：「今日之今，霍
霍栩栩；少焉矚之，已化為古(3)。」

【箋注】

(1)鄭所南：鄭思肖。見卷一‧二一注(2)。井中心史：亦
　　名《心史》或《鐵函心史》，據傳元至元二十年以鐵函

封存於蘇州承天寺枯井中，而於明崇禎十一年發現。內署「大宋孤臣鄭思肖百拜封」。一說為元初托思肖名所著。

(2)元世祖：即忽必烈，廟號世祖。文天祥：見卷三·六六注(8)。

(3)「今日」四句：出自鄭所南雜言古風〈春歌〉，並非四言一首，而是其中四句。霍霍栩栩：生動活潑，閃爍晶瑩。

　　女心外向，自古為然。南越古蠻洞(1)，秦時最強，俗尤善弩，每發鍢箭，貫十餘人。趙佗畏之(2)。蠻王有女蘭珠，美而豔，製弩尤精。佗乃遣子某贅其家。不三年，盡得其製弩、破弩之法。遂起兵伐之，虜蠻王以歸。此事見《粵嶠志》。余賦詩云：「趙王父子開邊界，賴種蘭珠一朵花。銅弩三千隨婿去，女兒心太為夫家。」按後世開邊，往往收功於婦人。洪武時，貴州宣慰使靄翠妻奢香(3)，為都督馬聘所裸撻(4)，乃走愬京師。太祖問：「朕為汝報仇，何以報我？」曰：「願立龍場九驛，通黔、蜀之道。」後果如其言。吳明卿詩云(5)：「君不見蜀道之闢五丁神，犍為萬卒迷無津(6)。帳中坐叱山河走，誰道奢香一婦人？」

【箋注】

(1) 南越：今廣東廣西一帶。秦末趙佗建國，漢武帝元鼎六年(西元前111年)滅亡。

(2) 趙佗：西漢真定(今河北正定)人。秦時任南海龍川縣令。秦始皇三十三年，平定嶺南，設置郡縣，趙佗是統一嶺南的第一個關鍵人物。秦亡後，自立為南粵(南越)武王。

(3) 靄翠：元末明初貴州彝族土司。元末官封四川等處行中書省左丞並順元宣撫使、八番順元沿邊宣慰使，明初皆授原職，加封懷遠將軍。年老後，由妻奢香代掌宣慰事。奢香：原姓君亨，彝名舍茲。「奢」是彝語「金」的音譯，有吉祥之義。祖籍四川永樂宣撫司(今四川省敘永、古藺一帶)。十四歲嫁給黔西水西「黔部」第六十六世土官靄翠為妻。夫死，代幼子襲職。她才英智勇，是明代貴州水西彝族女土司，曾入朝，揭發貴州都督馬煜逼民造反等事。率民開闢兩條驛道、九個驛站，溝通內地與邊區。病卒，被封為「大明順德夫人」。

(4) 馬聘：史書上一作馬煜，一作馬曄。歷官騎尉、瓊州訓導、貴州都督。政尚威嚴。鎮守貴州時，以殺戮懾羅夷，羅夷畏之，號馬閻王。因裸撻奢香，激怒諸羅。明太祖為使奢香及諸羅歸順，誅殺馬煜。(詳《炎徼紀聞》、《明史紀事本末》、《貴州通志》)

(5) 吳明卿：吳國倫，字明卿，號川樓。明湖廣興國人。嘉靖二十九年進士。由中書舍人擢兵科給事中。官至河南左參政。工詩，為「後七子」之一。有《甔甀洞稿》。

(6) 五丁：神話傳說中的五個力士。曾開蜀道。犍為：漢武帝開夜郎，置犍為郡，因山立名。初治鄨縣，後徙治僰道。東漢徙治武陽。

二一

　　古來奇女子，如馮嫽及冼夫人(1)，事載史書，惜見於詩者絕少。惟石柱土司之秦良玉(2)，能為國殺賊，明懷宗賜詩云(3)：「桃花馬上請長纓。」又云：「試看他年麟閣上，丹青先畫美人圖。」本朝朱鹿田先生作七古美之(4)，警句云：「一時巾幗盡鬚眉，馬上紅旗馬前酒。蜀亡不肯樹降旗，殘疆猶為君王守。」又曰：「綠沉槍舞春星轉，花桶裙拖錦帶紅。」

【箋注】

(1) 馮嫽：西漢解憂公主侍女。公主嫁烏孫昆彌，馮嫽隨行入烏孫。能史書，習事。膽略過人，極富外交才幹。受公主派遣，持漢節出使西域各國，擴大了西漢在西域的影響，被各國尊稱為「馮夫人」。冼夫人：原名冼英。高涼（今廣東陽江市西）人。南朝梁陳至隋初嶺南少數民族領袖。富策略，通兵法。與梁高涼太守漢族人馮寶結婚，稱冼夫人。屢次平定叛亂，成為隋朝統一中國後嶺南俚族的共同首領，號為「聖母」。畢生致力於和輯百越、開發嶺南和民族統一的大業，史稱「古今女將第一」。

(2) 秦良玉：明代巾幗英雄，忠州（今重慶市忠縣）人。曾任重慶府石砫宣撫使、土家族土司。饒膽智，善騎射，通詞翰，文武雙全。一生歷經四十五年戎馬生涯，征戰雲貴高原、長城內外、大江兩岸，保境安民，平叛抗清，戰功累累。被明廷封為一品夫人、太子太保。據清·沈欽圻〈題秦良玉遺像詩〉：「勤王兵殘勢窮蹙，子喪弟死一身獨，連斬六賊力已殫，拔刀自刎身不辱。」是良

玉與張獻忠交戰中，力竭自刎而死。

(3) 懷宗：明思宗朱由檢，年號崇禎。在位十七年。李自成
　　攻克北京時，於萬歲山（今景山）壽皇亭自縊。清軍入
　　京，為之發喪，諡懷宗。南明諡思宗。

(4) 朱鹿田：朱樟。見卷三・六四注(2)。

二二

　　僧無稱「郎」之理，而北魏諺云：「支郎眼中
黃(1)，形軀似智囊。」是僧可稱「郎」之一證。魏有
三高僧：支謙、支諒、支讖也(2)。

【箋注】

(1) 支郎：三國時月支國高僧支謙，字恭明。來遊漢境，博
　　學多藝，翻譯經文，孫權拜為博士。其人細長黑瘦，眼
　　多白而睛黃，時人稱道：「支郎眼中黃，形軀雖細是智
　　囊。」後因用作和尚的雅稱。

(2) 支諒：支亮，字紀明。東漢僧。從支讖受學，又以所學
　　授支謙，世稱三支。支讖：即支婁迦讖。月氏人。東漢
　　僧。漢靈帝時，遊於洛陽。傳譯梵文。後不知所終。

二三

　　香山詩：「楊柳小蠻腰(1)。」妓名也。後〈寄
禹錫〉詩：「攜將小蠻去，招得老劉來。」自注云：
「小蠻，酒榼也(2)。」「小蠻」竟有二解。

【箋注】

(1) 小蠻：唐白居易的舞妓名。

(2) 酒榼（kē）：圓形的酒器。

二四

汪舒懷先生云(1)：「錢箋杜詩，穿鑿附會，令人欲嘔。如以黃河十月冰為檻蓋之冰(2)，煎弦續膠為美饌愈疾(3)，以〈洗兵馬〉、〈收兩京〉二篇為刺肅宗，比之商臣、楊廣(4)，此豈少陵忠君愛國之心耶？尤可笑者，跋元人汪水雲詩(5)：『客中忽忽又重陽，滿酌葡桃當菊觴。謝后已叨新聖旨，謝家田土免輸糧。』『第二筵開八九重，君王把酒勸三宮。酡酥割罷行酥酪，又進椒盤剝嫩葱。』就此二首，遂以為謝后有失節之事。按《宋史》：理宗謝后寶慶三年冊立，垂四十年，而度宗嗣位，尊為太皇太后，已老病不能聽政。德祐二年，宋亡，徙越，七年而崩，壽七十四。是至燕時，已六十七矣；寗有劉曜、羊后之慮哉(6)？水雲又詠宋宮人分嫁北匠云：『君王不重色，安肯留金閨？』則世祖為人可知。《元史》又稱宏吉剌皇后見幼主入朝而不樂(7)，為全太后不習水土，代奏乞放還江南。帝雖不許，而封幼主為瀛國公。則別置邸第，完全眷屬可知。水雲詩云：『昭儀別館香雲暖，手把詩書授國公。』是王昭儀亦未入元宮也(8)。」

【箋注】

(1) 汪舒懷：汪師韓。見卷四・三注(7)。

(2) 黃河十月冰：是杜甫〈故武衛將軍挽歌三首〉其二中的一句。錢謙益在《錢注杜詩》中注「冰」為「櫝丸蓋」，即箭箙的蓋。認為黃河十月，軍士乏水，而以箭箙之蓋取飲，極狀其苦寒。袁枚認為可笑。意為冰就是冰。

(3) 煎弦續膠：應為「煎膠續弦」，杜甫〈病後遇王倚飲贈歌〉：「麟角鳳觜世莫識，煎膠續弦奇自見。」古傳將鳳喙麟角煎合為膠，可以粘連弓弦劍弩。錢注喻王生以美饌愈疾，如仙膠之續絕弦。袁枚亦以為可笑，其實有可取之處。以此喻王倚的為人和作為朋友的交情，是新穎而富有深意的。

(4) 商臣：熊氏，名商臣。楚穆王，春秋時楚君。成王子。聞成王欲廢其太子位，商臣佯錯而獲真情，遂發動宮廷政變，弒父自立。楊廣：隋煬帝。為隋文帝楊堅的次子，以偽裝騙取信任，廢其兄楊勇太子位，改立他為太子。後楊廣弒父殺兄，自立為帝。

(5) 汪水雲：汪元量，字大有。錢塘人。原為宋宮廷琴師。元滅宋，隨帝后及太后與嬪妃被虜北去，作拘幽十操，獄中文天祥倚歌和之。元世祖聞其名，召入，命鼓琴，乞為黃冠歸錢塘，世祖賜為黃冠師。南歸後，去留無跡，自號水雲子。有《水雲集》、《湖山類稿》。

(6) 劉曜：字永明。新興(今山西忻縣)匈奴人。十六國時前趙國君。歷任三朝，官至相國，都督中外諸軍事。漢隱帝劉粲被外戚殺後，劉曜在平陽稱帝，改漢為趙，遷都長安，史稱前趙。羊后：即晉惠帝司馬衷的皇后羊獻容，泰山南城(今山東甯陽縣)人。劉曜僭位稱帝後，把他所俘的晉惠帝皇后羊獻容立為皇后，羊氏感激涕零，其一生侍奉兩個皇帝，均被立后，實屬少見。死後被諡

為獻文皇后。

(7)幼主：南宋恭帝趙㬎，又稱少帝、幼帝、恭帝、德祐皇帝。降元後授封瀛國公。度宗子，母為全皇后。

(8)王昭儀：王清惠。南宋度宗趙禥宮中昭儀。元兵入杭，宋少帝率謝、全兩后及嬪妃皆赴北。同時被俘的王昭儀，寫了一首〈滿江紅〉，題於驛壁，一時廣為傳頌。後自請為女道士，號沖華。

二五

陳後山吟詩最刻苦(1)，〈九日〉云：「人事自生今日意，寒花只作去年香。」鄭毅夫云(2)：「夜來過嶺忽聞雨，今日滿溪都是花。」此種句，似易實難。人能知易中之難，可與言詩。

【箋注】

(1)陳後山：北宋詩人陳師道。見卷三・六六注(6)。

(2)鄭毅夫：鄭獬，字毅夫。北宋安陸（今湖北雲夢）人。皇祐五年進士第一。知制誥。神宗時，拜翰林學士，權知開封府。後以侍讀學士出知杭州，徙青州。有《鄖溪集》。

二六

雍正甲寅，海甯陳文簡公予告在家(1)，來遊西湖。人知三朝元老，觀者如堵。余年十九，猶及仰瞻

風采。先生仙風道骨，年已八十，猶替人題陳章侯
〈蓮鷺圖〉云(2)：「墨花吹得綠差差，小景分來太
液池。白鷺不飛蓮不謝，搖風立雨已多時。」書法
絕似董香光(3)。余生平所見翰林前輩，如徐蝶園相
國(4)、陳文簡公、黃崑圃中丞(5)、熊滌齋太史(6)，
皆魯靈光也(7)。

【箋注】

(1) 陳文簡：陳元龍(1652-1736)，字廣陵，號乾齋。浙江海
　　寧人。康熙二十四年一甲二名進士。授編修，歷官翰林
　　院掌院學士、廣西巡撫，至文淵閣大學士兼禮部尚書。
　　卒諡文簡。有《愛日堂集》。

(2) 陳章侯：陳洪綬(1598-1652)，字章侯，號老蓮，亦稱老
　　遲。明末清初諸暨人。性僻而好遊，擅畫人物、仕女。
　　為著名版畫家。

(3) 董香光：董其昌，字玄宰，號思白、香光居士。明華
　　亭(今上海松江)人。萬曆進士。歷庶吉士、編修、湖
　　廣副使、湖廣學政、禮部左侍郎、南京禮部尚書。卒賜
　　文敏。精書法，善畫山水。有《容臺集》、《畫禪室隨
　　筆》、《畫眼》等。

(4) 徐蝶園：徐元夢，字善長，一字蝶園。舒穆祿氏。滿洲
　　正黃旗人。舒與徐滿音略同，人稱蝶園徐先生。康熙
　　十二年進士。累官禮部侍郎、太子少保。為官六十餘
　　年，歷事三朝。

(5) 黃崑圃：黃叔琳。見本卷一五注(1)。

(6) 熊滌齋：熊本。見卷一·三〇注(4)。

(7) 魯靈光：西漢景帝之子劉餘，封魯王。喜造宮室，在魯
　　國都城曲阜造靈光殿。後來漢室衰微，兵火連綿，所

建宮殿多毀於兵燹，惟靈光殿歸然獨存。後以「魯靈光
殿」或「魯殿靈光」稱碩果僅存的人或事物。

二七

　　諺云：「讀書是前世事。」余幼時，家中無書，
借得《文選》，見〈長門賦〉一篇(1)，恍如讀過，
《離騷》亦然。方知諺語之非誣。毛俟園廣文有句
云(2)：「名須沒世稱才好，書到今生讀已遲(3)。」

【箋注】

(1)長門賦：西漢司馬相如賦。

(2)毛俟園：毛藻。見卷二・二六注(1)。

(3)沒世：去世。

二八

　　凡作人貴直，而作詩文貴曲。孔子曰：「情欲
信，詞欲巧。」孟子曰：「智譬則巧，聖譬則力。」
巧，即曲之謂也。崔念陵詩云(1)：「有磨皆好事，無
曲不文星。」洵知言哉！

　　或問：「詩如何而後可謂之曲？」余曰：古詩之
曲者，不勝數矣！即如近人王仔園〈訪友〉云(2)：
「亂烏棲定夜三更，樓上銀燈一點明。記得到門還不
扣，花陰悄聽讀書聲。」此曲也。若到門便扣，則直

矣。方蒙章〈訪友〉云(3)：「輕舟一路繞煙霞，更愛
山前滿澗花。不為尋君也留住，那知花裏即君家。」
此曲也。若知是君家，便直矣。宋人詠《梅》云：
「綠楊解語應相笑，漏泄春光恰是誰(4)？」詠〈紅
梅〉云：「牧童睡起朦朧眼，錯認桃林欲放牛(5)。」
詠梅而想到楊柳之心，牧童之眼，此曲也；若專詠梅
花，便直矣。

【箋注】

(1) 崔念陵：崔謨。見卷二・六四注(1)。

(2) 王仔園：王賓，字仔園。清揚州府江都人。能文，善書
　　 法。康熙二年舉人。二十一年赴禮部試，竣聞父訃，哀
　　 號五日而卒。（清嘉慶十五年《甘泉縣志》）

(3) 方蒙章：方殿元，字蒙章，號九谷。廣東番禺人。康熙
　　 三年進士。歷任山東郯城、江蘇江甯知縣。去官後攜二
　　 子僑寓蘇州，父子皆有詩名。有《九谷集》。

(4) 「綠楊」聯：《詩話總龜》：臧謀〈梅花〉詩云：「綠
　　 楊解語應相笑，漏泄春光卻是誰？」人皆誦之。

(5) 「牧童」聯：宋・呂徽之〈紅梅〉：「疏影離奇色更
　　 柔，誰將紅粉點枝頭。牧童睡起朦朧眼，錯認桃林欲放
　　 牛。」

二九

　　詩雖貴淡雅，亦不可有鄉野氣。何也？古之應、
劉、鮑、謝、李、杜、韓、蘇(1)，皆有官職，非村

野之人。蓋士君子讀破萬卷，又必須登廟堂(2)，覽山川，結交海內名流，然後氣局見解，自然闊大；良友琢磨，自然精進。否則，鳥啼蟲吟，沾沾自喜，雖有佳處，而邊幅固已狹矣。人有鄉黨自好之士(3)，詩亦有鄉黨自好之詩。桓寬《鹽鐵論》曰(4)：「鄙儒不如都士(5)。」信矣！

【箋注】

(1)應劉鮑謝：應瑒，字德璉，三國魏人，辟為丞相掾，後為五官將文學。劉楨，字公幹，三國魏人，辟為丞相掾屬，建安七子之一。鮑照，字明遠，六朝宋東海(今屬江蘇)人，家世貧賤，臨海王劉子頊鎮荊州時，任前軍參軍、刑獄參軍，長於樂府詩，有《鮑參軍集》。謝靈運，南朝宋會稽始寧(今浙江上虞)人，祖籍陳郡陽夏(今河南太康)人，謝玄孫，幼寄養於外，因名客兒，人稱謝客，襲封康樂公，世稱謝康樂，官永嘉太守、臨川內史，山水詩派開創者，有《謝康樂集》。李杜韓蘇：李白、杜甫、韓愈、蘇軾。

(2)廟堂：宗廟殿堂，原指太廟的明堂，古代帝王祭祀、議政事的處所。後多用以指代朝廷，亦指做官參政。

(3)鄉黨自好之士：自稱之詞。鄉黨，鄉里。自好，自愛自重。士，讀書人。

(4)桓寬：字次公。西漢汝南(今屬河南)人。官至廬江太守丞。

(5)鄙儒不如都士：僻野的儒生不如都城的人。

按：讀此則，似主張一個詩人要懂得廟堂與民間、廟堂與山林的關係，既要有民間生活，也要有高層體驗，既要有鄉野之情，也要有廟堂之思、廟堂之量。人如此，詩亦如此。

吾鄉宋笠田明府女，名右妍（1），能詩，有「殘
溜積來頻洗硯，爐灰撥去屢添香」之句。嫁婿徐金
粟（2），亦少年能詩。〈七夕〉云：「一灣河漢影，萬
國女兒情。」〈晚坐〉云：「風帶殘雲歸遠岫，樹搖
餘滴亂斜陽。」

【箋注】

（1）宋笠田：宋樹穀，字笠田。浙江錢塘人。乾隆十七年副
　　貢。官鳩江、蕪湖、兩當知縣。因事謫戍黑龍江。參讀
　　卷一三・二四。宋右妍：如上。餘未詳。

（2）徐金粟：未詳。卷一・五九也有一聯詩。

三一

　　丙辰以布衣薦鴻詞者，海內四人：一江西趙寧
靜（1），一河南車文（2），一陝西屈復（3），一嘉禾張
庚（4）。車之著作，余未經見。張善畫，長於五古，
人亦樸誠。獨屈叟傲岸，自號悔翁，出必高杖，四童
扶持。在京師，見客，南面坐；公侯學詩者，入拜床
下。專改削少陵，訾詆太白，以自誇身份。耳食者抵
死奉若神明（5）。山左顏懋倫心不平（6），獨往求見。
坐定，即問曰：「足下詩，有〈書中乾蝴蝶〉二十
首，此委巷小家子題目，李、杜集中，可曾有否？」
屈默然慚。人以為快。沈歸愚刻《別裁集》（7），僅

錄屈〈王母廟〉一首(8)，云：「秦地山河留落日，漢家宮闕見孤燈。如今應是蟠桃熟，寂寞何人薦茂陵(9)？」

【箋注】

(1) 趙寧靜：見卷二・二注(3)。

(2) 車文：字彬若。河南太康人。乾隆二十五年舉人。《太康縣誌》載《撰著堂賦》一篇。

(3) 屈復(1668-1749)：字見心，號悔翁、金粟道人。陝西蒲城人。十九歲童子試第一，棄去，遍游齊楚吳越間。後轉徙至京師，以詩學教授弟子。乾隆元年以布衣薦舉博學鴻詞，不赴。有《弱水集》、《江東瑞草集》、《楚辭新注》、《杜工部詩評》、《玉溪生詩意》、《唐詩成法》等。

(4) 張庚：見卷二・一六注(8)。

(5) 耳食：以耳吃食，比喻不加思索輕信傳聞。

(6) 顏懋倫：字樂清。山東曲阜人。由拔貢薦授四氏學教授，擢鹿邑令。乾隆元年九月薦舉博學鴻詞，應試落選。益發憤為古文詞，尤邃於詩。有《瓦研山房集》。

(7) 沈歸愚：沈德潛。見卷一・三一注(3)。

(8) 王母：仙人名。即神話中的西王母。

(9) 蟠桃：謂仙桃。據班固《武帝內傳》，西王母曾以仙桃四顆給漢武帝，此桃三千年一熟。茂陵：古地名。在今陝西興平縣東北，原名茂鄉，武帝葬此，因曰茂陵。

三二

　　慶兩峰玉觀察蕪湖(1)，因舊署荒蕪，前任劉公
未加修葺。兩峰抵任，為培花樹，戲題一絕寄劉云：
「笑殺河陽舊吏來(2)，地無青草長莓苔。嶺梅岩桂江
干竹，都是劉郎去後栽(3)。」

【箋注】

(1)慶玉：字兩峰。鑲黃旗滿洲人。乾隆二十一年舉人。曾
　　任奉天知縣、戶部員外郎、安徽甯池太廣道、湖北按察
　　使。

(2)河陽舊吏：見卷二・三一注(6)。此處詩人戲為自喻。

(3)劉郎：唐・劉禹錫〈玄都觀桃花〉：「玄都觀裏桃千
　　樹，儘是劉郎去後栽。」這裏借劉禹錫戲稱「前任劉
　　公」，不無幽默意味。

三三

　　辛未，聖駕南巡，西湖僧某迎於聖因寺，上以手
撫其左腕，其僧遂繡團龍于袈裟之左偏。客來相揖
者，以右手答之，而左臂不動。杭董浦嘲之云(1)：
「維摩經院境清嘉，依舊紅塵送歲華(2)。誇道賜衣曾
借紫(3)，竹邊留客曬袈裟。」

【箋注】

(1)杭董浦：杭世駿。見卷三・六四注(1)。

(2)維摩：維摩詰。佛經中人名。梵名音譯，佛教菩薩名，是大乘佛教中最為重要的居士，嘗以稱病為由，向釋迦遣來問訊的舍利弗和文殊師利等宣揚教義。為佛典中現身說法、辯才無礙的代表人物。後常用以泛指修大乘佛法的居士。維摩經院是指高僧說經傳法的佛寺。紅塵：繁華世俗人生。

(3)借紫：唐宋官階三品以上著紫服，未及三品而特許服紫者稱借紫。此處借用，語含諷刺。

三四

丙辰徵士王藻(1)，字載揚，吳江人，販米為業。〈偶題《桃源圖》〉云：「相看何物同塵世？只有秦時月在天。」以此受知于沈艛翁先生(2)，四處揄揚，遂棄業讀書。吳大宗伯荊山薦舉鴻詞科(3)，廷試報罷，往來揚州，與詩人結社吟詠。貌瑣瘦急遽，小聲音，好蓄宋板書、青田石印章。有友借觀，誤墮地碎，載揚垂泣三日。其風趣如此。〈讀《梅村集》〉云(4)：「百首淋浪長慶體，一生慚愧義熙民(5)。」〈剪梅〉云：「大抵端相求入畫，最難割愛似刪詩。」

【箋注】

(1)徵士：舊時對受朝廷徵聘而不曾受職的名士之稱謂。王藻：字載揚，別號梅沜。江蘇吳江平望人。初販米為業，後遊京師。乾隆元年薦舉鴻詞博學，官至國子監學正。性嗜古，好收藏，工詩。有《鶯脰湖莊詩集》。

(2) 沈艣（lún）翁：沈樹本，字厚餘，號操堂，晚號艣翁。
　　浙江歸安（今湖州）人。康熙五十一年進士。選庶吉
　　士，授編修。工詩，少時以詠白萍句得名，人呼「沈白
　　萍」。有《竹溪詩略》、《艣翁詩集》、《玉玲瓏山館
　　詞》等。

(3) 吳荊山：吳士玉，字荊山。清江蘇吳縣人。康熙四十五
　　年進士。雍正間官至禮部尚書。有文名。參與修撰《佩
　　文韻府》。卒賜文恪。有《吹劍集》、《蘭藻堂集》。

(4) 梅村：吳偉業（1609-1671），字駿公，號梅村。明末清
　　初江南太倉人。明崇禎四年進士。官至少詹事。入清，
　　力迫入都，累官國子監祭酒。學問淵博，尤長於詩。有
　　《梅村集》、《太倉十子詩選》。

(5) 長慶體：指唐・元稹、白居易所作以鋪陳情事為主要特
　　色的長篇七言歌行詩體。後人此類詩作亦稱長慶體。義
　　熙：晉・司馬德宗（安帝）年號，共十四年。東晉後期，
　　內亂迭起，外患頻繁，晉安帝義熙元年陶淵明辭官歸
　　隱。晉恭帝元熙二年晉宋易代。陶淵明成了東晉遺民。
　　在劉宋朝生活了七年，卒。義熙民，代指陶淵明。此處
　　比喻吳偉業。吳是明崇禎四年一甲二名進士。在朝為
　　官，入清後十年在野。也處於易代之時，是不幸的。

三五

　　余少時過江西瀘溪，舟中把書吟詠。岸上兒童指
曰：「此學士船也。」余喜而成句，云：「衣冠僧識
江南客，翰墨兒呼學士舟。」後三十年，讀無錫顧公
奎光〈赴辰州〉詩云(1)：「村民久識瀘溪令，笑指篷
窗滿几書。」兩意相同，而俱成於瀘溪，亦奇。顧詠

〈傀儡〉云：「閑來惟掛壁，用我也登場。」〈過沅江〉云：「名場似弈無同局(2)，吏道如詩有別才。」

【箋注】

(1)顧奎光：字星五。江蘇無錫人。乾隆十五年進士。歷任瀘溪、桑植知縣，有政績。博學多識，以詩文聞名當世。有《春秋隨筆》等。

(2)名場：泛指追逐聲名的場所。弈：圍棋。

三六

陳滄州先生守蘇州，〈重遊虎丘〉詩云(1)：「雪艇松龕閱歲時(2)，廿年蹤跡鳥魚知。春風再掃生公石，落照仍銜短薄祠(3)。雨後萬松全邐迤(4)，雲中雙塔半迷離。夕佳亭上憑闌處，紅葉空山繞夢思。」「塵鞅刪餘半晌閑(5)，青鞋布襪也看山。離宮路出雲霄上，法駕春留紫翠間(6)。代謝已憐金氣盡，再來偏笑石頭頑(7)。棟花風後遊人歇(8)，一任鷗盟數往還。」其時總督噶禮(9)，以詩為誹謗，句句旁注，而劾奏之，摘印下獄。聖祖詔云：「詩人諷詠，各有寄託。豈可有意羅織，以入人罪(10)？」命復其官。尋擢霸昌道(11)。

【箋注】

(1)陳滄州：陳鵬年。見卷二·二二注(2)。虎丘：在江蘇省蘇州市西北，亦名海湧山。相傳吳王闔閭葬此。

(2) 雪艇：南朝宋劉義慶《世說新語·任誕》：「王子猷居山陰，夜大雪……忽憶戴安道。時戴在剡，即便夜乘小船就之。經宿方至，造門不前而返。人問其故，王曰：『吾本乘興而行，興盡而返，何必見戴。』」後成為訪友的典故。松龕（kān）：松林中的佛龕。龕，供奉神佛或神位的石室或小閣。此處泛指遊覽佛寺，或登山。

(3) 生公石：虎丘山的中心有一塊大磐石，石的北面有一座生公即高僧竺道生的講壇。此即生公石，亦稱千人石。據傳生公聚石講經，有「生公說法，頑石點頭」之說。短薄祠：晉·王珣的祠廟，在蘇州市虎丘山。王珣為人短小，任主簿、尚書右僕射。以才學文章見昵于晉武帝。嘗夢人以大筆如椽與之。後封東亭侯。累官散騎常侍。

(4) 遝（tà）匝：紛亂貌。

(5) 塵鞿：指世俗事務的束縛。鞿，套在馬頸上的皮帶。

(6) 離宮：正宮之外供帝王出巡時居住的宮室。古蘇州建有館娃宮，相傳為吳王夫差為西施所建。法駕：皇帝出行的一種儀仗。

(7) 金氣：據《越絕書》云：「闔廬冢在吳縣昌門外，名曰虎丘。下池廣六十步，水深一丈五尺，桐棺三重，湧池六尺，玉鳧之流扁諸之劍三千，方員之口三千，槃郢、魚腸之劍在焉。卒十餘萬人治之，取土臨湖。葬之三日，白虎居其上，故號曰虎丘。」唐·顏真卿〈刻清遠道士詩因而繼作〉詩，其中有「金氣騰為虎」句。此處所指為秋天的衰颯氣象。「再來」句：傳說虎丘千人坐旁有石點頭，生公講道於此，無信之者，乃聚石為徒，與談至理，石皆為點頭。此反其義。

(8) 棟花風：舊說是二十四番花信風的最後一番，此時棟樹花開，正當暮春初夏。

(9) 噶禮：姓棟鄂。清滿洲正紅旗人。累官內閣學士、山西

巡撫、兩江總督。為官貪婪，所到之處縱吏虐民。噶禮認為「代謝已憐金氣盡」是誣謗大清氣數將盡，因為「金」是大清原來的國號。「一任鷗盟數往還」中的「鷗盟」二字，乃陰通臺灣鄭氏集團的證據，所以上奏彈劾陳鵬年「心蓄異志，語涉大逆」。康熙置之不理。後來曾說：「朕閱其詩，並無干礙。朕纂輯群書甚多，詩中所用典故朕皆知之，即末句鷗盟二字，不過托意漁樵。」

(10) 入：謂定以罪名，使受刑罰。

(11) 霸昌道：駐昌平州，轄大興、宛平、霸州等十九州縣。亦為官職名。

三七

杭州趙鈞臺買妾蘇州(1)。有李姓女，貌佳而足欠裹。趙曰：「似此風姿，可惜土重。」土重者，杭州諺語：腳大也。媒媼曰：「李女能詩，可以面試。」趙欲戲之，即以〈弓鞋〉命題(2)。女即書云：「三寸弓鞋自古無，觀音大士赤雙趺(3)。不知裹足從何起，起自人間賤丈夫！」趙悚然而退。

【箋注】

(1) 趙鈞臺：未詳。

(2) 弓鞋：舊時纏足婦女穿的一種鞋。一小、二尖、三彎、四高，形如彎弓，故名。因鞋底高，亦稱高底鞋。

(3) 觀音大士：佛教菩薩名。慈悲的化身，救苦救難之神。趺（fū）：腳背，亦指腳。

三八

古閨秀能詩者多，何至今而杳然？余宰江寧時，有松江女張氏二人（1），寓居尼庵，自言文敏公族也（2）。姊名宛玉，嫁淮北程家，與夫不協，私行脫逃。山陽令行文關提（3）。余點解時（4），宛玉堂上獻詩云：「五湖深處素馨花，誤入淮西估客家（5）。得遇江州白司馬，敢將幽怨訴琵琶（6）？」余疑倩人作，女請面試。予指庭前枯樹為題，女曰：「明府既許婢子吟詩（7），詩人無跪禮，請假紙筆立吟，可乎？」余許之。乃倚几疾書曰：「獨立空庭久，朝朝向太陽。何人能手植，移作後庭芳（8）？」未幾，山陽馮令來。予問：「張女事作何辦？」曰：「此事不應斷離（9）。然才女嫁俗商不稱，故釋其背逃之罪，且放歸矣（10）。」問：「何以知其才？」曰：「渠獻詩云：『泣請神明宰，容奴返故鄉。他時化蜀鳥，銜結到君旁（11）。』」馮故四川人也。

【箋注】

（1）江寧：今江蘇南京。松江：今上海市。

（2）文敏公：張照。見卷一・二四注（5）。

（3）山陽：今江蘇淮安縣。關提：古代拘提逃匿他地犯法者的一種形式。即在當地罪犯逃亡他地以後，當地官府公文照會逃亡所在地有關官署代行逮捕、引渡。

（4）點解：指點名犯人被押送上路。

（5）五湖：指太湖。范蠡攜西施隱跡於五湖。後泛指隱跡之

處。素馨花：一種木犀科常綠花木。花潔白，富香氣，夜開，畏寒。古詩中多有吟詠。此為自比。淮西：習稱今皖北淮河北岸一帶。估客：往返各地從事販運和銷售貨物的商人。

(6) 白司馬：白居易。作江州司馬時，曾作〈琵琶行〉，詠琵琶女的不幸遭遇。此處代指江寧知縣袁枚。

(7) 明府：古稱太守、縣令為明府、府君、明宰。

(8) 後庭：房室的後園。

(9) 斷離：官府斷令離婚。

(10) 放歸：此指放歸母家，是不需官府判決就視為自動離異，不離者法律才加干涉。

(11) 銜結：即銜環結草，比喻感恩報德，至死不忘。

三九

雍正間，京師伶人劉三色藝冠時(1)，獨與翰林李玉洲先生交好(2)。蘇州張少儀觀察為諸生時，封公謫戍軍臺(3)，徒步入都，為父贖罪。一時有三子之稱，蓋云公子、才子、孝子也。沿門托缽(4)，尚缺五百餘金。偶于先生席上言及此事，劉慨然曰：「此何難？公子有此孝心，我能相助。」遂遍告班中人云：「諸君助張，如助我也。」擇日設席江南會館，請諸豪貴來，已乃纏頭而出，一座傾靡，擲金錢者如雨，果得五百餘金。盡以與張，而封公之難遂解。余丙辰入都，在先生處見劉，則已老矣。但聞先生未第時甚貧，劉愛其才，以身事之。余疑而不信。偶過薙髮

鋪(5)，壁上無名氏題云：「欲得劉三一片心，明珠十
斛萬黃金。一錢不費偏傾倒，妒殺江南李翰林。」方
知果實事也。先生在吳門，〈與朱約岑送采官北上〉
云(6)：「莫惜當筵舞鬢斜，多情曾為損才華。玉郎此
會成長別，飛盡江南陌上花(7)。」朱和之，有「春燈
紅照一枝花」之句。朱為張匠門先生之故人(8)，相見
京師，年已八十，惡見髮鬚之白，日日薙之，與翁霽
堂同癖(9)。

【箋注】

(1) 劉三：身世未詳。曾編《得意緣》、《胭脂虎》、《奇
　　女福》等劇。

(2) 李玉洲：李重華(1682-1755)，字實君，號玉洲。清江南
　　吳江(今屬江蘇)人。雍正二年進士。改翰林院庶吉士，
　　散館授編修。去官後，肆力於詩。有《貞一齋集》、
　　《貞一齋詩說》、《三經附義》。

(3) 張少儀：張鳳孫。見卷四・一注(5)。封公：封翁，封建
　　時代因子孫顯貴而受封典的人。此指張父張之頊(為印江
　　縣令時遭禍罷官)。

(4) 托缽：手托缽盂。泛謂貧困求人。

(5) 薙(tì)髮：剃髮。薙，同剃。

(6) 朱約岑：疑為朱志廣，字葯岑、剪淞，號臥谷老人。清
　　江蘇吳江人。

(7) 玉郎：琢玉郎。唐・盧仝〈與馬異結交詩〉：「白玉璞
　　裏琢出相思心，黃金礦裏鑄出相思淚。」後借為對男子
　　的美稱。陌上花：五代時，吳越國王錢鏐給回到杭州鄉
　　下娘家的吳妃寫信說：「陌上花開，可緩緩歸矣。」於
　　是杭州傳唱一首歌《陌上花緩緩曲》。後成為詩詞中表

達離情別意的常語。

(8) 張匠門：張大受(1658-1722)，字日容。江蘇嘉定人，居蘇州匠門溪上。康熙四十八年進士。授檢討，充四川鄉試正考官，旋督學貴州。少時從學朱彝尊，得其賞識。善詩文，有《匠門書屋集》。

(9) 翁霽堂：翁照。見卷一·五○注(2)。

四○

乾隆己未，京師伶人許雲亭名冠一時(1)。群翰林慕之，糾金演劇(2)。余雖年少，而敝車羸馬(3)，無足動許者。許流目送笑，若將暱焉。余心疑之，未敢問也。次日侵晨，竟叩門而至，情款綢繆(4)。余喜過望，贈詩云：「笙清簧暖小排當，絕代飛瓊最擅場(5)。底事一泓秋水剪，曲終人反顧周郎(6)？」

【箋注】

(1) 許雲亭：如上。餘未詳。

(2) 糾金：聚錢。

(3) 敝車羸(léi)馬：破舊的車和瘦弱的馬。

(4) 綢繆：情意纏綿。

(5) 「笙清」句：取黃遵憲的現成詩句。笙清簧暖，形容字正而聲清越。小排當：亦稱「帽兒排」，即每遇節日或祝壽時進行的排練試演。《齊東野語》：「每過節序生辰，則於旬日外依月律按試，名曰小排當。」飛瓊：許飛瓊，仙女名，相傳為西王母侍女。《漢武帝內傳》：

王母命侍女「許飛瓊鼓震靈之簧」。此處伶女也姓許，
恰好作比。

(6) 一泓秋水剪：形容女子目光的美麗多情。顧周郎：《三
國志・吳書・周瑜傳》載：「瑜少精意於音樂，雖三爵
之後，其有闕誤，瑜必知之，知之必顧。故時人謠曰：
『曲有誤，周郎顧。』」周郎顧，是周郎回頭看；顧周
郎，是看望周郎，請周郎校正。

四一

　　李桂官與畢秋帆尚書交好(1)。畢未第時，李服
事最殷，病則秤藥量水，出則授轡隨車。畢中庚辰進
士，李為購素冊，界烏絲(2)，勸習殿試卷子，果大魁
天下。溧陽相公(3)，康熙前庚辰進士也，重赴櫻桃之
宴(4)，聞桂郎在坐，笑曰：「我揩老眼，要一見狀
元夫人。」其名重如此。戊子年，畢公官陝西，李將
往訪，路過金陵，年已三十，風韻猶存。余作長歌贈
之，序其勸畢公習字云：「若教內助論勳伐，合使夫
人讓誥封(5)。」

【箋注】

(1) 李桂官：字秀章。江蘇吳縣人。乾隆年間京師寶和部的
崑曲旦角。容貌俊美，同畢沅昵好，即同性戀。畢氏大
魁後，李桂官聲名大著，被清大臣史貽直等稱為「狀元
夫人」。袁枚作長歌、趙翼有《李郎曲》記述此事。畢
秋帆：畢沅。見卷二・一三注(4)。

(2) 素冊：即白紙或素絹書冊。界烏絲：打上烏絲欄，即以

黑格線作為界道行欄以備繕寫。

(3)溧陽相公：史貽直(1682-1763)，字儆弦，號鐵崖。江蘇溧陽人。清康熙三十九年進士。歷康雍乾三朝，先後總督福建、兩江、湖廣、直隸等地，官兵部、戶部、工部、吏部諸部尚書，授文淵閣大學士，加太子太保。卒諡文靖。

(4)櫻桃宴：科舉時代慶賀新進士及第的宴席。

(5)勳伐：功勞，功績。誥封：朝廷下達誥命封贈爵號。

四二

今人論詩，動言貴厚而賤薄，此亦耳食之言(1)。不知宜厚宜薄，惟以妙為主。以兩物論，狐貉貴厚，鮫綃貴薄(2)。以一物論，刀背貴厚，刀鋒貴薄。安見厚者定貴，薄者定賤耶？古人之詩，少陵似厚，太白似薄；義山似厚，飛卿似薄(3)：俱為名家。猶之論交，謂深人難交(4)，不知淺人亦正難交。

【箋注】

(1)耳食：謂不加省察，徒信傳聞。

(2)狐貉：指製衣的狐和貉的毛皮。鮫綃：傳說中鮫人所織的絲絹、薄紗，亦指絲製的手帕、手絹。

(3)義山：李商隱。見卷一‧二〇注(12)。飛卿：溫庭筠。見卷二‧六注(4)。

(4)深人：識見深遠的人。《孔叢子‧抗志》：「不撞不發，如大鐘然，天下之深人也。」

四三

　　庚寅元旦，皇上登保和殿受朝賀，望見遠處有煙
騰空而起，問大學士曰：「得毋民間有失火者乎？」
首相舒文襄公奏曰(1)：「似煙非煙(2)。」諸公服其
吐屬典雅。<small>古語：「似煙非煙，是謂慶雲。」</small>

【箋注】

(1) 舒文襄：舒赫德(1711-1777)，舒穆魯氏，字伯雄、伯
　　容，別字明亭。滿洲正白旗人。授內閣中書。乾隆間，
　　從征金川，有功。官至武英殿大學士。卒諡文襄。在
　　此，只為吐屬風雅，不顧百姓安危，用心何其良苦？

(2) 似煙非煙：後周・王褒〈上祥瑞表〉：「若霧非霧，天
　　道叶至德之符；似煙非煙，觸石表嘉祥之氣。」

四四

　　杭人土音，呼「朋」作「蓬」之本音，「崩」為
「蓬」之陽音，皆「一東」韻也。韻書都收入「十
烝」，則與「一東」遠矣。然《左傳》：「翹翹車
乘，招我以弓；豈不欲往，畏我友朋(1)。」《三
國志》：「張昭作〈陶謙哀詞〉曰(2)：『喪覆失
恃(3)，民知困窮。曾不旬月，五郡潰崩(4)。』」是
將「朋」、「崩」二字，俱押入「一東」也。

【箋注】

(1)「翹翹」四句:《左傳·莊公二十二年》,齊侯讓陳敬仲做卿大夫,敬仲推辭,引用這四句詩。意為:高高的車子上,您用弓招呼我,難道我不想前往嗎?只怕朋友譏笑啊!

(2)張昭:字子布。三國吳彭城(今江蘇徐州)人。渡江南下後,任孫策長史、撫軍中郎將。後輔孫權。累遷軍師、輔吳將軍,封婁侯。卒賜文。陶謙:東漢末丹陽(今安徽當塗東北)人。少好學,察孝廉,舉茂才。獻帝時,拜安東將軍、徐州牧,封溧陽侯。曹操因父為陶謙部將所殺,兵攻陶謙,謙為操所敗。是年病卒。

(3)喪覆失恃:指跟隨陶謙的百姓受到嚴重的打擊而失去依靠。

(4)旬月:一個月,滿月。裴注《三國志》原文作「旬日」。五郡:徐州所屬的五個郡縣。

四五

彭城李涓,字蓉湄,以選拔入京師(1)。一日,欲救某友之窘,賣所乘小駟贈之。賦詩云:「從此蹣跚懶行步,好花都讓別人看。」亡何,不第而亡。人以為讖。蓉湄貌美。揚州綢鋪女兒,有國色,好養鸚鵡,每早喂食,一日方提籠,而目有所睇,不覺籠落於地。旁人咸訝之,察所睇,則蓉湄方過其門故也。劉霞裳聞而賦詩云(2):「貪看野鴛鴦,忘墮手鸚鵡。可惜此時情,鸚鵡不能語。」

【箋注】

(1)李涓：如上。餘未詳。

(2)劉霞裳：袁枚弟子。見卷二・三三注(2)。

四六

　　陸陸堂、諸襄七、汪韓門三太史(1)，經學淵深，而詩多澀悶，所謂學人之詩，讀之令人不歡。或誦諸詩：「秋草馴龍種，春羅狎雉媒(2)。」「九秋易灑登高淚，百戰重經廣武場(3)。」差為可誦，他作不能稱是。相傳康熙間，京師三前輩主持風雅，士多趨其門。王阮亭多譽(4)，汪鈍翁多毀(5)，劉公戭持平(6)。方望溪先生以詩投汪(7)，汪斥之。次以詩投王，王亦不譽。乃投劉，劉笑曰：「人各有性之所近，子以後專作文不作詩可也。」方以故終身不作詩。近代深經學而能詩者，其鄭璣尺、惠紅豆、陳見復三先生乎(8)？

【箋注】

(1)陸陸堂：陸奎勳(1663-1738)，字聚緱、坡星，號陸堂。浙江平湖人。康熙六十年進士。授檢討，充《明史》纂修官。病退後主持廣西秀峰書院。主張六經注我、我注六經。有《陸堂易學》、《春秋義存錄》、《陸堂詩文集》、《陸堂詩學》等。諸襄七：諸錦，字襄七，號草盧。浙江嘉興人。清雍正二年進士。乾隆初舉鴻博，授編修。閉門撰述，不詣權要。至左贊善，遂告歸。有

《毛詩論》、《饗禮補正》等著述。汪韓門：汪師韓。見卷四‧三注(7)。

(2) 龍種：駿馬，良馬。春羅：一種織着春日景物的絲織品。雉媒：獵者養雉子，至長狎人，能招引野雉，因而獵取之，故名曰雉媒。

(3) 廣武場：項羽、劉邦曾在廣武城(河南滎陽)率兵對峙。《魏氏春秋》說阮籍曾登廣武，慨嘆「時無英雄，遂使豎子成名。」

(4) 王阮亭：王士禛，或王士禎。見卷一‧五四注(1)。

(5) 汪鈍翁：汪琬，字苕文，號鈍翁。長洲人。順治十二年進士。有《汪鈍翁文鈔》。

(6) 劉公戩：劉體仁，字公戩，號蒲庵。安徽潁州(今阜陽)人。順治十二年進士。官吏部主事。工詩文，善山水，蕭疏曠遠，寄興天真。嗜古精鑒賞。有《七頌堂集》、《蒲庵集》。

(7) 方望溪：方苞。見卷一‧二九注(1)。

(8) 鄭璣尺：鄭江，字璣尺，晚號筠谷。錢塘(今杭州)人。康熙五十七年進士。官至翰林院侍講。有《筠谷詩鈔》、《書帶草堂詩鈔》等。惠紅豆：惠士奇(1671-1741)，字天牧、仲儒，晚號半農，鄉人因其齋名稱紅豆先生。江蘇吳縣(今屬蘇州市區)人。康熙四十八年進士。授編修，後提督廣東學政。雍正間削籍，乾隆初再起為侍讀。學問淵博，尤深於經學。有《易說》、《禮說》、《春秋說》、《半農人詩》、《紅豆齋小草》等。陳見復：陳祖范，字亦韓，號見復。江蘇常熟人。雍正舉人。乾隆中薦經學，授國子監司業銜。有《經咫》、《掌錄》、《司業集》。

四七

　　吟詩自注出處，昔人所無。歐公譏元積注〈桐柏觀碑〉(1)，言之詳矣。況詩有待於注，便非佳詩。韓門先生〈蚊煙詩〉十二韻(2)，注至八行，便是蚊類書，非蚊詩也。〈贈友〉云：「知來匪鵲休論往，為主如鴻喜得賓。」上句注：「《淮南子》：『乾鵲知來而不知往(3)。』」下句注：「《孔疏》：『鴻以先至者為主，後至者為賓。』」作詩何苦乃爾？惟張雪子雲南典試歸(4)，將近長安而歿，先生哭之云：「路紆雙節重(5)，天近一星沉。」便覺清妙。又有詠〈柳絮〉一絕云：「沾襟撩袖自矜妍，未化為萍絕可憐(6)。歎息春風竟何意，團揉無處不成綿。」

【箋注】

(1)歐公：宋‧歐陽修，字永叔，號醉翁、六一居士。宋吉州廬陵人。少貧，從母鄭氏學。仁宗天聖八年進士。任翰林學士、樞密副使、參知政事，曾知滁、揚、潁、亳、青、蔡等州。能詩詞文各體，為當時古文運動領袖。後人稱唐宋八大家之一。平生獎掖後進，曾鞏、王安石、蘇洵父子俱受其稱譽。與宋祁等修《新唐書》，自撰《新五代史》，有《歐陽文忠公集》。此處指歐陽修〈唐‧元積〈修桐柏宮碑〉跋〉。元積：見卷一‧二○注(11)。

(2)韓門：汪師韓。見卷四‧三注(7)。

(3)乾鵲：喜鵲。古傳喜鵲知道未來的事情，而不知道以往的景況。

(4)張雪子：張映斗，字雪子。浙江烏程人。雍正十一年進

士。官編修。乾隆十二年主四川鄉試，歸卒途中。有《秋水齋詩集》。

(5) 路紆：道路曲折。紆，通紓。雙節重：出行時的儀仗顯得沉重。雙節，泛指高官的儀仗。

(6) 化為萍：古傳柳絮入水為萍。李漁《閒情偶寄》：「花已謝而辭樹，其命絕矣，乃又變為一物，其生方始。殆一物而兩現其身者乎？人以楊花喻命薄之人，不知其命之厚也。」此處所詠未化為萍，是富有新意的。

四八

惲南田少時受知王太倉相國(1)。有監司某延之作畫(2)，不即赴，乃迫致蘇州，拘官廳所，明旦將辱之。南田以急足至婁水乞援(3)，時已二更，相國急命呼舟，將出，復擊案曰：「馬最速，舟不如。」遽跨馬，命僕以竹竿挑燈縛背上，行九十里，抵郡城，尚未五鼓也。守門者知為相國，遽啟門，直詣監司署，問南田所在，攜之以歸。監司隨詣太倉謝過，乃釋。南田畫《拙修堂宴集圖》(4)，題詩云：「花殘江國滯征纓(5)，綠浦紅潮柳岸平。芳草有心抽夜雨，東風無力轉春晴(6)。艱難抱子還鄉國，落拓浮家仗友生(7)。只為躊躇千里別，歸期臨發又重更。」

【箋注】

(1) 惲南田：惲壽平。見本卷二注(1)。王太倉：王掞。見卷三·二五注(7)。

（2）監司：負有監察之責的官吏。

（3）急足：指急行趕路傳送信件的人。

（4）拙修堂：王掞的室名。

（5）征纓：遠行的車馬。

（6）芳草：歷來喻賢德之人、人之賢德。全聯意謂：芳草有心在夜雨裏抽芽旺長，東風無力把雨後的晴日春光改變。語似淡而立意新警。

（7）抱子：《錄鬼簿》著錄：周公旦抱子攝朝。此喻王太倉相國。浮家：即浮家泛宅。《新唐書》：「志和來謁，（顏）真卿以舟敝漏請更之，志和曰：『願為浮家泛宅，往來苕霅間。』」原指以船為家。後喻漂泊不定的生活。此喻惲南田自己。

四九

　　黃莘田妻月鹿夫人，與莘田同有研癖（1）。先生罷官時，囊餘二千金：以千金市十研，以千金購侍兒金櫻以歸。有二女：長曰淑宛，字姒洲；次曰淑畹，字紉佩（2）。〈題《杏花雙燕圖》〉云：「豔陽天氣試輕衫，媚紫嬌紅正鬥酣。記得春明池館靜（3），落花風裏話呢喃。」「夕陽亭院曲欄東，語燕時飛扇底風。不管春來與春去，雙雙長在杏花中。」金櫻明豔，能詩。許子遜酒間舉其〈夜來香〉絕句云（4）：「知隔絳紗帷暗坐，謝娘頭上過來風（5）。」

【箋注】

(1) 黃莘田：黃任，字莘田，號十硯老人。永福(今福建永泰縣)人。康熙四十一年舉人。工詩善書，詩有《香草齋集》、《秋江詩集》。康熙間福州文人嗜硯成風，以黃任為最。月鹿：此處有誤。應為金陵朱豹章妻，名張季琬，字宛玉，號月鹿侍史。閩縣人。能詩。黃莘田妻應為莊氏，亦能詩。見《閩川閨秀詩話》。研癖：藏硯的嗜好。研，磨墨的用具，同「硯」。

(2) 黃淑窕：字姒洲。清福建永福人。知縣黃任長女。工繪事。適諸生游藝。黃淑畹：字紉佩。福建永福人。知縣黃任次女。諸生林春起室。工詩。著有《綺窗餘事》。

(3) 春明：指唐都長安春明門。因以指代京都。

(4) 許子遜：許廷鑅。見卷三·二九注(5)。

(5) 謝娘：此典有兩個出處：一是東晉有才名的女詩人謝道韞，一是唐朝有美色藝能的歌妓謝秋娘。後成為美好女性的代名詞，在詩詞中或分其意而用，或合其意而用。

五〇

　　白雲禪師作偈曰(1)：「蠅愛尋光紙上鑽，不能透處幾多難。忽然撞著來時路，始覺平生被眼瞞。」雪竇禪師作偈曰(2)：「一兔橫身當古路，蒼鷹才見便生擒。後來獵犬無靈性，空向枯樁舊處尋。」二偈雖禪語，頗合作詩之旨。

【箋注】

(1) 白雲禪師：字寬一，號夢殊。麗水人。南宋末季峨眉

僧。而《大清一統志》說是明人。與下面的雪竇禪師，
均說法不一。此偈宋·釋惠洪《林間錄》說是白雲禪師
詩。明·釋正勉輯《古今禪藻集》和《宋詩紀事》說是
守端詩。偈（jì）：此指釋家雋永的詩作。

(2) 雪竇禪師：俗名李重顯，字隱之。宋趙州人。自幼出
家，遍參名宿，駐錫四明雪竇山。（《山東通志》）此偈
收入元釋念常撰《佛祖歷代通載》。

按：禪與詩，都必須從平凡的事物中突然悟出新意，在產生
靈悟這一點上是有相同之處的。吳可《學詩詩》：「學
詩渾似學參禪，竹榻蒲團不計年。直待自家都了得，等
閒拈出便超然。」

五一

　　冬友侍讀出都，過天津查氏，晤佟進士澐(1)，言
其母趙夫人苦節能詩(2)，〈祭灶〉云：「再拜東廚司
命神，聊將清水餞行塵。年年破屋多灰土，須恕夫亡
子幼人。」查恂叔言其叔心穀〈悼亡姬〉詩(3)，和者
甚眾。有佟氏姬人名豔雪者，一絕甚佳，其結句云：
「美人自古如名將，不許人間見白頭(4)。」此與宋笠
田明府「白髮從無到美人」之句相似(5)。

【箋注】

(1) 冬友：嚴長明。見卷一·二二注(6)。佟澐：正藍旗漢軍
人。乾隆二年進士。任山西潞安府潞城知縣。

(2) 趙夫人：只以此籠統姓名傳世，是古代女性的悲哀與無
奈。讀此詩才知什麼是真詩，讀此詩能讀出淚來。真詩

非詩，而是人生。苦節：謂堅守節操。

(3) 查恂叔：查禮，字恂叔，一字儉堂，號鐵橋、魯存。順天宛平（今北京豐台）人。乾隆間，官至四川布政使，升湖南巡撫，未到任卒。工畫，寫山水花鳥，極其精緻。有《銅鼓書堂遺稿》、《銅鼓書堂詞話》等。心穀：即查為仁。見卷三・六○注(4)。

(4)「美人」聯：美容易受損害，這是人間悲劇。自古道紅顏薄命，但把美人與名將結合在一起詠歎，真可謂獨出心裁，一個弱女兒能詠出如此深沉的意蘊尤為可貴，只可惜生平不傳。「豔雪」二字，來自唐・韋應物詩，美而新穎。傳此一名，也算一幸。

(5) 宋笠田：宋樹穀。見本卷三○注(1)。參讀卷一三・二四。

五二

乙丑歲，予宰江寧。五月十日，天大風，白日晦冥。城中女子韓姓者，年十八，被風吹至銅井村，離城九十里。其村氓問明姓氏，次日送女還家。女已婚東城李秀才之子，李疑風無吹人九十里之理，必有奸約，控官退婚。余曉之曰：「古有風吹女子至六千里者，汝知之乎？」李不信。予取元郝文忠公《陵川集》示之(1)，曰：「郝公一代忠臣，豈肯作誑語者？第當年風吹吳門女，竟嫁宰相，恐汝子沒福耳！」秀才讀詩大喜，兩家婚配如初。制府尹公聞之(2)，曰：「可謂宰官必用讀書人矣(3)！」其詩曰：「八月十五雙星會，花月搖光照金翠。黑風當筵滅紅燭，一朵仙

桃落天外。梁家有子是新郎，芊氏負從鍾建背(4)。爭看燈下來鬼物，雲鬢敧斜倒冠佩。須臾舉目視旁人，衣服不同言語異。自說吳門六千里，恍惚不知來此地。甘心肯作梁家婦，詔起高門牓天賜。幾年夫婿作相公，滿眼兒孫盡朝貴。須知伉儷有因緣，富者莫求貧莫棄。」

【箋注】

(1)郝文忠：郝經，字伯常。元澤州陵川（今屬山西）人。金亡後，遷順天。元世祖忽必烈即位後，為翰林侍讀學士，充國信使至宋，被羈十六年方歸。卒賜文忠。《陵川集》又名《郝文忠公集》。

(2)制府：清代總督的別稱。即地方最重要最高的行政長官。尹公：指尹繼善。見卷一・一〇注(3)。

(3)宰官：本泛稱官吏。又稱「官宰」。後多稱縣令為宰官。

(4)「芊氏」句：芊，《左傳》上為「羋」（mǐ），春秋楚國的祖姓。《左傳・定公四年》載，吳王攻入楚國國都，楚昭王逃亡時，楚國大夫鍾建背着楚王的小妹季羋隨從。後來小妹便以「鍾建負我」為故，嫁給鍾建。此句以此典故喻大風吹來的女子。按：郝文忠的這首詩，《元詩選》上題為〈天賜夫人詞〉，與此處稍有異文。

五三

或問：「明七子摹仿唐人，王阮亭亦摹仿唐人(1)。何以人愛阮亭者多，愛七子者少？」余告之

曰：「七子擊鼓鳴鉦，專唱宮商大調(2)，易生人厭。阮亭善為角徵之聲(3)，吹竹彈絲，易入人耳。然七子如李崆峒(4)，雖無性情，尚有氣魄。阮亭於氣魄、性情，俱有所短：此其所以能取悅中人，而不能牢籠上智也(5)。」

【箋注】

(1) 明七子：見卷一・三注(3)。王阮亭：王士禎。見卷一・五四注(1)。

(2) 宮商：本指我國古代音樂的五聲音階的第一、第二音階。後用以論詩，指境界闊大、氣勢磅礡、深穩雅健之作。

(3) 角徵：本指五聲的第三、第四音階，後用以指寒澀緊促、清峭空靈、柔和幽婉的詩作。

(4) 李崆峒：李夢陽，字天錫、獻吉，自號空同子，空同亦作崆峒。明陝西慶陽人。後徙居河南扶溝。弘治七年進士。官戶部郎中、江西提學副使。後革職居家二十年之久。倡言文必秦漢、詩必盛唐，為明前七子領袖人物。有《空同集》。

(5) 中人：中等資質的人。牢籠：籠絡。上智：具有上等智力的人。

五四

近有《聲調譜》之傳，以為得自阮亭(1)，作七古者，奉為秘本。余覽之，不覺失笑。夫詩為天地元音(2)，有定而無定，到恰好處，自成音節。此中微

妙，口不能言。試觀《國風》、《雅》、《頌》、〈離騷〉、樂府，各有聲調，無譜可填。杜甫、王維七古中，平仄均調，竟有如七律者；韓文公七字皆平，七字皆仄(3)；阮亭不能以四仄三平之例縛之也。倘必照曲譜排填，則四始六義之風掃地矣(4)。此阮亭之七古所以如杞國伯姬(5)，不敢挪移半步。

【箋注】

(1)阮亭：王士禎。見卷一‧五四注(1)。

(2)天地元音：指真實生動的天賦才性和自然規律。有定，是有規律；無定，是無人為的固定不變的規定。有定無定，都順乎天性，順乎人情。如平仄規則，在袁枚看來，也應是有定而無定。只強調「有定」，便成為束縛。

(3)韓文公：指韓愈。見卷一‧一三注(1)。七字皆平：如晚唐詩人崔魯〈春日長安即事〉：「一百五日又欲來，梨花梅花參差開。」有人評論說：「第二句七字皆平，而天然入妙，不覺音節之乖。七平句當以此種為式。」(見《瀛奎律髓匯評》卷之十)七字皆仄：杜甫也有，如「有客有客字子美」。沈德潛《說詩晬語》：「七字每平仄相間。而義山〈韓碑〉一篇中，『封狼生貙貙生羆』七字，平也；『帝得聖相相曰度』七字，仄也。氣盛，則言之短長與聲之高下皆宜。」

(4)四始：〈關雎〉為《風》始，〈鹿鳴〉為《小雅》始，〈文王〉為《大雅》始，〈清廟〉為《頌》始。六義：一曰風、二曰賦、三曰比、四曰興、五曰雅、六曰頌。歷來對四始六義的闡發，或同中有異，或異中有同，但重視詩歌的內容和形式的統一是根本的要求。袁枚在這裏批評的是只重形式。

(5)伯姬：《春秋穀梁傳・襄公三十年》載，宋伯姬住處失
　　火，左右之人勸她躲避，她卻認為師傅和保姆不在，按
　　婦人之義夜裏不能走出房間。終為大火燒死。按：春秋
　　三傳，都記載宋伯姬守婦人之道而死於火，而記載杞伯
　　姬時未見此事。

五五

　　南朝人云：「鵝性最傲，鶴更甚焉(1)。」余嘗畜
一鶴，偶過池堤甚窄，鶴故意張翅攔之，頗為所窘。
後讀陸甥詩云(2)：「境仄鶴妨人去路，窗虛雲攪雨來
天。」方賞其詞之工。

【箋注】

(1)「鵝性」二語：疑非原句。《南史》卷七十二曰：卞彬
　　《禽獸決錄》云「鵝性頑而傲」。至於鶴，有云：「鶴
　　性善警」，「鶴性高潔」，「鶴性不易馴」，「孤鶴傲
　　岸誰能馴」等。

(2)陸甥：袁枚的外甥陸建（一作陸逵），字湄君，號豫
　　亭。浙江錢塘人。諸生。父早卒，由袁枚撫養。有《湄
　　君詩集》。

五六

　　詩雖小技，然必童而習之。入手先從漢、魏、六
朝，下至三唐、兩宋，自然源流各得，脈絡分明。今

之士大夫，已竭精神于時文八股矣；宦成後，慕詩名
而強為之，又慕大家之名而挾取之。於是所讀者，在
宋非蘇即黃，在唐非韓則杜，此外付之不觀。亦知此
四家者，豈淺學之人所能襲取哉？於是專得皮毛，自
誇高格，終身由之，而不知其道。《書》曰：「德無
常師，主善為師。」子貢曰(1)：「夫子焉不學？而亦
何常師之有？」此作詩之要也。陶篁村曰(2)：「先生
之言固然，然亦視其人之天分耳。與詩近者，雖中年
後，可以名家；與詩遠者，雖童而習之，無益也。磨
鐵可以成針，磨磚不可以成針。」

【箋注】

(1)子貢：孔子弟子。姓端木，名賜，字子貢。春秋末期衛
　　國（今河南濮陽）人。孔子弟子。經商曹、魯，歷仕魯、
　　衛。能言善辯，為宣傳孔學不遺餘力。此處所引子貢
　　語，意謂：我們老師何處不學，又何必要有固定的老師
　　呢？

(2)陶篁村：陶元藻。見卷一・三〇注(10)。

五七

　　余于古人之詩，無所不愛，恰無偏嗜者。于今人
之詩，亦無所不愛，恰于高文良公《味和堂集》、黃
莘田先生《香草齋詩》(1)，有偏嗜焉。豈亦性之所近
耶？

【箋注】

(1)高文良：高其倬。見卷一・三三注(1)。黃莘田：黃任。見本卷四九注(1)。

五八

丙戌年，慶樹齋、雨林兩公子過蘇州(1)，余招飲唐氏棣華書屋，一時都知、錄事佳者雲集(2)，三人各有所屬。雨林即席云：「度曲花猶遮半面，迎眸春已透三分。」別後又寄詩云：「天河落向碧窗紗，十二瑤臺霧不遮。香暖繡幃春似海，一鴛鴦抱一枝花。」友人陶夔典贈余一姬(3)，載還家，方知已有娠，乃送還之。雨林所昵，以事到官，有困於株木之慘(4)。雨林和余〈懊惱詞〉云(5)：「無奈別春何，詩筒驢背馱。花開仍散影，水小亦生波。頓改繁華夢，惟餘〈懊惱歌〉。金釵雖十二，難解此情多。」「滄浪煙水際，無復蕩舟來。完璧仍歸趙，明珠別有胎。倚欄頻繾綣，對月暗低徊。環珮聲偏遠，銷魂又幾回？」「猶記旗亭夜，紅燈語不休。芙蓉經雨損，風蝶為花愁。薄命原應爾，無情笑此流。心同天外月，空自照蘇州。」又寄〈游仙〉一首云(6)：「吹殘瓊樹下蓬萊，自斷仙緣萬念灰。底事無風花也落？方知立地有輪迴。」樹齋公子後一年為威遠將軍，出鎮伊犁，予寄七律三章，末二句戲云：「倘奪胭脂好顏色，江南兒女要平分。」

【箋注】

(1)慶樹齋：慶桂。見本卷六注(5)。雨林：慶霖，慶桂弟，字晴村。滿洲正黃旗人。嘉慶時官至福州將軍。嗜文墨，善畫蘭。

(2)都知：舊時妓院中的班頭。錄事：勸酒監酒令的人。多指妓人。

(3)陶夔典：蘇州人。餘未詳。

(4)株木：刑杖。指臀部受刑杖。

(5)〈懊惱詞〉：收在袁枚《小倉山房詩集》中，題為〈惆悵詞二月二十八日作〉。

(6)遊仙：即遊仙詩。詩體的一種：原為借仙境的描繪，寓詩人之志趣的詩歌，晉‧郭璞倡此體。後變格調，多敘兒女情懷及仙人遊戲人間之事。按：為封建文士此類情事費這麼多筆墨，可見性靈派走到極端的另一面。

五九

乙丑，余知江甯，救火水西門，見喧嚷時，一美少年著單縑衣(1)，貌頗閒雅，異而問焉。曰：「秀才也。姓龔，名如璋，號雲若。」次日，以文作贄，來往甚歡。後十年，中進士，改名孫枝(2)。過隨園見贈云：「早結山堂水竹緣，朝簪重脫未華顛。有詩何但稱循吏(3)，不老方知是謫仙。細雨漸消寒食候，穠花爭放麴塵天(4)。謝公墩外峰峰好(5)，屐齒逡巡又一年。」龔後出宰山西榆次縣，王師西征，烹羊享兵，得奇句云：「拔刀割肉目眥裂，太平時羊亂時妾。」

【箋注】

(1)縑（jiān）衣：縑製之衣。縑，雙絲織，較緻密。

(2)龔孫枝：初名如璋，字貴寶，後改今名，字雲若，一字梧生。江蘇江寧人。乾隆十九年進士。知天文，善武技，能書畫。官樂平知縣、榆次知縣、曹州知府。有《夕可齋集》、《讀史識小錄》、《浚恒堂日記》。

(3)循吏：善良守法的官吏。

(4)麴塵：酒麴所產生的細菌，色微黃如塵。亦用以指淡黃色。此處喻草木蒙生時的天色。

(5)謝公墩：一在南京中山門內半山園半山亭（南京東南蔣山的半坡），原為東晉謝安居處，宋·王安石也在此居住過；一在南京冶城（今南京朝天宮）北與永慶寺南，為謝安與王羲之登臨處。

六〇

詩得一字之師，如紅爐點雪(1)，樂不可言。余祝尹文端公壽云(2)：「休誇與佛同生日，轉恐恩榮佛尚差。」公嫌「恩」字與佛不切，應改「光」字。〈詠落花〉云：「無言獨自下空山。」邱浩亭云(3)：「空山是落葉，非落花也。應改『春』字。」〈送黃宮保巡邊〉云：「秋色玉門涼。」蔣心餘云(4)：「『門』字不響，應改『關』字。」〈贈樂清張令〉云：「我慚靈運稱山賊(5)。」劉霞裳云(6)：「『稱』字不亮，應改『呼』字。」凡此類，余從諫如流，不待其詞之畢也。浩亭詩學極深，惜未得其遺稿。

【箋注】

(1)紅爐點雪：紅爐上著一點雪，立即溶化。比喻一經點
撥，立即解悟。

(2)尹文端：尹繼善。見卷一・一○注(3)。

(3)邱浩亭：邱謹，字庸謹，號浩亭。江蘇山陽人。雍正元
年拔貢。授六合教諭，辭疾未赴。書琴棋畫，無不精
通。有《浩觀亭詩集》。（同治十二年刊《重修山陽縣
誌》）

(4)蔣心餘：蔣士銓。見卷一・二三注(2)。

(5)山賊：謝靈運退居會稽時，尋山陟嶺，必造幽峻。嘗自
始甯南山伐木開徑，直至臨海，從者數百人，臨海太守
王琇驚駭，謂為「山賊」，徐知是靈運，乃安。

(6)劉霞裳：袁枚弟子。見卷二・三三注(2)。

六一

　　苕生分校禮闈(1)，作詩云：「再燃丹炬照波心，
恐有遺珠碧海沉。記得當時含水石，十年辛苦作冤
禽(2)。」朱香南太史有句云(3)：「寄語群公高著
眼，青衫明日淚痕多(4)。」余甲子分校，亦有句云：
「帶入秋闈示同伴，當時落第淚痕衫。」

【箋注】

(1)苕生：蔣士銓。見卷一・二三注(2)。分校：科舉時校閱
試卷的各房官。禮闈：亦稱禮部試。清代科舉會試。每
三年一次在京城舉行，由禮部主持。試院稱闈，故名禮
闈。

(2) 含水石：比喻像含水石一樣讀書，汲取知識。冤禽：指
精衛鳥。相傳為炎帝女，因遊東海溺死，化為精衛，常
銜西山木石以填東海。比喻士子十年寒窗卻葬身于書海
成為冤禽。

(3) 朱香南：朱荃，字子年，號香南。浙江桐鄉人。乾隆二
年補試博學鴻詞。授編修。嘗任四川學政。有《香南詩
鈔》。

(4) 青衫：借指學子、書生。

六二

桐城女子方筠儀嫁左君文全而寡(1)，年二十有
六，即守節以終，有《含貞閣集》。其〈偶檢先夫遺
草〉云：「鸚鵡才高屈數奇(2)，未開篋笥淚先垂。平
生映雪囊螢力，不見騰蛟起鳳時。獄底龍埋光詎掩，
墓門鶴返事難期(3)。九京應悔嘔心血，百卷文章待付
誰？」

【箋注】

(1) 方筠儀：清安徽桐城人。孝豐知縣方將女，貢生同邑左
文全妻。年二十六，文全卒，守志以終。有《含貞閣詩
集》。

(2) 鸚鵡才高：三國・禰衡作〈鸚鵡賦〉。攬筆而作，文不
加點。故稱「鸚鵡才高」。而禰衡終為才累，罵曹操，
侮劉表，激怒江夏太守黃祖，遂被殺。後喻才高文士之
不幸遭遇。數奇：指命運不好，遇事多不利。

(3) 獄底龍埋：龍泉寶劍埋藏在牢獄的地下。比喻賢人被埋

沒、被壓抑。出典於《晉書·張華傳》。墓門鶴返：
《搜神後記》載，遼東人丁令威得道成仙，化身為鶴返
歸故里，看見墳塚累累。

六三

春江公子(1)，戊午孝廉，貌如美婦人；而性倜
儻，與妻不睦，好與少俊遊，或同臥起，不知烏之雌
雄(2)。嘗賦詩云：「人各有性情，樹各有枝葉；與為
無鹽夫，寧作子都妾(3)。」其父中丞公見而怒之。公
子又賦詩云：「古聖所制禮，立意何深妙！但有烈女
祠，而無貞童廟。」中丞笑曰：「賤子強詞奪理，乃
至是耶！」後乙丑入翰林，妻楊氏亡矣。再娶吳氏，
貌與相抵，遂歡愛異常。余贈詩云：「安得唐宮針博
士，喚來趙國繡郎君(4)。」嘗觀劇于天祿居，有參領
某，誤認作伶人而調之，公子笑而避之。人為不平。
公子曰：「夫狎我者，愛我也。子獨不見《晏子春
秋·諫誅圉人》章乎(5)？惜彼非吾偶耳，怒之則俗
矣。」參領聞之，踵門謝罪。

【箋注】

(1) 春江公子：如上。餘未詳。

(2) 烏之雌雄：語出《詩經·小雅·正月》。

(3) 無鹽：無鹽女，即戰國時齊宣王后鍾離春，因是無鹽
　　人，故名。為人有德而貌醜，後常用為醜女的代稱。子
　　都：古美男子名。《孟子·告子上》：「至於子都，天

下莫不知其姣也。」

(4)針博士：醫官名，唐代置，掌教針灸醫病之事。趙國：
指邯鄲一帶。繡郎君：即衣繡郎君。衣繡，御史的代
稱。郎君，指貴家子弟。

(5)諫誅圉人：此引有誤，並非此章，應為《晏子春秋・外
篇下十二》：「景公蓋姣，有羽人視景公僭者。……
晏子不時而入見曰：『蓋聞君有所怒羽人。』公曰：
『然。色寡人，故將殺之。』晏子對曰：『嬰聞拒欲不
道，惡愛不祥，雖使色君，於法不宜殺也。』」王士禎
《池北偶談》亦將「羽人」作「圉人」。

六四

　　詩少作則思澀，多作則手滑；醫澀須多看古人之
詩(1)，醫滑須用剝進幾層之法(2)。

【箋注】

(1)醫澀：須多看古人之詩，可以激發形象思維，即詩的思
維，但這只是一種醫法，且須有一定的生活基礎，補充
生活體驗才是最根本的。

(2)醫滑：詩寫得太容易，太濫，太淺，必下恨心用剝進幾
層法，這是經驗之談。構思如剝筍，一層層剝進，才能
得到筍心，才能得到最精最新最靈的詩思，也才能得到
最精最新最靈的詩語。寫詩切勿淺嘗輒止，要多否定幾
次，層層深入。

六五

　　蕭子顯自稱(1)：「凡有著作，特寡思功；須其自來，不以力構。」此即陸放翁所謂「文章本天然，妙手偶得之」也(2)。薛道衡登吟榻構思(3)，聞人聲則怒；陳後山作詩(4)，家人為之逐去貓犬，嬰兒都寄別家：此即少陵所謂「語不驚人死不休」也。二者不可偏廢：蓋詩有從天籟來者，有從人巧得者，不可執一以求。

【箋注】

(1) 蕭子顯：字景陽。南蘭陵（今江蘇武進縣西北）人。南朝由齊入梁，累官至吏部尚書、侍中，終於吳郡太守。有《南齊書》，另存文二篇，詩二十餘篇。此處所引，載《南史》中。第一句稍異，為「每有製作」。

(2) 「文章」二句：陸游《劍南詩稿》載，題為〈文章〉，「天然」，作「天成」。

(3) 薛道衡：字玄卿。河東汾陰（今山西省萬榮縣西）人。歷仕北齊、北周。入隋，官司隸大夫。因才名為隋煬帝所忌，被縊死。

(4) 陳後山：北宋詩人陳師道。見卷三・六六注(6)。

六六

　　己未殿試，予傲諸同年云：「霓裳三百都輸我(1)，此處曾來第二回。」蓋試鴻博曾在保和殿也。

同徵友蘧雲墀曾與章藻功太史、蔣文肅相公(2)，同時角逐名場，而流落不偶(3)，誓不登科不娶妻。寓京師晉陽庵五十餘年而卒。康熙庚子中北闈副車(4)。妻年五十，竟以處女終。余有詩吊之云：「五十四年蕭寺老，終身一曲《雉朝飛》(5)。」雲墀名駿，常熟人。

雲墀七十生日，金江聲觀察率同人攜樽晉陽庵(6)，即席賦詩云：「卅年京洛已成翁，經學人推駤子弓(7)。酒熟漫將孤影勸，詩成先揀妙香烘(8)。龕燈清晝同彌勒，慧業前生定玉童(9)。天眼視君多道氣，紛紛真愧可憐蟲！」

圖東張學林為京江相公之孫(10)，守河南時，雲墀薦余司記室事，公欣然相延。余以道遠，不果往。記其贈蘧云：「征塵才拂卸行縢(11)，亟叩禪扉訪舊朋。七度春明惟剩爾(12)，卅年蕭寺竟同僧。賣文自昔家懸罄(13)，愛士於今局似冰。我亦栖栖倦行役，二毛相對感鬅鬙(14)。」公暮年升觀察，閱河工，憊甚。有女六歲，泣曰：「爺何不歸家？」婢戲云：「作官豈不好耶？」女答曰：「大家原好，爺一個獨苦耳。」公淒然泣下，賦詩云：「恩重難抽七尺身，愧他黃口語酸辛。」

【箋注】

(1)霓裳：喻朝服。代指同榜進士。

(2)蘧雲墀：蘧駿（《蘇州府志》作瞿駿），字雲墀。江蘇常熟人。壯歲遊京師，屢試不遇。康熙五十九年中順天副榜。為人狷介，居京五十年未嘗至貴要之門。詩文古

淡如其人。年七十餘終於僧舍。章藻功：字豈績。浙江錢塘人。康熙四十二年進士。改庶吉士。有《思綺堂集》。蔣文肅：蔣廷錫。見卷二・四七注(1)。

(3)不偶：不遇。

(4)北闈副車：北闈，在北京舉行的順天府鄉試的別稱。副車，此指鄉試之副榜貢生。即在鄉試錄取名額以外列入備取的副貢。

(5)蕭寺：也作「蕭家寺」。唐・李肇《唐國史補》卷中：「梁武帝造寺，令蕭子雲飛白大書『蕭』字，至今一『蕭』字存焉。」後因稱佛寺為蕭寺。雉朝飛：樂府琴曲。傳為戰國時齊人牧犢子(或獨牧子)，年七十無妻，出薪於野，見飛雉雌雄相隨，意動心悲，乃作此曲。

(6)金江聲：金志章。見卷三・六四注(2)。

(7)馯(hán)子弓：即馯臂子弓，楚人，學《易》守其師說者。史書說，孔子傳《易》於商瞿，商瞿傳《易》於馯臂子弓。

(8)妙香：佛教謂殊妙的香氣。亦指花香。

(9)龕(kān)燈：佛龕、神龕前的長明燈。彌勒：著名的未來佛。我國的彌勒塑像胸腹坦露，面帶笑容。慧業：佛教語。指智慧的業緣。玉童：仙童。

(10)張學林(1689－1770)：字念耕，號圖東。清江蘇丹徒人。諸生。歷官河陝汝道。有《圖東學詩》。京江相公：張玉書，字素存，號京江。清江蘇丹徒人。順治十八年進士。官至文華殿大學士兼戶部尚書。為太平宰相二十年。卒諡文貞。

(11)行縢：指行裝。

(12)春明：指京都。

(13)懸磬：形容空無所有，極貧。

(14)二毛：指斑白的頭髮。鬔鬙（péngsēng）：頭髮散亂
　　貌。

六七

　　康熙中年，金陵詩人有三布衣：一馬秋田(1)，一
袁古香(2)，一芮瀛客(3)。古香年老，在都中館康親
王府(4)。芮年少後至，意頗輕之，常短袁于王前。
一日，王命宦者封一紙出付客，題是〈賀人新婚〉，
韻限「階」、「乖」、「骸」、「埋」四字，外銀二
封，一重一輕，能作此詩者取重封，留邸；不能者持
輕封，作路費歸。芮辭不能；而袁獨詠云：「裴航得
踐遊仙約(5)，簇擁紅燈上綠階。此夕雙星成好會，百
年偕老莫相乖。芝蘭氣吐香為骨，冰雪心清玉作骸。
更喜來宵明月滿，團圓不為白雲埋。」王大欣賞。
芮慚沮，即日辭歸。馬客中有句云：「二更聞雁月在
水，半夜打鐘天有霜。」

【箋注】

(1)馬秋田：馬幾先，字祖修、秋田，號天關山樵。清江蘇
　　江甯(屬南京)人。

(2)袁古香：袁瑛，字五修、古香。清江蘇上元(屬南京)
　　人。

(3)芮瀛客：芮嶼，字瀛客。清江蘇上元(屬南京)人。

(4)康親王：愛新覺羅・傑書，禮親王代善孫，康熙皇帝的
　　堂兄。

(5)裴航：唐傳奇小說中人物，寫唐長慶間秀才裴航，於藍橋驛遇一仙女雲英，以玉杵臼為聘，終成眷屬。

六八

宋·王禹偁詠〈月波樓〉(1)，自注：「不知月波出處。」按漢樂府「月穆穆以金波」(2)，昌黎詩「微風吹空月舒波」(3)，已用之矣。

【箋注】

(1)王禹偁：見卷一·一三注(7)。

(2)「月穆穆」句：出自《樂府詩集·漢郊祀歌·天門》。

(3)「微風」句：出自韓愈〈八月十五夜贈張功曹〉詩。「微風」，作「清風」。

六九

松江張夢喈之妻汪氏，名佛珍(1)，能詩而有幹才。夢喈外出，有偷兒入其室；汪佯為不知，喃曰(2)：「今夕賴得某在家相護，可無憂矣。」某者，其戚中之有勇力者也。偷兒聞之潛逃。夫人佳句，如〈對月〉云：「萬戶恍臨城不夜，千年惟有兔長生。」〈對雪〉云：「自攜尊酒酬滕六(3)，莫損籬邊竹外枝。」兩子興載、興鏞，皆能詩(4)。來江寧秋試，興載見贈云：「海內論交皆後輩，江南何福著先

生？」興鏞見贈云：「絕地通天雙管擅，登山臨水一節先。」人誇其妙，不知皆母訓也。興載云：「桐鄉有程拱宇者(5)，畫《拜袁揖趙哭蔣圖》，其人非隨園、心餘、雲松三人之詩不讀(6)。」想亦唐時之任華、荊州之葛清耶(7)？程字墨浦，廩膳生。

【箋注】

(1)張夢喈：字鳳于，號玉壘。清江南華亭（今上海松江）人。兩遇乾隆南巡，學使選應召試，入貲候選同知。有《塔射園詩鈔》。汪佛珍：清安徽休寧人。通判松江張夢喈室，舉人興鏞母。有《貽孫閣集》。

(2)喈（jiè）：嘆息。

(3)滕六：傳說中的主雪之神。後用作詠雪典故。

(4)張興載(1757-1807)：字坤厚，號悔堂。清江蘇華亭人。貢生。侯補訓導。有《寶稧軒詩集》。張興鏞：字遠春，一字金冶。江蘇華亭人。乾隆五十五年東巡獻賦，官太倉州學正。嘉慶六年舉人。有《紅椒山館詩鈔》。

(5)程拱宇：字墨浦，一字函玖，號蘭舟。清浙江桐鄉人。庠生。兩淮候補鹽知事。有《邗上閒吟草》。（見《光緒桐鄉縣誌》）

(6)隨園：指袁枚。心餘：蔣士銓。見卷一‧二三注(2)。雲松：趙翼。見卷二‧三三注(3)。

(7)任華：唐散文家。樂安（今山東博興）人。早年隱于林泉，後入仕為秘書省校書郎。大曆初，任桂州刺史參佐。與李白、杜甫、高適同時，以詩文相交往。為我國文學史上並尊李杜第一人。葛清：中唐時，荊州市民葛清，自頸以下，遍刺白居易詩，凡刻三十餘首，體無完膚。人呼為「白舍人行詩圖」。

七〇

　　李敏達公撫浙時(1)，威不可犯，獨能敬讀書人。設志局修書，所延皆一時名士。公餘之暇，放艇西湖，屢開文宴。汪西顥沆賦詩云(2)：「西湖大好作春遊，環珮如雲簇水頭(3)。誰似尚書能愛士？日斜堤外未回舟。」其時，余才九歲。後五十年，西顥在莊相國席上見贈云(4)：「花卮同泛小山堂(5)，回首星霜三載強。野叟尚能誇舊政，群公每見譽文章。君卿老去言逾妙，陶令歸來樂未央。莫道隨園秋色淡，萱庭日月閉門長(6)。」與余在席上論元次山文(7)，有〈惡圓〉一篇。余道：「天體尚圓，何可見惡？」西顥因指身上衣袖冠領、席上盤碗壺碟，曰：「諸物皆圓，才適於用。」彼此大笑。

【箋注】

(1) 李敏達：李衛，字又玠。碭山人。入貲為戶部郎，雍正時官至直隸總督。不甚識字，而遇文人甚敬。負氣好勝，中外側目。卒賜敏達。

(2) 汪沆：字師李、西顥，號槐堂。浙江錢塘人。諸生。乾隆十二年舉博學鴻詞科。學重實用。詩與杭世駿齊名。有《槐堂詩文稿》、《水香園遺詩》、《小眠齋讀書日札》等。

(3) 環珮：女子佩戴的圓形玉飾。後用以喻美女。

(4) 莊相國：莊有恭。見卷一・六六注(8)。

(5) 花卮：花色的酒器。

(6) 萱庭：指母親。

(7) 元次山：唐詩人元結。見卷二‧四注(3)。

七一

詩文用字，有意同而字面整碎不同、死活不同者，不可不知。楊文公撰〈宋主與契丹書〉(1)，有「鄰壤交歡」四字。真宗用筆旁抹批云：「鼠壤？糞壤？」楊公改「鄰壤」為「鄰境」，真宗乃悅。此改碎為整也。范文正公作〈子陵祠堂記〉，初云(2)：「先生之德，山高水長。」旋改「德」字為「風」字，此改死為活也。《荀子》曰：「文而不采。」〈樂記〉曰：「聲成文謂之音。」今之詩流，知之者鮮矣！

【箋注】

(1) 楊文公：指北宋楊億。見卷一‧一三注(7)。
(2) 范文正：北宋范仲淹。見卷一‧二七注(5)。

七二

昔人有「王珉回面避家姬」之句(1)，嗤其迂也。元相燕帖木兒侍妾數百(2)，一日宴侍郎趙世延家(3)，見簾內人，驚為絕色，竄取至家，即其第二十九房姬也。虞啟(4)，蜀秀才，題其事云：「一簾相隔未模糊，上眼心驚即故夫。絕似采桑相遇處，大

元宰相作秋胡(5)。」

【箋注】

(1) 王琨：南朝宋琅琊臨沂人。宋孝建中，為建威將軍、平越中郎將、廣州刺史。南土沃實，官此者常致巨富。琨無所取納。人服其清操。《山堂肆考》載：「齊王琨性謹慎，顏師伯豪貴（尚書僕射）設女樂邀琨，傳酒行炙皆命妓，每行至琨，琨令置床上，回面避之，然後取。坐上皆笑。」

(2) 燕帖木兒：元文宗時權臣。又作燕鐵木兒。欽察人。官拜太師，獨攬相權，生活腐朽。

(3) 趙世延：字子敬。雍古族。元汪古部人。家成都。喜讀書，究心儒學。官至中書平章政事。歷事九朝，在省臺五十餘年，以忠守之，以清介飾之。

(4) 虞啟：如上。餘未詳。

(5) 秋胡：古有〈秋胡行〉樂府舊題。據劉向《烈女傳》載，春秋時，魯國秋胡婚後五天就到陳國去做官。五年後回家探望，在路上遇見一個采桑女，百般挑逗，遭到斥責。回到家，才知其妻原來就是采桑女。妻投河自盡。

七三

　　《唐書》載：「賀知章在禮部選挽郎(1)，取捨不公，門蔭子弟喧鬧盈門(2)。知章不敢出，乃於後園舁一梯(3)，出頭牆外，以決事。」康熙辛丑會試，李穆堂先生用通榜法(4)，所取皆一時名士。落第者糾眾作

鬧，新進士無由入謁。或呈一詩云：「門生未必敢升堂，道路紛紛鬧未央。我獻一梯兼一策，牆頭高立賀知章。」丙辰，予在都中，見先生白鬚偉貌，有泰山巖巖氣象。待後輩，當面必訓斥，逢人必讚揚，人以故畏而服之。余謂此張乖崖待彭公乘法也(5)。前輩率真，亦可不必。

【箋注】

(1) 賀知章：字季真，自號四明狂客。唐越州永興（今浙江蕭山）人。武后證聖元年進士。玄宗開元年間，歷任太常少卿、禮部侍郎、集賢院學士、工部侍郎、秘書監員外，官終太子賓客、秘書監。後歸老鏡湖。為吳中四士之一。挽郎：又名挽僮。帝后出殯時牽引靈車唱挽歌之少年。應選的是年輕貌美的貴族子弟。

(2) 門蔭：是古代一種藉父祖的門第資歷、官職功勳而分別對其子孫授與不同官職的庇蔭制度。

(3) 舁（yú）：扛，抬。

(4) 李穆堂：李紱（1673-1750），字巨來，號穆堂。臨川（今江西撫州）人。康熙四十八年進士。授編修。累官工部右侍郎。官至內閣學士。有《穆堂類稿》《陸子學譜》等。通榜：唐時科舉不糊名，由主試者定去取。試前，有預列知名之士，得中者往往出於其中，謂之「通榜」。

(5) 張乖崖（崖）：張詠，字復之，自號乖崖。宋鄄城（今屬山東）人。太平興國進士。官樞密直學士，兩知益州。後官至吏部尚書，出知陳州。彭公乘：宋四川益州人。曾任翰林學士、集賢校理、起居舍人。此處所指事見宋釋文瑩《湘山野錄》。

七四

　　周青原云(1)：「不知誰把芙蓉摘，枝上分明見爪痕。」劉悔庵云(2)：「鏡影不知雙鬢白，書聲甯識此翁衰？」余謂：「不知得妙。」王至淳云(3)：「水邊紅影一燈過，知有人從堤上行。」楊子載云(4)：「忽驚雨後青龍爪，知是蒼松倒掛枝。」余謂：「知得妙。」喬慕韓云(5)：「夢回枕上窗微白，知是天明是月明？」余謂：「似知非知得妙。」

【箋注】

(1)周青原：周發春，字卉舍，號青原、惠涵。江蘇江寧人。乾隆三十年帝南巡，召試一等，賜舉人。授內閣中書舍人。旋入直軍機處，以詿吏議歸。善為文，工書。喜遨遊。按：此與卷二・七○所說周青原非一人。

(2)劉悔庵：劉曾。見卷二・二八注(1)。

(3)王至淳：字樸山。清江蘇江寧人。善寫梅，能書，工詩詞。

(4)楊子載：楊垕，字子載，號恥夫。江西南昌人。乾隆十八年拔貢生。時稱才子。與汪軔、蔣士銓親如昆弟。惜卒年僅三十二。有《恥夫詩鈔》、《恥夫紀聞》。

(5)喬慕韓：喬億，字慕韓，號劍溪。清江蘇寶應人。國學生。專肆力於詩，能自樹一幟。有《小獨秀齋詩》、《窺園吟稿》、《江上吟》、《三晉遊草》、《惜餘存稿》、《夕秀軒遺草》、《劍溪文略》。（道光《重修寶應縣誌》）

七五

宜興儲氏多古文經義之學，少吟詩者。吾近今得二人焉：一名潤書(1)，字玉琴。〈贈梅岑〉云：「一曲吳歌酒半醺，當筵爭識杜司勳(2)。天花作骨絲難繡(3)，春水如情剪不分。話到西窗剛近月，人於東野願為雲。應知此後相思處，日日江頭倚夕曛。」又句云：「山氣作寒啼鳥外，春陰如夢落花初。」其一名國鈞(4)，字長源。〈梁溪〉云：「紙鳶輕颺午晴開，雜沓遊人傍水隈。多半畫船猶未攏，知從池上飼魚來。」〈即目〉云：「日午橫塘緩棹過，風吹花氣蕩層波。依篷不肯輕回首，近水樓臺茜袖多(5)。」晚年飄泊，〈六十自壽〉云：「誰言老去離家慣？轉恐歸來卒歲難(6)。」窘狀可想。他如：「樹涼宜散帙(7)，梅盡始熏衣。」「煙消松翠淡，雪墮柳枝輕。」「酒旗翻凍雪，土銼燎征衣(8)。」「嵐翠忽從亭午變，扇紈都向嫩晴開。」「銀箏度曲徐牽舫，鏡檻懸燈不隔紗。」皆詩人之詩。歿後，知之者少矣！

【箋注】

(1) 儲潤書：字玉琴。清江蘇宜興人。貢生。僑寓竹西三十餘年，一意於詩，貧而好客。有《秋蘭館爐餘剩稿》。

(2) 杜司勳：指杜牧。曾任司勳員外郎。見卷一‧三一注(5)。此喻詩題上所示陳梅岑，生平見卷一‧五注(2)。

(3) 天花：指雪花。

(4)儲國鈞：字長源，號石亭。清江蘇宜興人。監生。有
　　《抱碧齋集》。

(5)茜（qiàn）袖：紅袖，代指少女。茜，草名，根可染紅
　　色。

(6)卒歲：度過歲月。

(7)散帙：打開書帙。亦借指讀書。

(8)土銼：土鍋。即如今之砂鍋。一般用土銼煮茶。

七六

　　余宰江甯時，查宣門居士開贈《蔗塘詩》一
集(1)，蓋其族人心轂先生為仁所作(2)。本籍海甯，
寓居天津，十九歲即經患難，在獄八年，始得釋歸；
憐才愛士，置驛通賓(3)，其詩清妙，蓋深得初白老人
之教者(4)。〈同友集空谷園〉云：「郊居塵埃少，幽
訪共沿回。柳下孤篷泊，花間白版開(5)。高人還掩
臥，稚子識曾來。小立窺鷗鷺，忘機客不猜。」〈秋
夜病中〉云：「巷尾迢迢報柝聲(6)，虛堂如水斷人
行。雲移一朵月吞吐，竹嘯幾聲風送迎。不向枚生求
〈七發〉，只憑麴部覓三清(7)。調麋煮藥經旬臥，
白髮蕭蕭又幾莖。」他如：「酒無千日醉，事有百
年忙。」「風愁撼樹響，鼠厭數錢聲。」「為問亭邊
三五樹，春來花發幾多枝？」皆可誦也。己未余乞假
歸娶，杭董浦前輩為余通書(8)，先生命其子儉堂禮登
船厚贐(9)，至今未敢忘也。

先生有《蓮塘詩話》，載初白老人教作詩法云(10)：「詩之厚在意不在辭，詩之雄在氣不在句，詩之靈在空不在巧，詩之淡在妙不在淺。」其言頗與吾意相合，特錄之。

【箋注】

(1) 查宣門：查開，字宣門，號香雨。清浙江海寧人。由諸生官河南中牟縣丞，擢武陟知縣。有《吾皉亭詩集》、《蘇詩三家註定本》。(民國《海寧州志稿》)

(2) 查心穀：查為仁。見卷三·六〇注(4)。

(3) 置驛通賓：郵送文書，接待客人。

(4) 初白老人：查慎行。見卷三·一二注(1)。

(5) 白版：指不施油漆的木門。

(6) 報柝（tuò）：報更。柝，古代巡夜人敲以報更的木梆。

(7) 枚生：枚乘。西漢著名辭賦家。淮陰(今屬江蘇)人。今存賦《七發》等三篇。麯部：指酒。三清：即道家三清，為玉清、上清、太清，三清天為道家幻想的仙境。

(8) 杭堇浦：杭世駿。見卷三·六四注(1)。

(9) 厚贐：贈送豐厚的禮物。

(10) 蓮塘詩話：應為《蓮坡詩話》。查為仁號蓮坡。

一

　　余春圃、香亭兩弟(1)，詩皆絕妙。而一累於官，一累於畫，皆未盡其才。春圃有〈揚州虹橋〉二律云：「出郭聊為汗漫遊，虹橋曉放木蘭舟。芰荷香氣宜初日，鷗鷺情懷赴早秋。自喜琴尊今雨共(2)，敢誇風雅昔賢儔。盈盈綠水依依柳，暫擬名園作小留。」「雁落平沙古調稀(3)，冰弦聲徹樹間扉。荷亭避暑茶煙颭，竹院尋僧木葉飛。山雨暗移遊客舫，水風涼上酒人衣(4)。林鴉櫪馬都喧散，賓從傳呵子夜歸(5)。」又：「山堂勝跡先賢重，蓮界慈雲大士尊(6)。」皆佳句也。

【箋注】

(1)春圃：袁鑒，字澍甘，號春圃。浙江錢塘人。乾隆二十二年進士。授編修。歷官江寧布政使，降江寧府知府。能詩。香亭：袁樹。見卷一・五注(3)。

(2)琴尊：琴與酒樽為文士悠閒生活用具。今雨：唐・杜甫〈秋述〉：「秋，杜子臥病長安旅次，多雨生魚，青苔及榻，常時車馬之客，舊，雨來；今，雨不來。」意謂賓客以往下雨亦來，如今下雨卻不來了。後用「舊雨」指老朋友、「今雨」指新朋友。

(3)雁落平沙：亦即平沙落雁，古琴曲名。最早見於《古琴正宗》。據說其意在借大雁之遠志，寫逸士之心胸。

(4)酒人：好酒的人。

(5)賓從：賓客和僕從。傳呵：導引傳呼。

(6)慈雲大士：慈雲，佛教用語。比喻慈心如雲般的廣大，庇蔭著一切眾生。大士，特指觀世音菩薩。

二

戊辰秋（1），余初得隋織造園，改為隨園。王孟亭太守，商寶意、陶西圃二太史（2），置酒相賀，各有詩見贈。西圃云：「荒園得主名仍舊，平野添樓樹盡環。作吏如何耽此事，買山真不乞人錢（3）。」寶意云：「過江不愧真名士，退院其如未老僧（4）。領取十年卿相後，幅巾野服始相應。」蓋其時，余年才過三十故也。惟孟亭詩未錄，只記「萬木槎枒綠到簷」一句而已。嗟乎！余得隨園之次年，即乞病居之。四十年來，園之增榮飾觀，迥非從前光景，而三人者，亦多化去久矣！

【箋注】

(1) 戊辰：乾隆十三年。袁枚購得南京一座廢園隋氏織造園。

(2) 王孟亭：王箴輿。見卷二·七六注(1)。商寶意：商盤。見卷一·二七注(7)。陶西圃：陶鏞，字序東，號西圃。安徽蕪湖人。乾隆四年進士。選庶吉士，散館改知縣。歷江蘇、山西，擢湖南同知。

(3) 「買山」句：其中含「買山錢」典。《世說新語·排調》：「支道林因人就深公買印山，深公答曰：『未聞巢由買山而隱。』」原意是深公諷刺支道林的話，後用以比喻歸隱之志。買山錢意即指買山而隱。《何氏語林·豪爽》：「于頔鎮襄陽，盧山符載齎書就于，乞買山錢百萬，于即時與之。」

(4) 退院：指僧人脫離寺院。

三

　　西林鄂公為江蘇布政使(1)，刻《南邦黎獻集》，沈歸愚尚書時為秀才(2)，得與其選。後此本進呈御覽，沈之受知，從此始也。公〈春風亭會文贈華豫原〉一律，中四句云：「謬以通家尊世講(3)，敢當老友列門生。文章報國科名重，洙泗尋源管樂輕(4)。」其好賢禮士，情見乎詞。公亡後，門下生楊潮觀梓其詩五百餘首(5)。〈苦熱〉云：「未能作霖雨，何敢怨驕陽？」〈偶成〉云：「楊柳情多因帶水，芭蕉心定不聞雷。」〈題某寺〉云：「飛雲倚岫心常住，明月沉潭影不流。」〈別貴州〉云：「身名到底都塵土，留與閒人袖手看。」嗚呼！公出將入相，垂二十年，經略七省。諸郎君兩督、兩撫，故吏門生亦多顯貴。而平生詩集，終傳於一落托書生。檀默齋詩云(6)：「不有三千門下客，至今誰識信陵君(7)？」

【箋注】

(1)西林鄂公：鄂爾泰。見卷一・一注(7)。

(2)沈歸愚：沈德潛。見卷一・三一注(3)。

(3)通家：古代稱世代交好之家。世講：通稱友朋的後輩。

(4)洙泗：二水之名，在山東曲阜匯合。此地為孔子家鄉和教學之地。原有先聖講堂，後建洙泗書院。因以「洙泗」代稱儒家或儒學。管樂：指春秋時管仲、戰國時樂毅。管仲，齊之名相。樂毅，燕之名將。

(5)楊潮觀：字宏度，號笠湖。江蘇金匱（今無錫）人。乾隆元年舉人。歷官山西、河南、雲南、四川等地知縣、知

府。有《吟鳳閣詩鈔》、《吟鳳閣詞稿》、《周禮指掌》、《左鑒》等。

(6) 檀默齋：檀萃，字豈田，號默齋，晚號廢翁。安徽望江人。乾隆二十六年進士。歷官貴州青溪、雲南祿勸知縣，興農勸學，政聲大播。工詩，近體尤為錘煉。有《滇南詩前集》、《草堂外集》、《滇南草堂詩話》、《楚庭稗珠錄》等。

(7) 信陵君：戰國時，魏國的公子無忌被封為信陵君，為人厚道而尊重士人，門下養賓客三千。後世以「信陵君」稱居高位而好客的人。

四

　　揚州孝廉馬力畚(1)，自負古文作家。與汪可舟會於盧轉運席上(2)，汪雖布衣，詩才實出馬上，馬意頗輕之，汪又不肯自下，於是二人終席不交一語。後五日，馬病卒。沙斗初戲可舟曰(3)：「汝與馬君前日席間，已陰陽分界矣。」汪〈送方守齋之白下兼懷隨園〉云(4)：「此邦賴有舊神君，除卻斯人孰與群？久臥林泉猶未老，只談風月別無聞。山中白石同誰煮(5)？座上名香待爾焚。聽說扁舟去吳會，料應歸看早秋雲。」

【箋注】

(1) 馬力畚：馬榮祖(1686-1761)，字力本(畚)，號石蓮。江蘇江都人。雍正十年舉人。乾隆元年舉博學鴻詞。先後任河南閿鄉、鹿邑知縣。有《亭雲堂稿》。

(2) 汪可舟：汪舸（1702-1770），字可舟，號礓崌山人，晚號
　　客吟老人。清安徽婺源（今江西婺源）人，流寓揚州。工
　　書法。有《礓崌山人集》。盧轉運：盧見曾。見卷二·
　　九注（1）。

(3) 沙斗初：沙維杓。見卷三·四九注（2）。

(4) 方守齋：未詳。白下：即今南京。

(5) 山中白石：晉·葛洪《神仙傳》載，仙人白石生煮白石
　　為糧，就白石山而居。後用以詠道士或隱士。此喻袁枚
　　居小倉山隨園。

五

　　丁丑，余覓一抄書人，或薦黃生，名之紀、號星
巖者，人甚樸野（1）。偶過其案頭，得句云：「破庵
僧賣臨街瓦，獨井人爭向晚泉。」余大奇之，即餉米
五斗。自此欣然大用力於詩。五言句云：「雲開日腳
直，雨落水紋圓。」「竹銳穿泥壁，蠅酣落酒尊。」
「釣久知魚性，樵多識樹名。」「筆殘蘆並用，墨盡
指同磨。」七言云：「小窗近水寒偏覺，古木遮天曙
不知。」「舊生萍處泥猶綠，新落花時水亦香。」
「舊甓恐閑都貯水（2），破牆難補盡糊詩。」「有簾當
檻雲仍入，無客推門風自開。」

【箋注】

(1) 黃生：黃之紀。見卷三·四六注（1）。

(2) 舊甓（pì）：陳舊的陶器。

按：能記載下一位普通寒士這麼多既樸素又新穎且體察入微
　　的詩句，實屬難能可貴。

六

　　曾南村好吟詩(1)，作山西平定州刺史，仿白香山
將詩集分置聖善、東林故事(2)，乃將〈上黨詠古〉諸
作，命門人李珍聘書藏文昌祠中(3)。身故十餘年，
陶悔軒來牧此州(4)，過祠拈香，見此藏本，既愛詩之
清妙，而又自憐同為山左人，乃序而梓之，並附己作
於後。曾〈過盤石關〉云：「盤石關前石路微，離離
黃葉小村稀。斜陽忽送奇峰影，千疊層雲屋上飛。」
陶詠〈遺詩軒〉云：「一代文章擅逸才，開軒吟罷興
悠哉。官閑且喜能醫俗，為與詩人坐臥來。」陶又詠
〈嘉山書院〉云：「新開藝苑育群英，文學風傳古艾
城(5)。借得公餘無俗累，攜朋來聽讀書聲。」

【箋注】

(1) 曾南村：曾尚增(1708-1760)，字謙益，號南村。山東
　　長清人。乾隆二年進士。改庶吉士。歷官湖南郴州知
　　州。有《平定雜詩》、《桐川官舍聯吟草》、《舟行雜
　　詩》。

(2) 聖善東林：聖善寺是唐代東都洛陽城內最大的寺院之
　　一。東林寺位於廬山西北麓。白居易生前把自己的文集
　　藏於廬山東林寺、蘇州南禪院和東都聖善寺、香山寺四
　　處。

（3）李珍聘：未詳。文昌祠：位於山西代縣城內東大街路
　　北。建於明代中期。

（4）陶悔軒：陶易。見卷三・五一注（1）。

（5）古艾城：艾邑，在今山東沂源縣西南，春秋齊地。此代
　　指曾南村。

七

　　吳門名醫薛雪（1），自號一瓢，性孤傲。公卿延之
不肯往，而予有疾，則不招自至。乙亥春余在蘇州，
庖人王小余病疫不起，將掩棺，而君來，天已晚，燒
燭照之，笑曰：「死矣！然吾好與疫鬼戰，恐得勝亦
未可知。」出藥一丸，搗石菖蒲汁調和，命輿夫有力
者，用鐵箸鋟其齒灌之。小余目閉氣絕，喉汩汩然似
咽似吐。薛囑曰：「好遣人視之，雞鳴時當有聲。」
已而果然。再服二劑而病起。乙酉冬，余又往蘇州，
有廚人張慶者，得狂易之病（2），認日光為雪，啖少
許，腸痛欲裂，諸醫不效。薛至，袖手向張臉上下視
曰：「此冷痧也，一刮而愈，不必診脈。」如其言，
身現黑瘢如掌大，亦即霍然（3）。余奇賞之。先生曰：
「我之醫，即君之詩，純以神行。所謂『人居屋中，
我來天外』是也（4）。」然先生詩亦正不凡，如〈夜別
汪山樵〉云（5）：「客中憐客去，燒燭送歸橈。把手各
無語，寒江正落潮。異鄉難跋涉，舊業有漁樵。切莫
依人慣，家貧子尚嬌。」〈嘲陶令〉云：「又向門前

栽五柳，風來依舊折腰枝(6)。」詠〈漢高〉云：「恰
笑手提三尺劍，斬蛇容易割雞難(7)。」〈偶成〉云：
「窗添墨譜搖新竹，几印連環按覆盂(8)。」

【箋注】

(1) 薛雪：見卷二‧一九注(1)。

(2) 狂易：精神失常。

(3) 霍然：突然。為「霍然而愈」的省略。

(4) 人居屋中我來天外：此為「下筆如有神」、「神來之
筆」的最好注腳。

(5) 汪山樵：汪俊。見卷三‧五九注(3)。

(6) 五柳：陶淵明著《五柳先生傳》，後人稱陶為「五柳先
生」。折腰：陶淵明「不為五斗米折腰」。此處既言
柳、又喻人，語意雙關。

(7) 斬蛇：劉邦一次行至河南永城縣北芒碭山南麓，見一大
蛇攔路，拔劍斬為兩段。後用以喻建立帝王大業。割
雞：原喻縣令之職，亦指處理小事。按：此處或許以此
諷喻劉邦能斬白蛇起義，與項羽逐鹿天下，開漢家四百
年基業；卻無法處置呂后，致使諸呂把持政權之事。

(8) 連環：連環字，即回文詩。覆盂：倒扣着的圓形器皿。

按：《偶成》一聯：窗紗上添了一幅水墨畫譜，那是搖動着
的新竹；茶几上映印出連環字，那是按序倒扣着的盂皿
上的回文詩。一聯詩寫出了窗明、几淨、竹、畫、詩、
盂、日光、清風和喜愛這一切的主人生活品性。

八

　　張文敏公以書法掩詩名(1)。余見手書《春鶯囀》云(2)：「綢壓香筒墜宿雲(3)，花魂愁殺月如銀。獨聽魚鑰西風冷(4)，又是深秋一夜人。」

【箋注】

(1)張文敏：張照。見卷一・二四注(5)。

(2)春鶯囀：曲調名。唐・崔令欽《教坊記》：「《春鶯囀》，高宗曉聲律，晨坐聞鶯聲，命樂工白明達寫之，遂有此曲。」

(3)香筒：帳中燒香器。

(4)魚鑰：魚形的門鎖。唐・丁勝晦《芝田錄》：「門鑰必以魚形，取其不瞑目守夜之義。」

九

　　方敏恪公勳位隆赫(1)，而詩情極佳。未第時，〈途中看花〉三絕云：「數枝紅豔困輕塵，隴後風前別有春。袖底飛英吹特地(2)，似憐驢背有詩人。」「女兒裝罷鬢鬖鬖(3)，鬢底桃花一面酣。結伴前村攜手去，每逢花處又重簪。」「稽首茅庵古白華(4)，道旁人獻道旁花。慈雲座下無多願(5)，每到花時婿在家。」

【箋注】

(1)方敏恪：方觀承。見卷一・三○注(8)。

(2)特地：突然。

(3)鬖鬖（sān）：頭髮下垂貌。

(4)稽首：叩拜。白華：指白髮老人。

(5)慈雲：慈祥的佛。亦指母德。

　　己卯夏，蔣秦樹中翰偶過金陵(1)，篋中藏海寧許衡紫名燦者詩一卷(2)。〈湖上〉云：「秋思動孤往，淩波遂渺然。湖雲多上樹，山雨忽如煙。白鷺來菱外，紅蓼落檻前。淡妝西子笑，風急莫回船。」作〈河西雜詩〉，有明七子氣魄。如：「龍沙掃雪秋馳馬，兔魄凝霜夜照旗(3)。」「邊丁日課屯田麥，使者星馳屬國瓜(4)。」皆極雄健。又絕句云：「鐵馬寒風日日秋，繡旂獵獵卷蚩尤(5)。何緣身作平安火，一夜東還過肅州(6)。」余慕其人，遍訪卅年，卒無知者。

【箋注】

(1)蔣秦樹：蔣雍直，字秦樹，號漁村、待園。安徽懷寧人。乾隆二十六年進士。乾隆南巡，召試，與錢大昕等五人同賜舉人。授內閣中書舍人。

(2)許衡紫：許燦。見卷三・六三注(2)。

(3)龍沙：《後漢書・班固傳》：「坦步蔥雪，咫尺龍

沙。」後以龍沙指塞外荒漠之地。此指荒漠風沙。兔
魄：月亮的別稱。

(4)屯田：由政府劃定國有荒地組織勞力開墾。分軍屯、民
　屯、商屯三種。屬國：附屬國。

(5)蚩尤：相傳是上古時代九黎族的首領，蚩尤好戰，常侵
　略別的部落。此指叛亂失敗者。

(6)肅州：今甘肅酒泉一帶。

一一

　　丙辰秋，召試者同領月俸於戶部。同鄉程鄜渠
指一人笑曰(1)：「此吾家『娘子秀才』也。」入學
時，初名默，寓居金陵，工詩，今遁而窮經，改名廷
祚(2)，別字綿莊，以其閒靜修潔，故號「程娘子」。
因與數言而別。讀其〈海淀園林〉一絕云：「隔岸迢
遙御路明，林間倒影見人行。朝天多少朱輪過，添
入山泉作水聲。」〈京中憶女〉云：「三齡幼女縈離
夢，一自能言未得看。戲罷頗聞知記憶，書來漸解問
平安。慰情欲比真男子，努力應加遠客餐。啼笑更教
聽隔舍，茫茫愁思到更闌。」〈武林懷古〉云：「一
自休兵國怨除，君王酣醉九重居。雲開鳳嶺笙歌滿，
夢冷龍城驛使疏(3)。海日忽驚宮漏盡，春潮猶笑將壇
虛。誰知立馬吳山客，不惜千金買諫書(4)。」詩甚綿
麗，不作經生語。後蘇撫雅公薦先生經學(5)，卒報
罷。年七十七，無子而卒。著書盈尺，俱付隨園。

【箋注】

(1) 程郎渠：程川，字郎渠，號春廡。浙江錢塘人。雍正中拔貢生，乾隆元年薦試博學鴻詞，未中。後官縣丞。志行端慤，詞華敏贍。有《朱子五經語類》、《運木集》。

(2) 程廷祚：原名黔，字啟生，號綿莊，晚年號青溪居士。清江蘇江寧（今南京）人。讀書極博，皆歸實用。經學一空依傍。亦工詩，華實並茂。有《易通》、《尚書通義》、《青溪詩說》、《春秋識小錄》等。

(3) 武林：舊時杭州的別稱，以武林山得名。鳳嶺：即鳳凰山。在今浙江省杭州市東南。北近西湖，南接江濱。形若飛鳳，故名。龍城：京城。

(4) 立馬吳山：金朝的海陵王完顏亮在南下伐宋之前派人畫的一張西湖圖上題詩：「提兵百萬西湖上，立馬吳山第一峰。」「不惜」句：《宋史・胡銓傳》：「銓之初上書也，宜興進士吳師古鋟木傳之，金人募其書千金。」

(5) 蘇撫：江蘇巡撫。雅公：覺羅雅爾哈善。滿洲正紅旗人。雍正三年，由繙譯舉人授內閣中書。乾隆十三年，署江蘇巡撫。終因誤失軍機，即行正法。

一二

乙亥秋，余弔於綿莊家。綿莊指一少年告我曰：「此嚴冬友秀才也，年未弱冠(1)，前日學使問《笙詩》有聲無辭(2)，生條舉十六家之說，以辨其非。」余心敬之。已而見過，以《秀容小草》相示。〈晚眺〉云：「別院鳴鐘鼓，登樓報晚晴。一山清有待，

千樹暖無聲。漸得東風信，彌傷旅客情。滄洲明發早，應負好春生。」〈舟次仇湖〉云：「際天雙岸失，出霧一帆輕。」

【箋注】

(1) 嚴冬友：嚴長明。見卷一・二二注(6)。弱冠：古時以男子二十歲為成人，初加冠，因體猶未壯，故稱弱冠。

(2) 笙詩：《詩經・小雅》〈南陔〉、〈白華〉、〈華黍〉、〈由庚〉、〈崇丘〉、〈由儀〉六篇佚詩的合稱。其曲皆以笙吹奏，故名。有人認為原有聲無辭。有人認為本應有文辭，已佚。

一三

通州保井公(1)，工填詞，自號四鄉主人，蓋言睡鄉、醉鄉、溫柔鄉、白雲鄉也(2)。詠〈崔鶯鶯〉一闋(3)，甚佳，末二句云：「交相補過，還他一嫁。」癸酉秋，見訪隨園，相得甚歡。別三十年，余遊狼山，井公久亡矣。其子款接甚殷。壁上糊余手札數行，視之，乃遊客某所假也，然已厚贐之矣，其兩代之好賢若此。

【箋注】

(1) 保井公：保培基，字岐庵，號西垣，自號四鄉主人，一作四鄉古人。江蘇通州人，居井谷園。雍正十三年官嘉興府同知。著《西垣集》。《四庫未收書輯刊》拾輯第十八冊《西垣集》卷首有袁枚作〈奈何詞〉序。光緒

《通州直隸州志》有小傳。

(2)睡鄉：睡夢中境界。蘇軾有〈睡鄉記〉。醉鄉：酒醉中
境界。王績有〈醉鄉記〉。溫柔鄉：比喻美色迷人之
境。典出《飛燕外傳》。白雲鄉：古人以為神仙、天帝
住在天上白雲間，故稱仙鄉為白雲鄉。典出於《莊子‧
天地》：「乘彼白雲，至於帝鄉。」

(3)崔鶯鶯：唐傳奇小說人物。唐‧元稹有《鶯鶯傳》，記
述鶯鶯與張生相戀，後為張所棄而他嫁的故事。元‧王
實甫作雜劇《西廂記》，改述其事，使鶯鶯終於衝破封
建禮教和門第的束縛，與張生結合。

一四

陝州鞏、洛間(1)，人多鑿土而居。余自西秦歸，
遇雨，住窰中三日，吟詩未成。後二十年，年家子沈
孝廉琨有〈過陝〉一聯云(2)：「人家半鑿山腰住，
車馬都從屋上過。」直是代予作也。又〈過高淳湖〉
云：「涼生宿鷺眠初穩，風靜遊魚聽有聲。」

【箋注】

(1)鞏洛：鞏縣、洛陽，均屬今河南。

(2)沈琨：字兼三，號舫西。沈榮昌子。浙江歸安人。乾隆
三十六年舉人。官山東泰安知府。有《小筠詩集》、
《嘉蔭堂詩存》。

一五

　　宋維藩字瑞屏（1），落魄揚州。盧雅雨為轉
運（2），未知其才，拒而不見。余為代呈〈曉行〉云：
「客程無晏起（3），破曉跨驢行。殘月忽墮水，村雞
初有聲。市橋霜漸滑，野店火微明。不少幽居者，高
眠夢不驚。」盧喜，贈以行資。蘇州浦翔春〈曉行〉
云（4）：「早出弇山口，秋風襆被輕（5）。背人殘月
落，何處曉雞聲。客久影俱瘦，宵闌氣更清。行行遠
樹裏，紅日自東生。」二人不相識，而二詩相似，
且同用「八庚」韻，亦奇。浦更有佳句云：「舊塔未
傾流水抱，孤峰欲倒亂雲扶。」又：「醉後不知歸路
晚，玉人扶著上花驄。」

【箋注】

（1）宋維藩：字價人，一字瑞屏。浙江建德人。貢生。候補
　　州同。康熙間，召試鴻博，未用。有《白雲閣詩集》。

（2）盧雅雨：盧見曾。見卷二・九注（1）。

（3）晏：遲。

（4）浦翔春：字鶴天，號東橋、流槎老人、梅花村人。清江
　　蘇寶山（今屬上海）人。諸生。有《老去吟》、《去思
　　吟》、《梅花村稿》。

（5）弇山：園名。在江蘇太倉縣，為明王世貞所築。襆被：
　　鋪蓋卷，行李。

一六

杭州宴會，俗尚盲女彈詞。予雅不喜，以為女之首重者目也，清矑不盼(1)，神采先無。有王三姑者，雅好文墨，對答名流，人人如其意之所出。王夢樓侍講作七古一章(2)，中有八句云：「成君浮磬子登璈，金醴曾經侍玉霄(3)。謫降道緣猶未減，不將青眼看塵囂。紈質由來兼點慧(4)，傳神豈待秋波媚？輕雲冉冉月宜遮，香霧濛濛花愛睡。」杭董浦贈詩云(5)：「曉妝梳掠逐時新，巧笑生春又善顰(6)。道客勝常知客姓(7)，目中莫謂竟無人。」「檀槽圓股曉生寒，也學曹剛左手彈(8)。眾裏自嫌衰太甚，幸無老態被卿看(9)。」

【箋注】

(1)清矑（lú）：眼珠。

(2)王夢樓：王文治。見卷二・三〇注(1)。

(3)成君：傳說中的西王母仙女范成君。「婉陵華拊五靈之石，范成君擊湘陰之磬。」（《海錄碎事》）浮磬：泗濱浮石做成的磬。磬是中國最古老的打擊樂器。後來成為王朝的聖物，寺觀的法器。音色美妙，古人以「金聲玉振」譽之。子登璈：即八琅璈。《漢武內傳》：「王母乃命侍女王子登彈八琅之璈，又命侍女董雙成吹雲和之笙。」璈（áo），古彈奏樂器。金醴：瓊漿玉液。

(4)紈質：謂白皙細潔，如紈素之質。多形容婦女美質。

(5)杭董浦：杭世駿。見卷三・六四注(1)。

(6)善顰（pín）：以西施皺眉之美喻王三姑。

(7)勝常：超過平常。問候用語。

(8)檀槽：琵琶上用檀木做的槽狀音箱。亦代指琵琶。曹剛：唐朝中期唐武宗年間西域曹國人，出自音樂世家，善長右手，左手稍差。為琵琶演奏大師。白居易、劉禹錫都讚賞過他的琵琶演奏。

(9)卿：指王三姑。

一七

　　乾隆戊寅，盧雅雨轉運揚州(1)，一時名士，趨之如雲。其時劉映榆侍講掌教書院(2)，生徒則王夢樓、金棕亭、鮑雅堂、王少陵、嚴冬友諸人(3)，俱極東南之選。聞余到，各捐餼廩延飲于小全園(4)。不數年，盡入青雲矣。鮑見贈〈玉堂仙人篇〉，不及省記；僅記夢樓〈偕全公魁使琉球〉二首云(5)：「一行金埒響瓊琚(6)，公子群過水竹居。卯髮也須千萬值，綺年多是十三餘(7)。將離更唱紅蘭曲，相憶應看青李書(8)。鸚鵡香醪斟酌遍，不知涼月透交疏。」「那霸清江接海門(9)，每隨殘照望中原。東風未與歸舟便，北里空銷旅客魂。盡夜華燈舞鸛鵒(10)，三秋荒島狎鯨鯤。他時若話悲歡事，衣上濤痕並酒痕。」余按：琉球國王貴戚子弟，皆傅脂粉，錦衣玉貌，能歌，以敬天使，故移尊度曲。汪舟次先生集中所詠(11)，與夢樓同。

【箋注】

(1)盧雅雨：盧見曾。見卷二・九注(1)。

(2)劉映榆：劉星煒，字映榆，號圃三。江蘇武進人。乾隆
十三年進士。授編修。督安徽學政，奏請童生兼試五言
六韻詩，童試有詩自此始。官至工部左侍郎。有《思補
堂集》。

(3)王夢樓：王文治。見卷二・三〇注(1)。金棕亭：金兆
燕，字鍾越，號棕亭。安徽全椒人。乾隆三十一年進
士。官揚州教授，遷國子監博士。有《棕亭古文鈔》、
《棕亭詩鈔》、《棕亭詞鈔》等。鮑雅堂：鮑之鍾。
見卷二・四九注(6)。王少陵：王嵩高，字少林，號海
山。江蘇寶應人。乾隆二十八年進士。官廣西平樂府
知府。著有《小樓詩集》。（詳明文書局印行《碑傳集
補(二)》）嚴冬友：嚴長明。見卷一・二二注(6)。

(4)餼廩（xìlǐn）：古代指薪資。亦指飲食。

(5)全魁：尼奇哩氏，字斗南，號穆齋。滿洲鑲白旗人。乾
隆十六年進士。散館授檢討。歷官盛京戶部侍郎，降侍
講學士。

(6)金埒：《世說新語・汰侈》：晉人王武子性豪侈，以錢
幣編成馬射場的界牆，人稱「金埒」。後因用以喻指豪
侈或豪侈的馬場。瓊琚：精美的玉佩。

(7)丱（guàn）髮：兒童。綺年：華年。

(8)紅蘭曲：一種寄託相思之情的曲子。青李書：王羲之有
《青李來禽帖》，為行書。青李書即指用行書寫的信
函。

(9)那霸：那霸地處沖繩島西南海濱。有眾多的古代琉球王
朝的遺留建築。琉球國，古稱中山，光緒五年被日本吞
併，改稱沖繩。

(10) 舞鸜鵒：即「鸜鵒舞」，舞名。鸜鵒，即八哥。《晉書・謝尚傳》載，謝尚能為鸜鵒舞，瀟灑大方。後人用「鸜鵒舞」喻優美瀟灑的舞姿。

(11) 汪舟次：汪楫。見卷三・四八注(1)。

一八

　　有某太史以〈哭父〉詩見示(1)。余規之曰：「哭父，非詩題也。《禮》：『大功廢業。』而況於斬衰乎(2)？古人在喪服中，三年不作詩。何也？詩乃有韻之文，在哀毀時(3)，何暇揮毫拈韻？況父母恩如天地，試問：古人可有詠天地者乎？六朝劉晝賦六合，一時有『疥駱駝』之譏(4)。歷數漢、唐名家，無哭父詩。非不孝也，非皆生於空桑者也(5)。《三百篇》有〈蓼莪〉，古序以為刺幽王作。有『陟岵』、『陟屺』(6)，其人之父母生時作。惟晉傅咸、宋文文山有〈小祥哭母〉詩(7)。母與父似，略有間，到小祥哀亦略減；然哭二親，終不可為訓。」

【箋注】

(1) 某太史：指黃之雋。其〈哭父〉詩云：「病中日日呼兒聲，今日呼耶耶不應。夜臺幽處不可步，何不呼兒持漆燈！」郭麐《樗園銷夏錄》與平步青《霞外攟屑》論及此，認為居哀偶作韻語，以抒哀思，前有先例，亦無不可。

(2) 大功廢業：服大功之喪（五種喪服之一）要停止學業，以免干擾哀思。斬衰：舊時五種喪服中最重的一種。用粗

麻布製成，左右和下邊不縫。服制三年。

（3）哀毀：因親喪悲哀而瘦損異常。晉・王戎、和嶠同遭親喪，司馬炎對劉毅說：「和嶠雖備禮，神氣不損；王戎雖不備禮，而哀毀骨立。」（見《世說新語・德行》）後常作居喪盡禮之辭。

（4）劉畫：字孔昭。北齊渤海阜城（今河北交河）人。舉秀才，應試不第。多次直言上書，終不為用，潦倒而卒。著有〈六合賦〉、《高才不遇傳》、《金箱璧言》等。六合：即天地四方。疥駱駝：生疥瘡的駱駝。喻不為人喜愛的事物。《北史・劉畫傳》：「子才曰：『君此賦，正似疥駱駝，伏而無妩媚。』」

（5）空桑：自空心桑樹裏生長出來。古代傳說有一採桑女子，在空心桑樹裏拾得一個嬰兒，長大後即是商代政治家伊尹。

（6）陟岵、陟屺：《詩・魏風・陟岵》：「陟彼岵兮，瞻望父兮。」「陟彼屺兮，瞻望母兮。」表達征人思親的情感。

（7）傅咸：字長虞。西晉北地泥陽（今陝西耀縣東南）人。傅玄之子。西晉泰始九年任太子洗馬。咸寧四年襲父爵清泉侯。官至司隸校尉。剛簡有大節，好屬文論。能詩文。明人輯有《傅中丞集》。文文山：即文天祥。見卷三・六六注（8）。小祥哭母：文天祥哭母詩有兩首，一首為〈邳州哭母小祥〉，寫於母喪禮一周年。一首為〈哭母大祥〉，寫於母喪禮二周年。小祥，古時父母喪後周年的祭名。大祥，古時父母喪後兩周年的祭禮。

一九

　　常州莊蓀菔太史〈冬日〉詩云(1):「磨來凍墨無濃色,典後朝衣有皺痕(2)。」揚州程午橋太史贈唐改堂前輩云(3):「春生秋扇隨新令,霉久朝衣檢舊斑。」

(1)莊蓀菔:莊令輿。見卷一‧四八注(1)。

(2)朝衣:君臣上朝時穿的禮服。

(3)程午橋:程夢星(1678-1747),字午橋,號汧江,一號香溪。江都(今江蘇揚州)人。康熙五十一年進士。授翰林院編修。以母喪歸,不復出,主持揚州詩壇數十年。有《平山堂志》、《李義山詩集箋注》、《今有堂集》、《茗柯詞》等。唐改堂:唐紹祖,字次衣,號改堂。江南江都人。康熙四十八年進士。

二〇

　　常州顧文煒有〈苦吟〉一聯云(1):「不知功到處,但覺誦來安。」又云:「為求一字穩,耐得半宵寒。」深得作詩甘苦。

【箋注】

(1)顧文煒:字盈來,號牧雲。浙江嘉興人。雍正乙卯客兩江制軍趙芸書幕府。方徵博學宏詞,牧雲閱卷,首選即沈德潛。流寓於襄,興詩教里中。(同治十三年《襄陽縣誌》卷六)。有《搜殘詩集》八卷,乾隆三十九年刻本。(安徽教育出版社《清人別集總目》)。

二一

　　人畏冷，臥必彎身。高翰起司馬〈宿明港驛〉云(1)：「燈昏妨睡頻移背，衾薄愁寒屢曲腰。」野行者嘗見牛背上負群鳥而行。魯星村云(2)：「春田牛背鳩爭落，野店牆頭花亂開。」船小者，人不能起立。程魚門云(3)：「別開新樣殊堪哂，跪著衣裳臥讀書。」

【箋注】

(1)高翰起：高瀛洲，字翰起，號願圃。浙江仁和人。乾隆三年舉人。由內閣中書官太平同知。有《小稱意齋集》。

(2)魯星村：魯璸。見卷三‧三七注(2)。

(3)程魚門：程晉芳。見卷一‧五注(1)。

二二

　　黃星岩〈隨園偶成〉云(1)：「山如屏立當窗見，路似蛇旋隔竹看。」厲樊榭詠〈崇先寺〉云(2)：「花明正要微陰襯，路轉多從隔竹看。」二人不謀而合。然黃不如厲者，以「如」字與「似」字犯重。竹垞為放翁摘出百餘句(3)，後人當以為戒。

【箋注】

(1)黃星岩：黃之紀。見卷三‧四六注(1)。

(2)屬樊榭：屬鶚。見卷三‧六一注(1)。

(3)竹垞：朱彝尊。見卷一‧二〇注(14)。放翁：即宋‧陸
　　游。

二三

　　戊戌九月，余寓吳中。有嘉禾少年吳君文溥來
訪(1)，袖中出詩稿見示，云「將就陝西畢撫軍之
聘(2)」，匆匆別去。予讀其詩，深喜吾浙後起有人，
而嘆畢公之能憐才也。錄其〈遊孤山〉云(3)：「春風
欲來山已知，山南梅萼先破枝。高人去後春草草，萬
古孤山跡如掃。巢居閣畔酒可沽，幸有我來山未孤。
笑問梅花肯妻我，我將抱鶴家西湖。」其他佳句，
如：「不知新月上，疑是水沾衣。」「底事春風欠公
道，兒家門巷落花多。」深得唐人風味。

【箋注】

(1)吳文溥：見卷四‧三注(3)。

(2)畢撫軍：畢沅。見卷二‧一三注(4)。乾隆三十六年任陝
　　西按察司使，撫陝甚久。

(3)孤山：在浙江杭州西湖中，孤峰獨聳，秀麗清幽。宋林
　　逋曾隱居於此，喜種梅養鶴，有梅妻鶴子之說。

二四

巢縣湯郎中，名戀綱(1)，性高淡，如其吟詠。〈早起〉云：「老杏著東風，紅芳幾回變。何必遠尋春，日日牆頭見。昨夜雨無聲，地上青苔遍。早起快登樓，鈎簾進雙燕。」他如：「溪清山影入，風動竹陰移。」「遊山心在山，合眼飛嵐繞。」真得靜中三昧者。其子擴祖能詩(2)，有父風；過隨園見訪不值，寄詩云：「花含宿雨柳含煙，隱士園林別有天。高臥白雲人不見，一家雞犬翠微巔。」

【箋注】

(1) 湯戀綱：字維三，號奕園居士。安徽巢縣人。乾隆初年官刑部郎中，乞養歸家，不再出仕。為人高淡雅潔，詩風亦如其人。在五言〈偶成〉中有「簡樸非關老，詼諧絕類兒」之句，反映了他性格的一面。有《亦暢樓文集》、《奕園詩集》。

(2) 湯擴祖：字德宣，號勉堂。清安徽巢縣人。有《勉堂詩集》。

二五

杭州符郎中，名曾(1)，字幼魯，詩主高淡。嵇相國為余誦其「三日不來秋滿地，蟲聲如雨落空山」一聯(2)。余同召試，記其〈齋宮〉云：「寒雲添暝色，老屋聚秋聲。」詠〈唐花〉云(3)：「當時不藉吹噓力，少待陽和也自開。」〈哭揚州馬秋玉〉云(4)：

「心死便為大自在(5)，魂歸仍返小玲瓏。」小玲瓏
山館者，馬氏花園也；屬對甚巧。〈賀周石帆學士納
妾〉云(6)：「藥爐經卷都拋卻，只向燈前喚夜深。」
尤蘊藉。

【箋注】

(1) 符曾：字幼魯，號藥林。浙江錢塘人。監生。乾隆元年
　　舉博學鴻詞，不與試。後薦為戶部郎中。詩清絕。有
　　《春鳧集》。

(2) 嵇相國：嵇曾筠，字松友，號禮齋。清江南長洲（今江蘇
　　蘇州）人。康熙四十五年進士。累官文華殿大學士兼吏部
　　尚書，督江南河道。通水利，善建壩。賜太子太傅。有
　　《師善堂集》。

(3) 唐花：即以人工暖室催花早開。見卷三・五六注(2)。

(4) 馬秋玉：馬曰琯。見卷三・六〇注(3)。

(5) 大自在：佛教語。《法華經・五百弟子授記品》：「復
　　聞諸佛有大自在神通之力。」後多用指高度解脫的自由
　　自在、無掛無礙的境界。

(6) 周石帆：周長發，字蘭坡，號石帆。山陰（今浙江紹興）
　　人。雍正二年進士。選庶吉士，改教諭。乾隆初召試鴻
　　博，授編修。入直上書房，官至侍講學士。有《賜書堂
　　集》。

二六

　　吳中七子(1)，有趙損之而無張少華(2)，二人交
好，忽中道不終，都向余嘖嘖有言，而余亦不能為

兩家騎驛也（3）。未十年，張一第而卒，趙亦殉難金
川。史彌遠云（4）：「早知泡影須臾事，悔把恩仇抵
死分。」信哉！少華〈蘇堤〉三首云：「拍堤新漲碧
於羅，堤上遊人連臂歌。笑指紛紛水楊柳，那枝眠起
得春多。」「碧琉璃淨夜雲輕，簫管無聲露氣清。好
是柳陰花影裏，月華如水踏莎行。」「沙棠銜尾按箏
琶（5），鄰舫停橈靜不嘩。雲母窗中雙鬢影，亭亭低映
小紅紗。」〈消夏〉云：「水厄不辭茶七碗，火攻愁
對燭三條（6）。」

【箋注】

(1) 吳中七子：清代詩人曹仁虎、王鳴盛、王昶、錢大昕、
趙文哲、吳泰來、黃文蓮的合稱。皆為蘇州、上海一帶
的「吳中」詩人。沈德潛編有《吳中七子詩》，故名。

(2) 趙損之：趙文哲，字損之，號璞函。江蘇上海人。乾隆
時獻詩行在，召試賜舉人。授中書，官至戶部主事。
從尚書溫福征大金川，兵敗死難。工詩文。有《媏雅堂
集》、《娵隅集》等。張少華：張熙純，字策時，號少
華。江蘇上海人。乾隆三十年召試舉人。賜內閣中書。
工詞，極纏綿，以韻勝。有《曇華閣詞》、《華海堂
集》。

(3) 騎驛：驛站的車馬。借指乘馬傳遞公文或信件的人。

(4) 史彌遠：字同叔。宋明州鄞縣（今浙江鄞縣）人。孝宗淳
熙十四年進士。官至右丞相兼樞密使。後獨相九年，拜
太師，專擅朝政。嘉定十七年，假傳聖旨，廢皇子竑，
立趙昀（理宗）為帝，專任奸佞，忠良盡被貶逐。死後
追封衛王，諡忠獻。此處所引一聯，見《宋詩紀事》錄
《西湖志餘》載史彌遠鬼魂〈示子婦〉一詩。為傳說性
質。

(5)沙棠銜尾：華貴的沙棠舟首尾相銜。

(6)水厄：晉司徒長史王濛，喜飲茶，客來必令同飲，因當
　　時北方士大夫還由於不習慣飲茶而有些畏怯，就戲稱
　　「今日有水厄」。水厄，即水災。後因以「水厄」代指
　　飲茶。火攻：中醫用熱性藥或灼艾治病的方法。

二七

　　王道士至淳有句云(1)：「東風大是無知物，吹老
春光晝轉長。」黃星岩有句云(2)：「飯餘一睡都成
例，五月何曾覺晝長。」陳古漁有句云(3)：「靜坐晴
冬晝亦長。」三押「長」字，俱妙。

【箋注】

(1)王至淳：見卷四・七四注(3)。

(2)黃星岩：黃之紀。見卷三・四六注(1)。

(3)陳古漁：陳毅。見卷一・五二注(3)。

二八

　　朱草衣〈哭槎兒〉云(1)：「羅浮南海歷秋
冬(2)，煙水雲山隔萬重。前日寄書書面上，紅籤猶寫
汝開封。」洪鑾〈贈徐小鶴〉云(3)：「早離講席賦
離居，知己逢難別易疏。正是開門逢去使，接君三月
十三書。」嚴冬友〈憶女〉云(4)：「料得此時依母

坐，看封書札寄長安。」三詩，人傳誦以為天籟；不知藍本皆出於王次回(5)。其〈過婦家感舊〉云：「歸寧去日淚痕濃(6)，鎖卻妝樓第二重。空剩一行遺墨在，丙寅三月十三封。」

【箋注】

(1)朱草衣：朱卉。見卷三‧一一注(4)。

(2)羅浮：山名。在廣東省東江北岸。風景優美，為粵中遊覽勝地。晉‧葛洪曾在此山修道，道教稱為「第七洞天」。

(3)洪鑾：字步宸，號阮溪。安徽蕪湖人。乾隆二十八年進士。官山東博山知縣、東平州知州。有《悔綺堂詩集》。

(4)嚴冬友：嚴長明。見卷一‧二二注(6)。

(5)王次回：王彥泓。見卷一‧三一注(1)。

(6)歸寧：指女子回娘家看望父母。

二九

余掛冠四十年，久不閱《縉紳》(1)，偶有送者，擷之都非相識。偶讀趙秋谷〈題《縉紳》〉云(2)：「無復堪容位置處，漸多不識姓名人。」為之一笑。先生康熙己未翰林，至乾隆己未，而身猶強健，惟兩目不能見物，與余為先後同年。相傳所著《談龍錄》痛詆阮亭(3)，余索觀之，亦無甚抵牾。先生名執信，以國忌日演戲被劾(4)，故有句云：「可憐一曲《長生

殿》，直誤功名到白頭！」

【箋注】

(1) 縉紳：原指古代高級官吏的裝束。後用為有官職或做過官的人的代稱。此處指《縉紳錄》。

(2) 趙秋谷：趙執信（1662-1744），字伸符，號秋谷。益都（今屬山東）人。康熙十八年進士。授翰林院編修。曾主持山西鄉試，後遷右春坊右贊善，並任《明史》纂修官。有《飴山詩集》、《談龍錄》。

(3) 阮亭：王士禎。見卷一·五四注(1)。

(4) 國忌日：此指康熙佟皇后病逝期間。趙至友人洪昇家觀看《長生殿》演出，「為言者所劾，削籍歸。」

三〇

祝太史芷塘以詩集見示(1)，予小獻蒭蕘(2)，太史深為嘉納。別後從京師寄懷云：「蓋世才名大，遊仙福量深(3)。江河不廢業，松柏後凋心。酌兒祈難老(4)，將雛得好音。平生行樂處，古少莫論今。」「孤蹤淹丙舍(5)，公亦返鄉閭。一見笑談劇，廿年傾倒餘。定文丁敬禮，賦海木元虛(6)。何日秦淮曲，相逢重起予(7)？」

【箋注】

(1) 祝芷塘：祝德麟，字趾堂，號芷塘。浙江海寧人。未冠登第，乾隆二十八年進士。改庶吉士，授編修。官至湖廣道御史。後歸里，主講雲間書院。有《悅親樓詩

　集》、《麝雲初集》。

(2)蒭蕘：指淺陋的見解，自謙之詞。

(3)遊仙：漫遊仙界。指過著逍遙自在的生活。

(4)酌兕（sì）：酌酒。兕，飲酒器。

(5)丙舍：此指簡陋的房舍。

(6)定文：改定文章。丁敬禮：丁廙，字敬禮。三國魏沛
　郡（今安徽濉溪縣西北）人。博學多聞，建安中為黃門
　侍郎，與丁儀、楊修都是曹植的摯友。後被曹丕所殺。
　曹植〈與楊德祖書〉云：「世人著述，不能無病，僕常
　好人譏彈其文，有不善者，應時改定。昔丁敬禮嘗作小
　文，使僕潤飾之，僕自以才不過若人，辭不為也。敬禮
　謂僕：『卿何所疑難，文之佳惡，吾自得之，後世誰相
　知定吾文者耶？』吾常歎此達言，以為美談。」木元
　虛：木玄虛，木華，字玄虛。西晉渤海廣川（今河北棗
　強）人。晉惠帝時，為太傅楊駿府主簿。擅長辭賦，今僅
　存〈海賦〉一篇，文甚雋麗，為世傳誦。此處比袁枚。

(7)起予：《論語・八佾》：「子曰：『起予者，商也，始
　可與言《詩》已矣。』」後因用為啟發自己之意。

三一

　　詠古詩有寄託固妙，亦須讀者知其所寄託之意，
而後覺其詩之佳。盧雅雨先生長不滿三尺(1)，人呼
「矮盧」，故〈題李廣廟〉云(2)：「明禋自有千秋
貌(3)，不在封侯骨相中。」薛皆三進士(4)，門生
甚少，〈題《桃源圖》〉云：「桃花不相拒，源路自
家尋。」余起病補官，年未四十，〈題邯鄲廟〉云：

「黃粱未熟天還早(5)，此夢何妨再一回？」

【箋注】

(1)盧雅雨：盧見曾。見卷二・九注(1)。

(2)李廣：西漢隴西成紀人。曾任驍騎都尉、隴西太守、右
　　北平太守。驍勇善戰，世稱飛將軍。七任邊郡太守，前
　　後達四十餘年，歷七十餘戰，屢立戰功，未得封侯。

(3)明禋（yīn）：潔敬。指敬神時明潔誠敬的獻享。

(4)薛皆三：薛起鳳。見卷二・四六注(7)。

(5)黃粱未熟：唐・沈既濟《枕中記》載：盧生在邯鄲客店
　　中遇道士呂翁，用其所授瓷枕，睡夢中歷數十年富貴榮
　　華。及醒，店主炊黃粱未熟。

三二

　　從古權貴在朝，未有能和協者。宋人〈登山〉詩
云：「直到天門最高處，不能容物只容身(1)。」唐人
〈閨情〉云：「若非形與影，未必肯相容(2)。」〈宮
詞〉云：「聞有美人新進入，六宮無語一齊愁(3)。」
又曰：「三千宮女如花貌，幾個春來沒淚痕(4)？」皆
可謂說盡世情。

【箋注】

(1)「直到」二語：宋・蘇耆〈泗州僧伽塔〉詩。天門，俗
　　稱塔頂。

(2)「若非」二語：《御選宋金元明四朝詩・御選明詩》載
　　為袁中道詩，題為〈美人臨鏡〉。

(3)「聞有」二語：唐‧王建詩。

(4)「三千」二語：唐‧白居易〈後宮詞〉。

三三

　　人有滿腔書卷，無處張皇(1)，當為考據之學，自成一家。其次，則駢體文，盡可鋪排，何必借詩為賣弄？自《三百篇》至今日，凡詩之傳者，都是性靈，不關堆垛(2)。惟李義山詩(3)，稍多典故；然皆用才情驅使，不專砌填也。余續司空表聖《詩品》(4)，第三首便曰〈博習〉，言詩之必根於學，所謂「不從糟粕，安得精英」是也。近見作詩者，全仗糟粕，瑣碎零星，如剃僧髮，如拆襪線(5)，句句加注，是將詩當考據作矣。慮吾說之害之也，故續元遺山〈論詩〉(6)，末一首云：「天涯有客號詅癡(7)，誤把抄書當作詩。抄到鍾嶸《詩品》日(8)，該他知道性靈時。」

【箋注】

(1)張皇：顯揚。

(2)堆垛：此指堆砌典故。

(3)李義山：李商隱。見卷一‧二〇注(12)。

(4)司空表聖：司空圖。字表聖。唐末虞鄉(今屬山西)人。咸通進士。官至知制誥、中書舍人。後隱居中條山王官谷。有《二十四詩品》、《司空表聖集》。所作《詩品》對後代詩論影響頗大。袁枚有《續詩品》。

（5）拆襪線：唐・孫光憲《北夢瑣言》：韓昭仕蜀，至禮部
　　尚書、文思殿大學士，粗有文章，至於琴棋書算射法，
　　悉皆涉獵。以此承恩於後主。時有朝士李台嘏曰：「韓
　　八座事藝，如拆襪線，無一條長。」

（6）元遺山：元好問。見卷二・三八注（4）。

（7）詅癡：稱文拙而好刻書行世的人。亦作詅癡符、詅符。

（8）鍾嶸：字仲偉。潁川長社（今河南長葛）人。南朝梁文學
　　理論批評家。齊時官至司徒行參軍。入梁，歷任中軍臨
　　川王行參軍和衡陽王、晉安王記室。所著《詩品》提倡
　　風力，反對玄言詩、聲病說和用事用典等不良傾向，具
　　有較大的進步意義。

三四

　　宋人論詩，多不可解。楊蟠〈金山〉詩云（1）：
「天末樓臺橫北固（2），夜深燈火見揚州。」的是金
山，不可移易。而王平甫以為是牙人量地界詩（3）。嚴
維（4）：「柳塘春水慢，花塢夕陽遲。」的是靜境，無
人道破。而劉貢父以為「春水慢」不須「柳塢」（5）。
孟東野詠〈吹角〉云（6）：「似開孤月口，能說落星
心。」月不聞生口，星忽然有心。穿鑿極矣，而東坡
贊為奇妙。皆所謂好惡拂人之性也（7）。

【箋注】

（1）楊蟠：字公濟。章安（今浙江臨海東南）人，一作錢塘
　　人。宋仁宗慶曆六年進士。任密、和二州推官。後通判
　　杭州，知溫州、壽州。與蘇軾唱酬頗多。歐陽修嘗稱其

詩：「臥讀楊蟠一千首，乞渠秋月與春風。」今存詩約百首，多吟詠山水名勝。金山：在江蘇省鎮江市西北。

(2) 天末：指極遠的地方。北固：北固山，在江蘇省鎮江市東北。有南、中、北三峰。北峰三面臨江，形勢險要，上有北固樓。

(3) 王平甫：王安國，字平甫。宋臨川（今江西撫州）人。王安石弟。賜進士出身，官至大理寺丞。牙人：舊時商品貿易中為買賣雙方說合交易並抽取傭金的中間商。

(4) 嚴維：字正文。唐越州山陰（今浙江紹興）人。肅宗至德二載進士。任諸暨尉、祕書郎、右補闕。其詩善於寫景，多抒個人情懷。

(5) 劉貢父：劉攽，字貢父，號公非。北宋臨江新喻（今江西新餘）人。仁宗慶曆六年，與兄劉敞同登進士。為州縣官二十年，官至中書舍人。與司馬光同修《資治通鑑》，專任漢代部分。有《東漢刊誤》、《彭城集》、《公非先生集》、《中山詩話》等。此處所引，在劉貢父的《中山詩話》中，原文是：「細較之，夕陽遲則繫花，春水漫（一作慢）何須柳也。」（清・何文煥輯《歷代詩話》，中華書局版。）

(6) 孟東野：唐・孟郊。見卷三・六五注(3)。此處所引應為〈曉鶴〉詩，並非詠角。錢鍾書《談藝錄》認為理解有誤：「『月口』非謂月有口，乃指口形似月；『星心』非謂星有心，乃指星形類心。」

(7) 拂性：謂違反人的本性或本意。

三五

　　余素慕山左高鳳翰之名(1)，不得一見。初之朴太守為誦其〈送人〉一首(2)，云：「君胡為者昨日來？青燈綠酒歡無涯。君胡為者今日去？挽斷征鞭留不住。君來君去總傷神，不如悠悠陌路人。」高字南阜，晚年病臂，以左手作書。盧雅雨哭之云(3)：「再散千金仍托鉢，已殘一臂尚臨池。」高珍藏衛青印一方(4)，臨終，贈陝中劉介石刺史(5)。斗紐方寸(6)，篆法雖佳，而玉已經火炙。余見之，頗不當意。按《明史》亦有衛青(7)，此印未必便是漢大將軍之物。

【箋注】

(1) 高鳳翰：見卷二・一○注(3)。

(2) 初之朴(1727-1807)：字懷素，號懋堂。清山東萊陽人，遷居即墨。歷官戶部貴州司主事、雲南司員外郎、徐州潁州南昌知府、中憲大夫、榮祿大夫。

(3) 盧雅雨：盧見曾。見卷二・九注(1)。

(4) 衛青：字仲卿。西漢河東平陽人。官至大司馬。前後七次出擊匈奴，屢立戰功。

(5) 劉介石：疑為劉瑍，字介石。清陝西長安人。監生。曾任泰州、壽州知州。袁枚《子不語》記有劉介石故事三則。

(6) 斗紐：指印章。

(7) 衛青：字明德。明松江府華亭人。官至都督僉事。

三六

蘇州袁秀才鉞(1)，自號青溪先生，嫉宋儒之學，著書數千言，專駁朱子，人以怪物目之。年八十餘，猶生子，善醫工書，詩多自適，不落古人家數。〈明覺寺題壁〉云：「燈火熒熒滿法堂(2)，僧家愛靜卻偏忙。亦知世上逍遙客，踏月吟詩到上方(3)。」〈夏日寫懷〉云：「風過靜聽松子落，雨餘閑數藥苗抽。」〈冬暖〉云：「似閔敝裘留質庫(4)，為開薄霧送朝暾。」頗見性情。青溪解「唯求則非邦也與？」「惟赤則非邦也與？」皆夫子之言，非曾點問也(5)。人以為怪。不知《論語》何晏古注(6)，原本作此解。宋‧王旦怒試者解「當仁不讓於師」(7)，「師」字作「眾」字解，以為悖古。不知說本賈逵(8)，並非杜撰。少所見之人，以不怪為怪。

【箋注】

(1) 袁鉞：字震業，號青溪，又號鮑隱。江蘇長洲人。乾隆年間諸生。工書畫，通岐黃，杜門教授，生徒甚眾。

(2) 法堂：是佛寺中演說佛法、皈戒集會的地方。其中安置佛像，設法座、講臺、鐘鼓。一般在大殿之後。

(3) 上方：此代稱佛寺。

(4) 質庫：當鋪。即專營收取抵押品放高利貸的店鋪。

(5) 曾點：字子晢，亦稱曾晢。春秋末魯國南武城(今山東平邑縣)人。為孔子高足，曾參之父。放浪形骸，為孔子所贊嘆。此處所引「唯求」、「唯赤」二語，在《論語‧先進》中，求，指冉有，名求，字子有。春秋時魯國

人。有治政之術，為季氏宰；赤，指公西華，名赤，字
子華。春秋時魯國人。都是孔子的學生。語意為：「難
道冉求所講的不是有關治理國家的事嗎？」「難道公西
赤所講的不是國家嗎？」歷來有二解：一、認為是曾皙
的問話。二、認為是孔子自己的設問。

(6) 何晏：字平叔，三國魏南陽宛縣（今河南南陽）人，其母
　　被曹操納為夫人，他隨母為曹操收養。少以才秀知名，
　　好老莊言。官至侍中、吏部尚書，今存《論語集解》。

(7) 王旦：字子明。北宋大名莘縣（今屬山東）人。太平興國
　　五年進士。與寇準一朝為相。「當仁」句：當做事合乎
　　仁義的時候，就是對老師也不必謙讓。出於《論語·衛
　　靈公》。《宋史·列傳第四十一》：「李迪、賈邊有時
　　名，舉進士。迪以賦落韻，邊以〈當仁不讓於師論〉以
　　『師』為『眾』，與注疏異，皆不預。主文奏乞收試，
　　旦曰：『迪雖犯不考，然出於不意，其過可略。邊特立
　　異說，將令後生務為穿鑿，漸不可長。』遂收迪而黜
　　邊。」

(8) 賈逵：字景伯。東漢扶風平陵（今陝西咸陽）人。官左
　　中郎將、侍中、領騎都尉兼掌秘書近署。有《經傳義
　　詁》、《論難》，還有詩、頌等，後世稱之通儒。

三七

　　元遺山譏秦少游云(1)：「『有情芍藥含春淚，
無力薔薇臥晚枝。』拈出昌黎〈山石〉句(2)，方知
渠是女郎詩。」此論大謬。芍藥、薔薇，原近女郎，
不近山石；二者不可相提而並論。詩題各有境界，各
有宜稱。杜少陵詩，「光焰萬丈」，然而「香霧雲鬟

濕，清輝玉臂寒」，「分飛蛺蝶原相逐，並蒂芙蓉
本是雙」；韓退之詩，「橫空盤硬語」，然「銀燭
未銷窗送曙，金釵半醉坐添春」；又何嘗不是「女
郎詩」耶(3)？〈東山〉詩：「其新孔嘉，其舊如之
何(4)？」周公大聖人(5)，亦且善謔。

【箋注】

(1) 元遺山：元好問。見卷二·三八注(4)。秦少游：宋·秦
觀。見卷一·五六注(7)。

(2) 昌黎：與後文的韓退之，皆為韓愈。見卷一·一三
注(1)。

(3) 「香霧」聯：出自杜甫〈月夜〉。「分飛」聯：出自
杜甫〈進艇〉。為「俱飛蛺蝶元相逐，並蒂芙蓉本自
雙」。「銀燭」聯：出自韓愈〈醉中留別襄州李相
公〉。

(4) 「其新」二語：出自《詩經·豳風·東山》。二語意
為：(出征離別前)那時的新婚之婦多麼姣好，而久別重
逢的今天不知怎麼樣？現在多認為是寫出征士兵回家途
中所想，袁枚在此認為是寫出征返途中的周公。

(5) 周公：姓姬名旦。周文王的兒子，武王的弟弟。輔佐武
王伐紂，封於魯。武王崩，又佐成王攝政，東征平定三
叔之亂，滅五十國，奠定東南，歸而制禮作樂，天下大
治。

三八

　　抱韓、杜以淩人(1)，而粗腳笨手者，謂之權門托足。仿王、孟以矜高(2)，而半吞半吐者，謂之貧賤驕人。開口言盛唐及好用古人韻者，謂之木偶演戲。故意走宋人冷徑者，謂之乞兒搬家(3)。好疊韻、次韻(4)，刺刺不休者，謂之村婆絮談。一字一句，自注來歷者，謂之骨董開店(5)。

【箋注】

(1)韓杜：韓愈、杜甫。

(2)王孟：王維、孟浩然。

(3)乞兒搬家：指寒酸而意味貧乏。

(4)疊韻：此指賦詩重用前篇韻腳。見卷一・六注(1)。次韻：指古代贈答詩中，依仿他人詩中的韻字次第作詩回贈。亦稱為「步韻」。

(5)骨董開店：骨董商開店，專賣古代遺留的器物。此指堆砌古玩一類的舊典故。

三九

　　余詠〈春草〉，一時和者甚多；獨徐緒和「人」字韻云(1)：「踏青渺渺前無路，埋玉深深下有人(2)。」余為歎絕。其他則周青原云(3)：「拾翠暗遺金鈿小(4)，踏青微礙繡裙低。」嚴冬友云(5)：「坐來小苑同千里，夢去朱門又一年。」龔元超

云(6):「春回地上人難測,綠到門前柳未知。」李
參將炯云(7):「曠野有人知醉醒(8),荒園無主自
高低。」諸作雖佳,皆不如徐之沉著也。惟程魚門有
「長共春來不共歸」(9),七字殊覺大方,惜忘其全
首。

【箋注】

(1)徐緒:見卷一三‧七。

(2)埋玉:晉代名士庾亮去世,何充參加葬禮,感嘆道:
　　「埋玉樹著土中,使人情何能已已!」(《世說新語‧傷
　　逝》)後以「埋玉」代指優秀人物的逝去。

(3)周青原:見卷四‧七四注(1)。

(4)拾翠:指婦女遊春。金鈿:指嵌有金花的婦人首飾。此
　　指定情物。

(5)嚴冬友:嚴長明。見卷一‧二二注(6)。

(6)龔元超:見卷三‧一五注(2)。

(7)李炯(1705-1775):字澹成。江蘇元和人。乾隆十七年進
　　士。授廣東茂名知縣,以慈惠為政。後以不勝任被知府
　　劾罷。既歸,卜居靈巖山下,以山水自娛。有《古愚堂
　　稿》。

(8)「曠野」句:屈原〈漁父〉:「舉世皆濁我獨清,眾人
　　皆醉我獨醒,是以見放(王逸注:棄草野)。」

(9)程魚門:程晉芳。見卷一‧五注(1)。

四○

　　作古體詩(1)，極遲不過兩日，可得佳搆；作近體詩(2)，或竟十日不成一首。何也？蓋古體地位寬餘，可使才氣卷軸(3)；而近體之妙，須不著一字，自得風流，天籟不來，人力亦無如何。今人動輕近體，而重古風，蓋於此道，未得甘苦者也。葉庶子書山曰(4)：「子言固然。然人功未極，則天籟亦無因而至。雖云天籟，亦須從人功求之。」知言哉！

【箋注】

(1) 古體詩：亦稱古風。包括古詩和樂府。格式自由，不拘平仄、對偶，句不必整齊，韻可以轉換，篇幅可長可短。五言、七言古詩最為常見。

(2) 近體詩：一稱今體詩，唐代興起的格律詩，係相對古體詩而言，是絕句、律詩和排律的通稱。要求句有定式，字有定數，律有定聲，對偶有定格。

(3) 卷軸：此處以可卷舒的帶軸的畫和書籍，比喻才氣的可卷可舒、任意發揮。

(4) 葉書山：葉酉，字書山，號花南。安徽桐城人。乾隆四年進士。歷官貴州、湖南學政、左庶子。與沈德潛、袁枚同舉詞科，又為鄉、會試同年友。罷官後，居石頭城下。能詩，質不過樸，麗不傷雅。有《日下草》、《春秋究遺》、《詩經拾遺》等。

四一

　　詩人家數甚多(1)，不可硜硜然域一先生之言(2)，自以為是，而妄薄前人。須知王、孟清幽(3)，豈可施諸邊塞？杜、韓排奡(4)，未便播之管弦。沈、宋莊重(5)，到山野則俗。盧仝險怪，登廟堂則野(6)。韋、柳雋逸(7)，不宜長篇。蘇、黃瘦硬(8)，短於言情。悱惻芬芳，非溫、李、冬郎不可(9)。屬詞比事，非元、白、梅村不可(10)。古人各成一家，業已傳名而去。後人不得不兼綜條貫，相題行事。雖才力筆性，各有所宜，未容勉強；然寧藏拙而不為則可，若護其所短，而反譏人之所長，則不可。所謂以宮笑角、以白詆青者(11)，謂之陋儒。范蔚宗云(12)：「人識同體之善，而忘異量之美(13)。此大病也。」蔣苕生太史〈題《隨園集》〉云(14)：「古來只此筆數枝，怪哉公以一手持。」余雖不能當此言，而私心竊向往之。

【箋注】

(1)家數：指流派風格。

(2)硜硜（kēng）然：形容固執淺陋。域：局限。

(3)王孟：王維、孟浩然。詩專以自然興象為佳。

(4)杜韓：杜甫、韓愈。排奡(ào)，矯健的樣子。唐·韓愈〈薦士詩〉：「橫空盤硬語，妥貼力排奡。」指詩文筆力奔放率勁，不受拘束。

(5)沈宋：指唐·沈佺期、宋之問。均宮廷詩人，多應制奉和之作。

(6) 盧仝：見卷三・一七注(2)。

(7) 韋柳：指唐・韋應物、柳宗元。詩風清朗淡雅，境界高遠。

(8) 蘇黃：指宋・蘇軾、黃庭堅。蘇詩波瀾富而句律疏，黃詩鍛煉精而情性遠。

(9) 溫李冬郎：指唐・溫庭筠、李商隱、韓偓。其詩綺麗精巧。

(10) 元白梅村：指唐・元稹、白居易和清・吳偉業。其詩善於排比敘事。

(11) 宮：原指古代音樂五聲的第一音階，後用來指磅礡雅健之作。角：原指古代音樂五聲的第三音階，後用來指清峭幽婉之作。

(12) 范蔚宗：范曄，字蔚宗。南朝宋史學家兼散文家。順陽山陰（今河南淅川縣東）人。年少好學，博學經史。著《後漢書》。

(13)「人識」二語：魏・劉邵《人物志》卷中〈接識第七〉：「是故能識同體之善，而或失異量之美。」異量：指特異度量、不同風格。

(14) 蔣苕生：蔣士銓。見卷一・二三注(2)。

四二

　　古人門戶雖各自標新，亦各有所祖述。如《玉臺新詠》、溫、李、西崑(1)，得力於《風》者也。李、杜排奡(2)，得力於《雅》者也。韓、孟奇崛(3)，得力於《頌》者也。李賀、盧仝之險怪(4)，得力於〈離

騷〉、〈天問〉、〈大招〉者也。元、白七古長篇，
得力于初唐四子(5)；而四子又得之於庾子山及《孔雀
東南飛》諸樂府者也(6)。今人一見文字艱險，便以為
文體不正。不知「載鬼一車」、「上帝板板」(7)，已
見於《毛詩》、《周易》矣。

【箋注】

(1) 玉臺新詠：是繼《詩經》、《楚辭》之後的重要詩歌總
集。南朝徐陵所編。溫李西崑：指唐溫庭筠、李商隱
和宋初楊億、劉筠、錢惟演等西崑體詩人。其詩雕章麗
句，對仗工整，屬辭精巧。

(2) 排戛（áo）：指李白、杜甫詩剛勁有力，磅礴豪宕。

(3) 奇崛：指唐·韓愈、孟郊詩奇特勁健。

(4) 險怪：指李、盧詩偏於艱澀怪異。

(5) 初唐四子：王勃、楊炯、盧照鄰、駱賓王。

(6) 庾子山：即北朝北周·庾信。見卷三·七一注(5)。孔雀
東南飛：漢樂府長篇敍事詩篇名。原題為《古詩為焦仲
卿妻作》，是我國反映愛情婚姻悲劇的傑作。

(7) 載鬼一車：出自《周易》。描寫一車打扮成鬼怪一樣的
人，不是強盜，而是求婚者。上帝板板：出自《詩經·
大雅·板》。意謂：上帝（周王）的行為乖張不正常。

按：此則所談詩之傳承，有所發明，可供研究，是否的論，
值得探討。如說《玉臺新詠》、溫李西崑某某方面得力
於《詩經·國風》，尚可；而視為總體，則失之偏頗。
說李杜得力於《雅》，亦然。

四三

　　詩宜樸不宜巧，然必須大巧之樸；詩宜淡不宜濃，然必須濃後之淡。譬如大貴人，功成宦就，散髮解簪(1)，便是名士風流。若少年紈袴(2)，遽為此態，便當笞責。富家雕金琢玉，別有規模；然後竹几籘床，非村夫貧相。

【箋注】

(1) 解簪：解去簪纓。指離開官場。

(2) 紈袴(kù)：細絹製的褲。借指富貴人家子弟。按：所論大體如此，而後面比喻欠當。濃淡巧樸，各有層次，學詩開始階段宜巧宜濃，知巧知濃、能巧能濃後，由巧入樸，由濃而淡，才不致拙陋枯澀，而是高淡大樸。

四四

　　牡丹詩最難出色。唐人「國色朝酣酒，天香夜染衣」之句(1)，不如「嫩畏人看損，嬌疑日炙消」之寫神也(2)。其他如：「應為價高人不問，恰緣香甚蝶難親。」別有寄託(3)。「買栽池館疑無地，看到子孫能幾家？」別有感慨(4)。宋人云：「要看一尺春風面。」俗矣(5)！本朝沙斗初云(6)：「豔豔嚴妝常自重，明明薄醉要人扶。」裴春臺云(7)：「一欄並力作春色，百卉甘心奉盛名。」羅江村云(8)：「未必美人

多富貴，斷無仙子不樓臺。」胡稚威云(9)：「非徒冠冕三春色，真使能移一世心。」程魚門云(10)：「能教北地成香界，不負東風是此花。」此數聯，足與古人頡頏。元人貶牡丹詩云(11)：「棗花似小能成實，桑葉雖粗解作絲。惟有牡丹如斗大，不成一事又空枝。」晁無咎〈並頭牡丹〉云(12)：「月下故應相伴語，風前各自一般愁。」

【箋注】

(1)「國色」聯：有說李正封詩句，有說王建詩句。

(2)「嫩畏」聯：唐・姚合〈和王郎中召看牡丹〉：「嫩畏人看損，鮮愁日炙融。」

(3)「應為」聯：唐・魚玄機〈賣殘牡丹〉。

(4)「買栽」聯：唐・羅鄴〈牡丹〉。

(5)「要看」句：宋・朱弁〈謝范祖平朝散惠姚花〉。

(6)沙斗初：沙維杓。見卷三・四九注(2)。

(7)裴春臺：未詳。

(8)羅江村：未詳。

(9)胡稚威：胡天游。見卷一・二八注(1)。

(10)程魚門：程晉芳。見卷一・五注(1)。

(11)貶牡丹詩：宋・王曙〈詠牡丹〉詩。見宋・吳處厚《青箱雜記》卷七。有異文。

(12)晁無咎：晁補之，字無咎。北宋巨野(今屬山東)人。元豐時舉進士。官至國史編修實錄檢討。後罷官還家，自號歸來子。有《雞肋集》、《琴趣外篇》。

四五

詩以比興為佳。王孟亭籛輿守懷慶時(1)，與盧中
丞焯同寅(2)。王被劾罷官。二十年後，盧為浙江巡
撫。王往見之，盧相待甚優，許其薦舉。而王自傷老
矣，不欲再談往事。《西湖小集》詩云：「再移畫舫
春應老，重撥朱弦恨轉生(3)。」

【箋注】

(1) 王籛輿：見卷二・七六注(1)。

(2) 盧焯：字光植，一作克值，號漢亭。清山東益都人，隸
漢軍鑲黃旗。歷官河南布政使至湖北巡撫。乾隆三十二
年卒。有《觀津錄》、《秉臬中州錄》、《撫浙略》
等。同寅：猶同僚，同官署共襄政事。

(3) 恨：在此作名詞。

四六

江陰翁明經照(1)，字朗夫，館稧相國家(2)。相
公非朗夫倡和不吟詩，人呼為「詩媒」。雍正乙卯，
以鴻博薦。朗夫謝詩云：「此身得遇裴中令，不向香
山老一生(3)。」一時傳誦。朗夫有〈春柳〉云：「千
里因依惟夜月，一生消受是東風。迎來桃葉如相識，
猜得楊枝是小名。」皆佳句也。平生有謙癖，拜起紆
遲；年登八十，猶熏衣飾貌，寸髭不留。余初相見，
知其多禮，乃先跪叩頭，逾時不起。先生愕然。余告

人曰：「今日謙過朗夫矣！」

【箋注】

(1) 翁照：見卷一・五〇注(2)。

(2) 嵇相國：指嵇曾筠。見本卷二五注(2)。

(3) 裴中令：裴度，字中立。唐河東聞喜（今屬山西）人。德宗貞元五年進士。先後侍憲宗、穆宗、敬宗、文宗四朝，官至中書令。封晉國公。與白居易關係密切、友情深厚，常相倡和。此為代指嵇相國。香山：洛陽伊河對岸的香山。白居易晚年終老之地。此處意謂本來自己想隱居終老一生，如今得到嵇相國的推薦而打消了此種念頭。

四七

李嘯村〈虎丘竹枝詞〉(1)，已極新艷。而楊次也先生〈西湖竹枝〉(2)，乃更過之。李云：「橫塘七里路西東，侍女如雲踏軟紅(3)。才到寺門歡喜地，一時花下笋輿空。」「仰蘇樓畔石梯懸，步步弓鞋劇可憐。五十三參心暗數(4)，歆斜扶遍阿娘肩。」「佛座燒香一瓣新，慈雲低覆落花塵。不妨訴盡癡兒女，那有如來更笑人(5)？」「女冠裝裏認依稀，只少穿珠百八圍。豈是閨人真好道，阿儂愛著水田衣(6)。」楊云：「自翻黃曆揀良辰，幾日前頭約比鄰。郎自乞晴儂乞雨，要他微雨散閒人。」「斟酌衣裳稱體難，回時暄熱去時寒。侍兒會得人心意，半臂輕綿隔夜

安。」「乍晴時節好天光，紈綺風來撲地香。花點胭脂山潑黛，西湖今日也濃妝。」「烏油小轎兩肩扶，紕縵窗紗有若無。裏面看人原了了，不知人看可模糊？」「時樣梳妝出意新，鄂王墳上小逡巡（7）。抬頭一笑匆匆去，不避生人避熟人。」「遊人魚貫各分行，就裏妍媸略自量。老婢當頭娘押尾，垂鬟嬌女在中央。」「珠翠叢中逞別才，時新衣服稱身裁。誰知百襉羅裙上（8），也畫西湖十景來？」「白石敲光細火紅，繡襟私貯小金筒。口中吹出如蘭氣，僥倖何人在下風。」「苔陰小立按雙鬟，貼地弓鞋一寸彎。行轉長堤無氣力，累人攙著上孤山。」「白舫青尊挾妓遊，語音輕脆認蘇州。明知此地湖山勝，偏要違心譽虎丘。」「悄密行蹤自戒嚴，朱藤轎子綠垂簷。輕風畢竟難防備，故揀人叢揭轎簾。」「朋儕遊興略相同，裏外湖橋宛轉通。覿面幾番成一笑，剛才分路又相逢。」「畫舫人歸一字排，半葅春水淨如揩。斜陽獨上長堤立，拾得花間小鳳釵。」黃莘田先生〈虎丘竹枝〉云（9）：「昏崖老樹落朱藤，漏出紅紗隔葉燈。不畏霓裳有風露，吹笙樓上坐三層。」「斑竹薰籠有舊恩，湘妃節節長情根。吳娘酷愛衣香好，個個將錢買淚痕（10）。」「千點琉璃八角亭，劍池寒水浸華星（11）。天生一片笙歌石，留與千人廣坐聽。」「畫鼓紅牙節拍繁，崑山法部鬥新翻（12）。順郎年少何戡老（13），海燕亭前較一番。」「樓前玉杵擣紅牙，簾下銀燈索點茶。十五當爐年少女，四更猶插滿頭花。」「湘簾畫楫趁新涼，衣帶盈盈隔水香。好

是一行烏柏樹，慣遮珠舫坐秋娘。」又〈西湖竹枝〉
云：「畫羅紈扇總如雲，細草新泥簇蝶裙。孤憤何關
兒女事，踏青爭上岳王墳。」「梨花無主草堂青，
金縷歌殘翠黛凝。魂斷蕭蕭松柏路，滿天梅雨下西
陵。」三人〈竹枝〉，皆冠絕一時。又，程太史午橋
〈虹橋竹枝〉云(14)：「青溪碧草兩悠悠，酒地花場
易惹愁。月暗玉鈎人散後，冷螢飛上十三樓(15)。」
「米家舫子只琴書(16)，秋水新添二尺餘。一帶管
弦歸棹晚，橋邊簾幕上燈初。」「遊人爭喚酒家船，
兒女心情更可憐。未出水關三四里，家家開閣整花
鈿(17)。」「不厭朝陰愛曉晴，園林相倚百花生。梨
紅杏白休輕喚，簾底防人認小名。」「法海橋頭酒半
闌，水嬉煙火盡餘歡。笑他避客雙環女，一半搴簾側
鬢看(18)。」

【箋注】

(1) 李嘯村：李葂，字讓泉，號嘯村。安徽懷寧人。寓居揚
　　州賀園。雍正間諸生。乾隆元年薦舉博學鴻詞不第。
　　乾隆十七年清帝南巡有賜，晚年寄瓜洲。工詩畫。畫有
　　《虹橋覽勝圖》、《墨荷圖軸》，詩與同縣魯星村齊
　　名，時號二村。有《嘯村近體詩》。虎丘：在江蘇省蘇
　　州市西北，亦名海湧山。相傳吳王闔閭葬此。

(2) 楊次也：楊守知。見卷一・一一注(2)。

(3) 橫塘：指今江蘇吳縣西南橫塘。軟紅：指飛揚的塵土。

(4) 五十三參：佛教傳說，善財童子受文殊菩薩指點，南行
　　五十三處，參訪名師，聽受佛法，終成正果。

(5) 如來：佛的別名。

(6) 水田衣：一種以各色碎布織錦拼合縫製成的服裝。因整件服裝織料色彩互相交錯、形如水田而得名。明清時受到婦女的普遍喜愛。

(7) 鄂王墳：岳王墳，即岳飛墓。在杭州西湖旁。

(8) 百襇（jiǎn）：百褶裙幅。

(9) 黃莘田：黃任。見卷四‧四九注(1)。

(10) 買淚痕：即買斑竹，又名湘妃竹。相傳舜之二妃娥皇、女英聞舜死，淚灑青竹，留下斑痕，因而得名。

(11) 劍池：在江蘇蘇州市西北虎丘山。相傳秦始皇東巡至此求吳王寶劍，虎當墳而踞，擊之不及，誤中于石，乃陷成池。

(12) 崑山法部：崑山腔樂曲。

(13) 順郎：唐代貞元中有田順郎，曾為宮中著名女歌唱家御史娘的弟子。何戡：中唐時期元和、長慶間著名歌唱家。尤善於唱《渭城曲》。

(14) 程午橋：程夢星。見本卷一九注(3)。

(15) 十三樓：宋代杭州名勝。亦泛指供遊樂的名樓。

(16) 米家舫子：借用「米家船」典。北宋書畫家米芾，常乘舟載書畫遊覽江湖。

(17) 花鈿（tián）：用金翠珠寶製成的花形首飾。

(18) 搴（qiān）：撩起。

四八

　　岳大將軍鍾琪(1)，為一代名將，容狀奇偉，食飲兼人，而工於吟詩。丙辰赦歸後，種菜於四川之百花

洲。尹文端公贈詩云(2):「他日玉書傳詔日，江天何處覓漁翁？」未幾，王師征金川，果復起用。〈過邯鄲題壁〉云：「只因未了塵寰事，又作封侯夢一場。」周蘭坡學士祭告西嶽(3)，所過僧壁山岩，見題詩甚佳，字亦奇古，款落「容齋」，不知即岳公也。

【箋注】

(1) 岳鍾琪：見卷二・四九注(3)。

(2) 尹文端：尹繼善。見卷一・一〇注(3)。

(3) 周蘭坡：周長發。見本卷二五注(6)。

四九

明將軍瑞殉節緬甸(1)，賜諡忠烈，工於吟詩。〈雨中過石門〉云：「自憐馬上橐鞭客(2)，獨立溪邊問渡船。」〈元夜歸省〉云：「陌上晚煙飛素練，渡頭殘雪踏銀沙。」〈送弟瑤林使烏斯藏〉云：「寒分百戰袍，渴共一刀血。」皆名句也。弟明義(3)，字我齋，詩尤嫻雅。其〈醉後聽歌〉云：「官柳蕭蕭石路平，歡場回首隔重城。可憐驕馬情如我，步步徘徊不肯行。」「涼風吹面酒初醒，馬上敲詩鞭未停。寄語金吾城慢閉(4)，夢魂還要再來聽。」又，〈偶成〉云：「東風不解瞞人度，才入竹來便有聲。」〈早起〉云：「平明鐘鼓嚴寒夜，不負香衾有幾人？」

將軍三娶名媛，皆見逐于姑，有放翁之恨(5)。

最後娶都統常公季女，伉儷甚篤。征緬時，夫人送行
詩，有「但願同凋並蒂蓮」之句。公果死節，而夫人
亦自縊。

【箋注】

(1)明瑞：字筠亭，號北窗，姓富察氏。滿洲鑲黃旗人。乾
　　隆年間，屢建戰功。任副都統、伊犁將軍、雲貴總督，
　　官至兵部尚書、議政大臣。為人風流儒雅，能詩。有
　　《北窗吟稿》。

(2)櫜鞬（tuó jiān）客：帶弓箭的征人。櫜鞬，古時騎兵盛
　　弓箭的器具，櫜以藏弓，鞬以藏箭。

(3)明義：見卷二・二二注(3)。

(4)金吾：官名。負責皇帝大臣警衛、儀仗以及徼循京師、
　　掌管治安的武職官員。

(5)放翁之恨：陸游因愛妻唐琬為母親不容，被迫離異，造
　　成終生遺憾。

五〇

　　京師故事：凡縉紳陪吊於喪家者(1)，聞前輩至，
則易吉服相見；然有易有不易者，以來客之未必皆前
輩也。余陪吊于座主甘大司馬家(2)，忽聞徐蝶園相公
來(3)，則滿堂盡吉服矣。公名元夢，康熙癸丑進士，
與韓慕廬同年(4)，滿朝公卿，皆其後輩。時年九十
餘，短身赤鼻，面少鬚髯。詩宗盛唐。〈送人出塞〉
云：「君到居庸北，應憐一雁回。沙平疑地盡，山豁

訝天開。落日重關閉，秋風萬馬來。勉旃從此役(5)，莫上望鄉臺。」大學士舒公赫德，其孫也(6)。

【箋注】

(1)縉紳：指官宦。

(2)座主：進士稱其本科主考官為座主。也稱座師。

(3)徐蝶園：徐元夢。見卷四・二六注(4)。

(4)韓慕廬：韓菼，字元少，號慕廬。江蘇長州（今蘇州）人。康熙十二年進士第一人及第。由狀元而官至禮部尚書兼掌院學士。以文章名世，詩則溫厚有旨。有《有懷堂文稿》、《有懷堂詩稿》。

(5)勉旃（zhān）：即勉之焉，勸人盡力於某事的意思。

(6)舒赫德：舒穆魯氏，字伯雄，別字明亭。滿洲正白旗人。乾隆間，由筆帖式授中書舍人。官至武英殿大學士。卒諡文襄。

五一

蘇州逸園，離城七十里，在西磧山下，面臨太湖，古梅百株，環繞左右，溪流潺潺，渡以石橋。登騰嘯臺，望飄渺諸峰，有天際真人想(1)。主人程鍾(2)，字在山，隱士也；妻號生香居士(3)。夫婦能詩。有絕句云：「高樓鎮日無人到，只有山妻問字來。」可想見一門風雅。予探梅鄧尉(4)，往訪不值。次日，程君入城作答，鬚眉清古，勸續前遊，而予匆匆解纜。逾年再至蘇州，程君已為異物(5)。記其〈雜

詠〉一首云：「樵者本在山，山深沒樵徑。不見采樵人，樵聲谷中應。」

【箋注】

(1)真人：道教稱所謂修真得道者為真人。《世說新語・容止第十四》：桓大司馬曰：「諸君莫輕道，仁祖企腳北窗下彈琵琶，故自有天際真人想。」

(2)程鍾：字在山。清江蘇吳縣人。性淵靜，好讀書。惟以詩歌自娛。舊有園在西磧山下，移家園中，名之曰逸園。（蘇州文新公司《吳縣誌》卷六十六下列傳四第十八頁）

(3)生香居士：顧信芳，字湘英，號生香居士。清江蘇吳縣人。庶吉士顧秉直女。著有《生香閣詩鈔》。

(4)鄧尉：鄧尉山，位於江蘇蘇州光福鎮東南，相傳東漢太尉鄧禹隱居於此，故名。此地植梅歷史悠久，有「鄧尉梅花甲天下」的美譽。

(5)異物：指已死的人。

五二

詩家活對最妙。宋人〈贈某〉云：「每憐民若子，還喜稻成孫(1)。」真山民詠〈杜鵑〉云(2)：「歸心千古終難白，啼血萬山都是紅。」華亭李進〈哭友〉云(3)：「誄詞作自先生婦，遺稿歸於後死朋(4)。」王介祉詠〈牡丹〉云(5)：「相公自進姚黃種，妃子偏吟李白詩(6)。」李穆堂〈賀安溪相公生子〉云(7)：「其間原必有，幾日辨之無(8)。」沈椒

園〈登陶然亭〉云(9)：「每來此地皆重九，有約同遊至再三。」胡宗緒祭酒〈贈友〉云(10)：「兩人拍手齊大笑，一路同行到小姑(11)。」皆活對也。

【箋注】

(1)「每憐」聯：宋・劉筠〈召入翰林別同僚〉：「政懦每憐民若子，歲豐還喜稻成孫。」刈稻後，其根得雨再生餘穗，謂之「稻孫」。

(2)真山民：建寧浦城(今屬福建)人，或云名桂芳，括蒼(今浙江麗水市東南)人。宋末進士。宋亡隱跡。或云宋大儒真德秀之孫，諸說無確證。存有《真山民集》。

(3)李進：字亦吾。清江南華亭人。諸生。有《西枝詩稿》。

(4)誄詞：悼念死者的文章。劉向《列女傳》：下惠之妻，賢明有文。柳下既死，門人必存。將誄下惠，妻為之辭。陳列其行，莫能易之。

(5)王介祉：王陸禔，字介祉。清常熟虞山人，寄籍太倉。補諸生，官教諭。後曾攜一鞭一筆游，長沙令聘為記室。歸死於半途中。有《藜石草》、《介祉詩鈔》。

(6)姚黃：洛陽牡丹名貴品種，據說是姚姓人家培育出的黃牡丹。李白詩：指李白〈清平調〉，詠唐明皇與楊貴妃在興慶宮沉香亭前賞牡丹。

(7)李穆堂：李紱。見卷四・七三注(4)。安溪相公：李光地，字晉卿，號厚庵。福建安溪人。康熙九年進士。歷吏、兵、工三部侍郎，直隸巡撫，至文淵閣大學士，諡文貞，有《榕村全集》。

(8)辨之無：白居易〈與元九書〉：「僕始生六七月時，乳母抱弄于書屏下，有指『之』字『無』字示僕者，僕口

未能言，心已默識。後有問此二字者，雖百十其試，而指之不差。」

(9) 沈椒園：沈廷芳。見卷一‧六五注(11)。

(10) 胡宗緒：字襲參，號嘉遜。安徽桐城人。康熙五十六年科舉人。薦充明史館纂修。雍正八年進士。授編修，遷國子監司業。有《九九淺說》、《環隅集》等。

(11) 小姑：指小孤山。見卷二‧二四注(1)。

五三

揚州為鹽賈所居，風尚侈靡。崔尚書應階詩云(1)：「青山也厭揚州俗，多少峰巒不過江。」鄭板橋詩云(2)：「千家生女先教曲，十里栽花當種田。」

【箋注】

(1) 崔應階：字吉升，號拙圃，晚號研露老人。清湖北江夏（今武昌）人。浙江處州鎮總兵崔相國之子。蔭生。歷官山東巡撫、閩浙總督、刑部尚書、左都御史。有《拙圃詩草》、《黔游紀程》、《研露樓三種曲》、《官鏡錄》等。

(2) 鄭板橋：鄭燮，字克柔，號板橋。江蘇興化人。乾隆元年進士。曾任范縣、濰縣知縣，同情民生疾苦，因得罪豪紳大吏而罷官，後居揚州，為揚州八怪之一。精書畫，兼工詩，有《鄭板橋全集》。

五四

常熟陳見復先生為海內經師(1)，而詩極風韻。〈悼亡〉云：「出門交寡入門求，唔語居然近上流。寂寞於陵停織屨，他時誰與諡黔婁(2)？」「何必他生訂會期，相逢即在夢來時。烏啼月落人何處？又是一番新別離。」中進士，不殿試而歸，曰：「馬力健知游冀北，櫓聲柔覺到江南。」「題名浪逐看花伴，去國還同落第人(3)。」

【箋注】

(1)陳見復：清經學家陳祖范。見卷四·四六注(8)。

(2)於陵：古邑名（在今山東省淄博周村）。借指陳仲子。戰國時齊人陳仲子因兄為齊卿，以為不義，逃到楚國，自謂於陵子仲。楚王欲聘以為相，他入室與箕帚之妻商量，妻以為不可，遂相與逃而為人灌園。「身織屨」（親自打草鞋），「妻辟纑」（妻紡織），以維持生活。諡黔婁：春秋時齊國隱士黔婁先生，修身清節，不求仕進。魯恭公賜粟三千鍾請他為相，不受；齊威王又以黃金百斤聘他為卿，仍不就。著書論道，安貧自守以壽終。死後因被子太短，連遺體都蓋不住。曾子建議把被子斜過來蓋。黔婁妻子說：寧可正而不足，也不斜而有餘。曾子哭著說：先生之終，何以為諡？其妻說：以康為諡。（見漢·劉向《列女傳·魯黔婁妻》、晉·皇甫謐《高士傳·黔婁》）

(3)題名：指中進士後在題名錄上題名。看花：指新進士進行遊賞。唐·孟郊〈登第後〉詩：「春風得意馬蹄疾，一日看盡長安花。」去國：離開京都或朝廷。

五五

　　錢稼軒司寇之女，名孟鈿（1），嫁崔進士龍見（2），為富平令。嚴侍讀從長安歸（3），夫人厚贈之。嚴問：「至江南，帶何物奉酬？」曰：「無他求，只望寄袁太史詩集一部。」其風雅如此。因誦其五言云：「啼鳥空繞樹，殘夢只隨鐘。」有《浣青集》行世。其號「浣青」者，欲兼浣花、青蓮而一之也（4）。夫人通音律，常在秋帆中丞座上，聽客鼓琴，曰：「角聲多，宮聲少（5），且多殺伐之音。何也？」問客，果從塞外軍中來。余庚申夏，乘舟北上，遇稼軒南歸，時未中狀元也，見其手抱幼女，才周晬（6）。今四十八年矣，在杭州見夫人，談及此事。夫人笑云：「所抱者，即年侄女也（7）。」余故題其詩冊有云：「而翁南下賦歸歟，值我新婚北上初。水面匆匆通數語，懷中正抱女相如（8）。」

【箋注】

(1) 錢稼軒：錢維城（1720-1772），字幼安，一字宗磐，號稼軒、茶山。江蘇武進人。乾隆十年進士第一（狀元）。由修撰累官刑部左侍郎。卒賜文敏。有《鳴春小草》、《茶山詩鈔》、《茶山文鈔》。錢孟鈿：字冠之，號浣青。從母金氏受詩，遂諳吟詠。為詩宗唐賢。有《浣青詩草》、《浣青詩餘》、《鳴秋合籟集》。

(2) 崔龍見：字翹英，號曼亭。山西蒲州府永濟人。乾隆二十六年進士。官浙江杭州府通判、四川順天知府、湖北分巡荊宜施道。曾修《江陵縣誌》。

(3)嚴侍讀：即嚴長明。見卷一・二二注(6)。

(4)浣花青蓮：杜甫因避安史之亂，流寓成都，居浣花溪草
　　堂。因以浣花代指杜甫。李白因家居四川江油青蓮鄉，
　　故自稱青蓮居士。

(5)角聲、宮聲：皆為五聲之一。《宋書・樂志一》：「宮
　　聲正方而好義，角聲堅齊而率禮。」

(6)周晬（zuì）：嬰兒周歲。

(7)年侄女：明清科舉中式者對同年之女兒的稱謂。此即指
　　自己。

(8)女相如：相如，即漢代辭賦家、巴蜀才子司馬相如。此
　　喻指錢孟鈿為女中相如。

五六

　　詩有有篇無句者，通首清老(1)，一氣渾成，恰無
佳句令人傳誦。有有句無篇者，一首之中，非無可傳
之句，而通體不稱(2)，難入作家之選。二者一欠天
分，一欠工夫。必也有篇有句，方稱名手。

【箋注】

(1)清老：清新而老練。

(2)不稱：不相稱。

五七

　　杭州布衣吳穎芳(1)，字西林，博學多聞，嘗自序其詩曰：「古人讀書，不專務詞章，偶爾流露謳吟，僅抒所蓄之一二。其胸中所貯，淵乎其莫測也。遞降而下，傾瀉漸多。逮至元、明，以十分之學，作十分之詩，無餘蘊矣。次焉者，或溢其量以出。故其經營之處，時露不足，如舉重械，雖同一運用，而勞逸之態各殊。古人勝於近代，可準是以觀。」予嘗試武童(2)，見有開弓至十石而色變手戰者(3)。曉之曰：「汝務十石之名，而醜態盡露；何若用五石、六石之從容大方乎？」頗與吳言相合。

　　西林與杭、厲諸公同時角逐(4)。及諸公俱登科第，而西林如故也。故詠〈筍臘〉結句云：「回頭看同隊，一一上雲煙(5)。」又，〈答客至〉曰：「田間住卻攜鋤手，來與諸公話白雲(6)。」

【箋注】

(1)吳穎芳：字西林，號樹虛、臨江鄉人。清浙江仁和（今杭州）人。赴縣試，為吏役呵斥，引為大辱，從此不謀仕進，發憤讀書，博學多才。有《臨江鄉人詩集》、《歈謳錄》、《說文理董》、《童韻討論》等。此處所引非吳穎芳語，應為吳《臨江鄉人詩·自敘》中引毛睿中語。

(2)武童：明清時應武科生員之試者，稱「武童生」。亦省稱「武童」。

(3)十石（dàn）：約指千斤之力。石，此指重量單位，一石

為一百二十斤。

(4)杭屬：杭世駿，見卷三·六四注(1)；屬鶚，見卷三·六一注(1)。

(5)上雲煙：指竹筍長高。寓青雲直上意味。

(6)白雲：喻歸隱。

五八

詩須善學，暗偷其意，而顯易其詞。如《毛詩》：「嗟我懷人，置彼周行(1)。」唐人學之，云「提籠忘采葉，昨夜夢漁陽」是也(2)。唐人詩云(3)：「憶得去年春風至，中庭桃李映瑣窗。美人挾瑟對芳樹，玉顏亭亭與花雙。今年花開如舊時，去年美人不在茲。借問離居恨深淺，只應獨有庭花知。」宋人學之云(4)：「去年除夕歸自北，行李到門天已黑。今年除夕客南方，雪滿關山歸不得。老妻望我眼將穿，只道今年似去年。古樹夕陽鴉影亂，猶同小女立門前。」

【箋注】

(1)「嗟我」二句：出自《詩經·周南·卷耳》。意謂：我呀只顧想念心上人，菜筐也丟棄在大路旁。

(2)「提籠」聯：出自唐·張仲素〈春閨思三首〉。漁陽，古郡名。在今北京密雲縣西南。以在漁水之陽得名。原指古戰場，後代指戰亂之地。此指親人出征的前線戰場。

(3)唐人詩：獨孤及〈和贈遠〉。

(4)宋人：未詳何人。

五九

　　白香山詩云(1)：「周公恐懼流言日，王莽謙恭下士時(2)。若使當時身早死，兩人真偽有誰知？」宋人反其意(3)，曰：「少年胯下安無忤，老父圯邊愕不平(4)。人物若非觀歲暮，淮陰何必減文成(5)？」

【箋注】

(1)白香山詩：指白居易〈放言五首〉。

(2)周公：見本卷三七注(5)。周成王時，有人曾懷疑周公有篡權野心。但後來歷史證明他輔佐成王奉命東征，成就大業。王莽：字巨君。西漢末濟南東平陵人。漢元帝皇后姪。早年表現得謙和恭順，折節讀書，結交名士，聲譽甚盛。平帝死，立孺子嬰為帝，王莽自稱攝政王。後篡位代漢稱帝，國號「新」。

(3)宋人：此為楊萬里。詩句出自〈過淮陰縣題韓信廟〉。

(4)少年胯下：韓信為了實現遠大志向，當初曾不惜在淮陰少年胯下受辱。老父圯邊：張良圯下為老父（黃石公）拾履，經再三考驗，黃石公將《太公兵法》傳授給張良，使張良後來成為劉邦的軍師。（詳《史記‧留侯世家》）

(5)淮陰：指韓信，西漢淮陰人。貧賤時曾釣魚城下，從食漂母。先投項羽，不受重用，後歸劉邦。任大將軍、相國，為齊王。西漢立，改封楚王，劉忌功臣，尋隙降韓為淮陰侯。終被呂后以謀反罪殺於未央宮。文成：張良，字子房。西漢沛郡城父人。早年曾募力士于博浪沙

狙擊秦始皇未中。後為劉邦主要謀士。封留侯。晚好黃
老，從赤松子遊，避疑隱退。卒諡文成，以善終身。全
句意謂：這樣的歷史人物如果不是讓人們見到了他們的
暮年，韓信何必就不如張良呢？

六〇

毗陵王萩山明府(1)，女玉瑛，字采薇，嫁孫星衍
秀才(2)，伉儷甚篤，年二十四而夭。秀才求予志墓。
其〈舟過丹徒〉云：「幽行已百里，村落半柴扉。隻
鳥時依樹，孤螢不上衣。月高人影小，潮定櫓聲稀。
沿水星星火，歸驚宿鷺飛。」其他佳句，如：「戶
低交葉暗，徑小受花深。」「研墨污羅袖，看魚落翠
鈿。」「蟲依香影垂簾網，蛾怯晨光墮帳紗。」「一
院露光團作雨，四山花影下如潮。」皆妙絕也。秀才
後中丁未榜眼，采薇竟不及見，悲夫！

【箋注】

(1) 王萩（yì）山：王光燮，字萩山。江蘇武進人。乾隆二
年進士。官江蘇毗陵知縣。

(2) 王玉瑛：王采薇，字薇玉，一字玉瑛。清江蘇武進人。
知縣光燮女，山東糧道陽湖孫星衍妻。工書、善畫。有
《長離閣集》。（見《清畫家詩史》）孫星衍：字伯淵，
號淵如。江蘇陽湖（今常州）人。乾隆五十二年一甲二
名進士。授編修。改刑部主事。官至山東布政使。清廉
有績。去官後主講於揚州、紹興等地書院。有《問字堂
集》、《岱南閣集》、《平津館文稿》、《王松園文
稿》等。

六一

　　李北海見崔顥投詩曰「十五嫁王昌」(1)，罵曰：「小兒無禮！」秦少游見孫莘老(2)，投詩曰：「平康在何處？十里帶垂楊(3)。」孫罵曰：「小子又賤發！」二前輩方嚴相似(4)，而考其生平，均非能作詩者。

【箋注】

(1) 李北海：李邕。見卷三・三六注(4)。崔顥：唐汴州（今河南開封）人。開元十一年進士。天寶中為尚書司勳員外郎。李白曾詠「眼前有景道不得，崔顥題詩在上頭。」「十五」句：指崔顥〈王家少婦〉詩，描寫了一個稚氣未脫、嬌美知足的少婦形象。李邕曾途經汴州，聞崔顥美名，於館中召見，及其獻文，首章曰「十五嫁王昌」，以為輕薄，乃斥去。（李肇《國史補》卷上）

(2) 秦少游：秦觀。見卷一・五六注(7)。孫莘老：孫覺，字莘老。宋高郵人。仁宗皇祐元年進士。官至龍圖閣學士兼侍講。有《春秋經解》等。

(3) 「平康」二語：是秦少游〈贈參寥〉詩末聯。孫莘老讀到此詩，便對秦作了呵斥。平康，唐長安丹鳳街有平康坊，亦稱平康里，妓女多集中在此巷。後因以代指妓女集中之地。

(4) 方嚴：方正，嚴肅。

六二

鎮江布衣李琴夫詠〈佛手〉云(1)：「白業堂前幾
樹黃(2)？摘來猶似帶新霜。自從散得天花後(3)，空
手歸來總是香。」詠佛手至此，可謂空前絕後矣。

【箋注】

(1) 李琴夫：李御（1712-1790），字琴夫，號蘿村，晚號小
花山人、小花樵長。鎮江丹徒人。乾隆間諸生。有《八
松庵吟草》、《北征消醉夜鈔》、《丁香集》、《丁香
館遺集》、《恒山志略》、《八松庵詩集》等多種。為
江蘇如臯六位詩人創立的「文園六子社」詩人之一。本
書卷一二・六二還錄其詩〈詠瓶菊〉。佛手：芸香科常
綠灌木或小喬木。我國南方各地均有栽培。果端形狀具
兩型：一如手指張開，稱開佛手；一合併如拳，稱閉佛
手。此詩喻為天女散花的佛手。

(2) 白業堂：詩人家中的一個堂名。

(3) 天花：佛教語。天界仙花，諸佛菩薩說法時，常有天女
散花其上，以為讚嘆供養。佛經中多有描述，如《維摩
經・觀眾生品》：「時維摩詰室有一天女……見諸大人
聞所說法，便現其身，即以天華散諸菩薩大弟子上。」

六三

余少貧不能買書，然好之頗切，每過書肆，垂涎
翻閱，若價貴不能得，夜輒形諸夢寐。曾作詩曰：
「塾遠愁過市，家貧夢買書。」及作官後，購書萬
卷，翻不暇讀矣。有如少時牙齒堅強，貧不得食，衰

年珍羞滿前(1)，而齒脫腹果(2)，不能饜飫(3)，為可歎也！偶讀東坡〈李氏山房藏書記〉，甚言少時得書之難，後書多而轉無人讀：正與此意相同。

【箋注】

(1)珍羞：珍貴而鮮美的食物。

(2)腹果：腹飽。

(3)饜飫（yànyù）：飽食。

六四

黃石牧太史言(1)：「秦禁書，禁在民，不禁在官；故內府博士所藏，並未亡也。自蕭何不取，項羽燒阿房(2)，而書亡矣。」年家子高樹程詠〈蕭相〉云(3)：「英風猶想入關初，相國功勳世莫如。獨恨未離刀筆吏(4)，只收圖籍不收書。」

【箋注】

(1)黃石牧：黃之雋。見卷三‧一二注(2)。

(2)蕭何：漢開國名相。沛縣（今屬江蘇）人。劉邦入關，諸將皆爭奪金帛財物，蕭何獨收取秦相府律令圖籍，掌握全國山川險要、郡縣戶口，卻不收儒經、諸史、百家之書。項羽：即楚霸王，名籍，字羽。秦末下相人。參加陳勝起義反秦，秦亡後，與劉邦爭衡，困於垓下，突圍至烏江自刎。相傳進軍關中後，曾焚毀阿房宮。

(3)高樹程：字靳玉，號邁庵，自稱煙蘿子。仁和（今杭州）

人。乾隆四十二年副貢。工詩,且能書善畫。

(4) 刀筆吏:古代對文書員的稱謂。因用木簡竹簡當紙,文書員常攜一支筆一把刀,故稱。《史記‧蕭相國世家贊》:「蕭相國何,于秦時為刀筆吏,碌碌未有奇節。」

六五

揚州轉運使朱子穎(1),工畫能詩。王夢樓為誦其佳句云(2):「一水漲喧人語外,萬山青到馬蹄前(3)。」

【箋注】

(1) 朱子穎:朱孝純,字子穎,號思堂、海愚。漢軍正紅旗人。乾隆二十七年舉人。歷官四川簡縣知縣、重慶知府、泰安知府、兩淮鹽運使。工詩文,善畫。有《海愚詩鈔》。

(2) 王夢樓:王文治。見卷二‧三〇注(1)。

(3) 「一水」聯:據說,紀昀隨乾隆皇帝從京城往避暑山莊時,在路旁小店的牆壁上看到這兩句詩。後來取意寫進自己的〈嚴江舟中〉:「濃似春雲淡似煙,參差綠到大江邊。斜陽流水推篷坐,翠色隨人欲上船。」朱原為紀的弟子。所謂「藍出於青」。而邵坡〈送王耘渠入蜀〉詩云:「秦樹碧分鴻爪外,蜀山青到馬蹄前。」邵乃康熙壬午舉人。又在海愚前。(《兩浙輶軒錄》卷十六。)

六六

　　老年之詩多簡練者，皆由博返約之功。如陳年之酒，風霜之木，藥淬之匕首(1)，非枯槁簡寂之謂(2)。然必須力學苦思，衰年不倦，如南齊之沈麟士(3)，年過八旬，手寫三千紙，然後可以壓倒少年。

【箋注】

(1) 匕首：《史記・刺客列傳・荊軻傳》：「太子豫求天下之利匕首，得趙人徐夫人匕首，取之百金，使工以藥淬之，以試人，血濡縷，人無不立死者。」

(2) 簡寂：簡約沉靜。

(3) 沈麟士：南朝時吳興武康（今屬浙江）人。晉太中大夫。以篤學為務，負薪擔水，守操終老。年過八十，燈下細書，成三千卷。時人以為養身靜默所致。一生著述宏富。

六七

　　上官儀詩多浮艷(1)，以忠獲罪。傅玄善言兒女之情(2)，而剛正嫉惡，臺閣生風(3)。揚子雲自擬《周易》，乃附新莽(4)。余中請禁探花(5)，而後以贓敗。席豫一生不作草書，而薦安祿山公正無私(6)。

【箋注】

(1) 上官儀：唐陝州陝縣（今屬河南）人。貞觀進士。官弘文館學士、秘書郎、西臺侍郎。武后專權，他為帝草詔，

欲廢武后，為人告發，下獄死。詩沿襲齊梁餘風，婉媚工整。稱為「上官體」。

(2) 傅玄：字休奕。西晉北地泥陽（今陝西耀縣東南）人。官至司隸校尉。學識淵博，精通音樂，擅長樂府。

(3) 臺閣生風：比喻在朝廷官署之間其聲勢氣魄令人敬畏。

(4) 揚子雲：揚雄。見卷三・五八注(4)。新莽：指王莽新朝。揚雄在王莽篡漢後曾為中散大夫。此處認為揚雄依附王莽。

(5) 余中：見卷二・一二及注(11)。

(6) 席豫：字建侯。唐襄州襄陽（今湖北襄樊）人。徙家河南。進士出身，歷任襄邑尉、陽翟尉、監察御史、樂壽令、大理丞等，累官考功員外郎，典舉得士，三遷中書舍人，官終禮部尚書。其詩文名動當朝。不作草書：指寫字不作草書體。薦安祿山：《新唐書・列傳・逆臣上》：「席豫為河北黜陟使，言祿山賢。」

六八

　　余門生談羽儀(1)，字毓奇，家富而好買書。自署一聯曰：「閉戶自知精力減；貯書還望子孫賢。」

【箋注】

(1) 談羽儀：字毓奇，室號生香書屋。清江蘇上元（今南京）人。以諸生入貲為刑部郎中。有《志崖集》、《生香書屋詩稿》。

六九

宋嚴有翼詆東坡詩(1)，「誤以蔥為韭，以長桑君為倉公(2)，以摸金校尉為摸金中郎(3)。」所用典故，被其捃摘，幾無完膚。然七百年來，人知有東坡，不知有嚴有翼。

【箋注】

(1) 嚴有翼：建安(今福建建甌)人。生活于南北宋之交。著《藝苑雌黃》。

(2) 長桑君：戰國時代的醫學家。將畢生醫療經驗和所集醫方盡傳給扁鵲。倉公：漢臨淄人。為齊太倉長，世稱倉公。精於醫。

(3) 摸金校尉：出於東漢末陳琳〈為袁紹檄豫州文〉：「操又特置發丘(墓)中郎將，摸金校尉，所過隳突，無骸不露。」本無「發丘中郎將」，也無「摸金校尉」這樣的官職，陳琳用以詆毀曹操。

按：有人認為蘇詩此類例子於理何害、於詩意無妨礙，可以變通。也有人認為蘇之長處在於才華絕代，短處在於粗枝大葉。嚴有翼為學者，學者自有學者的事業。

七〇

用事如用兵，愈多愈難。以漢高之雄略，而韓信只許其能用十萬(1)。可見部勒驅使(2)，談何容易！有梁溪少年作懷古詩(3)，動輒二百韻。予笑曰：「子獨不見唐人〈詠蜀葵〉詩乎(4)？」其人請誦之。曰：

「能共牡丹爭幾許，被人嫌處只緣多。」

【箋注】

(1)漢高、韓信：漢高祖劉邦、淮陰侯韓信。《史記‧淮陰侯列傳》：「上（劉邦）問曰：『如我能將幾何？』信曰：『陛下不過能將十萬。』」

(2)部勒：部署。

(3)梁溪：水名。流經無錫。亦為無錫別稱。

(4)詠蜀葵：唐‧陳標詩。

七一

某太史掌教金陵，戒其門人曰：「詩須學韓、蘇大家，一讀溫、李(1)，便終身入下流矣。」余笑曰：「如溫、李方是真才，力量還在韓、蘇之上。」太史愕然。余曰：「韓、蘇官皆尚書、侍郎，力足以傳其身後之名。溫、李皆末僚賤職，無門生故吏為之推挽，公然名傳至今，非其力量尚在韓、蘇之上乎？且學溫、李者，唐有韓偓，宋有劉筠、楊億(2)，皆忠清鯁亮人也。一代名臣，如寇萊公、文潞公、趙清獻公(3)，皆西崑詩體(4)，專學溫、李者也，得謂之下流乎？」

【箋注】

(1)韓蘇：韓愈、蘇軾。溫李：溫庭筠、李商隱。

(2)韓偓：一作韓渥。見卷二‧六注(4)。詩詞藻華麗，以

寫豔情著名。劉筠：字子儀。北宋大名人。咸平進士。
官至翰林學士承旨兼龍圖閣直學士。臨事明達，治尚
簡嚴。文辭善對偶，詩與楊億齊名。有《冊府應言》、
《榮遇》、《三入玉堂》等。楊億：見卷一・一三
注(7)。北宋文學家。曾與劉筠、錢惟演相唱和，編成
《西崑酬唱集》，號西崑體。

(3)寇萊公：寇準。見卷二・一二注(7)。文潞公：即北宋・
文彥博。見卷二・六注(5)。趙清獻公：趙抃，字閱
道。北宋衢州西安（今浙江衢縣）人。景祐進士。累官殿
中侍御史，有「鐵面御史」之稱。以太子少保致仕，卒
賜清獻。詩諧婉多姿，不類其為人。有《趙清獻集》。

(4)西崑體：見卷一・一三注(6)。

七二

　　「傳」字「人」旁加「專」，言人專則必傳也。
堯、舜之臣只一事(1)，孔子之門分四科(2)，亦專之
謂也。唐人五言工，不必七言也；近體工，不必古風
也。宋以後，學者好誇多而鬥靡。善乎方望溪云(3)：
「古人竭畢生之力，只窮一經；後人貪而兼為之，是
以循其流而不能溯其源也。」

【箋注】

(1)一事：宋・陳經撰《尚書詳解》：「後人以天人分為二
　　事，不知堯所以命官，天人只作一事也，四人者雖分
　　掌四時，其實只一事。」宋・王應麟《困學紀聞》：
　　「堯、舜之世，名臣止任一事；仲尼之門，高第皆為一
　　科。故曰：『無求備於一夫。』」

(2)四科：儒家評論人物的分類。《論語‧先進》把孔門分為德行、言語、政事、文學，後因而有四科之稱，並作為品評人物的分類。

(3)方望溪：方苞。見卷一‧二九注(1)。

七三

乾隆丙辰，召試博學宏詞。海內薦者二百餘人。至九月而試保和殿者一百八十人。詩題是〈山雞舞鏡〉七排十二韻，限「山」字。劉文定公有句云(1)：「可能對語便關關(2)。」上深嘉獎，親拔為第一，遂以編修，致身宰相。二百人中，年最高者，萬九沙先生諱經(3)；最少者為枚。全謝山庶常作《公車徵士錄》(4)，以先生居首，枚署尾。己亥枚還杭州，先生之少子名福者，持先生小像索詩。余題一律，有「當年丹詔召耆英，驥尾龍頭記得清」之句。詩載集中。

【箋注】

(1)劉文定：劉綸，字眘涵，號繩庵。江蘇武進人。乾隆元年，以廩生舉博學鴻詞，試第一，授編修。後入值南書房，任軍機大臣。歷兵、戶、吏、工部尚書，文淵閣大學士。卒謚文定。有《繩庵內外集》。

(2)關關：劉文定由舞鏡山雞聯想到《詩經》首篇《關雎》中的首句「關關雎鳩」。

(3)萬九沙：萬經，字授一，號九沙。浙江鄞縣人。康熙四十二年成進士。選庶吉士，授編修。乾隆初，舉博學鴻詞。卒年八十三。

(4) 全謝山：全祖望，字紹衣，號謝山。浙江鄞縣人。乾隆元年進士。選翰林院庶吉士。因受大學士張廷玉排斥，以知縣用。遂歸事親家居，不復出。主戴山、端溪書院講席。經學、史才、詞科三者兼治，為浙東學派重要代表。續修《宋元學案》、七校《水經注》、三箋《困學紀聞》。著《鮚埼亭文集》。

七四

　　明洪紫溪自言(1)：「三十年讀書，才消得胸中『狀元』二字。」陋哉言乎！如欲狀元之名副其實，則「狀元」二字，胸中不可一日忘也。如倚狀元為驕人之具，則「狀元」二字，胸中不可一日不忘也。何待讀書三十年哉？味其言，紫溪自以為忘，正其終身不忘之證。同年錢文敏公〈臚唱第一口號〉云(2)：「自慚才出劉蕡下，獨對春風轉厚顏(3)。」其胸襟出紫溪上矣！

【箋注】

(1) 洪紫溪：未詳。

(2) 錢文敏：錢維城。見本卷五五注(1)。臚唱：科舉時，天子宣旨傳召新科進士入見，稱為「臚唱」。

(3) 劉蕡：字去華。唐幽州昌平人。敬宗寶曆二年進士。博學善屬文，尤精《左氏春秋》。文宗大和二年，應制舉賢良方正能直言極諫科，對策言論激切，指陳時政得失，直言宦官專橫，考官嘆服，而不敢取。詔下。李郃曰：「劉蕡下第，我輩登科，能無厚顏！」後授秘書郎，而宦官誣以罪，貶柳州司戶參軍，卒。厚顏：慚愧，難為情。

七五

鄭夾漈極誇杜征南之注《左傳》、顏師古之注《漢書》(1)，妙在不強不知以為知。杜不長於鳥獸蟲魚，顏不長於天文地理，故俱缺之，不假他人以訾議也。余謂作詩亦然，青蓮少排律，少陵少絕句，昌黎少近體(2)。善藏其短，而長乃愈見。

【箋注】

(1)鄭夾漈：南宋·鄭樵。見卷一·一六注(8)。杜征南：杜預，字元凱。西晉京兆杜陵(今陝西西安東南)人。司馬懿婿。博學多才，善於謀略，曾任征南大將軍。有左傳癖，著《春秋左氏經傳集解》，為後世通行的《左傳》注本。顏師古：唐京兆萬年(今陝西西安)人，祖籍琅邪臨沂。博覽群書，精訓詁，善屬文。在高祖、太宗時官中書舍人、秘書少監、弘文館學士。有《匡謬正俗》、《漢書注》、《急就章注》等。

(2)青蓮：李白。少陵：杜甫。昌黎：韓愈。

七六

《大雅》：「文王在上」(1)，《毛傳》：稱文王受命而作。然則文王生而諡文乎？自以為「於昭于天」乎(2)？鄭箋「平王之孫」為「平正之王」(3)，「成王不敢康」為「成此王功，不敢自安逸」(4)，「不顯成康」亦解為「成安祖考之道」(5)：皆捨先王之諡法(6)，而逞其穿鑿之臆說。朱子駁而正之(7)，

是矣。

【箋注】

(1) 文王在上：出自《大雅‧文王》。意謂：周文王之靈在
那昊天之上。文王，姬昌，周王朝的締造者。《呂氏春
秋》認為此詩是周成王時周公旦所作。

(2) 於昭于天：出處同上。意謂：啊，他（文王）在天上十分
顯耀。

(3) 鄭箋：指漢鄭玄為《毛詩》作箋。平王之孫：出自《國
風‧召南‧何彼襛矣》。意謂：周平王的孫女（容貌美
好）。

(4) 成王不敢康：出自《周頌‧昊天有成命》。意謂：周成
王不敢圖安樂。

(5) 不顯成康：出自《周頌‧執競》。意謂：周成王周康王
大顯榮耀。「不」，猶「丕」，訓「大」。

(6) 謚法：古代對帝王、貴族、大臣、士大夫一生功過作總
評價，在其死後給予稱號，這種制度，叫做謚法。世傳
《周公謚法》，自文王、武王以來始有謚。《史記‧謚
法解》：「惟周公旦、太公望開嗣王業，建功於牧野，
終將葬，乃制謚，遂敘謚法。」

(7) 朱子：朱熹。見卷二‧四四注(3)。

七七

　　顧寧人曰(1)：「夫其巧於和人者(2)，其胸中本
無詩，而拙於自言者也。」又曰：「舍近今恒用之
字，而借古字之通用以相矜者，此文人之所以自文其

陋也(3)。」

【箋注】

(1)顧寧人：顧炎武。見卷三・七注(2)。

(2)和人：指依照他人詩的體裁、韻腳作詩。

(3)相矜：相互炫耀。自文其陋：自加文飾其庸陋。

七八

　　人悅西施，不悅西施之影。明七子之學唐(1)，是西施之影也。

【箋注】

(1)明七子：見卷一・三注(3)。

七九

　　皋陶作歌，禹、稷無聞(1)；周、召作詩，太公無聞(2)；子夏、子貢可與言詩，顏、閔無聞(3)。人亦何必勉強作詩哉？

【箋注】

(1)皋陶：見卷一・二注(2)。禹：指夏禹、大禹。見卷一・二注(2)。稷：指后稷，掌管農事的官，周朝的先祖。未見禹、稷有詩作傳聞。

(2) 周召：指周初周公和召公。為分管東西方諸侯的兩位重
　　臣。二人分陝而治，皆有美政。據說，《詩經》中周公
　　所作詩有〈七月〉、〈鴟鴞〉、〈鹿鳴〉、〈四牡〉、
　　〈常棣〉、〈思文〉、〈大武〉等篇。召公作詩有〈洞
　　酌〉、〈卷阿〉、〈公劉〉等篇。太公：姜太公，為
　　炎帝族，四岳之後，姜姓，呂氏，名尚，字子牙，號飛
　　熊。被尊為師尚父，號太公。東海人，封于齊。為周文
　　王、周武王的軍師。無詩作傳聞。

(3) 子夏：見卷二・八注(1)。子貢：見卷四・五六注(1)。
　　《論語・學而》載：子貢曰：「詩云：『如切如磋，
　　如琢如磨。』其斯之謂與？」子曰：「賜也，始可與言
　　詩已矣！告諸往而知來者。」《論語・八佾》載：子夏
　　問曰：「『巧笑倩兮，美目盼兮，素以為絢兮。』何謂
　　也？」子曰：「繪事後素。」曰：「禮後乎？」子曰：
　　「起予者商也！始可與言詩已矣。」顏：即顏回、顏
　　淵，字子淵。春秋末魯國人。貧而好學，居陋巷，簞食
　　瓢飲，而不改其樂。以德行修養著稱。後世尊為「復
　　聖」。閔：閔子騫，春秋末年魯國人。以孝行名聞天
　　下。未聞顏、閔與孔子言詩。

八〇

　　《宋史》：「嘉祐間，朝廷頒陣圖以賜邊將(1)。
王德用諫曰(2)：『兵機無常，而陣圖一定；若泥古
法，以用今兵，慮有償事者(3)。』」〈技術傳〉：
「錢乙善醫(4)，不守古方，時時度越之，而卒與法
會。」此二條，皆可悟作詩文之道。

【箋注】

(1)陣圖：戰爭布列軍陣之圖。

(2)王德用：字元輔。北宋鄭州管城人。任環慶路指揮使、殿前都虞侯、保靜軍節度使、集慶軍節度使、何陽三城節度使等軍事要職。治軍有方，多得士心。官至樞密使，後封魯國公。

(3)僨（fèn）事：敗事。

(4)錢乙：字仲陽。宋代名醫。祖籍浙江錢塘，遷居山東鄆城。因治癒宋神宗長公主女兒之疾，被任命為翰林醫官。後擢太醫丞。《宋史・方技傳》：「乙為方不名一師，於書無不窺，不靳靳守古法。時度越縱舍，卒與法會。」

八一

　　崔念陵進士(1)，詩才極佳，惜有五古一篇，責關公華容道上放曹操一事，此小說演義語也，何可入詩？何屺瞻作札(2)，有「生瑜生亮」之語(3)，被毛西河誚其無稽(4)，終身慚悔。某孝廉作關廟對聯，竟有用「秉燭達旦」者(5)。俚俗乃爾，人可不學耶？

【箋注】

(1)崔念陵：崔謨。見卷二・六四注(1)。

(2)何屺瞻：何焯（1661-1722），字屺瞻，號茶仙。學者稱義門先生。江蘇常州人。康熙四十二年賜進士。改庶吉士，授編修。有《義門先生集》。

(3)生瑜生亮：語出《三國演義》第五十七回：(周瑜)仰天

長歎曰：「即生瑜，何生亮！」

(4)毛西河：毛奇齡。見卷二·三六注(3)。

(5)秉燭達旦：語出《三國演義》第二十五回：「關公乃秉
　　燭立於戶外，自夜達旦，毫無倦色。」

八二

　　宋曾致堯謂李虛己曰(1)：「子詩雖工，而音韻
猶啞。」《愛日齋詩話》曰(2)：「歐公詩(3)，如閨
中孀婦，終身不見華飾。」味此二語，當知音韻、風
華，固不可少。

【箋注】

(1)曾致堯：字正臣。宋撫州南豐（今屬江西）人。太平興國
　　八年進士。官至戶部郎中。性剛率，好言事。有《廣
　　中台志》、《西陲要紀》等。李虛己：字公受。宋建
　　安（今福建建甌）人。第進士。官至工部侍郎。喜為詩，
　　初「音韻猶啞」，後精於格律。有《雅正集》。

(2)愛日齋詩話：未詳。疑為《愛日齋叢鈔》，宋·葉寘
　　著。（據《千頃堂書目》）

(3)歐公：宋·歐陽修。見卷四·四七注(1)。

八三

　　某太史自誇其詩：不巧而拙，不華而樸，不脆而澀。余笑謂曰：「先生聞樂，喜金絲乎(1)？喜瓦缶乎(2)？入市，買錦繡乎？買麻枲乎(3)？」太史不能答。

【箋注】

(1)金絲：孔廟西路啟聖門內，有正殿五間。漢魯恭王劉餘欲拆毀孔子故宅以廣其宮，聞天上有金石絲竹之聲。後以金絲指雅樂。

(2)瓦缶：古代流傳下來的一種打擊樂器，本是盛水的瓦器，被樂工選編為樂器。金絲與瓦缶，音色不同而彈奏各有巧拙。袁枚以金絲為巧、以瓦缶為拙，是片面的。

(3)麻枲（xǐ）：不結子實的大麻。其莖皮纖維可織夏布。

一

　　王荊公作文，落筆便古(1)；王荊公論詩，開口便錯。何也？文忌平衍，而公天性拗執，故琢句選詞，迥不猶人(2)。詩貴溫柔，而公性情刻酷，故鑿險縋幽，自墮魔障(3)。其平生最得意句云：「青山捫虱坐，黃鳥挾書眠(4)。」余以為首句是乞兒向陽，次句是村童逃學。然荊公恰有佳句，如：「近無船舫猶聞笛，遠有樓臺只見燈(5)。」可謂生平傑作矣。

【箋注】

(1) 王荊公：王安石。見卷一・四六注(2)。古：古樸，古奧，蒼勁。

(2) 迥不猶人：卓然超絕，不同於人。

(3) 鑿險縋幽：向奇險幽深之處開鑿、探索。魔障：指邪道、障礙、磨難。

(4) 「青山」聯：有時與青山面對面坐着捉蝨子，有時挾着書卷在黃鶯的鳴聲裏悠然地睡去。此聯僅載葉夢得《石林詩話》，王安石集中所無。

(5) 「近無」聯：王安石〈次韻平甫金山會宿寄親友〉。

二

　　宋沈朗奏(1)：「〈關雎〉，夫婦之詩，頗嫌狎褻，不可冠《國風》。」故別撰〈堯〉、〈舜〉二詩以進。敢翻孔子之案，迂謬已極。而理宗嘉之，賜

帛百匹。余嘗笑曰：「《易》以〈乾〉、〈坤〉二卦為首，亦陰陽夫婦之義。沈朗何不再別撰二卦以進乎？」且《詩經》好序婦人：詠姜嫄則忘帝嚳(2)，詠太任則忘太王(3)：律以宋儒夫為妻綱之道，皆失體裁。

【箋注】

(1)沈朗：宋石埭人。長沙府推官。毛詩博士。

(2)姜嫄：有邰氏之女，傳說履上帝之足跡而生后稷。為周族的女性始祖。（見《詩經・大雅・生民》）帝嚳(kù)：傳說為黃帝的曾孫。周朝王室的先祖。有說即帝后或帝舜者，未可定論。姜嫄為帝嚳的妃子。

(3)太任：商代摯國任氏之女。周國君季歷妃，周文王母。端莊而有德性，以胎教子，而生文王。《詩經・大雅・大明》和〈旱麓〉等篇詠太任。太王：即古公亶父。為古代周族領袖，傳為后稷第十二代孫，周文王的祖父。及武王有天下，追尊為「太王」。《詩經・大雅・緜》追述了太王亶父自邠遷岐振興周族的業績。《詩經・頌・閟宮》也詠及太王亶父。

三

顧寧人言(1)：「《三百篇》無不轉韻者(2)。唐詩亦然。惟韓昌黎七古，始一韻到底。」余按《文心雕龍》云：「賈誼、枚乘(3)，四韻輒易；劉歆、桓譚(4)，百韻不遷：亦各從其志也。」則不轉韻詩，漢、魏已然矣。

【箋注】

(1)顧寧人：顧炎武。見卷三・七注(2)。

(2)轉韻：指古體詩賦篇中的換韻。

(3)賈誼：西漢人。見卷二・五○注(2)。枚乘：西漢人。見卷四・七六注(7)。

(4)劉歆：西漢經學家、數學家。經籍目錄之學自歆始。桓譚：字君山。東漢哲學家。沛國相(今安徽宿縣符離集西北)人。後人輯有《桓子新論》一書。

四

　　今詩稱「篇什」者，本《左傳》所謂「以什其車，必克」之義(1)。「什」者，十人為耦也(2)。《國風》詩少，可以同卷；《雅》、《頌》篇多，故每十為卷，而即以卷首之篇為什(3)。

【箋注】

(1)「以什」句：出自《左傳・昭公元年》，「其」應為「共」字。意謂：用十個步兵共同對付一輛戰車，一定能取勝。

(2)耦(oū)：原義兩人並耕。此指組合。十人為一組。

(3)什：為集體名詞。《雅》、《頌》十篇為什，什為一卷的意思。以卷首之篇為名。

五

　　晏子以二桃殺三士(1)，事本荒唐；後人演為《梁父吟》(2)，尤無意味。而孔明好吟之，殊不可解。秋胡一妒婦(3)，劉知幾《史通》詆之甚力。乃樂府外，前人又有詩云(4)：「郎心葉蕩妾冰清，郎說黃金妾不應。若使偶然通一語，半生誰信守孤燈？」

【箋注】

(1)二桃殺三士：《晏子春秋・內篇諫下第二》載：齊景公有三個勇士，皆恃功而驕，成為「危國之器」。晏嬰獻計，勸景公給三勇士兩個桃子，論功行賞，三人互不相讓，結果都自殺身亡。

(2)梁父吟：古樂府名。亦作《梁甫吟》。現傳古辭寫的是春秋時期齊相晏嬰以「二桃殺三士」的故事，傳為諸葛亮作。中有「一朝被讒言，二桃殺三士」句。近人逯欽立輯校《先秦漢魏晉南北朝詩》（中華書局版），認為：古文苑作古梁父吟，不題諸葛亮名字。按李勉琴說曰：梁甫吟，曾子撰。蔡邕琴頌曰：梁甫悲吟，周公越裳。據此，梁甫吟不始于孔明，而此辭亦與孔明無關。

(3)秋胡一妒婦：指秋胡妻。劉知幾《史通》卷七《內篇・品藻第二十三》：「按：劉向《列女傳》載魯之秋胡妻者，尋其始末，了無才行可稱，直以怨懟厥夫，投川而死。輕生同于古冶，殉節異于曹娥，此乃兇險之頑人，強梁之悍婦，輒與貞烈為伍，有乖其實者焉。」

(4)前人詩：《宋詩紀事》載，為錢穎詩，題為《秋胡子》。

六

　　楊用修笑今之儒者(1)，皆宋儒之應聲蟲。吾以為孔穎達，真鄭康成之應聲蟲也(2)。最可笑者，鄭注「曾孫來止，以其婦子(3)」，以「曾孫」為成王，「婦子」為王后太子。王肅非之云(4)：「勸農不必與王后太子同行。」而孔穎達以為：「聖賢所訓，與日月同懸。」其識見之謬如此，安得不誤認王世充為真主乎(5)？

【箋注】

(1) 楊用修：明楊慎。見卷二・四二注(5)。

(2) 孔穎達：見卷二・一四注(3)。鄭康成：鄭玄。見卷一・四六注(24)。

(3) 「曾孫」二語：出自《詩經・小雅・甫田》和〈大田〉篇。曾孫：周王相對他的祖先和其他的神，自稱為曾孫。按鄭注，意謂：曾孫興致勃勃地來到田間，帶著妻子和兒女。按王肅注，意謂：曾孫到田間來視察，遇見農婦和孩子們。

(4) 王肅：字子雍。祖籍東海郯縣(今山東郯城西南)，三國時期魏經學家。與鄭玄學派對立，稱「王學」。

(5) 王世充：隋末新豐(今陝西臨潼東北)人。煬帝時任江都郡丞、通守、兵部員外郎。楊侗為帝時，拜尚書左僕射，後自稱相國。廢殺侗，代隋自立為帝，國號鄭。真主：真命天子。指賢明的皇帝。

七

安徽方伯陳密山先生(1)，諱德榮，人淳樸而詩極風趣。每矚園花開，必招余遊賞，不以屬吏待。適階下蟻鬥，公用扇拂之，作詩云：「退食展良覿(2)，逍遙步深院。樹根見群蟻，紛紛方交戰。呼童前布席，拂以蒲葵扇。頃刻緣草根，求穴各奔竄。伊有記事臣(3)，載筆應上殿。大書某日月，兩軍正相見。忽然風揚沙，師潰互踏踐。收隊各依壘，蓄銳更伺便。人生亦倮蟲，擾擾盈赤縣(4)。嗜欲各有求，情偽遞相煽。吞噬蠢然動，吉凶見常變。豈無飛仙人，乘鸞注遐眄？」余按宋人詩云(5)：「蟭螟殺敵蚊眉上，蠻觸交爭蝸角中(6)。何異諸天觀下界，一微塵裏鬥英雄？」即此意也。先生〈郊行〉云：「芳園青草綠離離(7)，好是人家祭掃時。何處紙錢燒不盡，東風吹上野棠枝。」又，〈女兒曲〉云：「睡眼朦朧春夢覺，不知額上有梅花。」

【箋注】

(1)陳密山：陳德榮（1689-1747），字廷彥，號密山。清直隸安州人。康熙五十一年進士。官武英殿纂修。歷任湖北枝江知縣、貴陽知府、安徽布政使、江西巡撫。有善政實績。著《葵園詩集》。

(2)退食：歸隱，退休。良覿（dí）：良晤，歡聚。

(3)伊：彼，他。

(4)倮蟲：古人認為一切動物的總名為蟲，人為倮蟲。赤縣：借指中原或中國。

(5)宋人詩：應為唐・白居易〈禽蟲十二章〉詩。

(6)蟭螟：傳說中一種微蟲名。《抱朴子外篇・刺驕》：
「蟭螟屯蚊眉之中而笑彌天之大鵬。」蠻觸：《莊子・
則陽》說：「有國於蝸之左角者曰觸氏，有國於蝸之右
角者曰蠻氏，時相與爭地而戰，伏尸數萬，逐北旬有五
日而後反。」後指為卑小細微的事大動干戈，作無謂的
爭鬥。

(7)離離：濃密貌。

八

　　魯星村〈得雨〉詩云(1)：「一雨人心定，歌聲四
野聞。」何南園〈春雨〉詩云(2)：「芳草不知春，一
雨猛然省。」曹澹泉〈偶成〉云(3)：「東風力尚微，
一雨眾山綠。」同用「一雨」二字，俱可愛。

【箋注】

(1)魯星村：魯璜。見卷三・三七注(2)。

(2)何南園：何士顥。見卷一・三七注(1)。

(3)曹澹泉：曹言路，字澹泉，號嗣康。清江蘇上元人。諸
　　生。

九

　　福建鄭王臣(1)，為蘭州太守，年未六十，以弟喪
乞病歸。〈留別寅好〉云(2)：「畏聞使過頻移疾，懶

答人言但托聲(3)。」〈閨情〉云：「最憐待月湘簾下(4)，銀燭煙多怕點燈。」俱暗用故事，使人不覺。杭董浦題其〈歸來草〉云(5)：「東京風俗由來厚，每為期功便去官(6)。陳實譙玄吾目汝，蕈鱸人錯比張翰(7)。」「東皋舒嘯復西疇，人較柴桑更遠遊(8)。《七錄》異時標別集，竟應題作鄭蘭州(9)。」在隨園小住，一日，買書兩船，打槳而去。

【箋注】

(1) 鄭王臣：字慎人，號蘭陔、黃石山人。福建莆田人。乾隆六年拔貢生。乾隆二十一年中副舉人。任四川三縣知縣，升至蘭州知府。居官有惠政。奉使西藏，引疾歸。有《蘭社詩稿》、《黃石山人詩集》、《蘭陔詩話》。

(2) 寅好：舊稱有交情的同僚。

(3) 移疾：移書言疾，或有病辭職。唐·李商隱〈有懷在蒙飛卿〉：「薄宦頻移疾，當年久索居。」托聲：宋·劉克莊〈送實之倅廬陵二首〉：「吏白文書但托聲」。

(4) 待月：唐·元稹《鶯鶯傳》崔鶯鶯詩句：「待月西廂下，迎風戶半開。」

(5) 杭董浦：杭世駿。見卷三·六四注(1)。

(6) 東京：指東漢。期功：指本族親近的人，也是古代三種喪服的合稱。期為服喪一年，大功服喪九個月，小功服喪五個月。

(7) 陳實：字仲弓。東漢潁川許縣(今河南長葛古橋鄉陳故村)人。一生為官清正，有口皆碑，入《後漢書·高士傳》。譙玄：字君黃。東漢巴郡閬中(今四川北部嘉陵江中游)人。官拜議郎，遷中散大夫，後王莽攝政，隱遁歸家，獨訓諸子勤習經書。譙玄以弟服去官，陳實以

期喪去官。張翰：字季鷹。西晉吳郡吳（今蘇州）人。齊王司馬冏執政時任大司馬東曹掾，博學能文，時人號為「江東步兵」，以比阮籍。後預感到齊王冏將敗，又因秋風四起，思念故鄉菰菜、蓴羹、鱸魚，於是作〈思吳江歌〉遂歸吳。

(8)「東皋」二語：以陶淵明比鄭王臣。柴桑，古縣名，是陶淵明的故鄉。

(9)七錄：南朝梁目錄學家阮孝緒私撰書目。彌補諸種官修書目遺闕。在目錄學方面有重要地位。此處以此比鄭王臣所編《莆風清籟集》，選自唐至清莆人一千九百餘家詩，搜羅勤苦而較為周備。鄭蘭州：以地名稱人。

　　湖州徐溥雨亭，在金陵為人司織局(1)。每吟詩，與機聲相和。〈錢塘竹枝〉云(2)：「芳心脈脈夜迢迢，郎在江南第幾橋？欲寄尺書寫腸斷，西湖只恨不通潮。」「落盡楊花郎未歸，空煩刀尺製羅衣。人前怕卷珠簾看，蝴蝶一雙相對飛。」〈虎丘題壁〉云(3)：「好景半藏峰頂寺，美人多住水邊樓。」

【箋注】

(1)徐溥：一作徐浦，字雨亭。清浙江湖州府歸安雙林鎮人。有《金陵遊草》、《臥雲軒詩草》。（同治十三年《湖州府志》）。織局：紡織店鋪。

(2)錢塘：縣名。屬浙江杭州。竹枝：一種地方民歌。後詩人仿作，多詠當地風土或兒女柔情。其形式為七言絕句，語言通俗，音調輕快。

(3)虎丘：在江蘇省蘇州市西北，亦名海湧山。相傳吳王闔閭葬此。

一一

常熟王介祉之弟，名岱，字次岳，能繼其家風(1)。宿隨園見贈云：「貧分鶴俸還留客，老惜鴻才尚著書(2)。」其他句云：「片雨前村過，微雲半嶺陰。」「故山解慰歸人望，隔水先迎一髻青(3)。」〈清明〉云：「忽忽春光過半時，浴蠶天氣雨如絲。無端柳色侵書幌(4)，憶着河橋折處枝。」

【箋注】

(1)王介祉：王陸梯。見卷五·五二注(4)。王岱：字雲上，一字次岳。清江蘇常熟人。貢生。工詩，書畫秀逸。卒于楚地。有《情田詞草》。

(2)鶴俸：官俸曰鶴俸，亦稱鶴料。鴻才：大才，卓越的才華。鴻，本指大雁。與上聯「鶴」形成借對。

(3)一髻：形容如髮髻的山峰。

(4)書幌：書齋的帷帳。借指書齋。

一二

　　錫山鄒世楠過孟廟(1)，夢懸對句云：「戰國風趨下，斯文日再中(2)。」覺而異之。遍觀廊廡，無此十字。後數年過蘇州，得黃野鴻集讀之(3)，乃其集中句也。豈孟子愛之，而冥冥中書以自娛耶？田實發〈題孟廟〉云(4)：「孔門功冠三千士，周室生虛五百年(5)。」似遜黃作。黃以論詩忤沈歸愚，故吳人多擯之(6)。然其佳句，自不可掩。〈夜歸〉云：「兒童喧笑各紛紛，未解燈前刺繡紋。夜半醉歸人不覺，叩門獨有老妻聞。」

【箋注】

(1)鄒世楠：字廷楚。江蘇蘇州人。清康熙六十年進士。

(2)風趨下：儒家認為戰國時已「世風日下」。斯文：舊稱儒士為斯文，此指孟子儒家學說。

(3)黃野鴻：黃子雲。見卷三・六八注(1)。

(4)田實發：見卷三・一六注(1)。

(5)三千士：世傳孔子有弟子三千，稱三千士。此指孟子「功冠」三千士。「周室」句：周室，指周朝。生虛，應為「生當」（見梁章鉅《楹聯叢話》）。「當」，承擔。五百年：《孟子・公孫丑下》：「五百年必有王者興，其間必有名世者。」此指孟子正是周室應五百年之運而生的一位聖人。

(6)沈歸愚：沈德潛。見卷一・三一注(3)。擯(bìn)：排斥。

一三

在都，余與金質夫文淳、裘叔度曰修居最相近(1)。金棋劣于裘，而偏欲饒裘(2)。金移居，裘以詩賀云：「追趨秘閣兩年餘，一日何曾賦索居(3)？雪苑對裁新著稿，風簾同校舊抄書。吟簡惠我寧嫌數(4)，棋局饒人實自譽。早有聲華傳白下(5)，故知名士定無虛。」余作七古一首，中四句云：「我願同年如春樹，枝枝葉葉相依附。不願同年如落花，鸞漂鳳泊飛天涯。」裘讀而嘆曰：「子才終竟有性情。」嗚呼！此皆四十年前事。今裘官至尚書，聲施赫奕；而質夫為太守，兩遭罪遣，謫戍以死。豈亦如花之飛茵飛溷(6)，各有前因耶？金死後，余搜其遺詩，了不可得；僅得其〈遊張園〉云：「綠楊門外板橋橫，新水如船接岸平。三月春寒花尚淺，一簾煙重雨初成。欹危瘦竹扶衰步，高下疏畦入晚晴。莫便酒闌催晚棹，野懷吾欲與鷗盟。」〈偶成〉云：「一蟲吟到曉，兩客淡無言。」

【箋注】

(1)金質夫：金文淳。見卷三・五七注(12)。按：金詩除此處所引外，清・沈濤撰《瑟榭叢談》卷下復得〈榆林〉、〈土木〉二首。另有〈登燕子磯〉一聯。裘叔度：裘曰修。見卷一・六五注(17)。

(2)饒：讓。

(3)秘閣：指宮中收藏珍貴圖書之處。索居：孤獨地散處一方。

(4)數：屢次。

(5)白下：指南京。

(6)飛茵飛溷（hùn）：指飄落到綠茵草地上或掉到汙穢的糞
池裏。喻指人的命運。《南史·范縝傳》：子良問曰：
「君不信因果，何得富貴貧賤？」縝答曰：「人生如樹
花同發，隨風而墮，自有拂簾幌墜于茵席之上，自有關
籬牆落於糞溷之中。墜茵席者，殿下是也；落糞溷者，
下官是也。貴賤雖復殊途，因果竟在何處？」

一四

閻百詩云(1)：「百里不同音，千年不同韻。《毛
詩》凡韻作某音者，乃其字之正聲，非強為押也。」
焦氏《筆乘》載(2)：古人「下」皆音「虎」：《衛
風》云：「于林之下」，上韻為「爰居爰處」（按：此應
為《詩經·邶風·擊鼓》之文）；〈凱風〉云：「在浚之下」，
下韻為「母氏勞苦」；《大雅》云：「至於岐下」，
下云：「率西水滸」。「服」皆音「迫」：〈關雎〉
云：「寤寐思服」，下韻為「輾轉反側」；〈候人〉
云：「不濡其翼」，下句為「不稱其服」；〈離騷〉
云：「非時俗之所服」，下句為「依彭咸之遺則」。
「降」皆音「攻」：〈草蟲〉云：「我心則降」，下
句為「憂心忡忡」；〈旱麓〉云：「福祿攸降」，上
韻為「黃流在中」。「英」皆音「央」：〈清人〉
云：「二矛重英」，下句為「河上乎翱翔」；〈有女
同車〉云：「顏如舜英」，下句為「佩玉將將」；

《楚詞》云：「華采衣兮若英」，下句為「爛昭昭兮未央」。「風」皆讀「分」(3)：〈綠衣〉云：「淒其以風」，下句為「實獲我心」；〈晨風〉云：「鴥彼晨風」(4)，下句為「郁彼北林」；〈烝民〉云：「穆如清風」，下句為「以慰其心」。「憂」皆讀「噯」(5)：〈黍離〉云：「謂我心憂」，上句為「中心搖搖」；〈載馳〉云：「我心則憂」，上句為「言至於漕」；《楚詞》云：「思公子兮徒離憂」，上韻為「風颯颯兮木蕭蕭」。其他則「好」之為「吼」，「雄」之為「形」，「南」之為「能」，「儀」之為「何」，「宅」之為「托」，「澤」之為「鐸」：皆玩其上下文，及他篇之相同者，而自見。「風」字，《毛詩》中凡六見，皆在「侵」韻，他可類推。朱子不解此義，乃以後代詩韻，強押《三百篇》，誤矣！至於「委蛇」二字有十二變，「離」字有十五義，「敦」字有十二音：徐應秋《談薈》言之甚詳(6)。

【箋注】

(1) 閻百詩：閻若璩(1636-1704)，字百詩，號潛丘。清山西太原人，寄籍江蘇山陽。曾助徐乾學修《清一統志》。有《古文尚書疏證》、《四書釋地》、《潛丘札記》。

(2) 焦氏筆乘：書名。明・焦竑撰。內容為筆記雜錄。焦竑：字弱侯，號漪園、澹園。江蘇南京人，原籍山東日照。萬曆十七年殿試第一。授翰林修撰。曾侍講東宮，主順天鄉試，遭誣劾貶福寧州同知。棄官後，授陰陽良知之學。精熟典章，工古文。有《澹園集》、《國朝獻徵錄》、《焦氏筆乘》等。

(3)風：郭沫若認為「風不讀分」（見《讀隨園詩話札記·
　　十九》）。

(4)欻：音（yù）。形容飛得很快的樣子。

(5)喓：音（yāo）。

(6)徐應秋：字君義，號雲林。明浙江衢州西安人。萬曆
　　四十四年進士。官至福建左布政使。政績炫赫。因不事
　　權貴被罷官回鄉，授課諸生。有《玉芝堂談薈》、《駢
　　字憑霄》。

一五

　　王氏《續通考》言(1)：「唐武夷山人吳棫深惡
沈約、周顒之韻(2)，以為穿鑿無理。乃稽考《毛
詩》、《周易》、《尚書》，而別為韻書，分『麻』
『遮』、『歸』『飛』為二，合『東』『冬』、
『江』『陽』為一。」予以為此《洪武正韻》之先聲
也(3)。然積習已久，雖帝王之力，尚不能挽；況其下
乎？文公逆祀，去者三人；定公順祀，叛者三人(4)。
商鞅廢井田而天下怨，王莽復井田而天下怨(5)。一
改舊習，人以為怪。從前解經者，河北宗王，河南宗
鄭(6)。今之經解，專宗程、朱(7)，亦《詩韻》類
耳。

【箋注】

(1)王氏：王圻。明代上海人。嘉靖四十四年進士。歷官陝
　　西布政參議。乞養歸，種梅萬樹，以著書為事。此指
　　《續文獻通考》。

(2) 吳棫：字才老。宋建安（今福建建甌）人。宣和六年進士。官太常丞，因得罪秦檜，出為泉州通判。有《韻補》，分古韻為九部，認為古人用韻較寬，立古韻通轉之說。沈約：見卷三·四三注(6)。南朝宋、齊、梁詩人、史學家，與周顒、王融、謝朓等人於永明間共創詩歌應區別平上去入四聲，並避免平頭上尾等八病之說。沈約又撰《四聲譜》，發明其義。周顒：字彥倫。南朝齊汝南安城（今屬河南正陽東北）人。官府主簿、剡縣令、中書郎、國學博士。音韻學家、佛學家。嘗作《三宗論》、《四聲切韻》。沈約倡「四聲八病」之說，蓋本顒說。

(3) 洪武正韻：明洪武八年奉勅編成。主編為樂韶鳳、宋濂。

(4) 「文公」四語：出自《春秋公羊傳·定公八年》。意謂：魯文公不按順序祭祀，因諫不從棄官而去的有三人；魯定公按順序祭祀，叛離他的有三人（一作五人）。

(5) 「商鞅」二語：出自司馬光〈上仁宗論謹習〉：「昔秦廢井田而民愁怨，王莽復井田而民亦愁怨。」商鞅，即公孫鞅，戰國時期著名政治家。入秦後，任左庶長，實行變法，因功封商（今陝西商縣東南），稱為商君、商鞅。王莽：見卷五·五九注(2)。井田：井田制，是中國上古時期的一種土地制度。《孟子·滕文公上》：「方里而井，井九百畝。其中為公田，八家皆私百畝，同養公田。公事畢，然後敢治私事。」份地和公田都劃成整齊的方塊，其間以路、渠、壟等隔開，形如井字。另說井為水井，八家集居、共用一水源。故稱。

(6) 河北宗王，河南宗鄭：東漢時期鄭玄，遍注群經，號稱「鄭學」。到三國末期，王肅新注群經，形成「王學」。其後南朝宗王，北朝宗鄭。實則都屬於古文經學派。

(7) 程朱：指北宋二程和南宋朱熹。見卷二·四七注(6)。

一六

　　山左朱文震，字青雷，在慎郡王藩邸(1)；善畫，能詩，兼工篆刻。偶宿隨園，為鐫小印二十餘方。余驚其神速。君笑曰：「以鐵畫石，何所不靡？凡遲遲云者，皆故作身份耳。」記其〈紅橋晚步〉云：「西風開遍野棠花，垂柳絲絲數點鴉。多少畫船歸欲盡，夕陽偏戀玉鈎斜。」〈過揚子江〉云：「笑對篷窗酒一罌(2)，黃梅時節恰揚舲。憑君說盡風波惡，貪看金焦漫不聽(3)。」〈雨霽〉云：「雨霽碧天闊，夕陽蟬復吟。偶然行樹下，餘點濕衣襟。」

【箋注】

(1) 朱文震：字青雷，號去美，別號平陵外史、去羨道人。清山東歷城（今濟南）人。通詩文，工書畫篆刻，尤善隸書。曾投高鳳翰、鄭板橋門下。有《雪堂詩稿》。慎郡王：允禧，字謙齋，號紫瓊、春浮居士。康熙第二十一子，封慎郡王，諡靖。善書畫，能詩。有《花間堂詩鈔》、《紫瓊崖詩鈔》。藩邸：藩王第宅。

(2) 罌（yīng）：小口大腹的瓶。

(3) 金焦：兩山名，在江蘇鎮江。金山，本名浮玉山，因裝頭陀開山得金，改名金山。焦山與金山對峙，相距十里許，因後漢處士焦光隱此得名。

一七

楊公子揎，父笠湖公，刺邛州(1)，公子自任上歸，其弟蓉裳索蜀中土宜(2)。公子贈蜀椒、雅蓮，附詩云：「宦久並無囊，土物置何許？且開藥籠看，贈子辛與苦(3)。」有〈雨後〉一聯云：「坐吹紫玉樹聲雜(4)，行近白蓮人影香。」〈漁父詞〉云：「若使樵青絕世，閑身願作漁童(5)。」

【箋注】

(1)楊揎：字蘊山。清江蘇金匱（今無錫）人。笠湖公次子。歲貢生。有《雙梧桐館集》。笠湖公：楊潮觀，字宏度，號笠湖。常州無錫人。乾隆元年中舉。歷宰晉豫川等地十六任縣令，遷知簡、邛二州。晚年奉調瀘州。在四川邛崍為官時，得卓文君妝樓舊址，遂建小樓吟風閣，與朋友吟嘯其間。作雜劇三十二種，總名《吟風閣雜劇》。

(2)楊蓉裳：楊芳燦。見卷一‧二八注(17)。土宜：此指土產品。

(3)辛與苦：指蜀椒辛辣、雅蓮味苦。妙在語意雙關。

(4)紫玉：代指簫笛。古人多截紫竹為簫笛。

(5)樵青、漁童：唐肅宗賜張志和以奴婢各一，志和配為夫婦，奴號漁童、婢號樵青。人問其故，曰：「漁童使捧釣收綸，蘆中鼓枻；樵青使蘇蘭薪桂，竹裏煎茶。」

一八

隨園西有放生庵，余偶至其地，見僦居一寒士，衣敝履穿，几上有詩稿，題是〈夏日雜吟〉，云：「香焚寶鴨客吟哦，萬軸牙籤手遍摩。此事未知何日了，著書翻恨古人多。」余驚問姓名。曰：「丁珠(1)，字貫如，懷寧人，訪親不值，流落於此。」因小有饋贈，勸其攻詩。作札，薦與安慶太守鄭公時慶(2)。鄭拔作府案首入學，次年即舉鄉試。記其〈遣懷〉云：「我口所欲言，已言古人口。我手所欲書，已書古人手。不生古人前，偏生古人後。一十二萬年，汝我皆無有。等我再來時，還後古人否？」〈詠淮陰侯〉云(3)：「淮陰當窮時，乞食一餓殍。及其封王後，被誅尤草草。窮不能自保，達不能自保：萬古稱人傑，為之一笑倒。」陳古漁尤愛其「江心浪險鷗偏穩，船裏人多客自孤」之句(4)。

【箋注】

(1) 丁珠：字貫如，號西溪、星樹。清安徽潛山人。乾隆三十五年舉人。官靈州知州，改靈壁訓導。有《西溪詩草》。

(2) 鄭時慶：字華臣。山西文水人。雍正十一年進士。官金匱知縣、鳳陽知縣、安慶府知府、山東運河兵備道。

(3) 淮陰侯：即韓信。見卷五・五九注(5)。

(4) 陳古漁：陳毅。見卷一・五二注(3)。

一九

　　乙酉鄉試，徽州汪秀才廷昉(1)，以詩受業。〈路過淳安〉云：「扁舟一葉枕江濱，邑小如村俗尚淳。出郭千家圍竹木，浪遊五日識風塵。雲垂有腳疑成雨，水落無聲欲斷津。僂指故園歸信早，天涯極目倚閭人(2)。」俄而竟以丁憂歸(3)。

【箋注】

(1)汪廷昉：汪廷鉽，原名廷昉，字曉山，號研薌。安徽休寧人。乾隆四十二年拔貢。官蘇州、貴州知府。

(2)僂（lǚ）指：屈指而數。倚閭：倚門。指父母望子歸來心切。

(3)丁憂：遭逢父母喪事。

二〇

　　盧抱經學士，有《張遷碑》(1)，搨手甚工。其同年秦潤泉愛而乞之(2)，盧不與。一日，乘盧外出，入其書舍，攫至袖中。盧知之，追至半途，仍篡取還。未半月，秦暴亡。盧往奠畢，忽袖中出此《碑》，哭曰：「早知君將永訣，我當時何苦如許吝耶？今耿耿於心，特來補過。」取帖出，向靈前焚之。予感其風義，為作詩云：「一紙碑文贈故交，勝他十萬紙錢燒。延陵掛劍徐君墓(3)，似此高風久寂寥。」

【箋注】

(1) 盧抱經：盧文弨，字召弓，號磯漁，又號抱經。浙江餘姚人。乾隆三年舉人，十七年進士。授翰林院編修，歷官左春坊左中允、翰林院侍讀學士、廣東鄉試正考官、提督湖南學政。有《抱經堂集》、《龍城札記》等。張遷碑：即《漢故穀城長蕩陰令張君表頌》，亦稱《張遷表頌》。立於無鹽（今山東東平），現存於山東泰安岱廟。此處指碑帖。

(2) 秦潤泉：秦大士。見卷一·四二注(6)。

(3) 「延陵」句：《史記·吳太伯世家》載：春秋吳國延陵李子(季札)出使路過徐國，徐國國君很愛他的劍，季札已心許，等出使回來時，不料徐君已死，季札就把劍掛在徐君的墓樹上。後來成為對亡友守信的典故。

二一

　　盧抱孫先生轉運揚州(1)，名流畢集，極東南壇坫之盛(2)。己卯十月，余飲署中，見其少子謨，年甫十五六，玉雪可念(3)。後三十年，家籍沒矣。公子雖舉孝廉，而飄泊無歸。〈上渤海公〉二首，云：「城旦餘生剩貌孤(4)，十年飄泊到江湖。桐花久墮懷中羽，香飯誰拋屋上烏(5)？踽踽葛衣留凍骨，棲棲塞足耐征途。年來雞鶩同爭食，不是當年小鳳雛。」「拂拭知誰眼獨青？襤褸弱鳥許梳翎(6)。量來碧海輸愁淺，嗅到黃粱感涕零。將母誰憐棲逆旅？忍饑猶勉誦殘經。簫聲吹徹吳門市，敢望山陽舊雨聽(7)？」

【箋注】

(1) 盧抱孫：盧見曾。見卷二‧九注(1)。

(2) 壇坫（diàn）：指文壇。

(3) 盧謨：盧見曾次子。紀曉嵐婿。清山東德州人。監生。工詩善書。玉雪可念：生得潔白，如玉似雪，令人愛憐。

(4) 城旦：晨起築城。刑罰名，四年刑，始于秦。此指服勞役的刑罰。其父曾官兩淮鹽運使，以高宗追查歷任鹽政提引徵銀事伏法死。家人受累。藐孤：幼弱的孤兒。

(5) 桐花：唐李商隱詩句：「桐花萬里丹山路，雛鳳清於老鳳聲。」懷中羽：指鳳羽。早年曾被人比作雛鳳。屋上烏：舊題漢伏勝《尚書大傳‧牧誓‧大戰》：「愛人者，兼其屋上之烏。」後為成語「愛屋及烏」。

(6) 褵褷（líshī）：羽毛離披散亂的樣子。

(7) 山陽舊雨：山陽，晉嵇康、向秀、王戎等經常聚會之地，在河南修武境內。後代指故友聚會或懷念故友。舊雨，指舊友。

二二

用巧無斧鑿痕，用典無填砌痕(1)，此是晚年成就之事。若初學者，正要他肯雕刻，方去費心；肯用典，方去讀書。

【箋注】

(1) 用典：運用典故。

二三

寶山范秀才起鳳，字瘦生，有詩癖(1)。詠〈梅〉
云：「微月雲際升，獨鶴踏花影。」又：「風急眾香
齊渡水，夜深孤月獨當天。」皆可喜也。萬華峰應馨
贈云(2)：「瘦真同鶴立，命若與仇謀。」其困躓可
想。〈送別〉云：「酒惟可化當前淚，詩尚能傳別後
情。」詠〈桃源〉云：「樹木自生無稅地，子孫常讀
未燒書。」「避地不知誰日月，成仙可惜廢君臣。」
范後遭奇禍，竟得脫免，終落托以死(3)。

【箋注】

(1) 范起鳳：字紫庭，號瘦生。寶山(今上海市寶山縣)人。
　　諸生。沈德潛高弟。乾隆四十一年獻賦天津，為直省
　　進呈卷首，召試病免。有《瘦生詩鈔》。（光緒八年刊
　　《寶山縣誌》）

(2) 萬華峰：萬應馨，字泰維、華亭(一作華峰)。江蘇宜興
　　人。乾隆五十四年進士。官廣東仁化知縣。有《味餘樓
　　賸稿》、《雞肋編》。

(3) 落托：同落拓。貧困失意，景況淒涼。

二四

吳下進士蘇汝礪，宰黃陂(1)。有句云：「水面星
疑落，船頭樹似行。」與宋人「山遠疑無樹，湖平似
不流」相似(2)。吾鄉王麟徵有句云(3)：「鳥翻仍戀

樹，波定尚搖人。」與宋人「窺魚光照鶴，洗缽影搖僧」相似(4)。李鐵君(5)：「鬥禽雙墮地，交蔓各升籬。」與唐人「驚蟬移別樹，鬥雀墮閒庭」相似(6)。

【箋注】

(1) 蘇汝礪：字商弼、商卿，號漱亭。江蘇常熟人。乾隆十八年選貢。任遠安、枝江、黃陂知縣。工詩文，善書，有《操縵集》、《月當樓文鈔》、《哼瓠雜錄》。

(2) 「山遠」聯：《古今詩刪》和《唐詩紀事》皆說是唐・韋承慶〈淩朝浮江旅思〉詩。《石倉歷代詩選》說是唐・馬周(字賓王，清河人)〈淩朝浮江旅思〉詩。

(3) 王麐徵：王曾祥(1699-1756)，字麐徵(麟徵)，號茨簷。浙江仁和(今杭州)人。康熙末年諸生。工詩古文(參見卷一三・三八)。有《靜便齋集》。

(4) 「窺魚」聯：出自・宋魏野《疑山石泉》。

(5) 李鐵君：李鍇。見卷三・二七注(4)。

(6) 「驚蟬」聯：作者闕考。

二五

　　詩情愈癡愈妙。紅蘭主人〈歸途贈朱贊皇〉云(1)：「大漠歸來至半途，聞君先我入京都。此宵我有逢君夢，夢裏逢君見我無？」許宜媖〈寄外〉云(2)：「柳風梅雨路漫漫，身不能飛著翅難。除是今宵同入夢，夢時權作醒時看。」

【箋注】

(1)紅蘭主人：岳端(1670-1704)，或作藴端、袁端，字正
　子，一字兼山，號玉池生，又號紅蘭主人。清宗室，安
　和親王岳樂第三子。初封多羅勤郡王，降貝子，坐事革
　爵。有《玉池生稿》、《紅蘭集》、《蓼汀集》、《出
　塞詩》、《揚州夢》等。

(2)許宜媖：許權。見卷三·二〇注(1)。

二六

　　吳竹橋太史見訪湖上(1)，贈詩，有「湖氣逼人將
上樓」之句。范瘦生〈觀梅太湖〉亦云(2)：「湖光
都欲上樓來。」兩意相同。吳〈題揚州天寧寺〉云：
「鈴聲得露清如語，塔勢隨雲遠欲奔。」尤妙。

【箋注】

(1)吳竹橋：吳蔚光。見卷一·四一注(3)。
(2)范瘦生：范起鳳。見本卷二三注(1)。

二七

　　歐公學韓文(1)，而所作文，全不似韓：此八家中
所以獨樹一幟也。公學韓詩，而所作詩頗似韓：此宋
詩中所以不能獨成一家也。

【箋注】

(1)歐公：宋‧歐陽修。韓：唐‧韓愈。

按：袁枚主張學習古人，要得其精神、忘其形式，而不是機械模仿。否則，將不能流露真情，自成一家。

二八

七律始于盛唐，如國家締造之初，宮室粗備，故不過樹立架子，創建規模，而其中之洞房曲室，網戶罘罳(1)，尚未齊備。至中、晚而始備，至宋、元而愈出愈奇。明七子不知此理，空想挾天子以臨諸侯，於是空架雖立，而諸妙皆捐。《淮南子》曰(2)：「鸚鵡能言，而不能得其所以言。」

【箋注】

(1)網戶：指有鏤空花櫺的門，因花櫺如網而得名。罘罳（fúsī）：指宮闕中花格似網或有孔的屏風，以鏤木做成。

(2)淮南子：西漢淮南王劉安著。見卷二‧七○注(3)。

二九

朱竹君以學士降編修(1)，分校得老名士程魚門(2)，京師傳為佳話。歿後，張中翰塤哭以一

律(3)，後四句云：「丹旐書銘前學士(4)，青山送葬老門生。從今前輩無人哭，拼與先生淚盡傾。」瘦銅詩多雕刻，而此獨沉著。

【箋注】

(1) 朱竹君：朱筠，字美叔，又字竹君，號笥河。大興(今北京大興縣)人。乾隆十九年進士。授編修。進至日講起居注官、翰林院侍讀學士。曾出任四庫纂修官，督安徽學政，以過降級，復為編修。有《笥河文集》。

(2) 分校：稱科舉時校閱試卷的各房官。程魚門：程晉芳。見卷一·五注(1)。

(3) 張塤：字商言，號瘦銅、吟蘅。江蘇吳縣人。乾隆三十年舉人，三十四年進士。官內閣中書。學識淵博，考證金石書畫題跋，極為精詳，有《竹葉庵集》、《瘦銅詩草》、《西征錄》等。

(4) 丹旐(zhào)：舊時出喪所用寫明死者身份姓名的紅色旗幡。

三〇

　　鄭板橋愛徐青藤詩(1)，嘗刻一印云：「徐青藤門下走狗鄭燮。」童二樹亦重青藤(2)，〈題青藤小像〉云：「抵死目中無七子，豈知身後得中郎(3)？」又曰：「尚有一燈傳鄭燮，甘心走狗列門牆。」

【箋注】

(1) 鄭板橋：鄭燮。見卷五·五三注(2)。徐青藤：徐渭，

字文長，號天池山人、青藤道士。明山陰（今浙江紹興）
人。為諸生，有盛名，屢應鄉試不中，為總督胡宗憲聘
為幕府書記。一生潦倒，孤傲不羈，蔑視權貴，為曠
世逸才，工詩文書畫戲曲，有《徐文長集》、《四聲
猿》、《歌代嘯》、《南詞敘錄》等。

(2) 童二樹：童鈺。見卷二·七八注(1)。

(3) 七子：明七子。見卷一·三注(3)。中郎：此指袁中郎袁
宏道，初字孺修，改字中郎，號石公。明湖廣公安（今屬
湖北省）人。萬曆二十年進士。官終吏部驗封司郎中。為
公安派領袖，反對模擬古人，主張獨抒性靈，是晚明文
學革新思潮代表。有《袁中郎全集》。

三一

二樹名鈺，山陰詩人(1)。幼時，女史徐昭華抱置
膝上(2)，為梳髻課詩。及長，少所許可。獨於隨園
詩，矜寵太過。奈從未謀面。今春在揚州，特渡江見
訪。適余遊天台，相左。嗣後，寄聲欲秋間再來。余
以將往揚州，故作札止之。旋為他事滯留。到揚時，
則童已歿十日矣。聞其臨終時，簾開門響，都道余之
將至也。故余入哭，作挽聯云：「到處推袁，知君雅
抱千秋鑒；特來訪戴(3)，恨我偏遲十日期。」童病中
夢二叟，自稱紫閣真人、浮白老人，手牽鶴使騎。童
辭衣裝未備。真人曉以詩曰：「昔從赤身來，今從赤
身去。一絲且莫掛，何論麻與絮？不若五銖衣(4)，
隨風自高舉。」童答云：「多謝群真招我歸，殷勤持
贈五銖衣。相從化鶴吾真願，要傍先人隴上飛。」吟

畢，求寬期。紫閣真人立二指示之。果越二十日而
卒。

　　二樹臨終，滿床堆詩，高尺許。所以殷殷望余
者，為欲校定其全稿而加一序故也。余感其意，為編
定十二卷，作序外，錄其〈黃河〉云：「一氣直趨
海，中含萬古聲。劃開神禹甸，橫壓霸王城（5）。幾
見榮光出，剛逢徹底清（6）。浮槎如可借，應犯斗牛
行（7）。」〈金山〉云：「三山名勝豈尋常，彼岸居
然一葦航。重疊樓臺知地少，奔騰江海覺天忙。梵音
只許魚龍聽，佛面時分水月光。回首蓬萊應不遠，幾
聲長嘯極蒼茫。」五言如：「落花隨棹轉，隔樹看山
移。」「蟻閑緣水過，蜂健負花歸。」「山遠雲平
過，天空月直來。」〈觀潮〉云：「一氣自開闔，眾
星相動搖。」〈齒落〉云：「無煩重漱石，所恨不關
風（8）。」七言如：「秋聲如雨不知處，落月帶霜還照
人。」「風梅落紙畫猶濕，松雪撲弦琴一鳴。」「客
感每從孤館集，老懷常覺暮秋多。」「茶聲響雜花梢
雨，簾影晴通竹塢煙。」「詎有庚寅同正則？敢誇丁
卯是前生（9）。」「花猶解媚開如笑，水不忘情去有
聲。」皆可傳也。二樹畫梅，題七古一篇，疊「鬚」
字韻八十餘首，神工鬼斧，愈出愈奇。余雅不喜疊
韻，而見此詩，不覺嘆絕。易簀時（10），令兒扶起，
畫梅贈我。梅成，題詩三句，而氣絕矣。余裝潢作
跋，傳子孫，以表不識面之交情，拳拳如此。

【箋注】

(1)二樹：童鈺。見卷二·七八注(1)。

(2)徐昭華：字伊璧，號蘭癡、楓溪女史。清浙江上虞人。徵士徐咸卿女，諸生駱加采妻，為毛奇齡女弟子。詩名噪一時，兼擅書畫，有《徐都講詩》。

(3)訪戴：見卷四·三六注(2)。

(4)五銖衣：輕衣，傳說神仙所服。

(5)神禹甸：夏禹時，分中國為九州，稱為禹甸。霸王城：在河南鄭州滎陽縣城東北的廣武山上，有兩座遙遙相對的古城遺址，西邊的是漢王城，東邊的是霸王城，傳說是劉邦、項羽所築。

(6)榮光：彩色雲氣，古以為祥瑞。《初學記》引《尚書中侯》：「榮光出河，休氣四塞。」《拾遺記》曰：「黃河千年一清。聖人之大瑞也。」

(7)浮槎：傳說中來往于海上和天河之間的木筏。西晉·張華《博物志》載：某人居海渚，見浮槎去來，乃乘之而去。至一處，見城郭、織婦、牛郎牽牛飲水。後還家至蜀，才知所到之處乃天上銀河。

(8)漱石：原為「枕石漱流」。語本《世說新語》，以山石為枕，以溪流漱口，形容高潔之士的隱居生活。晉·孫楚年少時欲隱居不仕，將「枕石漱流」誤說成「漱石枕流」。不關風：語本俗語「牙齒落了不關風」。

(9)詎有：豈有，哪裡有。庚寅：古人視庚寅為吉日。屈原〈離騷〉：「惟庚寅吾以降。」可知屈原的生日在庚寅。正則，即屈原的嘉名。丁卯：晚唐·許渾自編《丁卯集》，潤州丹陽(今屬江蘇)有丁卯橋，建有許渾別墅，因以名集為《丁卯集》。許渾詩清新精巧，佳句甚多。此用「丁卯」代指許渾並喻指自己(童二樹)。

(10) 易簣（zé）：調換寢席。曾參病危時，讓曾元換下季孫
　　賜給的華美的竹席。按古時禮制，簣只用于大夫，曾參
　　未曾為大夫，不當用，所以臨終時要更換床席。見《禮
　　記・檀弓上》。後因以稱人病重將死為「易簣」。

三二

　　蕪湖觀察張茝亭先生(1)，性耽風雅，工詩善書。
有〈散步〉一首云：「霜林落葉點人衣，散步郊原
趁夕暉。禾熟更經新雨潤，雀馴常傍舊簷飛。餘霞近
水添紅艷，遠岫排空接翠微。洗卻纖塵天宇近，閑吟
不覺帶星歸。」乙酉秋，來江寧監試。余以竹葉裹粽
饋之，附詩云：「勸公莫負便便腹，不嚼紅霞嚼綠
雲。」公和云：「倘得攜筇親奉訪(2)，管教嚼盡嶺頭
雲。」

【箋注】

(1) 張茝（zhǐ）亭：張士範(1730-1793)，字仲謨，號芷
　　亭（芝亭），又號澹園。陝西蒲城人。乾隆二十一年舉
　　人。官安徽池陽郡守、蕪湖觀察。有《芝亭詩草》、
　　《澹園詩草》。

(2) 筇（qióng）：竹杖。

三三

漢軍董元鏡在京師市上買端硯(1)，中有黃氣一縷，即《硯譜》中所謂「黃龍」也。旁題云：「雖有虹貫日，竟無客入秦。可憐易水上，愁殺白衣人。(2)」

【箋注】

(1) 董元鏡：字觀我，一字用晦，號石芝。清漢軍正黃旗人。曾任都察院都事、戶部陝西司員外。耽六書古文，工篆刻。

(2)「雖有」四語：《史記‧魯仲連鄒陽列傳》說「昔者荊軻慕燕丹之義，白虹貫日」。此處喻硯及硯中黃氣一縷。並由此而發出以下的吟詠。視硯，如見白虹貫日，而不見荊軻，又由紙和筆聯想到白衣人太子丹等。戰國末年衛國人荊軻，奉燕太子丹之命謀刺秦王。臨行，太子丹率眾著白衣白冠送別于易水之濱。荊軻慷慨悲歌而行。河北易縣荊軻塔下的村子出產「中國十大名硯」之一的易水硯。據傳，製硯技藝隨製硯的奚家父子避亂南遷而傳至南方。

三四

尹文端公於近體詩(1)，推敲最細。常招陳太常星齋、申副憲笏山小集(2)。申和「廉」字云：「得天厚只論詩刻(3)，待客豐惟自奉廉。」余按：宋人亦有句云：「詩律傷嚴似寡恩(4)。」

【箋注】

(1) 尹文端：尹繼善。見卷一・一〇注(3)。

(2) 陳星齋：陳兆崙。見卷一・五〇注(1)。申笏山：申甫。
見卷一・六六注(11)。

(3) 刻：苛刻，嚴格。

(4)「詩律」句：出自宋・唐庚〈遣興〉詩。

三五

　　唐有無名氏詩云：「烈風拔大樹，未拔根已露。
上有寄生草，依依猶未悟。(1)」明季國事危矣，姚雪
庵大司馬在朝(2)，有友畫猴兒抱藤眠枯樹上寄之，題
云：「猴兒要醒而今醒，莫待藤枯樹倒時。」

【箋注】

(1)「烈風」詩：《全唐詩》卷七七五作唐備詩。〈道傍
木〉：「狂風拔倒樹，樹倒根已露。上有數枝藤，青青
猶未悟。」另：宋・晁迥《法藏碎金錄・卷八》與《宋
詩紀事》亦收此詩。

(2) 姚雪庵：似指姚子蓉，字梅長，號曉白，向佛後自號水
真。惠州府城人。曾官南明兵部司務。明亡後隱居惠州
姚坑清醒泉畔。有《醒泉詩集》。但是否指此人，尚有
兩點存疑：一、其號並非墨庵，而是其兄姚子萼的號。
二、官職並非兵部尚書，而是兵部司務。疑袁枚有所顧
忌，故意隱曲。

三六

白門張啟人句云(1):「書為重看多折角,詩因待酌暫存雙(2)。」陳古漁亦有句云(3):「卻恐好書輕看過,摺將餘頁待明朝。」

【箋注】

(1)張啟人:未詳。

(2)待酌:待斟酌、推敲。

(3)陳古漁:陳毅。見卷一·五二注(3)。

三七

桐城張文端公(1),賀同館翰林某新婚云:「坐對玉人無辨處,只分雲鬢與花鈿。」可想見其人之美。余,故史文靖公門生,而其子抑堂少司馬(2),則兒女親家也。壬寅二月,訪抑堂於溧陽,席間出文靖公《玉堂歸娶圖》,命題。畫美少年騎馬、行親迎禮於揚州許氏。事在康熙庚辰,公才十九歲,至今八十餘年矣。抑堂笑謂余曰:「親家當日亦係翰林歸娶。何不歸娶人題《歸娶圖》乎?」卷中前輩詩之最佳者:郭元釪云(3):「彩燈十道簇香輪,花滿游纓踏路塵。似有路人傳盛事,公然許史是天親(4)。」徐葆光云(5):「華燈夾道擁鳴騶,詔許乘鸞衣錦遊。十里珠簾春盡捲,誰家少婦不登樓?」蔣仁錫云(6):「宴罷

紅綾樂事賒(7)，翩翩走馬帽簷斜。似聞卻扇先私語，
誰奪迎門利市花(8)？」余題四絕，末一首云：「愧作
彭宣拜後堂，絕無衣缽繼安昌(9)。算來只有歸迎事，
曾學黃粱夢一場。」

【箋注】

(1) 張文端：張英。見卷二・五五注(3)。

(2) 史文靖：史貽直。見卷四・四一注(3)。史抑堂：史奕
　　昂，字吉甫，號抑堂。清江蘇溧陽夏莊人。史貽直次
　　子。袁枚次婿之父。官至兵部右侍郎。

(3) 郭元釪：見卷二・七五注(1)。

(4) 許史：漢宣帝時外戚許伯和史高的並稱。許為宣帝許皇
　　后家，史為宣帝祖母娘家。

(5) 徐葆光：榜姓潘，字亮直，號澄齋。江蘇吳縣人。康熙
　　五十一年進士。官編修，賜一品服，出使琉球，敕封國
　　王。有《中山傳信錄》、《二友齋集》、《海舶集》。

(6) 蔣仁錫：清直隸大興析津(今北京市西南隅)人。王士禎
　　弟子。有《綠楊紅杏軒集》。

(7) 紅綾樂事：《類說》引《紀異錄》：唐僖宗食餅餡美，
　　進士有聞喜宴，上各賜紅綾餅餡一枚。

(8) 卻扇：古代行婚禮時新婦用扇遮臉，交拜後去之。後用
　　以指完婚。利市：喜錢。

(9) 彭宣：字子佩。西漢淮陽陽夏(今河南太康)人。官至御
　　史大夫、大司空，封長平侯。王莽秉政時上書求退，歸
　　里講學、著述。《漢書》載：張禹有弟子彭宣、戴崇。
　　崇至，禹邀入後堂飲食，婦女相對，優人弦索，昏夜乃
　　罷。宣來，禹於便坐議論經義，未嘗得至後堂。安昌：
　　西漢經學家張禹，字子文。河內軹(今河南濟源東南)

人。專治《論語》，兼治《易》。成帝時，任丞相，封安昌侯。

三八

　　人問：「妓女始於何時？」余云：「三代以上，民衣食足而禮教明，焉得有妓女？惟春秋時，衛使婦人飲南宮萬以酒(1)，醉而縛之。此婦人當是妓女之濫觴。不然，焉有良家女而肯陪人飲酒乎？若管仲之女閭三百(2)，越王使罷女為士縫衽(3)：固其後焉者矣。」戴敬咸進士(4)，過邯鄲，見店壁題云：「妖姬從古說叢臺(5)，一曲琵琶酒一杯。若使桑麻真蔽野，肯行多露夜深來？」用意深厚，惜忘其姓名。

【箋注】

(1)南宮萬：春秋時宋(都于商丘)大夫。後弒君叛宋奔陳，陳使人將其灌醉後送回，被宋人誅死。

(2)管仲：見卷三·七六注(2)。女閭：官伎。

(3)罷(pí)女：指品德不佳的無行的女子。《國語·齊語》：「罷士無伍，罷女無家。」

(4)戴敬咸：戴祖啟，字敬咸，別字東田，號未堂。安徽休寧人，一作江蘇上元人。乾隆四十三年進士。官國子監學正。有《尚書涉傳》、《春秋測義》、《師華山房文集》等。

(5)叢臺：位於河北邯鄲市內，相傳戰國趙武靈王為觀看歌舞和軍隊操練，建築一系列相連的高臺，故名叢臺。

三九

　　霞裳從余遊琴溪歸(1)。次日，同遊之盛明經復
初以二律見投(2)。余問：「盛公何句最佳？」霞裳
應聲云：「惟『赤鯉去千載(3)，青山留一峰』。」
余曰：「然。果近太白。」後三日，路遇雨。霞裳
曰：「偶得『雨過濕雲忙』五字。」余極稱其得雨後
雲走之神，代作出句云：「風停乾鵲噪。」家春圃觀
察曰(4)：「『噪』字對不過『忙』字，為改『喜』
字。」霞裳〈過鄱陽湖〉云：「風能扶水立，雲欲帶
山行。」亦佳。

【箋注】

(1) 霞裳：劉霞裳。見卷二・三三注(2)。

(2) 盛復初：字子亨，號春谷。浙江秀水（今嘉興縣）人。乾
　　隆四十年掌教稷山書院，四十七年主涇縣雲龍書院。有
　　《春谷小草》、《春谷詩鈔》、《且種樹齋詩鈔》。明
　　經，對貢生的尊稱。

(3) 赤鯉：相傳戰國時期趙國琴高，因能鼓琴成為宋康王舍
　　人，浮游冀州涿郡間二百餘年，後入涿水取龍子，諸弟
　　子待于水旁，到約定日期，高果乘赤鯉而出，觀者萬餘
　　人，留一月，復入水去。（朱長文《琴史》）

(4) 春圃：袁枚堂弟袁鑑。見卷五・一注(1)。

四○

余在安慶許司獄席上，見小伶扇上畫一白頭公(1)，題曰：「山中一隻鳥，獨立心悄悄。所歡胡不來(2)？相思頭白了。」又〈題蠟嘴鳥〉(3)：「世味嚼來渾似蠟，莫教開口向人啼。」

【箋注】

(1) 白頭公：即白頭翁鳥。老時頭部羽毛變白，故名。

(2) 所歡：此指所愛之情侶。

(3) 蠟嘴鳥：嘴粗大呈黃色，如蠟，故名。多棲于山林、平原、村落高樹上，遍佈我國東北、沿海各省。此處所詠，妙在恰切且有韻外之旨。

四一

高文端公第七公子，字雨亭(1)，從京師寄小照索題，畫美少年，著縑單衣，坐松石上。余題就寄去，而公子死矣。其弟廣德搜其遺稿，屬余為序。錄其〈七夕〉一首，云：「女伴穿針乞巧時，半彎新月動相思。天邊星宿人間客，一樣明朝有別離。」詠〈柳〉云：「柳色連溪碧，依依傍玉臺。門前無知己，青眼為誰開(2)？」又：「懷人隨夢去，隔世帶愁來。」皆不似富貴人語。

【箋注】

(1)高文端：高晉（1707-1779），高佳氏。清滿洲鑲黃旗
　　人。由國子監入仕，官至兩江總督、文華殿大學士兼禮
　　部尚書。治河能臣。卒賜文端。高雨亭：如上。餘未
　　詳。

(2)青眼：早春初生的柳葉如人睡眼初展，因以為稱。雙關
　　柳眼與人眼。

四二

　　有某以詩見示，題皆「雁字」、「夾竹桃」之
類。余謂之曰：「尊作體物非不工；然享宴者，必先
有三牲五鼎(1)，而後有葵菹蚳醢之供(2)；造屋者，
必先有明堂大廈，而後有曲室密廬之備。似此種題，
大家集中非不可存；終不可開卷便見。韓昌黎與東野
聯句(3)，古奧可喜。李漢編集(4)，都置之卷尾：此
是文章局面，不可不知。」

【箋注】

(1)享宴：古謂帝王飲宴群臣。三牲：牛羊豕，俗謂大三
　　牲。豬魚雞，俗謂小三牲。

(2)葵菹（zū）：醃葵菜。蚳（chí）醢（hǎi）：蟻子醬。

(3)韓昌黎：韓愈。東野：孟郊。

(4)李漢：字南紀。少事韓愈，通古學，為人剛略如愈。第
　　進士。累遷左拾遺，宣宗召拜宗正少卿。曾編《昌黎先
　　生集》。

四三

凡作詩，寫景易，言情難。何也？景從外來，目之所觸，留心便得；情從心出，非有一種芬芳悱惻之懷，便不能哀感頑艷(1)。然亦各人性之所近：杜甫長於言情，太白不能也；永叔長於言情，子瞻不能也(2)。王介甫、曾子固偶作小歌詞(3)，讀者笑倒，亦天性少情之故。

【箋注】

(1) 芬芳悱惻：香草美人，溫婉纏綿。南朝梁‧裴子野〈雕蟲論〉：「古者四始六藝，總而為詩，既形四方之風，且彰君子之志，勸美懲惡，王化本焉。後之作者，思存枝葉，繁華蘊藻，用以自通。若悱惻芳芬，楚騷為之祖，靡漫容與，相如扣其音。」頑艷：艷麗。

(2) 永叔：歐陽修字永叔。子瞻：蘇軾字子瞻。

(3) 王介甫：王安石字介甫。曾子固：曾鞏字子固。

四四

甬東顧鑒沙(1)，讀書伴梅草堂，夢一嚴裝女子來見，曰：「妾，月府侍書女(2)，與生有緣。今奉敕賚書南海，生當偕行。」顧驚醒，不解所謂。後作官廣東，於市上買得葉小鸞小照(3)，宛如夢中人，為畫《橫影圖》索題。錢相人方伯有句云(4)：「怪他才解吟詩句，便是江城笛裏聲。」余按：小鸞，粵人，笄

年入道（5），受戒於月朗大師。佛法，受戒者，必先
自陳平生過惡，方許懺悔。師問：「犯淫否？」曰：
「徵歌愛唱《求凰曲》，展畫羞看《出浴圖》。」
「犯口過否？」曰：「生怕泥污嗔燕子，為憐花謝罵
東風。」「犯殺否？」曰：「曾呼小玉除花虱，偶掛
輕紈壞蝶衣。」

【箋注】

(1) 顧鑒沙：顧楓，字嵩喬，號松橋、鑒沙。浙江慈谿人。
　　乾隆間諸生。有《伴梅草堂詩存》、《秋竹詩稿》等。

(2) 月府：即月宮。

(3) 葉小鸞（1616-1632）：字瓊章、瑤期。明吳江（今屬江蘇）
　　人。葉紹袁、沈宜修之季女。工詩詞，善琴藝。十七歲
　　許崑山張立平為妻，未嫁而卒。有《疏香閣遺集》（一作
　　《返生香集》）。

(4) 錢相人：錢琦。見卷三・二九注(6)。

(5) 粵人：古民族名。居於江、浙、閩、粵一帶。笄年：謂
　　女子成年。葉小鸞實有其人，但一經演義故事，就說
　　法不一。葉小鸞父親是天啟進士。官工部主事，後棄官
　　養歸。乙酉之變，出家為僧。傳說葉小鸞將成年時，亦
　　曾出家為尼，受戒于月朗大師。此處以詩答問，殊有風
　　趣，不乏對假道學的機智嘲諷。

四五

　　余在杭州，杭人知作《詩話》，爭以詩來，求摘
句者，無慮百首。余只愛朱亦籛〈春晚書懷〉云(1)：

「春當三月原如客，人過中年欲近僧。」沈菊人一聯云(2)：「雙雀露濃移別樹，孤螢風靜引歸人。」福建女子林氏〈賀黃莘田重赴鹿鳴〉云(3)：「丹桂花開六十秋，振衣人到廣寒遊(4)。嫦娥細認曾相識，前度人來竟白頭。」

【箋注】

(1)朱亦籛（jiān）：朱彭，字亦籛，號青湖。清浙江錢塘人。歲貢生。以詩名于江浙間，有《南宋古跡考》、《吳山遺事詩》、《西湖遺事詩》、《抱山堂詩集》。

(2)沈菊人：沈萌，字遇春，號菊人。清浙江仁和人。

(3)黃莘田：黃任。見卷四‧四九注(1)。重赴鹿鳴：見卷四‧一五注(3)。

(4)丹桂：指登科及第之人。相傳月中有桂樹，因以月中折桂比喻科舉及第。廣寒：指月宮。喻鹿鳴宴。

四六

周德卿之言曰(1)：「文章徒工于外者，可以驚四筵，不可以適獨坐。」斯言也，余頗非之。文章非比陰德(2)，不求人知。景星慶雲(3)，明珠美玉，誰不一見即知寶貴哉？吟蛩唧唧，囈語惛惛，彼雖自鳴得意，豈足傳之不朽？得之雖苦，出之須甘；出人意外者，仍須在人意中：古名家皆然。況四座之驚，有知音，有不知音；獨坐之適，有敝帚之享，有寸心之知(4)：不可一概而論。

【箋注】

（1）周德卿：周昂，字德卿。金真定（今河北正定）人。年二十四中進士。官監察御史、六部員外郎、沁南軍節度同知。詩學杜甫，文崇韓愈。《中州集》錄其詩百首。

（2）陰德：暗中做的有德於人的事。

（3）景星慶雲：吉星祥雲，比喻吉祥的徵兆。

（4）敝帚：曹丕《典論・論文》：「里語曰：『家有敝帚，享之千金。』斯不自見之患也。」寸心：杜甫〈偶題〉：「文章千古事，得失寸心知。」

四七

司空表聖論詩(1)，貴得味外味。余謂今之作詩者，味內味尚不能得，況味外味乎？要之，以出新意、去陳言，為第一著。〈鄉黨〉云(2)：「祭肉不出三日；出三日，則不食之矣。」能詩者，其勿為三日後之祭肉乎！

【箋注】

（1）司空表聖：司空圖，見卷五・三三注(4)。

（2）鄉黨：《論語》篇章之一。

四八

博士賣驢，書券三紙，不見「驢」字(1)，此古人笑好用典者之語。余以為：用典如陳設古玩，各有攸宜(2)：或宜堂，或宜室，或宜書舍，或宜山齋；竟有明窗淨几，以絕無一物為佳者，孔子所謂「繪事後素」也(3)。世家大族，夷庭高堂(4)，不得已而隨意橫陳，愈昭名貴。暴富兒自誇其富，非所宜設而設之，置樴齏於大門，設尊罍於臥寢(5)：徒招人笑。吳西林云(6)：「詩以意為主，以辭采為奴婢。苟無意思作主，則主弱奴強，雖僮指千人(7)，喚之不動。古人所謂詩言志，情生文，文生韻：此一定之理。今人好用典，是無志而言詩；好疊韻，是因韻而生文(8)；好和韻，是因文而生情(9)。兒童鬥草(10)，雖多亦奚以為！」

【箋注】

(1)博士賣驢：詳見《顏氏家訓》。

(2)攸宜：所適宜。

(3)繪事後素：出自《論語·八佾》。歷來有兩種解釋：一、鄭玄注：「凡繪畫，先布眾色，然後以素分佈其間，以成其文，喻美女雖有倩盼美質，亦須禮以成之。」二、朱熹集注：「繪事，繪畫之事也；後素，後於素也。《考工記》曰：『繪畫之事後素功。』謂先以粉地為質，而後施五采，猶人有美質，然後可加文飾。」

(4)夷庭：平正。

(5)楲（wēi）窬（yú）：器具，馬桶。尊罍（léi）：泛指
　　酒器。

(6)吳西林：吳穎芳，見卷五・五七注(1)。

(7)僮指：僮僕，奴婢。

(8)疊韻：見卷一・六注(1)。

(9)和韻：見卷一・六注(1)。

(10)鬥草：亦稱鬥百草，古代端午節的一種遊戲。以草為比
　　賽物件，或鬥草的韌性，或鬥品種多寡，或巧對花草
　　名。

四九

　　欲作佳詩，先選好韻。凡其音涉啞滯者、晦僻
者，便宜棄舍。「葩」即「花」也，而「葩」字不
亮；「芳」即「香」也，而「芳」字不響：以此類
推，不一而足。宋、唐之分，亦從此起。李、杜大
家，不用僻韻；非不能用，乃不屑用也。昌黎鬥險，
掇《唐韻》而拉雜砌之(1)，不過一時遊戲：如僧家作
盂蘭會(2)，偶一佈施窮鬼耳。然亦止于古體、聯句為
之。今人效尤務博，竟有用之於近體者。是猶奏雅樂
而雜侏儒(3)，坐華堂而宴乞丐也，不已慎乎！

【箋注】

(1)昌黎：韓愈。唐韻：唐・孫緬撰。

(2)盂蘭會：即盂蘭盆會。佛教徒傳統節日，農曆七月十五
　　日。盂蘭，梵語意為「救倒懸」。設壇放焰，梵唄鐘

鼓，念經祭祀，賑孤施食，為亡魂超度。

(3)侏儒：古代表演雜伎或以滑稽動作引人笑樂的藝人。

五〇

唐人近體詩，不用生典(1)：稱公卿，不過皋、夔、蕭、曹(2)；稱隱士，不過梅福、君平(3)；敘風景，不過「夕陽」、「芳草」；用字面，不過「月露風雲」：一經調度，便日月斬新。猶之易牙治味(4)，不過雞豬魚肉；華陀用藥(5)，不過青粘漆葉：其勝人處，不求之海外異國也。余〈過馬嵬吊楊妃〉詩曰：「金鳥錦袍何處去？只留羅襪與人看(6)。」用《新唐書・李石傳》中語，非僻書也，而讀者人人問出處。余厭而刪之，故此詩不存集中。

【箋注】

(1)近體詩：見卷五・四〇注(2)。生典：生僻典故。

(2)皋夔：指遠古傳說中的皋陶、夔，均舜之臣，皋為刑官，夔為樂正。蕭曹：指漢初蕭何、曹參，均開國功臣。

(3)梅福：字子真。西漢九江壽春（今安徽壽縣）人。少學于京城長安，為郡文學，補南昌縣尉，後辭官歸里，王莽專權後，乃棄妻子隱居南昌西北飛鴻山，人以梅仙稱之。君平：嚴遵，字君平。蜀郡（今四川成都）人。西漢隱士，以卜筮自養，閉門著書，一生不仕。揚雄曾從其遊學，稱為逸民。有《道德真經指歸》。

(4)易牙：又名狄平，春秋時齊桓公的幸臣，以名廚著稱。

美味可口，鹹淡皆宜。為中國烹飪祖師。

（5）華陀：名敷，字元化。東漢名醫。沛國譙（今安徽亳縣）人。

（6）金鳥錦袍：《舊唐書》卷一百七十三、列傳第一百二十三載：「朕聞前時內庫唯二錦袍，飾以金鳥，一袍玄宗幸溫湯御之，一即與貴妃。」羅襪：此指楊貴妃死後留下的絲襪。劉禹錫〈馬嵬行〉：「不見巖畔人，空見淩波襪。」

五一

　　王夢樓云（1）：「詞章之學，見之易盡，搜之無窮。今聰明才學之士，往往薄視詩文，遁而窮經注史。不知彼所能者，皆詞章之皮面耳。未吸神髓，故易於決捨；如果深造有得，必愁日短心長，孜孜不及，焉有餘功，旁求考據乎？」予以為君言是也。然人才力各有所宜，要在一縱一橫而已。鄭、馬主縱（2），崔、蔡主橫（3），斷難兼得。余嘗考古官制，撿搜群書，不過兩月之久，偶作一詩，覺神思滯塞，亦欲於故紙堆中求之。方悟著作與考訂兩家，鴻溝界限，非親歷不知。或問：「兩家孰優？」曰：「天下先有著作，而後有書，有書而後有考據。著述始於三代六經（4），考據始于漢、唐注疏。考其先後，知所優劣矣。著作如水，自為江海；考據如火，必附柴薪。『作者之謂聖』，詞章是也；『述者之謂明』，考據是也（5）。」

【箋注】

(1)王夢樓：王文治。見卷二·三○注(1)。

(2)鄭馬：指東漢·鄭玄、馬融，均以治經考述源流著稱。

(3)崔蔡：指東漢·崔駰、蔡邕，均以文章描述當世著稱。

(4)三代：指夏、商、周三朝。六經：指詩、書、禮、樂、易、春秋。

(5)作者、述者：《禮記·樂記》：「故知禮樂之情者能作，識禮樂之文者能述。作者之謂聖，述者之謂明。」

五二

余任江甯時，送尹文端公移督廣州(1)，云：「天上本無常照月，人間還有再來春。」未五年，果仍督江南。

【箋注】

(1)尹文端：尹繼善。見卷一·一○注(3)。

五三

元相稱韓舍人詩(1)：「欲得人人服，能教面面全。」又曰：「玉磬聲聲徹，金鈴個個圓。」韓舍人，即昌黎也。昌黎硬語橫空，而元相以此二聯稱之。此中消息，非深於詩者不知。

【箋注】

(1)元相：元稹。見卷一・二○注(11)。長慶二年，與裴度同時拜相。因稱元相。此處所引二聯出自元稹〈見人詠韓舍人新律詩因有戲贈〉一詩。

按：深於詩者，才知詩藝的偏中之全、澀中之圓，全中得偏，偏表現為特色，圓中得澀，澀表現為陌生，然終不離全與圓，此即韓愈的盤空硬語。

五四

　　懷古詩，乃一時興會所觸，不比山經、地志，以詳核為佳。近見某太史〈洛陽懷古〉四首，將洛下故事，搜括無遺，竟有一首中，使事至七八者(1)。編湊拖沓，茫然不知作者意在何處。因告之曰：「古人懷古，只指一人一事而言，如少陵之〈詠懷古跡〉：一首武侯，一首昭君，兩不相屬也。劉夢得〈金陵懷古〉，只詠王濬樓船一事(2)，而後四句，全是空描。當時白太傅謂其『已探驪珠，所餘鱗甲無用。』(3)真知言哉！不然，金陵典故，豈王濬一事？而劉公胸中，豈止曉此一典耶？」

【箋注】

(1)使事：即用典故。

(2)劉夢得：劉禹錫。見卷一・四二注(10)。王濬：字士治。西晉弘農湖縣(今河南靈寶)人。晉武帝伐吳，濬與杜預等主戰，大造艦船，訓練水軍。後用計謀使吳軍鐵鎖沉江，率軍順江東下，直抵建業。吳亡。

(3)白太傅：白居易。驪珠：寶珠。傳說出自驪龍頷下。此
　　處喻精華內容。

五五

　　松江有徐媛者，十峰先生之女(1)。黃石牧太史
述其《續繡餘集》一絕云(2)：「仰視天無星，俯視
月如霜。月正人影短，月斜人影長。」其母張夫人能
詩(3)，所云《續繡餘》者，以母夫人先有此集名也。

【箋注】

(1)徐媛：徐賢，字省齋。清江南華亭（今上海松江縣西）
　　人。徐基女，貢生沈迪德妻。著《續繡餘草》。十峰：
　　徐基，字宗頊，號十峰、後坡。清華亭人。由嘉定學廩
　　貢生官蕭縣訓導，後歸新橋，閉戶讀書。集《赤壁賦》
　　中字，成詩文詞賦多篇，有《十峰集》。（光緒四年刊
　　《重修華亭縣誌》）

(2)黃石牧：黃之雋。見卷三‧一二注(2)。

(3)張夫人：張汝傳，張淵懿從女，徐基妻。著《繡餘草》
　　二卷。

五六

　　黃石牧太史未遇時，館于青浦盛氏。范笏溪先生
訪之，為閽人所阻(1)，懊惱而返。華亭至青浦，已百
里矣。黃知之，深不自安。贈詩云：「高鴻渺渺過無

跡，凡鳥匆匆去未題(2)。妒殺綠楊絲萬縷，曾牽范舸
在長堤(3)。」後海甯陳文簡公延石牧於家(4)，范所
薦也。范於黃為先輩。范卒後，黃為序其《四香樓詩
集》，而述其在葉忠節公席上〈贈欠山〉詩云(5)：
「有客夜歸迷舊路，隔村樹黑遠疑山。」

【箋注】

(1) 范笏溪：范纘，字武功，號笏溪。清江蘇婁縣人。太學
　　生。工詩書，善畫山水。有《四香樓集》。閽人：官
　　名，原為掌守王宮中門禁衛，後因稱守門人為閽人。

(2) 凡鳥：西晉時呂安訪問好友嵇康，恰巧康不在家，康弟
　　嵇喜出來迎接，呂安因嵇喜平庸而未進門，在門上寫了
　　一個「鳳」字就走了。「鳳」字可拆成「凡鳥」二字，
　　暗喻嵇喜為凡鳥，即平庸之輩。後因用「題鳳、題凡
　　鳥」喻指訪友不遇。

(3) 范舸：指范笏溪所乘船。

(4) 陳文簡：陳元龍。見卷四・二六注(1)。

(5) 葉忠節：葉映榴，一作葉應榴，字蒼巖，號丙霞。上海
　　人。順治十八年進士。官至湖北糧儲道。康熙二十七
　　年，死夏包子之役。贈工部右侍郎，諡忠節。有《葉忠
　　節公遺稿》。

五七

　　余幼時家貧，除「四書」、「五經」外，不知詩
為何物。一日，業師外出(1)，其友張自南先生攜書
一冊(2)，到館求售，留札致師云：「適有亟需，奉上

《古詩選》四本,求押銀二星(3):實荷再生,感非言馨。」予舅氏章升扶見之,語先慈曰(4):「張先生以二星之故,而詞哀如此,急宜與之。留其詩可,不留其詩亦可。」予年九歲,偶閱之,如獲珍寶。始《古詩十九首》,終於盛唐。伺業師他出,及歲終解館時,便吟詠而摹仿之。嗚呼!此余學詩所由始也。自南先生其益我不已多乎!

【箋注】

(1)業師:稱從而受業的老師。此指啟蒙老師史玉瓚。參見卷九‧一六。

(2)張自南:未詳。

(3)二星:即二兩。

(4)先慈:母親。

五八

阮亭尚書自言一生不次韻(1),不集句(2),不聯句(3),不疊韻(4),不和古人之韻(5)。此五戒,與余天性若有暗合。

【箋注】

(1)阮亭:王士禎。見卷一‧五四注(1)。次韻:指依仿他人詩中的韻字次第作詩。

(2)集句:採集古人現成詩句以成詩,亦稱「百家衣體」。

(3)聯句:詩人輪流分吟詩句,聯合而成的集體創作形式。

聯句有一遞一句者；有跨句者，如連作第二、三句；有
　　一人一聯者；有一人四句者。

(4)疊韻：此指用相同的韻字寫多首詩。

(5)和古人韻：依照古人詩之原韻作詩。

五九

　　甲辰秋，余在廣州，有傳蔣苕生物故者(1)。未
幾，接苕生手書，方知訛傳。到桂林，告岑溪令李獻
喬明府(2)。李喜，〈口號〉一絕云：「狂生有待兩
公裁，未便先期一獄摧。豈為路逢章子厚，端明已
自道山回(3)。」李心折袁、蔣兩家詩，與趙雲松同
癖(4)。

【箋注】

(1)蔣苕生：蔣士銓。見卷一·二三注(2)。物故：死亡。

(2)李獻喬：一作李憲喬，字子喬、義堂，號少鶴。山東高
　　密人。乾隆三十年拔貢，四十一年召試舉人。官岑溪知
　　縣、歸順知府。袁枚遊廣西，見其詩，嘆為今之蘇軾，
　　與之唱酬。有《少鶴內集》、《鶴再南飛集》、《龍城
　　集》、《賓山續集》等。

(3)章子厚：章惇，字子厚。北宋建州浦城(今屬福建)人。
　　徙居蘇州，博學善文。舉嘉祐進士。官至尚書左僕射，
　　兼門下侍郎。端明：指蘇東坡。蘇軾曾歷端明殿翰林侍
　　讀兩學士。馮夢龍《古今笑史》：蘇東坡在惠州，天下
　　傳其已死。後七年，北歸，時章丞相(章子厚)方貶雷
　　州。東坡見南昌太守葉祖洽，葉問曰：「世傳端明已歸

道山，今尚爾遊戲人間耶？」坡曰：「途中見章子厚，乃回返耳。」道山：舊稱人死，為歸道山。

(4)趙雲松：趙翼。見卷二‧三三注(3)。

六〇

余在桂林，淑蘭女弟子偶過隨園(1)，題壁見懷云：「為訪桃源偶駐車，仙雲何處落天涯？喜看幾筆簪花字，猶領春風護絳紗(2)。」「幾度蒙招未得過，居然人似隔天河。偷公朝考句。非關學得嵇康懶(3)，半為風多半病多。」

【箋注】

(1)淑蘭：指陳淑蘭。見卷三‧二〇注(3)。

(2)簪花字：古代書體的一種，指書法娟秀工整者為簪花字，或簪花格。絳紗：對師門、講席之敬稱。見卷二‧六〇注(2)。

(3)嵇康懶：三國魏名士嵇康在〈與山巨源絕交書〉中自稱「疏懶」，後用為作風懶散的典故。

六一

戊辰秋，余宰江寧，將乞病歸，適長沙陶士璜方伯調任福建(1)，路過金陵，謂余曰：「子現題升高郵州，憲眷如此(2)，年方三十，忽有世外之志，甚非所

望於賢者也。」余雖未從其言，而至今感其意。甲辰
在廣州，遇方伯之孫誦乃祖〈買書歌〉曰：「十錢買
書書半殘，十錢買酒酒可餐。我言舍酒僮曰否，咿唔
萬卷不療饑。斟酌一杯酒適口，我感僮言意厚。酒
到醒時愁復來，書堪咀處味逾久。淳于豪飲能一石，
子建雄才得八斗(3)。二事我俱遜古人，不如把書聊當
酒。雖然一編殘字半蠹魚，區區蠡測我真愚(4)，秦灰
而後無完書！」

【箋注】

(1) 陶士璜：一作陶士僙，字中少，號毅齋。湖南寧鄉人。
　　雍正元年舉人。歷官福建布政使。有《鳳岡詩鈔》、
　　《豫章集》等。

(2) 憲眷：此指上官的恩賜。

(3) 淳于：淳于髡(kūn)，戰國齊贅婿，滑稽多辨。髡勸齊
　　威王罷長夜之飲時曾說過「當此之時，髡心最歡，能
　　飲一石」。（見《史記》卷一百二十六〈滑稽列傳第
　　六十六〉）。子建：曹植。見卷二‧四七注(9)。

(4) 蠹魚：俗稱書蟲、衣魚。蛀衣蛀書。蠡測：用瓠瓢來測
　　量海水的深度，比喻見識短淺。

六二

同年李湖(1)，字又川，巡撫廣東，以清嚴為政。
輿人歌云(2)：「廣東真樂土，來了李巡撫。」聖眷甚
隆，而積勞成疾。薨時，香亭往送入殮(3)，見公面

目手足作黃金色，光耀照人，亦一奇也！巡撫貴州，〈入境口號〉云：「雙旌遙指貴陽城，紫蓋紅旗夾道迎。自愧書生當重任，不知何以報昇平！」

【箋注】

(1) 李湖：字又川。江西南昌人。乾隆四年進士。官至巡撫。多次出任封疆大臣，以清廉賢能著稱。謚恭毅。有《李恭毅遺稿》。

(2) 輿人：眾人。《國語‧楚語上》：「近臣諫，遠臣謗，輿人誦，以自詰也。」

(3) 香亭：袁樹。袁枚堂弟。見卷一‧五注(3)。

六三

周櫟園論詩云(1)：「學古人者，只可與之夢中神合，不可使其白晝現形(2)。」至哉言乎！

【箋注】

(1) 周櫟園：周亮工。見卷三‧一四注(1)。此處為襲用明人倪元璐語。《倪文貞集》卷七〈陳再唐海天樓書藝序〉云：「夫用古如懷遠人，可使其夢中神合，不可使其白晝形見魅出。」

(2) 「只可」二語：意謂：只能取其神，不能僅取其形。只能活學，不能照搬。夢中神合，是一種活的形象；白晝現形，只是鬼影綽綽。

六四

　　乙丑，余宰江寧。有張漱石名堅者，持故人陳長卿札(1)，求見，贈云：「他年霖雨知何處？記取煙波有釣徒(2)。」後歲丙子，同楊洪序來隨園(3)，年七十餘，喜所居不遠，月下時時過從。別三十年，杳無音耗。丙午二月，過洪武街，遇老人，乃其子也，方知先生八十三歲，委化陝中(4)。為黯然者久之。次日，其子抱先生全集，屬為點定。〈偶成〉云：「細雨瀟瀟欲曉天，半床花影伴書眠。朦朧正作思鄉夢，隔院棋聲落枕邊。」鄂文端公為蘇藩司(5)，選《南邦黎獻集》，擢君第三。

【箋注】

(1) 張漱石：張堅，字齊元，號漱石、洞庭山人。清江蘇上元（今南京）人。屢應鄉試不售，後焚稿出遊，轉徙齊魯燕豫間。雍正初，鄂爾泰任江蘇布政使，張堅受其賞識，詩賦三十餘篇被選入《南邦黎獻集》。後仍困頓，游于四方。有《玉燕堂四種》。陳長卿：陳滋，字長卿。清陽湖（今江蘇常州市）人。

(2) 霖雨：康熙〈賜大學士馮溥〉：「望切巖廊重，人思霖雨賢。」此喻袁枚。煙波釣徒：唐詩人張志和曾自稱「煙波釣徒」。後因以喻隱士。此為張堅自比。

(3) 楊洪序：未詳。

(4) 委化：隨順自然的變化；婉指死亡。

(5) 鄂文端：鄂爾泰。見卷一・一注(7)。藩司：明清時布政使的別稱，主管一省民政與財務的官員。

六五

苕生攜婦遊攝山(1)，余寄詩調之。苕生答云：「樵夫汲婦互穿雲，老佛低眉苦不分。客路偶然攜眷屬，遊蹤未必感星文(2)。漫勞史筆傳佳話，卻被山靈識細君(3)。誰與洪厓描小影？鹿皮冠伴水田裙(4)。」

【箋注】

(1) 苕生：蔣士銓。見卷一・二三注(2)。攝山：即今江蘇南京市東北棲霞山。

(2) 星文：星象，星神。

(3) 山靈：山神，山的精靈。細君：古稱諸侯之妻，後為妻的通稱。《漢書・東方朔傳》：「歸遺細君，又何仁也？」注：「細君，朔妻之名也。一說：細，小也。朔則自比于諸侯，謂其妻曰小君。」

(4) 洪厓：傳說為黃帝的樂官伶倫的仙號，修成仙道，在堯的時代已經三千歲了。後泛指超然世外、遨遊四方的人。此為苕生自喻。鹿皮冠：古代隱士以鹿皮做的帽子。水田裙：汲水女子所穿衣裙。回應首句的「樵夫汲婦」。

六六

余得紹興十八年《題名碑》(1)，朱子乃五甲進士也(2)。王蔚亭中翰戲題云(3)：「若使當時無五甲，先生也合落孫山(4)。」朱子小名沈郎，亦載碑中。

【箋注】

(1) 題名碑：進士及第後題名的碑石。此制源于唐，始于
宋，殿試榜發後，皆建碑於國子監，按新及第進士甲第
先後，刻姓名、鄉貫於碑上。

(2) 朱子：朱熹。見卷二·四四注(3)。五甲進士：宋代科
舉考試分進士等第為五等稱五甲。第一甲，賜進士及第
並文林郎；第二甲，賜進士及第並從事郎；第三、第四
甲，賜進士出身；第五甲，賜同進士出身。清代只有三
甲。

(3) 王葑亭：王友亮(1742-1797)，字景南，號葑亭。婺
源(今屬江西)人。乾隆四十六年進士。官至太僕寺少
卿、通政司副使。能詩，工文章。有《葑亭文集》、
《雙佩齋集》、《金陵雜詠》等。

(4) 落孫山：指未考中。見卷一·一○注(2)。

六七

　　武將能詩，皆由天授。劉大刀名綎，本姓龔，湖
廣人(1)。其七世孫某來作江甯都司，誦其先人遺句
云：「剪髮接韁牽戰馬，拆袍抽線補旌旗。胸中多
少英雄淚，灑上雲藍紙不知(2)！」戚繼光亦有警句
云(3)：「風塵已老塞門臣，欲向君王乞此身。一夜秋
霜零短鬢，明朝不是鏡中人！」

【箋注】

(1) 劉綎：字省吾。都督劉顯子。明南昌人。以蔭為指揮
使。為諸將中最驍勇者，所用鑌鐵刀一百二十斤，馬上

輪轉如飛，世稱「劉大刀」。以功累官左都督。與遼東
清兵力戰死。

(2) 雲藍紙：一種寫信寫詩專用的紙，藍色而有雲狀圖形的
麻紙。此句詩，句式結構一變，便變出奇特。究竟是紙
不知？是人不知？

(3) 戚繼光(1528-1587)：字元敬，號南塘。明山東登州人。
抗倭名將、軍事家。官至總兵。有《紀效新書》、《止
止堂集》。

六八

乾隆丙辰，唐公莪村為太常寺卿(1)。余鴻詞報
罷後，袖詩走謁，公奇賞之。次日，即托其西席朱君
佩蓮道意(2)，欲以從女見妻(3)。余以聘定辭，公為
惋惜。至今感不能忘，垂五十年矣。甲辰到端州，見
公〈贈關廟瑞公上人〉一律云：「何因來古寺？冷落
二年羈。性拙宜僧朴，身危仗佛慈。險夷無定象，夢
幻有醒時。一笑成今別，前途最汝思。」紙尾註云：
「甲子冬，緣事來肇慶，羈棲二年。今丙寅夏，將之
任山左，賦詩留別。」蓋公任廣西方伯時，待鞫到此
所作(4)。後巡撫江西，三仕三已，以官壽終。名綏
祖，揚州人。

【箋注】

(1) 唐莪村：唐綏祖，字孺懷，號莪村。江蘇江都人。康熙
五十六年舉人。曾授太常寺少卿，官至西安布政使。操
守清白，坐事落職四次，然卒起用。能文，而為政事所

掩。

(2) 西席：家庭教師。朱佩蓮：字玉階，號東江、稼經。清浙江海鹽人。能詩。

(3) 從女：侄女。

(4) 待鞫（jū）：等待審理案件。

六九

余過永州，時值冬月，遠望禿樹上立數鷺鷥(1)，疑是木蘭花開，方憶戴雪村先生「高湍散作低田雨，白鳥棲為遠樹花」二句之妙(2)。

【箋注】

(1) 鷺鷥：鷺。因其頭頂、胸、肩、背部皆生長毛如絲，故稱。

(2) 戴雪村：戴瀚。見卷一・六四注(5)。高湍：高處急流的水。

七〇

周元公云(1)：「白香山詩似平易，間觀所存遺稿，塗改甚多，竟有終篇不留一字者。」余讀公詩云：「舊句時時改，無妨悅性情(2)。」然則元公之言信矣。

【箋注】

(1)周元公：此處頗有出入——周元公，為北宋著名理學家周敦頤，卒賜元公。但，汪立名編《白香山詩集》，在〈詩解〉詩後，按：平園周必大曰：「香山詩語平易，疑若信手而成者，間觀遺稿，則竄定實多，觀此詩信然。」（周必大，字子充、洪道，晚號平園老叟，宋吉州廬陵人。）另有一說：宋·胡仔《漁隱叢話前集》卷八：張文潛云：「世以樂天詩為得於容易，而未嘗於洛中一士人家，見白公詩草數紙，點竄塗之，及其成篇，殆與初作不侔。」宋·魏慶之《詩人玉屑》所載亦如此。至於「有終篇不留一字者」，據多種書載，是評論歐陽修作文之語。

(2)「舊句」聯：出自白居易〈詩解〉。

七一

　　王荊公矯揉造作(1)，不止施之政事也。王仲圭「日斜奏罷〈長楊賦〉，閑拂塵埃看畫牆」句(2)，最渾成。荊公改為「奏賦〈長楊〉罷」，以為如是乃健。劉貢父「明日扁舟滄海去，卻從雲裏望蓬萊」(3)，荊公改「雲裏」為「雲氣」，幾乎文理不通。唐劉威詩云(4)：「遙知楊柳是門處，似隔芙蓉無路通。」荊公改為「漫漫芙蓉難覓路，蕭蕭楊柳獨知門。」蘇子卿詠〈梅〉云(5)：「祇應花是雪，不悟有香來。」荊公改為「遙知不是雪，為有暗香來。」活者死矣，靈者笨矣！

【箋注】

(1) 王荊公：王安石。見卷一・四六注(2)。

(2) 王仲圭：王欽臣，字仲至（「圭」疑誤）。宋應天府宋城（今河南商丘）人。以父蔭入官，文彥博薦試學士院，賜進士及第。有《廣諷味集》。今存詩十餘首。

(3) 劉貢父：北・宋劉攽。見卷五・三四注(5)。

(4) 劉威：唐會昌時詩人，終生不得志，飄泊南北，曾遠至塞上，後窮老而終。其詩多羈旅失意之悲。

(5) 蘇子卿：南朝時陳人，生卒籍貫不詳，今存詩五首。

七二

　　余遊南嶽，往謁衡山令許公。其僕人張彬者(1)，沅江人，年二十許，見余名紙，大喜，奔告諸幕府，以得見隨園叟為幸。既而許公招飲，命彬呈所作詩，有「湖邊芳草合，山外子規啼」、「遠岫碧雲高不落，平湖螢火住還飛」之句：果青衣中一異人也(2)。性無他嗜，酷好吟詠，主人賞婚費，乃不聘妻，而盡以買書。

【箋注】

(1) 張彬：生平如上。餘未詳。

(2) 青衣：指穿青衣或黑衣的人。此指僕人。

七三

全祖望字謝山(1)，以丙辰春闈先入詞館，故九月間不與鴻博之試。丁巳散館外用，謝山不樂，賦詩呈李穆堂侍郎云(2)：「生平坐笑陶彭澤，豈有牽絲百里才(3)？秫未成醪身已去，先幾何待督郵來(4)？」有乩仙傳謝山為錢忠介公後身者(5)，故有〈舉子〉詩云：「釋子語輪回(6)，聞之輒加嗔。有客妄附會，云我具夙根。琅江老督相(7)，於我乃前身。一笑妄應之，燕說謾云云(8)。」按謝山年三十六，方娶滿洲學士春臺之女(9)，逾年舉子。時忠介公後人名芍亭者，侵晨入賀。謝山驚曰：「何知之神耶？」芍亭曰：「夜來寒影堂中，不知何人揚言曰：『謝山得子。』故來賀耳。」此事，朱心池為余言之(10)。余悔在都見謝山時，不曾一問。

【箋注】

(1)全祖望：見卷五・七三注(4)。

(2)李穆堂：李紱。見卷四・七三注(4)。

(3)陶彭澤：指晉・陶潛，曾為彭澤令。牽絲：五代・王仁裕《開元天寶遺事》卷上載，唐宰相張嘉貞想擇郭元振為婿，因命五個女兒各牽一色絲線，請郭元振在幔外牽絲為定，結果選中第三個女兒。後因以代稱婚姻締結。百里才：舊指能治理一縣之事的人才。全祖望為乾隆元年進士。選翰林院庶吉士，因受大學士張廷玉排斥，以知縣用。遂歸里，不出。所以發牢騷說：我哪有郭元振被宰相相中的才華，也哪裡有治理一縣的才能。

(4) 秫未成醪：梁米還未做成酒。陶淵明做彭澤令時，教官田都種秫，以便做酒。酒未做成，就辭官歸里。先幾：預先洞知細微。督郵：郡太守的屬吏，督送郵書外，並代表太守督察縣鄉，宣達教令，兼掌獄訟捕亡等事。

(5) 乩（jī）仙：扶乩時請托的神靈。乩為舊時迷信者求神降示的一種方法。錢忠介：錢肅樂，字希聲，一字虞孫，號止亭。南明浙江鄞縣芍藥沚（今寧波）人。崇禎十年進士。累官刑部員外郎。杭州陷，擁魯王抗清。官東閣大學士兼吏部尚書。卒殯琅江，諡忠介。有《正氣堂集》。

(6)「釋子」句：佛教有生死輪回之說。故有人相傳全祖望是同鄉錢忠介托生而來。全祖望不信此說。

(7) 琅江老督相：指錢忠介。琅江堂，即正氣堂，錢忠介室名。（據南京大學出版社出版王永健《全祖望評傳》）

(8) 燕說：郢書燕說，郢人夜書燕相國書，火不明，謂持燭者云：「舉燭」，因誤將「舉燭」書入，而燕相則解釋為尚明、任賢之義。典出《韓非子‧外儲說》。後比喻穿鑿附會，扭曲原意。

(9) 春臺：字錫祺，姓索佳士。滿洲正黃旗人。康熙五十二年進士。官至翰林院侍讀學士。

(10) 朱心池：朱錦，字心池。清江蘇上海人。曾在桂林，與袁枚有文酒之會（見本書卷一○‧六七）。

七四

　　余在粵，自東而西，常告人曰：「吾此行，得山西一人，山東一人。」山西者，普寧令折君遇蘭(1)，

字霽山；山東者，岑溪令李君憲喬(2)，字義堂。二人詩有風格，學有根柢，皆風塵中之麟鳳也。折君見贈五首，錄其二云：「南國多芙蓉，北地饒冰雪。風土固自殊，氣類有差別。如何邂逅間，投契若符節(3)？蘭馨蕙自芬，松茂柏乃悅。物理有如斯，心知不容說。」「經年廢吟詠，對客類瘖瘂。豈無風人懷？所嗟和者寡。今逢袁夫子，方寸有爐冶。隻字精搜羅，篋衍重包裹(4)。敬宗詎不聰(5)？能知世有我。自慚苦窺姿(6)，一顧成碩果。於我雖無加，益以成公大。誰能充是心，用以宰天下？」李君于余起行時，道送不及，到泉州後寄詩云：「岸邊雙樹林，來對兀沉沉。掛席去已遠，別醪空自斟。煙寒過客少，江色暮樓深。誰識此時際，寥寥千載心(7)？」〈湘上〉云：「孤月無人處，扁舟先雁來。」皆高淡可喜。

【箋注】

(1)折遇蘭：字佩湘，號霽山。山西陽曲人。乾隆二十五年進士。官廣東揭陽、普甯等知縣。篤學工詩。有《看雲山房詩草》。

(2)李憲喬：見本卷五九注(2)。

(3)符節：古代符信之一種，以金玉竹木等製成，上刻文字，分為兩半，使用時以兩半相合為驗。

(4)篋衍：方形竹箱，盛物之器。

(5)敬宗：許敬宗。杭州新城人。唐十八學士之一，官至中書令、右相、太子少師。宋‧朱勝非撰《紺珠集》卷三：「唐許敬宗性輕，見人多忘之，或謂其不聰，乃曰：卿自難記，若遇曹劉沈謝，暗中摸索亦可識也。」

(6)苦窳（yǔ）：器物粗劣，多疵病。詩人自比。

(7)寥寥：寂寞。

七五

　　己亥三月，小住西湖。有李明府名天英者(1)，號蓉塘，四川詩人，特來見訪。錄其〈雪後寄施南田〉云：「雪汁初融瓦，寒光已在天。大江回望處，清影兩蕭然。忽發山陰興，思乘訪戴船(2)。風濤夜未息，目斷小姑前(3)。」他如：「遠夢搖孤榜(4)，殘星落酒旗。」「野鷗時避槳，旅雁自為群。」李松圃郎中稱其詩有奇氣(5)。信然。

【箋注】

(1)李天英：字星九，號約庵、蓉塘。四川永川人。乾隆二十一年舉人。官貴州開泰知縣。罷官後，遊歷吳越，益以詩自豪。後歸里，主東川書院。有《居易堂詩鈔》、《平山堂倡和詩》。（見光緒《永川縣誌》）

(2)訪戴：指訪友。見卷四‧三六注(2)。

(3)小姑：即小姑山，又名小孤山。見卷二‧二四注(1)。

(4)孤榜：孤舟。

(5)李松圃：李秉禮（1748-1830），字松圃、敬之，號韋廬。清江西臨川人。官刑部江蘇司郎中。告歸後僑寓廣西桂林。工詩，善書畫。有《韋廬詩內外集》。

七六

金陵閨秀陳淑蘭(1)，受業隨園，繡詩見贈云：
「儂作門生真有幸，碧桃種向彩雲邊(2)。」張秋厓孝
廉見而和云(3)：「書生未列扶風帳(4)，慚愧佳人賦
彩雲。」秋厓詩筆清雅，〈鄮城九日〉句云：「楓葉
落殘孤閣雨，菊花開盡故鄉心。」

【箋注】

(1)陳淑蘭：見卷三・二〇注(3)。

(2)「碧桃」句：典出唐・高蟾詩〈下第後上永崇高侍
　　郎〉：「天上碧桃和露種，日邊紅杏倚雲栽。」碧桃，
　　指新進士；這裏比喻弟子自己。彩雲，指朝廷恩遇；此
　　處喻老師袁枚。

(3)張秋厓：未詳。

(4)扶風帳：指師長講席。見卷二・六〇注(2)。

七七

明鄭少谷詩學少陵(1)，友林貞恒譏之曰(2)：
「時非天寶，官非拾遺(3)，徒托於悲哀激越之音，可
謂無病而呻矣！」學杜者不可不知。

【箋注】

(1)鄭少谷：鄭善夫，字繼之，號少谷。明閩縣（今福建福
　　州）人。明孝宗弘治十八年進士。官至禮部主事。詩學杜

甫，多憂國傷時之作，有《鄭少谷集》。《四庫全書總
目提要》說：林貞恒《福州志》病其時非天寶，地遠拾
遺，為無病而呻吟。然武宗時奄豎內訌，盜賊外作，詩
人蒿目，未可謂之無因。林則徐題其詩冊云：「草堂瓣
香有真髓，黃河冰色非知言。」（林則徐《鄭少谷先生詩
冊，為陳望坡中丞題》）

(2) 林貞恒：林燫，字貞恒。明嘉靖進士。授檢討。嚴嵩專
　　權，不依附。嵩敗，擢洗馬、祭酒，萬曆中官至南京禮
　　部尚書。有《學士集》。

(3) 天寶：唐玄宗的第三個年號，其間發生安史之亂，唐朝
　　由盛轉衰。拾遺：諫官。杜甫曾任左拾遺。

七八

　　康熙間，杭州林邦基妻曾如蘭能詩(1)。邦基死，
招之相從。曾矢之曰：「有如皎日。」後立其兄子
光節，葬畢舅姑，吞金而亡。吟詩曰：「鏡裏菱花
冷(2)，三年淚未乾。已終姑舅老(3)，復咽雪霜寒。
我自歸家去，人休作烈看。西陵松柏古(4)，夫子共盤
桓。」一時和者數百人。未死前十日，先具牒錢塘令
周公。周加批，用駢語慰留之，竟不從而死。可謂從
容之至矣！

【箋注】

(1) 曾如蘭：曾子駿女，清初長樂（今福建長樂縣）人。嫁
　　後，長期寓居杭州。夫妻情好甚篤。夫亡，誓以身殉，
　　被家人和縣令勸阻。三年後，公公去世，喪葬畢，遂絕

食十四日題詩而卒。

(2)菱花冷：菱花鏡已長期不用。

(3)舅姑：公婆。公婆都已被侍奉到老。

(4)西陵：在杭州西湖的西畔，亦作「西泠」。

七九

　　詩分唐、宋，至今人猶恪守。不知詩者，人之性情；唐、宋者，帝王之國號。人之性情，豈因國號而轉移哉？亦猶道者，人人共由之路，而宋儒必以道統自居(1)，謂宋以前直至孟子，此外無一人知道者。吾誰欺？欺天乎？七子以盛唐自命(2)，謂唐以後無詩，即宋儒習氣語。倘有好事者，學其附會，則宋、元、明三朝，亦何嘗無初、盛、中、晚之可分乎？節外生枝，頃刻一波又起。《莊子》曰：「辨生於末學(3)。」此之謂也。

【箋注】

(1)道統：儒家傳道的系統。

(2)七子：指明七子。見卷一‧三注(3)。

(3)辨生於末學：《莊子》一書無此語。韓愈〈讀墨子〉：「余以為辯生於末學，各務售其師之說，非二師之道本然也。」意謂：爭辯產生於後來人的學說。末學，即末節之學，不是本意。

按：詩分唐宋之說，可參見錢鍾書《談藝錄》。

余引泉過水西亭(1)，作五律，起句云：「水是悠悠者，招之入戶流。」隔數年，改為：「水澹真吾友，招之入戶流。」孔南溪方伯見曰(2)：「求工反拙，以實易虛，大不如原本矣！」余憬然自悔，仍用前句。因憶四十年來，將詩改好者固多，改壞者定復不少。

【箋注】

(1)水西亭：隨園內的一處景點。

(2)孔南溪：孔傳炯，字振斗，號曜南、南溪。山東曲阜人。乾隆四年進士。曾任揚州、淮安、蘇州知府，官至江寧布政使。

八一

　　詩人用字，大概不拘字義。如上下之「下」，上聲也；禮賢下士之「下」，去聲也。杜詩：「廣文到官舍，繫馬堂階下(1)。」又：「朝來少試華軒下，未覺千金滿高價(2)。」是借上聲為去聲矣。王維：「公子為嬴停四馬，執轡愈恭意愈下(3)。」是借去聲為上聲矣。

【箋注】

(1)「廣文」聯：出自杜甫〈戲簡鄭廣文兼呈蘇司業〉一

詩。

(2)「朝來」聯：出自杜甫〈驄馬行〉一詩。

(3)「公子」聯：出自王維〈夷門歌〉一詩。

八二

時文之學(1)，有害於詩；而暗中消息，又有一貫之理。余案頭置某公詩一冊，其人負重名。郭運青侍講來(2)，讀之，引手橫截於五七字之間，曰：「詩雖工，氣脈不貫(3)。其人殆不能時文者耶？」余曰：「是也。」郭甚喜，自誇眼力之高。後與程魚門論及之，程亦韙其言(4)。余曰：「古韓、柳、歐、蘇，俱非為時文者，何以詩皆流貫？」程曰：「韓、柳、歐、蘇所為策論應試之文，即今之時文也。不曾從事於此，則心不細，而脈不清。」余曰：「然則今之工于時文而不能詩者，何故？」程曰：「莊子有言：『仁義者，先王之蘧廬也；可以一宿，而不可以久處也(5)。』今之時文之謂也。」

【箋注】

(1)時文：八股文的別名，明、清兩代科舉考試時規定的應考文體。最初八股考試命題採用經書中人倫治道之言，應試者據以敷陳經義，代聖賢立言，稱為制義。明、清時科舉考試亦多取四書中的語句命題，故稱為四書文。文章結構可分為破題、承題、起講、提比、虛比、中比、後比、大結八部分，全文對格式、體裁、用語、字

數有嚴格規定。或稱為八比文、制藝、時藝、時文。

(2)郭運青：疑即郭肇鑌，字韻清，一字奉墀（鳳池）。安徽
　　全椒人。乾隆二年進士。散館授檢討，官至侍講。著有
　　《佛香閣詩文集》、《鳳池詩集》。

(3)氣脈：謂詩文的氣勢、結構、脈絡。

(4)程魚門：程晉芳。見卷一・五注(1)。韙(wěi)：同意。

(5)「仁義者」數語：出自《莊子・天運》。意謂：仁義是
　　先王的旅舍，只可以停留一宿，而不可以久居。蘧廬，
　　古代驛傳中供人休息的房子，猶今言旅館。

八三

　　前朝番禺黎美周(1)，少年玉貌，在揚州賦〈黃
牡丹〉詩，某宗伯品為第一人，呼為「牡丹狀元花主
人」。鄭超宗(2)，故豪士也，用錦輿歌吹，擁「狀
元」遊廿四橋。士女觀者如堵。還歸粵中，郊迎者
千人。美周被錦袍，坐畫舫，選珠娘之麗者，排列兩
行，如天女之擁神仙。相傳：有明三百年真狀元，無
此貌，亦無此榮也。其詩十章，雖整齊華贍，亦無甚
意思。惟「窺浴轉愁金照眼，割盟須記赭留衣」一
聯(3)，稍切「黃」字。後美周終不第，陳文忠薦以
主事(4)，監廣州軍，死明亡之難。〈絕命詞〉云：
「大地吹黃沙，白骨為塵煙。鬼伯舐復厭，心苦肉
不甜。」一時將士為之隕涕。此外，尚有「蓮花榜
眼」，其詩不傳。

【箋注】

(1) 黎美周：黎遂球，字美周。明番禺（今廣東廣州）人。崇禎舉人。工詩古文，善畫山水。明末，出任兵部職方司主事，提督廣東，率兵援贛州時，城破殉節，贈兵部尚書，謚忠愍。有《蓮須閣詩文集》、《易史》等。

(2) 鄭超宗：鄭元勳，字超宗，號惠東。明末徽州歙縣人。僑居揚州。結納文士，以詩文自適。崇禎十六年進士。

(3) 窺浴：喻楊貴妃沐浴於驪山溫泉。唐開元中禁中重牡丹，沉香亭月前花下，唐玄宗命宣賜李白，李白應詔進清平樂詞三章，詩中以牡丹比楊貴妃。金照眼：切「黃牡丹」。令人看到黃牡丹之色如金，還可聯想起金戈鐵馬，金為兵器。唐宮的享樂，造成安祿山之亂。張俞《驪山記》載：民間獻黃牡丹花，面幾一尺，高數寸，帝未及賞，為鹿（暗指安祿山）銜去。割盟：割臂盟，春秋時魯莊公愛大夫党氏的女兒孟任，孟任於是「割臂盟公」。後因稱男女相愛、私下訂立婚約為割臂盟。此指楊貴妃與唐明皇山誓海盟故事。郭功父詩云：「卻憶沉香亭北畔，輕紅曾照赭黃衣。」赭黃衣，皇帝的衣服。此處變為「赭留衣」，可指唐玄宗，也可指另一典故：《驪山記》載，貴妃勻面，口脂在手，印於花上。詔於先春館栽，來歲花開，上有指印紅迹，帝名為一捻紅。

(4) 陳文忠：陳子壯，字集生，號秋濤。明南海（今廣東廣州）人。萬曆四十七年進士及第。授翰林編修，官至東閣大學士，兼兵部尚書。抗清兵敗，不屈而死，贈番禺侯，謚文忠。有《練要堂集》、《秋痕集》、《南宮集》等。

八四

廣西岑溪縣最小且僻，有諸生謝際昌者，送其邑宰李少鶴云(1)：「官貧歸棹易，民愛出城難。」此生可謂陽山之區冊矣(2)。或〈贈查聲山宮詹〉云(3)：「地高投足險，恩重乞身難(4)。」

【箋注】

(1) 謝際昌：如上，餘未詳。李少鶴：李憲喬。見本卷五九注(2)。

(2) 區冊：唐廣東南海人。喜讀書，操持雅飭，下筆為詞章千百言，滾滾不休。貞元十九年，韓愈貶陽山令，冊冒險往陽山師愈，愈極加稱許。及冊歸省，親為文送之，其見重於愈如此。

(3) 查聲山：查昇（1662-1707），字仲韋，一字漢中，號聲山。浙江海寧人。康熙二十七年進士。授編修，入直南書房。累官至少詹事。負詩文盛名，尤工書法。有《淡遠堂集》。

(4) 乞身：古代指官員請求退職。

八五

甲戌春，余與張司馬芸墅遊棲霞(1)，見僧雛墨禪(2)，才七歲。其時，山最幽僻，遊者絕稀，惟揚州商人構靜室數間，春秋一到而已。自尹文端公請聖駕巡幸(3)，乃增榮益觀。方修葺時，余屢從公遊，有「山似人才搜更出」之句。其時墨禪漸長成，花前

燈下，時時以一聯相示。隨入京師。別十餘載，丁未秋相見於紫峰閣下，則年已三十九矣。追談往事，彼此愴然。誦其〈盤山〉詩云：「偶來浮石上，疑是泛滄浪。一鳥墮寒翠，千峰明夕陽。無人垂釣去，有約看雲忙。即此愜真賞，蕭然世慮忘。」其他如：「樹隨匡脚斷，山到寺門深。」「月白鳥疑晝，山空樹欲秋。」「樹偏饒曲折，僧不礙逢迎。」皆可愛也。相別又一年，遽示寂而去。

【箋注】

(1) 張芸墅：張汝霖（1709-1769），字雲樹，一字芸墅，號桃園、柏園、西阪。安徽宣城人。雍正十三年拔貢。歷任廣東河源、香山、陽春知縣，澳門同知。善詩文。有《張汝霖詩文集》、《張氏詩說》。司馬：官名，即同知。棲霞：棲霞山，古名攝山、傘山，在江蘇省南京市東北郊棲霞鎮。中峰西麓有棲霞寺，建于南朝齊。山以寺為名。

(2) 墨禪：未詳。與愛新覺羅·永忠有詩來往。（見《延芬室集》）

(3) 尹文端：尹繼善。見卷一·一〇注(3)。

八六

尹公三次迎鑾(1)。幽居庵、紫峰閣諸奇峰，皆從地底搜出，刷沙去土，至三四丈之深。所用朱龍鑒、莊經畬、潘涵等州縣官(2)，皆一時名士。又嫌

攝山水少，故於寺門外開兩湖，題曰「彩虹」、「明
鏡」。余戲呈詩云：「尚書抱負何曾展，展盡經綸在
此山(3)。」

【箋注】

(1)迎鑾：迎接皇帝。鑾，鑾駕，皇帝的車駕。

(2)朱龍鑒：字又雲，號蒙溪。清婁縣（今屬上海松江）人。
由望江知縣擢池州通判。工詩，善山水，所繪《攝山勝
引圖》，煙雲翁鬱，松竹蕭疎。莊經畬：見卷三・五二
注(3)。潘涵：見卷一・一二注(3)。

(3)經綸：原指治理國家的抱負和才能，此為比喻。

八七

　　揚州四十年前，平山樓閣寥寥，溝水一泓而已。
自高、盧兩榷使(1)，費帑無算，浚池簪山，別開生
面，而前次遊人，幾不相識矣！劉春池有句云(2)：
「兩堤花柳全依水，一路樓臺直到山。」

【箋注】

(1)高、盧：指兩淮都轉鹽運使高淳、盧見曾。高為朔州
人，歲貢，雍正七年任。（據《嘉慶重修揚州府志》）
盧（見卷二・九注(1)），乾隆二年任，十八年再任。

(2)劉春池：劉夢芳。見卷三・七〇注(1)。

八八

山陰陶篁村得汪氏舊莊于葛嶺下(1)，葺而新之。自云：「詩不能寫者，付之於畫；畫不能寫者，付之於詩。」號曰泊鷗山莊。題云：「高士門庭雲亦懶，荷花世界夢俱香。」四詩甫成，忽奉有官檄，佔去養馬，如催租人敗興一般。

【箋注】

(1)陶篁村：陶元藻。見卷一・三〇注(10)。葛嶺：在杭州市寶石山西面。因東晉葛洪在此結廬煉丹而得名。

八九

永州太守王蓬心，為麓臺司農之後(1)，工詩畫。余遊南嶽，過永州，與其子訪愚溪、鈷母潭諸處。夕歸，太守出小像索詩，而自畫《芝城話舊圖》見贈。題云：「一別東吳思舊雨，重來南楚鬢添霜。談天猶是蘇玉局，縮地難逢費長房(2)。江水悠悠不知遠，山風習習漸加涼。兩人情態都如昨，作畫吟詩愛夜長。」彼此落筆時，各挑燈倚几。蓬心笑謂余曰：「此夕光景，可似五十年前，同赴童子試耶(3)？」記其書齋對聯云：「豈易片言清積牘(4)；還留一息理殘書。」

【箋注】

(1) 王蓬心：王宸，字紫凝，號瀟湘翁、蓬心。太倉(今屬江蘇)人。乾隆二十五年舉人。官至湖南永州知府。畫承家學，善繪山水。詩學蘇軾，書學顏真卿。有《繪林伐材》。麓臺：王原祁(1642-1715)，字茂京，號麓臺。江蘇太倉人。康熙九年進士。官至戶部侍郎。善畫山水。

(2) 蘇玉局：成都有地名玉局化，宋時於此置玉局觀。蘇軾曾任玉局觀提舉，後稱軾為蘇玉局。蘇軾愛談天，其詩云：「須君灩灩杯，澆我談天口。」「眇觀大瀛海，坐詠談天翁。」「那將坐井蛙，而比談天衍？」「胸中自有談天口，坐卻秦軍發墨守。」「與世羞為西子顰，如今惟有談天口。」費長房：東漢方士，汝南(今河南平輿北)人。曾為市掾。與賣藥翁壺公入山修道。傳說屢顯神異，有縮地之術。參見卷四‧五注(6)。

(3) 童子試：簡稱童試，又稱小考，是明清兩代考取生員的三個階段入學考試的總稱。童試的三個階段是：縣試、府試、院試。童試的應考者，不論年齡大小，一律稱為童生或儒童、文童。

(4) 積牘：積累的公文、書函。

九〇

沈子大先生(1)，夢至一處，上坐二儒者，皆姓周，素不識面，笑向沈云：「『羲畫破天煩妹補(2)』，君可對之。」沈沉吟良久，忽唐孫華太史從外來(3)，曰：「我代對『羿弓饒月待妻奔(4)』，何如？」兩周為之拍手。唐字實君，沈之業師也。

【箋注】

(1)沈子大：沈起元，字子大，號敬亭。江蘇太倉人。康熙六十年進士。選庶吉士，官至直隸布政使，終光祿寺卿。引疾歸後，曾主鍾山、濟南、揚州、太倉諸書院。有《敬亭文稿》、《桂軒詩草》等。

(2)義畫：傳說伏羲畫卦，乾坤並建。伏羲和女媧是兄妹，女媧補天。

(3)唐孫華：字實君。太倉州人。康熙二十七年進士。官朝邑知縣、禮吏二部主事。

(4)羿弓：后羿之弓。羿，為古代神話中的射日英雄。他卻饒了月亮，是為了讓妻子嫦娥有月可奔吧。

九一

陳古漁嘗為余誦「馬過聞沙響，拖霜看雁飛」之句(1)，余甚愛之。後知是曲沃詩人秦紫峰明府所作(2)。紫峰有句云：「看花須看花盛時，盛時難再花亦知。」尤妙。紫峰與客觀方竹(3)，客戲云：「世有方竹無方人。」紫峰曰：「有。」問：「何人？」曰：「子貢。」問：「何以知之？」曰：「《論語》云：『子貢方人(4)。』」

【箋注】

(1)陳古漁：陳毅。見卷一‧五二注(3)。

(2)秦紫峰：秦武城，字於鎬，號紫峰。山西曲沃人。乾隆二十五年舉人。官甘肅兩當知縣。有《笑竹集》。

(3)方竹：竹之一種，外形微方，可作手杖。

(4)子貢方人：語出《論語・憲問篇》。意謂：子貢常對別人進行比較評論。方人，比方別人而較其短長。

九二

　　吾鄉金長儒先生以時文名(1)，世不知其能詩也。有人為述其〈禹廟〉云：「授笈儼陪蒼水使(2)，奉香猶剩白頭僧。」〈晚步〉云：「打頭黃葉忽飄墜，知是隔林松鼠來。」

【箋注】

(1)金長儒：金虞，字長孺，號小樹。浙江錢塘人。康熙五十九年舉人。官湖北孝感知縣。以八股文聞名，詩亦清麗，有《小樹軒集》。

(2)授笈：傳授學問。笈，書箱，代指學業。蒼水使：典出《吳越春秋》。傳說禹登衡山，夢神人蒼水使者前來候命，並告以如何取得山神金簡玉書之法，而後治水成功。

九三

　　梅耦長詠〈綠梅〉云(1)：「聞說綠珠真絕世(2)，我來偏見墜樓時。」歸安有五亭山人者，姓吳，名斯洺(3)，詠〈桐子〉云：「墮地綠珠人不見，至今但覺畫樓高。」二詩相似。又，〈嘲牡丹〉云：

「蝶使蜂媒齊用力，萬花叢裏看擒王（4）。」可云奇絕。

【箋注】

（1）梅耦長：梅庚，字耦長，號雪坪、聽山居士。清江南宣城（今屬安徽）人。幼孤貧，能抗奮力學。康熙二十年，舉江南鄉試，出朱彝尊門下，曾知浙江泰順知縣，以經術佐吏治。後以老疾乞歸。有《知我錄》、《漫興集》、《天逸閣集》等。

（2）綠珠：晉著名舞伎，美麗嬌艷，善於吹笛，白州博白（今屬廣西）人。石崇以三斛珠買為妾。趙王倫欲奪之，石崇不許，趙王偽以皇帝命令逮捕石崇，綠珠遂墜樓自盡。後因以「綠珠墜樓」喻女子以死報知己的典故。歷代詩人多詠此事。

（3）吳斯洺：字琳巖，號小樵、五亭山人。浙江歸安人。康熙五十年舉人。與修《浙江通志》。有《補閣詩鈔》。

（4）王：指牡丹，花中之王。

九四

乾隆己未，余乞假歸娶，諸公卿有送行詩冊，題簽者為吳江陸虔石先生（1）。今五十餘年矣。甲辰，其子朗夫（2），巡撫湖南。余從西粵過長沙，中丞款接甚殷，云：「當初先人題簽時，我年才十七，侍旁磨墨。」余感其意，到家寄詩謝之。不料詩未到而中丞已亡。僅傳其〈夢中自贈〉云：「能開衡嶽千重雲，只飲湘江一杯水。」至今楚人受德者，揮淚誦之。名

曜，吳江人。

【箋注】

(1) 陸虔石：陸瓚，初名無咎，又名廷瓚，字虔實，號蘆虛、無咎。江蘇吳江人。監生。乾隆十二年議敘三禮館繕寫，後任保德州吏目。

(2) 朗夫：陸燿（亦作陸耀、陸曜），字朗夫，一字青來。江蘇吳江人。乾隆十七年舉順天鄉試，考授中書，入直軍機處，累官湖南巡撫。為政清廉愛民。工詩，善書畫。有《甘薯錄》、《切問齋古文》、《朗夫詩集》。

九五

　　蘇州惠天牧先生(1)，督學廣東，訓士子以實學，一時英俊，多在門牆。去後，人立生祠，如潮州之奉韓愈也(2)。先生以〈珠江竹枝詞〉試士。何夢瑤賦云(3)：「看月誰人得月多，灣船齊唱浪花歌。花田一片光如雪，照見賣花人過河。」公喜，延入幕中。此雍正年間事。後吾鄉杭堇浦太史掌教粵東(4)，與何唱和。〈嘲杭病起〉云：「門外久疏參學侶，簾前漸立犯齋人(5)。」〈詠史〉云：「趙宋若生燕太子，肯將金幣事仇人(6)？」余慕何君之名，到海南訪之，則已逝矣。

【箋注】

(1) 惠天牧：見卷四・四六注(8)。

(2) 韓愈：見卷一·一三注(1)。愈曾為潮州刺史，當時潮人未知學，愈聘師倡教，文行始興。潮人為立廟於府治後以祀。

(3) 何夢瑤：字贊調，一字報之，號西池，晚號研農。廣東南海（今廣州）人。雍正八年進士。官遼陽知州，後歸田里行醫。少即好詩，結南香詩社，為「惠門八子」之一。有《算迪》、《菊芳園詩鈔》諸書。

(4) 杭菫浦：杭世駿。見卷三·六四注(1)。

(5) 參學：遊學，指前來求學的人。犯齋人：《後漢書·儒林傳》載：周澤常臥疾齋宮，妻哀其老病，闚問所苦。澤大怒，以妻干犯齋禁，遂收送詔獄謝罪。後因以妻妾為犯齋人。

(6) 燕太子：戰國末年燕王喜的太子，名丹。燕太子丹曾被作為人質執留于秦國，後逃回。因秦軍逼境，燕太子為救國，以荊軻為計，命其入秦刺殺秦王。金幣：指金人經常向南宋大索金幣，南宋屢屢遣使乞和，廣捐金幣，不恥卑辱。

九六

沈方舟〈磁溪早發〉云(1)：「北風獵獵水茫茫，多謝吳門鼓枻娘(2)。鐵鹿長檣四千里(3)，送人夫婿早還鄉。」方問亭宮保未遇時(4)，在漢上，亦有句云：「寄語湘波連夜發，十年我是未歸人。」

【箋注】

(1) 沈方舟：沈用濟，字方舟，號芳洲。錢塘（今浙江杭州）人。康熙間國子監生。後遊跡半天下。詩有時名。曾

抵邊塞，一變而為燕趙之聲。有《方舟集》、《荆花
集》、《漢詩說》（與費錫璜合著）等。

(2)鼓枻娘：撑船女。枻（yì），船槳。

(3)鐵鹿：船上收放蓬帆的鐵轆轤。檣，桅杆。指揚帆遠
航。

(4)方問亭：方觀承。見卷一・三○注(8)。

九七

　　英夢堂相公，與裘文達公同在戶部(1)，謂裘
曰：「有句云：『官久真成強弩末，歸遲空望大刀
頭(2)。』君猜是何人之作？」裘以為放翁逸詩。已而
知是桐城石曉堂(3)，乃大驚嘆。石屢欲訪余，以官楚
南路遠，時時托方綺亭明府寄聲道意(4)。方誦其〈舟
行〉云：「擊汰過簰洲(5)，人在煙中語。中流一舟
來，空濛數聲櫓。少婦善操舟，小兒能蕩槳。漁翁不
捕魚，船頭坐補網。」曉堂，名文成。

　　曉堂亡後，其子某抱遺集來，索余作序，云：
「先人志也。」余摘其佳句，五言如：「角聲沉暮
雨，雁影起寒沙。」「水喧村碓急，雲墮寺門低。」
七言如：「沙邊水退猶存跡，煙際帆遙似不行。」
「買田陽羨宵宵夢，作客并州處處家(6)。」「窺魚淺
渚翹雙鷺，待渡斜陽立一僧。」「入店已非前度主，
拂牆猶有舊題詩。」「僮嫌解橐尋詩稿(7)，客忌登舟
算水程。」皆妙。

【箋注】

(1) 英夢堂：英廉。見卷三‧一五注(1)。裘文達：裘曰修。見卷一‧六五注(17)。

(2) 大刀頭：《漢書‧李廣蘇建傳》載：漢昭帝派任立政出使匈奴，招李陵歸漢。在宴會上，任摸著大刀頭上的環，用眼睛暗示李陵，借助「刀環」之「環」與「歸還」之「還」的諧音關係，勸李陵歸漢。後人遂以「大刀頭」表示還家。

(3) 石曉堂：石文成。見卷三‧五一注(4)。

(4) 方綺亭：方求義，字質夫，號綺亭。清浙江上元人，安徽桐城籍。順天貢士。與修《聖祖實錄》。議敘贛州龍南知縣，再任上猶知縣，有善政。

(5) 擊汰：拍擊水波，謂划船前行。簰（pái）洲：在湖北嘉魚縣東，長江向北繞行的一個大灣上。

(6) 陽羨：今江蘇宜興縣，古代傳說以產茶聞名。蘇軾云「買田陽羨吾將老」。并州：今山西太原西南。唐‧賈島〈渡桑乾〉詩：「無端更渡桑乾水，卻望并州是故鄉。」

(7) 解橐（tuó）：解開袋子。

九八

張君五典(1)，字敘百，秦中人，九世同居，蒙恩題獎。作宰上元時，時攏詩袖中，入山見訪，絕非今之從政者。〈祁陽訪友〉云：「示病手揮群吏散，著書心喜好朋來。」〈示安奴〉云：「孺人日課郎君讀(2)，去就書聲認畫船。」孺人亡，乃悼之云：「好

我果能長入夢，把君竟可當長生。」安奴者，遣接家眷船也。

【箋注】

(1) 張五典：見卷三‧七八注(1)。

(2) 孺人：明、清時七品官的母親或妻子封孺人。後成為古人對母親或妻子的尊稱。日課：每天督促。郎君：稱自己的兒子。通稱貴家子弟。

九九

杭州方夫人芷齋(1)，名芳佩，適汪又新太史(2)。翁霽堂徵君向余誦其〈西湖〉佳句云(3)：「曉市花間搖短幟，夕陽柳外數歸舟。」「煙迷山失浮圖影，風緊帆歸盞飯僧(4)。」皆有畫意。隨太史入都，〈憶西湖〉云：「清涼世界水晶宮，亞字闌干面面風。今夜若教身作蝶，只應飛入藕花中。」〈贈霽堂〉云：「四海長留知己感，一生惟有愛才忙。」有《在璞草堂集》，一時唱和者，許太夫人而外(5)，杭堇浦之妹清之(6)——嫁趙萬曗上舍(7)，寡居守志。有句云：「盡日支床深擁被(8)，不知戶外幾峰青。」同一能詩女子，方榮貴而杭艱辛，何耶？

【箋注】

(1) 方芷齋：方芳佩。見卷二‧五二注(3)。

(2) 汪又新：汪新，字又新，號芍陂。浙江仁和人。乾隆

三十二年進士。由編修累遷掌印給事中。

(3) 翁霽堂：翁照。見卷一‧五〇注(2)。

(4) 浮圖：佛塔。盞飯：打盞飯，又稱打齋飯，和尚沿門索食或取米一盞，稱盞飯。

(5) 許太夫人：徐德音。見卷二‧五三注(5)。

(6) 杭堇浦：杭世駿。見卷三‧六四注(1)。杭清之：杭澄，字清之，一字筠圃，號定水老人。清浙江仁和人。以清節稱。有《臥雪軒吟草》、《伏枕吟》。

(7) 趙萬曘：未詳。上舍：明清監生的別稱。

(8) 支床：出自《世說新語‧德行》，即雞骨支床，雞骨，形容消瘦。支，支離，形容憔悴；意指哀痛過度、消瘦疲憊于床席之上。

　　王陽明集中云(1)：「正德庚辰八月，夢見郭璞(2)，極言王導奸邪在王敦之上(3)。」故公詩責導云：「事成同享帝王貴，事敗仍為顧命臣(4)。」璞亦有詩云：「倘其為我一表揚，萬世萬世萬萬世。」余按此說，與蘇子瞻夢中人告以唐楊綰之好殺(5)；陶貞白《真誥》言晉太尉郗鑒之貪酷(6)：皆與史冊相反。

【箋注】

(1) 王陽明：王守仁。見卷三‧七注(1)。

(2) 郭璞：字景純。晉河東聞喜人。博學多才，注《爾雅》、《方言》、《山海經》、《穆天子傳》等書。道

教奉之為神仙。王敦曾用郭璞為記室參軍，璞畏不敢辭，後終被王敦所殺害。

(3) 王導：字茂弘。晉琅邪臨沂（今山東費縣東）人。輔助司馬睿稱帝（晉元帝）創立東晉，自任丞相。歷仕三朝，出將入相，官至太傅。其堂兄王敦握重兵，欲除去有礙于他控制朝政的周顗、戴淵，便與王導談及此事，王導默不做聲，於是就拘殺了周、戴二人。王敦：見卷一・五六注（4）。娶晉武帝女襄城公主。與王導同心翼戴琅邪王司馬睿渡江，建立東晉。後權高震主，起兵武昌，反叛朝廷，以清君側，在其弟王導默許下，除掉元帝近臣周顗、戴淵。還屯武昌。明帝時，敦再次發難，帝起兵討之，王敦病，明帝用王導計，氣王敦死，平定叛亂。

(4) 顧命臣：帝王臨終前托以治國重任的大臣。王導輔佐司馬睿建立東晉，司馬睿登基時三請王導與自己同坐御床，時稱「王與馬共天下」。司馬睿欲立次子為太子時，王導堅決反對，日夜諫諍，使長子司馬紹立為太子。司馬睿死後，佐司馬紹繼位。

(5) 蘇子瞻：蘇軾。見卷一・二五注（4）。楊綰：字公權。唐華州華陰（今陝西會陰）人。玄宗天寶進士。補太子正字，官至中書侍郎，同中書門下平章事，拜相主政。博通經史，尤工文辭。

(6) 陶貞白：陶弘景。見卷一・四六注（22）。郗鑒：字道徽。晉高平金鄉（今山東嘉祥南）人。好學博覽，躬耕吟詠，以儒雅著名。東晉初，為龍驤將軍、兗州刺史。歷晉惠帝、元帝、明帝、成帝數朝。官至司空、太尉。正史上贊其功績，筆記上另有所評，如《世說新語・品藻》記與郗鑒同時為官的卞望之云：「郗公體中有三反：方於事上，好下佞己，一反；治身清貞，大修計較，二反；自好讀書，憎人學問，三反。」

按：《王陽明集》中有〈紀夢〉一篇，所記夢中得郭璞詩
　二十八句。此處所引為最後二語。令人難以置信。或許
　真正是一種特異人物在一種特異的精神狀態下的夢中才
　情，或許是一種虛擬而借夢表達自己的某種史觀？

　　《樂府解題》云(1)：「《毛詩》之『兮』，《楚
詞》之『些』，曹操所不喜(2)。」余頗以操為知音。
蓋詩有關詠嘆者，不得不用虛字，以伸長其音。若直
敘鋪陳，一用虛字，便成敷衍。近有作七古者，排比
未終，無端忽插「兮」字，以致調軟氣鬆，全無音
節。

【箋注】

(1) 樂府解題：見卷一・一六注(13)。

(2) 曹操：字孟德，小名阿瞞。東漢末沛國譙人。用獻帝名
　義發號施令，封魏王，統一北方，卒諡武，追尊武帝，
　史稱魏武帝。善詩文，有《曹操集》。作為文學家的曹
　操，未見用語氣助詞「兮」和「些」字。

　　劉霞裳之弟某(1)，風貌遠不及其兄，而際遇甚
奇。有揚州女子姓陳名素蓮者(2)，與交好，抽簪勸
學(3)，臨別贈詩云：「深閨獨醒起常遲，愁上眉峰有

鏡知。縱使天風能解意，萍蹤吹聚又何時？」

【箋注】

(1) 劉霞裳：見卷二・三三注(2)。

(2) 陳素蓮：未詳。

(3) 抽簪：辭官退居。

一〇三

　　酒肴百貨，都存行肆中(1)。一旦請客，不謀之行肆，而謀之於廚人。何也？以味非廚人不能為也。今人作詩，好填書籍，而不假爐錘(2)，別取真味；是以行肆之物，享大賓矣。

【箋注】

(1) 行肆：泛指商店。

(2) 爐錘：指用於冶煉的爐火鐵錘；比喻詩人要有熔鑄事物、提煉詩意的能力。清・劉熙載在《詩概》中說：「要其胸中具有爐錘，不是金銀銅鐵強令混合也。」即使從生活中得來的金銀銅鐵，也須重新熔鑄而化合為新品合金，何況從書中取來的金銀銅鐵而強令混合呢！明人王世貞在《藝苑巵言》中讚美李白〈峨眉山月歌〉：「此是太白佳境，然二十八字中，有峨眉山、平羌江、清溪、三峽、渝州，使後人為之，不勝痕跡矣。益見此老爐錘之妙。」

一〇四

　　杭州沈觀察世濤妻陳氏，名素安(1)，字芝林。詠〈賣花聲〉云：「房櫳寂寂閉春愁，未放雕梁燕出樓。應怪賣花人太早，一聲聲似促梳頭。」〈水墨裙〉云：「百疊波紋縐墨痕，疏花細葉淡生春。窈娘病後腰肢減，鈿尺休量舊日身(2)。」〈病起〉云：「幾日無心課小娃，晴窗睡起自分茶。重簾不捲紗幃靜，落硯何來數點花？」

【箋注】

(1) 沈世濤：一作沈世燾。浙江仁和（今杭州）人。乾隆二十八年進士。官龍安知府、荊州道臺。陳素安：字定林、芝林。浙江仁和人。年四十一卒。有《生秋閣吟稿》。

(2) 窈娘：武則天時左司郎中喬知之的婢女，被寵臣武承嗣奪去，喬送詩寄憤，窈娘讀詩殉情投井。後代指色藝俱全而多情的女子。鈿尺：用金粟填嵌的尺。

一〇五

　　王梅坡妻張氏(1)，能詩。幼子汝翰(2)，初上學，嫌衣服不華。張訓以詩云：「簞食應知顏子樂，縕袍誰笑仲由寒(3)？」其他佳句，如：「花因寒重難舒蕊，人為愁多易斂眉。」生女美絕，年十三，時皇太后駕過見之，抱置膝上，賞藏香一枝。

【箋注】

(1) 王梅坡：未詳。

(2) 汝翰：字西林。清江寧人。諸生。袁枚弟子，與袁枚多唱和。

(3) 顏子：孔子弟子顏回。見卷五‧七九注(3)。《論語‧雍也》：「一簞食，一瓢飲，在陋巷。人不堪其憂，回也不改其樂。」仲由：孔子弟子子路。見補遺卷一‧六〇注(3)。《論語‧子罕》：「衣敝縕袍，與衣狐貉者立，而不恥者，其由也與？」縕袍，破舊袍子。

一〇六

鄧英堂秀才偕妻陳淑蘭(1)，各畫蘭竹數枝，贈毛俟園廣文(2)。毛謝以詩，曰：「閨中清課剪冰紈，夫寫筼簹婦寫蘭(3)。料得圖中愛雙絕，水精簾下並肩看(4)。」未幾，英堂無故自沉于水。越三月，淑蘭殉夫自縊。毛追憶詩中「雙絕」二字、「水精簾」三字，早成詩讖(5)，嘆悔莫及。余作〈陳烈婦傳〉，兼梓其詩。

【箋注】

(1) 鄧英堂：字宗洛。清江寧人。諸生。善畫蘭竹。陳淑蘭：見卷三‧二〇注(3)。

(2) 毛俟園：毛藻。見卷二‧二六注(1)。

(3) 冰紈：鮮潔如冰的白絹，指用白絹作畫。筼簹（yúndāng）：一種肌薄而節長的竹子，為竹中最大的一種。

(4) 雙絕：此處本指所畫的蘭竹非常出色，絕無僅有。因發
　　 生異常，又指夫婦雙雙絕世。水精簾：如水晶般透明的
　　 簾子，形容簾子的華貴精美。因有「水」字，與「自沉
　　 于水」又聯繫起來。

(5) 詩讖（chèn）：詩中預兆災異吉凶的言語文字。古人的
　　 一種迷信。

　　 四川崇甯縣蔡酣紫先生(1)，好道術，與漢陽太守
王某交好。王年九十餘，能馭空而行，言元時玉山堂
主人顧阿瑛已成地仙(2)，至今猶在青城山中。引蔡
見之，綠鬢朱顏，不食不飲，談笑不異常人，說元末
明初之事尤詳。王善畫古松，題云：「煙墨一螺香一
炷，寫出長松兩三樹。月明老鶴忽飛來，踏枝不著空
歸去。」

【箋注】

(1) 蔡酣紫：《崇甯縣誌》作蔡紫瞻。

(2) 顧阿瑛：顧德輝，字仲瑛。松江人。元末豪富，亦稱名
　　 士。

一〇八

　　 有人詠〈風箏美人〉詩曰：「薄憐妾命風吹紙，
瘦到腰肢骨是柴。」魯星村云(1)：「切則切矣，何窮

薄乃爾！」因誦台怡庵句云(2)：「紅線只今為近侍，
飛瓊當日是前生(3)。」是何等風華！

【箋注】

(1) 魯星村：魯璸。見卷三・三七注(2)。

(2) 台怡庵：未詳。

(3) 紅線：唐潞州節度使薛嵩家青衣，左右手俱有紋隱若紅
線，因號為紅線。魏博節度使田承嗣有異圖，欲併潞
州，募武勇超絕者三千人，號外宅男。嵩甚為憂。紅線
得知後，夜到魏郡，入寢所，持金盒出。嵩遺書承嗣，
以金盒還之。承嗣大懼，散外宅男。河北遂寧。紅線
在薛家十九年方辭嵩去，不可留，乃餞別。（詳唐・袁
郊《甘澤謠》、宋・阮閱《詩話總龜》卷四十三）。飛
瓊：傳說為王母侍女，後泛指仙女。

一○九

魯溫卿席上嫌酒不佳(1)，調主人云：「詩近老成
多帶辣，酒逢寒士不嫌酸。」俞又陶喜席上酒佳(2)，
謝主人云：「疏花似月將殘夜，好友如醇欲醉時。」

【箋注】

(1) 魯溫卿：未詳。

(2) 俞又陶：未詳。

余屢娶姬人，無能詩者；惟蘇州陶姬有二首(1)，云：「新年無處不張燈，笙鼓元宵響沸騰。惟有學吟人愛靜，小樓坐看月高升。」「無心閒步到蕭齋(2)，忽有春風拂面來。行過小橋池水活，梅花對我一枝開。」生女，嫁蔣氏。姬年三十而亡。

【箋注】

(1)陶姬：袁枚有〈哭陶姬〉詩，小序說是亳州（今屬安徽）人，工棋善繡。

(2)蕭齋：梁武帝造寺，命蕭子雲於寺壁寫一個「蕭」字。寺毀後，刻字的殘壁仍存。至唐·李約將壁運歸洛陽匿於小亭，以供賞玩，稱為「蕭齋」。（見唐·李肇《唐國史補》卷中。）後稱寺廟、書齋為「蕭齋」，佛寺亦稱「蕭寺」。

康熙間，蘇州名妓張憶娘(1)，色藝冠時。蔣繡谷先生為寫《簪花圖小照》(2)。乾隆庚午，余在蘇州，繡谷之孫漪園，以圖索題。見憶娘戴烏紗鬐，著天青羅裙，眉目秀媚，以左手簪花而笑，為當時楊子鶴筆也(3)。題者皆國初名士。萊陽姜垓云(4)：「十年前遇傾城色，猶是雲英未嫁身(5)。今日相逢重問姓，尊前愁殺白頭人。」蘇州尤侗云(6)：「當場一曲《浣溪紗》，可是陳宮張麗華(7)？恰勝狀元新及第，瓊林

宴裏去簪花。」沈歸愚云(8)：「曾遇當年冰雪姿，
輕塵短夢悵何之。卷中此日重相見，猶認春風舞《柘
枝》(9)。」「繡谷留春春可憐，傾城名士總寒煙。
老夫莫怪襟懷惡，觸撥閒情五十年。」余題數絕，有
「國初諸老鍾情甚，袖角裙邊半姓名」之句，人皆莞
然。按萊陽兩姜先生，以孤忠直節，名震海內；而詩
之風情如此。聞憶娘與先生本舊相識，一別十年，尊
前問姓，故詩中不覺情深一往云。

【箋注】

(1) 張憶娘：清蘇州名妓，色藝冠時，因受巨室、惡客蔣某
　　的欺壓，被迫出家為尼，蔣仍不甘休，使人絕其衣食，
　　憶娘貧窘，最終自縊而死。袁枚《子不語》也敘其事。

(2) 蔣繡谷：蔣深(1668-1737)，字樹存，號蘇齋，一號繡
　　谷。清江蘇長洲人。以纂修《書畫譜》得官，官至朔州
　　知州。工詩文，善書畫，詩宗盛唐。有《繡谷詩集》、
　　《鴻軒集》、《黔南竹枝詞》、《雁門餘草偶存》等。

(3) 楊子鶴：楊晉，字子鶴，號西亭。清常熟(今屬江蘇)
　　人。善畫山水人物。

(4) 姜垓：字如須。山東萊陽人。姜埰弟。明思宗崇禎十三
　　年進士。官行人。入清不仕，與兄埰隱居吳門，人稱
　　「二姜先生」。垓等論文講學，嘉惠後進，三吳學子翕
　　然從風。詩風沉鬱。有《篔簹集》。

(5) 雲英：唐代神話故事中的仙女。

(6) 尤侗：見卷一・六二注(3)。

(7) 張麗華：南朝陳後主叔寶最寵愛的貴妃，出身寒微，貌
　　美如花，後主為其造結綺閣，並製《玉樹後庭花》等
　　曲。隋軍滅陳，被俘被殺。

(8)沈歸愚：沈德潛。見卷一‧三一注(3)。

(9)柘枝：柘枝舞的省稱。

一一二

　　前人〈過虎丘〉句云(1)：「妒他怒馬隨車客，出色花枝不避人(2)。」陸湄君〈過彭城〉句云(3)：「休誇洛浦能投枕，不是天台懶看花(4)。」一羨之，一厭之，兩人心事，易地則皆然。

【箋注】

(1)虎丘：在江蘇省蘇州市西北，亦名海湧山，相傳吳王闔閭葬此。

(2)「妒他」二語：查慎行《敬業堂詩集》載〈豐臺看芍藥同家次谷兄陳元之甥四首〉，此為第二首。並非〈過虎丘〉詩。怒馬隨車：原為「誤馬隨車」：韓愈〈嘲少年〉詩：「只知閒信馬，不覺誤隨車。」秦觀〈望海潮〉：「長記誤隨車。」無意中錯隨別家女眷的車輛。到陸游詩中成為「誤馬隨車一笑回」。

(3)陸湄君：袁枚的外甥陸建（一作陸逵）。見卷四‧五五注(2)。彭城：今江蘇徐州。《湄君詩集》中此詩題為〈再訪紅豆村人于彭城郡齋〉，此聯上句為「漫過洛浦憐投枕」。

(4)洛浦：洛水之濱，代指洛陽。陸湄君在彭城郡齋所作《紅豆村人詩稿‧序》中說：「時君更依劉，我還入洛。」入洛，晉太康末，陸雲同兄陸機一起赴洛陽，受到名流張華等人的稱賞。後常用作揚名的典故。此處為

陸湄君自喻。天台：山名，在今浙江天台縣北，亦泛指
仙境。相傳漢劉晨、阮肇入天台山采藥，遇二女子，留
居半年，回家時已經過了七世，乃知那二女子是仙女。

一一三

　　「君子思不出其位(1)。」又曰：「素其位而
行(2)。」余雅不喜解組人好說在官事蹟(3)。錢璵沙
方伯有句云(4)：「劇憐到處皆為客，生怕逢人尚說
官。」余讀之，距躍三百(5)。

【箋注】

(1)君子思不出其位：孔子的弟子曾參說的話。出自《論
　　語・憲問》。意謂：君子心之所慕，不要超出自己所處
　　的地位。

(2)素其位而行：出自《禮記・中庸》第十四章。意謂：要
　　按照自己所處的身份地位去做應該做的事。

(3)解組：指辭去官職。組，印綬。

(4)錢璵沙：錢琦。見卷三・二九注(6)。

(5)距躍三百：形容高興得跳躍起來。三百，形容次數多。

一

同年葉書山太史(1)，掌教鍾山。生平專心經學，而尤長於《春秋》，自稱啖助、趙匡(2)，不足多也。注《毛詩》「佻兮達兮」一章為兩男子相悅之詩，人多笑之。然作詩頗有性情。〈出都〉云：「行年七十古來稀，東、馬、嚴、徐事已非(3)。檢點良方醫老病，所須藥物是當歸(4)。」「白石清泉故自佳，九衢車馬漫紛拏。欲知此後春相憶，只有豐臺芍藥花。」「行色匆匆鬢影疏，騎驢猶憶入京初。蒯緱一劍酸寒甚(5)，今日歸裝有賜書。」太史諱西，桐城人。

【箋注】

(1) 葉書山：葉西，字書山。安徽桐城人。乾隆四年進士。歷提督湖南學政，擢左春坊左庶子，降補翰林院編修。深於經術，有《春秋究遺》、《詩經拾遺》。

(2) 啖（dàn）助：字叔佐。唐趙州（今河北趙縣）人，後移居關中。天寶末，調臨海縣尉、丹陽主簿。任滿，歸而為學。趙匡：字伯循。唐河東（治今山西永濟蒲州鎮東）人。啖助弟子。歷洋州刺史。以治《春秋》著名。曾為啖助《春秋集解》、《春秋統例》作補訂，開宋代學者懷疑經傳之風氣。唐中葉，學術界興起的一個新《春秋》學派，以啖助、趙匡為先驅。

(3) 東馬嚴徐：指漢武極盛時期的東方朔、司馬相如、嚴安、徐樂四人。他們各有所長，為武帝所倚重。

(4) 當歸：一種中草藥。此處語意雙關，指當歸故里。

(5) 蒯緱：用草繩纏結劍柄，代指劍。戰國時期，齊國的孟嘗君禮賢下士，廣招賓客。門客馮驩很窮，只有一把

劍，劍柄用小草繩纏著。此處自比。

二

　　壬戌歲，余改官金陵(1)，寓王俣岩太史家(2)，遇戚晴川太守，言(3)：「書生初任外吏，參見長官，不慣屈膝，匆遽間，動致聲響。」余試之果然。戲吟云：「書銜筆慣字難小(4)，學跪膝忙時有聲。」戚〈宿承恩寺〉句云：「瓦溝落月印孤榻，簷際入風吹短檠(5)。」殊冷峭。戚諱振鷺，湖州人。

【箋注】

(1) 金陵：即今南京，清時稱江寧，乾隆七年，袁枚由翰林院改官江寧，任溧水縣令。

(2) 王俣岩：據《小倉山房文集》中〈吉安府知府王君墓誌銘〉一文，知王俣岩弟為王毓川，查《上元縣誌》，在「選舉」卷上查到王毓川名王以秀，其上有王以式，二人同時為雍正七年舉人。由此揣知王以式即為王俣岩。再據袁枚〈祭商寶意太守文〉，其中說「予再改官，萍蹤得合。俣岩太史，同官先達。」因而推想，可能生平如下：王以式，字翼周，號俣岩，雍正七年舉人。庶吉士，上元人，曾任浙江石門知縣。

(3) 戚晴川：戚振鷺，字我雛，號晴川。浙江德清人。雍正八年進士。任安徽青陽知縣、六安直隸州知州、河南歸德知府、江西饒州知府、撫州知府。有《晴川詩鈔》。

(4) 書銜：簽報姓名和職稱，參見上司要恭寫蠅頭小楷，袁枚不習慣寫那種小字。

(5)瓦溝：房屋上仰蓋的瓦，形成一道道溝，稱瓦溝。短檠
（qíng）：矮燈架。借指小燈。

三

　　舒城任自舉學坡，為莊明府記室(1)，好吟詠。
一日余訪莊公，聞書齋中高唱拍案，細聽之，乃余詩
也。莊出笑曰：「幸而任先生大賞公詩；如其大罵，
則奈何？」後任死，伏魄時〈口號別親友〉云(2)：
「六旬失足下蓬瀛，今日才欣返玉京(3)。直以聰明還
造化，但憑樵牧話平生。花當春盡應辭樹，鳥際冬殘
合罷聲。見說群仙同抗手，遲余受代主蓉城(4)。」

【箋注】

(1)任自舉：字學坡，號盫築。安徽舒城人。乾隆間歲貢。
　　有《聽山堂古文》、《拳勺詩集》。今存《草草草》一
　　卷。卒時年已六十。記室：官名。掌記錄收轉等秘書事
　　宜的官。

(2)伏魄：古代招魂術，亦稱「復魄」。人死後，在高處招
　　展布帛，呼喚死者的魂魄歸來。此指將死時。

(3)蓬瀛：蓬萊、瀛洲二山的合稱，古傳仙人住地。全句意
　　謂：從仙境來到凡間六十年了。玉京：道家稱天帝所居
　　之處，即天上的都城。返玉京，意謂辭世。

(4)見說：告知，說明。抗手：舉手而拜。主蓉城：歐陽修
　　〈祭石曼卿文〉載，傳說石曼卿死後，上帝封他做了芙
　　蓉城主。

四

　　通州李方膺晴江(1)，工畫梅，傲岸不羈。罷官，寓江寧項氏花園，日與沈補蘿及余遊覽名山(2)，人觀者號「三仙出洞」。〈題畫梅〉云：「寫梅未必合時宜，莫怪花前落墨遲。觸目橫斜千萬朵，賞心只有兩三枝。」〈秋葵〉云：「蕭瑟風吹永巷長，采衣非復舊時黃。到頭只覺君恩重，常自傾心向太陽。」晴江牧滁州，見醉翁亭古梅，伏地再拜。其風趣如此。

【箋注】

(1)李方膺：字虯仲，號晴江、秋池。江蘇南通人。為揚州八怪之一，善畫松竹梅蘭。雍正初舉賢良方正，歷官樂安、蘭山、潛山、合肥知縣，有惠績，去官後寓金陵。有《梅花樓詩鈔》。

(2)沈補蘿：沈鳳(1685-1755)，字凡民，號補蘿、謙齋、凡翁。清江蘇江陰人。官南河同知。工鐵筆，善山水，自言生平篆刻第一，畫次之，字又次之。隨園聯額皆其手書。卒年七十一。有《謙齋印譜》行世。

五

　　上猶令方綺亭(1)，名求義，聵於耳而聰於心。與人言，必大聲高呼，諧謔百出，而一本于天真。〈辭官歸里〉云：「三年政罷喜忘機，老去仍思竹裏扉。攜取清風隨棹去，添來白髮滿頭歸。不妨琴鶴為行李(2)，那計妻孥說是非。力倦眼昏貪穩臥，誤傳高尚

遂初衣(3)。」死後，余為銘墓。陳古漁哭之云(4)：
「不見白頭憑几坐，尚疑朱履出堂來(5)。」

【箋注】

(1)上猶：縣名，今屬江西。方綺亭：方求義。見卷六·
九七注(4)。

(2)琴鶴：僅以琴鶴相隨，比喻為官清貧。《宋史·趙抃
傳》載：卿匹馬入蜀，以一琴一鶴自隨。蘇軾稱他「故
應琴鶴是家傳」。後借指為官清廉剛正。

(3)初衣：入仕前的衣服。此處婉指辭官退職。

(4)陳古漁：陳毅。見卷一·五二注(3)。

(5)朱履：紅色鞋子，古代顯貴者所著；此借指方綺亭。

六

予過蘇州，常寓曹家巷唐靜涵家(1)。其人有豪
氣，能羅致都知錄事(2)，故尤狎就之。兩家妻女無
嫌，如龐公之于司馬德操(3)，不知誰為主客也。靜
涵有句云：「苔痕深院雨，人影小窗燈。」〈花朝分
韻〉云：「薄醉微吟答歲華，春寒十日掩窗紗。多情
昨夜樓頭雨，吹出滿牆紅杏花。」其少子七郎詠〈落
花〉云(4)：「零落嫣紅歸不得，楊花相約過鄰家。」
真佳句也。長子湘畇居隨園(5)，吟云：「小住名園
又一年，石闌干畔聽流泉。夜深怕作還鄉夢，月到南
窗尚未眠。」「小窗閑坐夕陽斜，對此教人不憶家。
喜見香荷才出水，一枝高葉一枝花。」從來荷葉高出

水者，必有花；湘昀居園久，故知之。靜涵有姬人王氏，美而賢；每聞余至，必手自烹飪。先數年亡，余挽聯云：「落葉添薪，心傷元相貧時婦(6)；為誰截髮，腸斷陶家座上賓(7)。」

【箋注】

(1) 唐靜涵：袁枚蘇州友人，結交三十年。袁有〈哭唐靜涵十二首〉。

(2) 羅致：此喻招致人才。都知：武官名。亦指教坊歌師。錄事：即錄事參軍，掌總錄文簿，舉彈善惡。

(3) 龐公：東漢隱士龐德公，南郡襄陽人，居住在峴山之南，沒有進過城府。荊州刺史劉表請他做官，終不屈從。後采藥鹿門山，不知所終。司馬德操：與龐德公同為襄陽隱士，德操少德公十歲，以兄事之。據《襄陽記》載：司馬德操嘗詣龐德公，值其上塚，徑入室，呼德翁妻子，使速作黍。須臾，德翁還，直入相就，不知何者是客。

(4) 七郎：未詳。

(5) 湘昀：未詳。

(6) 元相：即元稹。見卷一‧二〇注(11)。元稹悼念他的貧時夫人韋蕙〈三遣悲懷〉詩中云：「野蔬充膳甘長藿，落葉添薪仰古槐。」

(7) 截髮：《晉書‧列女傳‧陶侃母湛氏傳》載：陶侃年青時家境貧寒，一次范逵來家投宿，無物待客，母親湛氏剪下頭髮賣給鄰人，換了酒菜招待了客人。後以「截髮留賓」稱頌賢母。陶家，此喻唐家。

七

元人詩曰：「老不甘心奈鏡何(1)！」李益〈覽鏡〉云(2)：「縱使逢人見，猶勝自見悲。」本朝鄭璣尺先生云(3)：「朱顏誰不惜？白髮爾先知。」皆嫌鏡之示人以老也。宋人云：「貧女如花只鏡知(4)。」又曰：「鏡裏自應諳素貌，人間只解看紅妝(5)。」又曰：「自家憐未了，臨去復徘徊(6)。」本朝高夫人有句云(7)：「乍見不知誰覯面(8)，細看真覺我憐卿。」是鏡有恩於女子，有怨于老翁也。容成侯何容心哉(9)？

【箋注】

(1) 元人詩：應為宋・范成大詩，題為〈北山堂開爐夜坐〉。

(2) 李益：字君虞。唐隴西姑臧（今甘肅武威）人。大曆四年進士。官終禮部尚書。詩以寫邊塞題材作品最為著名。

(3) 鄭璣尺：鄭江，字璣尺，晚號筠谷。錢塘（今浙江杭州）人。康熙五十七年進士。改庶吉士，充《明史》纂修官。官至右春坊右贊善。有《春秋集義》、《詩經集詁》、《禮記集注》、《筠谷詩鈔》、《書帶草堂詩鈔》等。

(4) 「貧女」句：唐・施肩吾〈上禮部陳侍郎陳情〉詩：「晴天欲照盆難反，貧女如花鏡不知。」

(5) 「鏡裏」聯：唐・李山甫〈貧女吟〉詩。

(6) 「自家」二語：唐・楊容華〈新妝詩〉。

(7) 高夫人：即高文良公夫人蔡琬。見卷一・三三注(1)。

(8) 覿（dí）面：見面。

(9) 容成侯：唐・司空圖寫過一篇遊戲文章〈容成侯傳〉，
　　以擬人化手法，把鏡子稱為容成侯，又叫壽光先生，鏡
　　子因而得此雅號。

八

　　蘇州楓橋西沿塘，有余本家漁洲居士(1)，乃前
明六俊之後(2)，愛客能詩。家有漁隱園，水木明
瑟(3)，余為作記，鐫石壁間。每過姑蘇，必泊舟塘
下，與其叔春鋤、弟又愷，為剪燭之談(4)。年甫五十
而亡。有〈新柳〉一律云：「二月韶光媚，春風嫩柳
條。含煙初作態，浥露不勝嬌。腰細柔難舞，眉疏淡
欲描。丰神與誰並？好女乍垂髫。」

【箋注】

(1) 漁洲居士：袁廷檮（yǒu），字啟蕃，號漁洲。清吳縣
　　人。

(2) 六俊：明南京吳縣人袁敬六個孫子，袁褧與兄袁表、弟
　　袁褒、袁帙及伯父之子袁衮、袁裘，時號為「袁氏六
　　俊」。袁褧博學善屬文，尤長於詩，書法入米元章之
　　室。

(3) 水木明瑟：形容風景清明潔淨。木：樹木。瑟：潔淨鮮
　　明的樣子。北魏酈道元《水經注》卷八〈濟水〉：「池
　　上有客亭，左右楸桐，負日俯仰，目對魚鳥，水木明
　　瑟，可謂濠梁之性，物我無違矣。」乾隆帝作「水木明
　　瑟」詞。

(4)春鋤：未詳。又愷：袁廷檮（chóu）（1754-1810），一
　　作袁廷榜，字壽階（綬階），號又愷。吳縣人。監生。
　　家有藏書樓小山叢桂館，後改名五硯樓。乾隆間著名藏
　　書家。好友朋，嗜風雅。工詩，間及繪事。有《金石書
　　畫所見記》、《漁隱錄》、《紅蕙山房詩集》。（民國
　　二十二年刊《吳縣誌》）剪燭：李商隱詩：「何當共剪西
　　窗燭，卻話巴山夜雨時。」

九

　　香亭弟偶吟(1)，往往如吾意所欲出，不愧吾家阿
連也(2)。余三十年前，選妾姑蘇，所需花封甚輕(3)，
今動至數金。香亭〈過吳門〉云：「傳聞近日選花枝，
百兩纏頭費莫支。爭及當年吳市好，一錢便許看西
施。」〈消夏雜詠〉云：「科頭赤足徜徉過，一領蕉衫
尚覺多。不信熱場人不熱，紅燈圍著聽笙歌。」

【箋注】

(1)香亭：袁枚從弟袁樹。見卷一‧五注(3)。
(2)阿連：指南朝宋詩人謝靈運從弟謝惠連，幼有奇才。後
　　因以為兄弟的代稱。
(3)花封：此指給媒婆的酬金。

《南史》言：「阮孝緒之門閥（1），諸葛璩之學術（2），使其好仕，何官不可為？乃各安於隱退，豈非性之所近，不可強歟？」近今吾見二人焉：一為尹文端公之六公子似村（3），一為傅文忠公從子我齋（4）。似村舉秀才，終日閉戶吟詩；我齋雖官參領，司馬政，而意思蕭散，不希榮利。有人從都中來，誦其〈環溪別墅〉詩云：「將官當隱稱畸吏（5），未老先衰號半翁。」又曰：「不是門前騎馬過，幾忘身現作何官。」

【箋注】

（1）阮孝緒：字士宗。南朝梁陳留尉氏（今屬河南）人。梁鄱陽王妃弟。終身隱居，潛心學問，不與達官貴人往還，朝廷徵辟也不受命。編《七錄》，成十二卷，為中國目錄學重要文獻。另有《正史削繁》，著《高隱傳》。

（2）諸葛璩：字幼玟。琅琊陽都（山東臨沂）人，世居京口。南朝齊梁學士、隱士。博覽經史，召官不就。勤於誨誘，講誦不輟。

（3）似村：慶蘭。見卷二‧三七注（1）。

（4）我齋：明義。見卷二‧二二注（3）。

（5）畸（qí）吏：有獨特志行、不同流俗的官吏。

一一

　　長洲女子陶慶餘(1)，嫁大司馬彭公孫希洛(2)，年二十二而亡。有《瓊樓吟》行世。詠〈鸚鵡〉云：「一夢喚回唐社稷，千秋留得漢文章(3)。」〈婢去〉云：「院從汝去長青苔，小榻香消午夢回。不覺疏簾搖樹影，風前誤認摘花來。」

【箋注】

(1) 陶慶餘：陶善，字慶餘，號月溪。清江蘇長洲（今蘇州）人。主事彭希洛室，編修蘊輝母。有《璚樓吟稿》。

(2) 彭公：彭啟豐（1701－1784），字翰文，號芝庭，又號香山老人。長洲（今江蘇蘇州）人。雍正五年廷試第一，授修撰。乾隆間歷吏部兵部侍郎、左都御史、兵部尚書。晚年主講紫陽書院。工書，善畫，能詩。有《芝庭詩文集》。彭希洛：字景川，號瑤圃、簡緣。江蘇長洲人。乾隆五十二年進士。官兵部主事、郎中，陞福建道御史。

(3) 「一夢」聯：《朝野僉載》曰：「則天夢鸚鵡兩翅俱折，仁傑云鵡者陛下姓也，兩翅折者廬陵相王也，陛下起此二子，則兩翅全矣。」開元年間，唐玄宗、楊貴妃養了一隻嶺南人獻的白鸚鵡，記誦精熟，洞曉人意。傳說鸚鵡夜夢為鷙鳥所搏。東漢抒情小賦代表作之一有禰衡的〈鸚鵡賦〉。

一二

己卯秋，在揚州遇萬近蓬秀才(1)，屬題《紅袖添香圖》。近蓬少時托李硯北寫此圖(2)，虛擬娉婷，實無所指。裘姓友見畫中人，驚笑，以為絕似其家婢，遂延近蓬至其家，出婢贈之。婢姓花。一時題者紛然。余獨愛吳玉墀詩曰(3)：「紅樓翠被知多少，如此消魂定姓花。」又曰：「聘錢若許名流斂，第一須酬作畫人。」廿年後，余至杭州，花姬已下世矣。近蓬訪余湖上，不值，投詩云：「惜花人早出，載酒客遲來。」

【箋注】

(1)萬近蓬：萬福，字玉蒼，號近蓬。浙江鄞縣人。諸生。有《玉蒼詩鈔》。

(2)李硯北：未詳。

(3)吳玉墀：字蘭陵，號小谷、二雨。浙江錢塘人。乾隆三十五年舉人。官太平教諭，遷貴陽府長寨同知。喜藏書，乾隆三十八年進呈經史子集各多種，得御筆題字，並賜《佩文韻府》一部。有《味乳亭集》。

一三

辛丑秋，忽有浙中校官入山見訪，方知即玉墀(1)，字小谷，是吾鄉尺鳧先生之少子、鷗亭居士之季弟(2)。予少時，乞假歸娶，飲於鷗亭之瓶花齋，其

時小谷才四歲。故見贈云：「園林心契卅年餘，今日真來大隱居。修贄忙於投要路(3)，扣門快比訪奇書。相看共訝鬢眉古，久別渾忘問訊疏。細認雙瞳點秋水，依然竹馬識君初。」嗚呼！四十餘年鄉里故人，二十年前詩中知己，彼此茫茫，絕無晤期，而天必為兩人作合，文章有神，信矣！小谷在隨園賞芙蓉，賦五古千言，以太長，不能全錄。托羅兩峰畫《板橋遺跡》(4)，題云：「談罷羅家《鬼趣圖》，去尋舊院影模糊。蘆根瑟瑟如人語，中有鶯鶯燕燕無？」「綠蕪一片眾香埋，半沒橋身半沒街。艷跡但餘殘礎在，也曾親近玉人鞋。」「此柏婆娑似舊人，盤桓幾度板橋春。只憐生長煙花裏，猶作亭亭倩女身。」「者番遊緒已愴然，又對風斜雨細天。畫最淒涼天最慘，看君筆上起蒼煙。」

【箋注】

(1) 玉墀：即吳玉墀。見上則詩話注。

(2) 尺鳧先生：吳焯。見卷三·六〇注(6)。鷗亭居士：吳城。見卷三·六四注(2)。

(3) 修贄：攜帶禮物求見。

(4) 羅兩峰：羅聘。見卷二·六二注(5)。板橋遺跡：此指南京鈔庫街武定橋，秦淮官妓住處。

一四

余自幼，詩文不喜平熟。丙辰，諸徵士集京師，獨心折于山陰胡天游稚威(1)。嘗言：「吾於稚威，則師之矣；吾于元木、循初(2)，則友之矣；其他某某，則事我者也。」元木者周君大樞，循初者萬君光泰也。稚威駢體文直掩徐、庾(3)，散行恥言宋代(4)，一以唐人為歸。詩學韓、孟(5)，過於澀拗。今錄其近人者，如〈明妃〉云(6)：「天低海水西流處，獨有琵琶堪解語。斷絲枯木本無情，猶勝人心百千許。」詠〈諫果〉云(7)：「苦口眾所揮，餘甘幾人賞。置蜜鋙鋘端，或者如舐掌(8)。」〈贈某營將〉云：「大聲當鼓急，片影落槍危。劍血看生癭，天狼對持髭(9)。」皆奇句也。亦有風韻獨絕者，〈曉行〉云：「夢闌鶯喚穆陵西(10)，驛吏催詩雨拂衣。行客落花心事別，無端俱趁曉風飛。」

丁巳春，予與元木、循初同在稚威寓中，夜眠聽雨，元木見贈一篇云：「文章之家無不有，袁郎二十膽如斗。」詩甚奇詭，不能備錄。壬申歲，余起病至長安，元木再贈七古，起句云：「憶昔相見長安邸，志氣如虹掛千里。狂飛大句風雨來，頭沒酒杯笑不已。」真乃替余少時寫照。元木廷試報罷，果毅公訥親延為上客(11)。每公餘之暇，命講《通鑒》數則，亦想見當日公卿風雅也。元木詩最堅瘦，獨詠〈桃花〉頗婉麗，其詞曰：「寂寂朱塵度歲華，又驚春色到桃花。五陵遊客知何限(12)，只有漁人最憶家。」

〈管仲墓〉云：「浪說儒門羞五尺，至今江左幾夷吾(13)？」

　　早行詩，二人同調，而皆有妙境。梁葯亭云(14)：「鴻雁自南人自北，一時來往月明中。」元木云：「行人飛鳥都何事，一樣沖寒度曉堤。」

　　周蘭坡學士多髯(15)，冬日同元木詠雪，和東坡「尖叉」韻(16)。元木押「鹽」字韻云：「修髯繞作離離竹，妙句清於《昔昔鹽》(17)。」

【箋注】

(1) 胡天游：見卷一‧二八注(1)。

(2) 元木：周大樞，字元木、元牧，號園牧。浙江山陰(今紹興)人。乾隆十七年中舉人。時年近六十。官平湖教諭。博學多才，工詩詞，與同鄉胡天游為江東詩社魁楚。有《居易堂稿》、《存吾春軒詩鈔》、《周易井觀》、《鴻爪錄》、《調香詞》等。循初：萬光泰。見卷一‧五二注(1)。

(3) 駢體文：以偶句為主，講究對仗和聲律。徐、庾：指南北朝時期徐摛、徐陵父子與庾肩吾、庾信父子。其中主要代表為徐陵和庾信。徐摛、庾肩吾稱「大徐庾」；徐陵、庾信稱「小徐庾」。均為重要的宮體詩人，文尚駢儷。

(4) 散行：即散體文。

(5) 韓孟：指唐‧韓愈、孟郊。

(6) 明妃：漢‧王嬙，昭君。見卷二‧三六注(5)。

(7) 諫果：即橄欖，亦名忠果、青果等。味澀，久食則甘。宋‧王元之作詩，把此果比之忠言逆耳，亂乃思之。

由此，稱為諫果。另有一說，橄欖亦即餘甘子。黃庭堅到一個屋前栽著許多餘甘子的朋友家作客，為其取名為「味諫齋」。（見《齊東野語》）

(8) 錕鋙：即錕鋙劍。西周時西戎向周求和，獻錕鋙之劍，練鋼赤刃，削玉如泥。（見《列子‧湯問》）舐掌：《埤雅》：「熊冬蟄不食，饑則自舐其掌，故其美在掌。」後喻為貪婪的樣子。

(9) 生癭：《三國志‧賈逵傳》注引《魏略》曰：「逵前在弘農，與典農校尉爭公事不得理，乃發憤生癭。」癭，頸肩部腫塊。此指氣憤而生腫塊。天狼：星名，大犬星座的主星，為不吉祥、貪殘的象徵。持髭：毛髮直豎張散的樣子。

(10) 穆陵：在今山東省沂山南麓小泰山山頂，傳說西周穆王葬宮嬪於此。

(11) 訥親：鈕祜祿氏。滿洲鑲黃旗人。額亦都曾孫。雍正間襲果毅公爵，乾隆間歷鑲白旗都統、兵部尚書、軍機大臣，官至保和殿大學士，後在大金川戰役中措置無方，致師老無功，被勒令自殺。

(12) 五陵：漢高帝長陵、惠帝安陵、景帝陽陵、武帝茂陵、昭帝平陵，皆在渭水北岸，陝西興平至咸陽東北七、八十里內，合稱五陵。居民以關東豪富移民為主，以市肆繁榮、風俗奢縱著稱。後亦泛指達官顯貴、豪門貴族聚居之地。

(13) 儒門羞五尺：《荀子‧仲尼》：「然而仲尼之門人，五尺之豎子言羞稱乎五伯，是何也？曰：然。彼非本政教也，非致隆高也，非慕文理也，非服人之心也。」夷吾：即管仲。見卷三‧七六注(2)。

(14) 梁藥亭：梁佩蘭，字芝五，號藥亭。南海（今屬廣東）人。精通經史百家，順治鄉舉第一。康熙時舉進士，年近六十。選庶吉士，未一年，乞假歸。結社蘭湖，以詩

酒為樂，與陳恭尹、屈大均，號「嶺南三家」。有《六瑩堂詩文集》。

(15)周蘭坡：周長發。見卷五‧二五注(6)。

(16)尖叉韻：蘇東坡〈雪後書北臺壁二首〉，一用尖韻，一用叉韻。其中有「不知庭院已堆鹽」句。

(17)昔昔鹽：隋薛道衡詩。其中有妙句「空梁落燕泥」。薛為隋煬帝所嫉，後被下獄賜死。

一五

予宰江寧時，俞來溪秀才見贈云(1)：「誰道樓前多鼓響，只聞花外有琴聲(2)。」余道：「不如宋人『雨後有人耕綠野，月明無犬吠花村』(3)。」又有人贈云：「事到眼前亮於雪，民從心上養如春。」余道：「不如余〈沭陽雜興〉云『獄豈得情寧結早，判防多誤每刑輕』。」

【箋注】

(1)俞來溪：未詳。

(2)鼓響：指擊鼓喊冤。琴聲：指鳴琴而治。春秋末期魯國人宓子賤，是孔子的高才弟子，曾做單父宰。在公堂上鳴琴治邑，任賢用能，實行仁政，為政三年，單父大治。後以琴堂和琴治指知縣善政。

(3)「雨後」聯：宋‧李拱詩句。《增修詩話總龜》引《翰府名談》評之曰：「意清句雅。又見令之教化仁愛，民樂於豐年之耕耨，且無盜賊之警，不見治術之跡。」

一六

　　人言通天文者不祥。四川高太史名辰，字白雲，向為岳大將軍西席(1)。嘗在金陵觀星象，言山東有事。次年，果有王倫之逆(2)，而太史已先亡矣。過隨園，命其子受業門下，贈詩云：「名重隨園詎偶然？興來神妙寫毫顛。已知葛井來勾漏，豈但香山數樂天(3)？入座嵐光時拱揖，依人鶴影自翩躚。荀香近處瞻先輩，慰我調饑三十年(4)。」〈過定軍山吊武侯〉云(5)：「三代而還論出處，兩朝之際見權宜。」

【箋注】

(1) 高辰：字元右、景衡，號白雲。金堂(今屬四川)人。乾隆十六年進士。授翰林院庶吉士，改授江蘇清河縣知縣，升禮部主事，官至安徽鳳陽府同知。有《樹耕堂詩草》、《晚成錄》、《白雲山房詩文全稿》、《平生堂唱和集》等。岳大將軍：岳鍾琪。見卷二・四九注(3)。

(2) 王倫：清山東陽穀人，清水教首領。進行反清活動，歷二十多年。於乾隆三十九年率眾夜襲壽張城，陷堂邑、陽穀，破臨清，與清軍激戰，兵敗自焚死。

(3) 葛井：西湖葛井，乃晉・葛稚川(葛洪)煉丹所在。勾漏：葛洪不慕高官，聞交址出丹砂，求為勾漏令，煉丹長生。袁枚不圖榮升，來做江寧令，退居隨園，獲得高壽。一樣的不同流俗。香山：白居易退居洛陽香山，袁枚退居小倉山。都是不同凡響的詩人。

(4) 荀香：東漢・荀彧官至尚書令，傳說他以異香薰衣，三日不散。調饑：即「怒如調饑」的省略。語出《詩經・周南・汝墳》：「未見君子，怒如調饑。」意謂想念傾

慕的心情如饑似渴。

(5)定軍山：在陝西沔縣東南，諸葛亮葬處。

一七

　　孫過庭《書譜》云(1)：「學書者，初學先求平正；進功須求險絕；成功之後，仍歸平正。」予謂學詩之道，何以異是？

【箋注】

(1)孫過庭：字虔禮。唐吳郡（今江蘇蘇州）人。官率府錄事參軍。唐書法家、書法理論家。草書學王羲之、王獻之父子。著《書譜》。

一八

　　為人，不可以有我，有我則自恃很用之病多(1)，孔子所以「無固」、「無我」也(2)。作詩，不可以無我，無我則剿襲敷衍之弊大，韓昌黎所以「惟古於詞必己出」也(3)。北魏祖瑩云(4)：「文章當自出機杼，成一家風骨，不可寄人籬下。」

【箋注】

(1)自恃：過分自信而驕傲自滿。很（hěn）用：兇狠且剛愎自用。

(2)無固、無我：出自《論語·子罕》。無固，不要固執己
　　見。無我，不要自私利己。

(3)惟古於詞必己出：出自韓愈〈南陽樊紹述墓誌銘〉。意
　　謂：古來作詩為文，必須寫出自家風格，有獨到之處。

(4)祖瑩：字元珍。北魏范陽郡道縣（今河北省淶水縣）人。
　　早年以文學見重。歷任冀州鎮東府長史、國子博士、國
　　子祭酒、秘書監等職，後加儀同三司，進爵為伯。

一九

　　詩有現前指點語最佳(1)。香樹尚書〈題紅葉〉
云(2)：「一夜流傳霜信遍，早衰多是出頭枝。」程魚
門〈觀打漁〉云(3)：「旁人束手休相怪，空網由來撒
最多。」張哲士〈觀弈〉云(4)：「笑渠斂手推枰後，
始羨從旁攏袖人。」

　　宋人詩云：「無事閉門防俗客，愛閒能有幾人
來(5)？」哲士〈月夜〉云：「恐有閒人能見訪，滿庭
涼影未關門。」兩意相反，而皆有味。

【箋注】

(1)現前指點語：即指點眼前情景的詩語，具有最新最近的
　　時間性。

(2)香樹：錢香樹。見卷一·一一注(6)。

(3)程魚門：程晉芳。見卷一·五注(1)。

(4)張哲士：張四科，字哲士，號漁川。陝西臨潼人。貢
　　生。雍正六年捐州同職。寓居揚州。曾官候補員外郎。

工詩，以〈詠胭脂〉一詩得名，人呼「張胭脂」。 有
《寶閑堂集》、《響山詞》。（見《清代傳記叢刊・續詩
人徵略》）

(5)「無事」二語：宋・呂文靖（夷簡）〈天華寺〉詩，「無
事」作「不用」。一作李文靖詩。

唐以前，未有不熟精《文選》理者，不獨杜少陵
也(1)。韓、柳兩家文字(2)，其濃厚處，俱從此出。
宋人以八代為衰(3)，遂一筆抹摋，而詩文從此平弱
矣。漢陽戴思任〈題文選樓〉云(4)：「七步以來誰抗
手，六經而外此傳書(5)。」

【箋注】

(1)文選：南朝梁・蕭統編選先秦至梁的各體文章，取名
《文選》。杜甫〈宗武生日〉：「熟精文選理，休覓綵
衣輕。」

(2)韓柳：唐・韓愈和柳宗元。

(3)八代：指東漢、魏、晉、宋、齊、梁、陳、隋。

(4)戴思任：戴喻讓，字思任，號景臬。湖北漢陽人。乾隆
六年舉人。官山東惠民知縣。有《春深堂詩初集》、
《春深堂文集要》。

(5)七步：魏・曹植作〈七步詩〉，此代指曹植。六經：六
部儒家經典。即《詩》、《書》、《禮》、《樂》、
《易》、《春秋》。

二一

近日文人，常州為盛。趙懷玉字映川，能八家之文(1)；黃景仁字仲則，詩近太白(2)；孫星衍字淵如，詩近昌谷(3)；洪君亮吉字稚存，詩學韓、杜(4)：俱秀出班行(5)。黃不幸早亡。錄其〈前觀潮行〉云：「客有不樂遊廣陵(6)，臥看八月秋濤興。偉哉造物此巨觀，海水直挾心飛騰。龍堂誰作天吳介，對此茫茫八埏隘(7)。才見銀山動地來，已將赤岸浮天外。硑崖碙岳萬穴號，雄咶雌吟六節搖(8)。是豈乾坤共呼吸，乃與晦朔為盈消。殷天怒為排山入，轉眼西追日輪及。一信將無渤澥空，再來或恐鴻濛濕(9)。唱歌踏浪輸吳儂，曾將何物齎海童(10)。答言三千水犀弩(11)，至今猶敢攖其鋒。我思此語等兒戲，員也英靈實難避(12)。只合回頭撼越山，那因抉目仇吳地(13)。吳顛越蹶曾幾時，前胥後種誰見知(14)？潮生潮落自終古，我欲停杯一問之。」〈前觀潮行〉云：「海風捲盡江頭葉，沙岸千人萬人立。怪底山川忽變容，又報天邊海潮入。鷗飛艇亂行雲停，江亦作勢如相迎。鵝毛一白尚天際，側耳已是風霆聲。江流不合幾回折，欲折潮頭如折鐵。一折平添百丈飛，浩浩長空捲晴雪。星馳電掣望已遙，江塘十里隨低高。此時萬戶同屏息，但見窗櫺齊動搖。濤頭障天天亦暮，蒼茫卻望潮來處。前陣才平羅剎磯，後來又沒西興樹(15)。獨客弔影行自愁，大地與身同一浮。願乘世外鹿盧蹄，孰職就裏陰陽韝(16)。賦罷觀潮長太

息，我尚輸潮歸即得(17)。回首重城鼓角哀，半空純作魚龍色(18)。」

【箋注】

(1) 趙懷玉：字億孫、味辛，號映川。江蘇武進人。乾隆四十五年舉人。授內閣中書，官至山東青州府海防同知，署登州、兗州知府。工詩，有文名。有《亦有生齋集》、《荃提室詞》。八家：指唐宋八大家。

(2) 黃景仁：字漢鏞，一字仲則，號鹿菲子。武進(今江蘇常州)人。黃庭堅的後裔。諸生。家貧游食四方，做過幕客。乾隆四十一年，應高宗南巡召試，取為二等，授武英殿書籤官，後納資為縣丞，將補官病卒，僅三十五歲。為乾隆間最重要詩人之一。有《兩當軒集》。

(3) 孫星衍：見卷五‧六○注(2)。昌谷：即唐‧李賀。見卷一‧一六注(6)。

(4) 洪亮吉：字君直、稚存，號北江。江蘇陽湖(今武進)人。乾隆四十五年中舉人，五十五年以一甲二名進士及第。授編修，充國史館纂修官。歸里後，以著述遊歷遣其餘生。為一代學問家、詩人。有《北江詩話》、《毛詩天文考》、《春秋左傳詁》等。

(5) 班行：同輩。

(6) 廣陵：指江蘇揚州市，古人常于陰曆八月十五在此觀看長江潮水。枚乘〈七發〉：「將以八月之望，與諸侯遠方交遊兄弟，並往觀濤乎廣陵之曲江。」

(7) 龍堂：龍宮。天吳介：天吳，水神。介，同界，界限；此指水神的領域。八埏：八方邊遠之地。

(8) 「雄呿(qù)」句：《易緯辨終備》：「雄雌呿吟，六節搖通。」鄭康成注：「雄雌，天地。呿吟，闔閉也。六節，六子也。搖通，言六子動行天地之氣。《繫》

日：闔戶謂之坤，闢戶謂之乾。又曰：天地定位，山澤
通氣也。」

(9)渤澥：即渤海。古指東海的一部分。鴻濛：指太古天地
未分時的宇宙。

(10)齎海童：齎（jī）：送給。海童：古代神話中的海神，
乘白馬，出則天下大水。

(11)水犀弩：水犀，一種生活于水中的犀牛。弩，弓箭，用
水犀角做的弓箭。亦借指披水犀甲的弩手。

(12)員：即伍員，字子胥，春秋時楚國人。吳國大夫。父與
兄為平王所殺，因逃亡吳，佐吳王闔閭破楚後，掘平王
墓，鞭屍三百。後被奸佞太宰嚭讒害，夫差賜死。傳說
伍子胥死後化作潮神。

(13)抉目：伍子胥將死曰：抉吾眼，懸之吳東門，以觀越之
滅吳也。（詳《史記》卷三十一及卷六十六）

(14)前胥：指吳國伍子胥，屈死後驅水為濤。後種：指越國
大夫文種，字少禽（一作子禽），春秋時楚國郢人。與范
蠡協助越王勾踐滅吳後，范退隱，而文種被越王勾踐賜
劍自殺，葬在會稽西山。傳說伍子胥從海上駕潮而來，
衝開文種的墳墓，把他帶走，同遊於海上。因此，前潮
為伍子胥，後潮為文種。即前後相隨二度潮。

(15)羅剎磯：羅剎，梵語羅剎婆，為食人之兇惡鬼神，猶言
魔鬼。浙江風波險惡，故亦名羅剎江，江中有磯名羅剎
磯。西興：在浙江蕭山縣西，漢時名固陵，後改西陵，
吳越時又改名西興。

(16)鹿盧蹻（jué）：道教所說的登高涉險的用具。「孰
職」句：費解。《兩當軒集》中這一聯詩刪去，改成了
「乘槎未許到星關，采藥何年傍祖洲。」

(17)「我尚」句：意謂「我還不能像潮那樣想回去就回
去」。

(18)魚龍色：意為顏色變化不定。魚龍，古代傳說是舍利之獸，能入水化為比目魚，再變為黃龍，炫耀日光。

二二

余嘗謂孫淵如云(1)：「天下清才多(2)，奇才少。君，天下之奇才也。」淵如聞之，竊喜自負。〈登千佛樓〉云：「城東佛樓幾年閉，塞徑秋稱刺芒利(3)。飛燐射屋鳥啄牆，鬼風吹簷斷佛臂。此間非墓非戰原，豈有厲魄號煩冤？青狸捧骨夜窺月，日氣不足羅神奸(4)。迎廊一僧病枯瘠，見慣妖蹤訝人跡。老莎出戶曲復斜(5)，反鎖空堂晝深黑。樓前慘碧竹作圍，逼袖細影明寒暉。殘霖滴階漬幽血，敗粉剝壁生陰苔。竹梢朦朧上無路，疑墮中宵夢遊處。回頭不憶隔世來，過眼復恐今生去。簷牙壓肩樓腳搖，驚起穴棟千年鴞。屏聲獨立瓦爭落，失勢一墜魂難招。原頭日落樹蒼莽，既下心神久悄悅(6)。林端卻顧寺角移，那得騰身立平壤。」又，〈妻病〉云：「眉痕只覺瘦來濃，指爪都從病後長。」抑何哀艷！

【箋注】

(1)孫淵如：孫星衍。見卷五・六〇注(2)。

(2)清才：清俊優越之才。

(3)稱：音義未詳。

(4)神奸：老奸巨猾的怪異鬼神。

(5)老莎：老莎草，多年生草本，葉細長質硬，深綠色。

(6)惝怳（chǎnghuǎng）：惆悵，心神不安。

二三

洪稚存題某官〈散賑圖〉云(1)：「河流東來不可當，憶昨魚鱉升君堂。官卑方攝丞簿尉(2)，天險欲合江、淮、黃。河流決城已旬日，散賑遂呼尉官出。尉官耳聾年六十，驗粟呼人百無失。大者屋角狂狐奔，小者樹底饑鷹蹲。頭顛頸縮三日餓，共聞賑粟來空村。持瓢舉釜復攜斗，已見千人立沙阜。黃衫小吏足不停，村後村前更招手。深泥沒骽無肩輿(3)，尉來村北跨一驢。行籌散盡整鞭去，不遣索米來豪胥(4)。淮陰太守知君績，早晚臺端奏賢跡(5)。君今所補非寸尺，不見遺黎活千百？」

【箋注】

(1)洪稚存：洪亮吉。見本卷二一注(4)。散賑：為賑濟災民而分發糧食、財物。

(2)丞簿尉：指州郡的丞和主簿等佐官。

(3)肩輿：即轎子，以人肩荷而行的載人工具。

(4)豪胥：豪強胥吏。

(5)臺端：御史臺官署中主持臺中事務者，其地位在一般侍御史之上。

二四

裴晉公笑韓昌黎恃其逸足，往往奔放(1)。近日
才人，頗多此病。惟王太守夢樓能揉之使遒，煉之使
警(2)，篇外尚有餘音。錄其〈在西湖寄都中同年〉
云：「星河雲海望迢迢，八度花朝與雪朝。徼外蠻煙
空目極，楚南芳草易魂銷。抽身我本疏傭慣，奮翅君
方搏擊遙。豈是升沉關氣類？輕舟相繼返林皋。」
「增城瓊苑蕊珠宮(3)，香案西偏紫閣東。夢裏似曾聞
廣樂，歸來但覺任樵風(4)。蓬瀛消息無青鳥，煙水
生涯有雪鴻。近日愈諳禪悅味，繁華清淨兩俱空。」
「每向東華散玉珂，相於花下酌紅螺(5)。歐梅自許
賢豪聚，蘇李偏教闊別多(6)。棋局居然更甲子，酒
壚真自邈山河(7)。何戡解話當年事(8)，也與樽前喚
奈何。」「棧道連雲粵海霏，星軺先後有光輝(9)。
去歲芷塘典試四川，頃竹盧典試廣東。吟詩喜得江山助，問
字欣添玉笥圍(10)。舊雨定知縈遠夢，野雲端不耐高
飛(11)。年來自署西湖長，占取蘇堤作釣磯。」

【箋注】

(1) 裴晉公：裴度。見卷五・四六注(3)。逸足：指才能。奔
　　放：肆縱，不可羈束。

(2) 王夢樓：王文治。見卷二・三〇注(1)。

(3) 增城：古代神話傳說，崑崙山有增城九重，高一萬一千
　　餘里；後指層城，高大的城。蕊珠宮：道家謂上清境有
　　蕊珠殿，即仙宮。

(4) 廣樂：《史記》卷一百五：「簡子寤，語諸大夫曰：

『我之帝所甚樂，與百神遊於鈞天，廣樂九奏萬舞，不
　　　類三代之樂，其聲動心。』」樵風：宋・施宿等撰《會
　　　稽志》卷十：舊經云：「漢鄭弘少時採薪得一遺箭，頃
　　　之有人覓箭，問弘『何所欲？』弘識其神人也。答曰：
　　　『常患若邪溪載薪為難，願朝南風、暮北風。』後果
　　　然。世號樵風。」

（5）東華：指京都東華門，清國史館設在東華門內。玉珂：
　　　玉製的馬勒上的裝飾。紅螺：即紅螺觴，古酒器。宋・
　　　陸游〈雜興〉詩之四「酌以紅螺觴」。錢仲聯注引《嶺
　　　表異錄》：「紅螺大小亦類鸚鵡螺，殼薄而紅，堪為酒
　　　器。」

（6）歐梅：指北宋・歐陽修、梅堯臣，在宋代詩歌發展史上
　　　二人共同起過積極作用。蘇李：指西漢時的蘇武、李
　　　陵。《文選》中題名蘇武、李陵有七首五言詩，皆為送
　　　行贈別而作。

（7）「棋局」句：指時間過得很快。古傳說晉樵者王質入山
　　　伐木，見二童子對奕，質置斧於坐而觀，童子與質一
　　　物，如棗核，食之不饑。局終，童子指示之曰：「汝斧
　　　柯爛矣。」質歸鄉閭，已及百歲，無復時人矣。「酒
　　　壚」句：《世說新語・傷逝》載：竹林七賢之一的王戎
　　　經黃公酒壚下過，顧為後車客：「吾昔與嵇叔夜、阮嗣
　　　宗共酣飲於此壚，竹林之遊，亦預其末。自嵇生夭、
　　　阮公亡以來，便為時所羈紲。今日視此雖近，邈若山
　　　河。」後用為追憶舊友的典故。

（8）何戡：中唐時期元和、長慶間著名歌唱家。劉禹錫〈與
　　　歌者何戡〉：「二十餘年別帝京，重聞天樂不勝情。舊
　　　人唯有何戡在，更與殷勤唱渭城。」

（9）星軺：古代稱皇帝的使者為星使，稱使者乘坐的車子為
　　　星軺。

（10）玉筍：唐・李宗閔任中書舍人，主持貢舉考試，所選取

的門生都是當時知名之士，人稱之「玉筍」；後以「玉
　　筍」代稱才士衆多，如筍林立。

(11)舊雨：故友。見卷五・一注(2)。野雲：自比。蘇東坡
　　〈和孫莘老次韻〉：「去國光陰春雪消，還家蹤跡野雲
　　飄。」野雲對舊雨，新穎且工穩。

二五

　　唐人句云：「鄉心正無限，一雁度南樓(1)。」宋
人句云：「正思秋信到，一葉墜中庭(2)。」古今人下
筆，往往不謀而合。

【箋注】

(1)「鄉心」二語：語出唐・趙嘏〈寒塘〉。
(2)「正思」二語：未詳何人詩。

二六

　　吳中詩人，沙斗初、張崑南外(1)，有張玉
穀(2)，詩工古風，在家漁洲處一見後(3)，遂成永
訣。僅記其〈烏夜啼〉云：「參橫月落庭烏啼，窗前
有女猶鳴機。聞聲停梭低頭思，烏何夜啼想烏饑。老
烏辛苦饑常忍，小烏啾啾老烏憫。勸烏且莫啼高聲，
嬌兒甫眠恐驚醒。」玉穀尤長樂府。有義婦袁氏因夫
作竊，勸之不從，乃沉水死。其事其詩，俱足千古。

惜太長，不能備錄。

【箋注】

(1) 沙斗初：沙維杓。見卷三・四九注(2)。張崑南：張崗，
　　字崑南，號古樵。清江南長洲（今蘇州）人。布衣，隱於
　　醫。好古琴，詩多清和閒適之趣。有《鶴健堂詩鈔》。

(2) 張玉穀：字蔭嘉。清江蘇吳縣人。諸生。有《樂圃詩
　　鈔》、《樂圃詞》、《古詩賞析》。

(3) 家漁洲：即本家袁廷檮。見本卷八注(1)。

二七

　　佳句有無心而相同者。張寶臣宗伯〈晚步〉
云(1)：「竹枝風影更宜月，荷葉露香偏勝花。」厲樊
榭〈游智果寺〉云(2)：「竹陰入寺綠無暑，荷葉繞門
香勝花。」王夢樓〈游曲院〉云(3)：「煙光自潤非關
雨，水藻俱香不獨花。」梁守存〈看新荷〉云(4)：
「似經雨過風猶颭，未到花時葉早香。」

【箋注】

(1) 張寶臣：張廷璐。見卷二・六三注(1)。

(2) 厲樊榭：厲鶚。見卷三・六一注(1)。

(3) 王夢樓：王文治。見卷二・三〇注(1)。

(4) 梁守存：梁啟心，初名詩南，字首存，號蔎林。浙江錢
　　塘（今杭州）人，仁和籍。乾隆四年進士。選庶吉士，授
　　編修。有《南香草堂詩集》。

二八

周幔亭(1)：「山光含月淡，僧影入松無。」魯星村(2)：「酒中萬愁散，詩外一言無。」方子雲(3)：「香篆舞來簾際斷(4)，水痕圓到岸邊無。」陳古漁(5)：「花陰拂地香方覺，橋影橫波動即無。」四押「無」字，俱妙。前人〈詠始皇〉云：「憐君未到沙丘日，知道人間有死無(6)？」尤奇。

【箋注】

(1)周幔亭：周榘，字子平，號幔亭。清福建莆田人，居江蘇上元。有《廿二史謔略》、《清涼小志》。

(2)魯星村：魯璵。見卷三‧三七注(2)。

(3)方子雲：方正澍。見卷一‧四五注(6)。

(4)香篆：指焚香時所起的煙縷。因其曲折似篆文，故稱。

(5)陳古漁：陳毅。見卷一‧五二注(3)。

(6)「憐君」二語：唐‧羅隱詩〈秦紀〉。沙丘：指博浪沙。見卷二‧六二注(6)。

二九

七夕，牛郎織女雙星渡河，此不過「月桂」、「日烏」、「乘槎」、「化蝶」之類(1)，妄言妄聽，作點綴詞章用耳。近見蔣苕生作詩(2)，力辨其誣，殊覺無謂。嘗調之云：「譬如讚美人『秀色可餐』，君必爭『人肉吃不得』，算不得聰明也。」高郵露筋

祠，說部書有四解：或云：「鹿筋，梁地名也；有鹿
為蚊所齧，露筋而死，故名。」或云：「路金者，人
名也；五代時將軍，戰死於此，故名。」或云：「有
遠商二人，分金於此，一人忿爭不已，一人悉以贈
之，其人大慚，置金路上而去。後人義之，以其金為
之立祠，故名路金，訛為露涇。」所云「姑嫂避蚊
者〔3〕」，乃俗傳一說耳。近見雲松觀察詩〔4〕，極褒
貞女之貞，而痛貶失節之婦：笨與苕生同。不如孫豹
人有句云〔5〕：「黃昏仍獨自，白鳥近如何〔6〕？」李
少鶴有句云〔7〕：「湖上天仍暮，門前草自春。」與阮
亭「門外野風開白蓮」之句〔8〕，同為高雅。

【箋注】

〔1〕月桂：傳說月中有桂，高五百丈，西河人吳剛學仙有
　　過，謫伐桂，隨創隨合。詳段成式《酉陽雜俎》。日
　　烏：傳說日中有神鳥三足烏。見《淮南子》。乘槎：
　　傳說天河與海通，有人乘槎而上天河。詳張華《博物
　　志》。化蝶：莊周夢化為蝴蝶。詳《莊子·齊物論》。

〔2〕蔣苕生：蔣士銓。見卷一·二三注〔2〕。

〔3〕姑嫂避蚊：據王象之《輿地紀勝》載，相傳有姑嫂二人
　　深夜過江蘇高郵，天陰蚊盛，有耕夫田舍在焉。其嫂止
　　宿，姑曰：「吾寧死，不肯失節。」遂以蚊死，其筋見
　　焉。後人建露筋祠以祭貞潔。

〔4〕雲松：趙翼。見卷二·三三注〔3〕。

〔5〕孫豹人：孫枝蔚，字豹人，號溉堂。三原（今屬陝西）
　　人。康熙十八年舉博學鴻詞，自陳衰老，不應試。授內
　　閣中書銜。有《溉堂集》。所引詩句出自〈露筋祠〉：
　　「花貌丹青古，靈旗風雨多。黃昏仍獨自，白鳥近如

何？巫曲迎神罷，官船打鼓過。廟門對湖水，香氣但聞荷。」

(6)白鳥：蚊的別名。

(7)李少鶴：李憲喬。見卷六・五九注(2)。

(8)阮亭：王士禎。見卷一・五四注(1)。所引詩句出自〈再過露筋祠〉：「翠羽明璫尚儼然，湖雲祠樹碧於煙。行人繫纜月初墮，門外野風開白蓮。」

三〇

詩有幹無華，是枯木也。有肉無骨，是夏蟲也。有人無我，是傀儡也(1)。有聲無韻，是瓦缶也(2)。有直無曲，是漏卮也(3)。有格無趣，是土牛也(4)。

【箋注】

(1)傀儡（kuǐlěi）：用土木製成的偶像。

(2)瓦缶（fǒu）：小口大腹的瓦器。

(3)漏卮：滲漏的酒器。

(4)土牛：用泥捏的牛。

三一

古詞奇奧，多不可解，大抵本其時之方言，而流傳失真。如〈盤庚〉之「弔由靈」(1)，《國語》之「暇豫之吾吾」(2)，《巾舞歌》之「來吾嬰」(3)，

《伯牙》之「歆欽傷宮」(4)，古樂府之「收中吾、羊無夷、何何、吾吾」，《尚書大傳》之「舟張辟雍，鶬鶬相從」，皆是也。北魏繆襲仿其體(5)，作《尤射經》，拗澀不可句讀，殊覺無謂。

【箋注】

(1)盤庚：《尚書》篇名。

(2)國語：又稱《春秋外傳》，相傳為左丘明作。

(3)巾舞歌：即《公莫巾舞歌行》，是自《宋書‧樂志》載錄以來長期無人能圓滿解讀的一篇奇文。

(4)伯牙：指琴曲《伯牙水仙操》。

(5)繆襲：三國魏東海蘭陵人，官至尚書、光祿勳。

三二

選詩如用人才，門戶須寬，採取須嚴。能知派別之所由，則自然寬矣；能知精采之所在，則自然嚴矣。余論詩似寬實嚴，嘗口號云：「聲憑宮徵都須脆(1)，味盡酸鹹只要鮮。」

【箋注】

(1)宮徵：五音中的二音，代指中國五聲音階及一切音樂；此用來喻指詩歌的音樂性。

三三

楊、劉詩號西崑體(1)，詞多綺麗。《宋史》：楊文公之正直，人皆知之。劉筠知制誥時，不肯草丁謂復相之詔(2)。真宗不得已，命晏元獻草之(3)。後晏見劉自慚，至掩扇而過。其剛正不在楊下。可見「桑間濮上」之音(4)，未必非賢人所作。

【箋注】

(1)楊劉：指宋・楊億、劉筠。楊億，見卷一・一三注(7)。劉筠，見卷五・七一注(2)。西崑體：見卷一・一三注(6)。

(2)丁謂：字謂之、公言。宋蘇州長洲人。淳化進士。官到宰相，封晉國公。曾勾結宦官，獨攬朝政。

(3)晏元獻：晏殊。見卷一・四六注(15)。

(4)桑間濮上：此泛指男女幽會之事。《漢書・地理志下》：「衛地有桑間濮上之阻，男女亦亟聚會，聲色生焉。」

三四

楊龜山先生云(1)：「當今祖宗之法，不必分元祐與熙豐也(2)。國家但取其善者而行之，可也。」予聞人論詩，好爭唐、宋，必以先生此語曉之。

【箋注】

(1) 楊龜山：楊時，字中立，號龜山先生。宋福建南劍將樂人。神宗熙寧九年進士。曾以「程門立雪」精神從學于程顥、程頤。官至工部侍郎，兼侍讀，授以龍圖閣直學士，提舉杭州洞霄宮。後隱於故鄉龜山讀書講學。有《龜山集》、《二程粹言》等。

(2) 元祐：宋哲宗趙煦年號(1086-1094)。元祐年間，高太后輔佐孫兒垂簾聽政，因反對變法而被貶逐的司馬光、呂公著、蘇轍、蘇軾等相繼被召回京師。協助王安石推行新法的官員呂惠卿等人相繼受到排擠打擊。王安石、宋神宗推行的一系列新法也被逐一否定、廢黜。歷史上稱這一清算新法的轉變為「元祐更化」，所謂恢復祖宗法度。熙豐：宋神宗趙頊年號熙寧、元豐的合稱。熙豐前後，學派林立，有張載的「關學」、二程的「洛學」、王安石的「新學」、司馬光的「涑水學」、邵雍的「象數學」、蘇軾的「蜀學」等學派。這一時期，主要以王安石和熙豐變法為歷史特徵，所謂改變祖宗家法。

三五

　　從古講六書者，多不工書(1)。歐、虞、褚、薛(2)，不硜硜于《說文》、《凡將》(3)。講韻學者，多不工詩。李、杜、韓、蘇，不斤斤於分音列譜(4)。何也？空諸一切，而後能以神氣孤行；一涉箋注，趣便索然。

【箋注】

(1) 六書：古人所講漢字造字理論，即象形、指事、會意、形聲、轉注、假借。工書：精工書法。

(2) 歐虞褚薛：指唐・歐陽詢、虞世南、褚遂良、薛稷，均以工書著稱，後人稱貞觀四家，又稱唐初四大書法家。

(3) 硻硻（kēng）：固執。說文：東漢・許慎《說文解字》。凡將：西漢・司馬相如所作雜字書。

(4) 李杜韓蘇：指李白、杜甫、韓愈、蘇軾，四人詩都是大家，在詩歌發展史上都起著重要作用。此四人並稱，是袁枚的稱法，打破了唐宋界限。

按：所謂空諸一切，必吸收了一切適於自己營養的精髓而後才可空諸一切。所謂神氣獨行，是有了綜合識力、創造力之後而化為一種神情氣質，進而表現為特立獨行，戛戛獨造。同時證明，學問家與作家詩人是兩條不同的路徑，二者兼得是不容易的。

三六

《三百篇》不著姓名，蓋其人直寫懷抱，無意於傳名，所以真切可愛。今作詩，有意要人知有學問、有章法、有師承，於是真意少而繁文多。予按：《三百篇》有姓名可考者，惟家父之〈南山〉(1)、寺人孟子之〈蓁菲〉(2)、尹吉甫之〈崧高〉(3)、魯奚斯之〈閟宮〉而已(4)。此外，皆不知何人秉筆。

【箋注】

(1) 家父：西周詩人。家氏，名父，周幽王時貴族，大夫。《詩經・小雅・節南山》末章云：「家父作誦，以究王訩。」

(2) 寺人孟子：西周詩人。寺人，閹人、宦官，孟子是其字，因遭讒毀受宮刑而為此官。《詩經・小雅・巷伯》末章云：「寺人孟子，作為此詩。」此詩首句為「萋兮斐兮」。

(3) 尹吉甫：西周大臣、詩人，即兮伯吉父。兮氏，名甲，字伯吉父，一作伯吉甫，尹是官名。宣王五年，曾率軍北伐玁狁，有功，為卿士。又奉命徵收南淮夷等族的貢賦。《詩經・大雅・崧高》末章云：「吉甫作誦，其詩孔碩。」另〈烝民〉末章云：「吉甫作誦，穆如清風。」可定二詩為吉甫所作，是中國文學史上第一個有姓名記載的詩人，生平事蹟見《詩經・小雅・六月》。

(4) 魯奚斯：奚斯，春秋時魯國公子魚的字，與魯僖公同時。《詩經・魯頌・閟宮》：「奚斯所作，孔曼且碩，萬民是若。」

三七

人但知寥寥短章之才短，而不知喋喋千言之才更短。人但知滿口公卿之人俗，而不知滿口不趨公卿之人更俗。予嘗箴一名士云：「吟詩羞作野才子，行己莫為小丈夫(1)。」

【箋注】

(1) 小丈夫：庸俗而見識短的人。

三八

阮亭《詩話》(1)，道晚唐人之「布穀啼春雨，杏花紅半村(2)」，不如盛唐人之「興闌啼鳥緩，坐久落花多(3)」。余以為真耳食之論(4)。阮亭胸中，先有晚、盛之分，故不知兩詩之各有妙境。若以渾成而言，轉覺晚唐為勝。

【箋注】

(1) 阮亭：王士禛。著有《漁洋詩話》。見卷一・五四注(1)。

(2) 「布穀」聯：宋・梁相〈春日田園雜興〉（見《御選宋金元明四朝詩・御選宋詩》）。

(3) 「興闌」聯：王維〈從岐王過楊氏別業應教詩〉。

(4) 耳食：謂不加省察，徒信傳聞。《史記・六國年表序》：「學者牽於所聞，見秦在帝位日淺，不察其終始，因舉而笑之，不敢道。此與以耳食無異。」司馬貞索隱：「言俗學淺識，舉而笑秦，此猶耳食，不能知味也。」

三九

或言八股文體制(1)，出於唐人試帖，累人已甚。梅式庵曰(2)：「不然。天欲成就一文人、一儒者，都非偶然。試觀古文人如歐、蘇、韓、柳(3)，儒者如周、程、張、朱(4)，誰非少年科甲哉？蓋使之先得出身，以捐棄其俗學(5)，而後乃有全力以攻實學(6)。

試觀諸公應試之文，都不甚佳；晚年得力於學之後，方始不凡。不然，彼方終日用心於五言八韻、對策三條，豈足以傳世哉？就中晚登科第者，只歸熙甫一人(7)。然古文雖工，終不脫時文氣息；而且終身不能為詩：亦累於俗學之一證。」

【箋注】

(1) 八股文：明、清兩代科舉考試時規定的應考文體。見卷六‧八二注(1)。

(2) 梅式庵：梅鈵，字二如，號式庵。安徽宣城人。乾隆十五年副榜貢士。博學工書，制行醇雅。與袁枚結交三十年。袁有〈題亡友梅式庵畫冊〉等詩。（見《光緒宣城縣誌》卷十四、另見《隨園詩話》卷八‧一六。）

(3) 歐蘇韓柳：指唐‧韓愈、柳宗元，宋‧歐陽修、蘇軾，唐宋古文運動的宣導者。

(4) 周程張朱：指宋‧周敦頤、程顥、程頤、張載、朱熹。

(5) 俗學：指一切不務實際而嚴重影響士習風俗之學。

(6) 實學：指實體達用之學，經世之學。

(7) 歸熙甫：歸有光，字熙甫，號震川。明蘇州府崑山人。嘉靖間會試落第八次，晚年始成進士。官至南京太僕寺丞。重視唐宋文，與王慎中、唐順之、茅坤等被稱為唐宋派。散文頗有感染力，但時露八股習氣。詩清新純樸，不刻意求工。有《震川集》、《三吳水利錄》。

四〇

休寧布衣陳浦(1)，字楚南，白髯偉貌。壬辰年，與陳古漁同來(2)，投一冊詩而去。余當時未及卒讀，庋之架上，蠹蝕者過半。庚子春，偶擷讀之，乃學唐人能得其神趣者。問古漁。曰：「死數年矣。」余深悔交臂而失詩人。其〈廬山瀑布〉云：「噴雪萬峰巔，風吹直下天。長懸一匹練，飛作百重泉。松近無晴鬣(3)，村遙有濕煙。因知元化大，江海與周旋。」〈秋月〉云：「秋月一何皎，照人生遠哀。閉門不忍看，自上紙窗來。」〈孤雁〉云：「月因孤影冷，夜以一聲長。」〈鄱陽湖〉云：「岸闊山沉水，天低浪入雲。」七言如：「遠水無邊天作岸，亂帆一散影如鴉。」「割愛折花因贈妾，攢眉入社為吟詩。」皆不凡也。其可憐者，〈醉後題壁〉云：「貧歸故里生無計，病臥他鄉死亦難。放眼古今多少恨，可憐身後識方干(4)。」嗚呼！余亦識方干於死後，能無有愧其言哉？

【箋注】

(1) 陳浦：見卷三・一七注(5)。卷一四・二四也錄有他的詩。曾被阮元稱為「武林三陳」之一。

(2) 陳古漁：陳毅。見卷一・五二注(3)。

(3) 晴鬣：指不沾水滴的松葉。鬣，指松鬣，即松葉。

(4) 方干：字雄飛。唐新定(今浙江建德)人。始舉進士，錢塘太守姚合視其貌醜，覽卷而變容。科場失意後，隱居會稽鏡湖，貧困以終。而詩著名江南，詩風與賈島相

似，以苦吟著稱。死後十多年，宰臣張文蔚奏名儒不第
者賜一官。後以「身後識方干」比喻生前無人賞識死後
才被重視的人。

四一

　　明季秦淮多名妓，柳如是、顧橫波(1)，其尤著者
也。俱以色藝受公卿知，為之落籍。而所適錢、龔兩
尚書，又都少夷、齊之節(2)。兩夫人恰禮賢愛士，
俠骨稜嶒。閻古古被難(3)，夫人匿之側室中，卒以脫
禍。厲樊榭詩云(4)：「蛾眉前後皆奇絕，莫怪群公欠
致身(5)。」較梅庚「蘼蕪詩句橫波墨，都是尚書傳裏
人」之句(6)，更覺蘊藉。

【箋注】

(1) 柳如是：柳是(1618－1664)，本姓楊，名愛，後更今
　　名，字如是，又字蘼蕪。明末清初浙江嘉興人。常熟錢
　　謙益側室，稱河東君、河東夫人。明亡，勸錢殉國，
　　錢未從。後錢死，以身殉。有《湖上草》、《河東君
　　集》。顧橫波：顧湄，或作顧眉，字眉生，號橫波。明
　　末清初江南上元(今南京)人。嫁江左三大家之一的龔
　　芝麓，改姓徐，號梅生。人稱橫波夫人、徐夫人。平生
　　有俠氣，曾拯救過反清志士閻爾梅。精通詩詞，擅長度
　　曲，人推南曲第一，有《柳花閣集》。

(2) 錢：錢謙益。見卷一·三注(5)。龔：龔鼎孳，字孝升，
　　號芝麓。江南合肥人。明崇禎七年進士。授兵科給事
　　中。入清後，康熙間歷任刑、兵、禮部尚書，屢疏為江
　　南請命。詩文與錢謙益、吳偉業稱江左三大家。有《定

山堂集》、《香嚴詞》等。夷齊：指商末伯夷、叔齊兄弟，孤竹君之二子。後入周，武王伐紂，勸諫。武王滅商後，隱居首陽山采薇，不食周粟而死。所謂以品行高潔著稱。

(3)閻古古：閻爾梅，字國卿，號古古、白耷山人、蹈東和尚。明末清初江南沛縣（今屬江蘇）人。明崇禎舉人。為復社巨子。改姓名稱翁藏若。參與抗清活動，兩度為清軍所執，抗志不屈，獲釋，多年流亡各地，晚年始歸家鄉。詩有奇氣，聲調沉雄，有《白耷山人集》。

(4)屬樊榭：屬鴉。見卷三·六一注(1)。

(5)欠致身：指有愧於做官。

(6)梅庚：見卷六·九三注(1)。

四二

或問：「太白樂府『元氣是文康之老親』作何解(1)？」余按：周捨〈上雲樂〉曰(2)：「西方老胡，厥名文康。」此其所本。然樂府語多不可解，如：〈烏棲曲〉之「目作宴瑱飽，腹作宛惱饑，刀作離婁僻」，措語奧僻。又曰：「既死明月魄，無復玻瓈魂。」「明月魄」，可解也；「玻瓈魂」，不可解也。周宣王時〈采薪歌〉曰：「金虎入門吸元泉。」「金虎」、「元泉」，的是何物？

【箋注】

(1)「元氣」語：出自李白〈上雲樂〉：「大道是文康之嚴父，元氣乃文康之老親。」元氣，指形成天地萬物的原

始物質。文康，傳說中胡人神仙名，生自上古，長生不死，能歌善舞，善弄鳳凰獅子。老親，此指慈母。

(2) 周捨：字升逸。南朝梁汝南安成（今汝南東南）人。起家齊太學博士。入梁，召拜尚書祠部郎，官至右驍騎將軍。博學多通，以有辯才著稱。

四三

聯句，始〈式微〉(1)。劉向《烈女傳》謂(2)：「《毛詩》『泥中』、『中露』，衛二邑名。〈式微〉之詩，二人同作。」是聯句之始。《文心雕龍》云：「聯句共韻，《柏梁》餘製(3)。」

【箋注】

(1) 聯句：見卷六・五八注(3)。式微：《詩經・邶風・式微》，劉向認為是二人同作，即每章的前一節為女方問，後一節為男方答；亦即二人聯句而成一首詩。

(2) 劉向：本名更生，字子政。西漢沛（今屬江蘇）人。曾任諫議大夫、中壘校尉、光祿大夫。著《洪範五行傳》、《列女傳》、《新序》、《說苑》等。

(3) 柏梁：即柏梁體，指每句用韻的七言古詩，創于漢武帝時。漢武宴柏梁臺，與群臣共賦七言詩，人各一句，句皆用韻（平聲韻），後人遂以每句用韻的七言詩為柏梁體。餘製：指傳留下來的詩文體制。

四四

　　集句，始傅咸(1)。傅咸有〈回文反復詩〉。又作〈七經詩(2)〉，其《毛詩》一篇，皆集經語。是集句所由始矣。

【箋注】

(1) 集句：見卷六・五八注(2)。傅咸：見卷五・一八注(7)。

(2) 七經詩：《詩紀》云：「《春秋正義》曰：『傅咸〈七經詩〉，王義之寫。今所存者六經耳。』」有〈孝經詩〉、〈論語詩〉、〈毛詩詩〉、〈周易詩〉、〈周官詩〉、〈左傳詩〉。見於唐・徐堅等撰《初學記》。

四五

　　詩文集之名，始東京(1)。《隋經籍志》曰：「集之名，東京所創。」蓋指班史某人文幾篇(2)，某人詩幾篇而言。後人集之，非自為集也。齊、梁間始有自為集者：王筠以一官為一集(3)，江淹自名前後集(4)，是也。有一人之集，止一題者：《阮步兵集》五言八十篇，四言十三篇，題皆曰〈詠懷〉(5)；應休璉詩八卷，總名曰《百一詩》(6)：是也。亦有一集止為一事者：梁元帝為〈燕歌行〉，群臣和之，為《燕歌行集》(7)；唐睿宗時，李適送司馬承禎〈還山詩〉，朝士和者三百餘人，徐彥伯編而序之，號《白

雲記》(8)：是也。有一集止一體者：崔道融《唐詩》
二卷，皆四言，是也(9)。有數人唱和而成集者：元、
白之《因繼集》(10)，皮、陸之《松陵集》(11)，溫
飛卿之《漢上題襟集》(12)，是也。

【箋注】

(1) 東京：指洛陽，東漢建都洛陽，此以東京代東漢。

(2) 班史：《漢書》之別稱，《漢書》為班固所作，故稱
　　《班史》。

(3) 王筠：字元禮，一字德柔。南朝梁琅琊臨沂（今山東臨
　　沂）人。歷任尚書殿中郎、太子洗馬、中書舍人、太子
　　詹事等。甚為昭明太子禮遇，為沈約稱賞。王筠每為
　　一官，皆撰文記之，每官為一集，有《洗馬》、《中
　　書》、《中庶》、《吏部》、《左佐》、《臨海》、
　　《太府》、《尚書》，行於當世，後皆散佚。明人輯有
　　《王詹事集》。

(4) 江淹：字文通。南朝梁濟陽考城（今河南蘭考）人。歷仕
　　宋、齊、梁三朝。齊高帝時，仕位騰升。蕭衍以梁代齊
　　後，官至金紫光祿大夫，封醴陵侯。據《梁書・江淹
　　傳》，江淹有著述百餘卷，自編為前後集。《隋書・經
　　籍志》載有《江淹集》九卷，《江淹後集》十卷。

(5) 阮步兵：阮籍，字嗣宗。三國魏陳留尉氏（今屬河南）
　　人。任散騎常侍、步兵校尉，封關內侯。世稱阮步兵。
　　善詩工文，與嵇康齊名，為竹林七賢之一。後人輯有
　　《阮步兵集》。

(6) 應休璉：應璩，字休璉。汝南（今屬河南）人。三國時魏
　　文學家。官至侍中。所作《百一詩》，譏諷時事，語言
　　通俗。

(7) 梁元帝：蕭繹，字世誠，小字七符，自號金樓子。南蘭

陵（今江蘇常州西北）人。南朝梁武帝第七子，初封湘
東王，後討平侯景，即位於江陵，在位三年。帝幼盲一
目，好讀書，工書善畫，賦詩不輟，詩賦輕艷綺靡。
著作今存《金樓子》、《梁元帝集》輯本。《燕歌行
集》，已佚。

(8) 李適：字子至，自號東山子。唐京兆萬年（今陝西西安）
人。武后時舉進士。調猗氏縣尉，官至工部侍郎。司馬
承禎：字子微，法號道隱。唐河內溫縣（今屬河南）人。
隱於天台山，自號天台白雲子。唐睿宗嘗召見，既歸，
朝士賦詩送之，盈編，遂傳於世，號《白雲記》。

(9) 崔道融：自號東甌散人。唐荊州（今湖北江陵）人。唐末
避亂永嘉。昭宗時為永嘉令。唐亡，避戰亂入閩。存詩
一卷。

(10) 因繼集：白居易生前多次編集，《元白唱和因繼集》、
《劉白唱和集》為別出單行的作品，後收入全集中。

(11) 松陵集：唐·陸龜蒙編，為陸龜蒙與皮日休等在蘇州唱
和之詩集。唐蘇州鎮名松陵（今江蘇吳江），時皮日休為
蘇州從事，陸龜蒙往訪，相互作詩唱和，遂題是名。依
韻唱和，始于北魏·王肅夫婦，盛于唐代元白，而極于
皮陸。

(12) 漢上題襟集：唐·段成式編，收其于唐宣宗大中十年至
十四年間游徐商襄陽幕，與溫庭筠、溫庭皓、余知古、
徐商等唱和作品及諸人往來書札。

四六

　　余嘗鑄香爐，合金、銀、銅三品而火化焉。爐成
後，金與銀化，銀與銅化，兩物可合為一；惟金與

銅，則各自凝結：如君子小人不相入也。因之，有悟于詩文之理。八家之文，三唐之詩，金、銀也。不攙和銅、錫，所以品貴。宋、元以後之詩文，則金、銀、銅、錫，無所不攙，字面欠雅馴，遂為耳食者所擯(1)，并其本質之金、銀而薄之，可惜也！余〈哭鄂文端公〉云：「魂依大祫歸天廟(2)。」程夢湘爭云(3)：「『祫』字入禮不入詩。」余雖一時不能易，而心頗折服。夫「六經」之字，尚且不可攙入詩中，況他書乎！劉禹錫不敢題「糕」字(4)，此劉之所以為唐詩也。東坡笑劉不題「糕」字為不豪(5)，此蘇之所以為宋詩也。人不能在此處分唐、宋，而徒在渾含、刻露處分唐、宋，則不知《三百篇》中，渾含固多，刻露者亦復不少。此作偽唐詩者之所以陷入平庸也。

【箋注】

(1)耳食：見本卷三八注(4)。

(2)大祫(xiá)：古時天子、諸侯宗廟祭禮之一，集遠近祖先的神主于太祖廟合祭。

(3)程夢湘：字荊南，號衡帆。江蘇丹徒人。乾隆三十年拔貢。官湖南桂陽、清泉知縣。有《松寥山館詩鈔》。

(4)劉禹錫：見卷一‧四二注(10)。

(5)「東坡」句：此處有誤，應為宋子京(祁)詩，其〈九日食糕〉詩云：「飆館輕霜拂曙袍，糗餈花飲鬥分曹。劉郎不敢題糕字，空負詩中一世豪。」宋‧熊朋來《經說》卷四、宋‧羅大經《鶴林玉露》卷九(四庫本)、宋‧邵博撰《聞見後錄》卷十九、宋‧蒲積中編《歲時雜詠》卷三十七，都持此說。劉禹錫不敢用「糕」字，是以為六經中無此字。宋祁認為《周禮》疏「糗餌粉

餻」即為糕類。其實，六經中有無，不應作為詩中用字的標準。與劉禹錫經常唱和的白居易已經在詩中用過「糕」字：「移坐就菊叢，饌酒前羅列。」

四七

無題之詩，天籟也(1)；有題之詩，人籟也(2)。天籟易工，人籟難工。《三百篇》、《古詩十九首》，皆無題之作，後人取其詩中首面之一二字為題，遂獨絕千古。漢、魏以下，有題方有詩，性情漸漓(3)。至唐人有五言八韻之試帖(4)，限以格律，而性情愈遠。且有「賦得」等名目(5)，以詩為詩，猶之以水洗水，更無意味。從此，詩之道每況愈下矣。余幼有句云：「花如有子非真色，詩到無題是化工。」略見大意。

【箋注】

(1)天籟：指詩文天然渾成，得自然之趣。

(2)人籟：指人力精工製作的作品。

(3)漓：淺薄。

(4)試帖：科舉時代考試時所作的詩，多用古人詩句命題，冠以賦得二字，其詩或五言、七言，或八韻、六韻，在詩中自成一體，稱為「試帖」。

(5)賦得：除試帖詩題首多冠以「賦得」二字外，古人還有分題定韻賦詩，分到題目稱為「賦得」。後遂將「賦得」視為一種詩體。即景賦詩者也往往以「賦得」為題。

四八

秦潤泉修撰將朝考(1)，關廟求籤，得句云：「靜來好把此心捫。」不解所謂。朝考題是〈松柏有心賦〉。通篇忘押「心」字韻。總裁列之高等，被上看出，乃各謝罪。上笑曰：「狀元有無心之賦，試官無有眼之人。」按：宋莒公試〈德車結旌賦〉(2)，亦忘押「結」字。〈謝表〉云：「掀天破浪之中，舟人忘楫；動地鼓鼙之下，戰士遺弓。」

【箋注】

(1)秦潤泉：秦大士。見卷一‧四二注(6)。

(2)宋莒（jǔ）公：宋庠，字公序、伯庠。祖籍安州安陸（今湖北安陸），徙開封雍丘（今河南杞縣）。宋仁宗大聖二年舉進士第一，入為翰林學士。累遷檢校太尉、同平章事充樞密使，封莒國公。以司空致仕，卒諡元憲。有《宋元憲集》。

四九

香亭宰南陽(1)，大將軍明公瑞之弟諱仁者(2)，領軍征西川，路過其邑，於未到前三日，飛羽檄寄香亭，合署大駭，拆視，乃詩一首，云：「雙丁二陸聞名久(3)，今日相逢在道途。寄問南陽賢令尹，風流得似子才無？」嗚呼！枚與公絕無一面，蒙其推挹如此。因公在京時，曾托尹似村索詩(4)，枚書扇奉寄，

而公已歿軍中。故哭公云：「團扇詩才從北寄，雕弓人已賦西征。」

【箋注】

(1) 香亭：袁樹。見卷一・五注(3)。

(2) 明瑞：見卷五・四九注(1)。明仁：滿洲鑲黃旗人。傅清子，初襲一等子爵，授三等侍尉。乾隆四十年卒於軍營。

(3) 雙丁：指三國魏・丁儀、丁廙兄弟，均以文學著稱。二陸：指晉・陸機、陸雲兄弟，並有俊才。此以代指袁枚、袁樹。

(4) 尹似村：慶蘭。見卷二・三七注(1)。

五〇

　　襄城劉芳草先生(1)，名青芝，雍正丁未翰林。與兄青藜友愛(2)，築江村七一軒同居。所謂「七一」者，仿歐陽六一居士之義(3)，多一弟，故名七一。先生初入詞館，即請假省兄。座主沈近思留之曰(4)：「頃閱子上張儀封書、與王豐川札，知君有經濟之人，何言歸也？」先生誦其兄寄詩云：「今生不盡團圞樂，那有來生未了因？」沈憐而許之。丙辰秋，同徵友張雄圖引見先生于僧寺中(5)，鬚已盡白，德容粹然。秀水張布衣庚為之立傳(6)。初，先生與張訣，脫珮玉為贈。後聞訃，張奉玉為位以哭云(7)。

【箋注】

(1) 劉芳草：劉青芝，字芳草，號江村山人。河南襄城人。
雍正五年進士。改翰林院庶吉士。為文不名一體，尤長
傳記。有《學詩闕疑》、《尚書辨疑》、《續錦機》、
《江村隨筆》、《江村山人文稿》等。

(2) 劉青藜：字太乙，號嘯月，又號臥廬。河南襄城人。康
熙四十五年進士。選庶吉士，請養歸。平生專意於詩。
有《高陽山人集》。

(3) 六一居士：宋・歐陽修自號六一居士曰：吾藏書一萬
卷，集三代以來金石遺文一千卷，有琴一張，棋一局，
而常置酒一壺，以吾一翁老於此五物之間，是為六一。
詳〈六一居士傳〉。

(4) 沈近思：見卷四・二注(5)。

(5) 張雄圖：字礪山，號慕堂。清洛陽人。學問淵博，學使
以賢良方正薦。乾隆元年河東總督王士俊薦舉博學鴻詞
及試報罷，六年始舉本省鄉試，賜國子監學正。主講周
易書院以卒。有《慕堂集》。

(6) 張庚：見卷二・一六注(8)。

(7) 為位：陳設於靈位前。

五一

　　或誦詩句云：「鳥聲穿樹日當午，燈影隔簾人讀
書。」問：「當是何人之句？」余曰：「似宋、元名
家。」其人曰：「非也。近人李松圃所作(1)。」

【箋注】

(1) 李松圃：李秉禮。見卷六・七五注(5)。

五二

雲南蒙化有陳把總，名翼叔(1)。〈即景〉云：「斜月低於樹，遠山高過天。」〈從軍〉云：「壯士從來有熱血，秋深不必寄寒衣。」有如此才，而隱於百夫長(2)，可歎也！陳鑿一山洞，命子俟其死，藏而封焉。

【箋注】

(1)陳翼叔：陳佐才，字翼叔，別號睡隱子，俗稱陳仙人。明蒙化府（今雲南南巍山彝族回族自治縣）人。少時習文，後投在黔國公天波下受武職，官把總。明亡不仕，發奮尚學，與擔當等名士往來唱和，多憂國愛鄉之辭。其妻安氏輯遺詩稱《天叫集》、《是何庵集》、《寧瘦居集》、《石棺集》。

(2)百夫長：舊時統率百人的小頭目。

五三

廣東珠娘皆惡劣(1)，無一可者。余偶同龍文弟上其船(2)，意致索然。問：「何姓名？」龍文笑曰：「皆名春色。」余問：「何以有此美名？」曰：「春色惱人眠不得！」

【箋注】

(1)珠娘：閩粵一帶對女孩或婦人的美稱。

(2)龍文：袁枚堂弟，官廣西州同。餘未詳。

五四

　　唐殷璠選《河嶽英靈集》（1），不選杜少陵；高仲武選《中興間氣集》（2），不選李太白：所謂各從其志也。

【箋注】

（1）殷璠：唐丹陽（今屬江蘇）人。天寶間鄉貢進士。編選盛唐開元、天寶間詩人常建至閻防二十四人的作品二百三十四首為《河嶽英靈集》，附以評語。其以選詩方式標舉一家宗旨，審美觀以「興象」為中心，志在推崇盛唐詩風。

（2）高仲武：唐渤海（今山東濱縣）人。至德初年開始選唐人詩，迄大曆末年編成《中興間氣集》。選錄安史之亂後肅宗、代宗「中興」時期的詩歌。間氣，謂傑出之人才秉五行之氣而生，故名。包括自錢起至張南史共二十六人、計一百三十四首，以「體狀風雅，理致清新」為選錄標準。編選範圍在時間上大體與《河嶽英靈集》銜接，志在展示大曆氣韻。

五五

　　吳中多閨秀。崔夫人之子景儼娶婦莊素馨（1），能詩，早卒。夫人為梓其《蒙楚閣遺草》。詠〈蟬〉云：「吟風雙翅薄，飲露一身輕。」〈新月〉云：「簾捲西風小院門，玉階涼動近黃昏。蛾眉一曲橫天半，疑是嫦娥指爪痕。」洪稚存為志墓云（2）：「景

儼感逝既殷，傷心屢賦。十二時之內，欲廢黃昏；《三百篇》之間，竟刪〈蒙楚〉。」彭希涑孝廉之妻顧韞玉(3)，亦能詩，早卒。詠〈白燕〉云：「銀剪輕風送曉寒，穿來飛絮訝春殘。那知暫向林間宿，猶作枝頭霽雪看。」〈舟行〉云：「鳥啼知月上，犬吠報村來。」

【箋注】

(1) 莊素馨：武進（今江蘇武進市）人。濟南府知府莊敿坡季女，杭州府水利通判崔曼亭次子崔景儼妻。幼聰慧，年十二，即解韻語。乾隆五十二年二十三歲卒。有《蒙楚閣集》。

(2) 洪稚存：洪亮吉。見本卷二一注(4)。

(3) 彭希涑：字樂園。彭啟豐孫。乾隆五十一年舉人。有《樂園詩稿》。顧韞玉：字絳霞。江蘇崑山人。約於清乾隆中期在世，為翰林院侍詔顧芥亭之女，主事彭希涑之妻。善於作詩，工於書法。有《芸暉閣吟草》。

五六

味甜自悅口，然甜過則令人嘔；味苦自螫口，然微苦恰耐人思。要知甘而能鮮，則不俗矣；苦能回甘，則不厭矣。凡作詩獻公卿者，頌揚不如規諷。余有句云：「厭香焚皂莢，苦膩慕蒿芹(1)。」

【箋注】

(1) 皂莢：喬木皂莢樹的果實，味苦，可入藥，有殺菌作
用。蔄芹：蔄草，初生嫩苗可食。芹，繖形科塘蔄屬，
一年生或二年生草本，嫩葉及莖可供食用。韓愈〈陪杜
侍御遊湘西兩寺獨宿有題〉：「澗蔬煮蔄芹，水果剝菱
芡。」

五七

　　古無小照，起于漢武梁祠畫古賢烈女之像(1)。
而今則庸夫俗子，皆有一《行樂圖》矣(2)。古無別
號，起于史衛王(3)，紈袴子弟創「雲麓」、「十洲」
之號(4)，互相稱栩。而今則市井少年，皆有一別字
矣。索題者累百盈千，余不得已，隨手應酬。嘗口號
云：「別號稱非古，題圖詩不存。」偶然翻擷《全
集》，存者尚多；可見割愛甚難。然所存，亦十分中
之一二。

【箋注】

(1) 漢武梁祠：東漢時期的一座祠堂，位於山東省嘉祥縣紙
坊鎮武翟山北麓。石室四壁刻古帝王忠臣義士孝子賢婦
畫像，各以小字識其旁。

(2) 行樂圖：此指肖像畫。

(3) 史衛王：南宋權臣史彌遠。見卷五・二六注(4)。

(4) 雲麓：史宅之，字子仁，號雲麓。宋明州鄞縣人。史彌
遠之子。十洲：未詳。

五八

東坡云：「作詩必此詩，定知非詩人。」此言最妙。然須知作此詩而竟不是此詩，則尤非詩人矣。其妙處總在旁見側出，吸取題神，不是此詩，恰是此詩。古梅花詩佳者多矣！馮鈍吟云(1)：「羨他清絕西溪水，才得冰開便照君。」真前人所未有。余詠〈蘆花〉詩，頗刻劃矣。劉霞裳云(2)：「知否楊花翻羨汝，一生從不識春愁。」余不覺失色。金壽門畫杏花一枝(3)，題云：「香驄紅雨上林街(4)，牆內枝從牆外開。惟有杏花真得意，三年又見狀元來。」詠梅而思至於冰，詠蘆花而思至於楊花，詠杏花而思至於狀元：皆從天外落想，焉得不佳？

【箋注】

(1) 馮鈍吟：馮班，字定遠，號鈍吟。江蘇常熟人。明諸生。明亡，佯狂避世。善評論詩文，評論詩不按宋人規矩，不遵嚴羽，不取江西宗派，而以實際立論，並遵崇西崑體；評文多依古法。有《鈍吟雜錄》、《定遠集》、《鈍吟詩文稿》、《評點才調集》。

(2) 劉霞裳：見卷二·三三注(2)。

(3) 金壽門：金農。見卷三·七二注(2)。

(4) 上林：此指皇家園林。新中進士要舉行杏花園初會，謂之探花宴，使遍遊名園，看誰先折得名花。

五九

　　余家藏古剌水一罐(1)，上鐫：「永樂六年，古剌國熬造，重一斤十三兩。」五十年來，分量如故。鑽開試水，其臭香、色黃而濃，裏面皆黃金包裹：方知水歷數百年而分量不減者，金生水故也。《池北偶談》：「左蘿石〈詠古剌水〉云(2)：『瓶中古剌水，製自文皇年(3)。……列皇飲祖澤，旨之如羹然。』又曰：『再拜嘗此水，含之不忍咽。』」似乎古剌水可飲也。明人〈宮詞〉云：「聞道內人新浴罷，一杯古剌水橫陳。」似乎宮人浴罷染體之水也。厲太鴻詩曰(4)：「一灑羅衣常不滅，氤氳願與君恩終。」又似乎熏灑衣服之用矣。三君子者，不知何考耶。嚴分宜籍沒時(5)，其家有古剌水十三罐，人以為奇。則此水之貴重可知。

【箋注】

(1) 古剌：或稱大古剌，中國史籍亦稱為白古、擺古，在雲南孟養西南，濱南海，為古代緬甸南部孟族封建主所統治，同中國關係密切。古剌水，即薔薇水，是一種花露水，自唐宋以來，從大食傳入我國。

(2) 池北偶談：清代筆記，王士禎著。左蘿石：左懋第，字仲及，號蘿石，明山東萊陽人。崇禎四年進士。

(3) 文皇：一指三國魏文帝曹丕，一指唐太宗李世民。此指後者。

(4) 厲太鴻：厲鶚。見卷三・六一注(1)。

(5) 嚴分宜：嚴嵩，字惟中，號介溪。明分宜（今江西分宜）

人。讀書鈐山十年，以詩文獲盛名。弘治十八年進士。明世宗時官禮部尚書、武英殿大學士、華蓋殿大學士。一意媚上，竊權罔利，執政二十年之久，權傾朝野。後被罷相抄家，寄食墓舍而死。

六○

骨董家相傳：雨過天青色磁，始于柴世宗(1)。按晚唐早有之。陸龜蒙詩曰(2)：「九天風露越窰開(3)，奪得千峰翠色來。」

【箋注】

(1)柴世宗：柴榮。五代後周皇帝，邢州龍岡(今河北邢臺西南)人。在位六年卒，廟號世宗。

(2)陸龜蒙：見卷一·二○注(13)。

(3)越窰：唐至宋代著名青瓷窰之一，窰址在今浙江餘姚上林湖一帶，古代屬越州，因名。

六一

宋人詞云：「斜陽何處最消魂？樓上黃昏，馬上黃昏。(1)」陳古漁〈詠月〉云(2)：「閨中少婦關山客，樓上無眠馬上看。」《清波雜誌·詠望後月》云(3)：「昨夜三更後，嫦娥墮玉簪。馮夷不敢受(4)，捧出碧波心。」本朝楊文叔先生〈詠十六夜月〉云(5)：「休言三五團圞好，二八嬋娟更可

憐。」《玉壺清話・詠新月》云：「一二初三四，蛾眉影尚單。待奴年十五，正面與君看。」近人方子雲〈詠新月〉云(6)：「宛如待嫁閨中女，知有團圞在後頭。」心思之妙，孰謂今人不如古人耶？

【箋注】

(1)「斜陽」三語：《全宋詞》載劉仙倫〈一剪梅〉，三語為：「一般離思兩銷魂。馬上黃昏。樓上黃昏。」

(2)陳古漁：陳毅。見卷一・五二注(3)。

(3)詠望後月：《錦繡萬花谷》和《詩話總龜》皆載為宋・王禹偁〈白蓮〉詩。

(4)馮夷：傳說為水神河伯。馮夷原為華陰縣潼鄉堤首人，渡河溺死，被天帝封為河神。

(5)楊文叔：楊繩武。見卷二・六〇注(1)。

(6)方子雲：方正澍。見卷一・四五注(6)。

六二

前朝廣東惠州，有蘇神童〈詠月〉三十首(1)。其最佳者：〈初一月〉云：「氣朔盈虛又一初，嫦娥底事半分無？卻於無處分明有，渾似先天《太極圖》(2)。」〈初二月〉云：「三足金烏已斂形，且看兔魄一絲生(3)。嫦娥底事梳妝懶？終夜蛾眉畫不成。」〈初三月〉云：「日落江城半掩門，城西斜眺已黃昏。何人伸得披雲手，錯把青天搯一痕。」〈初四月〉云：「禁鼓才聞第一敲，忽看新月掛林梢。誰

家寶鏡新藏匣？蓋小參差掩不交。」〈十八月〉云：
「二九良宵此夜當，鏡輪雖破有餘光。勸君夜飲停杯
待，二鼓初敲管上窗。」〈二十一月〉云：「破鏡緣
何少半規，陽精倒迫若相催。弓弦過滿知何似，正是
彎弓欲射時。」〈二十二月〉云：「三更半夜未成
眠，殘月今宵正下弦。若有遠行人早起，也應相伴五
更天。」神童年十四而卒。人問：「幾時再生？」應
聲曰：「五百年。」

【箋注】

(1) 蘇神童：蘇福。明潮陽（今廣東汕頭市區）人。洪武間舉
　　童子科。早年常隨父在惠州經商。八歲賦初月詩。

(2) 太極圖：又稱《先天圖》或《天地自然之圖》。是中國
　　上古文化中最神秘的一張圖。周敦頤《太極圖說》：
　　「無極而太極。太極動而生陽，動極而靜，靜而生陰。
　　靜極復動。一動一靜，互為其根。分陰分陽，兩儀立
　　焉。」邵雍說，先天《太極圖》為伏羲所畫：「伏羲之
　　易，初無文字，只有一圖矣，寓其象數。而天地萬物之
　　理、陰陽始終之變具焉。」

(3) 金烏：相傳日中有三足烏，代指太陽。兔魄：相傳月中
　　有玉兔，代指月亮。

六三

　　吳雲岩殿撰在潮州眷一妓(1)。妓持紙乞詩，吳書
一絕云：「濤箋親捧剪輕霞(2)，小立當筵躡錦靴。休
訝老坡難忍俊，多因無奈海棠花(3)。」此妓聲價頓

增，人呼「狀元嫂」(4)。

【箋注】

(1)吳雲巖：吳鴻。見卷三‧二二注(1)。

(2)濤箋：唐代女詩人薛濤創製的一種深紅色的小彩紙，以作詩文；此代指妓女所持紙。

(3)老坡：以蘇東坡自喻。海棠：東坡在黃岡，每用官奴侑觴，群姬持紙乞歌詞，獨李琦未蒙賜，一日有請，坡乘醉書「東坡五載黃州住，何事無言贈李琦。」移時續以「卻似城南杜工部，海棠雖好不吟詩」足之。其人自此聲價增重。（見宋《清波雜誌》、《庚溪詩話》、《春渚紀聞》，三書所載情事稍有異同。）

(4)狀元嫂：吳雲巖曾在乾隆十六年中狀元，故有此稱。

六四

譚默齋進士掌教嶺南(1)。其同年謝興士新納寵(2)，不肯告人。譚寄詩調之，云：「玉指丹唇鴉髻盤，東山絲竹妙吹彈(3)。定知鍾得夫人愛，簾捲常教太傅看(4)。」謝笑曰：「既吾家有此故事，敢不自首？」譚著《楚庭稗珠錄》，皆遊黔、粵所得。自序云：「人有到南海得大蟻尺許者，漬鹽帶歸，以誇示人。東坡食蠔而甘(5)，戒其子勿告人，慮有公卿謀謫南海，以奪其味者。余為此書，當蟻以誇人，不學東坡之饞，慮人奪味也。」其言甚雋。譚名萃。

【箋注】

(1) 譚默齋：檀萃（譚，誤），字豈田，號默齋。安徽望江
人。乾隆二十六年進士。服官黔粵四載，披奇采勝，博
采廣志，隨手札錄，撰成《楚庭稗珠錄》。另有《滇南
文集》、《滇南詩話》等。

(2) 謝興士：疑為謝天衢。廣東嘉應直隸州人。乾隆二十六
年進士。

(3) 東山：代指晉謝安所居之地。

(4) 太傅：指謝安。見卷一·五六注(4)。此以同姓名人借指
謝興士。

(5) 食蠔而甘：東坡在海南食蠔而美，貽書叔黨曰：「無令
中朝士大夫知，恐爭謀南徙，以分此味。」（《格致鏡
原》）

六五

　　杜雲川太史(1)，送周震夫之天長(2)，僕馬俱已
戒途(3)，《口號》一首云：「招尋有約竟何嘗，判袂
匆匆語未遑(4)。半晌花前嫌日短，」至第四句久停，
乃疾書曰：「一帆江上到天長。」真巧對也！

【箋注】

(1) 杜雲川：杜詔（1666-1736），字紫綸，號雲川，別號晚
花詞客、蓉湖詞隱，學者稱豐樓先生。江蘇無錫人。康
熙五十一年進士。改庶吉士。薦舉博學鴻詞。後引退林
居，放浪山水間，詩益工且富。有《雲川閣詩》、《鳳
髓詞》、《浣花詞》、《蓉湖魚笛譜》。與杜庭珠合編

《唐詩叩彈集》。

(2)周震夫：未詳。天長：安徽天長縣。

(3)戒途：出發，啟程。

(4)招尋：招來賓客，相邀。判袂：分裾，別離。

六六

詩難其真也，有性情而後真；否則敷衍成文矣。詩難其雅也，有學問而後雅；否則俚鄙率意矣。「太白斗酒詩百篇」，東坡「嬉笑怒罵皆成文章」(1)：不過一時興到語，不可以詞害意。若認以為真，則兩家之集，宜塞破屋子；而何以僅存若干？且可精選者，亦不過十之五六。人安得恃才而自放乎？惟糜惟苣(2)，美穀也，而必加舂揄揚簸之功；赤菫之銅(3)，良金也，而必加千辟萬灌之鑄(4)。

【箋注】

(1)「太白」句：引杜甫詩。「東坡」句：引黃庭堅語。

(2)糜：糜子，泛指黍類。性不黏。苣（qǐ）：禾本科稷屬，莖稈高大，實粗硬無黏性，即白粟。

(3)赤菫：赤菫山在今紹興市東南，若耶溪發源處，相傳春秋時期越國人歐冶子鑄劍採金銅之精於山下。

(4)灌辟：猶煉鑄。

六七

用典一也，有宜近體者(1)，有宜古體者(2)，有近古體俱宜者，有近古體俱不宜者。用典如水中著鹽，但知鹽味，不見鹽質。用僻典如請生客入座，必須問名探姓，令人生厭。宋喬子曠好用僻書，人稱「孤穴詩人」(3)，當以為戒。或稱予詩云：「專寫性情，不得已而適逢典故；不分門戶，乃無心而自合唐音。」雖有不及，不敢不勉。

【箋注】

(1)近體：指近體詩。見卷五·四〇注(2)。

(2)古體：古體詩。見卷五·四〇注(1)。

(3)喬子曠：未詳。元·陶宗儀《說郛》說為唐末人。孤穴：應為「狐穴」。《太平御覽》卷六一八：「伏滔《北征記》曰：『皇天塢北，古時陶穴。晉時有人逐狐入穴，行十里許，得書二千餘卷。』」後以「狐穴」喻僻典。

六八

高青丘笑古人作詩(1)，今人描詩。描詩者，像生花之類，所謂優孟衣冠，詩中之鄉願也(2)。譬如學杜而竟如杜，學韓而竟如韓：人何不觀真杜、真韓之詩，而肯觀偽韓、偽杜之詩乎？孔子學周公，不如王莽之似也(3)；孟子學孔子，不如王通之似也(4)。唐

義山、香山、牧之、昌黎，同學杜者(5)；今其詩集，都是別樹一旗。杜所伏膺者，庾、鮑兩家(6)；而集中亦絕不相似。蕭子顯云(7)：「若無新變，不能代雄。」陸放翁曰：「文章切忌參死句。」黃山谷曰：「文章切忌隨人後。」皆金針度人語(8)。《漁隱叢話》笑歐公「如三館畫筆，專替古人傳神(9)」，嫌其描也。五亭山人〈嘲鸚鵡〉云(10)：「齒牙餘慧雖偷拾，那識雷同轉可羞。」又曰：「爭似流鶯當百囀，天真還是一家言。」

【箋注】

(1) 高青丘：明詩人高啟。見卷一·五四注(2)。

(2) 優孟衣冠：楚相孫叔敖死，優孟著孫叔敖衣冠，摹仿其神態動作，楚莊王及左右不能辨，以為孫叔敖復生。後用來指藝術上單純地模仿，只在外表、形式上相似。鄉願：指鄉中貌似謹厚，而實與流俗合污的偽善者。

(3) 王莽：見卷五·五九注(2)。

(4) 王通：字仲淹，門人私諡文中子。隋河東郡絳州龍門(今山西萬榮)人。王勃的祖父。曾任蜀郡司戶書佐，後棄官退居於河汾之間，以講學著述為業。主張以儒學為正統，三教可一。著書多擬六經，世稱《王氏六經》，已佚。依《家語》、《法言》例，著《中說》。

(5) 義山：李商隱。香山：白居易。牧之：杜牧。昌黎：韓愈。

(6) 庾鮑：指南朝宋·鮑照、北周·庾信。杜甫：「清新庾開府，俊逸鮑參軍。」

(7) 蕭子顯：見卷四·六五注(1)。

(8) 金針度人：謂將某種技藝的訣竅傳授給別人。宋·釋覺

範《石門文字禪》卷十五〈與韓子蒼六首〉其四:「鴛鴦繡出從教看,莫把金針度與人。」

(9)漁隱叢話:宋・胡仔撰《苕溪漁隱叢話》。三館:弘文(亦稱昭文)、集賢、史館三館,負責藏書、校書、修史等事項。

(10)五亭山人:即吳斯洺。見卷六・九三注(3)。

六九

人莫不有五官百體,而何以男誇宋朝(1),女稱西施?昌黎〈答劉正夫〉云:「足下家中百物,皆賴而用也;然其所珍愛者,必非常物。」皇甫持正亦云(2):「虎豹之文必炳,珠玉之光必耀。」故知色彩貴華也。聖如堯舜,有山龍藻火之章(3);淡如仙佛,有瓊樓玉宇之號。彼擊瓦缶、披短褐者,終非名家。

【箋注】

(1)宋朝:即孔子所說春秋時宋公子朝。《論語・雍也》:「子曰:『不有祝鮀之佞,而有宋朝之美,難乎免於今之世矣!』」

(2)皇甫持正:皇甫湜,字持正。唐睦州新安(今浙江淳安縣)人。出於韓愈門下,是中唐著名散文家。憲宗元和元年擢進士第,為陸渾尉,仕至工部郎中。有《皇甫持正集》。

(3)山龍藻火:指袞服或旌旗上繡製的山、龍、水藻及火焰圖案。

七〇

老學究論詩，必有一副門面語。作文章，必曰有關係(1)；論詩學，必曰須含蓄。此店鋪招牌，無關貨之美惡。《三百篇》中有關係者，「邇之事父，遠之事君」是也(2)。有無關係者，「多識於鳥獸草木之名」是也。有含蓄者，「棘心夭夭，母氏劬勞」是也(3)。有說盡者，「投畀豺虎」、「投畀有昊」是也(4)。

【箋注】

(1) 關係：指關乎到風俗教化、政治功用。

(2)「邇之」二語：出自《論語・陽貨》。近可以從詩中得到教益來事奉父母，遠可以用來服事君上。

(3)「棘心」二語：出自《詩經・邶風・凱風》。棘心，酸棗樹初發芽時心赤，喻兒子初生。夭夭，樹木嫩壯貌，喻兒子苗壯。劬（qú）勞，勞累辛苦，以喻母親。

(4)「投畀（bì）」二語：出自《詩經・小雅・巷伯》。意謂：拋給豺狼虎豹，交給蒼天去懲辦。形容對搬弄是非的人的憤恨。

七一

鍾、譚論詩入魔(1)，李崆峒作詩落套(2)。然其佳句，自不可掩。鍾云：「子姪漸親知老至，江山無故覺情生。」〈慰人下第〉云：「似子何須論富貴，

旁人未免重科名。」皆妙。李〈游黃曾嶺〉云：「搔
首黃曾霄漢近，舊題應被紫苔封。」〈舟飲〉曰：
「貪數岸花杯不記，已衝江雨纜猶牽。」〈春暮〉
云：「荷因有暑先擎蓋，柳為無寒漸脫綿。」俱有風
味，不似平時闊落。

【箋注】

(1)鍾譚：指明竟陵派代表人物鍾惺和譚元春，同為竟陵
　　人，力矯前人之弊，而卻使詩走向幽深孤峭。見卷一‧
　　三注(4)。

(2)李崆峒：李夢陽。見卷四‧五三注(4)。

七二

　　乙未冬，余在蘇州太守孔南溪同年席上(1)，談
久夜深。余屢欲起，而孔苦留不已，曰：「小坐強於
去後書。」予為黯然，問是何人之作。曰：「任進
士大椿〈別友〉詩也(2)。首句云：『無言便是別時
淚。』」

【箋注】

(1)孔南溪：孔傳炯。見卷六‧八〇注(2)。

(2)任大椿：見卷二‧六五注(1)。

七三

　　人有生而瀟灑者，不關學力也。傅玉笥先生有句
云(1)：「鶯花日辦三春課(2)，風月天生一種人。」

【箋注】

(1)傅玉笥：傅王露，字良木，號玉笥，又號閣林，晚號信
　　天翁。會稽（今浙江紹興）人。康熙五十四年進士。雍正
　　時薦鴻博，不與試。官翰林院編修。後退居鄉里幾四十
　　年。乾隆二十六年特恩加中允銜。平生好學不倦，勤於
　　著述。與人同纂《浙江通志‧經籍志》。有《玉笥山房
　　集》。

(2)鶯花：鶯啼花開，概指春景。課：謂事情。

七四

　　嚴冬友最愛陳梅岑「怕鋤野草傷新筍，偶檢殘書
得舊詩」之句(1)；以為閑中鋤地、翻卷，往往有之。

【箋注】

(1)嚴冬友：嚴長明。見卷一‧二二注(6)。陳梅岑：陳熙。
　　見卷一‧五注(2)。

七五

張南華先生(1)，畫白頭鳥立桃花上。題者難之。李玉洲先生云(2)：「桃花紅滿三千歲，青鳥飛來也白頭(3)。」

【箋注】

(1) 張南華：張鵬翀。見卷一·六五注(6)。

(2) 李玉洲：李重華。見卷四·三九注(2)。

(3) 「桃花」句：《太平廣記》卷三引《漢武帝內傳》：「又命侍女更索桃果，須臾，以玉盤盛仙桃七顆……母曰：『此桃三千年一生實。』」青鳥：神話傳說中為西王母取食傳信的神鳥。

七六

程魚門多鬢納妾(1)，尹公子璞齋戲賀云(2)：「鶯囀一聲紅袖近，長髯三尺老奴來。」文端公笑曰(3)：「阿三該打！」

【箋注】

(1) 程魚門：程晉芳。見卷一·五注(1)。

(2) 尹璞齋：尹繼善第三子。

(3) 文端公：即尹繼善。見卷一·一〇注(3)。

七七

熊蔗泉觀察〈詠蘭〉云(1)：「伴我三春消永晝，垂簾一月不燒香。」予謂第二句並非蘭花，的是蘭花。

【箋注】

(1)熊蔗泉：熊學驥，字蔗泉。湖北江陵人，祖籍江西南昌。乾隆十五年舉人。授刑部主事，曾入直軍機處，罷官後僑居金陵。有《蔗泉詩集》、《硯雨齋詩集》。

七八

桐城孫容克〈題采石〉詩云(1)：「從古江山閑不得，半歸名士半英雄。」蓋一指太白，一指常開平也(2)。虞山陳見復先生〈過桐城〉云(3)：「彌天險手高人筆，如此村墟大有人。」一指姚廣孝，一指李公麟也(4)。

【箋注】

(1)孫容克：未詳。

(2)太白：白浮游四方，嘗與侍御史崔宗之詩酒唱和，乘舟自采石達金陵，著宮錦袍坐舟中，旁若無人。（《舊唐書》卷一百九十、《新唐書》卷二百二）常開平：常遇春，字伯仁，安徽懷遠人。為明朝開國名將。率軍渡江，曾在采石磯大破元軍，後攻克開平（內蒙正藍旗東閃電河北岸），還師路上突發暴病而死，追封開平王，諡忠

武。

(3)陳見復：陳祖范。見卷四‧四六注(8)。

(4)姚廣孝：姚道衍。見卷二‧四四注(7)。李公麟：字伯
　　時。廬州舒城（今屬安徽）人，一說舒州（治今安徽潛山）
　　人。北宋熙寧三年進士。曾任中書門下省刪定官、御史
　　臺檢法和朝奉郎等。後歸隱舒城龍眠山莊舊居。好古博
　　學，長於詩，善書畫。有《西園雅集圖》、《龍眠山莊
　　圖》、《五馬圖》、《歸去來兮圖》等。

七九

　　方制府問亭栽棉花(1)，招幕府吟詩，多至數十
韻。桐城馬蘇臣曰(2)：「我止兩韻。」提筆云：
「五月棉花秀，八月棉花乾。花開天下暖，花落天下
寒。」方公擊節不已。常州楊公子撡一聯云(3)：「誰
知姹紫嫣紅外，衣被蒼生別有花？」

【箋注】

(1)方問亭：方觀承。見卷一‧三○注(8)。

(2)馬蘇臣：字湘靈。清安徽桐城人。諸生。屢困不得志，
　　喜為詩歌。曾游滇南山水。有《偶景齋詩鈔》、《湘靈
　　詩鈔》。

(3)楊撡：見卷六‧一七注(1)。

八〇

　　同年舒瞻(1)，字雲亭，作宰平湖，招吾鄉詩人施竹田、厲樊榭諸君(2)，流連倡和，極一時之盛。同時，杭郡太守鄂筠亭先生(3)，亦修禊西湖(4)，名流畢集，各有歌行。臨去時，布衣丁敬送哭失聲(5)。雲亭〈偶成〉一首云：「芳草青青送馬蹄，垂楊深處畫樓西。流鶯自惜春將去，銜住飛花不忍啼。」鄂公〈修禊序〉云：「詩者，先王之教也。山水清音，此邦為最。無與合之則調孤，有與倡之則和起。余安得拘俗吏之規規乎？此擬《蘭亭》之所由作也(6)。」嗚呼！似此賢令尹、賢太守，何可再得？鄂公名敏，上改名樂舜。

【箋注】

(1) 舒瞻：字雲亭，姓他塔喇氏。滿洲正白旗人。乾隆四年進士。官平湖(今浙江嘉興市東)知縣。工詩。有《蘭藻堂集》。

(2) 施竹田：施安。見卷三·六四注(2)。厲樊榭：厲鶚。見卷三·六一注(1)。

(3) 鄂筠亭：鄂敏。見卷三·六〇注(10)。

(4) 修禊：古代民俗於農曆三月上旬的巳日(三國魏以後始固定為三月初三)到水邊嬉戲，以祓除不祥，稱為修禊。

(5) 丁敬：字敬身，別號硯林、鈍丁、龍泓外史、孤雲石叟、雲壑布衣。清浙江錢塘人。篤學工詩，學識淵博，不應博學鴻詞科之薦。善書畫，尤精篆刻，創浙派，為西泠八家之首。有《武林金石錄》、《硯林詩集》、《硯林印譜》等。

(6)蘭亭：亭在浙江省紹興市西南之蘭渚山上，東晉永和
　　九年王羲之和謝安等修禊同遊於此，羲之作《蘭亭集
　　序》。

八一

　　丙辰入都，一時耆士中，得見前輩甚少。惟翁霽
堂照曾見西河、竹垞(1)，謝皆人芳蓮曾見阮亭(2)。
謝風調和雅，如春風中人。阮亭有《香祖筆記》，故
自號香祖。其詩淡潔，而蹊徑殊小。尚茶洋比部稱為
盆景詩(3)。〈溪村早起〉云：「早起杏花白，飯牛人
出門。野田多傍水，深柳自為村。比屋盡耕稼，服疇
皆弟昆。炊煙猶未散，林鳥亂朝嗷。」其弟子王繼祖
敬亭能傳其派(4)。〈曉起〉云：「曉起臨幽檻，無人
一徑清。淡煙縈竹翠，微露點花明。梁燕梳新羽，林
鴉雜乳聲。偶然忘盥櫛(5)，得句且怡情。」敬亭與
余同校甲子科鄉試，闈中自誦其〈過古墓〉云：「古
墓鬱嵯峨，荒鷗立華表(6)。當時會葬時，車馬何擾
擾！」余不覺其佳。王笑云：「君且閉目一想。」

　　敬亭牧泰州，為太守楊重英所劾(7)，落職後，
〈遊朝陽洞〉云：「洞古層崖上，藤蘿掛石扉。白雲
時出沒，一半濕僧衣。」〈雨過〉云：「陰雲初過
雨，一半夕陽開。閑立豆棚下，蜻蜓去復來。」

【箋注】

(1) 翁照：見卷一・五○注(2)。西河：毛奇齡。見卷二・三六注(3)。竹垞：朱彝尊。見卷一・二○注(14)。

(2) 謝芳蓮：謝芳連，字皆人，號香祖，別號硯香真人。清江南宜興（今江蘇宜興）人。有《香祖詩庸》，康熙間刻。阮亭：王士禎。見卷一・五四注(1)。

(3) 尚茶洋：尚廷楓，字嶽師，號茶洋、賀蓮。江西新建（今南昌）人，原籍陝西興安。乾隆元年薦試博學鴻詞，不遇。以父蔭官戶部主事。為人詭誕不經，在京師日，與萬光泰、袁枚有三異人之稱。有逸才，詩骨清曠。著有《賀蓮集》。

(4) 王繼祖：字敬亭。漢軍正黃旗人。乾隆間舉人。任江蘇泰州知州，為知府楊重英所劾落職。與袁枚同校乾隆九年鄉試。後任通州知州。有《讀可齋初集》。

(5) 盥櫛（guànzhì）：梳洗整容。

(6) 華表：此指墓表，猶墓碑。

(7) 楊重英：雲貴總督楊應琚之子，官至江蘇按察使，後以知府銜從軍。乾隆三十二年遣往緬方通使議和，被執留，在緬獨居佛寺二十餘年，不改華服。歸還後，授道員職。

八二

　　常州陳明善(1)，字亦園，鄉居甚富，家有園亭，性好吟詠。〈種蔬〉云：「閑種半畦蔬，芳葉紛滿目。天意答小勤，盤餐遂余欲。」亦清才也。錫山邵辰煥主其家(2)。有〈柳枝詞〉云：「前溪煙雨後溪

晴，桃葉桃根慣送迎（3）。誰似小紅橋畔柳，繫儂畫舫過清明。」亦園忽有仕宦之志，盡賣其田，出仕遠方，家業蕩然，園歸他姓。余為誦白傳詩曰（4）：「我有一言君應記，世間自取苦人多。」

【箋注】

(1)陳明善：字服旂，號亦園、野杭。清武進（今江蘇常州市）人。歷任代、朔、吉三州知州，時經八載，以母不能迎養，乃乞歸。工書，善竹石，能詩。乾隆年間輯注《唐八家詩鈔》、《亦園四書》。

(2)邵辰煥：字星城。江蘇金匱（今無錫）人。清書法家。主其家：寓居其家。

(3)桃葉桃根：桃葉，晉‧王獻之妾，桃根為其妹，二人皆善歌。後作歌女、侍姬的代稱。

(4)白傳：指白居易，此處所引為〈感興二首〉中句。

八三

詩占身份，往往有之。莊容可未遇時（1），詠〈蠶〉云：「經綸猶有待，吐屬已非凡。」後果以狀元致官亞相。唐郭代公元振詠〈井〉云（2）：「鑿處若教當要路，為君常濟往來人。」亦此意也。齊次風宗伯（3），年十二〈登巾子山〉云（4）：「江水連天白，人煙滿地浮。巾山山上望，一覽小東甌（5）。」龍為霖太史改官為令（6），詠〈大樹〉云：「但教能覆地，何必定參天！」陸雙橋貧困（7），〈有感〉云：「老驥尚

懷千里志，枯桐空抱五音材(8)。」

【箋注】

(1) 莊容可：莊有恭。見卷一‧六六注(8)。

(2) 郭元振：郭震。見卷二‧三二注(3)。

(3) 齊次風：齊召南。見卷一‧六六注(5)。

(4) 巾子山：在浙江鎮海縣東北。

(5) 小東甌：即東甌小，一覽東甌小。東甌：原為今浙江南部建立早期文明的越人，主要分佈在甌江流域。後為溫州和浙江南部總稱。

(6) 龍為霖：字雨蒼，號鶴坪。四川巴縣人。康熙四十四年舉人，四十八年進士。官雲南石屏知州、廣東潮州知府。工書法。有《松蔭堂文集》、《本韻一得》。

(7) 陸雙橋：陸樸，字天誠，號雙橋。清江蘇吳江人。

(8) 五音：我國古代五聲音階中的五個音級，即宮、商、角、徵、羽。唐以後又名合、四、乙、尺、工。亦代指音樂。

八四

馬觀察維翰(1)，字墨麟，嘉興人，貌不逾中人，而抱負甚大。中康熙辛丑進士，內大臣看驗時，諸人皆跪，公不可；九門提督隆科多呵之(2)，公夷然不動。隆轉笑曰：「不料渺小丈夫，乃風骨如許！」公曰：「區區一跪，尚未見維翰風骨也。」隆大奇之。從部郎擢四川建昌道。忭總督某，直揭部科，被逮入

都。皇上登極，授江南常鎮道。在都時，余以後輩禮見，蒙有「三異人」之稱。其二，則尚君廷楓、萬君光泰也(3)。公〈南行漫興〉云：「西方多說無生法(4)，但演刀山即下乘。」詠〈梅〉云：「雅值心知原欲笑，淡無人賞亦終開。」其心胸可想。與盧雅雨同年(5)，一時號「南馬北盧」。亡後，盧哭之云：「前輩典型亡北斗，中原旗鼓失南軍。」

【箋注】

(1) 馬維翰：見卷三・六三注(3)。

(2) 隆科多：一等公佟國維第三子，滿洲鑲黃旗人。其姑是康熙玄燁生母孝康章皇后，其姊是孝懿仁皇后。官至吏部尚書、加太保。

(3) 尚廷楓：尚茶洋。見本卷八一注(3)。萬光泰：萬柘坡。見卷一・五二注(1)。

(4) 無生法：佛教名詞。認為一切現象之生滅變化，都是世間眾生虛妄分別的產物，把無生滅的絕對靜止當作一切現象的共同本質。修得無生，即是涅槃。簡言之，為不生不滅之法，亦即真如涅槃的道理。

(5) 盧雅雨：盧見曾。見卷二・九注(1)。

八五

眼前欲說之語，往往被人先說。余冬月山行，見柏子離離(1)，誤認梅蕊，將欲賦詩，偶讀江岷山太守詩云(2)：「偶看柏子梢頭白，疑是江梅小著花。」

杭堇浦詩云(3)：「千林烏桕都離殼，便作梅花一路看。」是此景被人說矣。晚年好遊，所到黃山、白嶽、羅浮、匡廬、天台、雁宕、南岳、桂林、武夷、丹霞，覺山水各自爭奇，無重復者。讀門生邵玘詩云(4)：「探奧搜奇興不窮，山連霄漢水連空。較量山水如評畫，畫稿曾無一幅同。」知此意又被人說過矣。

【箋注】

(1)桕子：即烏桕樹的子粒，如胡麻子。離離：盛多貌。

(2)江岷山：未詳。

(3)杭堇浦：杭世駿。見卷三・六四注(1)。

(4)邵玘：字楠庭，一作玨庭，又字以先，號西樵。上海青浦朱家角人。乾隆九年貢生。有《西樵詩稿》、《寶樹堂雜集》、《花韻館詞鈔》等。編《國朝四大家詩選》（與屠德修同編）、《師友尺牘偶存》。

八六

商寶意先生詠〈菜花〉云(1)：「小朵最宜村婦鬢，細香時簇牧童衣。」其同鄉劉鳴玉翻其意云(2)：「半畝只邀名士賞，一生不上美人頭。」鳴玉與童二樹、陳芝圖(3)，號「越中三子」。

【箋注】

(1)商寶意：商盤。見卷一・二七注(7)。

(2) 劉鳴玉：字楓山，一字封山，號鳳崗。清乾隆嘉慶間山
陰（今浙江紹興）人。諸生。多才藝，工制義，善詩古文
辭。其詩典麗綿邈，與劉文蔚、姚大源、童鈺、陳芝圖
等時稱「越中七子」。有《梅芝館集》。

(3) 童二樹：童鈺。見卷二·七八注(1)。陳芝圖：陳法
乾(1716-1774)，又名芝圃，字錫夫，號月泉。清浙江
山陰人。工書畫。有《丹棘園詩》。

八七

《宋詩紀事》載：「有羅穎者(1)，〈題漢高祖
廟〉云：『果然公大度，容得辟陽侯(2)。』夜夢高
祖召而責之，旦遂病卒。」異哉！果有此事，彼偽撰
《天寶遺事》者(3)，明皇何以不誅？

【箋注】

(1) 羅穎：南昌（今屬江西）人。由南唐入宋。詩句為：「嫚
侮群豪誇大度（《全唐詩》作『項羽英雄猶不懼』），可
憐容得辟陽侯。」

(2) 辟陽侯：審食其，西漢沛郡人。高祖六年，封辟陽侯。
呂后元年任左丞相，為呂后所寵倖，即「辟陽之寵」。
文帝即位，免相。為淮南王劉長所殺。

(3) 天寶遺事：《開元天寶遺事》，五代·王仁裕撰。所記
皆唐明皇開元天寶時事。宋·洪邁認為他人托仁裕名為
之。

八八

　　論詩區別唐、宋，判分中、晚，余雅不喜。嘗舉盛唐賀知章〈詠柳〉云(1)：「不知細葉誰裁出，二月春風似剪刀。」初唐張謂之〈安樂公主山莊〉詩(2)：「靈泉巧鑿天孫錦，孝筍能抽帝女枝(3)。」皆雕刻極矣，得不謂之中、晚乎？杜少陵之「影遭碧水潛勾引，風妬紅花卻倒吹(4)　」、「老妻畫紙為棋局，稚子敲針作釣鈎(5)」，瑣碎極矣，得不謂之宋詩乎？不特此也，施肩吾〈古樂府〉云(6)：「三更風作切夢刀，萬轉愁成繞腸線。」如此雕刻，恰在晚唐以前。耳食者不知出處，必以為宋、元最後之詩。

【箋注】

(1) 賀知章：見卷四・七三注(1)。

(2) 張謂：字正言。唐河內（今河南沁陽）人。天寶二年進士。官至太子左庶子、禮部侍郎。

(3) 「靈泉」聯：應為唐・趙彥昭〈奉和幸安樂公主山莊應制〉詩。「天孫錦」，原為「天孫渚」，天孫，織女星的別名。渚，水中的小洲。指織女星所在的天河畔的小陸地。孝筍：三國吳・孟宗至孝，母好食筍，冬節將至，宗入林中哀哭，而筍為之出，得以供母。後以「孝筍寒出」表達對父母的孝心。天孫渚、帝女枝，皆為想像之詞、生造之詞，袁枚認為雕鑿。

(4) 「影遭」二語：出自杜甫〈風雨看舟前落花戲為新句〉，是以花言志。

(5) 「老妻」聯：出自杜甫〈江村〉詩。

(6) 施肩吾：字希聖，號華陽、東齋、棲真子。睦州（今浙江桐廬西北）人。唐元和十五年進士。終生不仕。隱居洪州西山。有《西山集》。

八九

元微之〈自嘲〉云（1）：「飯來開口似神鴉（2）。」姚武功〈某寺〉云（3）：「無齋鴿看僧（4）。」二句皆摹神之筆。

【箋注】

(1) 元微之：唐・元稹。見卷一・二〇注（11）。

(2) 神鴉：古人把以祭品為食品的烏鴉視為神鴉。

(3) 姚武功：唐・姚合。見卷一・五注（5）。

(4) 無齋：此指僧侶尚未飲食。

九〇

《古樂府》：「羞澀伴牽伴（1）。」五字寫盡女兒情態。唐人因之有「強語戲同伴，希郎聞笑聲」之句（2）。他如「從來不墜馬，故遣髻鬟斜（3）」；「小膽空房怯，長眉滿鏡愁（4）」；「密約臨行怯，私書欲報難（5）」：皆不愧淫思古意矣（6）。近時楊公子摛一聯云（7）：「行來躑躅渾無力，不倚闌干定倚人。」

【箋注】

(1)「羞澀」句：唐・韓偓〈無題〉：「羞澀佯牽伴，嬌嬈欲泥人。」

(2)「強語」聯：亦為韓偓詩，題為〈三憶〉。

(3)「從來」聯：出自劉禹錫詩〈同樂天和微之深春二十首〉。

(4)「小膽」聯：出自唐人常理〈古離別〉。

(5)「密約」聯：出自韓偓〈幽窗〉。

(6)淫思：沉思。

(7)楊擂：見卷六・一七注(1)。

九一

　　唐人詠小女詩云：「見爺不相識，反走牽娘裾(1)。」是畫小女之神。「髮覆長眉側，花簪小髻旁(2)。」是畫小女之貌。「學語渠渠問，牽裳步步隨(3)。」是畫小女之態。「愛拈爺筆墨，閑學母裁縫(4)。」是寫小女之憨。

【箋注】

(1)「見爺」二語：應為清・查慎行《將有南昌之行示兒建》詩。上句為「見爺不識面」。

(2)「髮覆」聯：清・洪昇〈遙哭亡女四首〉。

(3)「學語」聯：宋・梅堯臣〈將赴表臣會呈杜挺之〉。渠渠：殷勤貌。

(4)「愛拈」聯：清・洪昇〈遙哭亡女四首〉。

九二

東坡詩，有才而無情，多趣而少韻：由於天分高，學力淺也。有起而無結，多剛而少柔：驗其知遇早、晚景窮也(1)。

【箋注】

(1)知遇早：指蘇軾年紀輕輕中進士。受重用。晚景窮：指蘇軾中年以後屢屢被貶，晚年流落海南。

九三

離別詩最佳者，如：「路長難算日，書遠每題年。無復生還想，終思未別前。(1)」「醉中忘卻身為客，意欲仍同送者歸(2)。」皆讀之令人欲泣。又宋人云：「西窗分手四年餘，千里殷勤慰索居。若比九原泉路別，只多含淚一封書。(3)」

【箋注】

(1)「路長」四語：唐·李約〈從軍行〉的後四句。文字稍有差異。

(2)「醉中」二語：明·張元凱〈楓橋與送者別〉：「酒酣不識身為客，意欲元同送者歸。」

(3)「西窗」四語：未詳何人詩。索居：散處，獨居。九原，墳墓。泉路，陰間。

九四

　　唐人〈女墳湖〉云(1)：「應是離魂雙不得，至今沙上少鴛鴦(2)。」宋人〈青樓〉詩云(3)：「與郎酣夢渾忘曉，雞亦流連不肯啼(4)。」

【箋注】

(1)女墳湖：在今江蘇蘇州市西北，因湖繞闔閭女塚而得名。載《越絕書・吳地傳》。

(2)「應是」二語：唐・陸龜蒙詩。

(3)青樓：南朝梁・劉邈〈萬山見採桑人〉詩：「倡妾不勝愁，結束下青樓。」此以妓館稱青樓之始。

(4)「與郎」二語：唐・史鳳〈神雞枕〉詩。

九五

　　陸釴曰(1)：「凡人作詩，一題到手，必有一種供給應付之語，老生常淡，不召自來。若作家(2)，必如謝絕泛交，盡行麾去，然後心精獨運，自出新裁。及其成後，又必渾成精當，無斧鑿痕，方稱合作(3)。」余見史稱孟浩然苦吟，眉毫脫盡。王維構思，走入醋甕。可謂難矣。今讀其詩，從容和雅，如天衣之無縫；深入淺出，方臻此境。唐人有句云：「苦吟僧入定，得句將成功(4)。」

【箋注】

(1) 陸釴（yì）：字舉之，號少石子。鄞縣（今屬浙江）人。明正德十六年進士。授編修。曾任山東按察副使。有《少石集》、《賢識錄》、《病逸漫記》等。按：明有兩陸釴，另一為江蘇太倉人，字鼎儀。天順八年進士。有《春雨堂稿》、《守溪文集》。此所引究是何人語，待考。

(2) 作家：行家，高手。

(3) 合作：謂書畫詩文等合於法度。

(4) 「苦吟」聯：唐裴說詩。入定，佛教用語。指參禪打坐時，心念惟安定在一對象上，而餘念不生的境界。

九六

溧陽相公為大司寇時(1)，奉旨教習庶吉士，到任庶常館，而此科狀元莊容可以在南書房(2)，故不偕諸翰林來。史公怒曰：「我二十年老南書房，不應以此紿我(3)。」將奏召之。彭芝庭侍講為之通其意甚婉(4)，遂為師弟如常。彭故史公本房弟子，而莊又彭公本房弟子也。莊獻詩云：「絳帳自然應侍立，蓬山未到總支吾(5)。」

溧陽公館課，出〈春日即事〉題。同年管水初一聯云(6)：「兩三點雨逢寒食，廿四番風到杏花。」公擢為第一，同人以「管杏花」呼之。公七十壽旦，某庶常獻百韻詩。公讀之，笑曰：「把老夫做題，也還耐得百韻；可惜無一句搔癢處，都是祝嘏浮詞(7)，不

敢領情。」蓋公總督八省，兼領六卿故也。記許刺史佩璜有句云(8)：「三朝元老裴中令，百歲詩篇衛武公(9)。」余有句云：「南宮六一先生座，北面三千弟子行(10)。」俱為公所許可。

【箋注】

(1)溧陽相公：指史貽直。見卷四・四一注(3)。

(2)莊容可：莊有恭。見卷一・六六注(8)。南書房：在北京故宮乾清宮西南隅，本清康熙帝早年讀書處。後選調翰林或翰林出身之官員到裏面當值，除應制撰寫文字外，並遵照皇帝旨意起草詔令，一度成為發佈政令的地方。

(3)紿（dài）：欺詐。

(4)彭芝庭：彭啟豐。見本卷一一注(2)。

(5)絳帳：對師門、講席的敬稱。蓬山：官署名。秘書省的別稱。支吾：躊躇，窘迫。

(6)管水初：管一清，字配寧，號穆軒、半塘。江蘇揚州府江都人。乾隆四年進士。授廣州增城知縣，官至浙江海寧州知州。有《穆軒詩》。

(7)祝嘏（gǔ）：祝壽。

(8)許佩璜：見卷三・二五注(2)。

(9)裴中令：裴度，字中立。唐河東聞喜（今屬山西）人。貞元進士。由監察御史累遷御史中丞，官至集賢殿大學士、中書令。衛武公：春秋衛君，姬姓，名和。因率師佐周平戎有功，周平王封以公爵。衛武公九十五時尚健，還在朝發表自律演說。

(10)南宮：尚書省官署。後作為宰相衙門的美稱。六一先生：宋代著名文學家歐陽修號六一居士。北面：是古代學生敬師之禮。學生受教時，皆面向北。袁枚此聯借歐

陽修和孔子，喻指長期居相國要職和培養過大批弟子的史貽直。

九七

余雅不喜杜少陵〈秋興〉八首，而世間耳食者，往往讚歎，奉為標準。不知少陵海涵地負之才，其佳處未易窺測；此八首，不過一時興到語耳，非其至者也。如曰「一繫」，曰「兩開」，曰「還泛泛」，曰「故飛飛」(1)：習氣大重，毫無意義。即如韓昌黎之「蔓涎角出縮，樹啄頭敲鏗」(2)；此與〈一夕話〉之「蛙翻白出闊，蚓死紫之長」何殊(3)？今人將此學韓、杜，便入魔障。有學究言：「人能行《論語》一句，便是聖人。」有執袴子笑曰：「我已力行三句，恐未是聖人。」問之，乃「食不厭精，膾不厭細，狐貉之厚以居」也。聞者大笑。

【箋注】

(1)「如曰」數語：杜甫〈秋興〉八首中的名句：「叢菊兩開他日淚，孤舟一繫故園心。」「信宿漁人還泛泛，清秋燕子故飛飛。」

(2)「蔓涎」句：〈城南聯句〉中韓愈的句子。（蝸牛）延於蔓上留下涎液，觸角時出時縮。造語生硬。「樹啄」句：〈城南聯句〉中孟郊的句子。（啄木鳥）啄著樹，頭一動一動敲出鏗鏗的声音。造語同樣生硬。

(3)一夕話：即《山中一夕話》，明・李贄編。「蛙翻」

聯：意謂青蛙翻著肚子像一個寬扁的白色的「出」字，
蚯蚓死在地上像一個紫色的細長的「之」字。語出元罪
然子元懷《捫掌錄》，哲宗朝，宗子有好為詩而鄙俚可
笑者，嘗作〈即事〉詩。此為其中的兩句。後以此嘲諷
鄙陋無文不成其為詩的所謂詩。

九八

　　余嘗教人：古風須學李、杜、韓、蘇四大家(1)；
近體須學中、晚、宋、元諸名家(2)。或問其故。曰：
「李、杜、韓、蘇，才力太大，不屑抽筋入細，播入
管弦，音節亦多未協。中、晚名家，便清脆可歌。」

【箋注】

(1)古風：見卷五・四○注(1)。李杜韓蘇：李白、杜甫、韓
　　愈、蘇軾。

(2)近體：見卷五・四○注(2)。中晚：指中唐與晚唐。

九九

　　〈高惠功臣表〉，班氏以「符」與「昭」押
韻(1)。〈西南夷兩粵贊〉，班氏以「區」與「驕」押
韻。王岐公為人作碑銘(2)，俱仿此例。

【箋注】

(1)班氏：班固，字孟堅。東漢扶風安陵人。官蘭臺令史、

典校祕書、玄武司馬、中護軍。後受牽連，死獄中。博
學能文，曾潛心二十餘年，修成《漢書》。善辭賦，有
《兩都賦》、《通幽賦》等。此引兩文見《漢書》。

(2) 王岐公：王珪，字禹玉。宋華陽（今四川雙流）人，徙舒
縣（今安徽廬江）。仁宗慶曆二年進士。歷任大理平事、
太子中允、翰林學士、開封知府，累擢至尚書左僕射、
門下侍郎，封岐國公。善文，能詩詞。有《華陽集》。

　　蔡孝廉有青衣許翠齡(1)，貌如美女，而夭。記性
絕佳，嘗過染坊，戲焚其簿，坊主大駭，翠齡笑取筆
為默出之：某家染某色，及其價值，絲毫不差。主人
亡，翠齡哭以詩云：「雙淚啼殘遺僕在，一燈青入旅
魂來。」初，孝廉在蘇州安方伯幕中請乩(2)，有女仙
劉碧環下降(3)，贈詩云：「升沉已定君休戚，他日
長安道上人。」孝廉喜，以為東野「看遍長安花」之
意(4)，後竟死於陝西。

【箋注】

(1) 許翠齡：未詳。

(2) 請乩（jī）：舊時迷信者求神降示的一種方法。

(3) 劉碧環：未詳。

(4) 東野：唐詩人孟郊。見卷三・六五注(3)。其〈登科後〉
云：「春風得意馬蹄疾，一日看遍長安花。」

福建歌童名點點者（1），柔媚能文。有客行酒
政，要一句唐詩、一句曲牌名，曰：「閑看兒童捉柳
花（2）。《合手拿》。」點點應聲曰：「有約不來過
夜半（3）。《奴心怒》。」點點又唱曰：「柳下惠風
和（4）。」合席咋口，以為絕對。

【箋注】

（1）點點：如上。餘未詳。

（2）「閑看」句：見宋・楊萬里〈閒居初夏午睡起〉。

（3）「有約」句：見宋・趙師秀〈有約〉。

（4）柳下惠風和：柳下惠，春秋時魯國人。後來有人對上
聯，有「東方朔日暖」、「李東陽氣暖」等。東方朔，
西漢時山東平原人。李東陽，明代詩人。

余已選楊次也、李嘯村〈竹枝〉（1），自謂妙絕
矣。近又得程望川〈揚州竹枝〉云（2）：「準備明朝謁
梵宮（3），癡情不與別人同。薰籠徹夜衣香透，故意鈎
人立上風。」「巧髻新盤兩鬢分，衣裝百蝶薄棉溫。
臨行自顧生憎色，袖底何人潑酒痕？」「長旛飄動繞
爐香，攝級同登拜上方。此去下坡苔露滑，儂扶小妹
妹扶娘。」「繡花簾下靄晴煙，特漏全身到客前。
忽聽後艙人讚好，安排鬥眼看來船（4）。」四首皆眼

前事，而筆足以達之，殊可愛也。望川名宗洛，桐城
人。

【箋注】

(1) 楊次也：楊守知。見卷一・一一注(2)。李嘯村：李葂。
見卷五・四七注(1)。竹枝：樂府《近代曲》之一。本
為巴渝(今四川東部)一帶民歌，後人仿作多詠當地風土
或兒女柔情，其形式為七言絕句。

(2) 程望川：程宗洛，字望川。安徽桐城人。乾隆年間曾寓
居揚州。

(3) 梵宮：指佛寺。

(4) 鬬眼：唐・施肩吾〈贈採藥叟〉：「却教年少取書卷，
小字燈前鬬眼明。」元・吳當〈中秋對月口號〉：「舉
頭不辨山河影，坐看兒童鬬眼明。」

一〇三

吳俗以六月二十四為荷花生日，士女出遊。徐朗
齋作〈竹枝詞〉云(1)：「荷花風前暑氣收，荷花蕩口
碧波流。荷花今日是生日，郎與妾船開並頭。」「赤
日當天駐火輪，龍船旗幟一時新。東家女笑西家女，
橋上人看橋下人。」「葑門城門門繞湖(2)，湖光一片
白模糊。荷花生日年年去，若問荷花半朵無。」「丹
陽段郎官長清(3)，天然詩句自然成。怪郎面似荷花
好，郎是荷花生日生。」

【箋注】

(1)徐朗齋：徐鑅慶，字朗齋，原名嵩（崿）。江蘇金匱（今
　無錫）人，原籍崑山。乾隆五十一年舉人。官至蘄州知
　州。其詩雄健，文筆高華。有《玉山閣集》。

(2)葑門：蘇州城東門，葑門外有荷花宕。

(3)丹陽：清屬鎮江府，治所在今江蘇丹陽市。

一

諷世語最蘊藉者，某〈遊春〉云(1)：「地濕莎青雨後天，桃花紅近竹林邊。遊人本是農桑客，記得春深要種田。」〈詠桑〉云(2)：「采采東風葉滿籃，禦寒功已在春蠶。世間多少閑花草，無補生民亦自慚。」〈雨中作〉云：「布被裝棉夢黯然，曉看遙岫鎖輕煙。蹇驢盡避當風馬，也有香泥濕錦韉(3)。」

【箋注】

(1)遊春：唐·薛能〈宋氏林亭〉詩。

(2)詠桑：清·薛雪《一瓢詩話》中亦載此詩，頭兩句為：「采采西風雪滿籃，禦寒功已倍春蠶。」不是詠桑，而是詠棉。作者未詳。

(3)蹇（jiǎn）驢：跛蹇羸弱的驢子。常用來比喻駑鈍的人。錦韉（jiān）：錦製的襯托鞍子的坐墊。

二

西崖先生云(1)：「詩話作而詩亡。」余嘗不解其說，後讀《漁隱叢話》(2)，而歎宋人之詩可存，宋人之話可廢也。皮光業詩云(3)：「行人折柳和輕絮，飛燕含泥帶落花。」詩佳矣。裴光約訾之曰(4)：「柳當有絮，燕或無泥。」唐人：「姑蘇城外寒山寺，夜半鐘聲到客船。」詩佳矣。歐公譏其夜半無鐘聲。作詩話者，又歷舉其夜半之鐘，以證實之。如此論詩，

使人夭閼性靈,塞斷機括(5);豈非「詩話作而詩亡」
哉?或讚杜詩之妙。一經生曰:「『濁醪誰造汝?一
醉散千愁。』酒是杜康所造,而杜甫不知;安得謂之
詩人哉?」癡人說夢,勢必至此。

【箋注】

(1)西崖:湯右曾。見卷三·一〇注(10)。

(2)漁隱叢話:即《苕溪漁隱叢話》,宋胡仔著。

(3)皮光業:字文通,晚唐詩人皮日休之子。蘇州人。賜進
　　士及第。天福二年,拜丞相。卒諡貞敬。有《皮氏見聞
　　錄》。

(4)裴光約:未詳。所引二語,原文應為「柳當有絮,泥或
　　無花」。

(5)夭閼:受阻折而中斷。機括:心機,計謀。

三

　　天長詩人陳燭門進士(1),名以剛。余宰江寧,蒙
其過訪。余愛買書,而官廨甚小,都堆簽押處;故贈
詩云:「六朝山立簾鉤外,萬卷書橫簿領中(2)。」即
姚武功「印硃沾墨研,戶籍雜經書」之意(3)。

【箋注】

(1)陳燭門:陳以剛,字長荃,一作近荃,號燭門。安徽天
　　長龍崗鎮人。康熙五十一年進士。乾隆元年舉博學鴻詞
　　科。歷任青田、嘉善知縣,池州府教授,雲南迷瑤州知
　　府。工詩善書。有《清詩品》、《梅花庵詩》、《獨門

詩》、《覓閒草》、《退思堂詠菊》等。

(2)六朝：見卷一・一三注(9)。江寧即今之南京，六朝建都
　　於此。簿領：登記的文簿。

(3)姚武功：姚合。見卷一・五注(5)。

四

　　有箍桶匠老矣(1)，其子時時凍餒之。子又生孫，
老人愛孫，常抱於懷。人笑其癡。老人吟云：「曾記
當年養我兒，我兒今又養孫兒。我兒餓我憑他餓，莫
遣孫兒餓我兒！」此詩用意深厚，較之「因子不孝，
抱孫圖報仇」者，更進一層。

【箋注】

(1)箍桶匠：用竹木板箍在一起造成圓桶的匠人。

按：此詩真用意精深，下語平淡，道盡辛酸。箍桶之功用於
　　箍詩，絕妙，絕妙！

五

　　詩讖從古有之(1)。宋徽宗〈詠金芝生〉詩(2)，
曰：「定知金帝來為主(3)，不待春風便發生。」已
兆靖康之禍。後蜀主孟昶〈題桃符貼寢宮〉云(4)：
「新年納餘慶，嘉節號長生。」後太祖滅蜀，遣呂餘
慶知成都(5)。王陽明擒宸濠(6)，勒石廬山，有「嘉

靖我邦國」五字。亡何，世宗即位，國號嘉靖(7)。揚
州城內有康山，俗傳康對山曾讀書其處(8)，故名。康
熙間，朱竹垞游康山(9)，有「有約江春到」之句。今
康山主人穎長方伯(10)，修葺其地，極一時之盛；姓
江，名春：亦一奇矣！

【箋注】

(1) 詩讖（chèn）：謂所作詩無意中預示了後來發生的事。

(2) 金芝：亦名黃芝，靈芝的一種。

(3) 金帝：五行神之一，即少皞。此與靖康之禍金兵伐宋入
　　主中原相巧合。

(4) 孟昶：見卷二・五九注(3)。

(5) 呂餘慶：原名胤，字餘慶，因避宋太祖名諱，以字行。
　　幽州安次（今河北安次西）人。官至參知政事、拜尚書左
　　丞。趙匡胤的生日叫長春節，與聯中的「餘慶」、「長
　　生」，又恰恰巧合。其他古籍上，「長生」多作「長
　　春」。

(6) 王陽明：王守仁。見卷三・七注(1)。宸濠：明宗室。
　　太祖子朱權玄孫。弘治中襲封甯王。正德十四年謀反，
　　自南昌起兵，將取南京。巡撫南贛都御史王守仁俟其出
　　兵，進攻南昌，宸濠回救，兵敗被擒。誅於通州。

(7) 嘉靖：明世宗朱厚熜的年號。

(8) 康對山：康海，字德函，號對山。明陝西武功（今興平）
　　人。弘治十五年狀元。任修撰。與李夢陽等提倡文學
　　復古，為前七子之一。有《中山狼》、《王蘭卿貞烈
　　傳》、《沜東樂府》、《對山集》。

(9) 朱竹垞：朱彝尊。見卷一・二〇注(14)。

(10) 穎長：江春（1721-1789），字穎長，號鶴亭。安徽歙縣

人。僑居揚州,建隨月讀書樓于南河下。乾隆南巡命其總理鹽業,授布政使銜。結客江南,鼓吹風雅。有《隨月讀書樓詩集》、《水南花墅吟稿》。

六

乾隆初,江西有四子:楊、汪、趙、蔣是也。趙山南早夭(1),詩失傳。汪輦雲名軔(2),少孤貧,為人執炊。有句云:「積晦雲疑鬥(3),新晴草欲焚。」楊子載名垕(4),才最高,與蔣心餘相抗(5)。其先本雲南土司(6),改籍江西。五言云:「山鬼常聯臂,溪虹倏現身。」「早霞隨日上,敗葉擁潮行。」「有客嫌庭仄,無書覺晝長。」七言云:「寒星欲滅見漁火,小雨無聲添落花。」「欄邊花草牛羊路,寺裏人家杵臼聲。」「客少長留不鳴雁,睡酣翻喜失晨雞。」

【箋注】

(1)趙山南:趙由儀,字山南。清江西南豐人。

(2)汪輦雲:汪軔,字魚亭,號輦雲。清江西武寧人。優貢生。官吉水訓導。有《魚亭詩鈔》。

(3)積晦:長夜。

(4)楊子載:楊垕。見卷四‧七四注(4)。此處有誤,據張維屏《國朝詩人徵略初編》卷三十三,袁枚誤以何在田句為楊垕詩。何生平見下則詩話。

(5)蔣心餘:即蔣士銓。見卷一‧二三注(2)。

(6)土司：指西北、西南地區設置的由少數民族首領充任並
　　世襲的官職。

七

　　又有何在田者(1)，〈偶成〉云：「月借日光成
半面，雨收雲氣泛餘絲。」〈郊外〉云：「野徑無人
問，隨牛自得村。」「近市原非隱，能詩豈是才。」
「樵室薪為榻，魚舟網作帆。」皆可傳之句也。甲辰
三月，余赴粵東，過南昌；心餘病風(2)，口不能言，
猶以左手書此數聯。

【箋注】

(1)何在田：字鶴年。江西廣昌人。乾隆二十一年舉人。有
　　《玉耕堂詩集》。《國朝江右八家詩選》中一家。
(2)心餘：蔣士銓。見卷一・二三注(2)。病風：患風搐或風
　　瘴病。

八

　　心餘手持詩集廿卷，向余云：「知交遍海內，作
序只托隨園。」余感其意，臨別涕下。其子知讓見贈
五古(1)，灑灑千言，合少陵、香山而一之，篇什太
長，故未抄錄。與余論古尤合，又贈三律，有句云：
「公所讀書人亦讀，不如公處只聰明。」

心餘書舍，有揚州汪端光孝廉贈句云(2)：「置酒好招鄉父老，解衣平揖漢公卿(3)。」汪字劍潭，少年玉貌，佳句如：「水定漁燈出，風驕戍鼓沉。」「路長行應獨，舟小買宜雙。」「月明又是無邊水，半照行人半照魚。」皆有別趣。

【箋注】

(1)蔣知讓：字師退。江西鉛山人。乾隆四十一年舉人。官唐縣知縣。有《妙吉祥室詩鈔》。

(2)汪端光：字劍潭，號睦叢。江蘇儀徵人。乾隆三十六年舉人。官廣西鎮安知府。能詩善書。

(3)解衣：即解衣推食，慷慨贈人衣食，謂施惠於人。

九

　　魚門〈哭董東亭〉云(1)：「然疑未定先拋淚(2)，日月都真旋得書。」雲松〈哭韓廷宣〉云(3)：「久客不歸無異死，故人入夢尚如生。」

【箋注】

(1)魚門：指程晉芳。見卷一・五注(1)。董東亭：董潮，字曉滄，號東亭，又號矑仙。江蘇陽湖（今常州）人，移居浙江海鹽。乾隆二十八年進士。選庶吉士。乞假歸，主修《武進縣誌》、《陽湖縣誌》，書垂成卒。嘗以賦《芙蓉莊紅豆樹歌》得名，稱「紅豆詩人」。有《紅豆詩人集》、《東亭詩選》、《漱花集詩餘》、《東皋雜鈔》。

(2)然疑：將信將疑。然，是，肯定，相信；疑，疑惑，懷
　　疑，否定。

(3)雲松：指趙翼。見卷二‧三三注(3)。韓廷宣：應為杭
　　廷宣，趙翼父親老友杭應龍的姪兒(詳《簷曝雜記》卷
　　二)。趙有〈哭杭廷宣之訃〉三首(《甌北集》卷三)。

　　盧州守備徐椒林(1)，每到金陵，與余款洽。在滿
洲城〈夜飲〉詩云：「為恃將軍司鎖鑰(2)，幾番痛飲
月沉西。」

【箋注】

(1)徐椒林：徐紹，字椒林。正藍旗漢軍武舉人。乾隆
　　二十七年任盧州衛守備。能詩，權奇倜儻，喜與士大夫
　　唱和。在官有績，後任貴州參將。守備：明清時武官
　　名。

(2)鎖鑰：喻軍事重鎮。

　　士大夫宦成之後，讀破萬卷，往往幼時所習之
「四書」、「五經」，都不省記。癸未召試時，吳竹
嶼、程魚門、嚴冬友諸公畢集隨園(1)。余偶言及「四
書」有韻者，如《孟子》：「師行而糧食」一段，五
人背至「方命虐民」之下，都不省記。冬友自撰一句

足之，彼此疑其不類，急翻書看，乃「飲食若流」四字也。一座大笑。外甥王家駿有句云(2)：「因留僧話通吟偈(3)，為課兒功熟舊書。」

甥多佳句。如：「乍見波微白，方知月驟明。」「一編如好友，宜近不宜疏。」「衣因亂疊痕常縐，書為頻翻卷不齊。」「宿雲似幕能遮月，細雨如煙不損花。」「停足恰逢曾識寺，入門先問舊交僧。」「曲引急流歸遠港，微刪密葉顯新花。」「伏枕苦吟無好句，描詩容易做詩難。」皆有放翁風味。

【箋注】

(1)吳竹嶼：吳泰來，字企晉，號竹嶼。江蘇長洲（今蘇州）人。乾隆二十五年成進士。二十七年召試賜內閣中書，不赴。曾主講陝西關中書院、河南大梁書院，為吳中七子之一。有《硯山堂詩集》、《淨名軒集》、《曇花閣琴趣》（一名《古香堂詞》）。程魚門：程晉芳。見卷一・五注(1)。嚴冬友：嚴長明。見卷一・二二注(6)。

(2)王家駿：字健庵（莑），號桐庵，又號篠池。清浙江仁和人。袁枚大姐夫王裕琨之子。家貧以諸生老。能詩，格不求高，而專事精潔。有《漱霞閣偶吟》。

(3)偈（jì）：梵語「偈佗」的簡稱，即佛經中的唱頌詞。通常以四句為一偈。

一二

錢文端公庚午典江西試(1)。寫榜吏陳巨儒鬚鬢如雪(2)，求公贈手跡為榮。自陳年七十，手寫文武

試三十二榜。公贈詩云：「桂籍憑伊腕力傳，白頭從事地行仙(3)。自言作吏中書省，曾侍朱衣四十年(4)。」十月，復寫武榜，解首則其孫騰蛟也(5)。名初唱，掀髯一笑，筆墮於地。中丞阿公喜極(6)，遣牙校馳箋，索藩司彭公家屏贈詩(7)。彭方有劇務，幕中客擬數首，不稱公意。遣吏飛馬請蔣苕生來(8)。蔣方與友飲酒肆，戀不肯行。吏敦促至再，扶鞭上馬，比至，則促召之使已四輩矣(9)。彭公遽起，告以中丞索詩之使，立馬簷下。蔣笑曰：「某不知公有此急也。」濡筆立題一絕云：「榜頭題處笑開眉，六十年來鬢若絲。官燭兩行人第一，夜闌回憶抱孫時。」彭公得詩狂喜，復酌苕生，送輕紗四端。

苕生太夫人鍾氏，名令嘉，晚號甘荼老人(10)；生心餘，四歲，即斷竹絲作波磔(11)，教之識字。嘗登太行山云：「絕磴馬蕭蕭，群峰氣勢驕。蒼雲橫上黨，寒色滿中條(12)。極目河如帶，攔車雪未消。龍門劃諸水，禹力萬年昭。」乙酉歲，心餘奉母出都，畫《歸舟安穩圖》，一時名公卿，題滿卷中。尹文端公謂余曰(13)：「此卷中無佳作，惟太夫人自題七章，陸健男太史四首(14)，足傳也。」惜未抄錄。

【箋注】

(1)錢文端：指錢陳群。見卷一・一一注(6)。

(2)陳巨儒：未詳。

(3)桂籍：科舉考試登第人員的名籍。地行仙：為傳說中漫遊人間的神仙。人是地行仙，比喻人的行蹤不定。

(4) 中書省：官署名，中央政務中樞。韓愈〈毛穎傳〉稱毛筆為中書令。此處借為戲言。朱衣：歐陽公知貢舉，坐後常覺一朱衣人點頭，然後其文入格。嘗有句云：惟願朱衣一點頭。（詳宋·祝穆《古今事文類聚》引《侯鯖錄》）。

(5) 騰蛟：《江西府志》、《南昌縣誌》均為黃騰蛟，南昌人。乾隆十六年辛未武科會試解元，曾任省塘務。

(6) 阿公：阿思哈，薩克達氏。清滿洲正黃旗人。雍正四年，由官學生考授內閣中書，乾隆間歷任江西、廣東巡撫、雲貴總督。

(7) 彭家屏：字樂君。河南夏邑人。康熙六十年進士。歷官直隸清河道，江西、雲南、江蘇布政使。後以病家居。乾隆二十二年，被懷疑家藏禁書，得罪，賜自盡。

(8) 蔣苕生：蔣士銓。見卷一·二三注(2)。

(9) 四筆：此指四個(人)。

(10) 鍾令嘉：字守篋，號甘荼老人。清江西餘干人。鉛山蔣堅之妻，詩人蔣士銓(心餘)母。教子成名，因子貴，封安人，隨宦遊歷甚廣。有《柴車倦遊草》。

(11) 波磔（zhé）：書法指右下捺筆。一說左撇曰波，右捺曰磔。亦泛指書法筆劃。

(12) 上黨：今山西長治一帶。中條：中條山，在今山西西南部。

(13) 尹文端：尹繼善。見卷一·一〇注(3)。

(14) 陸健男：陸錫熊，字健男，號耳山。上海人。乾隆二十六年進士。獻賦行在，賜內閣中書，累遷副都御史，與紀昀同任《四庫全書》總纂官。有《篁村詩鈔》、《寶奎堂文集》、《炳燭偶鈔》、《陵陽獻徵錄》等。

一三

尹文端公和余「飛」字韻云(1)：「鳥入青雲倦亦飛。」吟至再三，唏噓不已，想見當局者求退之難。古漁有句云(2)：「未遊五嶽心雖切，便到重霄劫又多。」

【箋注】

(1)尹文端：尹繼善。見卷一・一○注(3)。

(2)古漁：陳毅。見卷一・五二注(3)。

一四

尹文端公督兩江時，愛才如命。宛平王發桂以主簿派管行宮(1)，有句云：「愧我衙官無一事，宮門持帚掃閑花。」公見而大喜，即超遷貳尹(2)。秀才解中發有句云(3)：「多讀詩書命亦佳。」公於某扇上見之，即聘作西席(4)。

【箋注】

(1)王發桂：字香巖。正定人。以乾隆六年貢生補江南溧陽縣丞，後任海州州判。讀書勤苦，作文好為驚人語。主簿：為主管文書、辦理事務的官。行宮：京城以外供帝王出行時居住的宮室。

(2)貳尹：俗稱縣丞，或府、縣長官的副職。

(3)解中發：字節庵。籍失考。諸生。乾隆年間隱居清涼山

下。高其倬制軍見其多讀詩書，延入幕中。亦曾在尹繼善家就館教書。

(4) 西席：舊時對家塾教師或幕友的敬稱。

一五

或問：「李師中將出兵，在韓魏公席上賦詩云(1)：『歸來不願封侯印，只向君王覓愛卿。』不知所用何典。」余按：《宋史‧王景傳》：「景仕唐，歸晉，高祖厚遇之，問其所欲。對：『受恩已厚，無所欲。』固問之。乃曰：『臣為小卒，常負胡床，從隊長過官妓侯小師家彈唱，心頗慕之。今得小師為妻，足矣。』高祖大笑，即以賜之，封楚國夫人。」疑師中即指此事。後蔡攸出兵(2)，指帝座劉妃求賞，其事在後。或云：「愛卿者，即魏公席上之妓名。」

【箋注】

(1) 李師中：字誠之。宋楚丘(今山東曹縣東南)人，後徙居鄆。舉進士。累官太子中允。宋神宗時，拜天章閣待制，後知秦州。有《李誠之集》。韓魏公：韓琦，北宋大臣。見卷三‧四〇注(1)。

(2) 蔡攸：字居安。宋興化軍仙遊人。蔡京長子，賜進士出身，居要位，出入宮禁，多以市井穢語、道家邪說逢迎徽宗，封英國公，領樞密院。曾從徽宗南逃，還都後貶官，終被欽宗遣使誅殺。

一六

　　梅鈖為文穆公第六子(1)，弱冠時，從張芸墅遊隨園(2)，云：「隨園耳久熟，遊歷自今初。買得小山隱，名仍太傅餘(3)。主人能愛客，高士幸攜余。幽徑入蘿薜，知應世味疏。」又曰：「岸分雙沼水，壁滿一朝詩。」嗚呼！式庵學醇行端，年未五十竟亡，詩多散失矣。

【箋注】

(1)梅鈖：見卷七・三九注(2)。文穆公：梅玨成，字玉汝，號循齋。宣城(今屬安徽)人。康熙五十一年賜予進士。授編修，任算學館彙編官，官至左都御史。精通數學、天文曆法、音韻學。卒諡文穆。

(2)張芸墅：張汝霖。見卷六・八五注(1)。

(3)太傅：白居易為太子少傅，後隱居香山。此喻袁枚隱居小倉山，詩名卓著亦如白居易。

一七

　　余幼時〈詠史〉云：「若道高皇勝項羽，試將呂后比虞姬(1)。」後見益都王中丞遵坦有句云(2)：「垓下何必更悲歌，虞兮呂兮較若何(3)？」兩意相同。王又有句云：「亞父不用乃壽終，淮陰枉死未央宮(4)。」意亦新。

【箋注】

(1) 高皇：指漢・劉邦。呂后：劉邦的皇后，名雉，字娥姁。劉邦死後，呂雉監政攝國，滅劉安呂。虞姬：楚霸王項羽的愛妃。項王兵敗垓下，悲歌數闋，虞姬和之：「漢兵已略地，四面楚歌聲。大王意氣盡，賤妾何聊生？」歌罷刎頸殉節。

(2) 王遵坦：字太平。清山東益都（今壽光）人。官至四川巡撫。順治四年，隨肅王平蜀。好飲酒擊劍，歌呼為樂。有《墨甲堂詩》、《願學齋集》。

(3) 垓下：在今安徽省靈璧縣東南，漢高祖劉邦圍困項羽於此。

(4) 亞父：指楚霸王的重要謀士范增，項羽尊范增為亞父。後陳平用反間計，使項羽猜疑范增，范增於是「願請骸骨歸」，歸未至彭城，疽發背而死。淮陰：指淮陰侯韓信。見卷五・五九注(5)。

一八

馬驌宛斯作《繹史》(1)，敘三代事，極博雅；而詩筆甚清。〈池上〉云：「種魚有術尋漁父，斷酒無心學醉翁。」漁洋題其像云(2)：「今日黃山山下路，只餘書帶草青青(3)。」

【箋注】

(1) 馬驌：字宛斯，又字聰御。山東鄒平人。順治十六年進士。任淮安推官、靈璧知縣。精于上古史，時人號曰馬三代。著《左傳事緯》、《繹史》。

(2) 漁洋：王士禛。見卷一‧五四注(1)。

(3) 書帶草：《後漢書》注引晉‧伏琛《三齊記》曰：「鄭
　　玄教授不其山，山下生草大如薤，葉長一尺餘，堅韌異
　　常，士人名曰『康成書帶』。」俗名為沿階草，取其束
　　書，故名書帶草。後用此典贊博學多書。

一九

　　陳古漁云(1)：「今人不知詩中甘苦，而強作解事
者。正如富貴之家，堂上喧鬧，而牆外行人，抵死不
知。何也？未入門故也。」宋人〈栽竹〉詩云：「應
築粉牆高百尺，不容門外俗人看(2)。」

【箋注】

(1) 陳古漁：陳毅。見卷一‧五二注(3)。

(2) 「應築」聯：宋‧孫少述(侔)〈栽竹詩〉曰：「更起粉
　　牆高百尺，莫令牆外俗人看。」(《兩宋名賢小集》、
　　《詩話總龜》)

二○

　　余遊九華山，青陽沈正侯字倫玉(1)，少年韶秀，
延候於五溪，已三日矣。見贈云：「大抵高人能下
士，於今童子得瞻師。」又句云：「風狂欲折依牆
竹，菊萎猶開臥地花。」又，陳明經名芳者(2)，相待
於陵陽鎮。呈詩云：「岸曲橋橫草樹萋，書堂佛寺水

東西。溪亭日映欄干外，九十九峰影盡低（3）。」兩人
俱不事科舉，以吟詠自娛。

【箋注】

(1)沈正侯：字倫玉，號書城。安徽青陽人。乾隆間諸生。
　　為隨園高弟。有《書城詩鈔》。

(2)陳芳：見卷二・二三注(3)。明經，明清貢生的俗稱。

(3)九十九峰：九華山在安徽青陽縣境，大小九十九峰。

二一

　　詩雖新，似舊才佳。尹似村云(1)：「看花好似尋
良友，得句渾疑是舊詩。」古漁云(2)：「得句渾疑先
輩語，登筵初僭少年人(3)。」偶過西湖，見陳莊題壁
云：「一葉蜻蜓似缺瓜(4)，年年蕩槳水雲涯。叉魚射
鴨嬌無力，笑入南湖摘藕花。」「蘇小樓頭楊柳風，
小姑鬥草語芳叢。阿儂家住胭脂嶺，怪底花枝映日
紅。」末署「竹嶼」二字，蘇州吳進士泰來也(5)。新
安江寺見題壁云：「昨與鄰舟姊妹逢，香風暖處話從
容。低頭怕有漁郎至，不看蓮花只看儂。」「灘頭漠
漠起炊煙，折罷蓮花正暮天。卻怪鴛鴦不解事，偏依
儂艇並頭眠。」末署「魯鳳藻」三字(6)。

【箋注】

(1)尹似村：即慶蘭。見卷二・三七注(1)。

(2)古漁：陳毅。見卷一・五二注(3)。

(3)初僭（jiàn）：初次超越本分。僭，用為謙詞。

(4)蜻蜓：蜻蜓舟，一種小船。缺瓜：瓜皮船兒，亦指小船，像一塊瓜皮似的小船。

(5)吳泰來：見本卷一一注(1)。

(6)魯鳳藻：清安徽安慶人。餘未詳。卷一四·二六亦錄有詩。

二二

黃莘田落第(1)，賦〈無題〉云：「禿尖成塚還成陣，未抵靈犀一點通。」吳竹橋落第(2)，賦〈無題〉云：「聞說千金才買笑，紫騮休繫莫愁家(3)。」王介祉落第(4)，亦有〈無題〉云：「盼得纖兒還蕩子(5)，傳來小婢又夫人。」

【箋注】

(1)黃莘田：黃任。見卷四·四九注(1)。

(2)吳竹橋：吳蔚光。見卷一·四一注(3)。

(3)千金買笑：花費千金，買得一笑。謂不惜代價，博取美人歡心。莫愁：古樂府中傳說石城的女子。一說為洛陽人，為盧家少婦。

(4)王介祉：王陸禔。見卷五·五二注(5)。

(5)纖兒：指小兒、小孩（輕詆之詞）。蕩子：遊蕩四方的人。

二三

古漁〈路上〉詩云(1)：「年來一事真堪笑，只見來船是順風。」戴喻讓云(2)：「莫羨上流風便好，好風也有卸帆時。」榮方伯名柱者(3)，有句云：「風自橫來無順逆，水當漲處失江湖。」余則云：「東窗關後西窗啟，猶喜風無兩面來。」

【箋注】

(1)古漁：陳毅。見卷一・五二注(3)。

(2)戴喻讓：戴思仁。見卷七・二〇注(4)。

(3)榮柱：字鐵齋，號采芝生，伊爾根覺羅氏。清滿洲正白旗人。由刑部主事洊升至河南巡撫，改盛京刑部侍郎。工詩，善寫花卉。

二四

甲子秋，余遺失詩冊，心鬱鬱者一年。古漁云：「癸巳冬，得詩百篇，懷之訪人，帶寬落地，竟無覓處。乃題云：『拈斷吟髭費苦猜，已拋偏又上心來。關情似與良朋別，撒手如沉拱璧回(1)。薄祭可能分酒脯？孤飛未必出塵埃(2)。多應擲地無聲響，一墮人間便永埋。』」

【箋注】

(1)拱璧：大如兩手合圍的璧玉，後用來比喻極珍貴之物。

(2)薄祭：此指以祭奠之禮表達失去詩篇的心情。孤飛：喻
　　詩篇的遺失。

二五

　　朱竹垞先生詩名蓋世(1)，而自稱本朝第二。故揚
州方近雯觀察詩云(2)：「駢體莫輕嗤沈宋，古音休易
許曹劉(3)。試看前輩詩如此，只負皇朝第二流。」商
寶意先生云(4)：「詩品官階兩不高。」前輩之虛心如
此。王蔚亭御史亦有句云(5)：「宦情似墨磨常短，詩
境如棋著不高。」

【箋注】

(1)朱竹垞：朱彝尊。見卷一・二〇注(14)。

(2)方近雯：方覲，字近雯，號石川。清江南江都(今江蘇揚
　　州)人。康熙四十八年進士。官陝西布政使。曾從學于朱
　　彝尊。有《石川詩鈔》。

(3)駢體：文體名，講究句式、對偶，辭藻華麗，聲律和諧
　　及多用典故。沈宋：指唐詩人沈佺期、宋之問。詩講究
　　平仄屬對，精研聲律，約句準篇，錦繡成文。古音：此
　　指古體詩古風。曹劉：指漢魏之際曹植、劉楨。被並稱
　　為建安七子之首，文章之聖。

(4)商寶意：商盤。見卷一・二七注(7)。

(5)王蔚亭：王友亮。見卷六・六六注(3)。

二六

　　「莫憑無鬼論，終負托孤心(1)。」何言之沉痛
也！「升沉閣下意，誰道在蒼蒼(2)！」何求之堅切
也！「知親每相見，多在相門前(3)。」何刺之輕薄
也！「生應無輟日，死是不吟時(4)。」何吟之溺苦
也！俱非唐人不能作。李少鶴〈哭人〉云(5)：「世緣
猶有子，死日始無詩。」亦本于唐。

【箋注】

(1)「莫憑」二語：出自唐・李商隱〈過故崔兗海宅與崔明
　　秀才話舊因寄舊僚杜趙李三掾〉。無鬼論：漢・王充、
　　晉・阮修等曾有無鬼之論。見《論衡・論死篇》、《世
　　說新語・方正》。　托孤：以遺孤相托。語出《論語・泰
　　伯》。

(2)「升沉」二語：出自唐・楊巨源〈上劉侍中〉。「閣
　　下」原為「門下」，指侍中（門下省正長官）。蒼蒼：蒼
　　天。

(3)「知親」二語：出自唐宋之交徐鉉〈寄駕部郎中〉。
　　「知親」為「交親」。

(4)「生應」聯：出自唐・杜荀鶴〈苦吟〉。

(5)李少鶴：李憲喬。見卷六・五九注(2)。

二七

　　查他山先生詩(1)，以白描擅長；將詩比畫，其
宋之李伯時乎(2)？近繼之者，錢璵沙方伯、光祿卿

申笏山(3)。笏山卒後,畢秋帆尚書梓其全集(4)。五言云:「雨聲涼入硯,花氣潤侵簾。」〈看桂〉云:「香於半路先迎客,花已全開正及時。」

【箋注】

(1)查他山:查慎行。見卷三・一二注(1)。

(2)李伯時:宋李公麟。見卷七・七八注(4)。李作畫多不設色。

(3)錢璵沙:錢琦。見卷三・二九注(6)。申笏山:申甫。見卷一・六六注(11)。

(4)畢秋帆:畢沅。見卷二・一三注(4)。

二八

謝茂秦云(1):「凡作近體,誦之流水行云,聽之金聲玉振,觀之朝霞散綺,講之異繭繅絲(2)。」

【箋注】

(1)謝茂秦:謝榛,字茂秦,號四溟山人。明臨清(今屬山東)人。終生不仕,「後七子」之一。長於五律。有《四溟集》、《四溟詩話》。

(2)異:區別,分開。繅:抽絲。

二九

萬柘坡〈贈錢坤一〉云(1)：「雨中聽屐到，燈下出詩看。」程南溟有句云(2)：「佳句奚囊盛不住(3)，滿山風雨送人看。」

【箋注】

(1)萬柘坡：萬光泰。見卷一·五二注(1)。錢坤一：錢載，字坤一，號籜石。清秀水(今浙江嘉興)人。乾隆十七年進士。官至禮部左侍郎。學問淵懋，品行修潔。工詩，善水墨畫。卒年八十六。有《籜石齋集》。

(2)程南溟：字軼青。清江蘇吳江人。清畫家，善寫意花果。

(3)奚囊：原指李賀的詩囊。奚，童僕。童僕所背的破錦囊，為奚囊；後以奚囊喻指盛詩稿的器具或詩集。

三〇

近人佳句有相同者。董曲江太史〈歷城〉詩云(1)：「寺塔插天雲外影，人煙近市日中聲。」江于九太守〈游九華山〉云(2)：「松竹分巒翠，雲煙隔寺聲。」陳梅岑句云(3)：「津鼓聲沉寒雨急(4)，漁燈影亂夜潮來。」蔣心餘句云(5)：「守堰兵多官舫過(6)，拔篙聲緩亂灘來。」李竹溪句云(7)：「相逢馬上搖頭者，得句知他勝得官。」李懷民句云(8)：「思苦如中酒，吟成勝拜官。」

【箋注】

(1) 董曲江：董元度，字寄廬，號曲江。山東平原人。乾隆十七年進士。入翰林，由庶吉士改東昌教授。為人灑脫，與紀昀為至交。有《舊雨堂詩集》。

(2) 江于九：江恂，字于九、禹九，號蔗畦、蔗田。江蘇儀徵人。乾隆十八年拔貢。官至徽州鳳陽知府。能詩，善隸書，工篆刻。有《蔗畦詩鈔》。

(3) 陳梅岑：陳熙。見卷一・五注(2)。

(4) 津鼓：古代渡口設置的信號鼓。

(5) 蔣心餘：蔣士銓。見卷一・二三注(2)。

(6) 堠（hòu）：古代瞭望敵情的土堡。

(7) 李竹溪：李棠，字召林，號竹溪、思樹軒。直隸河間人。乾隆七年進士。官惠州知府。有《思樹軒詩稿》。

(8) 李懷民：李憲噩，以字行，號石桐、十桐、敬仲。山東高密人。乾隆諸生。與弟憲暠、憲喬有詩名，時稱「三李」。善畫，工詩。嘗與憲喬輯《重訂中晚唐詩人主客圖》二卷。有《石桐詩鈔》、《十桐草堂集》。

三一

　　近日詩僧甚少。余遊天台，得梅谷(1)；到淨慈寺，得佛裔(2)；遊九華，得亦葦(3)；遊粵東，得澄波、懷遠、寄塵(4)。亦葦〈野步〉云：「傍晚欲歸尋別徑，忽驚沙鳥出苗飛。」澄波〈折木樨〉云：「莫怪靈山留一笑，如來原是賣花人。」懷遠〈江行〉云：「片帆高趁大江風，過眼雲山笑轉蓬。行盡斷堤

楊柳岸，夕陽猶在板橋東。」佛裔者，讓山弟子也。
有句云：「魚亦憐儂水中影，誤他爭唼鬢邊花。」綺
語自佳，恰不似方外人所作。懷遠云：「雍正間，廣
東有詩會。好事者張飲分題，聘名流品題甲乙，首選
者贈綾絹，其次贈筆墨：亦佳話也。」寄塵本姓彭，
工詩、能畫。〈遊長壽寺〉云：「淨壇風掃地，清課
月為燈。」

【箋注】

(1) 梅谷：清僧行悅，字梅谷，號呆翁，婁東（江蘇崑山）曹
　　氏。有《北遊集》等。

(2) 佛裔：清僧實蔭，字佛裔，漢陽鍾氏。歷主乾峰、聖
　　因、淨慈諸寺。工畫，能詩。有《語錄》四卷。

(3) 亦葦：清僧超岸，字亦葦，吉州（江西吉安）文江李氏。

(4) 澄波：未詳。懷遠：未詳。寄塵：清湘鄉（今屬湖南）
　　人。能詩，工書法，善蘭竹。有《載將書畫到江南
　　圖》，題者如雲。

三二

　　山陰邵太守大業(1)，字厚庵，治蘇有惠政，以忤
大府罷官(2)。有〈口號〉一聯云：「江山見慣新詩
少，世味嘗深感慨多。」又：「老來兒女費周旋」七
字，亦頗是人情。

【箋注】

(1) 邵大業(1710-1771)：字在中，又字思餘，號厚庵。浙江
　　會稽人，借籍順天大興。雍正十一年進士。歷湖北黃陂
　　知縣、開封府同知、蘇州知府、六安知州，官終徐州知
　　府。後因事謫軍臺。能琴書，善古文，詩俊爽。有《謙
　　受堂集》。

(2) 大府：明清以總督、巡撫為大府。

三三

　　吾鄉任武承太史(1)，名應烈，出守懷慶。中年乞
病，買鑒湖快閣以居，乃陸放翁舊地(2)。作詩四首，
和者如雲。先生句云：「疊石略存山意思，蒔花聊破
睡工夫。」「風流何處追狂客？蹤跡重教記放翁。」
甲戌歲，札來索和，並招往遊。余寄詩奉答，終不果
往。壬寅遊天台，始登快閣，先生亡久矣。精舍數
間，全覽鑒湖之勝。想在日清福，不減賀知章(3)。

【箋注】

(1) 任武承：任應烈，字武承，一字處泉。杭州人，山陰
　　籍。雍正八年進士。授編修。官南陽等地知府。

(2) 鑒湖快閣：浙江紹興鑒湖是南宋詩人陸游的故里，快閣
　　位處東跨湖橋以西的鑒湖北岸，是陸游中年賦詩讀書
　　處，後改為陸放翁祠。

(3) 賀知章：見卷四・七三注(1)。

三四

康熙戊戌探花傅玉筺先生(1)，名王露，年八十餘，同在湖船，自誦〈陪申尚衣遊西湖絕句〉云：「正是金牛紀瑞年，小春風景似春天(2)。蓬萊原近孤山寺，遊舫多停六一泉(3)。」「一到湖心眼界寬，雲光靆靅接風湍(4)。三朝恩澤深如許，莫作瑤池清淺看。」先生耳聾，與談者以手畫字，即能通解。癸未春，來遊攝山，與之談，聲振屋瓦。

【箋注】

(1) 傅玉筺：傅王露。號玉筺，一作玉筍。見卷七‧七三注(1)。

(2) 金牛：《西湖遊覽志》：「西湖故明聖湖也，周繞三十里，三面環山，溪谷縷注，下有淵泉百道，瀦而為湖，漢時金牛見湖中，人言明聖之瑞，遂稱明聖湖，以其介於錢塘也，又稱錢塘湖。」小春：陰曆十月，天氣暖和如春，故稱為「小春」，亦稱「小陽春」。

(3) 孤山寺：西湖名勝之一，位於西湖西北角，四面環水。六一泉：在孤山南麓，蘇軾任杭州刺史時為紀念老師歐陽修六一居士而命名。

(4) 靆靅(dànduì)：雲貌，濃雲。

三五

學士春臺典試福建(1)，過吳下買妾方大英(2)，美貌能詩。以南北地殊，服食不慣，雉經而亡。搜其

遺稿，有句云：「戶閉新蛛網，梁空舊燕泥。」

【箋注】

(1) 春臺：字錫祺，姓索佳士。滿洲正黃旗人。康熙五十二年進士。官至翰林院侍讀學士。

(2) 方大英：未詳。

三六

　　孫補山尚書(1)，先以中翰從傅文忠公征緬甸(2)。〈見虜氛日惡口號一首付諸同事〉云：「軍容荼火盛，不戰便成災(3)。水土本來惡，烏鳶曉便來(4)。功成原有數，我死愧無才。腰下防身劍，摩挲日幾回？」嗚呼！先生當艱險時，賦詩如此，豈料日後之總督兩廣，晉爵宮保，世襲輕車都尉哉(5)？《孟子》云「天之將降大任」，信然！

【箋注】

(1) 孫補山：孫士毅(1720-1796)，字智冶，又字致遠，號補山。浙江仁和(今杭州)人。乾隆二十六年進士。歷官至兵部尚書兼軍機大臣、文淵閣大學士兼禮部尚書，先後出任兩廣、兩江、四川總督。《四庫全書》纂修，學識淵博，工於書法，有《百一山房詩集》。

(2) 傅文忠：傅恒，字春和，富察氏。清滿洲鑲黃旗人。李榮保的第十子，高宗孝賢純皇后弟。以貴戚選充侍衛親軍，由侍衛歷總管內務府大臣、戶部侍郎、軍機大臣，至保和殿大學士，封一等忠勇公，參預機要二十餘年。諡文忠。

(3)荼火：《國語》卷十九：「萬人以為方陣，皆白裳、白旂、素甲、白羽之矰，望之如荼。……左軍亦如之，皆赤裳、赤旆、丹甲、朱羽之矰，望之如火。」不戢（jí）：不收斂，放縱，就難以控制。《左傳‧隱公四年》：「夫兵如火也，弗戢，將自焚也。」

(4)烏鳶：烏鴉和老鷹。均為貪食之鳥。

(5)宮保：清代指太子的老師。輕車都尉：清代三、四品武職官名。

三七

或戲村學究云(1)：「漆黑茅柴屋半間，豬窩牛圈浴鍋連。牧童八九縱橫坐，『天地元黃』喊一年(2)。」末句趣極。

【箋注】

(1)村學究：舊時稱鄉村私立學校教師。

(2)天地元黃：《千字文》的第一句。元，原為玄，避諱康熙名玄燁。

三八

尹文端公妾張氏(1)，封一品夫人，與內廷恩宴。大將軍某與忠勇公在上前戲尹云(2)：「張有貴相，十指皆箕斗，無羅紋(3)。」會伊里平定，諸功臣畫像內廷，例有贊語。上命公自為張夫人贊。尹應聲云：

「繼善小妻，事臣最久。貌雖不都(4)，亦不甚醜。恰有貴相，十指箕斗。遭際天恩，公然命婦(5)。上相簪花，元戎進酒(6)。同畫淩煙(7)，一齊不朽。」忠勇公曰：「欲戲尹某，反為尹某戲耶！」上大笑。

【箋注】

(1) 尹文端：尹繼善。見卷一・一〇注(3)。

(2) 大將軍：指兆惠，字和甫，吳雅氏。清滿洲正黃旗人。定邊將軍。封一等武毅謀勇公。官至協辦大學士兼刑部尚書，加太子太保。忠勇公：指傅恒。封一等忠勇公。見本卷三六注(2)。

(3) 箕斗：人手上的指紋，簸箕形的叫箕，螺旋形的叫斗。羅紋：螺圈形封閉式的指紋。

(4) 不都：不美好。

(5) 命婦：封建時代受封號的婦人。

(6) 上相：指大臣。元戎：大軍統帥。

(7) 淩煙：淩煙閣，唐貞觀十七年，太宗親自作贊，命閻立本畫像，褚遂良題字，圖畫功臣廿四人於三清殿側之淩煙閣。後多以「畫像淩煙」喻指功臣。

三九

壬午春，迎鑾淮上，雨久不止。錢文端公戲尹相國云(1)：「閣下燮理陰陽，只燮陰而不燮陽，何也？」按《西清詩話》載：「宋時，宋琪、沈義倫俱在黃閣(2)，久旱得雨，雨復不止。琪苦之，戲沈曰：

『可謂「變成三日雨」。』沈應聲曰：『調得一城泥。』」

【箋注】

(1)錢文端：錢陳群。見卷一・一一注(6)。尹相國：尹繼善。見卷一・一○注(3)。

(2)宋琪：字叔寶。宋幽州薊（今屬北京）人。由後晉、後周入宋，官至昭文館學士、吏部尚書、右僕射。沈義倫：字順宜。宋陳留泰康（今河南太康）人。宋太祖開寶六年拜相，任中書侍郎、同平章事、集賢殿大學士。黃閣：指宰相官署。

丁酉七月，慶兩峰赴湖北臬使之便(1)，〈過隨園留別〉云：「天外飛鴻跡又過，衡門深處叩煙蘿(2)。交情共指青山在，別意相看白髮多。祖帳一杯江上酒(3)，秋風八月洞庭波。才人老去須珍重，漫把遺編日苦摩。」到湖北後，又寄紅抹肚與阿遲(4)，繫以詩云：「一個錦兜寄兒著，要他包裹五車書(5)。」自此一別，兩峰出鎮塞外，遂永訣矣。余哭之云：「平原自是佳公子，劉秩終非曳落河(6)。」傷其不耐塞外之風霜也。其詩集甚多，不知流落何所。

【箋注】

(1)慶兩峰：慶玉。見卷四・三二注(1)。臬使：即按察使。

(2)衡門：橫木為門，借指隱者所居。煙蘿：借指幽居。

(3) 祖帳：古代送人遠行，在郊外路旁為餞別而設的帷帳；
　　亦指送行的酒筵。

(4) 抹肚：護胸腹的兜肚。阿遲：袁枚的小兒子。

(5) 五車書：《莊子・天下》：「惠施多方，其書五車。」
　　後用以形容讀書多。

(6) 平原：即戰國時趙國貴族公子趙勝，號平原君。禮賢下
　　士，有食客數千人。此處喻指慶兩峰為人。劉秩：唐
　　人，字祚卿，劉知幾子。安史之亂中，房琯曾為招討節
　　度使，請自將兵收復兩京，而用劉秩為參謀。並說：
　　「彼曳落河雖多，能當我劉秩乎？」而劉秩是儒生，不
　　習軍旅。結果大敗於陳濤斜。此處喻指對慶兩峰用之不
　　當。曳落河：胡人語，壯士、健兒的意思。

四一

　　對聯有解頤者(1)。康熙時，廣東詩僧石蓮(2)，
住海珠寺，交通公卿。寺塑金剛與彌勒環坐(3)，題
對聯云：「莫怪和尚們這般大樣；請看護法者豈是小
人。」楊蘭坡題倒坐觀音像云(4)：「問大士緣何倒
坐；恨世人不肯回頭。」江西某題養濟院云(5)：「看
諸君腦滿腸肥，此日共餐常住飯(6)；想一樣鐘鳴鼎
食，前生都是宰官身(7)。」

【箋注】

(1) 解頤（yí）：謂開顏歡笑。

(2) 石蓮：釋大汕，又名石濂和尚，字庵翁，又字石蓮，號
　　石頭。清廣東嶺南人。有《潮行近草》、《離六堂詩

《集》、《燕遊稿》等。

(3)金剛：指執金剛杵佛的侍從力士。彌勒：著名的未來佛。我國的彌勒塑像胸腹坦露，面帶笑容。

(4)楊蘭坡：楊國霖，號蘭坡。清順天固安人。監生。任山東歷城、肥城、惠民、恩縣、嶧縣知縣，廣東英德、高要知縣，廣州府通判。另見本書卷一○·六五。

(5)養濟院：舊時收養鰥寡孤獨的窮人的場所。

(6)常住：僧、道稱寺舍、田地、什物等為常住物，簡稱常住。

(7)鐘鳴鼎食：擊鐘列鼎而食。形容富貴豪華。宰官：泛指官吏。

四二

古詩人遭際，有幸不幸焉。唐宰相鄭畋之女(1)，愛讀羅隱詩(2)，後隔簾窺其貌寢(3)，遂終身不復再誦。明謝茂秦眇一目(4)，貌不揚，而趙穆王愛其詩(5)。酒闌樂作，出所愛賈姬，光華奪目，奏琵琶，歌謝所作〈竹枝詞〉，即以贈之。宋真宗時，宋子京乘車(6)，路遇宮人，知為狀元，呼曰：「小宋耶？」子京賦詩，有「更隔蓬山一萬重」之句，流傳禁中。真宗知之，賜以宮女，曰：「蓬山不遠。」正德南巡(7)，翰林謝政年少美貌(8)，迎駕西江，見宮眷船，誤為御舟，跪迎報名，適宮人開窗潑水，見之一笑。謝賦詩云：「天上果然花絕代，人間竟有笑因緣。」亦復流傳宮禁。武宗怒，削籍遣歸。

【箋注】

(1) 鄭畋(tián)：唐滎陽人。會昌二年（842）中進士。僖宗、昭宗朝兩次入相。

(2) 羅隱：字昭諫，自號江東生。唐新登（今屬浙江）人。官錢塘令、節度判官、給事中。詩多諧謔語，筆力鋒利。有《羅昭諫集》。

(3) 貌寢：相貌醜陋。

(4) 謝茂秦：謝榛。見本卷二八注(1)。

(5) 趙穆王：朱常清。明成祖朱棣子。

(6) 宋子京：宋祁。見卷一·四六注(13)。

(7) 正德：明武宗朱厚照年號。

(8) 謝政：未詳。

四三

　　兒童逃學，似非佳子弟。然唐相韋端己詩云(1)：「曾為看花偷出郭，也因逃學暫登樓。」文潞公幼時(2)，畏父督課，逃西鄰張堯佐家，後有燈籠錦之貽(3)。蓋與貴妃本屬世交，常通縞紵故也(4)。可見詩人、名相，幼時亦嘗逃學矣。阿通九歲(5)，能知四聲，而性貪嬉戲。重九日，余出對云：「家有登高處。」通應聲曰：「人無放學時。」余不覺大笑，為請于先生而放學焉。其師出對云：「上山人斫竹。」通云：「隔樹鳥含花。」

【箋注】

(1) 韋端己：韋莊，字端己。長安杜陵（今陝西西安）人。五代時前蜀詩人。唐亡，王建在蜀稱帝，以莊為相。有《浣花集》。

(2) 文潞公：指北宋文彥博。見卷二·六注(5)。

(3) 張堯佐：字希元。宋河南永安人。仁宗張貴妃伯父。燈籠錦：用金線織成燈籠圖案的錦緞。宋·梅堯臣《碧雲騢》載：張貴妃以近上元，令織異色錦。文彥博遂令工人織金線燈籠載蓮花。宋·邵伯溫《聞見前錄》卷二：燈籠錦者，潞公夫人遺張貴妃，公不知也。

(4) 縞紵：指朋友間的互相饋贈。

(5) 阿通：袁通，字達夫，號蘭村。袁枚的嗣子，堂弟袁樹（字香亭）之子。官河南汝陽知縣。有《捧月樓詩詞稿》。

四四

譚老染鬚，似非高人所為。南朝陸展有「媚側室」之譏(1)。然司空圖清風亮節(2)，唐季忠臣，其詩曰：「髭鬚強染三分折，弦管聽來一半愁。」可知染鬚亦無傷於雅士。

【箋注】

(1) 陸展：南朝宋吳郡（今江蘇蘇州）人，以染髮媚妾，而為同僚何長瑜作詩譏謔。

(2) 司空圖：見卷五·三三注(4)。

四五

　　黃石牧先生以翰林中允(1)，督學閩中，因公落職。吾鄉徐文穆公薦舉博學鴻詞(2)，與余同試保和殿。先生年過七旬，神明衰矣，以不完卷，累薦主議處：蓋馬伏波自忘其老之過也(3)。《唐堂詩集》生新超雋，美不勝收。姑錄短句，以志一臠之嗜。〈芭蕉〉云：「日不紅三伏，天惟綠一庵。」〈北路買餅〉云：「駐馬一錢交易，羈留三刻行程。」〈玫瑰花〉云：「生來合是依人命，從不容渠在樹看。」集中七古，遠勝潘稼堂(4)。

【箋注】

(1) 黃石牧：黃之雋。見卷三·一二注(2)。中允：官名，正六品。

(2) 徐文穆：徐本，字立人，號是齋。浙江錢塘人。康熙五十七年進士。授編修，官至東閣大學士兼禮部尚書、太子太保兼戶部尚書，加太子太傅致仕。卒諡文穆。有《文穆遺集》。

(3) 馬伏波：東漢名將馬援。見卷二·一九注(2)。其名言為「窮當益堅，老當益壯。」直到老年時這位沙場老將還聞警而動。

(4) 潘稼堂：潘耒，字次耕，號稼堂。江蘇吳江人。康熙十八年，以布衣舉博學鴻詞，授職檢討，纂修《明史》。曾受業于顧炎武。有《遂初堂集》。

四六

余泛舟橫塘，有踏搖娘蕊仙者(1)，素矜身份，隔窗對語，不肯進艙侍飲，而頗知文墨。客許重贈纏頭，拒而不受。少頃，月出矣，蕊仙持扇求詩。余戲題云：「橫塘宵泛酒如淮(2)，十里桃花四面開。只恨錦帆竿上月，夜深不肯下艙來。」蕊仙一笑進艙。

【箋注】

(1)踏搖娘：原為一種民間歌舞。唐‧劉餗《隋唐嘉話‧補遺》：「隋末有河間人，齇鼻使酒，自號郎中，每醉必毆擊其妻。妻美而善歌，每為悲怨之聲，輒搖頓其身。好事者為假面以寫其狀，呼為踏搖娘。」此處借來指此類歌女。

(2)酒如淮：《左傳》中語：「有酒如淮」。極言酒的豐盛。

四七

孝感程蔚亭先生(1)，名光鉅，甲辰翰林，出為杭州糧道。有〈閨詞〉云：「東家姊妹與西鄰，聽說相招去踏春。料得今年花事好，晚歸都語畫眉人。」「青衫薄薄襯宮緋，上繡鴛鴦並翅飛。勉強著來都不稱，可身還是嫁時衣。」余己未歸娶，先生留飲，云：「老夫次首(2)，有不慣外任、仍思內用之意。」

【箋注】

(1)程蔚亭：程光鉅，字二至，號蔚亭。湖北孝感人。雍正
　　二年進士。入翰林，出為杭州糧道。

(2)次首：指此處所舉第二首〈閨詞〉。

四八

　　詩人少達而多窮。汪可舟舸(1)，自稱客吟先生，
詩筆清絕，而在揚州，竟無知者。己丑除夕，忽過白
門，意大不適，有漢江之行。余堅留之，不肯小住，
遂成永訣。未十年，其子中也(2)，家業大昌，買馬
氏玲瓏山館，造亭台，招延名士，而可舟不及見矣。
其〈聽雨〉詩云：「簷外幾聲才淅瀝，胸中何事不
分明？」又曰：「側身已在江湖外，繞屋寧堪竹樹
多。但覺有聲皆劍戟，不知何物是笙歌。」其紆鬱
可想(3)。仲小海〈聽雨〉云(4)：「明知關我心何
事，只覺撩人夢不成。」宋人有小詞云：「薄暮投村
急，風雨愁通夕。窗外芭蕉窗裏人，分明葉上心頭
滴。(5)」

【箋注】

(1)汪可舟：汪舸。見卷五・四注(2)。

(2)中也：汪㷆（bèn），字中也，號雪礓。清江都（今江
　　蘇揚州）人。山水仿倪高士，花卉學惲南田，尤精金石
　　學。

(3)紆鬱：憂憤抑鬱。

(4)仲小海：仲蘊檠。見卷三・四五注(2)。

(5)「薄暮」數語：宋・無名氏〈眉峰碧〉詞。

四九

　　余行路見遠樹，疑為塔尖。高翰起司馬云(1)：「平疇見喜塍成繡，遠樹看疑塔露尖。」每見門神相對，似怒似笑。趙雲松云(2)：「無言似厭人投刺，含笑應羞客曳裾(3)。」

【箋注】

(1)高翰起：高瀛洲。見卷五・二一注(1)。

(2)趙雲松：趙翼。見卷二・三三注(3)。

(3)投刺：投遞名帖以求見。曳裾：拖著衣襟。此為「曳裾王門」的省稱。指依附權貴門下，仰承鼻息。

五〇

　　文尊韓，詩尊杜：猶登山者必上泰山，泛水者必朝東海也。然使空抱東海、泰山，而此外不知有天台、武夷之奇(1)，瀟湘、鏡湖之勝(2)；則亦泰山上之一樵夫，海船上之舵工而已矣。學者當以博覽為工。

【箋注】

(1) 天台：天台山，在浙江省天台縣北，為仙霞嶺的東支。
 因山有八重，四面如一，當斗牛之分，上應台宿而得
 名，形勢崇偉，多懸崖飛瀑等名勝。武夷：武夷山，位
 於福建省崇安縣南三十里，為仙霞山脈的起頂，以產武
 夷茶著名。有四十九峰、桃源洞、臥龍潭等名勝。

(2) 瀟湘：二水名，在今湖南省。鏡湖：位於浙江紹興，亦
 名鑒湖，古傳軒轅在此鑄鏡，因而得名。

五一

　　王次回有句云(1)：「天台再許劉晨到，那惜千
回度石梁(2)。」寶意先生反其意(3)，作〈秋霞曲〉
云：「天台已入休嫌暫，尚有終身未到人。」

【箋注】

(1) 王次回：明王彥弘。見卷一・三一注(1)。

(2) 劉晨：見卷三・三二注(9)。石梁：天然石橋。天台山有
 石梁飛瀑奇觀。從石梁上行，下瞰深潭，毛骨俱悚。

(3) 寶意：商盤。見卷一・二七注(7)。

五二

　　近日書院一席，全以薦者之榮落，定先生之去
留。蔣春農掌教真州(1)，移主揚州梅花書院。〈留別

諸生〉云：「自慚頭腦太冬烘，兩載鑾江作寓公(2)。提舉原如宮觀例，量移還與職官同(3)。痕留雪爪棲難定，老困鹽車步未工(4)。卻憶來時春正晚，海棠飛雨墮階紅。」「風雪交加臘盡時，臨歧握手意遲遲。豐碑昔拜文丞相，遺像今瞻史督師(5)。山長頭銜聊復爾(6)，英雄末路合如斯。諸生莫作攀轅計，撰杖重游未可知(7)。」

【箋注】

(1)蔣春農：蔣宗海，字星巖，號春農，晚號冬民、歸求老人。鎮江人。乾隆十七年進士。授內閣中書，軍機處行走。兩年後歸里不再做官。先後主講如皋雄水書院、儀徵樂儀書院、揚州梅花書院。有《索居集》、《南歸叢稿》、《蔣春農文集》。

(2)冬烘：迂腐，淺陋。鑾江：指鑾江城，江蘇儀徵的別稱。寓公：古指失其領地而寄居他國的貴族。後凡流亡寄居他鄉或別國的官僚、士紳等都稱「寓公」。

(3)提舉：官名，原意是管理，主管專門事務的職官，即以提舉命名，多為安置閒員。宮觀：官員年老不能任事或退休，多被任為宮觀使等官，實無職事，只領俸祿。量移：指調遷。

(4)雪爪：即雪泥鴻爪。宋・蘇軾〈和子由澠池懷舊〉：「人生到處知何似，應似飛鴻踏雪泥。雪上偶然留爪印，鴻飛那復計東西。」後用來比喻往事留下的痕跡。鹽車：《戰國策・楚策四》：「夫驥之齒至矣，服鹽車而上太行。……白汗交流，中阪遷延，負轅不能上。」後多用於比喻賢才屈居於賤役。

(5)文丞相：指宋・文天祥，扶顛持危，名相而兼烈士。見卷三・六六注(8)。蔣春農將要離開的真州和將要去的

揚州都有文丞相祠。史督師：明‧史可法，南京兵部尚書，福王時拜東閣大學士，清軍南下，自請督師揚州，遇難。

(6) 山長：書院設山長，講學兼領院務。

(7) 攀轅：挽留，眷戀。撰杖：執教。

五三

　　東坡云：「無事此靜坐，一日如兩日。若活七十年，便是百四十。」京口解李瀛善畫(1)，有人聘往寫真，而主人久臥不出。解戲改蘇詩贈云：「無事此靜臥，臥起日將午。若活七十年，只算三十五。」山陰人有三乳者，金上清進士調之(2)，云：「胸羅星宿素襟披，下字成文亦太奇(3)。四乳曾聞男則百(4)，君應七十五男兒。」

【箋注】

(1) 解李瀛：如上。餘未詳。

(2) 金上清：亦作金尚清。浙江山陰人。乾隆三十一年進士。官五河知縣。

(3) 星宿：此指參星。宋‧喻良能《香山集‧挽周子及》：「胸羅星宿富多文」。下字：草書下字為三點。

(4) 四乳：謂身上有四隻乳房。古代傳說周文王有四乳，其子眾多，迷信者附會為仁聖之相。

五四

　　程魚門云(1)：「時文之學，有害於古文(2)；詞曲之學，有害於詩。」余謂：「時文之學，不宜過深；深則兼有害於詩。前明一代，能時文，又能詩者，有幾人哉？金正希、陳大士與江西五家(3)，可稱時文之聖；其於詩，一字無傳。陳臥子、黃陶庵不過時文之豪(4)；其詩便有可傳。《荀子》曰『藝之精者不兩能』也。」

【箋注】

(1)程魚門：程晉芳。見卷一·五注(1)。

(2)時文：時下流行的文體，對科舉應試文體的通稱。古文：原指先秦兩漢以來用文言寫的散體文，相對六朝駢體而言。後則相對科舉應用文體而言。唐·韓愈、宋·歐陽修等皆曾大力提倡古文，反對駢驪的文體與文風。

(3)金正希：金聲，字正希，號赤壁。明安徽休寧人。崇禎元年進士。官至右都御史、兵部右侍郎。抗擊清兵時，被殺害于南京。有《金正希時文》、《尚志堂文稿》。陳大士：陳際泰，字大士。明汀州武平(今屬福建)人，原籍臨川。崇禎七年進士。善八股文，所作逾萬。有《易經說易》、《四書讀》、《五經讀》、《太乙山房集》。江西五家：未詳。一般稱江西四家：陳際泰、艾南英、章世純、羅萬藻，亦稱豫章(江西南昌)四家，曾刻八股文《四大家稿》行於世。另一家疑為楊廷麟，字伯祥。崇禎四年進士。授編修，充講官兼值經筵，官至兵部尚書，兼東閣大學士。

(4)陳臥子：陳子龍。見卷三·二八注(7)。黃陶庵：黃淳耀，字蘊生，一字松厓，號陶庵。明蘇州嘉定(今上海

嘉定）人。崇禎十六年進士。不受官職，家居。起義抗
清，嘉定城破，自縊。有《黃陶庵先生全集》。

五五

黃陶庵先生，性嚴重(1)，館牧齋家，不肯和柳夫
人詩(2)。然其詩，極有風情。《竹枝歌》云：「東湖
西湖蓮葯開(3)，一日搖船採一回。蓮葉田田無限好，
只因曾見美人來。」「柳條不繫玉蹄騧(4)，拗作長鞭
去路斜。春色也隨郎馬去，粧樓飛盡別時花。」

【箋注】

(1)嚴重：嚴肅穩重。

(2)牧齋：錢謙益。見卷一・三注(5)。柳夫人：即柳如是。
　見卷七・四一注(1)。為錢謙益側室。

(3)葯（dì）：蓮子。

(4)騧（guā）：黑嘴的黃馬，此泛指馬。

五六

戊申春，余阻風燕子磯(1)，見壁上題云：「一夜
山風歇，僧掃門前花。」又云：「夜聞柊杋聲(2)，知
有孤舟泊。」喜其高淡，訪之，乃知是邵明府作(3)。
未幾，以詩見投，長篇不能盡錄。記《竹枝》云：
「送郎下揚州，留儂江上住。郎夢渡江來，儂夢渡江

去。」「若耶湖水似西泠(4)，蓮葉波光一片青。郎
唱吳歌儂唱越，大家花下並船聽。」又夢中得句云：
「澗泉分石過，村樹接煙生。」皆妙。邵名驄，字無
恙，山陰人。

【箋注】

(1) 燕子磯：位於南京北郊的直瀆山上、觀音門外、長江南
　　岸。因石峰突兀江上，三面臨空，遠望若燕子展翅欲飛
　　而得名。

(2) 椓杙（zhuóyì）：捶釘木樁。

(3) 邵明府：邵驄，字無恙，號夢餘。浙江山陰人。乾隆
　　三十五年舉人。官江蘇桃源、阜寧、金匱等縣知縣。
　　後罷官歸里，落拓江湖。能文，尤工詩。有《夢餘詩
　　鈔》、《鏡西閣詩選》。

(4) 若耶湖：似指紹興鑒湖。浙江紹興市南有若耶溪，源出
　　若耶山，北入鑒湖。西泠：橋名。在今浙江杭州市西湖
　　上。此代指西湖。

五七

　　許子遜先生有女孟昭(1)，〈寒夜曲〉云：「金剪
生寒夜漏長，玉人纖手懶縫裳。素娥偏耐秋光冷，肯
照鴛鴦瓦上霜(2)？」江賓谷有室陳氏(3)，〈哭某夫
人〉云：「忽駕青鸞返碧虛，瓊花吹折痛何如(4)？修
文應是才人盡，徵到嫦娥舊侍書(5)。」

【箋注】

(1)許子遜：許廷鑅。見卷三・二九注(5)。許孟昭：字景
　　班。清江蘇元和人。諸生沈之源妻。

(2)素娥：嫦娥，此代稱月亮。鴛鴦瓦：成對相疊的瓦。

(3)江賓谷：江昱。見卷三・二一注(1)。

(4)青鸞：傳說中的神鳥。瓊花：開放不久即凋謝的花，喻
　　女子。

(5)修文：傳說蘇韶死而復甦，弟節問地下事，韶曰：顏
　　淵、卜商為地下修文郎。(《太平御覽》卷八八三引王隱
　　《晉書》)侍書：侍從文官名，翰林院屬官，講讀時掌以
　　經史圖書供侍。此喻指某夫人為嫦娥的侍書。

五八

　　明季誤國臣馬、阮(1)，皆庸人也，奸而不雄，較
之曹操，直奴才耳！宿遷女子倪瑞璿嘲之云(2)：「賣
國仍將身自賣，奸雄兩字惜稱君。」〈憶母〉句云：
「暗中時滴思親淚，只恐思兒淚更多。」

【箋注】

(1)馬阮：指馬士英、阮大鋮，操縱福王，把持朝政。馬，
　　字瑤草。明貴州貴陽人。官至東閣大學士兼兵部尚書。
　　在位援引阮大鋮，打擊東林黨人。後被清兵所殺。阮，
　　字集之，號圓海，又號百子山樵。明南直隸安慶府懷寧
　　縣人，世稱阮懷寧。萬曆四十四年進士。倚附權貴，奸
　　詐多變。官至兵部尚書兼右副都御史。後降清。猝死。
　　有《詠懷堂詩集》和《燕子箋》、《春燈謎》傳奇多
　　種。

(2) 倪瑞璿（xuán）：字玉英。江蘇宿遷人。庠生倪紹瓚
女，宜興徐起泰妻。主要生活於康熙年間。有《篋存詩
稿》、《靜香閣詩草》。

五九

綏安孝廉諸邦協，值耿逆之變(1)，率家人避兵石
窠砦。賊兵過，索犒，不與；怒焚其砦，全家灰沒。
族人國樞哭以詩云(2)：「三年抗節萬山行，密箐深林
母子并(3)。誰遣多生逢浩劫？直教一死重科名。闔門
皆決朝探磧(4)，枯骨灰飛夜請兵。青草年年寒食路，
招魂惟有杜鵑聲。」

【箋注】

(1) 諸邦協：字克一。福建綏安人。康熙十一年孝廉。（詳鄭
方坤《全閩詩話》卷九）。耿逆之變：指耿精忠之變，
清世祖是耿的叔丈，聖祖是耿的叔伯內弟。耿於康熙十
年襲爵為靖南王，十三年據福建反叛，回應吳三桂，自
稱兵馬大元帥，攻佔閩浙贛等部分地區，十五年降清，
十九年召入京都，二十一年被殺。

(2) 諸國樞：字在紫。清福建漳浦人。官順昌司訓。有《青
山別墅藏稿》。（見《全閩詩話》）

(3) 箐（qìng）：山間大竹林。

(4) 探磧（qì）：指全家人的亡魂探察在一片沙漠裏。

##

　　閩人崔嵸十三歲(1)，有〈遇雨〉一絕云：「葉香亂打冷霏霏，輿夢尋秋雁影稀(2)。煙雨滿溪行不了，渡頭扶傘一僧歸。」雅有畫意。

【箋注】

(1) 崔嵸：字殿生。清閩縣人。十三能詩，自號西竺村童。有《耕秋詩》。《全閩詩話》中載此詩，題為〈輿雨〉。

(2) 輿夢：古代占夢家謂夢車輿是將得官貴顯之兆，亦為通太濟事之象，夢乘車輿者兆事易成。此處指好夢。

六一

　　董浦先生曰(1)：「馮鈍吟右西崑而黜西江，固矣(2)！夫西崑沿于晚唐，西江盛于南宋；今將禁晉、魏之不為齊、梁，禁齊、梁之不為開元、大曆(3)，此必不得之數。風會流傳，人聲因之，合三千年之人，為一朝之詩，有是理乎？二馮可謂能持詩之正(4)，未可謂遂盡其變者也。」

【箋注】

(1) 董浦：杭世駿。見卷三・六四注(1)。

(2) 馮鈍吟：馮班。見卷七・五八注(1)。西崑：指宋初以劉筠、楊億為首的《西崑酬唱集》中諸作家所形成的流派，宗法唐・李商隱，詞取妍華，而不乏興象，效之者

漸失其真。見卷一‧一三注(6)。西江：指江西詩派，北宋後期的詩歌流派，尊黃庭堅為詩派之宗，因黃為江西人，成員中亦江西人為多，故名。諸家學杜，主張作詩無一字無來處，講求活法，反俗尚奇，有以借鑒代替創造的傾向，未兼虛深豐茂。固：此即頑固。指愚妄固陋不知變通。

(3)開元：唐玄宗年號。大曆：唐代宗年號。

(4)二馮：即海虞（常熟古稱）二馮。指明末清初馮舒、馮班兄弟。馮舒，字已蒼，號默庵，又號癸巳老人。明末清初江南常熟人。諸生。棄舉子業。工詩，精校勘。入清已老。因議賦役觸怒知縣，被誣下獄死。有《默庵遺稿》。馮班，見卷七‧五八注(1)。兄弟俱工詩，為虞山派詩人。其詩出入于李商隱、杜牧、溫庭筠之間，然而其詩「好艷」而未得西崑之真艷。

六二

吾鄉多才女。河督吳公樹屏，有女名苕華(1)，〈留別淮陰官署〉云：「三載依依玉鏡前，舊梳粧處最相憐。不知今後紅窗裏，又是何人點翠鈿(2)？」〈古鏡〉云：「閱世興亡疑有眼，辨人好醜總無聲。」

【箋注】

(1)吳樹屏：吳嗣爵，字尊一，號樹屏。浙江錢塘人。雍正八年進士。歷官河道總督、吏部侍郎。吳苕華：吳瑛，字若華。錢塘人。河督嗣爵女，平湖諸生屈恬波室。通經史，兼工制藝。著有《芳蓀書屋存稿》。（《杭州府

志》、《國朝閨秀正始集》、《清代閨閣詩人徵略》均
作「若華」)

(2)翠鈿:即翠靨,婦女的面飾,用綠色「花子」粘在眉
心,或製成小圓形貼在嘴邊酒渦處。

六三

山陰古無吼山,因採石者屢鑿不休,遂成一小
湖。遠望山如列城,山頂種禾麥,中開一洞,搖船而
入,別有天地。大魚長一二丈者,紛然游泳。邵無恙
誦某「船進有魚聽」五字(1),以為貼切。余曰:「方
宮保泊岳州(2),亦有句云:『莫使火驚孤雁宿,且吟
詩與大魚聽。』」

【箋注】

(1)邵無恙:邵颷。見本卷五六注(3)。

(2)方宮保:指方觀承。見卷一·三〇注(8)。宮保,清代對
太子少保的稱呼。

六四

羅兩峰誦人〈孔廟〉詩云(1):「陽虎可能同
面目,祖龍空自倒衣裳(2)。」顧立方〈法藏寺〉
云(3):「拂衣人柳碧,覆瓦佛桑青(4)。」以「龍」
對「虎」,以「人」對「佛」,皆工對也。孔廟著筆
尤難。

【箋注】

(1) 羅兩峰：羅聘。見卷二·六二注(5)。

(2) 陽虎：春秋後期魯國季氏的家臣，大逆不道，挾制季氏獨攬魯國朝政後，欲請孔子前來為己謀。孔子拒見陽虎。後來陽虎事敗，被趕出魯國，逃往晉國。《史記》云「孔子狀類陽虎」，即二人面貌相像。祖龍：指秦始皇。漢·王充《論衡·實知篇》載：「孔子將死，遺讖書曰：『不知何一男子，自謂秦始皇，上我之堂，踞我之床，顛倒我衣裳，至沙丘而亡。』」

(3) 顧立方：顧敏恒(1748-1792)，字立方，號笠舫、辟疆園。江蘇無錫人。乾隆五十二年進士。官蘇州府學教授。有《笠舫詩稿》。

(4) 人柳：即檉柳。《三輔舊事》：「漢武帝苑中有柳狀如人，號曰人柳，一日三眠三起。」又稱三眠柳。佛桑：唐·劉恂《嶺表錄異》：「嶺表朱槿花，莖葉皆如桑樹，葉光而厚，南人謂之佛桑。」一說為扶桑之異種，一說為木槿之別種。

六五

滿洲永公名福(1)，字用五，守湖州。作〈吳興竹枝〉云：「香雪西崦處處栽，終朝結社賞梅來(2)。兒家門戶敲不得，留待月明人靜開。」「練裙如雪浣中單(3)，二月風多草色寒。片雨過窗紅日現，家家樓上曬衣竿。」公禮賢愛士，蒙見訪杭州，于公事如麻時，苦留宴飲。遣人以手板到大府處(4)，乞假談詩。

【箋注】

(1) 永福：字用五，一字蘊山。滿洲正黃旗人。由筆帖式捐
　　納通判，乾隆四十五年任浙江湖州府知府。

(2) 西崦（yān）：西山。終朝：整天，終日。

(3) 中單：此泛指裏衣、襯衣。

(4) 手板：明清時門生見座師或下官見上官時所用的名帖。
　　亦稱手本。

六六

　　《漫齋語錄》曰(1)：「詩用意要精深，下語要
平淡。」余愛其言，每作一詩，往往改至三五日，或
過時而又改。何也？求其精深，是一半工夫；求其平
淡，又是一半工夫。非精深不能超超獨先，非平淡不
能人人領解。朱子曰(2)：「梅聖俞詩(3)，不是平
淡，乃是枯槁。」何也？欠精深故也。郭功甫曰(4)：
「黃山谷詩(5)，費許多氣力，為是甚底？」何也？
欠平淡故也。有汪孝廉以詩投余(6)。余不解其佳。
汪曰：「某詩須傳五百年後，方有人知。」余笑曰：
「人人不解，五日難傳；何由傳到五百年耶？」

【箋注】

(1) 漫齋語錄：宋・佚名撰。久佚。佚文散見於《詩人玉
　　屑》、《竹莊詩話》、《修辭鑒衡》等書。

(2) 朱子：朱熹。見卷二・四四注(3)。

(3)梅聖俞：梅堯臣。見卷四・一七注(2)。

(4)郭功甫：郭祥正。見卷一・二五注(6)。

(5)黃山谷：黃庭堅。見卷一・一三注(6)。

(6)汪孝廉：未詳。

六七

　　吾鄉沈方舟用濟(1)，詩宗老杜。常來金陵，與姚雨亭、袁古香諸人唱和(2)。余宰江寧時，先生已老，不復來矣。杭人有謀梓其詩者，托余訪之歸愚尚書(3)。尚書云：「聞其全稿藏張少弋家。」少弋已亡，竟難搜葺。雨亭之子記其〈留別〉云：「青尊斷送流光易，白社重尋舊雨難(4)。」自此永訣。

【箋注】

(1)沈方舟：沈用濟。見卷六・九六注(1)。

(2)姚雨亭：姚瑩，字文潔，號玉亭。清江寧(今南京)人。工詩，善畫。(《金陵通志》)。袁古香：袁瑛。見卷四・六七注(2)。

(3)歸愚：沈德潛。見卷一・三一注(3)。

(4)青尊：盛酒的酒杯。酒別名綠蟻，故稱。白社：此指隱士或隱士所居之處。舊雨：老朋友。見卷五・一注(2)。

六八

青田才女柯錦機(1)，有宣文夫人之風(2)，絳幃問字者數十人(3)。同鄉韓太守錫胙猶及見之(4)。誦其〈送夫應試〉云：「劍匣書囊自檢詳，冬裘夏葛賦行裝。西風忽送來朝別，明月休沉此夜光。見說試文容易作，須知客感最難防。莫誇司馬題橋柱(5)，富貴何如守故鄉？」〈調郎〉云：「午夜剔銀燈，蘭房私事急。薰蕕郎不知(6)，故故偎儂立。」又云：「合線煩君申食指，拾釵為我屈儒躬。」〈自題小像〉云：「焚香合受檀郎拜，一幅盤陀水月身(7)。」

【箋注】

(1) 柯錦機：清浙江青田人。餘未詳。

(2) 宣文夫人：即宣文君。姓宋，名失傳，籍貫不詳，生卒年無考。前秦女經學家，太常韋逞之母，家傳《周官禮注》，被人稱為宣文君。宣文是宣揚文化，君是尊稱。符堅曾令其生一百二十人從其受業。

(3) 絳幃問字：謂拜師請教。

(4) 韓錫胙：字介屏、介圭，號湘巖。浙江青田人。乾隆十二年中舉。官至蘇松督糧道。能書畫，善詩古文。有《滑疑集》、戲曲《漁村記》及《南山法曲》等。

(5) 題橋柱：漢·司馬相如未達時，離鄉赴長安，途經升仙橋，題云：「不乘高車駟馬不過此橋。」（見《成都記》）後遂用以比喻立志求取功名富貴。

(6) 薰蕕：香草和臭草。

(7) 檀郎：晉·潘岳小名檀奴，姿容美好，嘗乘車出洛陽道，路上婦女慕其丰儀，手挽手圍之，擲果盈

車。(《晉書・潘岳傳》、《世說新語・容止》)後因稱
美男子或秀美情人為檀郎。盤陀:曲折迴旋貌。形容香
煙繚繞。水月身:指水月觀音的法身形象。喻儀容清俊
秀逸。

六九

汪大紳道余詩似楊誠齋(1)。范瘦生大不服(2),
來告余。余驚曰:「誠齋一代作手,談何容易!後人
嫌太雕刻,往往輕之。不知其天才清妙,絕類太白,
瑕瑜不掩,正是此公真處。至其文章氣節,本傳具
存。使我擬之,方且有愧。」

【箋注】

(1)汪大紳:汪縉(1725-1792),字大紳,號愛廬。清江蘇
　　吳縣(今蘇州)人。以貢生官候補訓導,主講建陽書院,
　　昌明正學。有《讀書四十偈私記》、《讀易老私記》、
　　《汪子詩錄》。楊誠齋:宋・楊萬里。見卷一・二
　　注(1)。

(2)范瘦生:范起鳳。見卷六・二三注(1)。

七○

王弇州推尊李于鱗(1),而弇州之才,實倍于李。
予愛其〈短歌〉數句云:「不必名山藏,不必千金
懸。歸去來,一壺美酒抽一編,讀罷一枕床頭眠。天

公未喚債未滿，自吟自寫終殘年。」〈棄官〉云：
「人生求官不可得，我今得官何棄之？六月繡襦黃金
垂(2)，行人拍手好威儀。與君說苦君不信，請君自衣
當自知。」本傳稱先生論詩，呵斥宋人，晚年臨終，
猶手握《蘇子瞻集》。此二詩，果似子瞻。

【箋注】

(1) 王弇州：明・王世貞。見卷一・二五注(3)。李于鱗：李
攀龍，字于鱗，號滄溟。明歷城（今山東濟南）人。嘉靖
二十三年進士。累遷河南按察使。宣導文學復古運動，
詩以聲調勝，與王世貞同為明後七子之魁首。然文章失
之模擬生澀，古樂府似臨摹帖，並無可觀。有《古今詩
刪》、《李滄溟集》。

(2) 繡襦：用彩線繡製的短襖。此指官吏所服之衣。

七一

　　嚴滄浪借禪喻詩(1)，所謂「羚羊掛角」、「香象
渡河(2)」、「有神韻可味」、「無跡象可尋」，此說
甚是。然不過詩中一格耳。阮亭奉為至論(3)，馮鈍吟
笑為謬談(4)，皆非知詩者。詩不必首首如是，亦不可
不知此種境界。如作近體短章，不是半吞半吐，超超
元箸(5)，斷不能得弦外之音、甘餘之味。滄浪之言，
如何可詆？若作七古長篇、五言百韻，即以禪喻，自
當天魔獻舞，花雨彌空，雖造八萬四千寶塔，不為多
也。又何能一「羊」一「象」，顯「渡河」、「掛

角」之小神通哉？總在相題行事，能放能收，方稱作
手。

【箋注】

(1)嚴滄浪：即宋‧嚴羽。見卷二‧八注(3)。

(2)羚羊掛角、香象渡河：見卷二‧八注(3)。

(3)阮亭：王士禎。見卷一‧五四注(1)。

(4)馮鈍吟：馮班。見卷七‧五八注(1)。

(5)超超元（玄）箸：謂言辭高妙，不同凡俗，超然出塵。

七二

　　余雅不喜苛論古人。阮亭罵杜甫無恥(1)，以其
上明皇〈西嶽賦表〉云：「惟嶽授陛下元弼，克生
司空(2)。」指楊國忠故也(3)。不知表奏體裁，君
相並美，非有心阿附。況國忠亂國之跡，日後始昭。
當初相時，杜甫微臣，難遽斥為奸佞。即如上哥舒翰
詩(4)，亦極推尊，安能逆料其將來有潼關之敗哉？
韓昌黎〈贈鄭尚書序〉，鄭權也(5)；顏真卿〈爭坐
位帖〉，與郭英乂也(6)：本傳皆非正人，而兩賢頗
加推奉，行文體制，不得不然。宋人訾陸放翁為韓
侂冑作記(7)，以為黨奸；魏叔子責謝疊山作〈却
聘書〉(8)，以伯夷自比，是以殷紂比宋(9)：皆屬
吹毛之論。孔子「與上大夫言，誾誾如也(10)」。
所謂「上大夫」者，獨非季桓子、叔孫武叔一輩人

乎（11）？

【箋注】

（1）阮亭：王士禛。見卷一‧五四注（1）。

（2）元弼：宰相。司空：工部尚書或侍郎的別稱，此處皆指楊國忠。

（3）楊國忠：楊貴妃族兄。唐山西蒲城永樂人。善逢迎，取要位，固寵求榮，天寶十一載代右相，權傾內外。後安祿山以誅國忠為名叛亂，國忠隨玄宗西奔，至馬嵬驛，兵變被殺。

（4）哥舒翰：唐天寶年間赫赫有名的大將。世居安西（今新疆庫車一帶），是西突厥別部突騎施哥舒部後裔。唐肅宗至德元載，討安祿山時兵敗潼關。

（5）韓昌黎：韓愈。見卷一‧一三注（1）。鄭權：唐穆宗時，鄭權以工部尚書為嶺南節度使，卿大夫相率為詩送之。韓愈亦作序稱道其貴而能貧。然而，鄭權到廣州後，盡以公家珍寶赴京師以酬恩地，成為貪邪之士。

（6）顏真卿：字清臣。唐琅邪臨沂人。玄宗開元二十二年進士。歷遷尚書右丞、吏部尚書、太子太師，封魯郡公，世稱顏魯公。工書法，創為「顏體」。郭英义：字元武。唐瓜州晉昌（今甘肅安西縣東）人。官至尚書右僕射、劍南節度使，封定襄郡王。日益驕侈，為政苛暴。顏真卿在唐廣德二年作〈爭座位帖〉，又名〈與郭英义書〉。信中指責了郭在朝廷上違反禮儀，亂排座位，為陰事太監魚朝恩而坐其下，任意抬高魚的座次，同時亦不乏讚頌之辭。

（7）陸放翁：陸游。見卷一‧二○注（1）及補遺卷一‧四四注（1）。韓侂胄：見卷二‧四四注（1）。

（8）魏叔子：魏禧，字冰叔，號叔子。江西寧都人。明末諸

生。明亡後隱居翠微峰。清初著名散文家。有《魏叔
子文集》。謝疊山：謝枋得，字君真，號疊山。信州弋
陽（今屬江西）人。南宋寶祐四年與文天祥同科進士。官
至江東提刑、江西招諭使，知信州，率兵抗元。宋亡，
居閩中。元朝迫其出仕，乃絕食死。門人私諡文節。後
人輯有《疊山集》。

(9) 伯夷：商末孤竹君長子。見卷七‧四一注(2)。殷紂：商
代最後一個君主，史稱暴君。

(10) 誾誾（yìn）如：和悅地直言勸告。全句意謂：孔子上
朝的時候，與上大夫說話，表現出中正、平和而又直言
諍辯的樣子。

(11) 季桓子：季孫斯，春秋時魯國大夫。執政期間曾平定家
臣陽虎的叛亂，亦曾不聽孔子勸阻，接受齊國送的美
女，並把孔子排擠出魯國。叔孫武叔：春秋時魯國大
夫，名州仇。在朝中對官員們說子貢比他的老師更賢
能，並誹謗孔子。

七三

隨園席間詠六月菊，儲秀才潤書云(1)：「秋士偶
然輕出處，高人原不解炎涼。」余歎為獨絕。何南園
一聯云(2)：「隱士靜宜荷作侶，東籬閑愛日如年。」
雖差遜，而心思自佳。

何南園〈望晴〉詩云：「風都有意收殘暑，雲尚
多情戀太陽。莫怪人間無易事，一晴天且費商量。」
春過隨園，見遊女，又云：「送與名園助春色，水邊
來往麗人多。」

【箋注】

(1)儲潤書：見卷四‧七五注(1)。

(2)何南園：何士顒。見卷一‧三七注(1)。按：詠菊二詩，皆切「六月菊」之題，「秋士」、「高人」指一般的菊。「出處」，指花開之時節，也暗指處世方式。「炎涼」，氣候與世態雙關。「隱士」、「東籬」亦切菊之典故，「荷作侶」，切六月；「日如年」切夏日之長。〈望晴〉一首，也不乏意趣。

七四

《北史》稱：庾自直為隋煬帝改詩(1)，許其詆呵。帝必削改至於再三，俟其稱善而後已。煬帝雖非令主(2)，如此虛心，亦云難得。第「改章難於造篇，易字艱於代句」，劉勰所言(3)，深知甘苦矣。

【箋注】

(1)庾自直：隋潁川鄢陵人。仕陳，陳亡，入關。晉王楊廣聞之，引為學士。大業初，授著作佐郎。自直解屬文，於五言詩尤善。性恭慎，為帝所愛，帝每有所作，必問其可否，然後示人。隋煬帝：楊廣。見卷四‧二四注(4)。

(2)令主：賢德的君主。

(3)劉勰：著《文心雕龍》。見卷二‧一五注(1)。

七五

余己未同年，多出任封疆、內調鼎鼐者(1)，可謂盛矣！近都薨逝，惟余以奉母故，空山獨存。想勤勞王事者，畢竟耗心力、損年壽耶？嵇康有「囿馬不乘，壽高群廄」之語(2)，似亦有理。宋人吟〈古樹〉云(3)：「四邊喬木盡兒孫，曾見吳宮幾度春。若使當時成大廈，也應隨例作灰塵。」〈閨詞〉云：「羨他村落無鹽女(4)，不寵無驚過一生。」

【箋注】

(1)同年：科舉時代稱同榜或同一年考中者。封疆：即封疆大吏。清代的總督、巡撫總攬一省或數省的軍政大權，類似古代分封疆土的諸侯，故稱。鼎鼐：喻指宰相等執政大臣。

(2)嵇康：字叔夜。三國魏譙郡銍（今安徽宿縣西）人。魏末晉初，主張「越名教而任自然」，性不偶俗，尚奇任俠。一面是恬靜寡欲，一面是剛腸疾惡，終於被司馬氏殺害。囿馬：畜養的馬。廄：馬房。

(3)宋人：方惟深，字子通。宋福建泉州人，徙居長洲。以詩知名。詩題應為〈古柏〉。

(4)無鹽：戰國齊無鹽邑之女鍾離春。見卷四・六三注(3)。

七六

文、沈、唐、仇，以畫名前朝(1)。仇畫從無題詠。唐能詩，恰無佳句。詩畫兼工者，惟文、沈二

公。而筆情超脫，則沈為獨絕。〈落花〉云：「美人天遠無家別，逐客春深盡族行(2)。」「苦戒兒童莫搖樹，空教行路欲窺牆(3)。」「漁艇再來非舊徑，酒家重訪是空村(4)。」〈詠影〉云：「算來只有鰥夫稱(5)，老去猶堪作伴行。」〈金山〉云：「過江如隔世，入寺不知山。」有〈愛日歌〉、〈七十自壽〉兩篇奇絕，惜篇長難錄。

【箋注】

(1) 文沈唐仇：明代四大畫家，指文徵明、沈周、唐寅、仇英，均工繪事，且有師友關係。文、沈、唐，皆蘇州人，仇為太倉人，寓居蘇州，故又稱吳門四大家。

(2) 逐客：遭流放貶謫者，此喻落花。盡族：全族，指滿樹的花。所用詞語，不拘於題，也不離於題。

(3) 窺牆：令人想到「窺牆出籬」或「一枝紅杏出牆來」，而花落後，此種景象已復不見。

(4) 「漁艇」句：暗指桃花落。空村：言外之意是不再為「杏花村」。此二句，沈周《石田詩選》所載，為「漁榔再尋非舊路，酒家難認是空村。」

(5) 鰥（guān）夫：成年無妻或喪妻的人。

七七

楊刺史潮觀(1)，字笠湖，與予在長安交好。以運四川皇木，故再見于白門(2)，垂四十年矣。〈山行遇雨〉云：「廣廈千萬間，不免炎暑熱。蓋頭一把茅，

亦避風雨雪。」〈馬跑泉〉云：「十月冰霜潔，真陽
坎內全(3)。任教無底凍，不到有源泉。」所言皆有道
氣。笠湖在中州作宰，鄉試分房，夢淡妝女子褰簾私
語曰：「桂花香卷子，千萬留意。」醒而大驚。搜落
卷，有「杏花時節桂花香」一卷，蓋謝恩科表聯(4)。
其年移秋試在二月故也。主司是錢東麓司農(5)，見
之大喜，遂取中焉。拆卷，乃侯元標，是侯朝宗之
孫也(6)。楊悚然笑曰：「入夢求請者，得非李香君
乎(7)？」一時傳李香君薦卷，以為佳話。

【箋注】

(1) 皇木：皇家的木材。白門：南京的別稱。

(2) 楊潮觀：楊宏度。見卷五・三注(5)及卷六・一七
注(1)。

(3) 真陽：道家和中醫認為真陽是腎生理功能的動力，是人
體熱能的源泉。坎內：傳統氣功學術語，亦謂丹田之
內，喻身中元氣。天人合一，此處以人和大自然相互比
喻。

(4) 謝恩科表：文體名。

(5) 錢東麓：錢汝誠，字立之，號東麓。浙江嘉興人。乾隆
十三年進士。先後在南書房行走，主持江南鄉試，官歷
兵、刑、戶諸部侍郎，《四庫全書》副總裁。

(6) 侯元標：河南商丘人。乾隆十七年中舉。侯朝宗：侯方
域，字朝宗。河南商丘人。明末復社文人。入清後，
中順治副榜。與名妓李香君相戀。有《壯悔堂文集》、
《四憶堂詩集》。

(7) 李香君：原名李香，字香君。明末著名秦淮歌妓。氣節

剛烈，堅貞自守，不為利誘所動。明亡後，遁入空門，隱居棲霞。孔尚任《桃花扇》取材于李香君事蹟。

七八

　　尹文端公與陳文恭公同年交好(1)，各任封疆四十餘年，先後入相。乾隆己丑，尹公臥病，陳以老乞歸。尹在枕席間，力疾贈詩云(2)：「聞公予告出都門(3)，白髮還鄉錦滿身。早歲《霓裳》分詠句，卅年玉節共班春(4)。到家綠酒斟應滿，回首黃粱夢豈真？我老頹唐難出餞，將詩和淚送行人。」未數日，尹公薨。陳在天津，聞信欲回舟作弔，家人止之。未幾，舟至德州，亦薨。

【箋注】

(1) 尹文端：尹繼善。見卷一・一〇注(3)。陳文恭：陳宏謀(1696-1771)，字汝諮，號榕門。廣西臨桂人。雍正元年以恩科舉鄉試第一，中進士。官至東閣大學士兼工部尚書。在外任三十餘年，任經十二行省，官歷二十一職。卒諡文恭。有《五種遺規》、《培遠堂稿》。

(2) 力疾：勉強支撐病體。

(3) 予告：大臣因病、老准予休假或退休叫予告。

(4) 玉節：信物名，玉製的符節，官員身份的標誌。班春：指頒佈春令。古代春季來臨，朝廷、官府要頒佈有關農事安排的政令。

七九

或有句云：「喚船船不應，水應兩三聲⑴。」人稱為天籟。吾鄉有販鬻者⑵，不甚識字，而強學詞曲，哭母云：「叫一聲，哭一聲，兒的聲音娘慣聽；如何娘不應？」語雖俚，聞者動色。

【箋注】

⑴水應：是水浪的聲音，是水上的回聲？皆可。

⑵販鬻（yù）：販賣。此處指小攤販。

八〇

詩人愛管閒事，越沒要緊則愈佳；所謂「吹皺一池春水，干卿底事」也⑴。陳方伯德榮〈七夕〉詩云⑵：「笑問牛郎與織女，是誰先過鵲橋來？」楊鐵崖〈柳花〉詩云⑶：「飛入畫樓花幾點，不知楊柳在誰家。」

【箋注】

⑴「吹皺」二語：南唐·馮延巳作〈謁金門〉云：「風乍起，吹皺一池春水。」元宗李璟嘗戲延巳：「吹皺一池春水，干卿何事？」延巳曰：「未如陛下『小樓吹徹玉笙寒』。」

⑵陳德榮：字廷彥，號密山。直隸安州人，浙江秀水籍。康熙五十一年進士。官至貴州布政使、安徽布政使。工詩。有《菩提棒》雜劇。

(3) 楊鐵崖：楊維楨，字廉夫，號鐵崖、東維子。浙江諸暨人。元泰定四年進士。授天台縣尹，官至建德路總管府推官。元末隱居。詩作縱橫奇詭，自成一格，稱「鐵崖體」，有《東維子文集》、《鐵崖先生古樂府》、《鐵崖先生復古詩集》等。

八一

　　虞山王次岳妻席氏能詩(1)。〈端陽日寄次岳〉詩曰：「菖蒲斟玉斝，獨泛已三年(2)。」亡何，夭亡。次岳哭云：「蛾眉月易沉天際，鳥爪仙難住世間(3)。」「舊雨每來先治饌，殘燈欲焰尚論詩(4)。」「幾夕殯宮移榻伴，還如同病對床眠。」

【箋注】

(1) 王次岳：王岱。見卷六・一一注(1)。席氏：席筠，字琴德。清江蘇常熟人。偕夫出遊時，卒于楚。

(2) 菖蒲：此指菖蒲酒，用菖蒲葉浸釀而成的酒。古時多於端午節將菖蒲浸入酒中，相傳喝了可以避邪及免疫。玉斝（jiǎ）：酒杯的美稱。泛（fěng）：翻，傾倒。此指飲酒。

(3) 鳥爪仙：女仙，古傳有麻姑仙、女冠耿先生，手指纖細如鳥爪；此比亡妻席氏。

(4) 舊雨：老朋友。焰（xie）：熄滅。

八二

　　人有邂逅相逢，慕其風貌，與通一語，不料其能詩者。已而以詩見投，則相得益甚。丙辰冬，余遊土地廟，見美少年，揖而與言，方知是李玉洲先生第三子，名光運，字傅天（1）。問余姓名，欣然握手。次日見贈云：「燕地逢仙客，新交勝故知。高才偏不偶，大遇合教遲。書劍懷儔侶，風霜感歲時。慚予初學步，何以慰相思？」時予才弱冠，廣西金撫軍疏中首及其年（2），傅天閱邸報，先知余故也。丙戌二月，余遊寒山，一少年甚閒雅，問之，姓郭，名淳，字元會（3），吳下秀才，素讀予文者。次日，與沙斗初同來受業（4）。方與語時，易觀手中所持扇，臨別，彼此忘歸原物。次日，詩調之云：「取來紈扇置懷中，忘卻歸還彼此同。搖向花前應一笑，少男風變老人風。」秀才見贈五古一篇，洋洋千言，中有云：「琴書得餘閑，判花作御史（5）。飛絮泥不沾，太清雲不滓（6）。多情乃佛心，泛愛真君子。禪有歡喜法，聖無緇磷理（7）。所以每到處，風花纏杖履。」乙酉三月，尹文端公扈駕墜馬，余往問疾，在軍門外，遇美少年，眉目如畫，未敢問其姓名，悵悵還家。俄而戶外馬嘶，則少年至矣。曰：「先生不識東興阿乎（8）？阿乃總鎮七公兒。幼時，先生到館，曾蒙贈詩。興阿和韻云：『蒙贈珠璣幾行字，也開智慧一分花。』先生忘之乎？」余驚喜，問其年。曰：「十八矣，已舉京兆。」

【箋注】

(1) 李玉洲：李重華。見卷四・三九注(2)。李光運：字傅天，號蕁溪。清江蘇吳江人。以詩與袁枚友善。

(2) 金撫軍：金鉷。見卷一・九注(2)。

(3) 郭淳：字元會、曉泉。江蘇蘇州人。見袁枚時是乾隆三十一年，乾隆五十五年進士。

(4) 沙斗初：沙維杓。見卷三・四九注(2)。

(5) 判花：指判詞文書。御史：官名，明清時御史行使糾察。

(6) 太清：天空。

(7) 緇磷：源出《論語・陽貨》，喻操守不堅貞。

(8) 東興阿：乾隆年間舉人。餘未詳。

八三

松江顧小厓先生(1)，諱成天，康熙丁酉舉人。世宗簿錄某大臣家，得其哭聖祖詩，有「已增虞舜巡方歲，竟少唐堯在位年(2)」之句。遂欽賜編修，上書房行走(3)。乾隆二年，以老乞歸，上加侍講銜，年八十二而卒。亦詩人異數也(4)。

【箋注】

(1) 顧小厓：顧成天，字良哉，號小厓。江蘇婁縣(今上海松江)人。康熙五十六年舉人。因詩特賜進士。有《離騷解》、《楚辭九歌解》、《金管集》、《花語山房詩文小鈔》等。

(2) 虞舜：見卷三‧五五注(1)。巡方：出巡四方。相傳虞舜
　　在位三十九年，五年出巡一次。唐堯：古帝名，帝嚳之
　　子，姓伊祁（亦作伊耆），名放勳。初封于陶，又封于
　　唐，號陶唐氏。以子丹朱不肖，傳位於舜。相傳唐堯在
　　位七十年。

(3) 上書房：清代皇子讀書之處。

(4) 異數：特殊的禮遇。

八四

　　乾隆間以老受恩得官者，當塗有二人焉。徐位山
名文靖(1)，曹洛禮名麟書(2)。徐同余丙辰召試，
而曹乃丙辰同盟友也。徐年九十餘，授翰林院檢討。
甲戌秋，寄所注《竹書紀年》、詩一冊來。〈湖居〉
云：「天將幽致敞湖濱，共我盤桓幾十春。守業願
為清白吏，著書羞傍草玄人(3)。妻緣貧慣無交謫，
子未驕成肯負薪。那得向平婚嫁畢，三江煙雨任垂
綸(4)？」「白駒幾向隙間過，荏苒年華長薜蘿(5)。
閑極有時評北苑，愁來無夢寄南柯(6)。文標司馬尊元
狩，帖檢來禽署永和(7)。湖上遊行湖上立，頹唐老
大竟如何？」又：「雲生漸覺桐弦潤，潮上徐看釣艇
斜。」「酒緣齋日陳三雅，茶為眠時試一槍(8)。」皆
典雅可誦。

　　曹官至侍讀學士，少時與魯之裕亮儕奪槊舞劍，
權奇倜儻(9)。後行走上書房，予告歸。戊寅年，入山
話舊。有《留影雜記》一編，即生平行述也。曾入黃

山，遇老人傳道，年九十餘，行走如飛。詩亦清矯。〈金山〉云：「日月不離水，荻蘆難辨霜。」〈飲昭亭〉云：「泉細但聞響，山香不見花。」〈題泰山〉云：「日觀天門上幾回，層雲雪海蕩胸開。年來懶讀人間字，曾探金泥玉簡來(10)。」〈寄樊姬〉云：「天外雲寒暮雨多，音書何處寄煙波？他鄉動覺愁千種，小小雙魚載幾何？」古漁贈以詩云(11)：「黃山早有神仙遇，白首才蒙聖主知。」余題其《留影》冊子云：「人天蹤跡兩漫漫，欲畫飛仙影最難。只有上清曹學士(12)，自家留影自家看。」「我亦人間有半生，三山五嶽等閒行。雪中爪跡分明在，可惜飛鴻記不清(13)。」人問先生：「納交之道，從子夏乎？從子張乎(14)？」先生曰：「皆從。」問：「何以皆從？」曰：「朝廷之上，從子夏；鄉黨之間(15)，從子張。」

【箋注】

(1) 徐位山：徐文靖，字位山。安徽當塗人。雍正改元，年五十七，始舉江南鄉試。乾隆初，以所著《山河兩戒考》、《管城碩記》進呈，賜國子監學正。十七年，入都試萬壽恩科，年八十六，以老壽賜檢討。

(2) 曹洛禋：見卷二・六九注(1)。

(3) 清白吏：《後漢書・楊震列傳第四十四》：(楊震)性公廉，不受私謁。子孫常蔬食步行，故舊長者或欲令為開產業，震不肯，曰：「使後世稱為清白吏子孫，以此遺之，不亦厚乎！」草玄：西漢・揚雄不攀附權貴，以草撰《太玄》自守。後因以「草玄」喻人之襟懷淡泊，專情於著述。

(4)向平：向長，字子平。東漢河內朝歌人。隱居不仕。在
　子女嫁娶事完成後即不再過問家事，與好友雲遊五嶽名
　山，不知所終。典出《後漢書》。後以向平之願指兒女
　婚嫁事。垂綸：垂釣。亦指隱居。

(5)白駒：比喻流逝的時間。荏苒：形容時光易逝。薜蘿：
　薜荔和女蘿，兩者皆野生植物，常攀緣于山野林木或屋
　壁之上。借指隱者住所。

(6)北苑：南唐宮苑，當時畫家董源嘗任北苑使，後借指畫
　壇。南柯：比喻繁華美夢。

(7)元狩：漢武帝的年號。司馬遷生活的重要年代。來禽：
　晉・王羲之〈與蜀郡守朱書帖〉的別稱。因其首有「青
　李來禽」，故名。永和：東晉穆帝永和九年三月三日，
　王羲之與謝安、孫綽等四十一人，會於會稽山陰的蘭
　亭，眾人賦詩，羲之當場以繭紙、鼠鬚筆書寫詩序，即
　著名的《蘭亭集序》。

(8)三雅：古酒具。雅，即酒杯名。東漢・劉表子弟以盛酒
　多少分伯雅、仲雅、季雅，稱三爵，亦稱三雅。一槍：
　世謂茶之始生而嫩者則為一槍。

(9)魯之裕：見卷四・一二注(2)。權奇、倜儻（tì tǎng）：
　奇譎非凡，豪爽灑脫。

(10)金泥玉簡：多作「金泥玉檢」，以水銀和金為泥作飾、
　用玉製成的檢（匣），古代天子封禪所用。因指封禪所用
　的告天書函，此處指尋覓泰山封禪古跡。

(11)古漁：陳毅。見卷一・五二注(3)。

(12)上清：道家所稱的三清境之一。

(13)爪跡：即飛鴻雪爪、雪泥鴻爪。見本卷五二注(4)。飛
　鴻：袁枚喻自己。

(14)子夏：孔子弟子。見卷二・八注(1)。子張：孔子弟
　子。顓孫師，陳國人。主張「博愛容眾」，思想比較激

進。《論語・子張》：子夏之門人問交於子張。子張
曰：「子夏云何？」對曰：「子夏曰：『可者與之，其
不可者拒之。』」子張曰：「異乎吾所聞：君子尊賢而
容衆，嘉善而矜不能。我之大賢與，于人何所不容？我
之不賢與，人將拒我，如之何其拒人也？」

(15) 鄉黨：鄰里，家鄉。

八五

　　己未，余在孫文定公署中，見亮儕先生(1)。其
時觀察清河，年七十餘，銀髯垂腹，口若懸河，向制
府述水利，娓娓萬言，無一澀語閑字。使屏後侍史錄
之，即可作奏疏讀也。初從河南縣令起家，忤總督田
文鏡(2)，每被劾一次，世宗召見，必升一官。真奇士
也。作令不用牌票，書片紙召吏民(3)。作府道不用
文檄，書尺牘諭下屬(4)。有令必行，無情不燭(5)。
〈登黃鶴樓〉云：「名勝跡隨頹浪捲，孤危身托畫欄
憑。好把江波成地醴(6)，遍教溝瘠飲天漿。」其抱負
可想。

【箋注】

(1) 孫文定：孫嘉淦。見卷四・九注(3)。亮儕：魯之裕。見
　　卷四・一二注(2)。

(2) 田文鏡：字抑光。祖居廣寧（今遼寧北鎮），後入漢軍正
　　藍旗。雍正五年，因功抬為正黃旗。康熙二十二年以監
　　生授福建長樂縣丞，後任知縣、知州、吏部員外郎，

授御史。卒賜端肅。任河南總督時，認為中牟縣李知縣為官失職，讓魯亮儕前去革掉其官職，代理知縣。魯經查訪，認為李為官清正，純屬冤案，於是未能奉命，使田總督勃然大怒。魯拒理稟明實情後，田不得不收回成命。

(3) 牌票：舊時官方為某具體目的而填發的固定格式的書面命令，差役執行時持為憑證。

(4) 文檄：即檄文，用於徵召或聲討等的文書。尺牘：書信。

(5) 燭：明察，洞悉。

(6) 地醴：大地的美酒。

八六

詩有極平淺，而意味深長者。桐城張徵士若駒〈五月九日舟中偶成〉云(1)：「水窗晴掩日光高，河上風寒正長潮。忽忽夢回憶家事，女兒生日是今朝。」此詩真是天籟。然把「女」字換一「男」字，便不成詩。此中消息，口不能言。

【箋注】

(1) 張若駒：字志袁，號北軒。安徽桐城人。雍正廩貢生，乾隆元年薦舉博學鴻詞，不赴。有《北軒詩集》。徵士：指不接受朝廷徵聘的隱士。

八七

許太監者，名坤(1)，杭州人，在京師頗有氣焰，而性愛文士。嘗過杭太史董浦家(2)，采野莧一束去(3)，報以人參一斤。欲交鄭太史虎文(4)，鄭不與通。人疑鄭故孤峭者。然其詠〈紅豆〉詩，頗有宋廣平賦梅花之意(5)。詞云：「記取靈芸別後身，玉壺清淚血痕新(6)。傷心略似燃於釜，繞宅何緣幻作人(7)？一點紅宜留玉臂，十分圓欲上櫻唇。只嫌不及榴房子，空結團圞未了因。」梁瑤峰少宰和云(8)：「采綠何曾勝采藍(9)？猩紅端合摘江南。且看沉水星星活，得似靈犀點點含。秋漢可煩橋更駕(10)，朝雲應有夢同甘。石榴消息分明是(11)，朱鳥窗前仔細探。」按：紅豆生於廣東。乾隆丙戌，鄭督學其地，梁為糧道，故彼此分詠此題。

【箋注】

(1)許坤：如上。餘未詳。

(2)杭董浦：杭世駿。見卷三・六四注(1)。

(3)野莧（xiàn）：野生莧菜，一年生草本植物。

(4)鄭虎文：字炳也，號誠齋。浙江秀水（今嘉興）人。乾隆七年進士。改庶吉士，授編修。先後任湖南、廣東學政。有《吞松閣集》。

(5)宋廣平：宋璟，字廣平。祖籍廣平（今河北雞澤），徙居邢州南和（今屬河北）。唐高宗時進士。任監察御史、鳳閣舍人、吏部尚書，開元四年繼姚崇為相，寬賦役、省刑罰，善於守法持正。工詩善賦，以《梅花賦》知名

於時。皮日休曾疑宋廣平鐵腸石心，然觀此賦，清便富
艷。

(6) 靈芸：魏文帝所愛美人薛靈芸。常山人。家貧，每夜紡
織。後被選入宮，聞別父母，淚下沾衣。臨別上路，以
玉唾壺盛淚，盡成紅色，淚凝如血。

(7) 燃於釜：改用曹植〈七步詩〉意。幻作人：《晉書・列
傳第四十二郭璞》：璞將促裝去之，愛主人婢，無由而
得，乃取小豆三斗，繞主人宅散之。主人晨見赤衣人數
千圍其家，就視則滅。

(8) 梁瑤峰：梁國治。見卷一・三○注(9)。

(9)「采綠」句：《詩經・小雅・采綠》：「終朝采綠，不
盈一匊。」「終朝采藍，不盈一襜。」寫女子怨別之
思。

(10) 秋漢：秋天的銀河。

(11) 石榴消息：唐・李商隱〈無題〉：「曾是寂寥金燼暗，
斷無消息石榴紅。」

八八

戊戌秋，余小住閶門(1)。詩人張崑南每晚必
至(2)，年七十三矣。誦其〈登靈巖〉云：「振衣同上
落虹亭，古塔雲深入杳冥。香徑草荒秋露白，山村雨
過暮煙青。天空一雁來胥口(3)，木落諸峰見洞庭。莫
向西風更懷古，菱歌清絕起遙汀(4)。」予歎曰：「此
中唐佳境也。」崑南喜，次日呈詩三冊，屬余輪替觀
之。其佳句如：「潮痕沙岸落，露氣渚蘭聞。」「松
間細路通僧寺，花裏微風颺酒旗。」皆妙。崑南別

去，後錢景開來(5)，又誦其〈虎丘〉詩云：「蘼蕪亦解憐傾國，多傍貞娘墓上生(6)。」〈春去〉云：「月上簾鈎風太急，落花如雨不聞聲。」

【箋注】

(1)闔門：此指江蘇省蘇州市城西闔門一帶。

(2)張崑南：張崗。見卷七・二六注(1)。

(3)胥口：在蘇州吳縣西南。水名，因胥山得名，木瀆西十里，出太湖之口。

(4)遙汀：遠處的小洲。

(5)錢景開：錢時霽，字景凱、景開，號聽默。清湖州人，寓居蘇州吳縣。乾嘉間開設萃古齋于白堤。素稱識古，為書友中巨擘。

(6)蘼蕪：草名，即芎藭嫩苗，葉有香氣。貞娘：唐名妓，吳地佳麗。貞娘墓在虎丘西側。

八九

常熟孝廉邵君培德(1)，每秋試，必以詩見投。記其〈觀燈〉云：「紅羅碧綺間琉璃，遠近龍鸞一望齊(2)。樓下花鈿樓上曲(3)，留人偏在畫橋西。」〈路上〉云：「昨日晴和今日雨，蕭蕭篷底作春寒。分明即是來時路，頓覺煙波別樣看。」

【箋注】

(1)邵培德：字元直，號因其。清蘇州府昭文縣人。乾隆

四十九年進士。官麗水知縣。有《避葵吟》。

(2)龍鸞：指龍鸞一類形狀的花燈。鸞，傳說中的一種神鳥，似鳳凰。

(3)花鈿：婦女的額飾，此代指盛妝艷抹的女子。

九○

　　遊仙詩大半出於寄託。方南塘居士云(1)：「到底劉安未絕塵，昨宵相與共朝真(2)。漫將富貴誇同列，手板橫腰道寡人。」此刺暴貴兒作態者也。陸陸堂太史云(3)：「尋真臺上紫雲高，阿母宵分降節旄(4)。臣朔讀書破萬卷(5)，不甘呵叱小兒曹。」此刺妄庸人傲士者也。方近雯觀察云(6)：「一痕輕綠畫春山，冰剪雙眸玉煉顏。不解大羅天上事，蘭香何過謫人間(7)？」此惜詞臣外用之詩也。

【箋注】

(1)方南塘：方貞觀(1679-1747)，本名南堂，字貞觀，以字行。安徽桐城人。因戴名世《南山集》案牽連，流徙邊塞十年。乾隆元年舉博學鴻詞不赴。工書，晚客揚州，賣字為生。有《南堂詩鈔》。

(2)劉安：見卷二‧七○注(3)。朝真：道家修煉養性之術。

(3)陸陸堂：陸奎勳。見卷四‧四六注(1)。

(4)尋真臺：傳說漢武帝齋於尋真臺，夜二更後西王母至。阿母：傳說中的西王母。節旄：旄節，信符。

(5)朔：東方朔，字曼倩。西漢平原厭次人。十六學詩書，

十九學孫吳兵法，已誦四十四萬言。武帝時，官常侍郎、太中大夫。滑稽有急智，善直言切諫。有辭賦〈答客難〉、〈非有先生論〉等。

(6) 方近雯：方觀。見本卷二五注(2)。

(7) 大羅天：道教所稱三十六天中的最高一重天，是道境極地。蘭香：即杜蘭香，漢時人。有漁父于湘江洞庭之岸拾得三歲女嬰，十餘歲時，天姿姝瑩，忽有青童靈人自空而下，攜女俱去。告漁父說，原為仙女杜蘭香，有過謫人間。

九一

　　桐城姚康伯有〈閨怨〉云(1)：「分明賺得兩眉開，手折黃花上鏡臺。侍女無端忙報道，鄰家昨夜遠人回。」

【箋注】

(1) 姚康伯(1576-1653)：姚士晉，更名康，字伯康，號休那。安徽桐城人。明諸生。明末參史可法軍謀。入清不仕。有《休那遺稿》。

九二

　　蔣苕生與余互相推許(1)，惟論詩不合者：余不喜黃山谷，而喜楊誠齋(2)；蔣不喜楊，而喜黃：可謂和而不同。

【箋注】

(1)蔣苕生：蔣士銓。見卷一・二三注(2)。

(2)黃庭堅：見卷一・一三注(6)。楊萬里：見卷一・二
注(1)。

九三

　　孫文定公為冢宰時(1)，余以秀才修士相見
禮(2)，投詩云：「百年事在奇男子，天下才歸古
大臣。」又曰：「一囊得飽侏儒粟，三上應無宰相
書(3)。」公讀之，忻然延入曰：「滿面詩書之氣。」
已而，戊午科出公門下。

【箋注】

(1)孫文定：孫嘉淦。見卷四・九注(3)。冢宰：稱吏部尚
書。

(2)秀才：此指入府州縣學生員。修士：修身之士。

(3)侏儒粟：《漢書・東方朔傳》：「朱儒長三尺餘，奉一
囊粟，錢二百四十。臣朔長九尺餘，亦奉一囊粟，錢
二百四十。朱儒飽欲死，臣朔饑欲死。」後借指對國家
貢獻甚小的人的俸祿。三上：韓愈為了自薦，希望得到
賞識，曾一月之內三上宰相書。此處反用其典。

九四

王崑繩曰(1)：「詩有真者，有偽者，有不及偽者。真者尚矣，偽者不如真者；然優孟學孫叔敖(2)，終竟孫叔敖之衣冠尚存也。使不學孫叔敖之衣冠，而自著其衣冠，則不過藍縷之優孟而已(3)。譬人不得看真山水，則畫中山水，亦足自娛。今人詆呵七子(4)，而言之無物，庸鄙粗啞，所謂不及偽者是矣。」

【箋注】

(1) 王崑繩：王源，字崑繩。直隸大興（今屬北京）人。清哲學家。有《易傳》、《兵論》、《居業堂文集》等。

(2) 優孟：春秋時楚國的宮庭藝人，常通過談笑進行諷諫。楚相孫叔敖去世後，其子貧困，去找優孟。優孟穿上孫叔敖的衣冠，琢磨他的舉止一年之久。在楚莊王一次設宴時，他模仿著孫叔敖上前祝酒。莊王大驚，以為孫叔敖復生，想任用他為相。優孟說，孫叔敖為相清廉，死後妻兒窮困不堪，楚相沒什麼好當的。莊王醒悟，封孫叔敖的兒子於寢丘。（《史記‧滑稽列傳》）

(3) 藍縷：衣服破舊。

(4) 七子：指明前七子和後七子。見卷一‧三注(3)。

九五

謝梅莊諱濟世(1)，廣西潯州人。作御史三日，即奏劾河東總督田文鏡(2)。朝廷疑有指使，交刑部

嚴訊。先生稱指使有人。問：「為誰？」曰：「孔子、孟子。」問：「何為指使？」「讀孔、孟書，便應盡忠直諫。」世宗憐其駿，謫軍前效力。時雍正丙午十二月初七日也。先生〈次東坡〈獄中寄子由〉韻寄從弟佩蒼〉云：「嚴霜初隕陡回春，留得衝寒冒雪身。綸綍乍傳渾似夢(3)，親朋相慶更為人。敢愁弓劍趨戎幕，已免銀鐺禮獄神(4)。早晚扶歸君莫慟，婆娑勃窣亦前因(5)。」「尚方借劍心何壯，牘背書辭氣漸低(6)。已分黃泉埋碧血，忽聞丹闕放金雞(7)。花看上苑期吾弟，萱樹高堂仗老妻。且脫南冠北庭去，大宛東畔賀蘭西(8)。」今上登極，赦還原職。先生疏求外用，授湖南糧道。長沙士人，感其遺愛，片紙隻字，俱珍重之，故傳此二首。先生不信風水之說，〈題金山郭璞墓〉云(9)：「雲根浮浪花(10)，生氣來何處？上有古碑存，葬師郭璞墓。」曉世之意，隱然言外。

【箋注】

(1)謝梅莊：謝濟世，字石霖，號梅莊。廣西全州人。康熙五十一年進士。授檢討。雍正四年考選御史。不久因彈劾巡撫田文鏡獲罪，流放阿勒泰軍前效力。官至湖南糧儲道、驛鹽道。有《纂言》、《西北域記》等。

(2)田文鏡：見本卷八五注(2)。

(3)綸綍（luénfú）：指皇帝的詔書。

(4)銀鐺：應為「銀鐺」，鐵鎖鏈。拘繫罪犯的刑具。

(5)婆娑勃窣：指坎坷遭遇。婆娑，即蹣跚，艱難行走貌。勃窣，匍匐而行，跛行。

(6)尚方：指尚方劍，皇帝用來封賜大臣的劍，表示授權，可以便宜行事。牘背：書板的背面。漢周勃被誣陷下獄，受獄吏虐待，後送獄吏千金，獄吏在牘背上寫字給他以啟示。終於取得公主幫助而獲釋。後以「牘背千金」為冤獄的典故。

(7)丹闕：借指皇宮。金雞：一種金首雞形、頒佈赦詔所用的儀仗。

(8)南冠：借指囚犯。北庭：泛指塞北隴右。大宛：古國名，為西域三十六國之一。賀蘭：賀蘭山，在今寧夏回族自治區西北邊境和內蒙古自治區接界處。

(9)郭璞：見卷六·一〇〇注(2)。

(10)雲根：山石。

九六

　　贛州總兵王公，字午堂，名集(1)，工詩、善書。與余相慕二十年，終不得一晤。弟香亭過贛，公寄我鵝研一方(2)，集古句一聯云：「中天懸明月，絕代有佳人。」

【箋注】

(1)王集：字午堂。清滿洲正紅旗人。官贛州總兵。工詩，善書。

(2)香亭：袁樹。見卷一·五注(3)。鵝研：即鵝形寶硯。古代文人，終身與俱，惟硯而已。世傳有東坡鵝硯。

九七

過潤州(1)，見僧壁對聯云：「要除煩惱須成佛；各有來因莫羨人。」過九華寺(2)，有一對云：「非名山不留仙住；是真佛只說家常。」

【箋注】

(1)潤州：即今江蘇鎮江市。

(2)九華寺：應指安徽池州市境內九華山寺。

九八

香亭以〈雪獅〉為題(1)，令諸少年分詠，而糊名易書，屬余評定。余奇賞二句云：「蹲伏尚能驚百獸，強梁可惜不多時(2)！」拆封，乃胡甥吉光所作，書巢之子也(3)。詩人有後，信哉！

【箋注】

(1)香亭：袁樹。見卷一・五注(3)。

(2)強梁：強橫兇暴。此正切「雪獅」之題，有獅形獅威，但可惜不久即融化而盡。

(3)胡吉光：清廣西臨桂人。如上，餘未詳。胡書巢：見卷二・一六注(2)。

九九

朱竹君學士曰(1)：「詩以道性情。性情有厚薄，詩境有淺深。性情厚者，詞淺而意深；性情薄者，詞深而意淺。」

【箋注】

(1)朱竹君：朱筠。見卷六·二九注(1)。

按：正身心，富閱歷，而後性情可以深厚。不可只從詩中求得，必於詩裏詩外獲取。

一〇〇

番禺何夢瑤工詼諧(1)，為催租吏所窘，戲為〈牛郎贈織女〉云：「巧妻常為拙夫忙，多謝天孫製七襄(2)。舊借聘錢過百萬，織來雲錦可能償？」〈織女答〉云：「織錦空勞問報章(3)，近來花樣費商量。人間債負都堪抵，第一天錢不易償。」

【箋注】

(1)何夢瑤：見卷六·九五注(3)。

(2)七襄：典出《詩經·小雅·大東》：「跂彼織女，終日七襄。雖則七襄，不成報章。」七襄，意謂織女星一天移位七次；或謂七襄代指雲錦之多。後亦以七襄比喻反復推敲而成的詩文。

(3)報章：謂杼柚往復，織成花紋。

夏醴谷督學廣東(1)，有門生鄭齊一者(2)，年少貌美，舟中妓醉而逼之。鄭勃然怒曰：「使不得！」夏贈以詩云：「柔情似水從頭抹，硬語如刀帶酒聽。」程魚門北上(3)，旅店主人招妓侑酒。魚門與同飲，而卻其眠，作詩曰：「花明野店春無主，月黑秋林幸有燈。」潘筠軒笑曰(4)：「次句，有小說秉燭達旦之意。」

【箋注】

(1) 夏醴谷：夏之蓉(1698-1785)，字芙裳，號醴谷。江蘇高郵人。雍正十一年進士。官鹽城教諭。乾隆元年舉博學鴻詞，授檢討。曾提督廣東、湖南學政，主鍾山麗正書院。有《半舫齋文集》、《半舫齋詩鈔》。

(2) 鄭齊一：未詳。

(3) 程魚門：程晉芳。見卷一·五注(1)。

(4) 潘筠軒：潘乙震，字筠軒。山陰人，入籍廣西東蘭州。雍正十三年舉廣西鄉試第一，乾隆元年特賜進士。改庶吉士，散館授編修。歷升侍講學士。有《意田詩集》。（嘉慶八年《山陰縣誌》）

一○二

　　蔡持正貧時(1)，寓僧寺，僧厭之，蔡題〈松樹〉云：「常在眼前君莫厭，化為龍去見應難。」黃之紀寓隨園(2)，或輕之，黃亦題〈松樹〉云：「寄人籬下因春好，聽我風聲在老來。」

【箋注】

(1) 蔡持正：蔡確，字持正。宋泉州晉江（今福建晉江）人。宋仁宗嘉祐四年進士。神宗元豐五年拜尚書右僕射兼中書侍郎，掌理朝政，哲宗元祐中罷相，卒於貶所。此處所引詩句為題竹而作。松有化龍傳說，竹有龍孫之稱，轉而喻人。

(2) 黃之紀：見卷三・四六注(1)。